我们专注图书 我们追求精彩

外国文学名著

福地

[波]符瓦迪斯瓦夫·莱蒙特　著

张振辉　杨德友　译

中国画报出版社·北京

图书在版编目（CIP）数据

　　福地／（波）符瓦迪斯瓦夫·莱蒙特著；张振辉，
杨德友译. -- 北京：中国画报出版社，2018.7（2018.12重印）
　　（中画译典）
　　ISBN 978-7-5146-1604-0

　　Ⅰ.①福… Ⅱ.①符… ②张… ③杨… Ⅲ.①长篇小
说－波兰－现代 Ⅳ.①I513.45

中国版本图书馆CIP数据核字（2018）第073585号

福地

[波]符瓦迪斯瓦夫·莱蒙特 著　　张振辉 杨德友 译

出 版 人：于九涛
责任编辑：郭翠青
插　　图：陈　曦
责任印制：焦　洋

出版发行：中国画报出版社
地　　址：中国北京市海淀区车公庄西路33号　邮编：100048
发 行 部：010-68469781　　010-68414683（传真）
总编室兼传真：010-88417359　　版权部：010-88417359

开　　本：32开（880mm×1230mm）
印　　张：26.5
字　　数：512千字
版　　次：2018年7月第1版　2018年12月第2次印刷
印　　刷：环球东方（北京）印务有限公司
书　　号：ISBN 978-7-5146-1604-0
定　　价：88.00元

译者序

一幅资本主义发展的真实画图

张振辉

弗瓦迪斯瓦夫·莱蒙特（1868—1925）是我国读者熟悉的杰出的波兰现实主义作家，在欧洲和世界文坛都有较大的影响。他的代表作《农民》和《福地》不仅在波兰文学史上占有重要地位，而且已被公认为世界现实主义文学名著。1924年"由于他伟大的民族史诗式的作品《农民》"而获得诺贝尔文学奖。

鲁迅先生二十世纪三十年代在研究东欧被压迫民族文学时，对莱蒙特十分推崇。早在二十世纪四十年代，我国就已经开始翻译莱蒙特的小说。中华人民共和国成立后，他的作品得到了更为广泛的介绍。我国曾经出版过《农民》的新译本，现在我们把他的另一部重要长篇小说《福地》译介给读者。

一

莱蒙特生活和创作的时代，是波兰被沙俄、普鲁士、奥地利三国瓜分，人民遭受残酷的民族压迫和阶级压迫，灾难深重的时期。1863年的"一月起义"失败后，在三个占领区，特别是在沙俄和普鲁士占领区，占领当局加重了对波兰的民族压迫。1864年的农奴解放，为波兰城乡资本主义的发展提供了有利条件；与此同时，沙俄为了将它占领的波兰王国和沙俄帝国完全合并，取消了王国和帝国之间的关税壁垒，波兰城市资本主义工商业因此具备了广阔的销售市场和足够的劳动力，在十九世纪八十和九十年代发展很快。卢森堡曾经指出："在1800—1877年间，工业发展的主要条件：销售市场、交通道路和工业后备军都形成了，俄国和波兰的工业成了资本主义初期积累名副其实的金库。1877年后，开始了大规模的资本积累和大企业迅速创建的时代，随之而来的是生产的迅速增长。"这时，华沙的五金工业、索斯诺维茨的采矿、钢铁工业和罗兹的棉花、羊毛工业等都从工场手工业变成了强大的现代化机械工业。当时波兰处于殖民地地位，俄国、法国、德国、比利时、英国的资本大量入侵，一方面造成了波兰民族资本和外国资本之间激烈的竞争，另一方面，波兰的工业品也可以借此出口外国，如波兰的纺织品当时就曾大量销往立陶宛、白俄罗斯和乌克兰等地，甚至远销中国，使资本家获得高额利润。工业的长足发展，使波兰王国成为原料的买主和新商品的输出者。在这种情况下，大工业企业和资本迅速集中在人数越来越少的实力雄厚的资本家手中，波兰王国的资本主义开始由自由资本主义向垄断资本主义过渡。

十九世纪七十和八十年代的波兰王国农村，也发生了急剧的土地兼并和阶级分化，结果是大部分土地仍集中在一部分旧式地主和新起的农业资本家手中，农民虽然获得了人身自由，但是由于没有土地或者土地很少，无法摆脱贫困的处境，许多人重又当上地主和新兴农业资本家的雇工，或者流入城市，加入城市无产阶级的队伍，遭受资本家的压迫和剥削。

随着波兰资本主义的发展，无产阶级、半无产阶级和地主资本家之间的阶级矛盾日益尖锐。早在十九世纪七十年代末，由于马克思主义的传播，无产阶级领导的革命运动就已在波兰兴起。1882年，华沙工人运动领袖路德维克·瓦林斯基领导成立了波兰第一个无产阶级政党"无产阶级"。1893年，在著名革命领袖卢森堡和马尔赫列夫斯基领导下，"波兰王国社会民主党"诞生。1900年，波兰王国和立陶宛的无产阶级联合，成立了著名的"波兰王国和立陶宛社会民主党"。这些政党领导了华沙、罗兹等大工业城市和农村的无产阶级罢工运动，曾使十九世纪八十、九十年代的波兰工人运动出现一个又一个的高潮。

1868年，莱蒙特生于罗兹附近的大科别拉村。他的父亲曾是乡村教堂的风琴师，后来又靠租佃经营地主农场的收入维持全家生活。他的母亲和几个兄弟曾参加"一月起义"，反抗沙俄占领者的压迫。他自己在读书时，也因坚持讲波兰话，不肯讲俄语而被官办学校开除。莱蒙特十八岁时，就离开家乡，独立谋生，当过裁缝、肩挑小贩、铁路职员、小站站长，并在工厂里干过各种杂活，还做过流浪艺人、写生画家和修道士等。他常常挨饿和露宿街头，受到贵族的歧视，正如他的一个朋友当时所说："莱蒙特经常是生活在四轮马车下，而不是在四轮马车上。"

莱蒙特年轻时长期处于被压迫的地位，和社会下层接触较多，所以他对资本主义的罪恶和劳动人民的悲惨境遇有较深的了解，他的文学创作也是在他饱尝心酸的环境中开始的。他在回忆这些生活时曾经写道："这种职业，这种贫困，这些可怕的人我已经领受够了,我说不出我受过多少苦。"

"我不准备描绘我开始文学创作的这些年代的生活,我在这些年里,由于流浪街头而遭受贫困,最严重的贫困,我是十分不幸的。"

十九世纪八十年代末,莱蒙特开始创作短篇小说,主要的有《母狗》(1892)、《汤美克·巴朗》(1893)、《正义》(1899)等,都是反映波兰城乡劳动人民的悲惨命运。作者不仅对那些阴险残暴的工头、地主、仗势欺人的管家、伪善的村长、神父进行了揭露,而且成功地塑造了许多对社会黑暗敢于反抗、坚持正义和纯朴善良的劳动人民的形象。

十九世纪九十年代,莱蒙特创作了两部长篇小说:《喜剧演员》(1895)及其续集《烦恼》(1897)和《福地》(1897—1899)。前者通过一个艺人的不幸遭遇,反映了在资产阶级颓废艺术风行一时的社会环境中,真正的才华和抱负得不到施展,揭露了资产阶级庸俗、腐化、堕落的生活方式。1902年至1908年,莱蒙特创作了以波兰农村生活为题材的伟大史诗《农民》。这部长篇小说以波兰王国二十世纪初和1905年革命前后的广大农村为背景,深刻反映了波兰各阶层农民为争夺土地而进行的你死我活的斗争,揭露了沙俄占领者勾结地主对波兰实行民族压迫和镇压波兰人民反抗斗争的罪恶,生动地描写了波兰农村各阶层的日常生活和风俗习惯,塑造了一系列的典型人物。从《喜剧演员》到《农民》是莱蒙特小说创作的主要阶段,这一时期的作品在思想上艺术上都获得了突出的成就。

从这以后直到1925年逝世前,莱蒙特虽然又创作了不少长短篇小说,可是其中除少数外,大部分作品,特别是他晚年写的作品都不成功。长篇三部曲《一七九四年》(1911—1918)取材于18世纪末波兰被瓜分前于1788年至1792年召开的所谓"四年会议"和科希秋什科起义,揭露了当时贵族富豪勾结沙俄出卖民族利益的罪恶行径,但有一些细节的描写歪曲了历史,丑化了波兰伟大民族英雄科希秋什科的形象。以后发表的短篇小说如《被判决的》、《幻想家》、《吸血鬼》和《暴动》等,也较他的前期作品逊色,表明莱蒙特晚年在思想上趋向保守。

二

《福地》是莱蒙特的主要作品之一,首先于1897年至1898年同时在华沙的进步刊物《每日信使》和克拉科夫的《新改革》上分章发表,然后于1899年成书出版。小说以罗兹十九世纪八九十年代的工业发展为题材,对波兰王国十九世纪资本主义社会状况进行了全面深刻的揭露。十九世纪九十年代的罗兹,是波兰和外国垄断资本主义高度发展的地方,小说中的罗兹某棉纺厂老板卡齐米日·特拉文斯基的一个朋友达维德·哈尔佩恩说:"你知道去年这里周转了多少钞票吗?两亿三千万卢布……这是很大一笔钱,你给我举出第二个这样的城市吧!""我记得罗兹,它过去只有两万人,而今天有三十万人了,它将来会拥有五十万人。"这里也是资本十分集中的地方,小说所写的印染厂老板布霍尔茨和棉纺厂老板莎亚就是垄断资本的代表人物。布霍尔茨由于拥有亿万财产,被人们看成是"罗兹的统治者""罗兹的灵魂""千百万人生命的主宰",他死之后,全罗兹为他举行了盛大的葬礼,所有的工厂这一天都停工,全体职工被派去送葬。莎亚来到恩德尔曼家参加资本家们的聚会时，到会的工厂老板们都得听从他的意见，对他百依百顺，正如达维德·哈尔佩恩所说："大家在这条大狗鱼面前，都感到自己只不过是一条小鲥。因而他们总是担心是否马上就会被他吞食，这就是这些小工厂主和莎亚的关系。"

通过《福地》，我们在罗兹和波兰王国的垄断资本主义形成过程中，可以看出以下几个特点：

（一）这些资本巨头大都是新兴资产阶级的代表人物，他们本来出身下层，社会地位低微，由于能够适时看准资本主义经济发展的千变万化，善于通过各种投机取巧的手段牟取暴利，所以在很短的时间内就成了暴发户，爬上了社会最高地位。如莎亚，他开初不过是一家小商店的掌柜，穷得吃不饱饭，穿不暖衣，住在犹太贫民窟里，后来他做陈货贱卖的投机生意，挣得大钱后开始办工厂、放高利贷……逐步上升到主宰一切的高位。奥斯卡尔·迈尔不远的过去还是布霍尔茨厂里一名普通职工，后来不仅成了拥有亿万资本的棉织厂老板，而且获得了男爵头衔。卡奇马列克虽然出身地主，后来却沦为贫苦的种地者，可是他和那些去城里做工的大量破产农民不同，他看到了罗兹已经"扩展到了乡下"，城里的阔老板要做生意、建厂，就要"大兴土木"，因此他攒钱开砖厂，安装现代化的蒸汽机，很快就成为了阔老板。特别是那个棉纱头巾厂老板维尔切克，本是乡村教堂风琴师的儿子，"祖祖辈辈都受强者的欺凌和压迫"，自己小时候也放过牛，在修道院里干过最下等的杂活，而他却正因为自己一无所有，"像一只饿狗一样"追求金钱和享乐。他做投机买卖，把同行挤垮，向穷人放高利贷时不择手段，就是搞得对方家破人亡也毫不退缩。当他爬上工厂老板的宝座后，就再也瞧不起那些年轻时和他一起放过牲口的朋友了。

（二）资本主义社会中"大鱼吃小鱼、小鱼吃虾米"的生存竞争在十九世纪的波兰王国表现得十分激烈，尤其是经济危机到来时，对社会几乎所有阶层的生活状况，都会产生不同程度的影响。就资本家们来说，小一点儿的企业往往在危机中倒闭，中等甚至最大的企业也会亏损。面对这种形势，为了生存、发展和牟利，他们不惜采取最狡猾和最残酷无情的手段，就是对自己的亲友，也毫不例外，正如博罗维耶茨基对特拉文斯基所说："罗兹，这是一片森林，是丛林。你如果有一双铁腕，就要大胆地干，要毫不留情地把亲近的人掐死，要不然他们就会把你掐死，喝你的血，对你吐唾沫。"博罗维耶茨基虽然为布霍尔茨印染厂的发展立过大功，但布霍尔茨的女婿克诺尔却在得知汉堡的美棉将要涨价的消息后，为了自己尽量多地抢购，对博罗维耶茨基严守秘密。而当博罗维耶茨基在情妇家里得知这个情况后，他也联合莫雷茨、马克斯抢先去汉堡，因而独获了巨额利润。莫雷茨本是博罗维耶茨基的多年好友，但他趁博罗维耶茨基邀他合伙开工厂之机，利用对方缺乏现金，便从银行家格罗斯吕克那里借来大笔款项，长期不还，以扩大自己的投资额，企图把"好友"挤掉，独霸工厂，后来工厂遭到火灾，博罗维耶次基面临破产，他又凶相毕露地要求退出全部投资，逼得对方几乎处于绝境。博罗维耶茨基自己也是一样，他建厂一半的钱是用了他的情人安卡的，可是当他把安卡的钱用完后，竟无情地抛弃她，和一个百万富翁的女儿结了婚。在资本家眼里，金钱就是一切，甚至连女儿也可以当成商品出卖。格林斯潘几次三番要把女儿梅拉嫁给一个她不爱的阔老板，最后看中了莫雷茨，因为他以为莫雷茨可以霸占博罗维耶茨基的工厂，而莫雷茨则在嫁妆的问题上，对格林斯潘大敲了一笔。

在这些十分复杂、尖锐的斗争中，由于波兰当时所处的特殊的历史情况，还包含着不同民族之间的矛盾，如银行家格罗斯吕克为了联合罗兹所有的犹太资本家同博罗维耶茨基、特拉文斯基等波兰资本家竞争，就曾多次挑拨莫雷茨和博罗维耶茨基的关系。莫雷茨借他的债不还，他本来很恼火，但他了解到莫雷茨阴谋夺取博罗维耶茨基的工厂时，就立刻和莫雷茨攀亲论友，表示支持他的行动，说什么"必须让大伙都看清局势，手拉手，紧密地团结起来"，实际上是要把波兰资本家搞垮，把德国人赶走，让犹太人独霸罗兹的工商业。

一些工厂主掌握的生产工具不够先进，或者仍处于旧的手工业生产阶段，或者经营方式不够灵活，适应不了斗争的局面，在竞争中就必然遭到失败、破产，特拉文斯基的严重亏损和老巴乌姆的彻底垮台便是突出的例子。

（三）资本家在进行你死我活的生存斗争的同时，实现资本积累的主要手段，就是榨取工人的血汗。十九世纪末的波兰王国，大批农民流入城市，产生了劳动力过剩的现象。资本家不把雇佣工人当人看待，工人不仅生活条件极差，劳动保健和生产安全也没有基本的保障。在布霍尔茨的工厂里，一个工人被机器砸死了，厂主不仅不负法律责任，不给死者家属抚恤，而且那个工人刚死，工头就强迫其他工人立即在他死亡的机器旁干活，还威胁说要扣全车间工人的工资，以赔偿被死者的血染污的布料。布霍尔茨死后，工人为他送葬，他的女婿甚至连工人这一天的工资也要扣除。特别是在危机到来，或者工厂老板用机器代替手工劳动的时候，大批工人被解雇，生活无着，贫病交迫，命运悲惨。布霍尔茨厂里的医生维索茨基一次路遇的一个工人就是一例，这个工人的四个孩子不是给机器砸死就是死于疟疾，没有一个活着，他自己也因事故折断了腿骨，只剩下老伴，孤苦零丁，无依无靠。

资本家对工人不仅敲骨吸髓地剥削，而且肆无忌惮地进行人身侵犯和侮辱。棉纺厂老板凯斯勒在家里开下流舞会，强迫许多女工参加，把她们当成满足自己兽欲的工具。在这里，工人所受的残酷压迫和古罗马社会中的奴隶几乎没有什么区别。

正是在对无产阶级进行残酷压迫和剥削的基础上，百万富翁们过着极端奢华享乐的寄生生活。那些阔太太和少爷、小姐们，成天无所事事，更是头脑空虚，作风庸俗，男的一味勾引有夫之妇，女的则以逗犬为乐，有时凑在一起就酗酒，开下流舞会，模仿下等动物的动作……正如维索茨基对他们说的："腻烦是富人的通病……你们对一切都感到厌烦，因为你们什么都能有，什么都可以买到。除了玩以外，什么都不与你们相干。可是最疯狂的游戏到头来也不过是腻烦。"

总之，在这个社会中，人们拜倒在金钱脚下，而金钱又成为导致种种罪恶的根源。主人公特拉文斯基曾经坦率地说："没有伦理道德可以活下去，没有钱可不行。"小说另一个主人公甚至说得很中肯：在某种意义上，"只有穷人才能独立自主，就是最有钱的百万富翁也是没有独立自主的。一个享有一个卢布的人就是这个卢布的奴隶。……像克诺尔、布霍尔茨、莎亚、米勒和千百个这样的人，他们都是自己工厂的最可怜的奴隶，最没有独立自主的机器，别的什么也不是！"莱蒙特能从资本主义社会的经济基础出发，分析和揭露这个黑暗社会中的生存竞争、阶级压迫、贫富不均、道德沦丧以及其他一切具有典型意义的社会现象产生的原因，表明他的观察是相当深刻敏锐的，小说在这方面可以当之无愧地列入波兰批判现实主义文学的杰作。

可是莱蒙特看不到改变这种社会状况的根本出路。尽管小说创作的年代，正是罗兹工人运动蓬勃发展的时代，但由于其局限性，莱蒙特不仅没有描写工人运动，他所刻画的无产阶级形象也是不成功的。在他的笔下，这些深受资本家压迫的劳动者虽然有时表现出对老板的仇视和对雇佣劳动的厌恶，可是对压迫却较少反抗，在自己的同伴被机器砸死后，见到凶恶的工头，就像"一群被山雕吓坏了的小鸟一样"。像阿达姆·马利诺夫斯基这样的在妹妹被老板侮辱后，为了复仇，敢于和老板拼死斗争的工人，在小说中为数不多。

在既对黑暗社会痛恨和不满而又没有改变现状的根本办法的情况下，莱蒙特有时只好对社会邪恶采取回避的态度，从一些在他看来是品德善良的人的家庭生活中找到安慰，他所描写的老巴乌姆和尤焦·亚斯库尔斯基家的友爱关系就充分反映了这一点。老巴乌姆待人慷慨好施，对年幼的孙辈也很爱护，每当他回到家里，逗孩子们玩，就形成了一种十分欢乐幸福的场面，他曾对博罗维耶茨基深有感触地说："一年有这么一天，就不错了。在这一天里，可以把全世界的生意买卖和生活中的一切麻烦都忘掉，共享天伦之乐。"尤焦家里十分贫困，父亲经常失业，弟弟患了痨病，全靠他在马克斯·巴乌姆事务所里供职和母亲缝制衣裙出卖或者当家庭教师挣几个钱维持生活。纯朴善良的尤焦一回到家,就把挣来的钱一文不留地交给妈妈。兄弟姊妹对患病的弟弟都极为爱护。像这样生活虽然贫困,但充满了温暖而又相亲相爱的社会下层的家庭,和上流社会一味尔虞我诈、你争我夺、自私自利的阔富人家相比,在莱蒙特看来,显然一个是真、善、美,另一个是伪、恶、丑的象征。在这里表现了莱蒙特的人道主义思想观点。

三

小说在人物刻画上,也反映了作家的创作特色。莱蒙特所刻画的人物个性鲜明,栩栩如生,不仅充分体现出他的创作意图和思想倾向,也大都具有相当的社会典型意义。像布霍尔茨、莫雷茨和维尔切克这样集中表现了资本主义社会中一切贪婪、高傲、狡诈、阴险和残酷无情的典型性格的人物无疑是莱蒙特鞭笞的对象。布霍尔茨作为罗兹数一数二的亿万富翁,因为有钱而藐视一切,认为自己的财富都是劳动所得,说什么是他养活了工人;他把工人看成畜生,可以任其驱使、宰杀,他还恶狠狠地说:"他们要饿死,就让他们死掉吧!"对于那些参加过罢工和革命的工人,布霍尔茨更是极端仇视。在他看来,世界上必然有一部分人像他这样高踞于亿万人之上,享尽人间的欢乐,也必然有一部分人一无所有,永远受压迫,这就是一个资本主义社会统治者的典型的世界观和生活逻辑,作者对这个资本家的心理状态,做了入木三分的刻画。

博罗维耶茨基是一个内心世界十分复杂和矛盾的人物,他的形象在一定程度上也反映了作者的思想矛盾。博罗维耶茨基从其根本立场来说，是站在维护资产阶级统治一边的，他很熟悉资本主义企业的经营方式，最有资产阶级的处世经验，深深懂得在罗兹"这个欺骗和盗窃成风的地方，如果有一点儿和大家不同，他就别想存在下去"。他说："生活的全部智慧，就在于适时地发怒、笑、生气和工作，甚至在于适时地结束生意买卖。"由于他精明能干，事事内行，又善于在布霍尔茨面前逢迎讨好，深得布霍尔茨的信任。有一次，当那个被机器砸死的工人的妻子来工厂要救济金时，见习生霍恩叫她去法院打官司，博罗维耶茨基便马上以撤他的职来威胁，并教训他说："你是工厂里千百万齿轮中的一个，我们收你并不是要你在这儿办慈善事业，是要你干活。这儿需要一切都发挥最好的效用，照规矩办事和互相配合，可是你造成了混乱。"另一次，在博罗维耶茨基建厂时，脚手架倒下压伤了几个工人，安卡想将其中一个无家可归的孩子接来家里治疗，博罗维耶茨基对她也进行了同样的讽刺和嘲弄。在生活作风上，博罗维耶茨基和其他的阔老板也没有什么区别，他从来没有爱过什么女人，却常背着楚克尔勾引他的老婆；他对安卡和卡玛的态度，更是脚踏两只船，表里不一，表现了他庸俗的一面。在这一点上，莱蒙特真实地揭露了这个资本家的思想性格的本质，表观了作者的现实主义态度。

然而，博罗维耶茨基在许多方面又与德国和犹太资本家很不相同。在企业经营管理上，他认为应当重视产品的质量和买者的需求，必须改变罗兹外国企业家为了谋取高额利润，大量生产次品，欺骗消费者的倾向。他也不像德国资本家那样，在自己的企业遇到亏损时，用火烧工厂去骗取保险公司的大量保险费。他对朋友讲信义和友爱，同背信弃义的莫雷茨恰成对照。他对那些有求于他的穷苦人，或者因工厂事故死亡的工人的家属，有时也很热心地帮助和照顾。从这些描写可以看出，作者认为波兰资本家比犹太和德国资本家的品德在某种程度上要高尚些。在莱蒙特看来，罗兹工业的振兴，必须由波兰人来领导，因为在"这个欺骗和盗窃成风的地方"，只有少数波兰资本家比较诚实、正直和富于友爱精神。在祖国沦亡的时候，莱蒙特出于对掠夺波兰财富的外国资本家的憎恨，在这里所表现出来的民族情绪，是可以理解的。同时这也可以看出，在莱蒙特看来，资本主义工商业的发展，首先要讲究诚信，要关心劳动人民的疾苦。

小说中像霍恩、维索茨基和安卡等这些属于社会下层的人物，是作者热情歌颂的对象。在他看来，他们正是在这个黑暗社会中真正敢于和邪恶进行斗争，闪耀着人道主义理想光辉的人物。霍恩为人正直，不仅在遇事不公时，敢于和博罗维耶茨基顶撞，而且面对凶恶的布霍尔茨，也能和他进行坚决的斗争，痛骂这个自命不凡的大老板是"德国猪""豺狼""贼""无耻之徒"，就是被解雇也在所不惜，因为他不只对布霍尔茨，而且对罗兹的欺骗、压迫，对"这可恶的工业匪帮"早已痛恨至极。维索茨基同情穷人的疾苦，并富于自我牺牲精神，他常给穷人看病，从来不向他们要钱，因此他尽管终日劳累，却依然十分贫困，连自己也要靠母亲养活。安卡也具有善良和同情穷苦人的美德，她一心爱着博罗维耶茨基，为他牺牲了一切，尽管后来产生了分歧，直至被他抛弃，也没有记恨于他。作者对这些动人形象的刻画和他深刻揭露资本主义社会的黑暗一样，无疑给小说增添了思想光辉。

四

《福地》真实地反映了波兰十九世纪末的资本主义社会面貌，成功地塑造了许多性格鲜明的人物形象，在艺术手法上具有鲜明的特点，这些特点主要表现在以下两个大的方面：

（一）莱蒙特对于他所痛恨的人物和社会现象往往利用象征的、外形的描写以及其他夸张的描写进行辛辣的讽刺，有强烈的艺术效果。例如作者写布霍尔茨这个罗兹最大的富翁，表面上十分凶恶，实际上不过是一个病入膏肓、行将就木的人，他的意图显然不仅是指这个阔老板生了病，而是象征整个靠剥削千百万工人血汗起家的资产阶级已经腐朽没落，必然走向灭亡；尤其是作者写布霍尔茨的私人医生用砒霜疗法给他治病，还对他说什么"类似的病用类似的方法治疗对人的体质来说是最适合的"，这进一步暗示，对于社会的邪恶，唯一的办法就是以毒攻毒，把它消灭。

又如对布姆-布姆这个酒鬼、骨结核和精神病患者，作者首先抓住其外貌的主要特征，给他画像："面孔的颜色就像浸透了血的油脂。他的浅蓝色眼睛有点儿突出……他的稀疏的头发紧贴在高高隆起的方形额头上，这额头上的皮肤褶皱很多……他的身子老是向前弓着，看起来就像一个老色鬼。"接着莫雷茨在酒店里半开玩笑似的宣布布姆-布姆要出卖自己，"他老了，残废，很丑，也很蠢，可是他的卖价很便宜！"然后布姆-布姆见到博罗维耶茨基后，又神经质地不断地在博罗维耶茨基的身上扯来扯去，似乎感到博罗维耶茨基身上有许多扯不干净的线一样。所有这些象征性的描写，突出地表现了一个病态社会的种种丑相，具有强烈的讽刺意义。

（二）莱蒙特对波兰社会的了解既深刻又广泛，并善于对社会环境、各阶层的生活状况、风俗习惯等进行多方面的描写。在《福地》中，人们的工作、娱乐、社交、礼拜，以及罗兹的工厂、房屋建筑等的描写几乎无所不包，它们呈现在读者眼前，犹如一幅幅逼真的风俗画，而总和起来又给人绚丽多彩的印象。莱蒙特擅长写景。他的表现手法，在某种程度上受了当时流行的象征派艺术的影响，力求色彩鲜明，形象生动。例如他写工厂厂房里的情景就是这样："天色阴沉，他现在什么也瞧不见。可是那机器上的最大的轮子却像一头怪兽一样，在疯狂的转动中喷射出闪闪发亮的铁火。这铁火有的散成火星落到地上消失了，有的往上猛窜，好像要破壁而逃。可是它冲不破墙壁，只好上下来回地穿梭，同时发出吱吱喳喳的响声。它的穿梭动作相当迅速，很难看清它的形状，唯一可见的就是它从钢铁车床的平滑的表面上不断升起的一团团焰火。这银白色的焰火在催着轮子转动，在这座阴暗的塔楼里散发着无数的火星。"

这种声色俱显的描写有时又和人物活动和思想感情变化的描写融合在一起，形成了某种气氛。试读以下一段：

"在这万籁俱寂的夜里，他们久久地坐在这间客厅里，外界的任何音响都未能透过墙壁和壁纸传进来。这两个沉溺于爱中的人儿，就好像被萦绕在他们上面的欢乐的云雾所包围，好像完全失去了自由和力量。在这里，到处可以闻到扑鼻的香味，可以听到他们的吻声、他们激动的说话声和客厅里丝缎的沙沙响声，可以看到像蒙蒙细雨一样愈趋微弱的红绿宝石色的灯光和壁纸、家具的模糊不清的颜色。这些颜色一忽儿隐隐约约地现出光彩，一忽儿在灯光照耀下，似乎不停地左右跳动,似乎在客厅里慢慢地移动。然后,它们便在房里散开了,同时在愈趋浓密的黑暗中失去了自己的光彩。这个时候,只有那尊佛像仍在奇妙地闪闪发亮,在它头上的一些孔雀翎的后面,还有一双眼睛在越来越悲伤、越来越神秘地望着它。"

类似的描写显然是为作者塑造人物,以景怡情服务的。小说所写的罗兹上流社会人士在戏院里看戏的那个场面也是这样。有人报告经济行情恶化,在资本家中间引起了极大的不安,而坐在戏院上层廉价座位上的一般市民因为经济危机对他们威胁不大,仍然在聚精会神地看节目,欢笑,喝彩,这就狠狠地刺激了那些忧心忡忡的百万富翁。莱蒙特写道:"这笑声宛如从二楼泻下的一片水浪,像瀑布一样轰隆隆地响着,洒泼在池座和包厢里,洒泼在所有这些突然感到心绪不安的人的头上,洒泼在这些躺在天鹅绒座位上,身上戴满了钻石首饰,自以为有权力、自以为伟大而藐视一切的百万富翁的身上。"这些风趣、形象和富于讽刺意味的描写,明显地透露了作家对这些资本家的蔑视。

小说对农村景色的描写,洋溢着诗情画意。在莱蒙特的心目中,农村和肮脏发臭、垃圾成堆、废水泛滥的城市街巷,以及带着"罗兹的俗气"的矫揉造作的城市宫殿建筑相比,才的确充满了生气勃勃的景象,显现了真正自然的美;作者深恶痛绝城市资本主义的腐朽没落,对农村则流露出深情的热爱,这种倾向不仅反映在莱蒙特的小说中,而且在当时波兰整个文学的创作中,是带有普遍性的。例如小说下面的一段描写:"月亮高悬在窗前,照亮了屋里淡蓝色的尘土,同时把柔和的清辉洒在沉睡的小镇、空寂的小巷和广阔的田野上。田野里盖满了微波起伏的麦浪,它的上方静静地弥漫着透明的薄雾。草地和沼泽上冉冉升起灰白色的水气,像香炉里冒出的青烟一样,一团团飞向碧空。在淡雾中,在洒满露珠,像梦幻一样沙沙作响的庄稼中,蟋蟀越来越清晰地唧唧叫着;这成千上万的鸣叫声时断时续,以颤抖的节奏一刻不停地在空中传播;应和它们的是青蛙的大合唱,它的尖厉的鸣叫发自沼泽地上:'呱,呱,呱,呱!'"

以上我们对《福地》及其作者做了一个大略的介绍。最后要说明的是,这个译本是根据波兰文学出版社1957年出版的《莱蒙特选集》,直接从波兰文译出的。

人物表

海尔曼·布霍尔茨——德国人,罗兹某印染厂厂长

卡罗尔·博罗维耶茨基(卡尔)——布霍尔茨印染厂经理

莫雷茨·韦尔特(马乌雷齐)——布霍尔茨印染厂股东,博罗维耶茨基的好友

马克斯·巴乌姆——博罗维耶茨基的好友

布霍尔佐娃——布霍尔茨的妻子

克诺尔——布霍尔茨的女婿

马切克·维索茨基——布霍尔茨印染厂医生

尤利乌什·古斯塔夫·哈梅施坦(哈梅尔)——布霍尔茨的私人医生

什瓦尔茨——布霍尔茨印染厂公务员

列昂·科恩——布霍尔茨印染厂代销店经理

奥古斯特——布霍尔茨的仆人

罗伯特·默里——博罗维耶茨基的助手

霍恩——布霍尔茨印染厂见习生

索哈——布霍尔茨印染厂的搬运工

马泰乌什——博罗维耶茨基的仆人

莎亚·门德尔松——犹太人,罗兹某棉纺厂厂长

鲁莎·门德尔松——莎亚的女儿

托妮——鲁莎的女友

格罗斯吕克——罗兹银行行长

梅丽——格罗斯吕克的女儿

米勒——德国人，罗兹某棉纺厂厂长

玛达——米勒的女儿，后来是博罗维耶茨基的妻子

威廉·施特尔希（威尔）——米勒的儿子，玛达的弟弟

楚克尔——犹太人，罗兹某棉纺厂厂长

露茜·楚克罗娃——楚克尔的妻子，博罗维耶茨基的情妇

老楚克尔——楚克尔的父亲

格林斯潘——德国人，罗兹某围巾厂厂长

雷吉娜——格林斯潘的大女儿

阿尔贝尔特·格罗斯曼——雷吉娜的丈夫

梅拉（梅拉尼亚）——格林斯潘的小女儿

齐格蒙特（齐格蒙希）——格林斯潘的儿子

费拉——梅拉的女友

罗伯特·凯斯勒——德国人，罗兹某纺织厂厂长

贝尔纳尔德·恩德尔曼——凯斯勒纺织厂股东

老巴乌姆——德国人，马克斯·巴乌姆的父亲，罗兹某纺织厂厂长

布卢门费尔德——格罗斯吕克银行事务所会计师

奥斯卡尔·迈尔男爵——罗兹某棉织品厂厂长

梅什科夫斯基——迈尔棉织品厂工程师

阿达姆·马利诺夫斯基（阿达希）——莎亚棉纺厂干事部技工

老马利诺夫斯基——马利诺夫斯基的父亲，凯斯勒纺织厂车工

卓希卡（卓霞）——马利诺夫斯基的姐姐，凯斯勒纺织厂女工

卡齐米日·特拉文斯基（卡久）——博罗维耶茨基的好友，罗兹某棉纺厂厂长

尼娜·特拉文斯卡——特拉文斯基的妻子

达维德·哈尔佩恩——特拉文斯基的朋友

斯塔赫·维尔切克——罗兹某头巾厂厂长

库罗夫斯基——罗兹某化工厂厂长

卡奇马列克——库罗夫某砖厂厂长

尤泽夫·亚斯库尔斯基（尤焦）——老巴乌姆纺织厂事务所实习员

亚斯库尔斯卡——亚斯库尔斯基的母亲

阿达姆·博罗维耶茨基——卡罗尔·博罗维耶茨基的父亲

安卡（安纽霞）——博罗维耶茨基的未婚妻

科兹沃夫斯基——博罗维耶茨基在里加时的同学

西蒙神父——阿达姆·博罗维耶茨基在库鲁夫的邻居，库鲁夫修道院神父

利贝拉特神父——库鲁夫修道院神父

查荣奇科夫斯基——库鲁夫的贵族

利基耶尔托娃（艾玛）——博罗维耶茨基爱过的女人

斯泰凡尼亚·瓦平斯卡——"侨民之家"旅馆职员

卡玛——斯泰凡尼亚的外甥女

目　录

001 / 上　部

003 / 第一章

015 / 第二章

037 / 第三章

080 / 第四章

088 / 第五章

143 / 第六章

174 / 第七章

193 / 第八章

232 / 第九章

263 / 第十章

289 / 第十一章

334 / 第十二章

356 / 第十三章

387 / 第十四章

408 / 第十五章

420 / 第十六章

441 / 下　部

442 / 第一章

496 / 第二章

519 / 第三章

551 / 第四章

563 / 第五章

575 / 第六章

599 / 第七章

614 / 第八章

624 / 第九章

633 / 第十章

654 / 第十一章

671 / 第十二章

678 / 第十三章

692 / 第十四章

701 / 第十五章

724 / 第十六章

743 / 第十七章

750 / 第十八章

759 / 第十九章

770 / 第二十章

777 / 第二十一章

793 / 第二十二章

800 / 第二十三章

上 部

第一章

罗兹苏醒了。

工厂第一道尖厉的汽笛声打破了清晨的寂静。接着,在这座城市的各个角落,别的汽笛也渐次呜呜地叫了起来。那嘶哑的、持续不变的音响传到了四面八方,就像一群恶狠狠的公鸡在歌唱,用它们的铁嗓子,呼唤着人们去上工。

有着高大的黑色身躯和细长脖子的烟囱、耸立在雨雾中的大工厂,也慢慢苏醒了,不时地吐出一团团焰火,呼吸着一团团烟雾,表明它还活着,并且正从依然笼罩着大地的黑暗中活动起来。

三月的小雨混杂着雪花下个不停,在罗兹的上空布满了一层沉甸甸、黏糊糊的大雾。雨点把白铁皮屋顶敲得当当直响,然后往下流到人行道上,流到黑黝黝的、满是泥泞的街道上,流到紧靠着长长的围墙、被寒风吹得直打哆嗦的光秃秃的人树上。风是从野外松软的田地上吹来的,它使劲地在泥泞的街道上翻滚,吹得篱笆不停地摇晃,还企图把屋顶全都掀开,最后却在地面上消失了。可是过一会儿,它又把树枝吹得飒飒地响起来,还不断冲撞着一间矮墩墩的平房的玻璃窗。在这间房里,突然闪出了一线灯光。

博罗维耶茨基醒来后,点燃了蜡烛。这时闹钟也开始大声地响起来,时针指的是五点。

"马泰乌什,沏茶!"他对进房来的一个仆人叫道。

"都准备好了。"

"先生们还在睡吗?"

"如果经理先生下命令,我马上就去叫醒他们。莫雷茨昨晚说过,他今天要睡久点儿。"

"去叫醒他,是他们拿了钥匙?"

"什瓦尔茨一个人来过。"

"有人在夜里打过电话?"

"昆凯值班,可是他走时什么也没有对我说。"

"城里有什么情况?"他问得很急,但他穿衣的动作比这还急。

"没有,只有一个工人在加耶罗夫市场上被打伤了。"

"够了,走吧!"

"可是,砖瓦厂街戈德贝格的工厂也起火了。我们的守门人去看过,全都完了,只剩下围墙,火是从烤房里烧起来的。"

"还留下什么没有?"

"没有,全烧光了。"仆人哈哈笑了起来。

"沏茶,我去叫莫雷茨先生。"

他穿上衣服后,经过餐厅,来到了邻居房里。这餐厅的天花板下挂着一盏灯,刺眼的白光照射着铺上了桌布、摆上了玻璃杯的圆桌和明晃晃的茶壶。

"马克斯,五点了,起来吧!"博罗维耶茨基打开了一间阴暗的房间的门,里面涌出的空气夹杂着紫罗兰的气味,使人感到难受。

马克斯没有回答,只是他的床铺坏了,被压得匣匣作响。

"莫雷茨!"博罗维耶茨基朝第二间房叫道。

"我没有睡,我整夜没有睡觉。"

"为什么?"

"我在想我们的这笔生意,还大概做了个计算,一夜就这样过去了。"

"你知道戈德贝格的工厂夜里起了火吗?马泰乌什说全都烧光了。"

"对我来说,这不是新闻。"莫雷茨打着盹回答说。

"你是从哪里知道的?"

"我在一个月前就知道他要烧工厂。奇怪的是,他为什么拖延了这么久,他的保险金已经不生利了。"

"他的货很多吗?"

"很多,都保了险。"

"这样就把亏空平衡了。"

两个人爽快地笑了。

博罗维耶茨基回到餐厅里喝茶。莫雷茨则像往常一样,满屋子翻着他的各种各样的衣服。他责骂马泰乌什说:

"你如果不把东西都整理好,我要狠狠地打你的耳光,叫你的脸变成一块红布。"

"你好[1]!"马克斯这才醒了,他叫道。

"你还不起?五点都过了。"

这响亮的说话声把那在屋顶上传播、十几秒内甚至震响了窗玻璃的汽笛声都掩盖了。

---

[1] 原文是德文。

莫雷茨只穿了一件内衣,但他的背上还披着一件大衣。他坐在壁炉前,炉里一些满身油脂的劈柴被烧得劈里啪啦,十分热闹。

"你不出去?"

"不,我本来要到托马索夫去,韦伊斯写信给我,要我给他送去一些新的针布;可是我现在不去,我觉得太冷,不想去。"

"马克斯,他也留在家里?"

"我有什么地方急着要去呢?到那个破篷子里去?昨天我和父亲[1]还一起吃了一顿。"

"马克斯,你经常和人吃吃喝喝,不会有好结果。"莫雷茨不高兴地唠叨着,用火钩使劲地扒开火。

"这与你有什么相干!"从第二间房里传来了喊叫声。

床猛烈地咔嚓一声。门里出现了马克斯高大的身躯,他只穿了一件内衣,脚上穿的是一双便鞋。

"这恰巧和我很有关系。"

"算了吧!你别惹我生气了。鬼知道卡罗尔为什么要把我叫醒,可你又胡说八道了。"

他用低沉但很洪亮的声调说。

莫雷茨回到自己的房间。过了一会儿,他把他所有的衣服都搬了出来,扔在地毯上,然后慢慢地穿衣。

"你这样吃吃喝喝,会坏了我们的生意。"莫雷茨又把他那副经常掉下来的金丝夹鼻眼镜托上他那干瘦的、犹太式的鼻子。

"什么地方?怎么坏的?"

---

[1] 原文是德文。

"到处都这样。昨天你在布卢门塔尔的家里高声说什么我们大部分工厂主都是道地的贼和骗子。"

"我说了,怎么样!我永远要这么说。"

他看着莫雷茨,脸上掠过一丝不乐意的、轻蔑的微笑。

"你,马克斯·巴乌姆!我说你不会说这种话,你不应当说这种话。"

"为什么?"马克斯靠在桌边,低声问道。

"如果你不懂,我说给你听:首先,他们是贼还是正经人,这和你有什么关系?你说这个干吗?我们大家在罗兹,都是为了做生意,为了多赚钱。我们谁也不会永远待在这里,每个人只要有条件,有本领,都可以赚到钱。你是红党,是红党第四号激进分子。"

"我是一个正直的人。"马克斯愤愤不平地说,给自己沏上了茶。

博罗维耶茨基用手掌捧着脸,用手肘撑在桌上,注意听着。

莫雷茨听到马克斯的话后,急忙转过身来,他的夹鼻眼镜也随着掉了下来,落在一张椅子的扶手上。他瞅着马克斯,在他的两片小嘴唇上露出一丝鄙夷的微笑。他用他那戴着闪闪发亮的宝石戒指的细细手指摸着黑得像油脂一样的稀疏胡须,以讥讽的口吻低声说:

"马克斯,不要说蠢话,这里讲的是钱,你不能带着这些责难在公开场合出现,因为这有损我们的信用。我们三人要合伙开工厂,可是我们现在什么也没有。这样我们就得有信用,使那些给我们贷款的人相信我们。我们现在要做一个作风正派的人,一个和蔼可亲的人,一个善良的人。如果博尔曼对你说'卑鄙的罗兹',你就对他说,罗兹比他说的还卑鄙四倍。你应当同意他的看法,他是一条大鱼。关于这个人,你对克诺尔是怎么说的?你说他是一个蠢汉,你呀!他并不蠢,他用自己的智慧挣得了百万家财。他有这么多钱,我们也希望有,可是我们只有等到有钱的时候才好来谈这些。现在我们要安安静静地坐下来,这些人我们是需要的。让卡罗尔说说我有没有道理!你要知道我想的是我们三个人的未来。"

"莫雷茨说的完全对。"博罗维耶茨基赞同地说,用他那双冷冰冰的灰眼睛瞅着正在生气的马克斯。

"我知道你们说的有理,这是罗兹的道理,可是你们不要忘记,我是一个诚实的人。"

"空话,陈腐的空话!"

"莫雷茨,你是个卑鄙的犹太佬!"巴乌姆十分激动地叫了起来。

"多情的德国人呀!你太蠢了。"

"你们在玩弄辞藻啊!"博罗维耶茨基冷冰冰地说道,同时把大衣也穿上了,"遗憾的是,我不能和你们在一起了,我要新开一个印刷厂。"

"我们昨天在商谈中是怎么决定的?"巴乌姆已经恢复到心平气和,他问道。

"合伙办工厂。"

"对,我什么都没有,你什么都没有,他也什么都没有。"

巴乌姆大笑起来。

"我们合伙的话，钱正好够，而且够办一个大工厂，这样我们还会失去什么呢？钱总是可以赚到的。"过了一会儿，他又补充说，"最后还是看我们一起做生意，还是不做，你们再表示一次自己的意见。"

"做生意，做！"巴乌姆和莫雷茨两人又说了一遍。

"戈德贝格把自己的工厂烧了，这是为什么？"巴乌姆问道。

"他做得对，这是为了维持自己的收支平衡。一个聪明的伙计呀！他会赚大钱的。"

"到头来也许要犯罪。"

"蠢话！"莫雷茨感到焦躁地跳了起来，"你可以在柏林、在巴黎、在华沙说这种话，可是在罗兹不能说，这叫人讨厌，我们是不会这么说的。"

马克斯没有回答。

汽笛又提高了它那十分尖厉和令人烦恼的嗓音，雄浑有力地唱起了报晓的晨曲。

"好，我要走了。再见，伙计们！不要吵嘴了，睡觉去吧！在梦里也要想着我们要赚的这些钱啊！"

"我们一定干。"

"干！"三个人同声说。

大家表示友好地紧握着双手。

"要写下今天的日期，对我们来说，它很值得纪念。"

"马克斯，在日期旁还要添个括号，以后在我们当中，看谁首先骗人。"

"博罗维耶茨基，你是贵族，在你的名片上有贵族纹章，你在自己做生意的全权证书[1]上也盖了纹章,你是我们中最伟大的罗兹人[2]。"莫雷茨喃喃地说道。

"你不是吗?"

"我不要这个,因为我要赚钱。你们和德国人都是优秀民族,但只会说空话。"

博罗维耶茨基把领子扯起,用心扣上后,出去了。

蒙蒙细雨在不停地下着,歪歪斜斜地把皮奥特科夫斯卡大街一头的那些小房子的窗户淋湿了一半。这些房子排得很密,有的地方由于和工厂主的巨大厂房或华美宫殿连在一起,又好像扩大了自己的范围。

人行道上一排排矮小的椴树在飘游于泥泞的、几乎是黑色的街道上的风的袭击下,不得不弯下身子。稀稀落落的路灯不过洒下一些黄色的小光圈,但在它的照耀下,街上带黏性的黑色烂泥也在闪闪发亮。成千上万的人在这些汽笛声的呼唤下,静悄悄地可是像发了疯似的迅疾跑过去了。与此同时,周围汽笛的叫声也渐渐稀少了。

"我们干得成吗?"博罗维耶茨基再一次说道,同时凝视着那些杂乱无章地耸立在黑暗中的烟囱,那些四处林立的、一动也不动的、黑魆魆的工厂群。这些工厂由于保持着某种绝对的安静,显得冷酷无情,它们那魁伟的红围墙使博罗维耶茨基感到它们在一切方面都似乎非常高大。

"你好[3]!"一个路过的人对站在这儿的博罗维耶茨基说了一

---

[1] 原文是拉丁文。

[2] 原文是德文。

[3] 原文是德文。

成千上万的工人仿佛一群群无声无息的黑色蚂蚁……

声后，走了。

"你好[1]！"博罗维耶茨基低声说，他走得很慢。

怀疑给他带来了苦恼，成千上万个想法、数字、推测和筹划萦绕在他的脑海里，他几乎忘了他在什么地方，也不知道到哪里去才好。

成千上万的工人仿佛一群群无声无息的黑色蚂蚁，从许多好似积满泥水的沟渠似的大街小巷和城边一些像大垃圾箱一样的房子里骤然拥了出来，使皮奥特科夫斯卡街上响起一片脚步声、闪耀于路灯光下的白铁器皿的磕碰声、许多平底鞋的干燥的木鞋底踩在地上的"得得"声、一些尚未睡够的人的喧嚷声和脚踩在烂泥巴上的"咕噜咕噜"声。

从各方面拥来的人群站满了整个大街，他们有的密集地走在人行道上，有的"噗哧噗哧"地走在满是黑色污水、污泥的街心。一些人乱纷纷地麇集在工厂的大门前，另一些人排成一条宛如长蛇的队伍，当他们走进大门时，仿佛被门里射出的光线慢慢吞没一样。

在一片漆黑的厂房里，开始燃起了灯光。里面四个最为黑暗和静寂无声的壁角，在千百个像火眼一般燃烧着的窗子的照耀下，也亮起来了。一盏盏大型电灯在空中放出了灿烂的金光。

烟囱里喷发出来的白色烟雾开始萦绕在这高大的石林里，就像千万条柱子一样，把夜空高高托起，并且随着灯光的颤动在不停地摇晃着。

街上没有人了，路灯熄灭了，最后一声汽笛也响过了，就是奔

---

[1] 原文是德文。

驰和呼啸在大街上的大风也渐渐停息下来。在一片寂静中,只能听到雨声滴答。

酒店和面包房开张了。有的地方,从房屋的阁楼或地下室的窗子里,闪出了灯光;在地下室里,也流进了从街上来的泥水。

千百个工厂的紧张热烈的劳动生活开始了。机器低沉的轰隆声在烟雾蒙蒙的空气中回响,也传到了博罗维耶茨基的耳鼓里。他这时在街上踱步,注视着那些厂房的窗子和窗子里显现出的工人的黑色身躯或一台台巨大的机器。

他不愿去上班,以为像这样散散步,想一想他未来的工厂,如何对它进行管理,如何开工,如何保护等还要好些。在陷入沉思后,他有时觉得已经看见了这座未来的工厂,还清楚地听到它的轰隆声就在自己的近旁。他看见了一堆堆的原料、工厂的事务所和顾客,看见到处都是紧张的活动。他觉得那财富的洪流已经流到了他的脚下。

博罗维耶茨基不由自主地笑了起来。他的眼睛由于被泪水浸湿而闪闪发亮。在他白净、漂亮的脸上,也浮现出一阵源自高兴的红晕。他有点儿不耐烦地摸了摸被雨水打湿的胡须,终于从沉思中苏醒过来。

"这多么愚蠢。"他感到不乐意地唠叨着,然后环顾周围,好像怕被别人发现自己这一瞬间的糊涂。

周围没有人,天色却已蒙蒙亮了。在微弱的、不很清晰的曙光中,慢慢现出了树木、工厂和房屋的面貌。

农民的大车用牛和绳子拉着驶到街上来了。城里装满了煤的大运货车和载着一包包纱线和棉花、尚待加工的货物或木桶的平板车,

"咕隆咕隆"行驶在坎坷不平的道路上。一些急忙去上班的工厂老板乘坐的小马车时而迅疾地从它们中间穿了过去,间或也有一辆坐着一位迟到的公务员的轻便马车和它们一同走在这里。

博罗维耶茨基走到皮奥特科夫斯卡大街的尽头后,向左拐弯,走进了一条没有铺砖的小巷子,这里已被几盏用绳子吊起的路灯照得通明透亮。他来到一家已经开工的大工厂,那四层楼高的厂房的所有窗子里,都燃起了灯光。

他迅速换上一件沾满色料的、肮脏的工作服,跑进了自己的车间。

第二章

"默里,你好!"博罗维耶茨基叫道。

默里身上系着一条长长的蓝围裙,从一排排活动锅灶后面走了出来,这里在熬煮颜料。在被各色颜料蒸汽遮掩而显得昏黄的电灯光的照耀下,他那刮得十分干净的瘦长脸和一双晶亮、浅蓝、似乎有点儿突出的眼睛给人的印象,却像《潘趣》周刊[1]上的一幅讽刺画。

"啊!博罗维耶茨基!我早想见您了!我昨天就到过您那儿,却遇见了莫雷茨,我讨厌他,因此没有等您。"

"他是个好伙计。"

"他的好心和我有什么关系,我讨厌他的种族。"

"第五十七号已经在印了吗?"

"在印了,我给了颜料。"

"印得上吗?"

"第一批米数还凑合。中央管理局已经表示要向您定购五百匹锦缎。"

"啊!这是第二十四号,浅绿色的。"

---

[1] 英国十九世纪下半叶的著名讽刺幽默刊物,1841年在伦敦创刊。

"贝赫分局也来了电话,为了同一件事,我们生产吗?"

"今天不了,绒布更迫切些,还有这些夏天的品种更需要印染。"

"有人来电话要定购第七号斜纹布。"

"在砑光车间,我一会儿就到那里去。"

"我有话对您说。"

"说吧!说吧!"博罗维耶茨基虽然很客气地低声说,其实他不很乐意。

默里拉着他的手,把他带到厂房角落里的一些大木桶后面,那儿时刻都有人来从桶里取颜料。

这个被称为"厨房"的厂房在黑暗中仿佛消失不见了。在一排悬挂得并不很高的像钢伞一样的棚檐下面,一些大型铜搅拌器正自个儿慢慢转动,翻搅着大铜锅里的颜料。这些铜锅的表面磨得很光亮。

整个房子由于机器的转动而颤抖着。

长长的传动带宛如一条条米黄色的不尽长蛇,在天花板下发疯似的迅疾地你追我赶。它们或是纠结在一起,从两排大煮锅的上空通过,或是沿墙匍匐前进,或是在很高的地方,互相交错地走着。人们只能通过那些从锅里不断冒出来的刺鼻的、同时把灯火遮住了的五颜六色的汽雾,才勉强可以看见。而这些传动带通过墙壁,通过所有的洞孔,还要钻进其他的厂房。

工人们穿着沾满颜料的衬衫,默不作声地奔跑,好像一些影子,一会儿就消失在黑暗中。小车"咕隆咕隆"地驶进驶出,不断地将制成的颜料运送到印制车间和染房去。

到处都是刺鼻的硫黄味。

"我昨天买了些家具。"默里对博罗维耶茨基低声说,"你大概以为我给我的小沙龙买的是皇帝式[1]的、黄色缎面的家具,给餐厅订购了亨利四世式的橡木家具,给女客厅……"

"你什么时候结婚?"博罗维耶茨基不耐烦地打断了他的话。

"我自己也不知道,虽然我想尽可能早一点儿。"

"你已经求婚了吗?"博罗维耶茨基表示轻蔑地瞧着这个驼背的、看起来十分可笑的英国人,他现在觉得这个人的背弯得很厉害,他那向前突出的长长的腮帮和非常好动的宽嘴唇使人想起猴子的模样。

"就算是求婚了吧!正是在星期天,她对我说,她要有一栋布置得很好的住宅。我详细地问了她;她的回答,就像当你问到许多女人未来的经济状况时她们所回答的那样。"

"你前一次也是这样说的。"

"是的,可我过去连半点儿信心也没有。"默里说得很肯定。

"如果是这样,我对你表示衷心的祝贺,什么时候可以和你的女友认识?"

"到时候一切都会有的,一切。"

"所以我相信,你到底要结婚的。"博罗维耶次基表示讥讽地唠叨着。

"你明天来我这里好吗?我一定要听听你对我的这些家具的意见。"

"我来。"

---

[1] 原文是法文。

"可是什么时候?"

"午饭后。"

默里回到了颜料房和实验室。博罗维耶茨基则通过工厂的走廊和过道一直跑到染坊来。过道里由于满是装着还能渗出水来的颜料的车子、人和大捆大捆成堆地摆在地上有待清理的货物,显得十分拥挤。

在路上时时都有人拦住博罗维耶茨基,和他商讨各种事务。

他发布的指令很短,他做出决定时很迅速,他要通知的事也通知得很快。他有时看了工人给他送来的试验品之后,只干脆地说一声"好"或者"还要",便又通过千百个工人的视线和像地狱一样乱糟糟的工厂的轰隆声,继续往前走去。

一切都在强烈地震动,墙壁、天花板、机器、地板、发动机都在"轰隆隆"地响着。传动带发出了刺耳的嘟哨声,小车辚辚行驶在沥青地上,动力机上的轮盘时而发出"叮叮当当"的碰撞声,齿轮也"咯咯"地咬得直响。通过这动荡不安的汪洋大海,还不断地传来人们的呼喊声,那主机的强有力的呼吸到处可以听见。

"博罗维耶茨基先生!"

博罗维耶茨基注意环顾四周,可是厂房里到处都是蒸汽,除了机器微微显露出它的轮廓之外,别的什么也看不见,他看不见是谁在叫他。

"博罗维耶茨基先生!"

这时他的身子突然晃了一下,因为有人抓住了他的肩膀。

"啊!厂长先生!"博罗维耶茨基认得是工厂老板,低声地说。

"我在找你,可你却跑得远远的了。"

"我有事嘛！厂长先生。"

"是的，是的，我知道，我累得要死了。"老板使劲抓住他的肩膀，嘴里不说话，由于过分疲劳，连呼吸都很困难。

"工作有进展吗？"过了一会儿，老板才问道。

"在干。"博罗维耶茨基简单地回答后，便往前走去。

老板靠在博罗维耶茨基的胳膊上，他走起来很吃力，只好挂着一根粗大的树枝，这样两个人差不多都躬下身子了。然后他抬起了头，现出那双又圆又红、看起来十分凶恶的眼睛和大脸。这张脸也很圆，很明亮，上面长的小胡须剪得十分齐整。

"好吧！那些瓦特桑印染机的使用情况好吗？"

"一天能印一万五千米。"

"太少！"老板低声地嘟囔着。他放开了博罗维耶茨基的胳臂，登上满载着尚未加工的印花布的小车，这时他身上穿的那件厚实的大衣拖到了地上，但他依然挂着那根树枝，在车上坐下。

博罗维耶茨基来到一些大颜料桶跟前。在这些颜料桶上面，有一些大滚轴卷着一包包已经散开的布料在转动。它们一面把布浸染，一面又把颜料不断地溅泼在工人们的脸孔和衬衣上。站在这里的工人几乎一动也不动，他们时刻都得从桶里取水，同时看里面还有没有染料。

几十个这样的滚轴排成一行一行，它们那永不停息的转动看起来十分单调乏味。一条条长布由于在颜料里浸过，一块块红色、蓝色和米黄色的花斑在蒸汽的映照之下，现出了光采。

厂房里屹立着两行铁柱，把它上面的一层高高地托起。在柱子的另一边是洗涤车间，摆着一些长方形箱子，其中有的装满了开水，由于里面放了苏打而发着泡沫,有的还装着洗涤机、干燥器和肥皂。布料要从这些箱子里通过,由于打麻器不断地把水喷洒在大厅里,在洗涤机上便形成了一团稠密的雾,因而厂房里的灯光也像有一面镜子在反照着它。

接收器"叮叮当当"地响着,伸出它的两只交叉在一起的手,把洗净的布料交给工人。工人再用棍子把这些布料大幅大幅地折叠起来,分别放在那些时时刻刻都在来回走着的小车上。

"博罗维耶茨基先生!"老板对着一个在汽雾中闪现的影子叫道,可这不是博罗维耶茨基。

他站了起来,拖着他那双害了关节炎的病脚在厂房里一瘸一拐地走着。他感到能沐浴在这灼热的空气中很高兴,他的整个病体已经沉溺在这充满了汽雾、刺鼻的颜料味和水的大厅里了。这些水有的是从洗涤机和桶中喷泼出来的,有的是从小车子上渗流下来的,有的是人们的脚踩在地上溅起来的,还有的是那些沾在天花板的水滴并成一道水流后滴下来的。

离心机近乎呻吟的脱水声响遍了整个大厅,像针刺一样钻进了监视着工作进程、把全部注意力集中在机器上的工人们的筋骨里,猛烈地碰撞着干燥器上像旗帜一般飘荡着的彩色布料。

博罗维耶茨基现在在隔壁的一间厂房里。这里有一些矮小的老式的英国机器,用来印染供男装用的黑色粗布。

白昼之光通过千百个窗子照了进来,给这间厂房里的黑色汽雾和工人们身上涂上了一层浅绿色。工人们挽着两只手,像石柱子那样站着,一动也不动,注视着机器。千百米粗布在这里通过时,可以十分均匀地被染上从机器里喷射出来的、泡沫状的黑颜料。

墙壁在不停地抖动,工厂以其全副精力投入了工作。

靠墙安装的一台升降机使大厅和它上面的四层楼发生直接的联系。机器低沉的轰隆声在大厅里不断回响。升降机不是将一批小车、货物和人运上另一层楼,就是把另一批人和货在大厅里卸下。

白昼已经开始。浑浊的日光透过被蒙上一层汽雾的十分肮脏的窗玻璃射进来,将机器和人们的相貌照得更清楚了。大厅里,在淡绿色的昼光的照耀下,可以看到一条条长长的红色汽雾来回飘游,它们仿佛在汽灯的光晕上撒上了一层尘土。人和机器都好像处于尚未清醒的状态,好像一些被运动中产生的可怕的强力所控制的幻影,好像一束束的破烂和一堆堆的灰土被搅在一起后,扔进了不断翻腾和咆哮着的旋涡里。

老板海尔曼·布霍尔茨在细心地视察染房,走得很慢。

他走过样品展览室后,坐升降机上了楼,然后又踩着阶梯从楼上下来。他走过长长的走廊,检查机器,察看货物,时而向人们投去不高兴的眼色,时而说几句简短的话——他的话像闪电一样很快就传遍了全厂。他喜欢坐在一堆堆布上,有时坐在门槛上休息,有时他甚至突然不见了,过一会儿又出现在工厂的另一方,人们看见他站在一些车厢之间的煤栈的前面。这些车厢一排排立在一个正方形大广场的一边,广场周围用栅栏围了起来。

厂里所有的地方他都看过了。他在走过这些地方时,面色总是那么阴沉,沉默不语,就像秋夜一样。他只要在哪里出现,在哪里经过,哪里的人们就不说话了,他们的头就低下来了,他们的眼睛也闭起来了,甚至他们的形影也消失不见了,仿佛都要避开从他的眼里喷射出来的火焰。

他和在车间里忙个不停的博罗维耶茨基会过几次面。

他们相见时，总是互相表示友好的。

海尔曼·布霍尔茨喜爱博罗维耶茨基经营的这个印染厂，特别是博罗维耶茨基每年付给他整整一万卢布，因此他对博罗维耶茨基一贯十分敬重。

"他是我的这个车间里最好的一台机器。"他望着博罗维耶茨基，心里想道。

布霍尔茨自己已经不管什么事了，他让女婿管理工厂，自己则习惯性地每天早晨和工人们一起来到这里。

他喜欢在这儿吃早饭，然后一直坐到中午。午饭后，他不是进城，就是去办公室、堆栈或棉花仓库里走走。

他不能远离这个强大的工厂王国，这是他通过自己一辈子的劳动和他的智慧与力量所创建的。他必须关心踩在他脚下的一切，关心这些震动着的、破烂的墙壁，只有当他处在原料、颜料、漂白剂和烈日晒热了的油脂的气味中，走过那延伸于全厂的传动带时，他才感到舒服。

他现在坐在印染房里，用他那双昏花的眼睛望着由于窗子很大而显得明亮的厂房，望着转动中的印染机，望着这些活像一座座铁塔的机器，它们虽在十分紧张地工作，却保持无声无息。

每个印染机旁都有一台单独的蒸汽机，它的轮盘在转动中"呼啦啦"地响着，就像一块磨光了的银盾牌，在它以疯狂的速度不停地转动时，它的形貌是捉摸不定的，人们只看见围绕着它的轴旁有一个银色的光圈在旋转，同时喷射出闪灼发亮的烟火。

机器每时每刻都在迅速地运转。那永不中断的长长的布料被卷在一些铜柱子上,在这里给它们压上各色花纹之后,再往上去就看不见了——它们进入了上一层楼的干燥室内。

从机器后面把货物抬来交付印染的人们个个都好像没精打采。可是工长们都站在机器的前面,他们时时都要弯下身子,留心地看着那些大铜柱子,从大桶里掏出颜料给它们涂上,不消一会儿,他们就可以对这飞跑着的成千上万米的布看得出神。

博罗维耶茨基来到了印染房,为了检查新装备的一些机器的运行情况,他把这些机器印制出来的样品和由旧机器印染的布料做了比较,提出了建议。有时经过他的同意,一些正在活动的机器巨人也停了下来,他仔细地对它们进行过视察后,便继续往下走去,因为这工厂有力的节奏,这千百台机器,这成千上万以最大的注意力、几乎是信教的虔诚态度注视着机器运转的人们,这堆积如山的货物,在吸引着他。这些货物有的摆在地上,有的放在车子里,有的被人们搬来搬去——从洗涤机搬到印染机上,从印染机搬到干燥器里,从干燥器搬到砑光车间,然后还得去十几个其他的地方,一直到它们变成成品。

博罗维耶茨基时常也在自己的办公室里,他的办公室在"厨房"附近,他在这里设计新的花色,参看那摆在桌上的许多样品,这些样品被粘贴在一些大的纪念册中,是从国外寄来的。休息时,他考虑、设想他计划和朋友们联合开办的工厂的草图;可是他的思想不能集中,因为他离不开周围的环境,工厂的轰隆声在他的办公室里响着,工厂的响动使他的神经和跳动着的血脉都感觉得到,工厂不允许他离群索居,它毫不放松地拉住了他,使他不得不为每一个活动在这里的人服务,支持他们的一切行动。

博罗维耶茨基又起身出去了。白天对他来说真是长得可怕。四点左右,他来到另一个车间的办公室,想要喝茶,还要打电话给莫雷茨,叫他今天上戏院去,因为一个业余剧团为了表示慷慨,要在那儿演出。

"韦尔特先生刚走了半小时。"

"他在这里待过?"

"他拿走了五十匹白布。"

"自己要吗?"

"不是,他受阿姆菲沃夫的委托,到恰尔科夫那里去了。你抽烟吗?"

"抽,我累得要命了。"

他坐在空写字台前的一张高高的方凳上抽烟。

在这里办公的总会计师站在他跟前,自己嘴里噙的虽是烟斗,但却十分恭敬地用雪茄招待他。几个小伙子坐在高高的木条凳上,用一些大的红格本在写字。

办公室里没人说话,钢笔移动时的刺耳的沙沙声、钟摆摆动的单调的滴答声使博罗维耶茨基感到十分烦恼。

"有什么情况吗,什瓦尔茨先生?"

"罗岑贝破产了。"

"彻底破产了?"

"还不知道,可是我想他会调整的,总不能让生意遭受一次寻常的失败吧。"他低声笑着,用手指抖掉了烟锅里的湿烟灰。

"公司要丢掉吗?"

"这取决于每损失一百他该赔多少。"

"布霍尔茨知道吗？"

"今天他还没有来我们这儿，听说他的脚上长了鸡眼，很痛，他也怕受损失。"

"他也许倒霉了。"那些弯着腰在写字的小伙子中的一个低声地说。

"也许有亏损。"

"亏损很大，愿天主发发慈悲吧！"

"但愿他活上一百岁，享有一百座宫殿、一百个工厂，成为亿万富翁。"

"但愿他患一场重病。"一个小伙子低声嘟囔着。

大家都不说话了。

什瓦尔茨严肃地瞅着写字的人，也看着博罗维耶茨基，好像要表明自己对谁都毫无罪过；可是博罗维耶茨基却只是闷闷不乐地凝视着对面的窗子。

办公室的气氛令人极为烦闷。

墙壁一直到天花板都是用橡树木头堆砌成的，上面的黄颜色使人感到肃穆，墙上钉满了搁架，搁架上的书摆得很整齐。

窗子对面耸立着一座四层楼的大房子，是用红砖砌的，给办公室留下了一道铁锈色的愁惨的阴影。

外面的小院铺上了沥青，小车和人们不时地从这儿走过。在约一层楼高的地方，一些如同大力士的臂膀一样的传动带，朝着不同的方向飞跑，同时发出低沉的、哗啦啦的响声，把办公室的窗玻璃也震得"吱吱"地响。

工厂上面，高悬着像一块沉重的脏帆布的天空。天空降下的小雨有的汇成一道道肮脏的水流沿着围墙流下来,有的有如令人生厌的唾沫,吐在办公室的沾满了煤灰和棉花屑的玻璃窗上。

在办公室的一个角落里,煤气炉上的水壶在咝咝鸣叫。

"霍恩先生,递给我一杯茶好吗?"

"经理先生大概还要面包吧!"什瓦尔茨很客气地送上了一块。

"要干净点儿的。"

"这就是说比你吃的要好点儿的,尊敬的[1]霍恩先生!"

霍恩送来了茶,停留了一会儿。

"你怎么啦?"博罗维耶茨基问道,他和霍恩很熟。

"没什么!"他回答得很简单,表示厌恶地望着用报纸把面包包上,然后放在博罗维耶茨基面前的什瓦尔茨。

"你的脸色很不好。"

"霍恩先生不在你的厂里干了,从沙龙来的,难以习惯坐办公室和劳动。"

"只有牲口和癞皮狗才愿意带枷锁,正常的人不习惯。"霍恩十分恼怒地唠叨着,但他的声音很低;什瓦尔茨虽然注意瞅着他,但是没有听清楚,只好一面傻乎乎地笑着,一面低声说:

"尊敬的[2]霍恩先生!尊敬的[3]霍恩先生!这里有火腿炒阉鸡,非常好吃,经理先生会来品尝,我老婆是做这道菜的名手。"

霍恩走到写字台旁坐下,他那忙乱的视线一会儿盯着红色的墙壁,一会儿盯着窗子,窗子外面是一堆被撕散的用来纺纱的白棉花。

---

[1] 原文是德文。

[2] 原文是德文。

[3] 原文是德文。

"再递我一杯茶！"

博罗维耶茨基想试探他。

霍恩送来了茶，他没有看博罗维耶茨基，却转身要走。

"霍恩先生，你半小时后可以到我这儿来吗？"

"好，经理先生，我自己也有事，我打算明天来找你。现在你可以听我说吗？"

霍恩想私下对博罗维耶茨基说几句话，可这时有一个女人走进办公室来了，还带着四个孩子。

"耶稣赐福！"她低声唠叨着，把视线投向这时在桌边所有抬起了头的人。因为博罗维耶茨基站得距她最近，并且仪表堂堂，她便在他面前十分恭敬地躬下了身子。

"老爷，我来求您了。我丈夫的脑袋被机器轧断了，我们现在成了贫穷的孤儿寡母。我来这里是求老爷赐予公道的，我丈夫被机器轧断了头，请老爷发给我们救济金吧！"她又把身子躬到了博罗维耶茨基的膝盖上，"哇"的一声哭了起来。

"出去，到门外去，这里不管这样的事。"什瓦尔茨叫道。

"先生，安静！"博罗维耶茨基用德语叫他。

"先生，半年多来，她已经走遍所有的部门和事务所，没有办法把她赶走。"

"为什么这件事没有处理呢？"

"你也问这个？这个无赖是有意把他的头放在轮子下的，他不想干了，他要偷厂里的东西。我们现在要给他的婆娘和小杂种付钱？"

"你，癞皮狗，我的孩子是杂种？"女人喊着，激动地跳到了什瓦尔茨跟前，什瓦尔茨退到桌子后面去了。

"女人，安静！你别嚷了，叫这些孩子也别哭了。"博罗维耶茨基吓了一跳，指着那些贴在母亲身边放声大哭的孩子叫道。

"老爷！我正要说句实在的话，我在矿山里时，他们总是给我许愿，说是给钱。我也不停地走呀！求呀！可是他们骗我，把我像狗一样地赶出了门。"

"你们放心好了，我今天就去和厂主说一说，一个星期后你们到这里来，会给你们钱的。"

"敬爱的老爷呀！愿天主和琴希托霍瓦[1]赐予您健康长寿，赐予您财产和名誉吧！"她一面喊着，一面拜伏在他的脚前，吻着他的两只手。

博罗维耶茨基从她那里脱身后，离开了办公室，可是却在一个大过道里站了一会儿。当他看到女人也出来后，又问道：

"你们是从哪儿来的？"

"啊！先生，我是从斯基耶尔涅维茨来的。"

"在罗兹已经待了很久了吗？"

"快两年了，是因为破了产才来这儿的。"

"你们有工作吗？"

"这些异教徒，这些害了传染病的异教徒怎么会要我呢！再者我能把孩子放在哪儿呢？"

"你们靠什么生活？"

"我们很穷，老爷，穷得很呢！我和一些纺织工人一起住在巴

---

[1] 波兰宗教圣地。

乌蒂区[1]，每月要付三个卢布的房租。先夫在世时，尽管我们常常只有盐吃，只能挨饿，可总算是活下来了。现在他不在了，我就得去老城找活干，那里有时需要洗衣的，等等。"

她讲得很快，围在她身边的孩子穿得很脏，很破烂。

"你为什么不回乡下，到家里去呢？"

"我会回去的，先生！只要那儿照农民的标准给我付工钱，我这就去。否则，但愿罗兹城的瘟疫不要放过那里，但愿这城市的大火也烧到那里去，但愿天主不要怜惜那里的任何东西，但愿那里的一切都死光，不剩一个。"

"别闹了，你们没有必要在这里诅咒！"博罗维耶茨基有点儿生气地嘟囔着。

"没有必要？"女人感到奇怪，叫了起来。她把那苍白的、十分丑陋的、被贫困损耗了的面孔和那已经萎缩的、热泪盈眶的眼睛冲着博罗维耶茨基。"老爷，我们在乡里只不过是些雇农，我只有三莫尔格土地，是在父亲死后继承下来的。我们没钱盖房子，住在叔侄们家里，靠做工为生。一个乡里的人总还是可以住得好好的嘛！他可以把土豆积攒起来还债，可以养鹅养猪，会有鸡蛋。我们也养过乳牛，可是在这儿又怎么样呢？一个倒霉鬼要从早干到晚，连吃也顾不上，我们的生活最后就像乞丐一样，而不是像基督徒一样；我们是狗，而不能成为一个诚实的人。"

"那么你们为什么要来这儿呢？应当待在乡下嘛！"

"为什么？"她十分痛苦地叫道，"我也不知道为什么。大家

---

[1] 罗兹的工人住宅区。

都走了,我们也走。阿达姆是在春天走的,他把女人留下,走了。秋后来了一个打扮得十分漂亮的人,谁也不认得他;他全身穿的是呢子,戴镀银手表,还有戒指和在乡下要三年才能挣到的那么多的钱。人们都感到惊奇,可这个瘟神却在骗人,乡里人希望他把他们带出去,为此他们给了他钱,上帝知道他对他们许了什么愿,这样马上就有两个农民:杨夫妇的儿子和住在林子那边的格热戈日跟他走了,其他的人也会走的。他们来到了罗兹,每个人都想有呢子衣服、手表,过放荡生活。我阻止过我的丈夫,我们来这儿干吗?人生地不熟,人们会把我们当牲口使的,可他还是走了,后来他又回来了,把我也接走了,慈悲的主呀!我的主呀!"她不停地唠叨着,放声痛哭起来,用两只脏手擦着鼻子和眼睛。她的身子在这无可奈何的悲痛中,开始颤抖起来,紧靠在她身边的孩子们也跟她一起低声哭起来了。

"给你们五个卢布,你们就如我对你们说的那样去做吧!"

博罗维耶茨基已经感到厌烦,他很快转过身来,没等对方表示感谢就出去了。

他看不惯这种愁眉苦脸的样子,可是这女人却仍使他那慢慢消沉和有意控制着的感情受到了感染。

他在马西-普莱特式蒸汽锅炉[1]旁站了一会儿,看到布料通过这里就染印好了。他有点儿神魂颠倒地望着那些刚刚印上的花色,一些加上了媒染剂的黄花,在高温中受到成分复杂的苯胺盐溶液的浸染,会变成粉红色。

---

[1] 英国马西-普莱特公司生产的蒸汽锅炉。

工厂在傍晚片刻的休息之后，又开始以同样的强度进行工作。

博罗维耶茨基通过自己办公室的窗子向外望去，因为天色骤然阴沉，雪片密密层层地下着，给工厂的围墙和庭院涂上了一层白色。他看见霍恩站在守门人的小房后面，这里是工厂唯一的出口，霍恩在和刚才那个女人谈话，她好像为了某件事情正高兴地对他表示感谢，在自己的身后还拿着一张纸。

"霍恩先生！"博罗维耶茨基从小窗里伸出头来喊道。

"我正要找你。"霍恩走出来后，回答说。

"你给这个女人出了什么主意？"他望着窗子，粗声粗气地问道。

霍恩把身子晃了一下，在他那像女人一般的美丽的脸庞上，立刻现出了一阵红晕，他的一双蓝色的十分和善的眼睛也在闪闪发亮了。

"我叫她去找律师，让她去和工厂打官司吧，到时候法律会迫使他们给她赔偿损失的。"

"这个与你何干？"博罗维耶茨基轻轻地敲着玻璃窗，咬住了嘴唇。

"与我何干？"他沉默了一会儿，"一切贫困，一切非正义的事情我都要管……"

"你在这儿是什么身份？"博罗维耶茨基厉声地打断了他的话，然后坐在一条长桌前。

"得啦！我是事务所的见习生，经理先生不是最清楚吗！"

霍恩愕然地问道。

"好啦！霍恩先生！照我看，你完不成这个见习了。"

"对我来说，什么都一样。"他斩钉截铁地回答说。

"可对我们来说，对工厂来说，就不是所有的都一样。你是工厂里千百万齿轮中的一个，我们收你并不是要你在这儿办慈善事业，是要你干活。这儿需要一切都发挥最好的效用，照规矩办事和互相配合，可你造成了混乱。"

"我不是机器，是人。"

"那是在家里。工厂既不考验你的人道精神，也不要求你慈悲为怀，而要求你多出力，出智慧，仅仅为了这个，我们才付给你酬劳。"博罗维耶茨基更加恼怒了，"你在这儿和我们大家一样，都是机器，因此你只能做你应该做的事，这里不是你大发慈悲的地方，这里……"

"博罗维耶茨基先生！"霍恩迅速打断了他的话。

"尊敬的[1]霍恩先生！我如果对你说话，你就好好听着。"博罗维耶茨基厉声地叫了起来，生气地把一大本样品丢在地上，"布霍尔茨是因为我的推荐才收下你的，我了解你的家庭，我希望你好，可是我看你病了，你患了幼稚的挑拨离间病。"

"如果你是这样来看对人的同情的话。"

"你在用所有对工厂心怀不满的人早就用过的办法破坏我的名誉。应当给你找一个律师，通过他的帮助，你就可以去关心那些不幸和被侮辱的人了。这个律师也会懂得什么才是好的报酬。"博罗维耶茨基带挖苦地补充说，可是他在看到霍恩那双瞅着他的善良的眼睛后，怒气消失了，"这桩事就算了，你还可以在罗兹长久待下

---

[1] 原文是德文。

去，你会看清这里的关系，会更好地了解那些被压迫的人，这样你就会懂得应当怎样行动。如果你接过你父亲的生意去做，那时候你会承认我说的完全对。"

"不，先生，我不会久待在罗兹，也不会去包揽父亲的生意。"

"你想干什么？"博罗维耶茨基感到愕然地叫了出来。

"还不知道，虽然你对我说得这么厉害，太厉害了，可是我不能不老老实实对你说明这一点。这且不管它吧！我知道，你作为一个大印染厂的经理不能说别的。"

"那么你要离开我们？对于你我只能这么想，可是我不知道，这是为什么？"

"因为我不愿待在罗兹的这些下流汉中，作为一方人士的你恐怕是理解我的；我恨工厂，恨所有的布霍尔茨们、罗岑斯特恩们、恩德们，仇恨这个可恶的工业匪帮。"霍恩勃然大怒地说。

"哈！哈！哈！你是一个出类拔萃的'怪人'，没有人比得上。"博罗维耶茨基亲热地笑了。

"我不想多说了。"霍恩受到了很大的刺激。

"如果你愿意的话，蠢话总是少说为好。"

"再见。"

"再见。哈！哈！哈！真有表演天才呀！"

"博罗维耶茨基先生！"霍恩的眼里几乎渗出了泪水，他想说什么，但又没有说。

"什么？"

霍恩鞠了个躬，出去了。

"一个大笨蛋！"博罗维耶茨基在他走后嘟囔着，然后也到干燥室去了。

一股干燥的、热烘烘的空气立刻包围了他。

一些四角形的大铁箱装满了热得可怕的、干燥的空气,它们把一条条各种色彩已经烘干了的、硬邦邦的布不断地吐出来,同时发出轰隆隆的响声,仿佛远处的雷声一样。

在许多矮小的桌子上、地上、静静移动的小车上,都堆放着布料。厂房的墙壁几乎和玻璃一样透明,里面的空气十分干燥和明亮。各种布料色泽鲜艳,有金黄色,有绛红色、紫罗兰色,有海军蓝色,还有宝石红的,仿佛一堆堆璀璨生光的金属片。

工人们身上只穿一件衬衫,脚是光着的,脸呈灰色,眼睛呆滞无神,好像被这里挤得满满的颜料蒸汽烧坏了似的。他们默不作声,机械地移动着,他们只不过是对机器的补充。

如果谁想通过窗玻璃去瞭望周围世界,去看罗兹,可以看见罗兹就屹立在一座四层楼高的地方,就耸立在被成千上万根烟囱、屋顶、房屋、脱落了枝叶的树所隔断了的烟雾中。如果他向另一方远眺,可以看见远处延伸到地平线尽头的田地,可以看见灰白色的、肮脏的野外。那里由于春来解冻,流水到处泛滥,但有的地方,也间或出现一些红色的厂房,这些厂房从远处看,似乎是在雾中显现出来的。如果他再看那远处长长一排的小村庄,可以看见这些村庄无声无息地紧挨在地面上。如果他往那儿的道路上看,可以看见这些道路就像一条条沾满了泥水的黑色带子,在一排排光秃秃的白杨树之间,蜿蜒曲折地伸向远方。

机器轰隆隆地响着,挨到了天花板的传动带在不停地呼啸,把动力送到其他的厂房。屹立在这四角形大厅里的巨大金属干燥器主要接受从染房来的湿布，把它们烘干后再吐出来。一切都在跟着它们的运动节奏而跳动，因此这个充满了使人感到凄凉的三月天的色调和光线的大厅就像天主的教堂一样，具有统治一切的力量。

博罗维耶茨基望着这些布料，感到有点儿心神不定，他想是不是它们烘得太干或者被烧坏了。

"蠢家伙！"他突然想起了霍恩，霍恩年轻漂亮的脸庞，那双带着某种说不出的无可奈何的痛苦和指责的蓝眼睛，不时地出现在他的眼前。他感到惶恐不安，这种不安难以捉摸，当他看着这群在默不作声地劳动着的人时，霍恩的一些话又在他的脑子里出现了。

"我也曾是这样。"他的思绪虽然飞到了过去的时代，可是他没有让他想象中的那只战战兢兢的手把自己抓住。一丝带讥讽的微笑在他嘴边掠过之后，他的眼里依然现出十分沉着和冷静的神色。

"这一切都过去了，都过去了！"他这样想时，脑子里出现了一种奇怪的空虚之感，好像在对过去他曾有过，但由于生活在庸俗环境中而丧失了的理想和高尚的冲动表示惋惜。可是这种思想感情在他身上存在的时间很短，他又恢复了原来的状态，他以往是什么人，现在还是什么人，海尔曼·布霍尔茨的印染厂的经理、化学家，一个冷静的、聪明的人，对周围漠不关心，可是对一切都有准备的人，就是莫雷茨称呼的一个真正的罗兹人[1]。

博罗维耶茨基在这种思想状态下走进砑光车间时，一个工人拦住了他的去路。

"什么事？"他问得很简短，没有停步。

---

[1] 原文是德文。

"这是我们的工头,普弗克先生,他说:从四月一号起,我们干活的将减少十五人。"

是的,一些新的机器要安装了,用不着旧机器所需要的那么多人了。

这个工人把帽子放在手里不住地搓揉,不知道说什么才好,可是当他看到从那机器后面和一丈丈的布料后面投来的炯炯目光之后,激动了起来,便跟在博罗维耶茨基后面问道:

"可我们干什么呢?"

"你们到别处去找工作吧!只有那些早先就在我们这里工作的人才可以留下。"

"可我们也工作三年了。"

"我对你们有什么办法?机器不需要你们了,它自己会干。如果我们扩大漂白车间,到四月一号可能还有变动。"博罗维耶茨基平心静气地回答,他上了升降机,马上就和它一起在墙壁中降落下去。

工人们面面相觑,不说一句话,他们的眼里表现出忧郁的神色,为明天的失业而担心,为贫困而忧虑。

"这是一具死尸,不是机器,狗,狗X的。"一个工人唠叨着,同时愤怒地踢打着一台机器。

"货物要掉到地上了!"工头叫道。

一个小伙子很快把帽子戴好,躬下身子,不慌不忙地把红绒布从机器上拿了过来。

第三章

"胜利"旅馆的餐厅被挤得满满的。

在一些宽大但比较低矮的房间里,充满了人们的喧闹声。房间的墙壁是黑的,天花板上斯蒂乌克式[1]的雕塑像木头一样,一片黄色。

在入口处的两扇门上,为防护玻璃而安装的铜条时时发出"叮叮当当"的碰撞声,因为这里不断有人进来,他们一进来就消失在烟雾和挤满了餐厅的人群中。茶点部大厅的电灯由于晃动得太厉害,终于熄灭,那些小汽灯却仍在燃烧着,向紧靠在许多小桌旁的人们和白色的台布投下昏昏沉沉的微光。

"堂倌,付账[2]!"

"啤酒!"

"堂倌,啤酒[3]!"

乱七八糟的呼唤声和啤酒杯的低沉的磕碰声响在一起。

堂倌们穿着肥大的礼服,手里拿着像抹布一样的台布到处奔走,他们肮脏的胸部十分醒目地出现在饮者的头上。

---

[1] 一种雕塑的形式。

[2] 原文是德文。

[3] 原文是德文。

喧闹声由于不断有人进来和叫喊而更大了。

"《罗兹报》《每日信使》!"一些穿梭于餐桌之间的小伙子喊着把报纸送上来。

"漂亮的小伙子,送一份《罗兹报》来!"莫雷茨叫道。他坐在茶点部的一个窗子下面,周围还有几个常坐茶馆的艺人。

"你们看到我们的怪人即[1]经理昨天干了什么?"

"说说这个怪人吧!"一个驼背的老艺人插嘴说。

"你真蠢!"第一个人对着他的耳朵十分神秘地悄悄说,"昨天在剧场第二轮休息时,纽霞一走下舞台,我们的怪人就从幕后来到她跟前,对她说:'你演得很不错呀!只等花稍微便宜点儿,我就是花整整五个卢布,也要买一束给你。'"

"他说什么?"老艺人挨近他旁边一个人的耳朵问道。

"要你去吻狗的鼻子。"

大家"扑哧"笑了起来。

"韦尔特先生,马乌雷齐先生,你大概喝白兰地酒醉了吧!"

"布姆-布姆先生,我的办法就是把你赶出门外。"

"我打算叫堂倌送来。"

"你还是叫他们替你吹吹牛好些。"

"怎么?阿妮小姐,你什么时候给我白兰地酒?"他理好夹鼻眼镜后叫道,同时用右手掌拍着左手握得很紧的拳头。

"马乌雷齐先生,你祖宗受的教育要多些。"站在房中间的布姆-布姆又说了,他还用餐叉叉了一根香肠。

---

[1] 原文是拉丁文。

"如果说你的祖宗，我就不这么看。"

"为什么[1]？"附近桌子边一个人对他说。

"因为他没有祖宗。"

"不，不是这个，是因为他的祖宗对佃户粗暴，韦尔特知道。"

"这是等外品的俏皮话，比成本价低百分之五十。先生们！布姆要公开出卖自己了，有人愿给点儿什么吗？"莫雷茨不怀好意地叫道。

"他说什么？"老艺人又低声问道，一面向堂倌点了点头。

"你真蠢！"邻座的那个人以这个语气对他说。

"谁愿给点儿什么？布姆－布姆要出卖自己了，他老了，残废，很丑，也很蠢，可是他的卖价很便宜！"莫雷茨叫完后，又不说话了，因为这时候布姆－布姆站起来了，他瞅了莫雷茨一会儿，短短地说了一句：

"癞皮狗！阿妮小姐，拿酒来！"

莫雷茨不停地敲着啤酒杯，大声地笑了起来，可是谁也没有附和他。

布姆－布姆喝够了酒，便拖着他那双患骨结核抖个不停的脚在餐厅里走着。他那方形面孔的颜色就像浸透了血的油脂。他的浅蓝色的眼睛有点儿凸出，戴在上面的夹鼻眼镜是用一条很宽的带子系起来的。他的稀疏的头发紧贴在高高隆起的方形额头上，这额上的皮肤褶皱很多，显得很粗糙。他的身子老是向前弓着，看起来就像一个老色鬼。他这时走到各种各样的人群面前，讲一些俏皮话，

---

[1] 原文是德文。

而且自己的笑声往往最大，或者把他所听到的趣话逢人便说，津津乐道地一说再说。他用手把夹鼻眼镜理好后，几乎和所有进来的人，至少一半的人打了招呼，然后便走进茶点部，他的谈话声虽然嘶哑，可是什么时候都能听见，到处都可以听见。

"阿妮小姐，酒！"他又用手掌拍着拳头说。

莫雷茨把《罗兹报》浏览了一下，他在等博罗维耶茨基，因此不耐烦地瞅着餐厅的门，但却在另一间房里看见了一个熟悉的面孔，便站了起来。

"列昂，你什么时候来的？"

"今天早晨。"

"你的日子过得怎么样？"莫雷茨坐在他身边的绿沙发上。

"很好！"列昂把脚搁在一张小椅子上，把衬衫解开了。

"我今天想过你，昨天还和博罗维耶茨基谈过。"

"博罗维耶茨基，就是布霍尔茨那里的那个博罗维耶茨基吗？"

"是。"

"他印染的总是厚绒布吗？我听说，他还要自己开一间工厂。"

"所以我们正好谈到了你。"

"还有什么，羊毛吗？"

"棉花。"

"都是棉花？"

"今天怎么能知道？"

"有现金？"

"会有的，而且还有更多的东西，信贷……"

"和你合伙吗？"

"还有巴乌姆,你知道马克斯[1]吗?"

马克斯·巴乌姆。

"啊!喂!你看这张期票有问题,它的转让者不可靠,博罗维耶茨基。"列昂过了一会儿补充道。

"为什么?"

"波兰人!"他十分轻蔑地说,几乎把脚伸到了沙发和椅子上。

莫雷茨乐呵呵地笑起来了。

"你不了解他,在罗兹,会有很多人谈到他。他会做大生意,我信得过他,就像信得过自己一样。"

"可是巴乌姆,这是个什么人?"

"巴乌姆是一条牛,要让他睡够,把话说够,然后给他工作,他就会像牛一样地干起来,实际上他一点儿不傻。你对我们可以有很多帮助,你自己也会赚很多钱,克龙戈尔德已经对我们说了。"

"你们去找克龙戈尔德吧,这是一个大人物,罗兹所有的小商店他都熟悉,这些小店每年要买一百卢布的布匹,他在库特诺、在斯基耶尔涅维策是推销货物的能手[2]。你们和他一起做生意吧,我并不一定要参加,我有可卖的东西。我身边有布霍尔茨的信,他委托我去东方代办他的货物,给我提供了这样的条件……"列昂急忙解开衣服,在兜里寻找这封信。

"我知道,你不用找了。博罗维耶茨基昨天对我说了,他在布霍尔茨面前推荐了你。"

---

[1] 马克斯·巴乌姆。
[2] 原文是德文。

"博罗维耶茨基,真的吗?为什么?"

"他很聪明,他想到了未来。"

"不管怎样,这笔生意能赚很多钱。如果我参加,我马上可以拿出两万元的现金[1],可是他有什么,我们一点儿也不知道。"

"他有什么,他自己会告诉你,我能告诉你的就是他可以不要现金。"

"一个贵族!"列昂讥讽地说,他感到有点儿遗憾,在房中间啐了口唾沫。

"不,他比东方最聪明的货物代办人和推销人还聪明。"莫雷茨回答,用刀子敲着酒杯,"你已经售了很多吗?"

"已经出售了价值几万的货物,留下的也是最好的期票,是萨福诺夫签名的为期四个月的期票,这是一笔绸缎生意。"他高兴地拍着莫雷茨的膝盖,"我也准备给你订货,你看,这够朋友吧!"

"多少?"

"三千卢布。"

"长的还是短的?"

"短的。"

"给你期票还是货到后再结算[2]?"

"结算?马上就给你订货单。"他开始翻着他的大钱包。

"我给你什么?"

"如果给现金,百分之一的利息,老交情了。"

---

[1] 原文是德文。

[2] 原文是德文。

"我现在急需现金，我要钱用，一个星期内就要支出。"

"好，这是订货单。你知道吗？我在比亚威斯托克遇见了乌什切夫斯基，我们是一起来罗兹的。"

"这位伯爵要去哪儿？"

"他来罗兹做生意。"

"他，看来他的东西太多了，要和他见见。"

"他什么也没有，他是打算来赚一点儿的。"

"怎么会啥也没有。我们的货运队从里加[1]来时，还去过他的庄园。他是一个很有办法的人，难道已经什么都没有了吗？"

"还有，还有做鞋用的轮胎橡胶，哈哈！真是个滑稽鬼。"

莫雷茨拍着他的膝盖。

"他是怎么把庄园搞掉的？这笔财产随便算一算至少值二十万。"

"可他现在一算，却发现他还欠十万元的债，这是个谦虚的人。"

"说他没意思，喝酒吗？"

"堂倌，快点儿[2]把酒、鱼子、鞑靼牛排、真黑啤酒拿来。"

"布姆-布姆，到我们这儿来！"列昂叫道。

"你怎么样，身体好吗，生意好吗？"他一面叫喊，一面握着列昂的手。

"谢谢，我很好。我特地从敖德萨[3]给你送来了一件东西。"列昂从提包里拿出一幅风情画给了他。

---

[1] 立陶宛城市。
[2] 原文是德文。
[3] 俄国城市。

布姆-布姆理了理他的夹鼻眼镜，拿着这幅画，马上看得入迷了。他用舌头舔着他那萎缩了的、发青的嘴唇，脸上泛起一阵红晕，全身都由于高兴而摇晃起来了。

"美极了，美极了，从来没有见过！"他吆喝着，慢慢走着，把画送给所有的人看。

"猪猡！"莫雷茨表示厌恶地嘟囔着。

"他喜欢好东西，因为他是个行家。"

"你不认识他是谁？"莫雷茨讥讽地问道。

"且慢！"列昂弹了一下指头，拍着莫雷茨的膝盖笑了起来。他从提包里的一些账单和记事本中，找出了一张女人照片。

"怎么样？一台漂亮的机器吧？"他眨巴着眼睛，表示最大的满意说。

"是的。"

"当真！我想你一定很喜欢，这是一个法国女人啊！"

"看起来像个荷兰女人，像头奶牛。"

"不管怎么[1]说，这是个高贵的品种，一百块钱买不到。"

"谁如果能把她赶出去，我给五元。"

"你常常是……好，我不说了。"

"可是你的兴趣是一个商品经销人的兴趣。这个畜生是从哪里来的，你在哪里认识的？"

"我和一些商人在下安加尔斯克玩过一次[2]，玩到最后他们

---

[1] 原文是德文。
[2] 原文是俄文。

说：'列夫先生,到咖啡馆去!'于是就去了。那烧酒、香槟酒几乎是一桶桶地喝,后来又听唱歌,这个女人是歌女……"

"你等等,我马上就来!"莫雷茨打断了他的话,站了起来,走到一个进餐厅后正在到处张望、个子魁梧的德国人跟前。

"你好[1]!米勒先生。"

"你好[2]!近来怎么样,先生?"德国人心不在焉地回答说,仍然在到处张望。

"你找人吗?也许我能告诉你。"莫雷茨死乞白赖地自我推荐。

"我找博罗维耶茨基先生,为了这个我才来的。"

"他马上就来,我也在等他,先生在小桌子旁坐坐吧!这是我的同行列昂·科恩。"

"米勒!"他自以为了不起地说着,也在桌旁坐下。

"谁不知道米勒,在罗兹,每个孩子都知道这个名字。"列昂说得很快,急忙扣上衣服,在长沙发上占了一个位子。

米勒满不在乎地笑了。他看了一下大门,发现博罗维耶茨基在一伙人的陪同下也进来了。博罗维耶茨基见到米勒后,把同来的人丢在门旁,手里拿着一顶帽子走到了这个棉花大王面前。当他进来后,餐厅里静了下来,人们有的表示仇恨、有的表示妒忌、有的表示敬仰地注视着他。

"我在等你。"米勒开口说,"我找你有事。"

他对莫雷茨和列昂点了点头,对其他的人笑了笑,然后拉着博

---

[1] 原文是德文。
[2] 原文是德文。

罗维耶茨基的腰带,把他从餐厅里领了出去。

"我给厂里打过电话,可他们回答说,你今天一大早就出去了。"

"我感到很遗憾。"博罗维耶茨基客气地说道。

"我还给你写过信,自己写的。"他非常肯定地补充道,虽说在罗兹,人们都知道他只会签名。

"我没有收到信,因为我根本没有回家。"

"我写的是你提过的事。我是个爽快人,尊敬的[1]博罗维耶茨基先生,我再一次老实对你说,我要给你一千以上的卢布,你参加我的生意吧!"

"布霍尔茨也要把我留下,他给我的比两千还多。"博罗维耶茨基冷冰冰地说。

"我给你三千,好!给你四千,你听见了没有,比四千还多,这就是说你一年可以得到一万四千卢布,一大笔钱呀!"

"我很感谢你,可是我不能领受你的美意。"

"你仍然留在布霍尔茨那儿?"米勒立刻问道。

"不,我对你坦率地说,我自己要开工厂,因此我既不接受你的要求,也不会留在布霍尔茨的公司里。"

米勒不说话了,稍微站开了点儿,他默默地看了一会儿博罗维耶茨基,表示敬意地问道:

"开棉花工厂?"

"我除了告诉你我不会和你竞争外,没有别的可说。"

"一切竞争对我来说,只不过是一块香膏。"米勒拍着自己的

---

[1] 原文是德文。

衣兜叫道，"你能对我怎么样？谁能对我怎么样？谁能对千百万怎么样？"

博罗维耶茨基没有回答，他只是笑着，注视着他面前的一切。

"你的货物是什么？"米勒一面说，一面照德国人的习惯，拦腰抱住了博罗维耶茨基。

于是他们就这样走在那压得瓷实的沥青人行道上。这条人行道经过旅店的院子，通往里面的戏院大楼，被一盏大电灯照得通明透亮。

人群在往剧院走去。

车子一辆接着一辆驶到旅店大门前，卸下一些劳累过度、大都十分消瘦的男人和打扮得很漂亮的女人。这些女人穿得很厚实，下车后便打着雨伞走在由于潮湿而滑溜的人行道上。这里的雨虽然已经停了，可是那浓密的黏糊糊的露却降落在地面上。

"我很喜欢你，尊敬的[1]博罗维耶茨基先生！"米勒没有等他回答就说了，"你对我的印象怎么样，如果你遭到挫折，你在我这儿总可以拿到几千卢布。"

"现在你给我多点儿好吗？"

"好，现在你对我来说，是很用得着的。"

"多谢你的好意。"博罗维耶茨基讥讽地笑了。

"我没有委屈你，我说的，就是我想的。"米勒看到博罗维耶茨基在笑，他要为自己辩护。

"我相信，如果我有一次遭到失败，下次就肯定不会这样。"

---

[1] 原文是德文。

"博罗维耶茨基先生,你是个有头脑的人,我很喜欢你,我们合伙可以把生意做得很好。"

"如果我们必须单独干的话,那怎么办呢?"博罗维耶茨基笑着,一面向一些过路的太太小姐鞠躬。

"这些波兰女人真漂亮,可是我的玛达也漂亮。"

"你的玛达很漂亮。"博罗维耶茨基一本正经地说,两只眼瞅着他。

"我有一个想法,找个时候在别处再告诉你。"米勒神秘地说,"你在戏院里有坐位吗?"

"有一张椅子,是两个星期前就给我放上了的。"

"包厢里只有我家里的三个人。"

"有太太们吗?"

"她们已经在戏院里了。我是有意等你的,要和你见面,好,我的计划算吹了。再见,你来我的包厢吗?"

"一定来,这对我来说,是个美差。"

米勒进戏院去了,可是博罗维耶茨基仍然回到了餐厅。他在这里没有遇见莫雷茨,因为莫雷茨已叫堂倌告诉博罗维耶茨基,他在戏院等他。

博罗维耶茨基感到十分烦恼,去茶点部喝了点儿烧酒。这里除了那个用报纸盖身在角落里睡觉的布姆-布姆外,已经没有别人了。

"布姆,你不去戏院?"

"我去干吗?去看棉花?我对棉花很熟悉,你去吗?"

"一会儿就去。"

博罗维耶茨基也去了,他在第一排莫雷茨和列昂的旁边找到了自己的坐位。列昂不断地向一些坐在一楼的淡黄头发的女人行礼，用望远镜对她们瞭望。

"头等美人，这个是我的，莫雷茨，你看。"

"你认识她？"

"我认不认识她？哈哈！我很了解她。让我和博罗维耶茨基也认识认识吧！"

莫雷茨马上给他们做了介绍。

列昂想说点儿什么，于是拍着莫雷茨的膝盖。可是博罗维耶茨基却站了起来，掉过头，面对着大厅。这里从上到下都坐满了高贵的观众，罗兹的局面是靠他们维持的。他留心地望着他们，不时地冲一些包厢、座位表示客气地点点头。

在这个好似刚刚聚拢来的蜜蜂一样的闹哄哄的戏院里，人们从四面八方通过望远镜也向博罗维耶茨基投来了热情的目光，但他这时仍然心平气和地站着。

他那长得十分浓密的须发和匀称的体态使他看起来风度翩翩。

他的娇嫩的脸庞宛如一幅合符标准的、漂亮的图画，缀饰在这上面的美髯也梳得十分整齐。他的下嘴唇很突出，他只要做一个疏懒的动作，表示一个眼色，就可使他成为标准的绅士。

从他的这个风雅的外表，谁也看不出他是个化学家，一个无与伦比的印染行家，一个许多棉纱厂都竞相争夺的人，一个在工厂的管理事业中进行过改革的人。

他的灰白色中掺杂着蓝颜色的眼睛，他的表现出冷酷无情的面孔，几乎是黑色的眉毛，生得结实的脑门使人感到他身上存在某种十分可怕的东西。

他具有坚强的意志和百折不挠的精神。

他看着那在灯光照耀下显得富丽堂皇的戏院和带着闪闪发亮的钻石首饰，穿着各色服装的观众。

一些包厢就像边上钉着樱桃色天鹅绒的花篮[1]，坐在里面的女人穿得十分讲究，宛如一朵朵鲜花，她们身上的宝石璀璨生光。

"卡罗尔，今天这里你说有多少富翁？"莫雷茨低声问道。

"会有两百多。"博罗维耶茨基回答说。他仍在不慌不忙地瞅着那些他所熟悉的百万富翁的面孔。

"这里当真有富翁的香气。"列昂插嘴说，一面呼吸着那充满了香料、花朵和从街上带来了泥泞气味的空气。

"首先是洋葱和土豆味。"博罗维耶茨基轻蔑地说道。过了一会儿，他向舞台近旁池座里的一个漂亮的犹太女人鞠了一躬，对她表示了一番甜蜜的微笑。这个女人穿着一身黑缎子衣裙，上身露出了白得晃眼的丰满的肩膀和脖子。她的颈上戴着钻石项链，鬓角也被一些闪闪生光的钻石照亮了。她那长得丰厚而又松软的黑头发是照帝国的摩登形式梳的，上面还插着一些小梳子。她的耳朵上也挂着一些十分明亮和大得出奇的钻石。在她的胸前，腰身的扣子上和那套在黑手套旁的手镯上，都有一些钻石在闪闪发亮。她的紫罗兰色的又大又长的眼睛就像最华美的宝石一样，放出锐利的目光。她的脸庞略呈橄榄色，还掺杂着微微的胭脂红，显得清晰可见。她的脑门不高，眉毛却很浓密，鼻子细长，但嘴唇很大，也很丰满。

她目不转睛地望着博罗维耶茨基，却不注意所有的包厢都有人

---

[1] 原文是法文。

用望远镜望着她。有时她好像毫不在意似的瞅着她那坐在包厢里面的丈夫,这是一个很典型的犹太老人,他坐的时候,总是把头低下,靠在自己的胸脯上,一忽儿陷入沉思,一忽儿又从沉思中苏醒,把那锐利的目光透过金丝眼镜投向大厅的各个方向,同时用衬衫遮住他高高突起的大肚子,低声对妻子说:

"露茜,你干吗要这样显露自己?"

她假装没有听见,继续望着包厢和那些挤满了大都是犹太人和德国人的观众的座位,或者看一看博罗维耶茨基。他因为是把脸对着她的,所以有时也可以察觉到她在看他,但他表面上却装作冷冰冰和毫不在意的样子。

"楚克尔家的这个女人有一段有趣的故事。"列昂对博罗维耶茨基唠叨着,因为他想进一步了解自己经理人的情况。

"你认为是这样吗?"博罗维耶茨基冷冷地回答说。

"因为我是目击者。你看,她的胸脯,我最喜欢女人身上的这个地方,她的胸脯就像天鹅绒一样,哈!哈!哈!"

"你笑什么?"莫雷茨感兴趣地问道。

"我做了一个非常滑稽的动作。"他笑嘻嘻地把话又说了一遍。

当幕升起的时候,他们不再说话了。所有的眼睛都注视着舞台,只有楚克罗娃用扇子遮住自己的面孔,依然瞅着卡罗尔;但博罗维耶茨基却没有看她,这显然使她生气了。因此她不断地把折好的扇子穿过栏杆,表示不高兴地朝他身上打去。

博罗维耶茨基微微地笑了,他看了她一下,依然全神贯注于舞台上,因为他发现那里还有一些爱看戏的人在对真正的演员和节目进行滑稽可笑的模仿。

这是一次以慈善为目的的演出,包括两出喜剧,一个独唱,还有提琴和钢琴独奏,最后是活画。

剧场一休息,博罗维耶茨基便站了起来,要去米勒的包厢里。可是科恩拦住了他。

"博罗维耶茨基先生,我想和你谈一谈。"

"看完戏再说。你看,我现在没空。"他说完后,走了。

"他是大人物,现在没空闲。"

"他说得对,这儿不是谈生意的地方。"

"莫雷茨,你蠢到头了,你说什么,谈生意是什么地方都可以的。只有这位尊敬的[1]博罗维耶茨基先生,他是布霍尔茨股份公司的一位大公爵,一个大人物。"

博罗维耶茨基来到了米勒一家的包厢。老头子出去了,为的是把自己的位子让给他,因为包厢第四个位子上已经坐着一个矮胖的德国人,本来是没有空位的。

博罗维耶茨基和在包厢里面打盹的米勒的母亲以及在他进来时就站起来了的女儿打了招呼。

"施特尔希。"

"博罗维耶茨基。"

他们互相握了手,做了自我介绍。

卡罗尔坐下了。

"小姐玩得好吗?"他问完后,还想说点儿什么。

"玩得很好,太好了!"年轻的女人叫了起来。她那像刚刚洗

---

[1] 原文是德文。

过的嫩萝卜一样的、玫瑰色的圆脸上，现出了一阵强烈的红晕，这红晕在她的浅绿色衣裙的映衬下，尤其显而易见。

她因为害臊，便用手绢把脸遮住。

这时过堂风从门外吹到戏院里来，于是她母亲在她的肩上披上了一条非常好看的花边披肩，然后依旧打着磕睡。

"你也玩得好吗？"过了一会儿，她用她那像细瓷一样的蓝眼睛看着他，问道。这双眼的睫毛呈金黄色，显得很明亮。与此同时，她的孩子似的白嫩的嘴也稍微张开了点儿，她的小脸蛋抬了起来，一看就像刚刚烤熟的面包似的。

"我也一样，玩得太好了，挺好，或者说，玩得挺好，太好了。"

"表演得不错，是吗？"

"是的，这是业余剧团演出，我以为你也会参加演出的。"

"我很想参加，可是没有人请我。"她坦率地说，表示很遗憾。

"请你参加的计划是有的，可他们没有敢请，怕遭到拒绝，你要知道上你们家就像上王宫一样困难。"

"是的[1]，我也对玛达小姐这么说过。"施特尔希插嘴说。

"这就是你的不对了，你现在在我们这里，就应当先对我说嘛！"

"我没有时间，并且我也忘了。"施特尔希坦率地解释说。

于是大家都不说话了。

过了一会儿，施特尔希咳嗽着，把身子挨了过来。他想说话，可是没有说，因为他看见博罗维耶茨基有点儿烦闷，两只眼在戏院里到处张望，玛达也有点儿心神不定。她想多说几句，可是现在，

---

[1] 原文是德文。

当这个博罗维耶茨基坐在她身边时,当许多包厢里的人都在以特别的兴趣用望远镜望着他们时,她不知道该怎么说。最后,她开始说了:

"先生会在我们的公司里吗?"

"很抱歉,我不得不向你的父亲表示拒绝。"

"可是爸爸是指望着你的。"

"我也深感遗憾。"

"我想你星期四是可以来我们这儿的,我对你有一个请求。"

"我愿意马上听取。"

博罗维耶茨基把头斜到了她一边,同时望着楚克尔一家的包厢。

露茜使劲地摇着扇子,很明显她和丈夫吵起来了。她丈夫一次又一次地把衬衫遮住他的大肚子,同时在椅上舒展着身子。

"我想请您给我选几本波兰书读一读,这个我找爸爸说过,可他说我蠢,说我只应当管家务和收支。"

"对!对!她对爸爸这么说过。"施特尔希又唠叨着。他因为看见博罗维耶茨基在瞅着他,便拿起椅子往后稍微退了一点儿。

"你为什么想读书,你为什么要这样?"博罗维耶茨基问得很生硬。

"我愿意嘛!"她肯定地回答,"我想嘛,所以我才求教你。"

"这样你的兄弟定会占据这栋新的住宅和图书馆。"

她十分亲热地细声笑了。

"你认为我的看法可笑吗?"

"啊!因为威廉不爱读书。有一次当我和妈妈进城里去时,他生我的气,把我所有的书都烧了。"

"是的,是的!威廉不爱读书,他是个游手好闲的人[1]。"

博罗维耶茨基冷冰冰地看着施特尔希说:

"好!明天我给你捎一张书单来。"

"我马上就要,马上!"

"我马上就可以写几个书名,剩下的明天写。"

"你是个好人。"她高兴地说,可是当她看见他的颤抖着的嘴上露出了讥讽的微笑后,她的脸就像芍药一样地红了。

博罗维耶茨基将书名写在一张和他的纹章包在一起的名片上,递给了她,向她辞别后,便出去了。

在走廊里,他遇见了老莎亚·门德尔松,这个真正的棉花大王的名字,简称莎亚。

这是一个又瘦又高的犹太人,蓄着一脸真正家长式的白胡子,穿着一件普通的长大衣,这件大衣总是碰着他的脚后跟。

他总是出现在他推测布霍尔茨可能出现的地方。布霍尔茨是他在棉花王国竞争中最大的对手,是罗兹最大的工厂主,因为这个也是他个人的敌人。

博罗维耶茨基把帽子向下扯了点儿,想要从他身边走过去,这时莎亚挡住了他的去路。

"欢迎你。今天海尔曼没来,为什么?"他用半通不通的波兰语问道。

"我不知道。"博罗维耶茨基回答得很简单,因为他很讨厌这个犹太人,就像莎亚也很讨厌整个非犹太的罗兹一样。

---

[1] 原文是德文。

"告辞了。"莎亚以轻蔑的口吻干巴巴地说。

博罗维耶茨基没有回答,他来到了一楼的一个包厢里。这里全是女人,可是他也遇见了莫雷茨和霍恩。

包厢里热闹而又拥挤。

"我们的小姑娘演得很不错,是吗?博罗维耶茨基先生!"

"是的,我没有去献花,遗憾。"

"我们有花,等第二个节目演完后,给她送去。"

"这里太挤,也很热闹,诸位女士有伴,我走了。"

"先生待在我们这儿吧!这样会更快乐的。"一个穿一身百合花颜色的衣裙,生着宛如百合花的脸蛋和眼睛的女人请求他。

"快乐并不一定,更挤则是无疑的。"莫雷茨叫道。

"那么你走吧,这样位子就会多的。"

"如果我能去米勒一家的包厢,我就走。"

"我可以给你行个方便。"

"我走,位子马上就会多的。"霍恩叫道,可是他因看见了一个坐在包厢前排的年轻姑娘表示挽留的眼色,又留下了。

"玛丽亚小姐,你知道米勒小姐的收入是多少?一年五万卢布。"

"一个厉害的小姐呀!我也愿意做这样的生意。"莫雷茨嘟囔着。

"你过来点儿,我有话对你说。"百合花一般的女人嘟囔着,把头低了下来,因此她那丰厚松软的黑头发也碰到了靠近她的博罗维耶茨基的额头上。她用扇子把脸遮住,久久地对着莫雷茨的耳朵轻声说话。

"你们不要搞秘密活动！"包厢里一个以巴洛克[1]姿态出现、年岁最大的女人吆喝道。这是一个很漂亮的、四十多岁的女人，她的面孔光采照人，头发又白又厚，眼睛和眉毛都是黑的，那堂堂皇皇的一表人材使人肃然起敬。她是全包厢的领导者。

"关于这个新来的男爵夫人，斯泰凡尼亚太太对我说过一些有趣的事。"

"可是不要在大家面前再说这个。"以巴洛克姿态出现的女人低声地说。

"瞧！玛达·米勒小姐在用望远镜看我们了。"

"她今天很像一只拔了毛的肥鹅，可是身上却缠了许多香芹叶子。"

"斯泰凡尼亚太太今天喜欢挖苦人。"霍恩唠叨着。

"还有那个莎亚的女儿，她自己就有一个首饰店。"

"她甚至可以开两间首饰店。"莫雷茨插嘴说。他戴上了夹鼻眼镜，往下看了看门德尔松一家的包厢，那里坐着门德尔松和他的穿得极为华贵的小女儿以及另外一位小姐。

"那个跛脚的是谁？"

"鲁莎，坐在左边，红头发。"

"她昨天到过我的店里，所有的都看了，什么也没有买，就走了。可是我趁机仔细地瞧了她一下，这个女人很丑。"斯泰凡尼亚太太说。

"她很漂亮，是一位天使——什么是一位天使，她比得上四位

---

[1] 原文是法文。

或者十五位天使。"莫雷茨一面吃喝,一面很滑稽地模仿着老莎亚的动作。

"太太们,再见!莫雷茨,走吧!霍恩先生留下陪伴太太们。"

"先生们在戏演完后来我们家喝茶好吗?"百合花小姐邀请了所有的人,同时瞅着博罗维耶茨基。

"多谢,我明天来,今天不行了。"

"你是不是约好了要去米勒家?"百合花小姐酸溜溜地说道。

"去格兰德旅馆,今天是星期六,库罗夫斯基一般会来,我和他有很重要的事要商谈。"

"有事就和他在戏院里谈吧!他一定在的。"

"他是不上戏院的,你不知道?"

博罗维耶茨基行了个礼后走了,那个斯泰凡尼亚太太却感到惊异地一直望着他。

戏剧持续的时间很长,因此博罗维耶茨基依然回到了自己的座位上。但他坐下来后,却没有去听戏,他发觉附近有人在十分神秘地说着什么。

一件使大家都感到奇怪的事情发生了。这就是在演出时,有人把布霍尔茨的女婿克诺尔从包厢里叫了出来。他本来是一个人坐在包厢里的,他的包厢在楚克尔一家包厢的对面。然后,罗兹最大的银行家格罗斯吕克也从戏院里悄悄地出去了。

有人给格罗斯吕克送来了电报,他拿到后便找莎亚去了。

人们只不过悄悄地议论着这些情况,可是它们像闪电一样,立刻传遍了整个戏院,在各种企业的代表人物中,造成了某种看不见的、莫名其妙的惶恐不安。

"发生了什么事?"人们在互相询问着,但一下子找不到答案。

女人们继续看戏,可是不管是在池座里,还是在包厢里,大多数男人都在忐忑不安地瞅着那些大大小小的工业大王。

门德尔松躬身坐着,额骨上戴着一副眼镜,不时地以其美妙的姿势抚摩着他的胡须,沉醉于看演出。

克诺尔、全能的克诺尔、布霍尔茨的女婿和继承人也在认真地看戏。

米勒却未感到他有必要知道别的。他听到舞台上说出的种种有趣的话,就放开嗓门大笑,他笑得如此天真,以至玛达有时也不得不对他低声地说:

"爸爸!这样不好。"

"我付了钱,就要快乐一番嘛!"他确实很高兴,因此这样回答她。

楚克尔不知到哪儿去了。在他的包厢里,只有露茜一个人,她仍在看着博罗维耶茨基。

恩德·格林斯潘、沃尔克曼、鲍威尔、菲策、比贝尔斯坦、平乔夫斯基、普鲁萨克、斯托约斯基等小一点儿的财主和公司代表们感到惴惴不安。那喃喃的说话声从戏院的一个角落飞向另一个角落,时刻都有人离开座位而不再回来。

人们留心察看周围的一切,嘴边露出丝丝疑虑,那越来越浓烈的惶恐不安笼罩了一切。

虽说大家都认为发生了什么大事,可是谁也说不清究竟是为什么。

这种令人烦恼的气氛甚至影响到了那些并不害怕任何亏耗的人。

大家都感觉到罗兹的土地在震动，就和这座城市近来常遇到那种动乱一样。

只有那些坐在戏院上层的廉价座位上的人才什么也感觉不到，他们总是那样的兴高采烈，不时哈哈地笑着、鼓掌和喝彩。

这笑声宛如从二楼泻下的一片水浪，像瀑布一样"轰隆隆"地响着，洒泼在池座和包厢里，洒泼在所有这些突然感到心绪不安的人的头上，洒泼在这些躺在天鹅绒座位上、身上戴满了钻石首饰、自以为有权力、自以为伟大而藐视一切的百万富翁的身上。

在所有的包厢中，只有博罗维耶茨基在看戏，玩得很高兴。

不过，在这个动荡不安的汪洋大海里，还存在着一些可怕的暗礁。这大都是一些波兰人，他们安安静静地坐着，两眼只管望着舞台，因为他们无须烦恼，他们什么也不会失去。

"这是棉花大王！"列昂对博罗维耶茨基喃喃地说，"你看，毛纺厂老板和另一些人几乎不动声色，他们对演戏感兴趣，这个我知道。"

"别洛斯托克[1]的弗鲁姆金、罗斯托夫[2]的利哈切夫、敖德萨的阿尔帕索夫都失败了！"莫雷茨了解这个情况，他说。

这三个人是批发商[3]，是罗兹几个最大的货物订购者。

"这对罗兹有多大影响？"博罗维耶茨基问。

莫雷茨又出去了。几分钟后他回来时，脸色变得苍白，嘴歪到了一边，眼睛十分古怪地闪着光，由于心情激动，他不知道怎样才

---

[1] 地名，在波兰。
[2] 地名，在前苏联。
[3] 原文是德文。

能把夹鼻眼镜戴好。

"还有一个人，敖德萨的罗戈普沃。他们的公司本来都是壁垒森严，不可侵犯的呀！"

"当真是壁垒森严？"

"罗兹要亏损两百多万！"莫雷茨一面很严肃地说着，一面努力把夹鼻眼镜戴好。

"不可能，谁对你说的？"博罗维耶茨基从座位上站起来高声喊着。坐在他后面的观众为了不让他遮住舞台，开始敲他的座位和嘘叫起来了。

"兰道，兰道说的，兰道知道。"

"亏损的是谁？"

"大家都有一点儿，可是凯斯勒、布霍尔茨和米勒损失最大。"

"没有人支持他们，就让他们破产吧！"

"罗戈普沃逃走了，利哈切夫死了，是自杀的。"

"弗鲁姆金和阿尔帕索夫呢？"

"我一点儿都不知道，我说的都是电报里写的。"

现在，所有新闻已传遍戏院，大家都知道了有关亏损的情况。这些消息每时每刻都像炸弹一样在戏院的各个地方爆炸、卄化。

人们仰起了头，眼里放出了凶光，还不断地说着一些尖酸刻薄的话。然后，一些椅子由于被折叠起来，发出了吱哑的响声，大家急急忙忙跑出门外，打电报和电话去了。

戏院里因此空了许多位子。

博罗维耶茨基对这个消息也很感烦恼，他自己虽然没有损失，可他周围所有的人都会遭受损失。

"你们一点儿损失也没有吗?"博罗维耶茨基问在他身边找到了一个空位子坐下来的马克斯·巴乌姆。

"我们除了名誉之外,什么也没有损失掉,罗兹的买卖不靠这种货色。"马克斯讥讽地回答。

"罗兹完了。"

"温暖的季节就会来到。"

"是的!是的!消防队会有事干了。"

"天气会暖和的,春天快要到了。"

"煤这样贵,天气也该暖和了。"

"你在说笑话了,反正这不用花钱。"

"情况就是这样,一半的人折断了腰,另一半人赚了钱。"

"谁摔得最厉害?"

"布霍尔茨、凯斯勒、米勒。"

"谁如果倒下,就将再也爬不起来。"

"让他们去倒霉吧!这对我无妨。他们有没有钱,和我的买卖没有关系。"

博罗维耶茨基和莫雷茨互相交换了意见,提出了疑问,摆出了数字。他们在猜测,在嘲讽。他们的眼里露出了满意的神色,为别人的破产而兴高采烈。

"马耶尔要赔整整十万卢布?"

"这对他的大肚皮是个大打击,他会把马卖掉,以后要步行了,他马上会瘦下去,不需要去马利安[1]休养了。"

---

[1] 捷克著名的疗养地。

"他还会廉价出卖家里的各种钻石首饰。"

"沃尔克曼也会这样干,他的行动很快。"

"罗伯特,你现在可以向他的女儿求婚了,他们不会把你赶出门外的。"

"让她再等一等吧!"

池座里人声鼎沸。

工业大王们却仍然安安稳稳地坐着。

莎亚的两只眼睛没有离开过台上的女歌手,等她唱完后,他是第一个喝彩的。然后,他和鲁莎低声地说话,轻轻地摸着胡须,望着靠在包厢栏杆上正在向博罗维耶茨基点头的克诺尔。

卡罗尔在剧场第一轮休息时就来到了克诺尔跟前。

"你听说没有?"

"我听说了。"克诺尔开始数着一些公司的名字。

"愚蠢。"

"愚蠢,一个罗兹就要赔损两百万卢布?"

"要赔损的不是我们,不久前巴乌尔来过这儿,他说,他要赔损一万多元。"

"戏院里有人说罗兹要赔损五十多万。"

"这是莎亚散布的谣言,因为他自己要赔损这么多。一个愚蠢的犹太佬。"

"总而言之,在罗兹所出现的情况是正常的,公司会像苍蝇一样全部死掉。"

"但愿所有的人都死光,这和我们有什么关系。"博罗维耶茨基冷冰冰地说,一会儿仔细地看着自己那双紧握着的手,一会儿眯着眼睛，盯着镶在他左手戒指上的闪闪发光的钻石。

"我对你说，是把你看成我们的人，看成朋友。你知道谁会因为这次赔损而垮台吗？"

"谁都不会。"

"这不要紧，反正是要赔不少，究竟有多少，我们明天看吧！明天会是一个快乐的礼拜天。"

"真是不幸。"

"对我们的公司来说并不这样。你想，破产的是谁？棉花企业。留下的是谁？我们、莎亚，还有一些人。这些犹太人之间的卑鄙下流的竞争使他们死掉了一半，或许都会死掉，他们这是在把自己毒死。可是我们在一段时间内就会轻松点儿了。我们可以生产一些他们虽生产过但对我们来说却是新的产品，这样我们就有更多的东西出售了。这还是小事，无关紧要。如果他们要完蛋，就让他们完蛋吧！如果他们要烧自己的工厂，就让他们烧吧！如果他们要欺骗，就让他们去搞欺骗吧！我们总能站得住脚。这也没有什么了不起，还有比这重要得多的事，不久你就可以看到，在要赔损的棉花公司中，一半是可以恢复的。"

博罗维耶茨基看着克诺尔，感到有点儿不耐烦了。他不喜欢克诺尔，不喜欢他由于有几百万家财而自以为十分了不起的样子。

克诺尔是仅次于他岳父的最大的暴发户。在罗兹所有的暴发户中，他最有知识，受过良好的教育，在交往中他和蔼可亲，可是他也最冷酷无情，最能利用他的广泛影响剥削劳动阶级。

"你明天到我们这儿来吃午饭吧！我以我父亲的名义请你。可是请你看一看现在几点钟了，我因为不能让人看见我急着要去什么地方，不便看表。"

"差几分钟十一点。"

"特别快车几点去华沙？"

"十二点半。"

"我现在还有时间，我必须告诉你，为什么这些关于破产、关于罗兹亏损二百万的消息对我来说并不重要，这是因为还有重要得多的……"他突然中断了话题，"我可以去告诉那个贵族吗？"

"我认为可以，可是我不了解这个联盟的情况……"

"你马上就会知道的。你是我的朋友，我们任何时候都不会忘记你支持过我们的印染厂，我们对这些看在眼里。"

"一年让你们赚一万卢布。"博罗维耶茨基讥讽地说。

"你看，一小时前，有人给我送来了从彼得堡来的电报，事情很重要，我必须马上走，并且要完全保守秘密。"

克诺尔急急忙忙说完了话，但却没有说他想要说的话，因为博罗维耶茨基那冷冰冰的怀疑的眼光阻止了他。这眼光好像把他刺穿了一样，使他感到忐忑不安。于是他理了理领带上的小别针，看着对面的包厢。

"这个楚克罗娃是个漂亮的女人。"

"她有许多好看的钻石。"

"这么说你明天去老布霍尔茨那里？"

"一定去。"

"他那里有一笔特别的生意。你马上要走了，因此我求你一件事：请你告诉我的车夫，叫他等我，准备去普热亚兹德。好！再见，几天以后回来。要保密，博罗维耶茨基先生！"

"绝对保密。"

博罗维耶茨基在告辞时感到很失望。他觉得克诺尔没有把所有的事都告诉他。

"电报上说的是什么消息?他为什么要走?为什么他不告诉我?"他一面想着,一面陷入了那盲目的猜想和推测之中。

他没有等幕落下就出去了,可是过一会儿他又从街上回到了戏院,并且来到楚克罗娃的包厢里。

"我以为你已经把我忘了。"她以责备的口吻说,用一双美丽的大眼睛盯着他。

"这可能吗?"

"对你来说,什么都可能。"

"你对我的责备表现了你对你的朋友也是你的敌人的信任。"

"这和我有什么关系,我看见的只是你走了。"

"可是我又来了,我必须回来。"他喃喃地说。

"回戏院,你忘了什么东西?"

"到你这儿来。"

"是吗?"她的声音拖得很长,眼里显出了快乐的神色,"你从来没有这样对我说过。"

"可我早就想这么说了。"

她用她的眼光亲吻着他的脸庞,使他感到似乎有一阵和煦的清风在他脸上吹过。

"你和韦尔特先生坐在一起时谈过我,这我知道。"

"我们谈过你的钻石。"

"这样美丽的钻石罗兹别的女人都没有,是吗?"

"除了克诺尔夫人和男爵夫人外。"博罗维耶茨基语带挖苦地说,同时笑了。

"你们还说了些什么?"

"说你很漂亮!"

"你和我开玩笑吧。"

"我不能拿我爱的人开玩笑。"他用压低了的嗓音说,同时抬起了她垂着的一只手。可是她很快就挣脱出来,用一双睁得很大的眼睛扫视着四周,好像以为博罗维耶茨基的这些话是冲大厅里讲的。

"告辞了。"博罗维耶茨基说着便站了起来。他觉得他做了蠢事,他怨恨自己没有做好准备就这么直接地对她说了,而她就像给他打了一针麻醉剂似的。

"等一等,我们一起走吧!"她很快说道,同时收好了披肩、糖果盒、扇子准备要走。

她在穿外衣时没有说话。

博罗维耶茨基不知道说什么才好。他只是看着她,看着她那时刻改变神色的眼睛,看着她那线条十分美丽的肩膀,看着她那紧抿着的两片嘴唇,看着她那生得极为漂亮的体态。

当她把帽子戴上后,他把她的斗篷递给了她。她稍微退后了点儿,想让他拉着她的胳膊,可是这个动作却正好使她的头发碰到了他的嘴唇上。博罗维耶茨基也后退了一步,因为他感到他的嘴仿佛被烫了一下;而她则由于失去了依靠,身子落入了他的怀抱。

他立刻抱住了她的肩膀,吻着她的脖子。她的脖子由于这贪婪的吻也感到十分紧张而收缩起来。

她低声地叫着,一个劲儿往他的怀里钻去,他的全身在她的重压之下也站不稳了。

可是她又马上挣脱了他的拥抱。

她的脸像大理石一样苍白，她的呼吸也很吃力，在她闭着的眼皮下闪出了一道道炯炯的目光。

"你领我去车上好吗？"她虽然这样说，却没有去看他。

"就是跟你走遍世界，我也愿意。"

"请你给我扣上手套！"

他正要给她扣时，却找不到手套上的扣子，也没有发现扣眼，就像在她没有看着他时，他同样无法找到她的视线一样。她将一只胳膊靠在墙上，然后稍稍扭过头来，把另一只手放在他的手中，那涂满了胭脂红的嘴唇上还露出一丝怪异的微笑。有时，她全身突然不停地颤抖起来，因此只好紧紧地靠着墙壁，一道可怕的阴影便会从她的脸上闪过，最后消失在嘴唇的一角。

"我们走吧！"博罗维耶茨基给她扣好了手套，低声地说。

他把她带到了马车旁边，扶她上车后，拉着她的手，热情地吻了吻，还说道：

"请你原谅我，原谅我的一切。"

她没有回答，只管使劲把他往马车里拉；他也不假思索就跳上了车，"吱哑"一声把车门关了。

马把蹄子往后一蹬，就走了。

博罗维耶茨基对于这时候所发生的一切，感到极为烦恼。他还没有来得及仔细考虑这是怎么回事，实际上，他现在根本不会思考，只知道她在他的身旁；而她则紧依在车子的一个角落里，距离他远远的。博罗维耶茨基听到了她的不均匀的急促的呼吸声，有时他还看见街上的路灯把她的脸和那双大眼睛照得闪闪发亮。

为了使自己保持镇静,博罗维耶茨基在车夫的身上敲了敲,想叫他停车,自己也不由自主地找着门的把手,他想打开车门,干脆跑掉,可是他既没有力量,也没有勇气。

"对这一切,你可以原谅我吗?"他慢慢地说,又找起她的手来。但她已经把它藏在斗篷下了。

她没有回答,同时尽量把身子蜷缩在斗篷里,好像要竭力克制自己投身于他的怀抱的强烈愿望,把自己关起来似的。

"你能原谅我吗?"他挨近了她,再一次低声说。

博罗维耶茨基周身不停地发抖,他没有听到她的回答,因此说不出更多的话,只能低声地、深沉地喊着:

"露茜!露茜!"

她也感到浑身战栗,因此把她已从肩上掉下来的斗篷扔到了一边,随着一声深沉的沁人肺腑的呼叫,便投入了他的怀里。

"我爱你!我爱!"她喃喃地说着,满怀激情地抱住了他。

他们的嘴合在一起了,尽力地、久久地吻着。

"我爱你!我爱!"她满心欢喜地重复着这句甜蜜的话,由于激动,也使劲地亲着他的面孔。

她因为早先感觉到缺乏亲吻、缺乏温存和爱情的痛苦,所以现在一旦有了,就不去想别的,也不会记得别的,而只有亲吻。

"你现在什么也不要说,不要说!我要一个人说,我要不停地喊着我爱你!我可以向全世界不断地说这句话。对我来说,什么都一样。我知道,别的女人也在爱你,我知道你已经有了情人,可这和我有什么关系!我爱你,并不是为了叫你也爱我,并不是为了以此求得幸福,这都不是,我只是爱你,爱你,别无他求。我必须爱你,正像每一个人都需要有爱情一样。你对我来说就是一切,你如果愿意,我可以跪在你的面前。我将真心诚意地永远对你这么说,一直到你相信我,也开始爱我。我不会装模作样,我没有你,没有爱情,就活不下去。我爱你,我的先生呀!你是我唯一的。"

她说得很乱,也很快,好像她的神志不清。

她用斗篷遮着身子,可又马上把它放下,自己也离开了他,不说一句话,感到全身就像被火烧着了一样。过了一会儿,她又把他抱住,紧紧地挨着他,吻他。

博罗维耶茨基被他自己那像发了狂似的爆发出来的感情所控制。这爱情的巨大魔力,和她的像火一样烧在他身上的话语和亲吻使他陷入了迷茫,使他神魂颠倒。他自己也激动起来了,他也和她一样变得发狂了。

他给了她许多亲吻,因此她虽然靠在他的手上,也全身无力了,有时就像死了一样。

"我爱你,露茜,我爱你!"他不停地唠叨,连自己也不知道说的是什么。

"不要说了,吻我吧!"她异常激动地叫唤道。

她的嗓音一会儿中断,一会儿像一阵倏然而至的暴风雨,一会儿好似由于爱情的冲动而爆发的哭泣,一会儿又如唱着这首充满激情的"歌上的歌"。

"我幻想过这样幸福的时刻,我多少日月想念过你,我多少年在等着你,我为此受了多少痛苦的折磨。你吻我吧!使劲地吻吧!啊!我现在可以心甘情愿地死去了。"她粗声粗气地叫喊着。

马车慢慢地行驶在一条没有铺砖的泥深路烂的街上。这里连路灯也没有，只有车灯在那很厚一层活动松软的泥泞上不断地洒下黄色的光圈，把泥泞溅泼在马车的窗玻璃上。

在这条街上，既没有人走，也不见车行。它的两面都被高大的篱笆围住了。篱笆外有许多建筑用的木料，呈四角形地大堆大堆地放在那里，还耸立着一些烟囱，因为在罗兹的这一带有不少工厂。

一些看守仓库的大狗冲马车发出了沉闷的吠叫声，可以听到它们如何冲撞着大门，用爪子拼命抓着门坎，可是它们却上不了街。

他们对此并没有察觉，也没有听见，因为这一见钟情的爱、使人头晕目眩的爱攫住了他们，他们沉溺在爱的巨浪中。

"露茜！"

"吻我。"

"你爱我吗？"

"吻我。"

从他们的燃烧着的胸中，吐出的只是这样的话。

"娶我吧！卡罗尔，娶我吧，永远和我在一起吧！"

他们来到目的地后，也不知道自己该下车了。

马车停在坐落在市郊小树林边的楚克尔的住宅门前。

"到家里来吧！"她用力握住他的手说。

博罗维耶茨基习惯性地把另一只手伸进了藏有手枪的提包里。

"叫奥古斯特等你一下。"她对车夫大声地叫着。

"来吧！家里没有人，他已经走了。"她着重地指出道，"除仆人外，家里没有任何人。"

在仆人把门打开后，她松开了他的手。

"把东客厅里的灯点燃！马上送茶来！"

等仆人走远了后，她马上扑在他的脖子上，狂热地吻着他，然后把他推进一条铺着地毯的红漆走廊里。

"我马上就来，我爱你！"她站在他的后面喊了一声，就不见了。

博罗维耶茨基慢慢地脱下了上衣。他把手枪放在礼服的兜里，走进他面前开着的一扇门后，来到灯光不是很亮的客厅。

厅里白色的地毯是羊皮制成的，毛层特别丰厚和松软，走在上面听不到脚步声。

"这完全是一次罗曼蒂克的冒险呀！"他说完后，因为感到非常疲劳，便躺倒在一张波斯式的乌木椅子上。这张椅子虽然没有扶手，但是却镶着各种金银饰物。

"一个有趣的女人，一个有趣的场面呀！"他一面想着，一面环顾客厅的四周。

客厅布置得十分豪华，就是见识过罗兹最富丽堂皇的住宅的人看到了它，也会表示惊异和喝彩的。

它的墙上挂满了鲜艳的黄缎子，上面密密层层绣着许多淡红色的丁香花枝丫，布局十分巧妙。

在一个系着绿带子的黄色的华盖下面，放着一张又大又宽的沙发，它整整占了一堵墙长的地方。那华盖就像一个帐篷，是用一些金斧子支撑起来的。

在华盖下面挂着一盏灯，它的灯罩分别由黄、红、绿三色玻璃拼成，向周围射出昏黄的灯光。

"投机商！"博罗维耶茨基不高兴地、几乎带着敌意说。他对这里的奢华摆设是厌烦的，可他仍然看得入了神。一些东方的、日本式的奇形怪状的昂贵的家具摆放得杂乱无章，虽然它们的数量在这样大的一个房间里本是适合的。

一个个中国式的色彩鲜艳的缎子枕头被扔在沙发和白色地毯上，上面显现出许多污点，好像被涂上了颜料一样。

龙涎香[1]、波斯紫罗兰[2]和玫瑰的香味混杂在一起，充斥了整个房间。

在墙上，一些明晃晃的、非常珍贵的东方式武器被挂在一个又大又圆的萨拉秦盾牌的周围。这个盾牌是钢制的，上面还镶嵌着许多黄金饰物。盾牌磨得很光，就是在朦胧的灯光下，也显得非常明亮，那镶嵌在它周围的金制饰物、一排排红宝石和紫晶灿然闪灼，仿佛在燃烧。

在一个角落里，在一把很大的孔雀翎扇子的前面，立着一尊金制佛像，佛像盘着腿，表现出陷入沉思的姿态。

在另一个角落里，还有一个铜制的日本花篮，它被放在一些镀金的龙的上面，花篮里盛开着雪白的杜鹃花。

"百万富翁的阔排场。"博罗维耶茨基又想道。他的艺术鉴赏力很高，富于美感，尤其是因为他对如何调色进行过专门研究，他的美感是极为丰富的。

"夫人有请经理先生。"一个剃光了头的老仆人对他喃喃地说，同时拉开了那副沉重的门帘，这是一副黄天鹅绒的门帘，上面还印着菊花。

---

[1] 原文是阿拉伯文。
[2] 原文是法文。

"啊！尤泽夫，你在这儿？"一面走，一面问道，因为他在别人家里见过这个仆人。

"我在帮这些犹太人搞拍卖。"尤泽夫低声说，向他鞠了一躬。

博罗维耶茨基只笑了笑，随即来到了餐厅。

露茜还没有来。

他只听到其他房里有人在叫唤，这声音是隔墙传过来的，听不清楚。

"这是什么？"博罗维耶茨基听到后，不由自主地问道。

"夫人在和一个侍女谈话。"尤泽夫解释说，可是脸上的表情却十分冷漠，带着鄙夷的神色。博罗维耶茨基注意到这个后，就没有再问了。

仆人走后，他开始张望着餐厅的四周。这里的家具摆设得很好看，但表现出罗兹的俗气。橡木壁板遮住了墙壁的一半；一个布列塔尼[1]式的餐具橱是用黑色的胡桃木做的，隔板上放着许多银制和瓷制的餐具。在一张很大的桌子周围，摆着许多古典德国式的、雕刻得十分别致的橡木凳子。那张桌子在一盏像一簇金香花的吊灯的照耀下，显得亮堂堂的。

桌子上的一边已收拾好，准备用茶。

博罗维耶茨基已经等得不耐烦了，便坐了下来。这时他看见地上有一张纸，于是把它拾起，放在一个地方后，不由自主地瞥了它一眼。

这是一份用布霍尔茨公司的密码写的电报，这种密码只在非常

---

[1] 地名，在法国。

紧要的情况下才用。

博罗维耶茨基认识这个密码，感到十分惊奇。

"这电报是干什么用的？"

博罗维耶茨基翻开了电报纸，地址是布霍尔茨——罗兹，然后他就毫无顾忌地读起来了："今天在会议上做出了决定：运往汉堡和的里亚斯特的美棉的关税要提高到每普特二十五戈比金币。两星期后实行。一星期后公布。"

博罗维耶茨基将电报收藏在衣兜里，从椅子上站了起来。他的心情异常激动。

"一个可怕的消息呀！半个罗兹就要塌了。"他喃喃地说道，现在才明白原来这个消息克诺尔一点儿也没有告诉他。克诺尔不信任他。"克诺尔已去汉堡买储备棉了，只要来得及，他会把所有的都买掉，他要把许多小企业主压垮。这是一笔多么好的生意呀！现在要的是钱，要去买！哎呀！"博罗维耶茨基想着，一种狂热的急躁情绪，一种企图通过得到这一消息的机会大发横财的不可遏制的愿望在他的胸中燃烧起来。

"钱！钱！"他从椅子旁走过，一面想，一面呼喊着。

他的眼里由于焦躁而闪灼生光，他的全身因过分激动而战栗起来。他想他的第一个行动应当是到城里去，找莫雷茨，和他商谈这笔生意。如果这时露茜没有走进来——不如说来到餐厅，扑在他的脖子上，他就会完全被他的激动情绪所控制。

"让你久等了，请原谅我，因为我要换衣服。"

她吻了他后，用一个轻巧的动作给他指明了在她身边的座位。这时候仆人进来了，沏上了茶。但她却不能安心地坐住，不时地走到餐具柜那儿,把各种好吃的东西都拿来,摆在他面前。

她穿的是一件米黄色的缎子睡衣。它的两个袖子都很肥大,袖口缝上了乳白色的花边,袖身绣着一行绿松石的图案,整件睡衣只用一条金黄色的带子系起来。那披在脑后的大把头发被卷成了一个希腊式的发髻,上面还插着一些钻石梳子。

她在戏院里就戴着的那副钻石项链,现在看起来好像一道五颜六色的彩虹,在她的脖子周围放出灿烂的光辉。她还不时地把她的两只白皙轻盈的小手从衣袖里伸出来,放在他的肩膀上。

真是迷人极了。可是博罗维耶茨基却对这些连一半也没有察觉到,他对她的每声回答都很简单,只顾急急忙忙地喝茶,一心想着如何尽快离开这里。

电报上的消息像火一样地烧着他。

露茜感到很不耐烦了,因为她看见那个仆人好像没有睡醒似的老不走开,她表示怨恨地望着那个仆人,一面使劲地握着卡罗尔的手,使他痛得几乎要喊出来了。

"你怎么啦?"她发现了他的慌乱之后问道。

"我很幸福。"他用法语对她说。

两个人开始谈话,可是他们的谈话时常中断,就像一块旧布被人使劲地拉着,要把它扯断一样。

对她来说,那个仆人是个妨碍。可是他在这里却感到烦恼、压抑,因为当关税即将由八戈比涨到二十五戈比时,他作为一个重大秘密的掌握者,却不得不坐在这里。

"我们到客厅里去吧!"她喝完茶后,低声地说。

她用她那双明亮的眼睛望着他,这双眼里闪出的一道道奇妙的光华,仿佛把她绛红色的嘴也照亮了。博罗维耶茨基本想起来和她告别,这时候只好向她点了点头,跟在她后面。

他无法抵抗她的魅力。

只要他们两个人在一起,她就能以她的火一般的热情和近于狂暴的行动来控制他。可是这只能在一个很短的时刻,因为当她带着难以形容的喜悦心情吻他时,当她扑在他的膝上拥抱他,向他吐出从她激动的内心中爆发出来的语无伦次的话语时,当她由于被自己的感情力量所控制而变得疯狂时,他想的却是棉花,却是莫雷茨在哪里,却是哪里可以搞到钱去购买棉花。

他也给她回敬了亲吻,表示了温存,有时还对她说几句表示爱慕的热情的话,可这几乎都是做做样子,与其说有几分真心实意,还不如说这是他的适应环境能力的表现,因为他的心思在这个时候想的完全是另外的事。

她虽然近乎疯狂,但凭她的直觉,却也会体验到那些热情奔放的人是怎样表露感情的,认识到在他们的身上是存在着什么的。这时候,她自然把卡罗尔也看成是这些富于热情的人中的一个,因此她以为,不管是为了表示对他的爱,还是为了获得他对自己的爱,她都应当尽量表现她的热情,表现一个在热恋中的女人、一个作为奴隶的女人的全部魅力。对她来说,即使她的这个主人、这个统治者打她,她也会将此看成是一种幸福而欣然领受,用自己的感情的力量去征服自己所爱的人乃是最大的幸福。

她终于取得了胜利。

因为博罗维耶茨基终于忘掉了工厂、棉花、关税,忘掉了整个世界。他虽善于在表面上保持冷静,善于在各种细枝末节的生活场面中控制自己，但这时候他也以他的全部热情投身到恋爱中去了。

他觉得自己好像被卷进了一阵暴风骤雨之中。一种既有烦恼又有欢乐的感情使他无法平静下来。

"我爱你。"她不停地叫唤着。

"我爱你。"他在回答时感到这是他生活中第一次把这个在人类字典里最有欺骗意义和最有受骗意义的词汇十分诚恳地说出来了。

"把你说的给我写下来吧！我亲爱的，给我写下来吧！"她以孩子似的固执请求他。

他拿出了名片，不断地吻着她的紫罗兰色的漂亮的眼睛和殷红的嘴唇，写道：

"我爱你，露茜。"

她把名片从他的手中拿了过来，读完后，在上面吻了几次，然后藏在她胸前的衣服内，可是过了一会儿她又把它拿了出来，读着，一会儿吻着它，一会儿又吻他。

最后，她仔细地看着那名片上的纹章问道：

"这是什么？"

"我的纹章。"

"什么叫纹章？"

他尽量清楚地向她做了解释，可是她仍然没有听懂。

"我不懂，这与我毫无关系。"

"那么什么才和你有关系？"

"我爱你。"

然后她用吻堵住了他的嘴。

"你看,我什么也不知道,我爱你,这就是我的理智,还要什么别的呢?"

在这万籁俱寂的夜中,他们久久地坐在这间客厅里,外界的任何声响都未能透过墙壁和壁纸传进来。这两个沉溺于爱中的人儿,就好像被萦绕在他们上面的欢乐的云雾所包围,好像完全失去了自由和力量。在这里,到处可以闻到扑鼻的香味,可以听到他们的吻声,他们在激动中的说话声和客厅里的丝缎的沙沙响声,可以看到像蒙蒙细雨一样渐趋微弱的红绿宝石色的灯光和壁纸、家具的模糊不清的颜色。这些颜色一会儿隐隐约约地现出光彩,一会儿在灯光照耀下,似乎不停地左右跳动,似乎在客厅里慢慢地移动。然后,它们便在房里散开了,同时在渐趋浓密的黑暗中失去了自己的光彩。这个时候,只有那尊佛像仍在奇妙地闪闪发亮,在它头上的一些孔雀翎的后面,还有一双眼睛在越来越悲伤、越来越神秘地望着它。

第四章

当博罗维耶茨基来到街上时,已经是四点钟了。

马车夫没有等他,而是到马厩里去了。

风使劲地呼啸着,把水洼里的烂泥卷起来,泼在篱笆和做人行道用的狭窄的小路上。

博罗维耶茨基被潮湿的冷风吹得瑟瑟发抖。

他在房前站了一会儿,眼前除了闪闪发亮的泥泞,远处耸立着的黑魆魆的楼房和在灰蒙蒙的天空衬托下显得模模糊糊的工厂的烟囱之外,什么也看不见。一束束的彤云宛如被撕碎了的脏棉花,在天空里像发了疯似的迅疾地奔跑着。

他现在仍然感到惴惴不安,便走到一堵墙前将身子靠在上面,开始考虑他得到的那些不完整的消息。可他时时觉得全身抖个不停,因为他感到她还在拥抱他,她的热乎乎的嘴唇还在吻他。他虽然闭上了眼睛,但仍然看见她在他的面前。他走得很慢,因为他老是陷在泥泞里,不得不用伞在前面探寻干硬的路。他觉得自己已经喝得酩酊大醉,只有那篱笆后面的狗的狂吠才能使他清醒过来,使他脱离在他心中产生强烈激动之后所搅扰着他的这一奇妙的寂静。

"库罗夫斯基一定睡了。"他不高兴地低声说,记起了他本来是应该在离开戏院后马上去找他的。

"希望不会因为看戏使工厂亏了本。"他喃喃地说道,现在他也管不了地上的泥泞和坑洼,开始急急忙忙地跑了起来。

他一直跑到皮奥特科夫斯卡大街才找到一辆马车,于是叫驭者赶快驱车到旅馆去。

"啊!电报!"他突然想到了它,便叫起来了,同时在路灯的光下又把它读了一遍,"注意,要沿皮奥特科夫斯卡大街直走,可能已经到家了。"这时他又想起莫雷茨,那急性病又发作了。

到家后,他叫驭者无论如何把车在门前停一下,下车后便急忙按着电铃。

可是没有人开门,他气得把电铃揪了下来,尽全力推着门。经过一场久等之后,马泰乌什才出来开门。

"莫雷茨先生在家吗?"

"他如果去参加莎巴斯节[1],犹太人是肯定会拒绝他的,莫雷茨先生不正是这样吗?"

"莫雷茨在家吗?你说呀!"他怒不可遏地叫起来了,因为他看见马泰乌什已经喝得酩酊大醉,闭着眼,满脸都是血迹和青斑,手里拿着一根蜡烛,衣服脱得光光的,跟在他的后面。

"莫雷茨先生,好像我知道,莫雷茨先生,哈!哈!"

"畜生!"博罗维耶茨基叫了起来,使劲地打了他一耳光。

这个农民被打得滚翻在地,把脸藏到门后。博罗维耶茨基也走进了屋里。

莫雷茨不在,只有巴乌姆和衣睡在餐室的一张长沙发上,他的

---

[1] 犹太人的节日,一般在星期六,这一天他们往往要举行庆祝活动。

嘴里还噙着一支烟。

在餐室的桌上、地上和橱柜里都摆着许多空的瓶碟。小烟囱周围由于散发着水蒸汽，好似被围上了一层长长的绿色面纱。

"啊哈！安特卡来过，他玩得挺高兴。马克斯！马克斯！"博罗维耶茨基用力摇晃着睡觉的人。

马克斯一点儿也没有动，他睡得很死，而且响亮地打着呼噜。

最后，博罗维耶茨基想要搞醒马克斯的努力都白费了，他也感到烦恼。可是他仍然需要从马克斯那里知道莫雷茨究竟在哪里，于是他决定抓住马克斯的胳膊把他抬到地板上。

马克斯醒来后也很生气，他滚到一张椅子旁边，便抓住这张椅子尽全力冲自己面前的一张桌子上扔去。

"你这个绿猴子，你别吵了！"然后他依旧无事一般躺在长沙发上，把他的长衣扯上来包着头，便又睡了。

"马泰乌什！"卡罗尔看到叫不醒马克斯，几乎不知怎么办才好。

"马泰乌什！"他来到了穿堂里，又叫了一声。

"我马上要走、马上就走，经理先生！我的蜡烛不知道哪儿去了，我要找蜡烛，找蜡烛！我就走！"这个没有睡醒的醉汉用颤抖的嗓门吆喝着，力图从被博罗耶夫茨基打倒的地板上爬起来，可是他爬不起来，就又睡下了。

他再一次想摸着膝盖站起来，可是仍然仰面倒在地上，身子还在那儿不停地扭摆着，好像游泳一样。

博罗维耶茨基把他拉起来，带到了餐室里，让他坐在火炉旁，然后问：

"你在哪儿喝醉的?我对你说这么多次了,如果你酗酒,我就要叫你去见阎王,你听见我说的了没有?"

"我听见了,经理先生!我听见了!啊哈!你就像莫雷茨先生一样。"马克斯唠叨着,他想尽量使自己保持镇静,但却未能做到。

"是谁打了你的耳光?看你像头猪似的!"

"谁打了我的耳光,除了你,经理先生,谁也不敢打我的耳光,要不我就要打他的耳光,打断他的脊梁,我已经万事大吉……妈的!"

博罗维耶茨基看到和这个醉汉谈不投机,便拿来了一杯水,紧紧抓住马泰乌什的一只手,把水全洒在他的头上。

马泰乌什扭了扭身子,伸了几下懒腰,感到稍微清醒点儿了,两只手擦着他那沾满了血的发紫的面孔,他的那双痴呆呆的眼睛则依然不断地瞅着博罗维耶茨基。

"莫雷茨先生在吗?"博罗维耶茨基仍旧耐心地问。

"曾经在。"

"到哪儿去了?"

"他好像牵走了那只小黑猴子,他要去格兰德。"

这是说去格兰德旅馆。

"这儿还有谁来过?"

"什么人都有,贝伊恩先生,赫尔兹先生,还有其他的犹太人。我和工程师先生那儿来的那个阿加达一起做了晚饭。"

"你像蠢猪一样地喝醉了,谁打你啦?"

"没有人打过我。"

马泰乌什不由自主地摸着自己的脸和头,痛苦地呻吟着。

"那么你头上的窟窿是哪儿来的?"

"这是,或者……莫雷茨先生在这儿,这个黑猴子、这个驼背和这些犹太人也在。"

"你马上说,你在什么地方喝醉了,是谁打了你?"博罗维耶茨基愤怒地吼叫起来。

"我既没有喝酒,也没有人打我!我去酒店给老爷们买啤酒时,在那儿遇到了一些法国人,他们在押宝,我也参加了。真走运啦,他们押一次,我也押一次。后来我们厂漂白车间的人来了,他们都是一些很好的波兰人,他们站在我的一边,也参加了押宝,我们真走运啦。我没有喝醉,经理先生!天主保佑,我很清醒,经理先生你看,我已经瘦了,经理先生可以检查。"

他弯着身子,闭上眼睛,把背紧靠在壁炉上,只管"呼哧呼哧"地冲房里吹气。

博罗维耶茨基在换衣服,没有听他的;马泰乌什却继续唠叨个不停。

"后来又来了一些老巴乌姆先生厂里的纺织工和漂白工人。他们和我们一起喝酒、押宝,可这时候因为来了一些卑鄙的德国人,我们就不想再玩了。我不过用指头向他们弹了一颗小石子,一个德国人就把我推倒在地,第二个还用酒杯打我的脑袋,其他的人就都来抓我的衣领了。我没有跟他们打架,因为我知道,经理先生不喜欢这样,我听老爷的,没有跟他们打。可是一个德国人却抓住了我的头发,其他的人也抓着我的衣领不放,还有一个人堵我的嘴巴。我想我的这件短袄可糟了呀!它是经理先生给我的。我给他们讲好话,叫他们放了我,可他们还用刀子捅我的肋骨。我于是抓住了一个德国人的脑袋往墙上碰去，我的同伴也早就有准备[1]，他们帮了我的忙。我没有跟他们打架，只不过用指头冲他们弹了一颗小石子，这个家伙就动不得了，像头猪一样地躺倒了。这个民族的脚杆子并不硬，经理先生！这些德国人一点儿也不硬。我只不过用指头冲他们弹了一颗石子，他们就躺倒在地了。"

他像大梦不醒似的不停地唠叨着，把手伸了出来，做了一个用指头弹小石子的样子。

"睡觉去吧！"博罗维耶茨基喊着便灭了灯，把他带到了厨房里，然后去找莫雷茨。

"胜利"餐厅已经关门，格兰德旅馆也关闭了。

"库罗夫斯基已经睡了吗？"他问服务员道。

"他今天不在。客厅布置好了，他没有来。"

"韦尔特先生晚上到过你们这儿吗？"

"和太太们以及科恩先生一起来过，到'阿尔卡吉亚'去了。"

博罗维耶茨基来到了孔斯坦蒂诺夫斯卡街的阿尔卡吉亚，可是那儿连一个人也没有。

他再走了几家饭馆，这里是罗兹青年经常娱乐的地方，但也没有找到莫雷茨。

"这个猴子藏在什么地方？"他很生气地想着，突然对驭者说，"吃蜂蜜去，知道在什么地方吗？如果那儿没有，就找不到他了。"

"我们马上就会到那儿的，先生！"因为马老是踩在一些坑坑洼洼里，走得很慢，于是驭者狠劲扯了一下缰绳，马车也随之跳起

---

[1] 原文是法文。

来了，然后摇摇晃晃地行驶在坎坷不平的道路上，就像海浪上的小船一样。

博罗维耶茨基一边咒骂，一边咬紧牙关忍受着那折磨着他的烦恼，他手里的那支烟已被折断，没法抽了，因此他便开始想着这棉花的事。

"巴乌埃尔的这份电报给楚克尔送得好！一个奇怪的女人呀！"他又想起了露茜，沉醉于对她的回忆中。

他认识她已有两年多，但从来没有特别注意过她，因为他爱的是利基耶尔托娃，后来有人议论她，说她非常愚蠢，说她的愚蠢就和她的漂亮一样。

"这是什么样的个性呀！"他喃喃地说着，可是他每次想到这个，全身似乎就要发抖。

他早知道她已经注意到他了。她还常常通过眼睛示意，竭力请他到她那儿去，但他从来也没有去过。而只要是她知道他会去的地方，她都去过了。

男人们以全部热情和高度的技巧造出来的罗兹谣言悄悄地传开了，这些谣言在事务所和工厂里都可以听到。可是由于博罗维耶茨基近来和她保持了远远的距离——在最近几个月，他全神贯注于制订开办工厂的计划——它们也就很快销声匿迹了。

博罗维耶茨基了解楚克尔这个原来十分贫穷、穿粗布衣，在近十年已经变成一个百万富翁——工厂老板的老犹太，他的飞黄腾达是从购买一些工厂已经毫无用处而别处可用的棉花团、碎纸和棉花屑开始的，这些东西在纺织和裁剪车间总是到处都有的。

他认为楚克尔在生产时只知道从表面上模仿布霍尔茨公司产品

的花色是不行的,因为楚克尔的产品实际上是最劣等的,卖得很贱,不能参加竞争。

他知道楚克罗娃没有情夫。第一,因为她是一个犹太女人;第二,在一个城市里,如果说大家开始于百万富翁,最后都成了一台大机器上的螺丝钉,那么人们必须劳动,必须全力以赴地参加劳动,这里职业骗子很少,也很少有人可能去争夺和侮辱女人。

如果这样,就会有人知道,并且肯定会说出来。

"这个女人有没有灵魂?"他在这样想时,开始对她那富于野性的、无法控制的感情冲动进行分析,"我为什么要和她在一起呢?特别是现在,当我要借钱办工厂时,这不是把子弹踩在自己脚下吗?见她的鬼去吧!可是……"

他在考虑着这些时,又想起了他对她的爱,他对她的表示是完全真心诚意的,他爱她,爱情使他冲动。这是一种不寻常的爱,是一个健康人、一个精力无比旺盛的人的情欲的爆发。

"不管怎样,这里的所得可以补偿损失。"他继续想着。

马车转过弯后,不一会儿就到了斯帕策罗瓦街口,停在一座犹太教堂前。

第五章

在这座犹太教堂的后面,有一个餐厅,博罗维耶茨基为了找莫雷茨,来到了这里。餐厅坐落在一个形似石盒的院子里。院子的三面都耸立着四层楼的房子,第四面有一个用绿色的木栏杆围起来的小花园,花园紧挨在一座工厂的光秃秃的大红墙背后。

再往前去,在墙的下面,还有一间小平房,它的窗子被灯火照得亮堂堂的,里面可以听见像大声吵架一样的喧闹。

"哎呀!这是一帮强盗。"博罗维耶茨基一边想,一边走进了这间被烟雾熏黑了的、虽然长可是不高的房子里。里面由于被一盏汽灯的金黄色光圈所照亮的青烟遮住了视线,他进来后,初看时谁也认不出来。

几十个人挤在一张长桌子旁边,在叫喊,在大声说话,在笑,在唱歌,而这又混杂着一些碗碟的磕碰声以及玻璃被打碎的刺耳的咔嚓声,形成了一片乱七八糟的喧闹,连墙壁也震动了,什么都听不清楚。

过了一会儿,稍微安静了点儿,在桌子的一头,一个醉汉的嘶哑的嗓门唱起来了:

"阿加塔!你的生意不错,阿加塔!

阿加塔!我亲你的脸,阿加塔!

阿加塔!你给我酒,阿加塔!"

"阿加塔！"接着所有的人都放开嗓门唱了起来，甚至把古怪而又愚蠢的领唱布姆－布姆的嗓音也盖住了。当布姆开始唱这支歌的第二段时，就没有人听他的了，因为大家都叫着：

"阿加塔！阿加塔！布姆－布姆！啦！啦！啦！阿加塔！咯！咯！咯！阿加塔！"

人们随着歌声的节拍，开始用小棍敲着桌子，把酒杯摔在墙上，把酒洒在炉子上，歌声也越发大了。一些人并不因此满足，他们把椅子往地上乱碰，好像把什么都忘了，好像闭上了眼睛，什么也看不见：

"阿加塔！阿加塔！"

"先生们，发发慈悲吧！你们这样叫喊，是要把警察叫来吧！"被吓慌了的主人开始哀求道。

"你要安静吗？可是我们给你付了钱的！女人！给我来一杯啤酒！"

"喂！布姆－布姆！你唱呀！"有人对站在小吃部前的第二间房里对用手托着夹鼻眼镜的布姆叫了一声。

"布姆－布姆！你大声唱吧，我听不见。"一个躺在桌上睡眼惺忪的人唠叨着。这张桌上还摆着许多酒瓶、咖啡壶、黑啤酒、杯子和碎玻璃。

"阿加塔！阿加塔！"一个喝醉了的事务员闭上了眼睛，低声地叫着，还用一根小棍在桌上乱敲。

"好啊！真是[1]罗兹式的娱乐呀！"卡罗尔唠叨起来，他的两

---

[1] 原文是德文。

只眼在到处搜寻莫雷茨。

"经理!先生们,还有布霍尔茨·海尔曼的股份公司!我们是一个社团。女人,送杯酒来!"一个又高又胖的德国人用半通不通的波兰话叫道。

博罗维耶茨基向周围不停地打手势,他想说话,可是由于脚抽筋,只好躺倒在他身后的一张长沙发上。

"照我看,这是一帮吃喝玩乐的土匪头。"

"我们是一个大学生社团。"

"我们经常是这样,如果喝酒,大家都凑在一起,如果干活,就会像狗一样地死去。"

"是的,就像他说的,大家要团结一致。喏!还有一个叫什么的曾说:'嗨!我们要肩并着肩,可以用一根绳子把我们绑在一起。'"

"应该消消我们的肚子,减少一些我们衣上的服饰品。"站在一旁的一个人插嘴道。

"住口!流浪者、狗和莎亚的人不准进来!编辑先生!请你记下这句话。"有人冲着一个愁眉苦脸地坐在房间中央的瘦高个子、黄头发的人叫道,可是这个黄头发的人却一直在用他那大得好像从哪儿借来的一双眼睛扫视着贴满了油画、石印画的墙壁。

"莫雷茨,我有要紧的事找你!"卡罗尔说着便在韦尔特和列昂·科恩跟前坐下。这两个人只有喝酒才在一起。

"你要钱吗?钱包在这里。"莫雷茨说着便把礼服里的口袋露了出来,"或者你再等一等,我们到小吃部去。见他妈的鬼,我已经喝醉了。"他嘟囔着,想把身子挺直一点儿,但却未能如愿。

"经理先生请坐，我们一起喝吧！烧酒有，白兰地酒也有！哈哈！"

"给我点儿吃的，我饿得像只狼了。"

堂倌送来了热灌肠，小吃部里别的什么也没有了。

博罗维耶茨基开始吃着，也没有注意他的那些分散成一群群喝酒、聊天的伙伴。

他们差不多都是罗兹的青年，一些典型的坐办公室和守仓库的年轻人，他们有的是工厂里的技术员，有的是其他行业的专家，在这里混到了一起。

布姆－布姆虽然已经喝醉，却仍在房子里踱步，时而拍着手掌，时而理理夹鼻眼镜。过了一会儿，他又和所有的人一起喝起来了，有时还走到一个被挤在一张低矮的沙发上、用一块桌布包身的小伙子跟前，冲他的耳朵叫道：

"表弟，不要睡啦！"

"时间就是金钱[1]，谁付账？"小伙子闭着眼睛说，无意识地敲了敲桌上的酒杯，然后又睡了。

"女人吗？算了吧！会赚钱的不要女人，谈女人是浪费时间。"费卢希·菲什宾这个罗兹的知名人士笑着说。

"我是人，先生，一个真正的人。"有人在房间另一个角落里叫道。

"你不要自我夸耀，你只不过戴上了一个人的假面具。"费卢希鄙夷地说。

---

[1] 原文是德文。

"菲什宾先生,你大概是鲸鱼的胡须[1]吧!可是你的生意连稻草也不值。"

"温格伯先生,你是……得啦!你知道,我们也知道,你是什么,哈!哈!哈!"

"布姆,布姆!唱一唱马约费斯[2]吧,因为犹太人在吵嘴了。"

"克尼,你是我的朋友,可是我很遗憾地看到你越来越蠢了,你的脑袋已经钻进肚皮里去了,我很为你担忧。先生们!他吃得这么多,过不多久他的皮就会包不下他了,哈!哈!"

大家都哈哈大笑起来,可是克尼没有回答。他喝完酒后,用他那双迷迷糊糊的眼睛看着灯光,然后脱掉外衣坐了下来,解开了衬衫领。

"大夫,我们再来谈谈女人吧!"费卢希对坐在他近旁的一个胸前挂着一把淡黄色胡须,将它不厌其烦地卷来卷去的人说。这个大胡子有时还神经质地不停地抖动他的大衣在坐下时被折叠的地方,或者将他那非常肮脏的衣袖套在手套里。

"好,这即使从社会心理学的观点来说也是个重要问题。"

"这不是什么问题。你能知道哪怕一个正经的女人吗?"

"费利克斯先生,你喝醉了,你在说些什么呀?我在罗兹可以给你数出千百个最好、最正派和最聪明的女人。"那个改变了对一切都漠不关心的态度的大夫叫起来了,他跳到椅子上,迅速地翻动着他大衣上的褶皱。

---

[1] "菲什宾"的波兰文意即鲸鱼的胡须。
[2] 犹太人习惯在星期六午宴时演唱的歌舞曲。

"这些一定都是你的病人,你应当夸她们一番。"

"从社会心理学观点来说,你说得不错。"

"从四边形的每一边来看都是对的,因此就有四次是对的。"

"我已经对你说过了。"

"这不过是说闲话,我要的是事实!维索茨基先生!我是一个讲实际的人,一个实证主义者!姑娘,拿咖啡壶和甜酒来!"

"好!好!我马上给你举例:博罗夫斯卡、阿姆泽洛娃、皮布雷霍娃,怎么样?"

"哈!哈!哈!你再数几个吧!这真是妙极了。"

"你不要笑,这些都是正派女人。"大夫红着脸叫道。

"你怎么知道,她们都在你的代销店里?"费卢希厚着脸皮说。

"像楚克罗娃和沃尔克曼诺娃这些最高尚的女人我还没有说哩!"

"这两个就甭提了,一个被丈夫关在家里,另一个整天没空出来,因为她在三年中就有四个孩子了。"

"那么凯什泰尔的妻子,难道是印花布?格罗斯吕克的妻子,难道是棉花絮?你怎么看?"

"我什么也不想说。"

"你看你。"大夫的脸烧得通红,他一边呼叫,一边捋着小胡子。

"我是一个讲实际的人,所以我什么也不想说,在这里举这些次女人干吗?这些次品就是什么都要的列昂·科恩的代销店也不会要。"

"我就是要说她们,把她们放在第一位。她们除具备一般的出于她们本性的正直品格外，还懂得伦理学。"

"伦理学，那是什么货色？谁会干这个？"费卢希笑了起来。

"费卢希，你说得真滑稽。"坐在桌子那边的列昂·科恩拍手叫道。

大夫没有回答。他喝完费卢希给他倒上的热咖啡后，重又开始捋他的胡须，抖着他大衣上的褶皱，不断地将袖口往手套里插，同时望着他身旁一个默不作声、只管喝酒，不时地还用一块红绸手绢擦着眼镜的人。

"律师，你对女人的看法和费卢希先生一样吗？"

"是的，好心的先生，你要这么说就说吧！反正说话就像随便剥果皮一样，嗨！"律师挥了挥手说，他喝完啤酒后，便注意瞅着他那划燃了的火柴，不断地看着他那根快要灭了的纸烟。

"我是问，律师你对女人是怎么想的？"大夫一定要问，他的表现意味着要为女人的荣誉进行新的斗争。

"好心的先生，你可以这么看，可我是什么也不想的，我要喝酒。"律师鄙夷地把手一挥。然后他的面孔便冲着堂倌摆在他跟前的一杯新斟的酒。

他喝了很久。然后用手指头弹了弹沾在他那稀疏胡须上的白色的酒泡沫，这些胡须就像一排红色和黄色的屋檐似的挂在他的嘴唇上。

"你给我举出一个正直的女人吧，我一定送给她施米特和菲茨公司的丝绸、马戴姆·古斯塔夫公司的帽子和一张经格罗斯吕克签署的支票，然后我还可以对你说说关于她的一些有趣的故事。"费利克斯又笑起来了。

"你到巴乌蒂那儿去讲吧！那里会有人信你的，有人爱听你的话，可是我们对你多少了解一些，费利克斯先生！"

"编辑先生要装线轴吧？"

"因为你在吹牛，混淆视听。"有人赞同这个叫编辑的人的话，可是编辑先生已经十分生气地走到小吃部去了。

"表弟，别睡了！"布姆叫道。

"时间就是金钱[1]！谁付账？"这个睡觉的人唠叨不停，同时敲着桌上的酒杯，还想把它拿到自己嘴边，可他拿不起来，因此只好放下手，这杯啤酒也随之洒到了地上。他对此并没有注意，而只管将身子在沙发上翻滚着，用一块桌布遮着脸庞，又睡了。

"姑娘你要什么？漂亮的姑娘，你说吧！"列昂·科恩喃喃地说，同时力图去吻一个从他跟前走过的女堂倌。

"先生别找讨厌了，放开我吧！"女堂倌使劲地挣扎着。

"你要走吗？我付钱，我是科恩！列昂·科恩！"

"你的名字与我何干，你放了我吧！"女堂倌急得叫了起来。

"见你的鬼吧！什梅尔茨！"他对那离开了他的女堂倌轻蔑地说，开始扣上自己解开了的大衣和衬衫。

"莫雷茨！你醉了，我们回家吧，有要紧的事。"卡罗尔喃喃地说。他感到很不耐烦了，因为他看见莫雷茨已经喝得酩酊大醉，一双手捧着脸庞，神魂颠倒的，对自己听到的一切，回答得十分含糊。

"我是莫雷茨·韦尔特。皮奥特科夫斯大街七十五号，一楼。

---

[1] 原文是德文。

见你的鬼去吧!"

"科恩先生,我有件小事找你。"博罗维耶茨基喃喃地说。

"你要多少吧!"

科恩咬着舌头,弹着手指,把钱包掏出来。

"你想得真快。"博罗维耶茨基笑道。

"我是列昂·科恩!你要多少?"

"莫雷茨,明天对你说,我不过想在这儿取得你的同意就是了,谢谢你。"

"我把我的钱柜,我的全部信贷都给你。"

"多谢。期限不超过三个月。"

"说期限干吗?朋友之间这点儿小事何足挂齿!"

"给我苏打水!"莫雷茨低声说。

堂倌给他送来后,他便直接从吸管里吸起来。

"说真的,你的尤齐亚值多少钱?"站在卡罗尔后面的一个人唠叨着。

"这货价钱很贵,如果你现在想买的话。"

"我在等批发,等批发。可是你告诉我,你这货值多少钱,因为在罗兹,大家都说是按月要付一千卢布。"

"我可能付一千,也可能只付五卢布,我不知道。"

"你不想花钱?"

"我花了,花得可多啦,花的是期票。买房子花了期票,买家具花了期票,买女佣时装花了期票,买所有的东西花的都是期票。这一切一共值多少,我怎么知道。等到我要死了,别人来买这些东西的时候,我才能知道,现在我不知道。"

"真是妙极了。"

"科恩先生,你听到别人在我们背后说什么吗?"

"我听到了,听到了。这极其卑鄙,可也是明智的,啊!多么明智啊!"

"你叫我回家?"莫雷茨问道。

"马上回去,有很紧要的事。"

"我们的生意吗?"

"我们的,非常重要的事,非常。"

"如果是做生意,这我就明白了,走吧!"

莫雷茨因为一双脚抖个不停而站不稳。卡罗尔只好拉着他的胳膊把他扶了出来。于是房里人的歌声和呼叫声也紧随在他们后面,通过打开的门,像洪水一样涌出来了,泛滥在静寂而又黑乎乎的庭院里,然后消失在辽阔的夜空中。

罗兹已近黎明,黑魆魆的烟囱越来越显出明朗的颜色,一些屋顶在白色朝霞的照耀下也亮起来了,宛如一束束和珍珠混杂在一起的玫瑰花,在大地上放射着灿烂的光辉。

严寒侵袭着泥泞,给一些地方的水洼盖上了一层冰,给水沟上的小桥涂上了一层白色,给树木包上了一层层寒霜。

天气看来是晴朗的。

莫雷茨敞开胸怀呼吸着冷空气,他慢慢恢复正常了。

"你看,我从来没有像今天这样醉过,我不能原谅自己,我的脑子里就像茶炊一样轰隆隆直响。"

"我给你倒一杯柠檬茶来,你会清醒清醒的。我还要告诉你一桩你想不到的事,你知道后会再一次乐得喝醉的。"

"好，有趣的是这会是什么事。"

他们到家后，没有叫醒那像跪着一样睡在壁炉前，把头枕在洋铁盒上的马泰乌什。卡罗尔将茶炊灌满水后，在它的下面点燃了瓦斯炉。

莫雷茨感到十分爽快，因为他在自己头上淋了冷水，洗了脸，又喝了几杯茶，这样他就完全清醒了。

"好啦，我万事大吉[1]了。活见鬼，这寒冷真讨厌啊！"

"马克斯！"卡罗尔一边喊着，一边竭力摇晃巴乌姆。可是马克斯没有答应，他依然用大衣紧紧蒙着脑袋。"毫无办法，睡得很死。我赶得急，不能等了，莫雷茨，你仔细读这份电报吧！但不要看地址。"博罗维耶茨基说完后，把电报交给了莫雷茨。

"当然，可我看不懂，它是用密码写的。"

"好！我马上读给你听。"

博罗维耶茨基读得很慢，很清楚，还着重指出了其中的数字和日期。

莫雷茨完全明白了。他一听到开始的话就从椅子上站了起来，全神贯注地琢磨着这封电报的内容。当卡罗尔读完后，以洋洋得意的眼光看着他时，他一动也不动地站在那里，完全为这笔生意所吸引住了。他好几次想理好他那掉下来的夹鼻眼镜，可是这副眼镜却好像根本不想待在他的鼻子上。然后，他像对他的爱人一样甜蜜地笑了起来，神经质地扯着自己漂亮的胡须，这才郑重其事地说：

"卡罗尔，你知道，我们有美好的未来了，我们会有很多的钱。

---

[1] 原文是法文。

这封电报值十万卢布,对,至少也值五万,我们要为庆祝这个胜利而亲吻。这是多么好的生意呀!这是多么好的生意呀!"莫雷茨走到博罗维耶茨基跟前,的确想在这个欢乐的气氛中热烈地吻他一番。

"算了吧!莫雷茨,我们现在要的是现金,不是吻。"

"是的,你说得对,现在要的是钱,钱。"

"我们如果购买得多,就会赚得多。"

"那么罗兹将会发生什么?哎哟!如果这让莎亚或布霍尔茨知道了,如果让他们全买光了,大家就只好喝西北风了。你这是从哪儿打听到的?"

"莫雷茨,这是我的秘密,这是给我的赏赐。"他微微地笑了,因为他想到了露茜。

"你的秘密,这是你的资本。可是有一点使我感到奇怪。"

"什么呀?"

"卡罗尔,这是我在你身上没有料想到的。老实说,我没想到你有本事将这样的生意捞到手,并且愿意和我分享。"

"这是因为你不了解我。"

"你要知道,在这之后,我就更难了解你了。"

莫雷茨望着博罗维耶茨基,好像怀疑博罗维耶茨基在打什么埋伏,因为他不理解,为什么博罗维耶茨基会自愿和他分享利润。

"我是阿利安人,而你是犹太人,这就是解释。"

"我不知道,不理解你这里要说的是什么。"

"我就是要赚钱,可对我来说,世界也并不仅仅是几百万。而你却把自己生活的目的只看成为了赚钱。你为了钱而爱钱,你在要获得它时,是不择手段的。"

"因为我认为,每个愿意助人的人都是好人。"

"这正是犹太人的哲学。"

"我有什么必要考虑这个?这种哲学既非阿利安人的哲学,也不是犹太人的哲学,这是商人的哲学。"

"好,不要紧,这个我们改天再详谈。我之所以邀你们合伙,是因为你们是我的股东,我的老朋友。就是我的人格也要叫我为朋友效劳嘛!"

"高尚的人格。"

"你也想到了这个?"

"一切都该想到。"

"你是怎么看我们过去的友谊的?"

"卡罗尔,你不要笑,我告诉你,你的友谊我是用卢布来计算的。因为这种友谊,因为我们住在一起,我的信贷就多了约两万卢布。我对你说的是老实话。"

博罗维耶茨基亲切地笑了,他对莫雷茨的话深感满意。

"我现在做的你也可以做到,巴乌姆也可以做到。"

"我担心,卡罗尔,我怕的是马克斯是个聪明人,是个商人……可是我,我十分乐意去干。"

莫雷茨摸着胡须,把夹鼻眼镜戴上,想借此遮住他眼睛和嘴上的表情,因为他的神情是完全另一个样的。

"你是一个贵族,你的确是尊敬的[1]博罗维耶茨基。"

"马克斯!起来,睡虫!"博罗维耶茨基冲巴乌姆耳朵叫唤道。

---

[1] 原文是德文。

"别叫我了！"巴乌姆生气了，他摇晃着脚，叫了起来。

"你别耍固执了，起来吧！有紧要的事。"

"卡罗尔，干吗要叫醒他？"莫雷茨轻声地说。

"要三个人才好商量……"

"这笔生意我们为什么不能两个人做呢？"

"我们要三个人一起做。"博罗维耶茨基冷冰冰地说。

"我的看法不同，我们只有撇开他才好干。如果他起来的话，如果他睡够了，他就会知道。我们两人在罗兹可以好好协作嘛！"

莫雷茨在房间里走得越来越快了。他谈论着将来如何赚钱，还举了数字。有时他坐在桌旁，手里捧着一杯茶，喝着。由于感到烦恼，他的夹鼻眼镜老是掉在茶杯里，于是他不停地咒骂，用衣襟擦着眼镜。过了一会儿，他又在房间里跑了起来，有时靠在桌边，在桌布上写上一行数字，写好后又马上用手指头沾上唾液把它抹掉。

这时巴乌姆起来了，他做了一次深呼吸后，就用好几种语言胡乱地骂起人来。他喝了很多茶，把杯盘上晚餐留下的剩饭剩菜全吃光了，然后他用一个小小的英国烟袋抽着烟，摸了摸自己额上小小的秃头顶，喃喃地说：

"你们要说什么？快说，我要睡觉了。"

"如果你知道了，你就不会睡了。"

"别坑人了！"

卡罗尔给他读了电报。

莫雷茨拟出了一个很简单的计划：搞钱，要很多钱，赶在提高关税和开始执行新的税率以前去汉堡，尽可能买到生棉，把它运来罗兹，然后出售，目的在于获得最大的利润。

巴乌姆考虑了很久,在记事本上记录下一些东西;然后抽着烟,将烟灰抖在烟灰缸里,又伸出他那只瘦骨嶙峋的大手,喃喃地说:

"给我写上出一万卢布吧,多的不行,晚安!"

巴乌姆从椅子上站了起来,想再去睡觉。

"你等一等,我们还要商量一下,你以后还可以睡嘛!"

"见你们的鬼去吧!哎呀!这些波兰人!在里加时,我整整三年没有睡够,因为大家整夜整夜地在我那儿商量……在罗兹又是这样。"

他不高兴地坐了下来,又开始往烟袋里添烟。

"莫雷茨,你出多少?"

"也是一万,我暂时拿不出多的。"

"这样的话,我也一样。"

"利润和亏损平摊。"

"可是我们谁去呀?"巴乌姆问道。

"只有莫雷茨可以去,他很懂行,这是他的专长。"

"好!我去。你们马上给现金吗?"

"我有十五卢布,还可添上我的钻石戒指,你如果把它典在我的姑妈那里,她给你的会比我还多。"马克斯狡黠地说。

"我的钱都在身边,马上……四百卢布,我马上可以给三百。"

"巴乌姆!谁能保证你的期票靠得住?"

"我给现金。"

"我如果一时拿不出现金,就把由我郑重签字的期票拿出来。"

于是大家都不说话了。马克斯把头靠在桌上,瞅着正在急急忙

"如果这笔生意没有成功,怎么办?"

忙写算的莫雷茨。卡罗尔在房间里慢慢地踱步,由于闻到了放在一个珍贵花瓶里的香料的气味,他的全身都感到舒畅不已。

白昼来了,清晨锐利的白光透过被花边窗帘遮住的窗子射了进来,使灯光和插在一些大铜烛台上的蜡烛的火焰暗淡了。

到处都是一片寂静。星期天的寂静笼罩着罗兹城,深入到了住宅里面。远处马车"咕隆咕隆"地响着,就像雷声在一条死寂的胡同里,沿着它的硬邦邦的泥地不停轰响一般。

卡罗尔打开了小窗,让新鲜空气流进来了。他自己也朝街上望去。

覆盖在砖地和屋顶上的霜层在闪闪发光,就像一些在那轮远离罗兹和工厂的初升太阳照耀下的宝石一样。兀立的烟囱好似一片稠密阴暗的森林,一直延伸到卡罗尔的窗子近旁,在金黄和蔚蓝色的天空衬托之下,它们那魁梧的身躯又仿佛被切成了一块块的。

"如果这笔生意没有成功,怎么办?"博罗维耶茨基离开窗子,喃喃地说。

"哎呀!如果这样,活见鬼,我们除了赔本,没有别的。"
马克斯毫不在意地唠叨着。

"我们要赔三次,一是本钱,二是赚来的钱,再者恐怕连工厂都要赔掉。"

"这不可能。"马克斯不高兴地敲着桌子叫了起来,"工厂我们不能丢。我和我父亲在一起搞不了多久了,他还能活多久?一年、两年,他的女婿都在咬他,楚克尔也要吃掉他。其实这个楚克尔已经在咬我们了,他仿制了我们的床单和各色被面后,以百分之五十的低价出售,要把我们活活吃掉。我生来不是给别人当奴仆的。我已经有三十岁了,我必须从自己开始。"

"我也认为不会这样,不管是工厂,还是其他的东西我们都不能损失。我在布霍尔茨那里也待不了多久了。"

"你们害怕了?"莫雷茨说道。

"担心是很自然的,如果要把所有的都赔光呢!"

"你,卡罗尔,在任何情况下都不会失败。凭你这受到赞誉的专长,凭你的名声,凭你这一表人材,你总是可以得到很多钱的,甚至可以加上米勒的女儿。"

"别这么说了,我有情人,我爱她。"

"这有什么关系。女朋友同时可以有两个,可以爱两个,然后你再和第三个有钱的结婚就是。"

卡罗尔没有回答,在房间里徘徊着,因为他想起了玛达小姐和她那些天真的私房话。马克斯坐在桌子上,抽着烟,摇晃着两条长长的腿,同时把他的脸放在那通过对面窗子射进来的阳光下,接受太阳的亲吻。这阳光在他的睡意甚浓的脸上,在坐在桌子另一边的莫雷茨的黑黝黝的头上,留下了一条细长的、金黄色的、把游荡于空中的尘土也照亮了的光带。

"如果你们怕冒险,我可以给你们想个办法。可实际上我是说这真正是一次冒险。如果这笔生意让罗兹全棉花业知道了怎么办?如果我在汉堡碰上了他们所有的人怎么办?如果由于非常大的、急迫的需要,棉价过于上涨怎么办?这样,我们的棉花在罗兹就卖不出去了,又该怎么办?"

"我们可以在自己的工厂里加工,这样挣钱更多。"马克斯说着把他的头放在游动着的阳光下。

"有出路，你们不用冒险，也可以赚到钱。"

"什么办法？"卡罗尔走过来问道。

"你们把这笔生意全部交给我，我给你们五千，好，一万的让受金。让我来亏本吧，几分钟后给你们现金，现金[1]。"

"猪猡！"马克斯唠叨着。

"不要这么说，马克斯，他这是出于友好。"

"是呀！我是出于友好，因为只有我亏本，你们才能保全厂子。在你们赚了钱后，我的损失于你们也无害。"

"不要在空谈上浪费时间，现在睡觉去。我们一起冒险，你，莫雷茨，今天就去汉堡。"

"叫他做出保证。因为他拿我们的钱去买东西，然后可以说，这是给他自己买的，他会这样做的。"

"马克斯，你说什么，那么我们的友谊，我的话连猪狗也不值吗？"莫雷茨怒气冲天地叫了起来。

"你的金口玉言，你的友好——这不过是一张好的期票，请你立下保证[2]，这是做生意。"

"我们采取这种办法，莫雷茨去购买，买好了尽快地运来，运费以后结算[3]，这样我们就可以全都买下了。"

"我怎么可以相信你们不会把我从公司里排挤掉呢？"

"猪猡！"马克斯由于深受刺激，用拳头砸着桌子，叫起来了。

"住嘴，马克斯，他说得有理。我们马上就写一个书面合同，

---

[1] 原文是德文。

[2] 原文是拉丁文。

[3] 原文是德文。

通过中介人证明，这以后就是一纸正式的全权委托书。"

他们马上写好了一个包括许多条文的合同。这是一个公司的证明文据，是他们三人为做一笔棉花生意而共同签署的。

其中对一切都有规定。

"好啦！我们现在有现实基础了，为做这笔生意你们打算给我多少钱？"

"现在说的是一般的委托代购，其他的事往后再商讨。"

"请你们事先告诉我，你们能出多少。我现在可以告诉你们，我在汉堡逗留期间由于不能经理业务将要损失多少的详细数字。"

"猪猡！"马克斯说第三次了，他转过身来让另一边脸对着太阳。

"马克斯，你骂我三次'猪猡'了，我只回你一次：愚蠢！你记住，我们要干的，不是谈恋爱，不是结婚，是做生意。你这个人，只要有可能，连上帝也会欺骗的。你说我是'猪猡'，可我只不过要求得到我法定应当得到的东西，好吧！让卡罗尔说说。"

"见你的鬼去吧！该死的！"

"好啦！同意！你们不要老吵了，你晚上就乘快车走吧！"

"是的。"

"不过我亲爱的，你们要记住，不管是今天，也不管是往后，不能让任何人知道我们这个关于棉花的消息是从哪里来的。"

"当真只有我们知道？"

"这秘密在我们三个人中已经不是秘密。"

"你们睡觉去吧！卡罗尔，只是你就别再来叫醒我了。莫雷茨，走吧，一路平安。我要明天才起来，在你走之前看不到你了。好！

伙计！祝你健康，不要骗我们。"马克斯开玩笑似的说完后，便和莫雷茨亲热地吻了吻，他们俩虽然常常吵嘴骂架，可仍然是相亲相爱的。

"你会受人骗的！"莫雷茨对他表示同情地说道。

"你是个好伙计，莫雷茨，可是我感到你就是站在我面前的一个骗子。"

当卡罗尔醒来后，已经是十二点了。

太阳照亮了窗子，也照亮了整个摆设着最华美、雅致的家具的房间。

马泰乌什洗漱完毕后，穿上了星期天的服装，踮着脚走进来了。

"有什么事吗？"卡罗尔问道，因为布霍尔茨夜里经常要下各种命令。

"工厂里没有事，只是库鲁夫来的人带信来了，他们一大早就在等了。"

"让他们等着吧，把信拿来，给他们沏茶。你酒醒了没有？"

"醒了，经理先生！"

"你包扎了脸。"

马泰乌什把一双眼睛朝下看，不停地倒换着两只脚。

"如果你再喝醉，就不要来见我了。"

"不会再这样了。"

马泰乌什用力拍着自己的胸脯，以至响出声来。

"你头痛吗？"

"不是，人家欺侮我。先生，我最敬爱的先生，如果你允许我，我从此可以像狗一样为你效劳。"

"要我答应什么?"博罗维耶茨基穿着衣服,感到有趣地问。

"我要把我全身的骨头数给这些德国人看,你知道他们是怎么款待我的。"

"你要报仇吗?"

"不,不是报仇。可是我不愿再受欺侮,我的天主教徒的血不能白流。"

"如果他们对你还没有改变态度,你爱怎么做就怎么做吧!"

"我已经回敬了他们鞭子,这个他们谁也没法抵抗。"马泰乌什愤愤地说,他的胸中突然燃起了怒火,牙齿咯咯地咬起来了。

他的青伤疤也由于激动而变红了。

卡罗尔穿好衣服后,走过来打算叫醒他的朋友。

可是谁都不在。

"马泰乌什,先生们早就走了吗?"

"巴乌姆先生九点起床后,打过电话叫马车,马车来了后,他就走了。"

"好啊!好啊!出了怪事啦!"

"可是莫雷茨先生是十一点走的,他叫我装旅行箱,然后送他上夜班快车。"

"叫他们回来,有事呀!可又是什么事?"卡罗尔一边想,一边摸着他的额头,因为他感到头晕,不舒服。

一阵烦恼使他浑身战栗起来,他坐不住,可是又不愿离开这个地方。

昨天晚上发生的事情:戏院、包厢、露茜、酒馆、电报、莫雷茨和巴乌姆像一团团杂乱无章的云雾萦绕在他的脑海里,给他带来了烦恼和疲劳。

他一会儿看着房里一个细长的水晶玻璃花瓶，花瓶上画着美丽的金色图画；一会儿又瞧着一朵放在一块深绛红色水晶玻璃上的金黄色的法国百合花，这朵百合花在阳光的照射下，在一块乳白色的绸桌布上留下了一道橘红色的倩影。

"真正美丽的设计呀！"他在这样想时，却又不愿再看了。

"但愿它们受到嘉奖。"

然后他回过头来把脸冲着那些走进房里来的人。

"啊！你们是从库鲁夫来的，有小姐的信吗？"

他把手伸出来后，发现它变黄了。

"有信，孩子他妈，把信交给老爷吧！"一个规规矩矩地站在门前的农民一本正经地说。他身穿一件白色的长大衣，在衣上缝合的地方钉着一缕缕黑带子；里面穿的小衬裤上也有一些红色、白色和绿色的带子。他的汗衫是蓝颜色的，上面钉着一些小铜扣，他的衬衫是用一根红色的饰带给系起来的。这时他把羊皮袄搭在胳膊上，双手紧贴在胸前，用那双严肃的蓝眼睛瞅着博罗维耶茨基，不时地往后撩着他那好似揉碎了的大麻的淡黄色头发，因为它总爱掉在他那刮得干干净净的脸上。

女人从捆了至少十层布的包裹中拿出了信，扶着卡罗尔的腿送了上来。

卡罗尔很快地把信浏览了一遍，问道：

"你们叫什么？索哈？"

"是的，正是索哈。说吧！孩子他妈。"农民喃喃地说，用手肘推着他的妻子。

"是的,他是索哈,俺是他的老婆。俺们到这儿来,想求工程师老爷给俺们在厂里找个工作……"她停了一下,看着她的丈夫。

"正是这个,你说吧,孩子他妈,从头说吧!"

"父亲和小姐给我的信中谈到了你们的不幸。你们的家被火烧了,是不是?"

"是的,孩子他妈,你说吧,情况是怎么样的。"

"是这样,老爷,俺可以像悔过一样诚实地告诉您:俺们有过一栋房子,在庄院的后面,是村里最好的,可俺丈夫只买了两莫尔格地和二十五根树条。这是老爷的父亲卖给俺的,为此俺花了整整三百个兹罗提,靠这个俺们本来可以过得很好,可是却没有这样。俺们有土豆,还养了奶牛,圈里的猪冲着小伙子哼哼地叫。马也有,俺父亲常赶马车进城,把各种各样的人,还有犹太人载往铁路上,通过这种办法,走运的话,可以赚到钱。俺呢!小姐常叫俺来庄院里做工,不是洗衣,就是织布,照顾奶牛生犊。圣洁的小姐还教俺们的瓦莱克认字,这孩子已经认得金祭坛[1]上印的和写的字,书中的每一页也会读了,里面讲的是各种礼节,这本书是西蒙神父在做弥撒时要用到的。而这孩子现在还只有十岁。"她歇了一下,用围裙揩了揩鼻子,擦了擦由于激动而热泪盈眶的眼睛。

"是的,俺的儿子瓦莱克十岁,孩子他妈,你说吧,说得确切点儿。"农民严肃地说。

"正好十岁,从草节开始,或者说在播种节满十岁。"

"你们看,我没有空,快点儿说吧!"博罗维耶茨基请求道。

---

[1] "金祭坛",古代祈祷书常用的书名。

他虽然对这些语无伦次的谈话感到乏味,自己也没有听多少,可是他仍耐心地坐在那里。他知道,农民最爱聊天和诉苦,他在这里表现耐心,主要是因为他们是从库鲁夫来的。

"说吧,孩子他妈,下面的快点儿给老爷说。"

"由于天主赐福和小姐的恩赐,俺爹有了马,挣得了钱。有时俺们遇上机会,鸡也有了,猪也有了,鹅也有了;有时还能搞到一点儿牛奶或者半杯黄油、鸡蛋,这样我们就过得不错了。全村的人都羡慕我们,因为我们最先得到庄园的支援,因为小姐爱护我们,因为我们家里的圣母像好看,是用金像框镶着的,因为我们穿的衣服总还看得过去。俺不打架,小姐常说,打架是犯罪,家里挂的天主像是挑最大的。俺丈夫常去西蒙神父家,送他上铁路,为此他也答谢俺们。可是那个皮耶特科娃最坏,那是个泼妇,只要她坐在田埂上,就要和人吵架,西蒙神父在教堂里已经不止一次讲到了她,可是没有用。她常常打俺,还要杀俺,这个不正经的女人,她在全村乱喊乱叫,胡说俺在庄园里拿了米,俺丈夫在庄院的草堆里偷了草。你们看见这个女人没有,你们!如果俺们手里拿着什么东西,俺们就要打断她的腿,打掉她那可恶的牙齿,看她还闹不闹,只有这个办法。"

"她还干了什么,你们说吧!"卡罗尔喃喃地说着,他几乎没有办法了,因为这个女人讲得越来越啰唆,她看到卡罗尔和颜悦色,于是说起来毫无顾忌。

"俺们的房子也是由于她被烧的。事情就像邻舍之间经常发生的那样。俺养的鹅长肥了,无论如何也不能照五十戈比的价卖出去;有一次因为没人看住,跑进了她的地里,不过吃了点儿草,这条疯狗就把它们害死了。她都没叫我看见它们是如何死的,她像狗一样咬着它们,一下子就死了五只。俺是怎么泣不成声的,在这儿就很难说了。丈夫回来了,俺告诉他,他说,没有别的办法,只有打,叫她吃点儿皮肉之苦。"

"对,俺这么说了,再说下去,孩子他妈。"

"我当然打了她,扯掉了这个魔鬼的毛发,往她身上泼了粪,还踢了这条母狗几脚,可是她后来又打死了俺的猪。俺们上了法院,评评理吧,是谁有罪!"女人伸开了两只手,叫唤道。

"她什么时候烧了你们的房子?"

"俺没有说是她烧的,只是说由于她。因为当俺们在法院里时,车夫跑来了,说:'索霍娃,你们家房子着火了!'天主呀!好像有人打断了俺的肋骨一样,俺在座位上动弹不得了。"

"好,够了,我懂你的。现在你们是不是要在工厂里找工作?"

"正是这样,老爷!因为俺们的一切都烧光了,房子、牲口圈,所有的农具,一点儿不剩。俺们成了叫花子啦!现在只有讨饭了。"

女人急得哭起来了;可是那个农民却仍然严肃地站着,他看着博罗维耶茨基,不断扒开他那时而掉在眼睛和脸上的头发。

"你们在罗兹有熟人吗?"

"这里有俺们那儿来的人,安泰克·米哈乌夫。孩子妈,你说得确切点儿。"

"是的,有,只不知道怎么去找他们。"

"索哈!你们星期二下午一点到我这里来,我给你们安排工作。马泰乌什!"卡罗尔对仆人叫道,"给他们找一个住处,照顾他们一下。"

马泰乌什不乐意地撇着嘴，鄙夷地看着他们。

"好啊！天主保佑，星期二来吧！"

"俺们会来的，说吧，孩子妈。"

女人弯下身子，抱住卡罗尔的脚请求道：

"这是俺剩下的一只没有被烧死的鸡生下的四个蛋，送给老爷滋补滋补吧！俺是出于真心诚意的。"他把篮子放在卡罗尔的脚前。

"是的，愿老爷身体健康。"这个农民也拜伏在卡罗尔的脚下。

"好，谢谢你们，星期二来吧！"

博罗维耶茨基和他们辞别后，来到了第二间房里。

"这是一些什么人呀！社会残渣。"卡罗尔边走边唠叨着，情绪有点儿激动，坐下后便开始读他情人的来信。

我亲爱的卡罗尔：

衷心感谢你最近的来信，它使爷爷非常高兴，而我简直是十分激动，连心都要碎了。你真好啊！还特地叫信差送来了花。

博罗维耶茨基狡黠地笑了，因为这些花是他从他的情妇那里得来的，甚至有好多都不知道怎么办，于是他就把花送给了情人。

这些玫瑰花多美呀！大概不是罗兹的吧？是我亲爱的先生特意从尼瑟阿[1]带来的吧？什么时候带来的？这使我很高兴，但也使我很发愁，因为我没有同样漂亮的东西作为答谢

---

[1] 一个修养所的名称，在法国，以养花著名。

呀！你知道，这些花，今天已经两个星期了，还没有变色，这真是奇怪呀！我确实在用心照看它，因为没有一片叶子在我的嘴唇接触后不想对它说句"我爱你"的。可是……爷爷笑我了，他还说要把这写信告诉你，于是我自己就认定了你对这是不会生气的，对吗？……

"我亲爱的安卡。"博罗维耶茨基感到心情激动，他的眼睛也亮起来了，他喃喃地说着，往下读去：

钱已经安置好了，放在商业银行[1]，由国家管理。我叫他们写上了你的名字，写上了我们的名字。"

"真正是一个好姑娘呀！"

工厂什么时候会有？我等急了，我很想看到它，看到我亲爱的将是一个工厂主！爷爷还做了一个小哨子，可以用它来叫醒我们，唤我们吃早饭、午饭。

昨天阿达姆·斯塔夫斯基先生到我们这儿来了，你记得他吗？好像你们是在一起上中学的。他讲了些您生活中很有趣味和快乐的事情。从他那里我才知道，我亲爱的卡罗尔先生是一个调皮的孩子，在中学里就很得女人的欢喜。可是爷爷对这坚决不同意，他说阿达姆先生是个有名的骗子，那么您说要信

---

[1] 在华沙，建于1870年，是波兰王国当时最大的银行。

谁才好呢?

阿达姆先生失去了所有的东西,因为协会[1]已经把土地卖给了他。他不久后要来罗兹,会来找您的。

"又一个笨蛋!"博罗维耶茨基不乐意地说。

他有一个伟大的发明计划,他发誓要通过这个计划在罗兹挣一笔财产。

"白痴!不是第一个了,也不会是最后一个。"

我要停笔了,因为我的眼皮快贴在一起了,爷爷在不停地叫我睡觉。晚安!我心爱的国王,晚安!
明天再多写点儿,晚安!

安卡

在附注中还有送信人的热情的鼓励:

钱有了,好啊!这很好!两万卢布,好姑娘,她不用考虑就会把自己的嫁妆拿出来。

博罗维耶茨基把信再读了一遍,然后收藏在书桌里。

---

[1] 土地信贷协会,从1825年起活动于波兰王国,曾给大土地所有者支出信贷。

"一个高贵的、善良的、甘愿自我牺牲的姑娘,可是……为什么要这个'可是'!见鬼!"他用脚踩着地毯,把一堆堆纸扔在桌上,"是的,她是一个好姑娘,可能是我认识的姑娘中最好的一个,可是她和我有什么关系?我真的爱她吗?我真的爱过她吗?现在我要把这个问题坦率地提出来。"博罗维耶茨基仔细地回忆他的过去。

"布霍尔茨先生派马车来接经理先生了。"马泰乌什通知说。

卡罗尔坐上马车,便去了布霍尔茨家里。

布霍尔茨住在罗兹城边,就在他自己工厂的后面。他的住宅是一栋被称为宫殿的平房,是以罗兹和柏林的文艺复兴时期的形式建成的。它的每个角上,都有一座圆顶形的塔,塔上还有一些经过装点的阁楼。屋顶上有阳台,是用铁栏杆围起来的。这栋房子在一个大公园里,公园的一边和凌驾于它之上的工厂交界。

一排长在宫室马车队前面草地上的寂寞的大白桦树呈现出一片白色。撒上了煤屑的小路就像一条条黑色的布带,通过许多用干草围起来的玫瑰花树和南方的小树往前伸去。这些小树好似一些排成了一条线形队伍的哨兵,这个队伍虽然排得很直,但是当它遇到地边的角落时,却又转过弯来,把这个四角形的大草地包围起来了。在草地的四个角上,还立着四个雕像,它们在冬天是用一块块绒布包起来的,因为受到雨雪的侵蚀,变成了褐色。

在公园一边的工厂的红墙下,有一间暖房,它的窗户由于受到阳光的照射,透过矮小的灌木丛和树林,反射出闪闪的光芒。

公园没有得到悉心的照管,显得破败凄凉。

一个穿黑色工服的仆人给博罗维耶茨基打开了通往穿堂的大

门。穿堂里铺上了地毯,墙上还挂着厂里的各种照片、一班班工人的名单和标明布霍尔茨地产的挂图。

四扇门通往屋里,还有一些狭窄的铁梯子通往楼上。

吊在天花板下的那盏哥特式的大铁灯向四面八方放射着柔和的灯光,在黑色的地毯和木头垒起的墙上就像印上了许多褪了色的斑斑点点。

"厂长先生在哪儿?"

"在上面自己的办公室里。"

仆人走在前面,把门帘扒在一边,打开了门。博罗维耶茨基慢慢地走过了一些富丽堂皇的房间。房间里的家具摆设得庄严大方,里面由于窗帘都放下了,几乎是一片漆黑。周围的寂静抓住了他,因为他是走在地毯上,所以连脚步声也听不见。

冷漠和严肃的气氛充满了整个住所。用黑布套包着的家具、镜子、大吊灯、枝形烛台、墙上用帷幔遮住的图片都沉没在黑暗中。只有那马约里卡式炉子上的铜雕饰和人造大理石天花板上的镀金层还在闪闪发亮。

"尊敬的[1]博罗维耶茨基先生[2]!"仆人走进了一间房里,介绍说。因为他看见布霍尔茨的妻子正坐在这间房子窗户下的一个大沙发上,手里拿着一双长袜子。

"早安[3]!博罗维耶茨基先生[4]!"布霍尔佐娃首先说。她拿

---

[1] 原文是德文。

[2] 原文是德文。

[3] 原文是德文。

[4] 原文是德文。

出了一根织袜针,自动地向他伸出了手。

"早安!太太[1]!"博罗维耶茨基吻了她的手后,继续往前走去。

"蠢东西!蠢东西!"一只用脚钩着栏杆的鹦鹉在他的后面吆喝着。

布霍尔佐娃一面抚摩着它,一面对窗下一群在树上打架的麻雀表示爱抚的微笑,然后她眺望着那阳光普照的郊外,又织起袜子来。

博罗维耶茨基在房子角落上的一个办公室里找到了布霍尔茨。

布霍尔茨坐在一个用绿色的格但斯克瓷砖砌成并雕饰得十分美妙的大壁炉前,炉里生着了火,他不停地用那根毫不退缩的棍子把火拨来拨去。

"你好!蠢东西,这是给先生的椅子。"他对站在门旁随时准备点头应召的仆人高声地喊着。

卡罗尔就坐在他的身旁,背对着墙壁。

布霍尔茨睁开了他那目光炯炯的红眼睛,久久地盯着卡罗尔的脸。

"我有病。"他指着他那双用绒布包扎起来放在一张小凳上的脚,低声地说。这双脚对着炉里的火,好像两轴尚未印染的布料一样。

"又是这个老病,风湿病?"

"是的,是的!"布霍尔茨喃喃地说,一阵痛苦的抽搐使他蜡黄色的圆圆的脸都变样了。

---

[1] 原文是德文。

"可惜的是,厂长先生没有去圣·雷莫[1]或者南方其他地方过冬。"

"这有什么用,我不过是要让莎亚和所有那些想叫我早死的人快活快活。蠢东西!给我包好点儿。"他指着自己伸在凳子上的那只脚,对仆人叫唤道。"小心,小心!"他继续叫道。

"我以为,那些希望你早点儿死的人是很少的,在罗兹大概没有,我敢担保,没有。"

"你说什么,大家都希望我死,大家!因此我就是要活长点儿,叫他们不高兴。你以为,没有妒忌我的人吗?"

"谁都有妒忌自己的人。"

"你想得到为了叫我死,莎亚愿出多少钱吗?"

"我只能推测,尽管这个人很吝啬,为了使你破产——如果这可能的话——他会拿出很多很多钱。"

"你是这样想的吗?"布霍尔茨低声地说,他的眼里燃烧着仇恨的烈火。

"全罗兹都知道。"

"还有,这个人会骗人,拿伪钞或者空头支票骗人。蠢东西……"布霍尔茨低下了头,把它靠在胸上,靠在他的在袖上打了补丁的旧棉袍上,出神地看着炉里的火。

博罗维耶茨基已经很习惯在百万富翁面前所处的这种专事阿谀奉承的从属地位,也不敢说一句话,耐心地等着布霍尔茨先开口。

这时,他张望着这个办公室里钉上了樱桃色绸缎的墙壁。墙壁

---

[1] 意大利西北部著名的冬季避寒胜地。——原注。

的四周围着一圈金黄色的宽阔的壁板，壁上还挂着几张次等的德国油画。在办公室角落的两扇用彩色玻璃屏遮住的窗子之间，有一张大红木写字台。地上铺的是模仿地板式样的利诺伦油漆布，已经被踩得很旧了。

"你说吧！"布霍尔茨粗声粗气地说。

"我们已经讲过莎亚。"

"这个就算了吧。蠢东西！叫哈梅尔到这儿来，五分钟后我就该吃药了，为什么这个家伙还没有来。你知道昨天的新闻吗？"

"我听说了，克诺尔先生在戏院里告诉我的。"

"你到过戏院？"

他的眼里表现出了鄙夷、轻蔑和憎恶的神色。

"我不懂厂长先生的问话是什么意思？"

"是的，你是一个波兰人，是的，你是一个绅士[1]。"布霍尔茨撇着嘴，好像要笑了。

"厂长先生不是也在戏院里吗？"

"我是布霍尔茨，尊敬的[2]博罗维耶茨基先生，我只要自己喜欢，哪里都可以去。"他抬起了头，凛然地、目空一切地环顾周围。

"戏院是有罪的，因为它没有只供少数人占有，而对所有能够买得起票的人都开放。"博罗维耶茨基喃喃地说着，禁不住讥讽地笑了。

"我不爱听你讲的话。"布霍尔茨不高兴地用拨火棍敲着炉里

---

[1] 原文是德文。

[2] 原文是德文。

烧焦了的木头，使火星溅射到房间里来了。

"请厂长先生原谅，我不说了。"博罗维耶茨基从椅子上站起来，对布霍尔茨生气了。

"你再坐一坐，马上吃午饭了。没有必要在这儿生气，你知道我是多么器重你的，你是一个特殊的波兰人。克诺尔把所有的事都告诉你了吗？"

"谈到过最近一些人的破产。"

"对！对……他有紧要的事走了。我正要请你在他不在的时候顶替他，莫雷茨替你管印染厂。"

"好！至于说莫雷茨，这是一个很聪明的人。"

"也很愚蠢。你坐吧！我喜欢波兰人，可是我和你们却谈不来，刚要说话就生气。祝你健康，慢点儿[1]，博罗维耶茨基先生，慢点儿[2]，你不要忘记你是我的人。"

"厂长先生说的太多了，我什么时候也不会忘记。"

"你认为这没有必要吗？"布霍尔茨看着他，表示亲热地笑了。

"这要看对谁，在什么地方。"

"我可以给你马车，可是没有马鞭和缰绳，你驾着走吧！"

"作为一个比喻它是不错的，只不过它对我们所有在你这儿工作的人来说，不很适合。"

"我不是用它来说你和你们中的一些人。你以为，我是在说你的一些同事吗？我说的是这一群黑色的工人……"

---

[1] 原文是德文。
[2] 原文是德文。

"工人群众也是人。"

"畜生,畜生。"他叫喊道,用拨火棍全力敲着凳子,"你不要这样看着我,我可以这么说,因为我养活了他们所有的人。"

"是的,可是他们为这口饭工作得很好,他们赚了钱。"

"他们在我这里赚钱,我发给他们工资,他们应当吻我的脚,如果我不给他们工作,他们怎么办?"

"他们可以在别处找到工作。"博罗维耶茨基唠叨着,他对布霍尔茨产生了厌恶。

"他们就会饿死,博罗维耶茨基!像狗一样。"

博罗维耶茨基没有回答,他对布霍尔茨这种愚蠢的傲气感到十分恼怒,因为这个被认为是罗兹企业家中独一无二的大智者,却连这样简单的道理都不懂。

"厂长先生!我是去拿药的,奥古斯特什么时候来?"

"安静,还有两分钟,你等一等!"布霍尔茨尖声尖气地对自己的私人医生说。可是医生对这种吩咐感到有点儿紧张,他只好规规矩矩站在离布霍尔茨几步远的门旁,一边等着,一边以他惶恐不安的眼光注视着布霍尔茨的脸色。布霍尔茨默不作声地坐在那里,瞅着一架银制的旧挂钟,他的脸色十分阴沉。

"哈梅尔,你留心点儿,我给你钱,给你许多钱。"过了一会儿,布霍尔茨说了,他没有转移他的视线。

"厂长先生!"

"现在由我布霍尔茨说话,安静!"布霍尔茨高声地说着,将视线转向博罗维耶茨基,"我是守时的,医生只要告诉我一次,说每隔一小时吃一次药,我每小时都会吃。你一定很健康,博罗维耶茨基先生，从你的脸上看得出。"

"我很健康。可是如果我待在工厂、染房里的话，我还能活两年，因为我肯定有肺病，大夫已经告诉我了。"

"两年！两年还能印染很多布。哈梅尔，拿药来！"

哈梅尔用涂了油的手指数了十五粒十分微小的药丸放在布霍尔茨伸出的手里。

"快点儿！你比得上一台好机器，可是你却转动得太慢。"布霍尔茨喃喃地说，吞下了药丸。

仆人用一个银盘托了一杯水给他，让他在吞完药后喝一口水。

"他叫我吞砒霜，这是一种新疗法。我们看吧，我们看吧……"

"我已经看到厂长先生的健康状况有了很大的好转。"

"安静，哈梅尔，谁也没有问你。"

"厂长先生早就在用这种砒霜疗法吗？"博罗维耶茨基问道。

"已经毒了我三个月了。哈梅尔，你走好吗？"布霍尔茨十分傲慢地说。

大夫鞠了个躬，走了。

"这个大夫很和气，他的性情很温和。"博罗维耶茨基笑了。

"这温和我是用钱买来的，我给他的工资很高。"

"有电话，问博罗维耶茨基先生在吗，怎么回答？"布霍尔茨一个贴身的值班公务员通知道。

"厂长先生可以让我去吗？"

布霍尔茨毫不在意地点了点头。

卡罗尔下楼来到布霍尔茨一个私人办公室里，这儿有电话。

"我是博罗维耶茨基，你是谁？"他把耳朵贴在电话耳机上。

"露茜。我爱你。"由于线路遥远而震颤不停的说话声在他的耳鼓里响起。

"疯子!"博罗维耶茨基低声说着,在一旁鄙夷地笑了,"你好!"

"晚八点来,谁都不在,来吧!我等着。我爱你!听着,我吻你,再见!"

他真正听到了一张嘴碰着电话筒的叭叭声,就像接吻似的。

电话不响了。

"疯子!这个女人真麻烦,她不会轻易满足的。"他这样想着,便回到了楼上。和他看到这个令人喜悦的真正的爱情见证相比,博罗维耶茨基感到更大的腻烦。

布霍尔茨躺在安乐椅上,同时把拨火棍放在膝盖上,翻阅着一本写满了数字的厚厚的册子。它十分吸引他,以至他时时刻刻都要用他的下嘴唇舔着他那剪得短短的胡须,这用工厂里的话说,叫作"噙鼻子",是他聚精会神的表现。

在他旁边的一张矮小的桌子上,放着一大堆书信和各种各样的纸张;当天新到的邮件,他一般都是自己保存。

"博罗维耶茨基先生,你帮我把这些信分分类好吗?你可以马上替代克诺尔,我想使你高高兴兴的。"

博罗维耶茨基大惑不解地望着他。

"信,你看见没有,这是些什么信,信上对我写的是什么。"

布霍尔茨把小册子放在一边。

"蠢东西,给我!"

仆人便把桌上所有的纸张都放到他的膝盖上。

布霍尔茨以无可比拟的快速将信封浏览了一遍,然后说了一声:

"办公室！"便把它们往一旁扔去。

仆人马上接过许多大信封套着的一些公司的来信。

"克诺尔。"

写上布霍尔茨女婿的地址的信。

"工厂！"

公司给在厂里工作的人的信。

"总管理处！"

铁路发货单、需求、数目、发出汇票。

"染房！"

颜料价目表、涂在薄纸板上的颜料样品和画出的图样。

"医院！"

致厂医院和大夫们的信。

"署名梅伦霍夫。"

致地产管理委员会的信，它隶属于工厂管理委员会。

"单独放！"

这些信没有固定搁放的地方，或者放在布霍尔茨的写字台上，或者由克诺尔收拣。

"注意，蠢东西！"布霍尔茨叫道，同时用拨火棍在他身后的地上敲着，因为他听见有一封信掉在地上了；然后他开始把信往仆人身上扔去，不断厉声地、简短地发出命令。

仆人急急忙忙地接过这些信，将它们投进一个柜子上的一些入口中，在这些入口的上面写有相应的题字，然后信再通过管道往下送到厂长办公室里，到这里后它们就立即被分送走了。

"现在我们来高兴高兴吧！"布霍尔茨扔完信后喃喃地说，在他的膝盖上只留下了十封封面呈各种样式和颜色的信件,"你拿着,读吧!"

第一封信的信封十分平整,上面写着一些组合字。卡罗尔拆开后,拿出了那封散发着紫罗兰香味的信,上面写的字表现出一个女人的典雅的风格。

"你读吧!读吧!"布霍尔茨看到博罗维耶茨基由于表示客气而迟疑不决时,他低声说。

"敬爱的厂长阁下!

"由于您的声誉和所有不幸者对您的尊敬,我称呼您厂长先生,来到您的跟前恳请援救。我之所以这样大胆,是因为我知道,尊敬的先生是不会对我的请求不加理睬的,正像您对于人的苦命、孤儿的眼泪、无依无靠的痛苦和不幸从来没有不管一样。您的善良的心肠是全国闻名的,天主知道,这千百万将会给予谁!"

"哈!哈!哈!"布霍尔茨低声笑了,他笑得这样的亲切,以致他的眼珠都似乎突出来了。

"我们遭到了不幸,冰雹、传染病、干旱、火灾使我们破了产,我的瘫痪了的丈夫现在也快要死了。"

"该死!"布霍尔茨无动于衷地说。

"我和四个孩子都要饿死了,厂长先生懂得这种处境是何等可怕的。我落到这个地步之所以很可怕,是因为我作为一个社交界的女人,是在另外一个环境中受过教育的。我现在不得不降低自己的身份——这不是为了自己,我自己饿死并不足惜,而是为了四个无辜的孩子。"

"算了吧,这没意思。她最后要什么?"

"借钱开铺子,数目是一千卢布。"卡罗尔读完这封一直用哭丧的、十分做作的语调写的信的其余部分后,低声地说。

"真倒霉!"布霍尔茨简单地命令说,"你读下去!"

现在是一个寡妇写的很难认清的信,这个寡妇的已故丈夫是个公务员,她有六个孩子和一百五十卢布的抚恤金,她请求把这些钱放在代售工厂剩余物资的机关里周转,使她能够利用它来把孩子教养成为国家的好公民。

"真倒霉,我要赔不少呀,你看他们都是贼。"

下面是一个贵族的信,信上有一些错别字,纸上还散发着臭鱼和啤酒的气味,很明显这封信是在一个小城市的饭店里写的。这个贵族在信中提到,他很高兴几年前认识了布霍尔茨,曾卖给他几匹马。

"瞎子……我知道他,每年四月缴纳款项的期限要到时,他就写信给我。你不要读了,我知道那里写的是什么,要钱,念符咒,什么应该保护贵族哪!蠢货!真倒霉。"

再下面的信:有的是有孩子或者没有孩子的寡妇写来的;有的是自己的丈夫或者母亲生病的女人写来的;有的是孤儿或因工厂事故受伤残废的人写来的;有的是找工作的人写来的;有的还是技术人员、工程师和各种各样的发明家写来的。他们保证要使棉纺工业来一个翻天覆地的变化,可是他们要求借款,以完成他们的研究和样品。甚至还有一封情书,一个早就出名的女人承认,虽然她现在很痛苦,但永远都不会忘记过去的幸福。

"真倒霉!真倒霉!"布霍尔茨一边喊着,一边笑得身子前仰后合。他不愿再听那些闹哄哄的、激昂慷慨的、最终是为了借钱的言谈、发誓和请求。

"你看人们是怎样尊敬我的!是怎样爱我的卢布的!"

有些信进行了最卑鄙的造谣。

卡罗尔打住了,他不知道该不该读下去。

"你读吧!他们造我的谣,我喜欢,这至少是坦率嘛,比上面那些信有意思。"

卡罗尔读的这封信开始的一句是:"罗兹的贼首!"下面全是咒骂和造谣。其中比较和缓的口气是:"德国猪、流氓、罪犯、酒鬼、下流狗、偷土豆的贼。"信的结尾是:"即使你逃得脱天主的报复,你也逃不脱人们的惩罚。你这个下流狗,魔鬼!"信上没有署名。

"这个人很幽默,哈!哈!一个好玩的畜生。"

"厂长先生,够了,我已经厌烦了。"

"读吧!你把这一整筐人间的烂泥巴都吃掉吧!它很可以使你清醒清醒,这就是罗兹的心理学和你们的愚蠢。"

"不是所有的信都是波兰人写的,有用德文写的,甚至大部分都是用德文写的。"

"这正好证明所有的信都是波兰人写的。你们善于辞令,有讨乞的本领,你们很会这一套。"布霍尔茨着重地指出道。

卡罗尔虽然看到布霍尔茨的眼里闪耀着愤怒和仇恨的火焰,可是他仍继续读着一封密告一个仓库主要管理员偷窃货物的信。

"给我吧!这个还需要证实。"

布霍尔茨把这封告密信收藏在口袋里。

还有对工头们的控告信,被解雇的人员写的恐吓信,密告有人骂布霍尔茨是"瞎了眼的猪""老贼"的信,后者是用铅笔写在一张包装纸上的。

"把这封信给我,这是一个重要的珍贵的文件,可以证明我的人是怎样议论我的。"布霍尔茨轻蔑地笑了,"你以为我天天都读这样的信吗?哈!哈!哈!奥古斯特把它们放在炉里烧掉了。从这个威胁中,可以得到很大的教益。"

"可是厂长先生每年都为公众事业献出几千卢布,这完全是另一回事?"

"是的,是的,这是我从喉咙里拔出来的。为了神圣的和平!我不得不丢给穷人一块骨头。"

"过去的观点是'贵族有责',今天变成'百万富翁有责'了。"

"一个愚蠢的、虚无主义的观点,这与我有什么关系!他们要饿死,就让他们死掉吧!总有一部分人必然是一无所有的。谁也没有给我一分钱,我一切都得自己安排,自己创造,我为什么要给别人呢?为什么?谁能证明我应该?我把钱给谁?给那些挥霍财产的老爷吗?见他的鬼去吧!你们都想要,可是谁都不想工作。你们中有没有像我这样的人,来到罗兹,参加劳动,像我这样,挣得一笔财产呢!为什么没有?因为你们这个时候搞革命去了……哈!哈!堂吉诃德们!"布霍尔茨轻蔑地在自己的脚上啐了口唾沫,笑了很久,感到从没有这样高兴过。

卡罗尔在房间里徘徊。他虽然五脏六腑都快要气炸了,但他依然沉默不语,装成若无其事的样子。他什么也不愿说,因为他知道他不能说服布霍尔茨,也不想与他结怨。

布霍尔茨注意到了自己给博罗维耶茨基造成的不快,因此他便慢慢地讲些他自己感到痛苦的事情,有意以此来激励卡罗尔。他喜欢卡罗尔,他想如果他能使卡罗尔也感到痛苦,能打动他的心灵,那么他所讲的就会给卡罗尔带来极大的愉快。

布霍尔茨几乎躺倒在安乐椅上,他的一双放在炉里不断喷射出的火焰旁的脚几乎被烤熟了。他时时刻刻都在用拨火棍拨着炉里的火。他的浅黄色脸庞使他看上去好像一具摊开了的死尸。在这张脸上,只有一双表现出气恼和轻蔑神色的血红的眼睛放射着光芒。他的由几根稀稀拉拉的白头发覆盖着的圆圆的头,在黑沙发的衬托下,看起来十分明亮。

他没有闭上嘴,而是越来越发狂似的对所有的东西吐唾沫,跟什么都乱碰乱撞。他像一尊被缠上了破衣烂衫的偶像,睡在自己金光闪闪的神庙里的千百万金元之上,以此对所有的人进行嘲弄,同时讥讽弱者,蔑视感情,看不起整个不具有千百万金钱的人类。

直到仆人来叫他吃午饭,才终止了他的这些行动。

两个仆人把布霍尔茨从沙发上扶起来后,把他抬到了他的住宅另一边的餐室里。

"你听得懂我的话,你是个聪明人。"他对走在他身旁的卡罗尔喃喃地说。

"你所有的话都很有意思,我认为这是一份研究百万富翁病理学的好材料。"他看着布霍尔茨的眼睛,严肃地说。

"你别那么点头哈腰的!"他对一个从左边送饭来的仆人吆喝道,还用一根棍子打他的脑袋。"博罗维耶茨基先生!我很尊重你,把手伸过来吧!我们互相了解,我们可以很好地生活在一起,你要常常想着我呀!"

布霍尔佐娃已经在餐室里了。仆人把她的丈夫安顿在桌子边后，他吻了他的头，然后把自己的手也伸给他吻，坐在他的对面。

大夫也在餐室里，他第一个走到博罗维耶茨基的身边，做了自我介绍。

"哈梅施坦，尤利乌什·古斯塔夫·哈梅施坦博士。"大夫摸着他的披满了半个胸脯的苎麻般的大胡子，着重地再说了一遍。

"一个类似疗法和素食疗法的大夫，这个蠢家伙一年要花我四千卢布，抽我的好烟，说什么或者把我治好，或者我会死掉……"

大夫想要反驳，可是布霍尔茨的妻子开始轻声地请他进餐，不一会儿，仆人们就把菜肴送来了。

谈话用的是德语。

"先生吃素吗？"哈梅施坦把胡子从桌布下面拉了出来，因为它和桌布缠在一起了。

"不，先生！我是一个对一切都讲究独立自主的人。"博罗维耶茨基酸溜溜地回答，他觉得这个有着一张大肚皮、一副大脸和一个就像刚刚洗净的锅一样的大秃头的形象看起来令人很不舒服。

哈梅施坦的身子感到不耐烦地动起来了，在他的往外突出的蓝眼镜的下面，露出了表示鄙夷的目光。他干巴巴地说：

"每个真理一开头总是要被人嘲笑的。"

"你在罗兹有很多信徒吗？"

"我的狗长了疥癣，因为兽医不给它们吃肉。"布霍尔茨讥讽地说。他虽然坐在桌旁，但除了燕麦饭泡牛奶外，其他什么也没有吃。

"罗兹是什么，全波兰是什么，野蛮！"

"那么你为何来这里？回乡种田不是挺好吗？"

"我写了一本关于素食的书,书名叫《自然饮食》,我可以送你一本。"

"谢谢,我乐意读,可是我怀疑,你是否收得下我这个徒弟。"

"厂长先生当初也曾这么说过,可是现在……"

"现在你很蠢,我的哈梅尔,因为你不懂得一个人病了,如果全部愚蠢的医学都帮不了他,他会去找羊倌,去找克内普神父[1],最后甚至求助于你的电疗、类似疗、素食疗和砒霜疗法。"

"因为只有这种疗法才能奏效,因为类似疗法的原则:类似的病用类似的方法治疗[2]对人的体质来说是最适合的,是唯一真正的原则。厂长先生也认定了它对自己是最好的疗法。"

"至今是这样,如果以后情况变坏,那么可以肯定,我要用棍揍你,把你和你的全部牛皮话扔到梯子下去。"

"谁揭示新的真理,他就会受到痛苦的赏赐。"大夫吹着牛奶感伤地唠叨起来。

"算了吧!你得到了四千卢布的报酬,你油光满面,就像一盏灯一样。"

大夫的眼睛朝上看着,好像他在呼吁天花板证明他吃了多少苦头。随后,他依然吃着麦米拌牛奶。

仆人将一盘橄榄油凉拌菜和一盘土豆摆在他的面前。

大家不说话了。

仆人们像影子一样无声无息地闪来闪去,留心着谁还需要什

---

[1] 泽巴斯泰因·克内普(1821—1897),德国著名的江湖医生,曾从事水疗和其他自然疗法,是一系列关于这个题目的普及读物的作者。——原注。

[2] 原文是拉丁文。

么。一个仆人站在布霍尔茨的身后,随时把他所看的地方的东西递给他。

"蠢东西!"如果这个仆人递慢了或者递得不好,布霍尔茨就要骂人。

坐在桌子另一边的布霍尔佐娃完全没有参加谈话。

她用门牙嚼食,吃得很慢,两片苍白的嘴唇笑起来就像一个蜡面人。她用一双痴呆呆的眼睛望着博罗维耶茨基,不时地把装饰她的鬓边的白头发的花边帽子戴上,这鬓发披在她黄色的、干瘦、塌陷的脑门上,梳得很平整。她还用她满是皱纹的黄色的小手,抚摩着站在椅子扶手上毛色十分鲜艳的鹦鹉。

当她需要什么时,她就对仆人点头示意,对他用低得几乎听不见的声音说话,或者打着手势。她像一具木乃伊一样地坐着,只有一些迟钝的、机械的、持续很久的动作才证明她还活着。

午饭很平常,是德国方式的,肉很少,但有很多素菜。餐具也很一般,可是镀金技术在它们上面运用得不错。瓷制器皿被烧成犬牙交错的形状,在杯盘的边上还画着一些小小的鸽子。

给博罗维耶茨基送来的只有白兰地酒和几种葡萄酒,布霍尔茨亲自给他斟酒,规劝他说:"喝吧,博罗维耶茨基先生!这是好酒。"

午饭结束时,大家感到索然无味,都没有说话。

笼罩一切的寂静使人感到烦闷,只有那鹦鹉由于在桌上什么也捞不到,不时地喊着"蠢东西"。布霍尔茨也冲仆人喊出了同样的话,在这个可以容纳两百人的大餐室里,几乎四面八方都响起了这声声叫喊的回声。餐室里摆设着以古德意志形制雕刻的黑橡木橱柜和同样形式的凳子。

一些面对着工厂围墙的维也纳式大窗子所能透进来的光线不多,仅仅可以照亮他们进餐用的这张桌子的一边,桌子的其余部分就淹没在铁锈色的昏暗中了。在昏暗中,只看得见一些仆人像黑影一样,时时浮动。

太阳光从窗子的侧面射了进来,在半边桌子上洒下了一片红彤彤的落日的余晖。

"遮住!"布霍尔茨叫唤道。他不喜欢阳光,却爱看那电光闪耀的枝形灯。

午饭终于吃完了,卡罗尔非常高兴,因为他在这寂静和憋闷的气氛中已经感到快要睡着了。老女人又一次吻着丈夫的头,把手伸给了他,然后又机械地伸给了博罗维耶茨基。卡罗尔没有坐多久,他低声和那做丈夫的说了几句话,看到布霍尔茨在沙发上打盹,也没有和他告别就走了。

餐厅里完全空了。只剩下睡在沙发上的布霍尔茨和一个站在离他几步远的地方、一动不动地看着他、等着他点头召唤的仆人。

博罗维耶茨基来到了街上,由于呼吸到新鲜空气,看到了明亮的晴天,他的心胸感到十分舒畅。他遣走了等待着他的布霍尔茨的马车,徒步走过公园后,从皮奥特科夫斯卡大街靠近工厂的地方,转身来到了一条没有铺砖的小巷子里。这条小巷通向野外,在它的一旁,盖着许多长长的、昏暗的工人宿舍。

这个地方看来十分凄凉和鄙陋。一些两层楼的大石头房子面对着臭气薰天、泥深路烂的巷道。这些房子光秃秃的,毫无装点,只有那摆在被风化的墙壁上的令人心酸的破砖烂瓦使它们现出一片红色。在数以千计的经过编排的小窗子上,很少见到白色的窗帘或者经过雕饰的花盆。这些窗子的对面,是高大的工厂,它们分布在道路另一边的高墙和一排已经枯萎了的大白杨树的后面。这些白杨树好似一具具可怕的骷髅,在如同人间避难所的工人宿舍和工厂之间划分了界线。这些工厂在星期天休息的时候寂寥无声,可是它们十分巨大、魁梧,在春日的暖照下,便现出了可怕的形象。那成千上万个闪闪发亮的窗子使人感到烦闷。

博罗维耶茨基沿着一排排房子,走过了狭窄的小板桥和石头路。这些地方到处都是烂泥,它们像水一样地起着"浪花",不时地泼溅到房舍底层的窗子和通往穿堂、走廊的门上。在门里面,孩子们在不停地呼喊和喧闹着。

他来到了坐落在一些房子后面的一个长形花园里。这个花园边上有一条道路和辽阔的田野交界,远远望去,可以看见一些工厂的红墙和许多孤零零散立着的房屋。野外刮来的潮湿的寒风吹得干篱笆上的叶子簌簌直响,这些枯萎了的黄叶在风的吹拂下先是抖个不停,然后落在花园里黑魆魆的松软小路上。

花园中有一座两层楼高的房子,这里住着博罗维耶茨基的助手默里。工厂分给博罗维耶茨基的住房也在这栋楼里,整个上层或者下层楼都由他挑选,可是博罗维耶茨基对这个寂寞的住宅有着不可克制的厌恶感。

在这栋楼的窗子的一边,可以看到一些工人住宅前的院子。院子前面是花园和工厂。在窗子的左前方,有一条没有铺上砖的街道,这是城郊最外面的一条街。街旁有许多几条胳膊深的洞穴,洞里长着一些古老的、尚未死掉的大树。这些树由于附近工厂流来的水的冲洗,渐渐倾斜了。在工厂后面,又有一大片土地呈现在人们的眼前。这块地上尽是土坑、水洼和由于漂白粉、油漆、废弃物和垃圾的污染而产生的各种颜色的臭水。这些废弃物和垃圾是从城里运来的,里面有破砖炉子、枯树、战火留下的灰烬、秋天的黄土,还有一些是从沙伊布莱罗夫森林附近的小木头房子和小工厂里运来的,那深红的颜色和僵死的形态一看就令人不快。

博罗维耶茨基看不惯这里的景象,他宁愿住自己租的房子,虽然不是很方便,但这是在城里,和朋友们在一起。博罗维耶茨基和他们不仅是莫逆之交,而且他们早就关系亲密,相处多年,已经很习惯了。他们在里加的整个学习期间都在一起,一起出国,几年前也是一起来到罗兹的。

博罗维耶茨基是一个化学家、印染行家,巴乌姆是一个织工,韦尔特毕业于商业学校。

他们在罗兹各有一个不好听的称呼——"韦尔特和两个大写的B",或者"巴乌姆和S-Ka,即三个罗兹弟兄"。

默里由于要见博罗维耶茨基,就径直跑到花园里来了。他见到卡罗尔后,老远就用一块床单那么大的手绢擦着他那不断出汗的手。

"我以为你根本不会来的。"

"我们不是约好了吗!"

"我这儿有一个年轻的华沙人,他是不久前来罗兹的!"

"是个什么人?"博罗维耶茨基来到了门厅里,天花板上的板画大都画的是裸体女人。他脱下大衣,随意地问道。

"商人,要开一个委托行。"

"见鬼,你在街上每遇上十个人,就有六个人是新来的,要开委托行，就有九个要赚大钱。"

"在罗兹常是这样。"

"可不是，但愿这些新来的人都是'颜料'，最劣等的'媒染剂'。"

华沙人科兹沃夫斯基懒洋洋地从沙发床上爬起来，和卡罗尔打了个招呼，又有气无力地躺下了，同时不停地喝着默里给他沏上的茶。

他们的谈话兴致很高，因为默里早晨到过城里，他讲了一些企业破产的情况。

"有二十多家公司倒了大霉，究竟还有几家会破产，这还要看。总之，沃尔克曼已经摇摇欲坠了。格罗斯曼·格林斯潘的女婿也在劫难逃。有人说弗吕施曼也在等着这种情况的发生。他今天很早就躺下了，生怕别人来打搅他；他要赚一笔钱，因为他要为女儿置办嫁妆。还有人说特拉文斯基今天一直在找银行家们，他的情况也有点儿不妙，你认识他吗？博罗维耶茨基先生！"

"我在里加的同学。"

"我看，我们这里全是乱七八糟和冒险。"科兹沃夫斯基叫了起来，同时搅拌着茶。

"华沙怎么样，一直在演《米卡多》[1]吗？"卡罗尔讥讽地问道。

"你是说很久的过去，很久的过去。"

"我老实承认，我不了解目前华沙的状况[2]。"

---

[1] 《米卡多》，英国作曲家阿图·沙利文（1842—1900）的轻歌剧。

[2] 原文是法文。

"我看见的是,现在华沙一直在演《的罗尔来的捕鸟人》[1],一出绝妙的戏呀。'再来一次,再来一次,再来一次,我的鸟儿。'[2]"年轻的华沙人兴致很高,不由自主地哼起来了,"我告诉你,乔斯诺夫斯卡[3]就是一位女神。"

"这是一位什么样的女士?"

"你不知道吗?你真的不知道?哈!哈!哈!"华沙人放开嗓子大笑起来。

"罗伯特先生,把你新布置的房间给我们看看吧!"卡罗尔请求道。

他们马上来到了这栋房子的另一边。

"这是一个存放漂亮家具的仓库啊!"博罗维耶茨基十分惊异地吆喝着。

"真漂亮,对吗?"默里感到自豪和满意地唠叨着,并把他房子里的全部摆设展示出来,让大家看。他的两只干净的眼睛高兴得燃烧起来,那宽大的嘴也露出了微笑。

这是一个非常讲究的小巧玲珑的客厅。在白底紫罗兰花地毯上,摆满了糊上黄壁纸的家具,周围挂的帘子也是黄色的。

"这是一个漂亮的设计!"卡罗尔叫道,他饶有兴味地看着这十分和谐的色调。

"漂亮,对吗?"默里感到很幸福,他不断地擦着自己的手,

---

[1] 《的罗尔来的捕鸟人》(1891),德国作曲家卡罗尔·察莱尔(1842—1898)的流行的轻歌剧。
[2] 《的罗尔来的捕鸟人》中的一支华尔兹舞曲的歌词。
[3] 克莱门蒂娜·乔斯诺夫斯卡,华沙当时著名的歌剧和轻歌剧女演员。

想要摸摸那绸子窗帘。

他的驼背打起哆嗦来了,因此他时时刻刻都要把那蒙在背上的大衣提起来。

"下面是她的房间,她的客厅。"默里低声地说,他给手抹上点儿油后,把他们带进了一间小小的房里,这儿摆放着一些制作得十分精致的器皿和瓷制玩具。

窗子下面有一个大金丝篮子,里面装满了各种颜色的盛开着的风信子花。

"看来你一点儿没有忘记。"

"我想的是这个。"默里高声地说,他擦了擦手,把大衣整理了一下,然后将他的瘦长鼻子深深地插在花中,呼吸着它的香味。

他还让博罗维耶茨基看了卧室和卧室后面的一间小房。

所有这些房间都布置得很讲究,各种家具的使用也很方便,到处都可以看到这是出自一个内行和很爱自己未来的妻子的人之手。

最后他们回到了客厅里,卡罗尔坐下后,十分惊异地望着他。

"我知道,你很爱她。"他喃喃地说。

"爱,非常爱!你知道我是怎么常常想她的吗?"

"可是她呢?"

"安静!……我们别说那个人!"默里对卡罗尔的提问有点儿发慌,马上打断了他的话。

椅子上虽然没有尘土,但为了掩饰自己的激动,他还是扫了几下。

卡罗尔不说话了。他抽着烟,感到睡意沉沉,便舒舒服服地躺在沙发上抽着烟,把眼睛闭上,或者通过窗子眺望外面蟹青色的天空，远处显露出许许多多工厂烟囱的黑色躯体。

催人入睡的寂寞笼罩了一切。

默里擦了擦手，把大衣穿好后，不断地摸着他那刮得很干净的大腮帮，瞅着房里的地毯和外面野地里的白色小菊花。

"再来一次，再来一次，再来一次，我的鸟儿。"

科兹沃夫斯基暗哑的歌声在周围回响，附近低微的钢琴声也钻进客厅里来了，就像一滴滴甜美的露水"叮叮当当"地落在他们的头上。

博罗维耶茨基不断地抽烟，和瞌睡进行斗争，可是他感到他的手很沉重，便把它放在沙发的扶手上。默里想的是他未来的幸福，他是寄希望于结婚而活着的。

他那细微得近乎和女人一样的心思，想的是如何摆放充斥这栋住宅的千百件细小的家具什物，只要这是为妻子安排的，他就高兴。

他想说话，可是他看见博罗维耶茨基已经睡着了，就感到有点儿遗憾。他没有叫醒博罗维耶茨基，而是把窗帘拉上，拿掉了博罗维耶茨基手中烧着的纸烟，踮着脚尖走了出去。

科兹沃夫斯基仍在唱歌和胡乱地弹着钢琴。

"你能不能唱一支爱情歌曲，但要很……喏，很热情的歌曲，我马上给你倒茶来。"英国人默里请求道。

"哪个歌剧的？"

"我不知道，我只是很喜欢听爱情歌曲。"

科兹沃夫斯基非常高兴地开始给他唱华沙的各种流行歌曲。

"你看，不是这个。我叫不出来，因为我不是很懂你们的语言，我想听的是甜一点儿、美一点儿的歌曲。你唱得太粗声粗气了。"

"先生，这些歌曲我在华沙所有的沙龙里都唱过呀！"

"我相信，我说错了。这些歌曲很美，你再唱吧！"

科兹沃夫斯基从他那无穷尽的节目中，又低声地哼起托斯蒂埃[1]的歌曲来了，他不知疲倦地唱完了他会的所有歌曲。他的细小而像金属一样清脆的男高音嗓门，虽然被有意地压抑着，却仍然十分动听。

默里聚精会神地听着，他忘了倒茶，也忘了搓手和整理身上的大衣。他把他的整个心思都投入到对这一甜美的、热情洋溢的，但又很感伤的音乐中了。由于听得出神，他的眼里渗出了高兴的泪花，他那猴子一样的长脸也激动得颤抖起来了。

---

[1] 弗朗齐斯科·保罗·托斯蒂埃(1846—1916)，意大利作曲家，流行歌曲的作者。——原注。

第六章

正如马泰乌什对博罗维耶茨基所说,莫雷茨·韦尔特将近十一点才离家,他在展现于太阳光下的胡同里,与其说稳稳当当地走着,还不如说蹒跚前进。他在考虑一个如何赚钱的计划,所以对他路上遇到的躬身向他打招呼的熟人视而不见。他用那陷于沉思的迟钝的眼光凝视着人们,凝视着这座城市。

"怎么办?怎么办?"他走来走去地想着。

太阳亮堂堂地照在罗兹城上,照在成千上万肃然屹立于礼拜天的静寂和晶莹沉澈的大气中的烟囱之上。这些烟囱由于没有被烟熏黑而为铁锈色,好似一条条大的松树杆子,受到春天蔚蓝色的潮湿空气的侵蚀,因而肿胀起来了。

一群群的工人在假日里,身上穿着浅色的夏季衣服,脖子上系着色彩鲜艳、惹人注目的领带,头上戴着帽檐闪闪发亮的便帽或者早已不再摩登的高高的呢帽,手里拿着伞。这些人像一条条绳索一样,从大街两旁的巷子里被牵出来后,涌上了皮奥特科夫斯卡大街,聚集在人行道上频繁地活动着。他们对于一切形式的压迫都是安于接受的。女工们头上戴的是各种色彩明亮、奇形怪状的帽子,身上穿的是模特儿用的连衣裙,肩上披着浅色的围巾或者有筛孔的围布。她们的头发梳得很整齐,上面还涂着亮闪闪的发蜡,插着金发钗,有时还戴上假花。她们走路的步子细小缓慢,不断地用手推开人群,因为她们害怕人们挤坏她们那僵硬得过分的连衣裙和在头上撑开的伞。这些伞就像许许多多五颜六色的大蝴蝶,飞荡在这条流动着的灰色的人河中。这条河由于不断增加了从街旁小巷子里涌来的新人潮,还在继续膨胀。

人们用眼睛瞭望太阳,呼吸着他们感觉到的春天的空气。由于身上假日服装的纠缠,他们走起来很不灵便。对街上相对的寂静、自由和星期天的休息,他们也不善于利用。一双双凝视着某个目标的眼睛在受到太阳光的照射时,就什么也看不见了。他们的脸有的呈粉白、有的呈黄色、有的呈灰色和土色,大多陷下去了,没有血色,由于工厂对他们敲骨吸髓,使他们看起来更加可怜。这些人不是站在商店廉价货的展销部前,就是好像一道道流水一样,流到小酒店里去了。

雨水汇成了一道道溪流,从屋顶上、从破烂的檐道里、从露台上流下来,洒泼在过路人的头顶和泥深路烂的人行道上。昨天下午的雪也融化了,浸湿了庭院和房前的许多地方,在蒙上了一层煤渣的墙上,挖出了一道道长长的黑色沟道。

大街的砖地上到处都是坑坑洼洼的,上面覆盖着许多黏糊糊的烂泥,在过路马车的践踏下,向人行道和散步的人不断地喷溅着。

在像一条大带子一样一直延伸的巴乌达的街道两旁,立着一排排紧靠在一起的房屋和类似意大利城堡的庭院。在庭院里面有棉花仓库,仓库是普普通通用砖砌的,有三层,上面的灰土已经脱落了。里面还有一些完全巴洛克式的房子,它们的铁露台镀上了金。这些房子虽然有些倾斜,但是仍然十分美观,在它们的壁缘上画满了长翼的儿童的画像，通过窗子，可以看见里面的一排排织布车床。一些斜到一边的小木房聚集在一栋纯粹用柏林文艺复兴形式建成的宫室的一侧。这些房子的屋顶是绿色的，上面长满了青苔。在它们后面的广场上，耸立着一排工厂和它们魁伟的烟囱。这座宫室是用标准的红砖砌成的，所有的门框和窗框都是石头做的，山墙上还有一幅大浮雕，雕画着人们在这里从事劳动的图像。在宫室的两旁，还有两个售货亭子。亭子的一边有两座塔，它们通过一条非常漂亮的铁栏杆和宫室分隔开了。在栏杆的后面，就是工厂高大的围墙。这里还有一些十分高大、美观的房子，很像博物馆，但其实都是存放货物的仓库，其中有一些具有各种形式的装饰。在楼下，一些文艺复兴式的女人雕像承托着一道古德意志式的砖砌的走廊。上面第二层楼的建筑采取了洛可可的形式，在它的窗子的包边上，画着弯弯曲曲的线条，显得很美观。这些线条一直伸到那鼓出来如同线轴一样的阁楼上才终止。房子的其他一些墙壁有如庙宇一样庄严，上面的大型缀饰虽然粗糙，但仍十分富丽堂皇。壁上挂着的大理石牌子上，还镌刻着一些金字："莎亚·门德尔松""海尔曼·布霍尔茨"，等等。

　　在一座富丽堂皇的大门前，身穿仆人服的守门人躺在天鹅绒沙发里打瞌睡。街上的泥泞就像那可怕的粪水一样，通过一些沟道，流到了院子里。在一些办公室、仓库和简陋的小商店里，放满了肮脏的七零八碎的物品。在高级旅馆、餐厅或下等酒馆门前，有一些穷人在晒太阳。百万富翁乘坐着用美洲马拉漂亮的马车奔驰在大街上，这种马车每辆价值一万卢布。可是那些踯躅街头的穷人却处于绝境，他们那发青的嘴唇和锐利的目光反映了他们永远遭受的饥饿。

"一座漂亮的城市。"莫雷茨站在梅耶尔市场的一个角落里喃喃地说着,他的两只半睁半闭的眼睛望着挤满了街道两旁、像许多无限长的堤坝一样的一排排的房屋。"一座漂亮的城市,可是我在这儿能够挣得什么呢!"他一边想着,一边感到烦恼,走进了街角一家已经挤满了人的糖果店。

"咖啡!"莫雷茨占了一个空位子后,对到处奔跑着的小伙计喊道。他无意识地看了一下最后一期《柏林交易所信使报》[1],又陷入了沉思。他想着从哪里可以搞到钱,如何安排这几小时和他朋友一起商洽的棉花生意,才能赚得更多的钱。

马乌雷齐·韦尔特是罗兹最典型的投机家。如果有一桩生意他自己干得很顺手,可以赚很多钱,就算是危害朋友,他也会毫不犹豫地去干。

在他所生活的世界里,欺骗、破产、失败、各种阴谋勾当、剥削乃是每日的粮食,大家都贪婪地吃着。他们对干得十分漂亮的下流勾当表示欣赏,他们在糖果店、酒店和办公室里谈论着越来越动听的传闻,对那些公开的欺骗表示赞赏,对以千百万计的金钱表示崇拜,不管这些钱是怎么来的,不管它和旁人有什么关系,是赚来的还是偷来的,只要是钱就行。

可是对于那些手脚不灵便或者不走运的人来说,他所遇到的,只有嘲讽,只有严厉的审判、拒绝贷款和丧失信用。一个幸运者是拥有一切的,如果说他今天失败了,亏损了百分之二十五,那么明天,

---

[1] 这个刊物自1869年出版。——原注。

那些被他偷盗的人就会给他更多的贷款，他损失了百分之十五，但他却把这些损失转嫁到别人身上了。

莫雷茨想着要是合股干会是怎样，不合股又会怎样。

"买东西记共同的账，不过是为了骗人，要把买到的东西记在自己的账上。"这就是一清早就萦绕在他脑海里的想法。他在桌子的大理石面上写下了一系列的数字，然后他算了一下，又把它画掉、擦掉，不厌其烦地重新再写，不管自己身边发生了什么。

一双手通过坐在他身旁的人的头向他伸过来了。他握着这双手，但不知道是谁。

"早安！"他对他所遇的这个人表示了问候，然后企图想出一些最荒诞的主意。

他想不出什么办法，也没有钱。贷款已经用完了，都放在代理机关里了。如果不靠那些可靠的期票，他就拿不出更多的钱。

"拿谁的好？"他越想着这些，就越感到烦恼。

"咖啡！"他看到在充满了糖果店的嘈杂声和拥挤中，高捧着一盘盘的咖啡和茶，不停地穿梭于桌子之间的堂倌们，便冲他们叫道。

那刻画着杜鹃鸟的钟打一点了。

一些人慢慢地从糖果店走出去，到街上散步。

莫雷茨依然坐着，这时，他似乎感到突然有所发现，便用指头理着他的天鹅绒色的漂亮胡须，按紧鼻上的夹鼻眼镜，迅速地眨着他那双眼睛。

他想到了老格林斯潘这个生产棉纱围巾的大厂老板，其工厂的招牌上写的是格林斯潘－兰德贝尔格。格林斯潘是莫雷茨母亲的弟弟，是他的表亲。

他决定去找格林斯潘，如果行的话，就借用他的期票，不行便邀格林斯潘合伙做生意。

可是他对这一发现并没有高兴多久，因为他记起了格林斯潘曾经把自己的兄弟都搞得破产，他和人签合同都已经好几回了。和这种人一起做生意是危险的。

"贼，骗子！"莫雷茨十分恼怒地唠叨着，他觉得他不能用格林斯潘的期票；尽管这样，他还是决定去找格林斯潘。

他朝糖果店内扫了一眼，这是一个阴暗、狭长的房间，现在差不多空了。只有窗下还坐着十几个年轻人，他们的脸都被一大张一大张报纸遮住了。

"鲁宾罗特先生！"他对一个坐在穿衣镜旁的年轻小伙子叫道。这个小伙子一只手拿着玻璃杯，另一只手捧着一块点心，靠在一张铺上了报纸的桌旁。

"什么事？"小伙子站起来叫道。

"有什么情况吗？"

"没有。"

"我早晨就该知道。"

"没有情况，所以我没有对你说，我想……"

"你听着，你不用去想，这与你无关。我对你说，你只要每天早晨来家里向我报告就行。情况怎样这你不管，你的事就是向我报告。我会给钱，然后你再去吃点心、看报，都来得及。"

鲁宾罗特急于要做辩解。

"你不要叫嘛！这儿不是神坛！"莫雷茨冲自己办公室的这个

公务员鄙夷地说,把背对着他,"堂倌!算账。"他喊着,拿出了钱包。

"你付钱吗?"

"咖啡!……对!你们什么也没有给我送来,我不付钱。

"咖啡!马上就来。"堂倌放开嗓门叫了起来。

"你把这咖啡留给自己吧!我等了整整两个小时,现在来不及吃早饭就要走了,笨蛋!"莫雷茨非常生气,他急急忙忙地从糖果店跑到了街上。

太阳晒得街上慢慢热起来了。

一群群工人都走散了,可这时候人行道上却挤满了另外一些人。他们的穿着很讲究,女士们头上戴着摩登的帽子,身上披着华贵的披肩;男人们穿的是黑长大衣或带披领的长衫。犹太人穿着长礼服,但被烂泥巴弄脏了;犹太女人都很漂亮,她们身上穿的天鹅绒衣服也拖在人行道上的泥泞里。

街上一片喧闹,人们在拥挤中不断地发出笑声。他们有的往上朝普热亚兹德街或者纳夫罗特街走去,另一些则是从那儿过来的。

在杰尔纳街口的一家糖果店门前,一群在工厂事务所工作的年轻人在仔细地观察来回于道上的一群群女人,对她们高声地品头评足,加以比较,不时地发出歇斯底里的狂笑,因为他们不以为这些女人举止文雅,只觉得她们很愚蠢。列昂·科恩也在他们一旁,他还不时地做些滑稽的动作,他的笑声也最大。

布姆-布姆弓着腰,站在这群年轻人前面。他不断地用手托着他的夹鼻眼镜,留心看着那些女人不得不在走过一条横穿胡同而过的街道时,把裙子提起来。

"你们看呀！你们看呀！这是什么脚呀！"他吧哒着嘴叫道。

"这个女人袜子里的腿像两根树枝一样。"

"你看！萨尔恰今天是怎么出来的！"

"注意！莎亚来了。"列昂·科恩向随便躺在马车里经过他们的莎亚鞠了一躬。

莎亚也向他们点了点头。

"他看起来像个老'废物'。"

"小姐，你的裙子上沾了泥。"布姆－布姆对一个姑娘吆喝道。

"她爱怎么样就怎么样吧！"列昂说。

"我说的不过就这么点儿吗！"

"莫雷茨，到我们这儿来吧！"列昂看见韦尔特走过来，于是叫道。

"算了吧！我不喜欢在街上演小丑。"莫雷茨喃喃地说，他从他们身边走了过去，立刻隐没在往新市场拥去的人群中。

许多脚手架伫立在新盖或者增建的房屋前面，把周围的一切都赶到泥深路烂的街上去了。

下面，在新市场的后面，挤满了犹太人和往老城去的工人，皮奥特科夫斯卡大街在这里接连三次改变着自己的面貌：从加耶罗夫斯基市场到纳夫罗特属于工厂区，从纳夫罗特到新市场属于商业区，从新市场往下到老城则是犹太人卖旧货的地方。

这里的烂泥更黑、更富于流动性。每栋房前的人行道几乎都不一样，有的地方铺上了石头，显得比较宽敞；有的地方铺上了水泥，形成一条往前伸去的狭长水泥带；有的地方就是一条细长的铺上了砖的道路，上面满是泥泞，路面也被踩坏了。

工厂里的废水从排水沟里流出来后，就像一条条拉开了的黄色、红色和蓝色的带子。这些废水是从它们后面的一些工厂和房子里流出来的，水量多得在浅平的排水沟里装不下，泛滥到人行道上来，形成五颜六色的水浪，还流到无数商店的门槛边。门槛里面也是一片乌黑的泥泞，肮脏、腐臭，还可闻到臭鱼、腐烂的蔬菜和烧酒的气味。

街上的房屋都很破旧、肮脏。墙上的灰土脱落了，斑斑驳驳得好像长了疮疤，砖都裸露在外，有的地方还露出一根根木头。另外一些房子的墙壁是一般普鲁士式的，但也裂开了，在靠近门和窗的地方甚至都松散开了。这些门窗上的把手也是歪歪扭扭的。还有一些房子则快要塌了，下面堆满了烂泥，就像一排排令人恶心的尸体。在它们之间，却又混杂着一些新盖的三层大楼房，这些楼房没有露台，它们的窗子多得数不清，但还没有安装好，墙壁也没有粉刷，可是已经住满了人。里面传出在星期天也工作的织布机的嘎哒嘎哒声，缝补旧物出卖的机器的轧轧声和纺车转动的刺耳的吱吱声，纺车上面安装的线轴是用于手工劳动的。

这些楼房数量很多，排下去没有尽头，它们阴森森的大红围墙高高地耸立在周围死气沉沉的废墟世界和破烂市场之上。在楼房跟前，堆满了砖瓦和木头，再往前还有一条狭长的巷道，巷道里挤满了运送货物的车马，同时可以听到商贩在叫卖，工人们在喧闹。他们一群群地往老城拥去，不是走在巷道中间，就是走在旁边的人行道上，他们脖子上的围巾颜色和巷内灰白色的泥泞差不多。

在老城和靠近它的所有街道上，正像一个寻常的星期天一样，活动十分频繁。

一个四角形广场的周围被许多旧楼房环绕着。这些楼房从来就没有刷新过,里面都是商店、酒楼和所谓的"殡仪馆"[1]。广场上有许多售货摊子,聚集着成千上万的人、车辆和马匹。人们在呼喊、在说话,有时还在打骂。

一片杂乱的喧闹声就像水浪一样从市场的一方,经过人们的头顶、飘动着的头发、伸出的手和马的脑袋,流到了另一方,屠夫们高举在碎肉之上的斧头在阳光照耀下闪闪发亮。因为怕挤,人们将大块大块的面包举在头上。那货摊旁的衣柜里挂的黄、绿、红和紫罗兰色的围巾,就像旗帜一样在空中飘荡。悬挂在许多木桩子上的便帽、礼帽、皮鞋、棉纱领带仿佛一条条五颜六色的蛇,在风的吹拂下飕飕作响,不断地向拥挤过来的人的脸庞扑了过来。在小商店里,一些高级的白铁器皿被放置在阳光下,灿然闪烁;还有一堆堆猪肉、一包包柑橘也在这里出售。一根根拐杖在黑色的人群和泥泞的衬托下清晰可见。这些泥泞由于人们的践踏和搅拌,发出"咕噜咕噜"的响声,并像一道道喷泉,不断地向小商店和人们的脸上溅去;有时它还从市场流到一些脚手架旁,流到市场周围的街道上。在这些街上慢慢地行驶着一些满载一桶桶啤酒的大车和送肉的车子。在肉车上盖有一块块肮脏的破布,远远就可以看见上面放的红黄色的、去了皮的牛排骨。还有一些载着一袋袋面粉,或者装满了家禽的车子,上面的鹅鸭在嘎嘎叫着,有的还通过一层层格子伸出头来,冲过往的行人不停地喧闹,形

---

[1] 原文是英文。

成了一片杂乱的声响。

在这些车绳没有解开、一辆接着一辆走过去的车子旁边，有时急速地驶过一辆装饰得很漂亮的马车，把烂泥泼溅在它身旁的人们、车子和人行道上。在这种马车上坐的，往往是一群年老的穷苦的犹太女人，她们携带的篮子里装满了煮熟的豆子、糖果、冻坏了的苹果和儿童玩具。

在一些已经开张的挤满了人的商店门前，放着桌椅板凳。上面摆着一堆堆服饰用品、长短袜子、假花、硬如白铁的印花布、缝得非常别致的被褥和棉纱做的花边。在市场的一个角上，摆着许多黄色的床铺，上面绘着各种图形；一些五斗柜，由于没有用铜锁锁上，看起来颇似一块红木；还有一些镜子，因为太阳光的照射，任何人站在它跟前，也看不清自己的面孔；此外还有摇篮和一堆堆厨具。在这些东西的后面，一些乡下女人将一把把草放在地上就坐下了。她们身穿红布衣，腰上束着围裙，带来的是黄油和牛奶。在车子和小商店之间，有时走过一群群妇女，她们拿着一篮篮浆贴好了的白帽子——这些帽子的大小已经测试过，符合街上人的要求。

在市场一旁横穿而过的街上，还摆着一桌桌的帽子，帽上简陋的帽花、铁锈色的帽扣、各种颜色的羽毛，在它后面的房屋墙壁的衬托下，看起来令人不快。

男士衣柜里的衣服已经一卖而空了。在街上，在一些过道里，在墙边，在一般并不用于遮蔽的帷幔后面的小摊子上，所有货物都销售一空了。

女士们也照样试着各种长衣、围裙和裤子。

人们的喧闹声不断加大，因为从城市上方还不断有新的买者到来，增加了新的喧闹声，包括一些嘶哑喉咙的喊叫、从各方面传来的吹儿童喇叭的呜呜声以及车子行驶和猪、鹅吠叫的声音。疯狂的人群在狂呼乱叫，声音冲向那像一把浅绿色华盖一样高悬于城市之上的明净晴朗的天空。

可是在一个酒店里，却有人在演奏、在跳舞。人们可以听到通过这一片像地狱一样的喧闹，从那儿传来的拉手风琴和小提琴的声音以及雄壮有力的跳奥贝列克舞时的呼喊声。但这声音很快由于十几个人在市场中心的一家商店门前为争夺火腿而吵嘴的干扰，又听不见了。这些人紧紧地扭打在一起，大声地叫喊着，身子左右摇晃，终于滚到了烂泥里。他们各自咬着对方，像一个大球似的滚来滚去，满手、满脚、满脸都是血，嘴由于怒气而噘了起来，眼里露出了白翳。

太阳高高地照着，给整个市场带来了春天的温暖，把各种颜色都照得十分明亮。它给那些疲劳和消瘦的面孔增添了光辉，使一切藏污纳垢的地方得以暴露，把窗玻璃、把拌和着水的泥泞、把那些站在房前晒太阳的人的眼睛照得熠熠生光。它像这儿常用的镀金珐琅一样，包住了所有的人和物体，使酒馆、车子、小商店和泥泞都变得无声无息。它好似一个大的旋涡，在市场的上空旋转。它仿佛支支利箭，猛刺着房屋周围的四角。它犹如流水，流进了大街小巷，流到了田野和附近的工厂里。这些工厂烟囱林立，但沉睡在可怕的寂静中，并用它们在阳光照射下闪闪发亮的窗眼凝视着这一群群的工人。

莫雷茨十分烦恼地挤过市场后，来到了德列夫诺夫斯卡街。这是罗兹最古老的街道之一，非常寂静，街旁快要倒塌的小房是罗兹第一批纺织业者的，还有一些普通农民的房子紧挨着它们。这些房子也是歪歪斜斜的，一半都快要触到地面了。它们的周围还有果园，果园里的葡萄和移栽过来的苹果都死了。这些树过去是枝叶繁茂的，后来由于紧靠着工厂的围墙，阳光和从野地里来的风逐渐被越来越多的障碍物遮住，所以枯萎了；后来，染坊里排出的污水又流到这儿把它们浸染、侵蚀和破坏了一番，再加上从来没有人照看，它们便在被遗弃的凄凉和寂寞的处境中，慢慢地死去。

这条街上的烂泥比市场上的还要深。在通往野地的街尾上，有一些猪在屋前爬来爬去，想要刨开场地上硬邦邦的泥土，因为这儿堆放着许多垃圾。

这里的房屋成群相聚，但布局却杂乱无章。有的还孤零零地立在野地里，周围都是浸透了水分的软乎乎的烂泥。

格林斯潘－兰德贝尔格的工厂就在罗兹的这一边，它和街道之间，隔着一堵高大的篱笆墙。

在工厂的一旁有一栋带阁楼的大房子。房子的周围是果园。

"先生在家吗？"莫雷茨冲一个给他开门的老工人问道。

"在家。"

"还有别人吗？"

"大家都在。"

"什么大家？"

"啊！就是那些犹太人，他家里的人。"老工人鄙夷地说。

"弗兰齐谢克！你很幸运，我今天情绪好，要不就要给你一个耳光了，你懂吗？给我脱下套鞋！"

"我懂,要不是老爷今天高兴,我就会挨上一记耳光,现在我不会挨耳光了。"老工人十分和善地说着,为莫雷茨脱下了套鞋。

"好,你拿去喝啤酒吧!要记住。"莫雷茨表示满意地给了他十块钱,然后走进房里。

"不得好死的猪猡!他会害波兰人的。"老工人说着,冲莫雷茨啐了口唾沫。

莫雷茨走进一间大房,这里有十来个人,他们围坐在一张摆有杯盘碗碟的大桌子旁,刚刚吃完午饭。

他会意地和所有的人打了招呼,便坐在角落里的一张红沙发床上,床上映着一株大的扇形棕榈树的影子。

"干吗要吵嘴呢?一切都可以平心静气商量嘛!"格林斯潘在房间里徘徊,慢慢地说。他那灰白色的头上戴了一顶天鹅绒的便帽。

他那白净、饱满的脸庞在长长的胡须衬托下显得更加漂亮,他的一双小眼睛不断地以闪电般的速度变换着自己注视的对象。

他戴着宝石戒指的手里虽然拿着一枝雪茄,却抽得很少。可是当他把烟从突起的红嘴巴里吐出来后,还要仔细地闻闻它的味道。

"弗兰齐谢克!"格林斯潘朝门厅里喊了一声,"你把我办公室里的那盒烟拿来吧,它完全搞湿了,我要放在炉子上烤烤。你留心着,别让它丢了。"

"如果它不该丢失,就不会丢失。"弗兰齐谢克喃喃地说。

"这是过什么节[1]?"莫雷茨问费利克斯·菲什宾——这个家

---

[1] 原文是德文。

庭的成员之一。他现在坐在对面的沙发上,口里不断地吐着一圈圈烟雾,还老是摇头摆脑的。

"家庭破产的盛大节日[1]。"费利克斯说。

"我到爸爸这儿来,是求爸爸想个办法。我请大家也到这儿来,让大家看看,对我的丈夫说一说,这生意下一步该怎么做,我们才能有出路,因为他不愿听我的。"一个年轻漂亮、头戴黑帽、穿得十分讲究的黑发女人开始高声地说,她是格林斯潘的大女儿。

"你们在利哈切夫有多少钱?"一个年轻的大学生噙着铅笔,问道。他有一个犹太式的高鼻子,头发和胡须几乎是红的。

"一万五千卢布。"

"你们的期票在哪里?"老格林斯潘一面问,一面玩着那根挂在他的天鹅绒衬衫上、一直垂到大肚皮上的金链带。在这件衬衫的下面,还有两缕白带子在不停地飘动。

"期票在哪里?到处都有!我在格罗斯吕克那儿用过,买货也用过,为买最后一间厢房还给了科林斯基。说这么多干吗!只要有人破产,他就来找我,我不得不给钱,这就要用期票。"

"爸爸你听!你老是这么说。这是什么?这像个什么?这是做生意!这是个商人,一个正正经经的厂老板说的话:'我觉得应该,我就付钱。'只有不懂得做生意的愚蠢的农民才这么说。"女人叫了起来。在她的黑橄榄树色的大眼睛里,闪出了表示惋惜和愤怒的泪花。

"我感到奇怪,雷吉娜!我感到非常奇怪的是,你这样一个聪

---

[1] 原文是德文。

明人,却连这些不仅做生意、就是全部生活都有赖于它的普通的事儿都不懂。"

"我懂,我非常懂,可我不知道你、阿尔贝尔特为什么要付这一万五千卢布。"

"因为我应该付。"他喃喃地说着,低下了头,把他苍白的、显得疲倦的脸对着他的胸脯,一丝带讥讽的忧郁的微笑从他窄小的嘴唇上掠过。

"他只顾说他自己的。你如果赊购了原料,那你就欠了债;可是你如果把东西赊给了别人,别人就欠了你的债。如果他们破了产,如果他们不还钱,你怎么办?难道你就得赔钱?难道说弗鲁姆金想赚钱,你就得赔损吗?"女人涨红了脸,叫喊着说。

"废物。"

"一个伟大的商人,哎呀!哎呀!"

"你必须整顿一下你的生意买卖,你应当赚百分之五十。"

"雷吉娜说得对!"

"你不要再恪守这个愚蠢的诚实了,这里是一大笔钱。"

大家都叫了起来,他们向他伸出了手,脸上激动得火辣辣的。

"安静,犹太人!"费卢希·菲什宾在沙发上摇晃着身子,随便地说。

"给钱!给钱!就是蠢人也会。每个波兰人都会,可这是一种伟大的艺术呀!"

"先生们!别再争了!"格林斯潘的儿子齐格蒙特——罗兹大学的学生叫了起来,他想盖过所有的声音。他用刀敲着玻璃杯,解开了衣扣,一定要发言,可是谁也没有听他的,因为大家都在一起说话和呼叫。只有老格林斯潘一个人在默不作声地徘徊，鄙夷地望着他那用手撑着身子、对莫雷茨表示同意的女婿。而莫雷茨却对这场争论的结束已经等得很不耐烦了，他看着老格林斯潘，思索是否向他提起自己的生意。

莫雷茨本来兴趣很大，可是由于久等，他的这种兴趣也逐渐冷淡了。他迟疑了一阵，因为当他想到了卡罗尔和巴乌姆时，好像有一种不可解释的羞愧感攫着他。他注视着格林斯潘圆圆的、机灵的脸和不停转动的小眼睛，终究是不敢相信他。他审视着在场所有的人，似乎要对他们做出评价。他的眼光一会儿停留在坐在沙发上伸出了腿的菲什宾的浅色裤子上，一会儿好像要看出阿尔贝尔特·格罗斯曼的金表链有多重，一会儿又望着那长着大红胡子、头戴丝缎帽子的老犹太人兰道手里拿着的厚厚的大钱包，兰道正在急急忙忙地从钱包里找什么。可是格罗斯曼现在正抬头注视着天花板，似乎并没有去听他妻子在聚集到这儿的家属支持下发出的那可怕的大喊大叫的声音，而他们到这儿来正是为了阻止他支出期票，在某种程度上来说，就是迫使他走向破产。

莫雷茨对格林斯潘越来越感到不可信任。

"喂！喂！我们现在来喝茶吧！"当女仆把吱吱叫着的火水壶送来后，格林斯潘叫了。

"你去请梅拉小姐进来。"莫雷茨傲慢地对弗兰齐谢克说。

沉默了一会儿。

梅拉进来后，点头向所有的人致意，然后开始给人们倒茶。

"我今天碰到的这一切，会叫我生病的。在这儿没有一霎时的安静，我已经开始胸口痛了。"雷吉娜擦着自己泪汪汪的眼睛，喃喃地说。

"你每年都去奥斯唐德[1],现在你正好有理由去了。"

"格罗斯曼,你不要这么说,她是我的孩子!"格林斯潘高声叫道。

"梅拉,你还没有和我见面打招呼呀!"莫雷茨坐在格林斯潘和兰德贝尔格公司所有者这个最小的女儿身旁,喃喃地说。

"我对所有的人都行了礼,你没有看见?"梅拉把茶杯向齐格蒙特移去,低声说。

"我要你单独和我打招呼。"莫雷茨搅拌着茶水,低声说。

"你这是为什么?"她将浅蓝色的显得忧郁的眼睛和生得十分匀称和漂亮的面孔对着他。

"为什么?因为我很希望你注意到我。能见到你,能和你说话都使我非常高兴,梅拉。"

一丝微笑在她那突起的、好似西西里岛的白珊瑚色的漂亮的嘴上掠过;可是她没有回答,只是给她的父亲倒了一杯茶。

她父亲喝了茶后,依然在房间里踱步。

"我说了什么可笑的话?"莫雷茨看到梅拉在笑,问道。

"不是,我想起了今天早晨斯泰凡尼亚太太对我说的话。你昨天大概对她说过你不善于对犹太女人卖弄风骚,你对这类女人不感兴趣。你这样说过吗?"她瞅着他问道。

"说过。可我和你首先不是卖弄风情,再者你身上也没有丝毫犹太式的东西,我以人格担保。"他立刻补上这一句,因为要是不

---

[1] 比利时著名的浴场。

那样的话,同样的微笑又会在她的嘴角出现。

"这就是说,我和你一样。莫雷茨,对你的诚恳,我表示感谢。"

"这使你生气吗,梅拉?"

"不,对我来说全都一样。"她说话的声音有点儿生硬,他从她的眼里也看出了惊异的表情,可是他看不出这应做何解释,因为她现在又拿起杯子,一心一意地倒茶去了。

"我们平心静气地说吧,总是可以达到想法一致的。"齐格蒙特开始用一把小梳子梳着红得像赤铜一样的胡子。

"我在这儿还能说什么呢!请爸爸自己对阿尔贝尔特说,像这样的生意,我们只要一年,就当真要破产了。他不愿听我的,因为他有自己的哲学,就像他说的那样。请爸爸告诉他,虽然他是一个哲学和化学博士,但他很蠢,因为他把钱往泥沼里扔。"

"爸爸你能不能叫她不要干预这些事了,她不懂;你能不能叫她不要再这么叫了,因为最终会使我厌烦的。"

"他对我的好心好意就是这么看的吗?"

"安静,雷吉娜!"

"我安静不了,因为这儿讲的是钱,是我的钱,我厌烦他,我还会讨厌他,这个罗兹伯爵对我就是这样,啊!啊!"她十分怨恨地大叫起来。

"那就改变一下生意吧!你出一半。"兰道严肃地说道。

"怎么改变!我们从弗鲁姆金那儿一分钱也拿不到,我们什么也拿不出来。"

"你不懂,雷吉娜!格罗斯曼!你说吧,你是要赚钱,还是准备欠债!"齐格蒙特解开了制服。

"最多出百分之二十五。"老格林斯潘吹着杯里的茶水喃喃地说。

"还有更好的办法。"菲什宾低声地说，吹开了他的烟上跳起的火星。

谁也没有答他的话。大家都靠在桌子边，在看齐格蒙特急急忙忙地数着的那些写上了许多数字的卡片。

"他欠五万卢布！"齐格蒙特叫道。

"他有多少钱？"莫雷茨站起来问道，因为他看见梅拉已经从房里出去了。

"看他能出百分之几，这以后会知道。"

"这是一笔好生意。"

"钱等于已经放在口袋里了。"

"雷吉娜，你不用担心。"

"你们要叫我破产吗？我不打算去骗人。"格罗斯曼站起来断然说道。

"你一定得改变你的买卖方式，要不我就要拿回我的嫁妆，我们离婚，我为什么一定要和你这个伯爵生活在一起呢！为什么我非得这么成天担忧呢！"

"安静！雷吉娜！格罗斯曼出百分之二十五，你别担心，还有我呢！我亲自来做这笔生意。"老格林斯潘想要叫她高兴。

"阿尔贝尔特有点儿烦恼，莫雷茨，你说是吗？"菲什宾问道。

"他脑子里什么也没有想。"莫雷茨马上说，他不愿意待在这里，想到梅拉那儿去。

"你要退嫁妆吗？拿去吧！你要离婚，同意。你要我手中的钱，也可以拿去！我在这个龌龊的地狱里已经感到很烦了。我和你，雷吉娜，任何时候也不会和睦相处。在我们没有孩子的时候，你成天对我唠唠叨叨，说什么上街都觉得丢脸，现在有了四个孩子，你还是不满意。"

"阿尔贝尔特，你不要说了！"

"好！好！这是你们的事。"格林斯潘叫喊着，把杯子放在桌上。

"她任何时候、对任何事情都不会满意。她总是要和我吵嘴。"

"我不要吵嘴，就是他叫我骑这匹快要死的驽马，让大家笑话，我也不用去吵嘴。"

"好的有啊！比你阔的人还在步行啦！"

"可是我要骑马，给我一匹正经的马。"

"你自己去买吧！我没有别的马。"

"安静，犹太人！"费卢希叫道，他又在沙发上摇晃起来了。

"他真是蠢到极点了。这难道是拿钱去买东西？难道是要买必不可少的东西？伍尔夫开了工厂，他一定有钱。贝尔斯坦为了布置住房，花了整整十万卢布购置家具，他有很多钱。"

雷吉娜高声说着，以感到惊异的眼光望着全家人。

阿尔贝尔特转过身用背对着他们，望着窗子。

争吵又重新开始，并且达到了最激烈的程度。大家一齐吼叫起来，还靠到桌边，用拳头砸桌子。他们把手里的纸扔到一边，在一块油布上写着越来越多新的数字，指出将会得出的各种各样最坏的结果和如何就会导致破产；他们互相责骂，不时地离开桌子坐下，不停地叫喊。由于对这些可以赚得的数目很感兴趣，由于对这个转过身去背对着他们、不愿听他们说关于破产的事的蠢人十分恼怒，他们的胡髭、面孔和嘴都激动得颤抖起来了。

就是老格林斯潘也高声地做了解释,才走出了房间。因为激动而感到疲劳的雷吉娜坐在沙发上,抽噎地哭了起来。兰道把油布丢到一旁,用一截粉笔在桌上写着各种数字,不时还说上一两句十分严肃的话。齐格蒙特·格林斯潘满脸通红,额上渗出了汗,他喊的声音最大,希望大家和解,又在检查雷吉娜给他的一本关于工厂的大部头书中的一系列数字。

只有莫雷茨没有参与争吵,他坐在从沙发里伸出头来的菲什宾旁边的一棵棕榈树下面,精神抖擞地抽着烟,不时吆喝道:

"安静,犹太人!"

"这根本不是什么使人高兴的歌剧。"莫雷茨感到厌烦地说。他已经完全放弃了和格林斯潘一起做生意的打算,到房子里找梅拉去了。

他在一个受到全家最为尊敬和关怀的老妇人那儿遇见了她。老妇人坐在那摆在窗旁的一张围成一圈的沙发上。她是个已近百岁的老人,全身瘫痪,糊里糊涂得像个孩子似的。她的脸枯瘦异常,看不出任何表情,只有那张满是褶皱的浅黄色的皮还挂在上面。她的一双黑眼睛倒是亮晶晶的,就像一对玻璃念珠一样。她的头上戴着黑色的假发,发上还戴着一顶各色天鹅绒的带花边的压发帽,就像一些小城市里的犹太女人所戴的那样。

梅拉用一只儿童用的小勺不断地往她塌陷下去的嘴里喂菜汤,老妇人像鱼一样将嘴巴一会儿张开,一会儿合上。

她见到莫雷茨对她鞠了一躬,便歇了一会儿,痴呆呆地望着他,以好似从地下发出来的低沉的嗓音问道:

"这是谁？梅拉。"

老妇人除了自己最亲近的人外，别人都不认识。

"莫雷茨·韦尔特，我父亲的外甥，韦尔特。"她特地又说了一遍。

"韦尔特！韦尔特！"她用舌头舔了舔她那没有牙齿的牙床，又张开嘴喝着梅拉给她喂的菜汤。

"他们还在吵嘴吗？"

"他们把今天变成了一个审判的日子。"

"这个阿尔贝尔特真可怜。"

"你怜惜他吗？"

"怎么说呢？连自己的妻子和家庭都不把他当人看。雷吉娜的唯利是图简直使我吃惊。"她闷闷不乐地叹了口气。

"他应该成为一个好的厂主。他犯了点儿理想主义的毛病，头一遭失败了，只要能够好好吸取教训，他的毛病会改的。"

"我既不理解父亲，也不理解舅舅们；既不理解你，也不理解罗兹。我看到这儿发生的一切，只感到生气。"

"发生了什么？情况很好嘛！大家都赚钱就不错了。"

"可钱是怎么赚的？采取什么手段？"

"这都一样。获得卢布的手段并不降低卢布的价值。"

"你是一个厚颜无耻的人。"她低声地责备他。

"我只不过是一个不怕将事物按其本来名称来称呼的人。"

"算了吧，我已经烦得连吵架的力气都没有了。"

她给老妇人喂完汤后，挪动了一下沙发上的枕头，然后吻了老妇人的手。

老妇人轻轻地把梅拉拉了过去,用她那像骷髅一样干瘦的指头摸着梅拉的脸,看着莫雷茨,再一次问道:

"这是谁?梅拉。"

"韦尔特,韦尔特。莫雷茨!走吧!如果你有空,到我这儿来一下。"

"梅拉,只要你愿意,我对你总是有时间的。"

"韦尔特,韦尔特!"老妇人张开了嘴,低声重复着。她用她那双无神的眼睛望着窗子,窗外可以看见工厂的围墙。

"莫雷茨,我已经求过你了,不要在这儿献媚!"

"请你相信我,梅拉!我诚恳地说,这是一个正直人的话。只要我和你在一起,只要我听到你的声音、只要我看见你,我不仅在说话上必然和对别的女人不一样,而且我的感情和思想也会起变化,你是这样格外地温存,你是一个真正的女人。梅拉!像你这样的女人在罗兹是很少的。"他说得很严肃,跟在她后面走进了房里。

"你可以带我去见鲁莎吗?"她没有回答他的话,却问道。

"假若你不愿意,我还是要请求你同我去。"

梅拉把头靠在窗玻璃上,看着窗外一群群由于遇到这三月春天的第一个日子而欣喜若狂的麻雀,它们在花园里不停地互相追赶和打架。

"你在想什么?"过了一会儿,他低声问道。

"我在想阿尔贝尔特,他会照他自己的决定去做,还是像大家要求他的那样去做?"

"他会宣布自己已经破产,然后和债主进行谈判。"

"不,我了解他,我可以肯定他会出钱。"

"我可以和你打赌,他能谈判成功。"

"如果他挣不到钱,我不知道我要给他什么才好。"

"梅拉,格罗斯曼有他一套古怪的哲学,可他是个聪明人。我可以拿我的全部财产打赌,他不会出多于百分之二十五的钱。"

"我很,很希望情况是另一个样。"

"我以为,你本来应当嫁给他,梅拉,这样你们会互相了解。你们虽然缺吃少穿,但你们是正直的人,人们会把你们放在个性博物馆[1]里展览的。"

"我喜欢他,可是我不会嫁给他,他不是我这样的类型。"

"谁是你这样的类型?"

"你去找吧,你猜猜!"在她苍白和十分敏感的脸上,露出了一丝微笑。

"博罗维耶茨基,肯定是他,所有的罗兹女人都爱他。"

"不,不是,我以为他是一个枯燥无味和自命不凡的暴发户,和你们所有的人太相像了。"

"奥斯卡尔·迈尔,他是男爵、百万富翁,他也很漂亮。他的确是一个梅克伦堡[2]种的男爵,但他却是个最正派的百万富翁。"

"我见过他。我觉得他像一个乔装打扮的奴仆。这一定是个冷酷无情的人,关于他我听到过很多。"

"他很野蛮、粗暴,是一个真正的普鲁士种的畜生。"他愤愤地说。

---

[1] 原文是拉丁文。

[2] 德国的一个洲。

"至于这样吗？他已经使人感兴趣了。"

"别说这个下流坯子了。你大概喜欢贝尔纳尔德·恩德尔曼吧？"

"小犹太！"她轻蔑地说道。

"哎哟！我真傻！你是在华沙受过教育的，你生活在波兰环境中，你熟悉华沙所有的社交界，到过华沙所有的沙龙，怎么会喜欢犹太人或者罗兹人呢！"他略带讽刺地叫了起来，"你习惯于亲近蓬头散发的大学生，亲近那些嘴里唱高调，但却要求得到遗产和高薪而清闲的职位的激进分子以及那些成天说大话，自以为高贵，可是却耻笑真正有着高尚的道德行为的人们。哈！哈！哈！这些我都看到过。每当我想到我过去那些时刻，想到那些人时，我就要笑破肚皮。"

"算了吧！莫雷茨。你说话带有苦衷，可见你不是没有偏见的。我不爱听。"梅拉叫道，她觉得受到了很大的刺激，因为她和父亲在罗兹虽然已经住了两年，但她的心的确还在华沙。

梅拉走出了房间。过了一会儿，当她再回来时，已经穿好衣服要出去了。

他们不一会儿就出了大门。

一辆非常漂亮的四轮马车的门打开了，在大门口等着他们。

"只去新市场，如果那里没有泥泞，我就步行。"

马跑得很快。

"不管怎样你使我感到奇怪，梅拉！"

"为什么？"

"因为你不是犹太女人。我很了解我们的女人，我知道对她们应如何评价，我尊重她们，了解她们。她们对待各种书本上说的事，不像你那样认真。你认识阿达·瓦塞伦吗？她在华沙也住过，处在和你一样的环境中，她就像你一样对什么都有一股热情，对什么都很积极，她和我就平等、自由、德行和理想也进行过争论。"

"所有这些东西，我并没有和你争论过。"她迅速打断了他的话。

"对，可是请让我把话说完。有一个最理想的理想主义者，当她嫁给罗森布拉特后，她就把所有号称理想的蠢事忘得一干二净了。理想主义，这不是她的专长。"

"你喜欢这样吗？"

"我正是爱这个。她如果有时间，可以以写诗当娱乐。为什么不能娱乐呢？这在波兰人的家庭里是经常可以看到的，再加上某种摩登的情调，当然不会像上戏院和参加舞会那样乏味。"

"那么你以为，这一切都是游戏吗？"

"对波兰女人，对你都不能这么说，你们是另一个族类。可是对犹太人来说，我知道，肯定是这样。你只要想想，这一切于她们有什么关系？梅拉，我是一个犹太人，我在任何时候，在任何地方，对于做生意从来不感到耻辱，也从来没有拒绝过，为什么要拒绝呢！我和我们所有人一样，除了自己的生意外，一切都不相干，因为除生意外，其他一切在我的血脉中干脆就不存在。你看，这个博罗维耶茨基是个怪人，他是我在华沙中学时的同学，在里加的同学，我的朋友。我们住在一起这么多年了，我以为我是了解他的，他是我们的人。他有一双无情的铁腕，他是一个道地的罗兹人，是一个比我要有能耐的投机家。他做的事有时连我也不懂，我们中任何人也不会去做。他是一个'罗兹人[1]',但尽管如此,他还是有各种各样古怪的思想,乌托邦式的空想,为此他可以贡献出他身上仅有的两个卢布。而我,如果不能摆脱他的影响,我甚至也可以为此贡献十个卢布。"

"你要把我们领到哪儿去?"梅拉打断了他的话,她用伞在驭者身上敲了一下,叫他停下马车。

"你身上所具有的,正是他们、波兰人所具有的东西。"

"这是不是有时叫作灵魂的东西?"她指着人行道,高兴地说道。

"你说的范围太大。"

"我们走中街吧!我想散散步。"

"这儿到维泽夫斯卡街最近,然后从那里可以去砖瓦厂街。"

"你挑一条近道吧!"

"梅拉,你该知道,我对能和你做伴是感到很高兴的。"

"是不是因为我这样耐烦地听你说话?"

"是的,但也因为你嘴上带着这讥讽的表情时显得很漂亮,很漂亮。"

"你的恭维话却不很漂亮,因为它是批发货[2]。"

"你爱华沙的零售货[3],要短期可靠的期票。"

"只要受到良好的教育和为人正直就可以了。"

"虽说如此,却并不妨碍婚前关于嫁妆的谈判。"他讥讽地说

---

[1] 原文是德文。

[2] 原文是法文。

[3] 原文是法文。

着，往上推了推夹鼻眼镜。

"哎呀！你把我领到这里来了。"她不高兴地喃喃道。

"是你要来这儿的！"

"我首先是要你把我领到鲁莎那儿去。"她着重地说明了这一点。

"只要你愿意，我可以把你带到任何地方去。"他叫喊着，同时以尖厉的笑声来掩盖这时候紧抓着他的古怪的激动。

"谢谢你，莫雷茨，到其他地方就是别人领我去了。"她做了很不客气的回答后，不说话了，只是闷闷不乐地望着那满是泥泞的可怕的街道，望着那些肮脏的房屋和无数行人的面孔。

莫雷茨也沉默了。因为他对自己很生气，对她则更为生气。他怒气冲冲地推开了行人，然后按了按夹鼻眼镜，把那表示不乐意的视线投向她苍白的脸上，鄙夷地注视着她对一群群在大门前和人行道上玩耍的衣衫褴褛的穷孩子表示同情的眼光。他对她多少有所了解，因此他觉得她很天真幼稚，很……

当他要认定她是什么性格时，他一方面痛恨她的愚蠢的、波兰式的理想主义，另一方面，她冷酷无情的心灵，以及在她的苍白的脸上，在她的陷入沉思的眼光中，在她整个苗条和长得非常匀称的身躯上所表露出来的一点儿富于诗意的、高贵而又善良的感情却又吸引着他。

"你不说话，是对我感到厌烦吗？"过了一会儿，她喃喃地说。

"我不想把沉默打断，因为你可能在想着很大的事。"

"你可以相信，这是比你所要讽刺的大得多的事情。"

"你还做了两件事，梅拉！这就是对我进行了讽刺，把自己则炫耀了一番。"

"我本来只想做一件。"她笑着说。

"攻击我,对吗?"

"对,这个我很乐意干。"

"你很不喜欢我吗?梅拉。"他受了点儿刺激,问道。

"不喜欢,莫雷茨。"她摇了摇头,不怀好意地笑了起来。

"你不爱我吗?"

"不爱,莫雷茨!"

"我们进行了一场美妙的调情。"他对她的回答十分恼怒。

"在表亲之间这不要紧,因为谁也不承担什么责任。"

她停住脚步,掏出几文钱,给了一个站在一堵篱笆墙下面,身上裹着一件破衣,手里抱着孩子高声行乞的女人。

莫雷茨对此鄙夷地瞥了一眼,可他自己也马上拿出一块钱给了这女人。

"你也施舍穷人吗?"她感到惊奇了。

"我也愿意发发慈悲呀!因为我身上正好有一块假币。"他对她的愤怒表示亲热地笑了。

"你的厚颜无耻已经不可救药了!"她低声说着,加快了走路的步子。

"我还有时间,还会遇到治疗的机会和像你这样的大夫……"

"再见,莫雷茨。"

"很遗憾,已经是……"

"我并不觉得遗憾,你今天来侨民之家吗?"

"不知道,因为我晚上就要离开罗兹。"

"来吧！替我向太太们问候，告诉斯泰凡尼亚，明日中午我会到她的铺子里去。"

"好！你也替我向鲁莎小姐问候，告诉米勒，我说他是个小丑。"

他们握了手后，就辞别了。

莫雷茨看着她走出门德尔松家庭院的大门后，便到城里去了。

太阳慢慢地落到城市的下面去了。西方出现的万道霞光在成千上万的窗子上映上了一片血红的颜色。罗兹四处寂静，将身子平整地躺卧在这静夜的黑暗之中。成千上万的房屋和屋顶逐渐汇聚成许许多多灰色的、杂乱无章而又被一条条街道分隔开了的大整体。在这些街道里，那没有尽头的一长排一长排煤气灯开始燃烧起来了。只有一些工厂的烟囱像一群红色的大树干一样，屹立在城市之上，在明亮的天空衬托下，它们好像在颤抖，好像在摇晃，在西方晚霞的映照之下，又好像在燃烧。

"一个疯子！可是我要和她结婚！格林斯潘、兰德贝尔格和韦尔特可以很好地合作。应当考虑到这一点。"莫雷茨喃喃地说着，他开始对这笔生意感兴趣了。

第七章

"今天莫雷茨是怎么啦！"梅拉想着，走进了街道拐角上一栋通称"莎亚的官殿"的两层楼的大房子里。"是的，我有五万卢布的嫁妆。他一定是生意做得不好，所以才这样亲热。"

她最亲密的朋友鲁莎·门德尔松虽然右脚有点儿行走不便，但是这时仍跑到门厅里来迎接她，因此她没法想更多的事情。

"我本来要派车来接你的，因为我等不及了。"

"莫雷茨·韦尔特领我来的，我们走得很慢，他对我说了一些恭维话，喏！就是这样。"

"臭犹太！"鲁莎鄙夷地说着，便替梅拉脱衣，把她的帽子、手套、面纱、外衣一件件交给了仆人。

"他对你鞠了大躬。"

"蠢家伙，你想，我是在街上认识他的，他怎么会对我行礼。"

"你不喜欢他？"她问道，站在一面立于两株人造大棕榈树之间的镜子前，梳理着她那卷起的头发。这些假棕榈是门厅里唯一的装饰品。

"我看不惯他，可是有一天父亲却在法布切面前夸了他，威尔也不满意他，真是一个漂亮的玩偶！"

"威廉在吗？"

"大家都在，等你都等得不耐烦了。"

"维索茨基呢？"梅拉低声地问道，她有点儿不信。

"在，他发过誓，说在和你会面之前要洗澡。你听见了没有，要洗个澡。"

"我们当然不会去检查。"

"我们应当相信他的话。"她咬着嘴说。

她们手挽着手，走过了一排排由于夜的降临而被黑暗笼罩的房间。这些房子里陈设的家具十分华贵。

"你在干什么？鲁莎！"

"我感到无聊，可是我在客人面前装成他们使我高兴的样子，你呢？"

"我也感到烦闷，可是我在谁的面前也没有假装什么样子。"

"生活是残酷无情的。"鲁莎叹了口气说，"它究竟要把我们引到哪里去？"

"到哪里去？你知道得最清楚，恐怕是去死吧！"

"啊！如果我爱上了谁，我能给他什么呢？我能给他什么呢？"

"贡献自己，再加上几百万卢布。"

"你要说的是：献出几百万卢布，再加上自己。"她酸溜溜地、狡黠地说。

"鲁莎！"梅拉以责备的口吻低声说。

"好，安静！安静！"她热情地吻了她。

她们走进了一间虽然不大，但是漆黑一团的房间，里面的家具、壁纸、门帘都被覆盖上了一层黑色的长毛绒，或者被涂上了一层没有光彩的黑颜料。

这间房给人的印象就像是一个殡仪馆。

中间有两个赤身露体的躬背巨人,是用深色古铜铸成的,它们那双赫拉克勒斯般的大手十分引人注目。在巨人的头上,挂着一些奇奇怪怪的、扭在一起的大兰花枝丫,上面还长着一朵朵显得清澈明净的白花。在花枝后面,有一束电灯光隐隐约约地照在房间里。

几个男人默不作声地分别坐在黑色的沙发床和一些矮小的围椅上,他们的姿态很自然,其中一个甚至睡在把整个地板都覆盖了的地毯上。地毯的颜色也是黑的,只不过在它的中央绣着一大把红色的兰花,这些兰花好似一条条弯曲着身子、形状十分古怪和可怕的毛毛虫,在房间里不停地蠕动。

"威尔!为了迎接梅拉,你会在家里翻箱倒柜吧!"鲁莎吆喝道。

威廉·米勒是一个头发梳得很亮的大高个子。他身上穿着一件骑自行车的人穿的瘦小的衣服,这时他虽然从沙发上站了起来,却又躺在地毯上。过了一会儿,他爬起来,在空中做了三次体操表演,然后站到房中间,像杂技演员一样行了个礼。

"好啊!米勒!"那个睡在窗下地板上的男人抽着烟,喝彩道。

"梅拉,过来吻吻我吧!"那个躺在一张矮小的半圆形安乐椅上,懒洋洋地现出了自己的面孔,头发生得很密的姑娘说道。梅拉吻了她后,便在维索茨基身旁的一张沙发床上坐了;维索茨基则靠在一个身材瘦小、头发淡黄,同时把两只脚放上凳子的姑娘身上,时而轻声地说话,时而摇晃着桌子边的活动木板。过了一会儿,他把他的十分肮脏的袖口套在手套里,使劲地扯开那浅黄色的细小胡髭,开始论证道:

"从男女平等的观点看,男女之间在法律上不应有任何区别。"

"是的,可是你,马切克,你这个人很枯燥无味。"淡黄头发的姑娘表示遗憾地抱怨道。

"马切克,你怎么没有和我打照面。"梅拉喃喃地说。

"请原谅,因为费拉小姐不肯相信。"

"维索茨基应付成倍的罚款。马切克!把钱拿出来吧!这是你对梅拉和费拉都说过了的。"鲁莎跑到他身边叫道。

"我拿钱,鲁莎,马上就拿。"他解开衣裳后,找遍了身上的衣兜。

"马切克,你不要把衣服都解开,这不是游戏。"费拉叽叽喳喳地说。

"如果你没有钱,我替你出。"

"谢谢你,梅拉,我有钱,昨天晚上我给一个病人看过病。"

"鲁莎,我真闷透了。"坐在围椅上的托妮叹口气说。

"威尔,懒汉!叫托妮高兴高兴,听见没有?"

"我不干。我的骶骨痛,我要舒展一下身子。"

"你的骶骨为什么会痛?"

"托妮!他的骶骨疼痛的原因和你一样。"费拉笑道。

"要给他按摩按摩。"

"我想给你照个相,威尔!你今天看起来很精神。"鲁莎喃喃地说。她的一双灰白色的大眼睛熠熠生辉。她咬着她的狭长的嘴唇,这两片嘴唇就像一条红色的带子,把她那长长的、白净的、周围绕着宛如一个十分洁净的铜色光环的头发的脸庞给划分开了。她的头发从头顶上就披开了,在额头上和耳朵边都梳得很整齐,那玫瑰色的尾部就像一大块一大块嵌上了宝石的玉一样闪闪发亮。

"你们就照我的这个姿态吧!"他脸朝天躺在沙发上,将两只手拢在一起,放在头下,把身子完全伸展开了,十分高兴地大声笑着。

"姑娘们!你们就坐在我身边吧!你们过来吧!小雀儿们!"

"他今天真漂亮。"托妮喃喃地说着,她的身子也挨近了他那显得年轻的、白皙的德国人类型的面孔。

"他很年轻。"费拉叫道。

"你喜欢维索茨基?"

"维索茨基的脚太瘦。"

"安静,费拉,你别说蠢话。"

"为什么?"

"好!总而言之,就是不能这么说。"

"我的鲁莎,为什么不能?我知道男人们是怎么说我们的。贝尔纳尔德把什么都告诉我了,他告诉过我一个这样有趣的故事,真要把我笑死。"

"说吧!费拉。"托妮喃喃地说着,她这时由于感到憋闷,打起盹来了。

"小费拉。如果你在我面前这么说,我以后对你就什么也不说了。"睡在沙发上的贝尔纳尔德表示反对地说。

"他害羞了,哈!哈!哈!"她从沙发上站了起来,像疯子一样满屋乱跑,翻箱倒柜,一会儿又在托妮跟前不停地打转转。

"费拉,你要干什么?"

"我感到烦闷,鲁莎,我闷得慌。"

她坐在一堆仆人给她搬来的黑色的长毛绒枕头上。

"威尔！你身上这块伤疤是从哪儿来的？"她一面询问，一面用她瘦长的手指指着他脸上那块从耳朵一直长到蓬乱的小胡须边的红伤疤。

"是被马刀砍伤的。"他回答道，同时想用牙齿咬她的手指。

"为了女人吗？"

"是的。就请贝尔纳尔德说吧！他和我的配合是很有名的，这桩事柏林所有的夜店[1]都知道。"

"说吧！贝尔纳尔德。"

"算了吧！我没有空。"贝尔纳尔德嘟囔着。他在一旁转过身后，正抬头看着天花板，上面画的是一群赤身裸体、长着翅膀的小天使追赶一辆罗马司晨女神的金车。然后他一支接着一支地抽着烟，这些烟是一个身穿红色的法国式的仆人服、站在房门前抽烟的仆人给他的。"而且这是一件很丑的事。"

"威尔，我们在开会时已经说定，我们之间什么都必须说出来，什么都讲。"托妮说着，便走到了安乐椅前。

"说吧！威廉。你说的话，我就嫁给你。"她奇怪地笑了起来。

"我宁愿娶你，鲁莎，你身上有一个妖怪。"

"还有一笔优厚的嫁妆。"她狡黠地说。

"你看我们实在闷得发慌了！威尔，做一个猪的模样玩玩好吗？我亲爱的！做一个猪的模样玩玩！"托妮嗫嚅着说。她在安乐椅上伸展身子时，由于用力过猛，以致她胸褡上的宝石形的大扣子

---

[1] 原文是德文。

也被擦下来了。

她感到这烦闷似乎没有尽头，因此她像孩子一样不断表示哀怨地请求着：

"做一个猪的模样吧！威尔，做一个猪的模样。"

于是威廉把手和脚都趴在地上，躬着背，迈着细小的步子，傻头傻脑地跳了起来，很像一头老母猪。不一会儿，他开始在房间里到处乱跑，不时地发出尖厉的叫声。

托妮狂笑起来，鲁莎用尽全力地鼓着掌，费拉用脚后跟踢着沙发，也乐得前仰后合了；她的头发非常蓬乱，宛如一块明亮的路标，把她那显得十分快乐的玫瑰红的面孔也遮住了。

梅拉将一个个枕头向米勒扔去，她看到大家很高兴，也激动起来。米勒每接到一个枕头，就向她跳过来一步，同时用他后面的一只脚将枕头踢着玩，不断尖声尖气地叫着，直到疲倦为止。随后他又躬着背去抓鲁莎的脚，最后终于躺在地毯的中间，把两条腿伸得直直的，完全像一头困倦的猪，一会儿拱嘴，一会儿咕噜咕噜地哼叫，或者尖声尖气地大叫，就如进入了梦境。

"无与伦比！妙极了！"感到高兴的小姐们十分激动地叫了起来。

维索茨基惊奇地睁着两只大眼，仔细看着这些百无聊赖的百万富翁的小姐们的杂耍游戏。他忘了摇动桌子边的活动木板，也顾不得再把袖口套入手套和捋他的胡髭，因为他现在只管用两只眼瞅着女人们的面孔，表示厌倦地唠叨着：

"小丑！"

"这是怎么说呢？"梅拉首先安静下来，问道。

"所有的人都这样看。"他回答得很肯定,站了起来,瞥了他的帽子一眼,因为费拉企图将两条腿往帽子里面伸去。

"你要走吗,马切克?"她对他的严峻的目光感到十分惊异。

"我要走,因为我不得不为我是一个人而感到耻辱。"

"法国人[1],打开所有的门,因为被侮辱的人类要出去。"贝尔纳尔德讥讽地叫唤着,他在米勒表演的整个时间内都在静静地躺着,抽着纸烟。

"鲁莎,马切克生气了,他要出去,你去留他一下。"

"马切克,留下来!你是怎么啦?为什么?"

"因为我没有时间。我约了一个人,要到他那儿去。"他以温和的口气解释道,同时力图把被费拉的脚踩皱了的大礼帽拉平。

"马切克,留下来吧!我请求你,你是答应了到我家去的。"梅拉热情地说着,苍白的脸上浮现出一阵激动的红晕。

他虽然留下了,可是他的脸色很阴沉,既没有回答贝尔纳尔德的讽刺话,也没有注意再次睡在鲁莎脚旁的米勒的德国大学生的幽默。

房间里一片寂静。

电灯光在水晶玻璃的雕花丛中闪烁,月亮朦朦胧胧地照着房间里浅蓝色的灰尘,把那没有光彩的、黑色的墙壁也照得就像一对蓝眼睛一样闪闪发亮。这对眼睛瞅着四幅用黑色天鹅绒画框镶起来,同时用许多丝线吊在空中的水彩画,瞅着这些百无聊赖的懒汉的头。这些人头上的点点黄斑在那房角上用绿色铜皮包着的钢琴映照

---

[1] 呼唤仆人,原文是法文。

之下,也显得十分明亮,因而和黑色的墙壁、家具区别开了。可是那架钢琴由于露出了键盘,却像一个龇着黄色大牙的怪物。

由于房间窗户是关着的,同时沉甸甸的黑窗帘也放下来了,外面的任何声音都进不来,只听得见里面一些十分微弱的、颤抖着的嘘嘘声响和人们的脉搏跳动的声音。

贝尔纳尔德嘴里不断地吐出一圈圈烟雾,在房里形成一片带着紫色的薄薄的云层,渐渐遮蔽了天花板上司晨女神的金车和那用细丝绣制的赤身裸体的小天使图像。然后它又落了下来,向墙壁冲去,钻进壁上挂着的一长条一长条的长毛绒带子里面,随后便通过房门飘游到下边的房间里去了。在那里,一个准备随时应召的仆人由于穿上了明亮的红仆服,站在黑暗中就像要尖声吼叫似的。

"鲁莎,我发闷,我闷得要死了。"托妮呻吟着。

"我可玩得挺痛快呀!"费拉开始叫了起来,用脚踢着密耶奇的礼帽。

"我玩得最好,因为我根本不需要这种娱乐。"贝尔纳尔德讥讽地说。

"法国人[1],叫送茶来。"鲁莎喊道。

"鲁莎,别走,我给你把故事讲完。"

威廉用手撑着身子喃喃地说,接连不断地亲吻着鲁莎玫瑰色的耳根。

"你不要咬我的衣领,你吻得太重了,你的嘴热得烫人!"她低声说着,将头靠在他身上,咬着他的嘴唇。在她那紧闭着的、紫

---

[1] 原文是法文。

色的眼皮下，闪出了一道绿色的目光。

"马切克是因为害怕，才要告辞的。"威尔高声地说。

"这是为什么，他是天主教徒吗？"

"不是，可是这儿有什么害怕的？"

鲁莎憋闷得慌，直到把故事听完也没有笑。

"威廉，你真好，你很可爱。"她一边说，一边摸着他的脸庞，"可是你的故事太柏林式了，太没意思、太愚蠢了。我马上就来，贝尔纳尔德，你打算演奏什么？"

贝尔纳尔德站了起来，用脚把凳子推到钢琴旁边，像发了狂似的使劲弹着卡德里尔舞的第三段。

大家从沉默中苏醒了。

威廉站了起来，开始和费拉跳卡德里尔舞，然后又跳乡间舞、康康舞。费拉的头发就像一束稻草，在旋风中飘荡，把她的眼睛也遮住了，一会儿落在她的脸上，一会儿又飞了起来，她只好用手不停地把它们分开，直到把舞跳完。

托妮睡在沙发上，闷闷不乐地看着威尔的动作。

仆人从房间两旁把一些镶着十分精致的珠宝的小乌木桌搬到中间，摆上了茶具。

鲁莎伸了伸懒腰，扭动着她的臀部，一瘸一拐地走到门边，在维索茨基跟前停了一会儿，听到他在低声地说：

"我告诉你，这不是颓废派，这完全是另一回事。"

"那么这是什么？"梅拉问道。她抓住了维索茨基的手，叫他不要再那么摇摇晃晃、把衣袖卷在手套里。

"我愿意成为一个颓废派，马切克，我能成为一个颓废派吗？

马切克，我想成为一个颓废派，因为我腻烦得要死了。"

托妮吆喝道。

"这是闲着没事干，由于时间太多，钱太多了。腻烦是富人的通病。你，梅拉感到腻烦，鲁莎感到腻烦，托妮感到腻烦，费拉感到腻烦，和你们在一起的这两个傻瓜也感到腻烦。除你们外，百万富翁们一半的妻女都感到腻烦。你们对一切都感到厌烦，因为你们什么都能有，什么都可以买到。除了玩外，什么都不与你们相干。可是最疯狂的游戏到头来也不过是腻烦。从社会观点出发……"

"马切克，你不要把我想得太坏了。"她捏着他的手，打断了他的话。

"我不认为有什么例外，你同样属于堕落的种族。在所有的种族中，你们是最背离自然的。这是对你们本身的报复。"

"你应当听他的，梅拉。他可以从他所知道的一切方面对你进行学术论证，证明世界上最大的罪恶就是享有财产。"

"鲁莎，来我们这儿坐吧！"

"我一会儿就来，现在我要去看爸爸。"

她从那点燃了枝形吊灯的门厅里出来，上楼来到了父亲的办公室，这儿几乎是漆黑一片。

莎亚·门德尔松穿着一件祈祷服，在他的裸露的左手上还缠着一些带子。他坐在房中间，默默地祷告，身子躬得很低。

在两扇窗户之间，站着两个上了年纪并长着花白胡须的唱诗班的歌手。他们穿的也是同样的祈祷服，这祈祷服是用白色或黑色的带子给系起来的。歌手们一面凝视着在灰色天空的衬托下日落前的最后一道光耀夺目的玫瑰色彩霞，一面不停地点着头，唱着一首奇特的、富于激情和感伤的圣歌。

这歌声唱出了哀怨和痛苦，宛如铜号声响，时而呜呜地哀号，时而低声地叹息，时而绝望地呻吟，时而发出刺耳的尖叫，那嗞嗞余音久久回荡在这寂静的房间里。过了一会儿，歌手们放低了嗓门，好像在窃窃私语，于是一首悠悠动听的曲调便传开了，它仿佛是在一个寂静无声的丰茂果园中，在芬芳扑鼻的花影中，在那半睡半醒、神魂颠倒的人们的爱情思慕中响起的笛声。这梦中萦绕着出现的，是怀念之情，是叹息之感，人们怀念耶路撒冷的棕榈园，怀念那被火热的太阳晒得滚烫的寂寞和漫无边际的沙漠，怀念那亲爱的、可是已经失去的祖国。

歌手们慢慢地弯下了身子。这歌声出自他们的肺腑，所以他们在有节奏地唱着的时候，心情总是十分激动的。他们的眼睛里表现出了仿佛由于神智不清而感到痛苦的神色，他们那长长的白胡须也因为激动而颤抖起来。歌声充满了空寂、阴暗的房间，有时宛如人们的哭泣，有时仿佛表示哀求，好像由于遭到不幸而提出的控诉，有时似乎在赞美天主对人们所发的慈悲。

窗子外面是一片寂静。

宽大的工人宿舍位于街道的另一边，面对着办公室的窗子；宿舍各层楼都点上了灯。由于办公室在街道拐弯的地方，在窗外的另一边，可以看见一个密生着小纵树、现出一片红色的公园，它将"莎亚的宫殿"和对面的工厂分隔开了。在公园里的一些矮小的灌木丛中，还有一块块尚未融化的积雪。

莎亚坐在房中间，他对面的角落有一个大窗子。通过窗子可以看到对面大片大片的工厂，这里烟囱林立，在附近道路交叉和拐弯的地方，有许多房子，它们很像中世纪的塔楼。

莎亚虽然在虔诚地祷告，可是他的视线却一刻也离不开这些即将迎来黑夜的工厂高大的围墙。这黑夜远看就像一件把城市裹起来了的黑色大衣，在天空中千百万颗星星的照耀下，它的表面显得很亮。

歌一直唱到了深夜。

歌手们把祈祷服脱下来叠好，放在一个绣着一些闪闪发亮的希伯来文金字的天鹅绒袋子里。

"门德尔，这是给你的钱！"

站在窗卜的一位歌手认真地看着莎亚给他的银卢布。

"你看，这是真正的卢布。可是阿布拉姆，我今天只给你七十五个戈比，因为你并没有唱歌，你在这里不过做了做样子。你是不是要欺骗我和天主？"

歌手的眼里渗出了泪花，他看着莎亚，不知道怎么办才好。过了一会儿，他收了那一堆银币，对莎亚轻声地表示了问候，便悄悄地走了。

鲁莎这时候一直站在门旁，她听着歌声，时时忍不住要"噗哧"笑出来。

歌手们走后，她这才扣好了她的扣子，这时房里的电灯也亮起来了。

"鲁莎。"

"你要什么吗？"她坐在父亲沙发的扶手上问道。

"不，你的朋友来了吗？"

"大家都在。"

"他们玩得好吗?"

他抚摩着她的头发。

"玩得不怎么好,米勒今天甚至感到烦闷。"

"你为什么要留他们呢?我们可以另找一些爱玩的客人嘛!你如果愿意,我叫斯坦尼斯瓦夫去请,在罗兹不乏爱玩的人。你干吗要为自己的钱而烦恼呢?维索茨基,这是个什么人?"

"大夫,他完全不是罗兹人,而是个别样的人。他出身贵族家庭,他的母亲出身伯爵,他自己也有贵族的纹章。"

"只不过没有机会戴上,你喜欢他吗?"

"够了,他不像我们的人,太像个学者。"

"学者。"

他以非常优美的动作抚摩他的胡须,留心地听着。

"他著过书,为此德国一个大学还授过他金质奖章。"

"大奖章吗?"

"我不知道。"

她表示鄙夷地耸了耸肩膀。

"我们的医院还需要大夫,如果他是这样一个学者,我要他。"

"你给他很多钱吗?"

"给。我要说的不是这个,而是说如果他在我的企业中供职,可以进行很多实验。这些钱是应当花的。你告诉他,叫他明天来办公室。我爱帮助有学问的人。"

"你叫了斯坦尼斯瓦夫请博罗维耶茨基到我们这里来?"

"鲁莎,我对你说过,博罗维耶茨基是布霍尔茨的人。我希望布霍尔茨和他的一切都完蛋。这个家伙破产后,他只有去侍候人了。

这个贼、这个德国佬，他像狗一样跑到波兰来，在我们身上赚了钱，但愿他世世代代倒霉。由于他，我总要生病，我的心也疼，因为他经常盗窃我的东西。这个博罗维耶茨基，他是个最坏的德国人。"他愤愤地叫着。

"可他是一个波兰人。"

"波兰人，一个漂亮的波兰人。因为他印染绒布，我在俄国一半的货物就被退回来了。人们说这是一堆垃圾，布霍尔茨的好些。波兰人就是这么干的，他破坏了贸易，他给那些蠢汉提供的花色和样式是每个伯爵夫人都想要的。因为他，我丧失的是什么，我失去的是什么，我们丧失的是什么，这些可怜的纺织家失去的又是什么！他吃掉了老菲什宾，他吃掉了三十家其他的企业。你不要对我说他了，每当我想到他们，我就感到痛苦。他比最坏的德国人还坏，和德国人还可以做生意，而他却是个老爷，是一个大地主。"他表示鄙夷和怨恨地啐了口唾沫。

"你要茶吗？"

"我到斯坦尼斯瓦夫那儿去喝茶，要把今天从巴黎给我捎来的玩具送给尤尔奇。"

鲁莎吻了他父亲的脸后，出去了。

莎亚站了起来，由于爱节约，他关上了电灯，一个人在漆黑的房间里踱步。

他一边走，一边想起自己经常做的恶梦，想起布霍尔茨。

作为一个妒忌心很重的犹太人，他对布霍尔茨恨之入骨，他恨这个作为竞争者的工厂老板，因为他没有办法战胜对方。

布霍尔茨在所有的地方都是第一，这正是莎亚所不能容忍的。

他感到自己才是罗兹的第一家公司，他是犹太人的领袖，他因为享有亿万家财，才受到穷人对他的偶像般的崇拜、爱戴和尊敬，尤其是金钱在他的手中，今天仍在继续以滚雪球般的速度，急剧地增加。

十四年前，他还清楚地记得那个时候，他作为老城一家十分可怜的小商店的掌柜，开始了自己的生涯。他的专长是招引顾客，送货上门，有时候也打扫铺子和铺子前面的人行道。为了替主人招揽生意，他长年累月站在人行道上，遭受严寒的袭击，大雨的浇淋，烈日的暴晒，行人的碰撞。他差不多总是饿着肚子，穿的总是破衣烂衫，同时总要把嗓子叫得嘶哑不堪。他没有钱，为了挣钱，他长年累月睡在罗兹到处都有的犹太人的可怕的贫民窟里。

后来，他突然从他待过的人行道上消失不见了。

几年之后，当他又出现在罗兹街上时，谁都不认识他了。

他从外面带来了一点儿钱，开始自己做生意。他想起了他曾用来在附近农村中运送货物的简陋的小车，想起了那匹他在路边牧放过或者用农民的粮食喂过的马，想起了当时经常折磨着他的可怕贫困，因为他当时就是把这小车和马都算在内，也只有五十个卢布的资本，而他却必须养活自己、马和妻儿，他觉得过去那些日子多么没有意思，然后笑起来了。

他又想起了他建立的第一批纺纱车间，这还在他后来大胆地租赁一家管理不好的工厂自己进行管理之前。他想起了他是如何使出许多欺骗手段，扣减那些让纺纱工人带回家去进行加工的半成品的重量。通过这种手段所挣得的钱，不过是为了填饱他自己和他的妻儿的肚子。

他有了自己的工厂后，第一个在许多小城市里派出了自己的经埋人。他只知道干，节约，废寝忘食，毫不休息地干。

他第一个给那些愿意借贷的人提供贷款，通过信贷进行周转，因为他知道，布霍尔茨和在罗兹的德国企业主还是用现金周转的老办法。

他第一个做陈货贱卖的生意，这样就降低了罗兹产品的质量，而罗兹的生产在他来之前是受到好评的。

他也差不多是第一个采用了一整套对所有的人和一切进行剥削办法的人，并将这套办法加以发展和完善。

虽然他后来烧了自己的工厂，但是他又办起了一个可以容纳千百人的更大的工厂。

他已经站立在坚实的基础上。

幸福总是和他形影不离。亿万钞票从所有的地方，从地主的庄园、农民的茅屋，从肮脏的小城市，从许多城市、草原和遥远的高山像流水一样，流到他的金库里来了，而且这种流量越来越大，莎亚于是成长和壮大了。

可是别人却丧失了一切，或死去，或遭到不幸、灾祸和破产。只有莎亚毫不动摇地屹立着。许多老工厂不断地被烧掉，新的、更加强大的企业在兴起，越来越占有更多的地盘、物质，拥有更多的人众，表现出更大的实力，也有更多的竞争者；可是这一切，最后都成了莎亚的巨万家产。

只有布霍尔茨比他大些，他赶不上布霍尔茨。

莎亚感到自己已经强大起来，在他心中便产生了越来越强烈的定要打败布霍尔茨的需求。他把布霍尔茨挣得的每一个卢布都看成是偷来的，是从自己手中夺去的。他幻想自己超过了布霍尔茨，超过了所有的人。他幻想着自己看起来就像屹立于罗兹之上的一个巨大的烟囱,比工厂里的主机更加魁梧,像出现于夜里的一个怪物。他幻想自己成为了罗兹的国王。

布霍尔茨样样都是为首的,整个国家都要看他的眼色,他的话就像钱币一样是响当当的。人们在碰到许多带有普遍性的问题时,都要征求他的意见和办法。他的货物的商标最有权威,他最受人尊敬。可是莎亚呢?就是和他同样玩弄骗术的人对他也很蔑视和仇恨。

莎亚对此很不理解。他感到布霍尔茨不仅抢了他的钱,还夺走了他所希望得到的一切,损害了他高踞于这烟囱的汪洋大海之上的名誉。

莎亚对布霍尔茨的仇恨还不止这些。

他不停地在这个漆黑一团的房间里徘徊,通过窗子看了看工厂,看了看像路灯一样亮着的工人的住房。然后他打住了脚步,戴上了眼镜,盯着他的宫殿正对面的一栋房子的第三层楼,他看见楼上有三个窗子十分明亮,在窗子里面,时而闪现黑魆魆的人影。

于是他打开了小窗,留神地听着。

他听到对面窗子里有人拉小提琴,奏着一首感伤的华尔兹舞曲,还有一把大提琴在"呜呜"地伴和着。一会儿,音乐停息了,可是有十几个人继续在那里喧闹,笑声和玻璃杯与盘子的磕碰声就像丰饶的瀑布一样泻到了寂静的街上。

人们在高兴地玩乐。

莎亚按铃叫来了仆人。

"谁住在那里?"他指着对面的窗子,性急地问道。

"我马上去问,老爷。"

"我有病,可是他们在娱乐。他们为什么要玩呢?他们哪里有钱去玩?"他很生气地想着,可是他的眼光却离不开那些窗子。

"E号楼第三层,五十六号,那儿住着第五纺纱车间的工头埃尔内斯特·拉米什。"仆人很快地念着。

"好,你去告诉他们,叫他们停止娱乐,因为我没法睡觉,我没有叫他们玩他们怎么玩了?叫马夫备车。埃尔内斯特·拉米什在玩,给他的钱太多了。"他一次又一次地说着,为了记住这个名字。

第八章

"我马上就来,再见。"博罗维耶茨基对着电话筒不高兴地回答道,因为露茜请他马上到米尔奇森林去,可他这时有极其重要的事。

"这个时候去森林!一个疯子,真是一个疯子。"他不满地喃喃说道。

从六点起他就坐在办公室,没有一点儿空余时间。后来他来到厂里检查印染新花色的情况,又去中央管理局解决布霍尔茨在主要仓库里发现的浪费问题。他到处奔跑、记事,提出成千上万条建议。千百件事要求他解决,千百个人在等着他的部署,千百台机器在等待他的命令。由于想了解一下莫雷茨去汉堡买棉花的情况,等了好几天的电报,他感到不耐烦了,还和布霍尔茨吵了一架。他因为每天都要替克诺尔把所有工作、把这可怕的枷锁担在自己的肩上,感到精疲力竭。他必须经手的那无数的大大小小的业务使他头晕目眩。可是现在,这个疯女人却叫他去城外散步。

他越想越生气了。

他今天甚至连喝茶的时间都没有。因为布霍尔茨虽然病了,却叫人把他连同沙发一起抬到了办公室里。他什么都要管,他叫唤所有的人,可是他在他的公务员中造成的只有慌乱。

"博罗维耶茨基先生!"布霍尔茨喊道。他的脚上缠了布,头上戴着一顶破皮帽子,膝盖上还放着一根棍子。"你给马克斯去个电话,叫他不要把货物折成卢布卖给华沙的米尔内尔。因为米尔内尔欠了我们的债,欠得太多了,我这里有他的债款单,他很快就要破产了。"

博罗维耶茨基打了电话,同时浏览了一下债款单上很长的一列数字。

"霍恩先生!你看看这笔运费吧!这里有错,铁路上收得太多了,应当根据另一个运价来算才好。"布霍尔茨对霍恩叫唤道。这个霍恩几天以来,就是说从星期天以来,根据他的意愿,已经从染坊和漂白车间附近的一个办公室调到他的身边了。

霍恩脸色苍白,由于疲劳和睡眠不足,眼睛也熬红了。他正数着一些数字,那绛紫色的嘴唇虽然在机械地一张一合,但他不能集中注意力,因而总是数错,一行行的数字就好像一团团烟雾在他的眼前跳舞。

他感到睡意沉沉,那表现出困顿神色的眼睛老在瞅着挂钟,因为他在迫不及待地等着正午的到来。

"至于你要保护的这个女人。就给她两百卢布吧!让她去喝酒,她连同自己的小崽子五十个卢布也不值。"

"这件事是司法部门处理的吗?"

"是的。她应当给我们正式的收据。巴乌埃尔,这件事你管一下,把它妥善地解决,否则会有人唆使这个女人上法庭控告我们的。"

霍恩低下了头,为了使他那表现出恶意和骄傲情绪的微笑不致让人看见。

"厂长先生家里有马车吗?"

"你需要吗?用吧!只要是你需要,随便多少次都可以,我马上给马房打电话。昆德尔,推我一下!"他对一个仆人叫唤道。这个仆人随即把他的沙发推到了那个服务于他工厂范围之内的电话旁。

"要马房,"他大声地叫道,"叫马车立刻来我这儿。博罗维耶茨基要车要了好几次了,把马车拉来吧!我是布霍尔茨呀!蠢家伙!"当女电话员问他是谁时,他回答道。

仆人依然把他推回写字台前,然后站在他的旁边。

"霍恩。你坐到我身边来!我说,你写。在我说的时候,你的动作要快点儿。"

霍恩坐了下来,只管咬着嘴唇。布霍尔茨一边迅速地让他听写,一边不停地处理其他的一些事,不时还叫唤道:

"你别睡觉,我给你钱不是让你睡觉的。"他用那根棍使劲地敲着地板。

霍恩今天本来就不高兴,布霍尔茨使他更加恼怒了。他虽然激动,但仍在竭力克制它的爆发。

电话铃响了。

"奥斯卡尔·迈尔男爵问,半小时后他可以见厂长先生吗?"

"博罗维耶茨基先生,你告诉他,说我卧病在床,不见任何人。"

卡罗尔马上回了话,他仍在听着。

"他还要什么?"

"他说,有一桩很重要的私事。"

"我不接见！"他叫了起来，"奥斯卡尔·迈尔男爵的要事大概和我的狗有关，和我无关。蠢家伙！笨蛋！"他结结巴巴地说完后，叫霍恩继续听写。

布霍尔茨对迈尔早就感到恼火，因为这个迈尔过去是他厂里的职工，今天却已经是一个拥有亿万资本的生产棉织品的工厂老板了。为此布霍尔茨讽刺迈尔的男爵头衔是在德国买的。

"你快一点儿！"他十分凶狠地对霍恩叫道。

"我不能用两只手写。"

"这是什么意思？"

"我不能比我现在写得更快。"

布霍尔茨继续念着，但他放慢了点儿。因为他注意到了霍恩已在生气，紧锁着眉头，好像存心要写得很慢。

办公室里笼罩着寂静。

博罗维耶茨基已经穿好大衣站在窗下，性急地等着马车。

公务员在书桌上紧张地工作，由于布霍尔茨在场，他们连大声呼吸或互相交谈几句也不敢。除了巴乌埃尔外，布霍尔茨对所有的人都采取恐吓的办法，因为巴乌埃尔是他的老朋友，是他信得过的人，是如博罗维耶茨基所看到的，不得不把那份电报的秘密告诉楚克尔的人。

马车终于来了，布霍尔茨跟在急急忙忙走出去的博罗维耶茨基的后面叫道：

"莫雷茨来后，你再来我这儿一趟！"

博罗维耶茨基没有回答，他只是低声地咒骂着。由于繁重的工作和对莫雷茨来电的令人烦恼的等待，他简直要累倒在地了。

他叫驭者催车去米尔奇森林。

当马车来到一家好似一具死尸的老啤酒厂的大而一半已经成了废墟的房子跟前时，他叫驭者停下车，在这里等着。

他下车后，围绕着一些破破烂烂的墙壁观看了一阵。他看见上面的窗子已经被砸掉了，没有门，墙上的屋顶也塌了下来，有的地方全都垮了，一块块红砖散落在稀软的烂泥里。然后他在一堵把一间仓库遮住了的围墙旁边的松软泥地上徘徊，看见这堵墙上的泥灰也成块地脱落在地上。最后，他走进了所谓的米尔奇森林。

"让这个歇斯底里的女人见鬼去吧！"博罗维耶茨基大声地诅咒着。因为路上稀软的泥巴沾在他的套鞋上，使他难于迈开脚步。"耶路撒冷的罗曼蒂克！"他十分不满地又补充了一句，觉得他自己表演这个不得不在泥泞中散步的情夫角色是很可笑的，特别是在三月里，来到罗兹城的另一头和森林这么远的地方。

天色阴沉。彤云在距离地面不高的地方游荡着，慢慢渗下滴滴像针刺一样的小雨。那肮脏的、几乎是黑色的烟雾宛如一个大的罩子，由千千万万个烟囱支撑着，笼罩在罗兹的上空，仿佛把整个城市都吞没了。

博罗维耶茨基在紧靠森林的一个夏季餐馆的围墙下停留了一会儿。这个餐馆现在没有开张，它的窗上套了护窗板，门上也钉了许多木板。宽大的走廊里，摆满了桌椅。附近那满地都是小石头而呈现出一片黄色的小巷子里，一些光秃秃的树木之间摆着未经打扫的小板凳，上面落满了腐烂的树叶，显得白晃晃的。

这里到处都是一片寂静，由于再看不到别的东西，博罗维耶茨基便走进了森林。

这是一个枞树林子，它很破败，在慢慢地消失。博罗维耶次基发现这座林子紧邻工厂，林子里还有无数的水井，他感到非常奇怪。这些井挖得一个比一个深，它们吸吮着周围的水分，使附近的土地都枯干了。工厂里排出来的废水在这里汇聚成了一条小河，形状好似一条五颜六色的带子，蜿蜒曲折地流经枯黄了的树木之间，破坏了这些庞然大物的有机组织，使周围形成了致命的瘴气。

在被树木遮着的小路上，还覆盖着雪。这里除附近村里的工人外，是没有人走的，而这些工人却在这浅绿色的软绵绵的雪上，印上了长长的一条很深的足迹。

博罗维耶次基在泥泞和雪地上滑着前进，他时而碰上树桩，时而陷进坑洼，可是他在哪里都没找到露茜。

他为这徒劳无益的寻找和遭受到的寒冷和潮湿的袭击而感到烦恼。他本来打算上马车回去，可正在这个时候，躲在一株大树后面的露茜朝他的脖子扑过来了，她的来势很猛，以致把他的帽子也碰落在地。

"我爱你，卡尔！"她喃喃地说着，热情地吻他。

他也吻了她，可是他什么也没有说，因为他很生气，他想要骂她。

她挽着他的胳膊，两人一同在大树之间的滑溜溜的泥地上散步。

森林被风吹得发出凄凉、低沉的喧嚣声，把那叮叮响地掉在树枝上的雨水和枯干了的枞树叶子抖落在他们的身上。

露茜不知疲劳地唠叨着，吻着，对他表示温存和亲热。她像孩子一样什么都说，甚至一件事没有说完，马上又扯着另一件，有时她一句话都没有说完就吻他了。只要说到一件最小的事，她就可以高兴地天真地大笑起来。

她身穿一套英国式的春天的服装，肩上披着一块黑色的大绒披肩；衣服的领子是玛丽亚·德·美第奇[1]式的，上面插有驼鸟毛；头上戴着一顶黑色的宽边帽，帽子下面那一对漂亮的眼睛就像青玉一样璀璨生光。

她和情人的这一次罗曼蒂克式的相遇使她非常激动。

她不想和他在城里相遇。她想遇到某种不寻常的东西，她渴望不平静和感情冲动，因此她就设想了在森林里的这个约会，现在她的心已经摆脱寂寞和腻烦而感到快乐了。虽然卡罗尔对她表示沉默，对她的话只做简单的回答，而且老是看表，她却并不在意。

这于她有什么关系，反正他在她的身边，不时地给她一个热情的吻，使她激动得眼里似乎出现一层白色的云雾。她可以对他倾诉自己的爱，她可以时刻依偎在他的身旁，她的心情包含着恐惧和不安，但又感到十分惬意，而这种心情却是谁也感受不到的。

她时时刻刻都带着恐惧的心理看着周围的一切。当树林的喧嚣声越来越大，或者麻雀叽叽喳喳地从树上跳下来，往城里飞去时，她吓得紧依在他的怀里，不断地叫喊，由于害怕而发抖。这时候他也不得不以吻向她担保他们没有危险来驱散她的害怕的情绪。

"卡罗尔！你有手枪吗？"她问道。

"有。"

"拿出来吧！我的宝贝！我唯一的！你看，我觉得我自己现在很危险呀！你会给我手枪，是吧！"她紧靠在他身上，喃喃地说着。

---

[1] 玛丽亚·德·美第奇，法国女王（1573—1642）。

"啊！你肯定没事，你怕什么呀？"

"我不知道，可我很害怕，很……"她迅速环顾着四周。

"我对你说，这里没有强盗。"

"怎么没有！我不久前读到，在这个森林里就曾有一个下工回家的工人被杀害。我知道，这里肯定有人杀人。"她浑身上下都神经质地抖个不停。

"你尽管放心，你在我跟前，绝不会有危险。"

"我知道，你一定很勇敢。我爱你，卡尔，吻我吧！使劲地吻我！使劲！"

他开始吻她。

"别做声！"她的嘴离开了他的嘴唇，开始叫了起来，"有人叫唤。"

可是并没有人叫唤。森林仍在喧嚣，只不过在慢慢地、自动地往一边倒去。高大的树木就像一顶顶皇冠一样，上面吐出的一团团大雾越来越迅速地往野地里飘去，逐渐变得稀薄，细小。雨点更加稠密，就像一颗颗硕大的种子，洒在树枝上，"叮叮当当"地敲着那间餐馆的白铁屋顶。

卡罗尔撑开了伞。他们站立在只能够稍微避雨的树下。

"你身上打湿了。我感到很遗憾的是，你遇上了这样的天气。"

"卡罗尔！我喜欢这样。"

她脱下手套，有意伸出那只长而白净的手去淋雨。

"你这样会感冒，会生病的。"

"这样很好，要不我就只好睡在床上，老是想着你了。"

"是的，要不我也见不到你了。"

"啊！我并不希望这样。我已经整整三天没有见到你了。我受不了，我一定得和你见面。可是你想过我吗？"

"我不能不想你，因为我不会想别的呀！"

"这就好。你爱我吗，卡尔？"

"我爱你，你怀疑？"

"我相信你永远会爱我。"

"永远。"

他力图使他的说话声变得温和点儿，使他的脸上现出幸福的表情，可是他并没有做得很完美。因为他的套鞋里已经灌满了水和烂泥，踩在地上滑溜溜的很不好受，另外他今天还有许多事要做。

他们在一起待了一个多小时。直到她的脸和手已经冻得不得不靠他的吻去温暖时，她才决定回去。要分别了，当他问她是否当真像她打电话给他所说的那样，有什么重要的事时，她又抱住了他的脖子。

"我爱你，我想把这个对你说，我想见到你。"

她终于离开了，在临走时还回头看了他几次，为了和他再次告别，为了向他表示坚贞的爱，求他在她未登上那停在一条被篱笆墙围着的小巷子里的马车之前，不要离开森林。

工厂里呼唤人们进午餐的汽笛声从各个方面传来，划破了天空。博罗维耶茨基上马车后，便飞也似的往办公室赶去。

他只遇见了布霍尔茨和霍恩，因为其他的人都吃饭去了。

"你说得太死了。"布霍尔茨从安乐椅里探身出来，喃喃地说。

"我没有别的可说。"霍恩叫了起来。

"你需要学习学习，我对你已经受不了啦。"

"这与我无关[1],厂长先生。"他说话的口吻虽然和气,可是他的嘴却在神经质地抖动,在他蓝色的眼睛里,突然出现一阵昏黑。

"你在对谁说话?"他把嗓门提高了点儿。

"对厂长先生。"

"霍恩先生,我警告你,我不能再忍了,我对你……"

"我没有必要知道,你忍不忍,这与我无关。"

"在我说话的时候,在布霍尔茨说话的时候,你不要打岔。"

"我以为在霍恩说话的时候,布霍尔茨不保持安静也是没有道理的。"

布霍尔茨站了起来,他因为脚痛,哼了几声。他抚摩了一会儿他那包扎好了的脚,吃力地呼吸着,闭上了眼睛。虽然他已经气得浑身战栗,但是仍然保持着沉默,耐住了性子。蓄意甚至采取了坚决的办法使布霍尔茨越来越生气的霍恩这时盖上了书本,从容不迫地收起他的铅笔、橡皮和钢笔,用一张纸包好后,插放在衣兜里。

这一切进行得很慢,他还不断地盯着博罗维耶茨基。卡罗尔对他的行动、对他和布霍尔茨这场从未有过的争吵感到非常吃惊,他不知道自己该怎么办。他无法制止霍恩,因为他不知道,他们吵的是什么。如果他不支持霍恩,他就应当支持布霍尔茨,因为布霍尔茨和他的关系更为密切。因此他在瞅着默不作声地穿上了一只套鞋、两片气得发紫的嘴唇上露出了微笑的霍恩时,也十分生气。

"你在我这里已经没有工作了,你被开除了。"布霍尔茨喃喃地说。

---

[1] 原文是德文。

"我以为你和你的这个地方本来就不体面。"

他穿上了第二只套鞋。

"我要命令仆人们把你赶出去。"

"你试试看吧!无耻之徒。"他叫了起来,赶忙穿上了大衣。

"蠢家伙,把他赶出去!"布霍尔茨战战兢兢地紧握着棍棒,他的说话声更低了。

"算了吧!你别试了,奥古斯特!否则我要把你和你老爷的肋骨一起打断。"

"该诅咒的家伙,把他扔到门外去!"他嚷起来了。

"贼!安静点儿。"霍恩吼叫着。他抓住了一张很重的小桌子,准备如果有谁要碰他,他就打人。

"安静点儿,你这副德国猪嘴,豺狼!"他把那张桌子往写字台下一扔,然后"吱呀"一声打开门,便出去了。他在开门时由于用力过猛,门上所有的玻璃都不翼而飞了。

博罗维耶茨基在这之前就已经走了。

布霍尔茨在呻吟中倒在地上。他气得几乎神智不清了,身上仅有一点儿力气尚可把电灯关上。他以低沉和嘶哑的嗓音喊道:"警察!"

在这间空荡荡的办公室里,开始长时间地充斥着寂静。仆人一动也不动地站着,看到布霍尔茨的紫色的脸和由于疼痛而歪在一边的嘴后,他吓得不知道该怎么办。过了一会儿,布霍尔茨终于清醒过来,他睁开了眼睛,环顾空荡荡的房间,在沙发上坐好后,又过了一段较长的时间,才亲热地喊道:"奥古斯特!"

仆人不敢走近一步。因为他知道,布霍尔茨叫他的名字,表示亲热时,是最可怕的。

"霍恩先生在哪里？"

"老爷赶他，他就走了。"

"好，可是博罗维耶茨基呢？"

"他在这里只看了一下，就走了。他要去吃午饭，因为已经过十二点了，工厂晌午的汽笛声早已响过。"他故意把回答的话说得很长。

"好，你站到一边去！"

仆人吓得周身发抖，于是照他的旨意做了。

"有什么事吗？"他低声下气地问道。

"我叫你把这条狗赶出去，你为什么没有听？为什么？"

"老爷，他自己走了。"仆人眼泪汪汪地解释道。

"闭嘴！"布霍尔茨叫了起来，使尽全力将棍子朝仆人的脸上打去。

奥古斯特不由自主地往后退了。

"站住，走近一点儿。"

当仆人惶恐不安地再次走过来后，他抓住了仆人的手，用棍子狠狠地打他。

奥古斯特没有逃避，他只把头扭了过来，以免让人看见他那像溪水一样流在他刮得十分干净的脸上的眼泪。布霍尔茨直到疲劳至极，才停止抽打这个仆人。他坐在沙发上呻吟着，开始将他脚上由于猛烈的动作而掉下来的绒布重新缠上。

因为不想成为布霍尔茨的冒险行为的见证人，卡罗尔早已离开这里，吃午饭去了。

他在斯帕策罗瓦街的"侨民之家"进餐。在这里工作的有十几个女人，都是被命运从波兰的四面八方驱使到罗兹来的波兰人。

具体地说，她们大都是一些在生活上落了魄的人：有寡妇，有过去的地主、资本家、太太，有老处女和年轻的姑娘。她们来到这里是为了找工作，贫困把她们联系在一起，消除了她们过去由于出身不同社交阶层而造成的不平等。

她们在斯帕策瓦街的这个"侨民之家"的房子里占有整整一层楼，把这层楼以旅馆的形式摆设得十分整齐。楼上的走廊经过所有的住房，一直到达角上那个用作大众餐厅的大房间才算终止。

卡罗尔、莫雷茨和他们的几个同事过去在这儿一起吃过饭。

由于他来迟了点儿，那个大圆桌已经被进餐的人坐满了。

人们吃饭都很性急，而且都不说话。因为谁都没有时间聊天，大家时时刻刻都得昂起头来，注意听着是否又有汽笛叫了。

卡罗尔坐在一个在星期六曾经以巴洛克姿态坐在戏院一个包厢前排的女人的旁边。他沉默不语地和几个人握了手，向坐得较远的一些人点了点头后，便吃起来。

"霍恩没有来过？"有人在瓦平斯卡太太的那张桌上问道。

"今天他要来迟了。"她喃喃地说。

"晚上才会来。"一个年轻的姑娘说，同时不停地把剪得短短的头发抹到额头的一旁。

"为什么？卡玛！"

"他今天要对布霍尔茨采取冒险行动，同时辞去自己的职务。"

"他对你说过？"卡罗尔感兴趣地问道。

"他有这个计划。"

"我看他从来没有不按照计划办事的，这是他的惯例。"

"一个顽固的德国佬。"

"啊！姑妈！你看谢尔平斯基称霍恩为德国佬。"卡玛表示不同意。

"不仅顽固，他甚至在生气时也有办法。"

"当然，他在我们这儿和米勒吵架时，我见过他一次。"

"不久前我看见他和布霍尔茨也吵过架。"

"发生了什么事，卡罗尔先生？"卡玛很感兴趣地叫着，跑到了博罗维耶茨基跟前，把她的孩子似的小手插进他的头发，拖着他的脑袋，娇滴滴地喊着，"姑妈，叫卡罗尔先生说吧！"

几个人从碗碟后面探出了头。

"我在的时候还没有发生什么，我走后怎么样就不知道了。吵得很厉害，霍恩竭力要使布霍尔茨信服自己是贼、是一头德国猪。"

"哈！哈！霍恩万岁！一个勇敢的小伙子。"

"尊敬的先生！高贵的血统不管怎样，总是要表现出来的。"谢尔平斯基擦了擦他那一大把红胡子，表示满意地嘟囔着。

"我很喜欢先生，因为先生是一个正派的贵族，姑妈，对吗？"

"尊敬的太太，我也……"

"不管怎样，我爱你。"卡玛笑着把话说完。

"霍恩不是勇敢，他干的是人们常见的、毫无意义的鲁莽事。"卡罗尔表示不满地说。

"我们不能这么说霍恩。"女人们看着卡玛叫了起来。卡玛放下了卡罗尔的头，急忙退了回去，她的脸刷地红了，她的一双正在打量着他的眼睛里燃起了愤怒的火焰。

"我不收回我刚才说的话，我还要继续论证。霍恩打算抛弃自己的职业,他可以这样做,他如果对布霍尔茨有成见,也可以对他说明白。布霍尔茨是个明智的人,和他本来比和别的人更易和解的,干吗要干这种冒险事呢!霍恩大概是要表现一下自己,让人们去说他吧!是的,孩子们会对他的勇敢表示喝彩,伟大的英雄行为,可这是给有病的人看的。布霍尔茨任何时候也不会原谅他,他是个记恨的人,他到死都会对他进行报复。"

"啊!这个时间不会长了,感谢天主,他好像病得很厉害。"卡玛激动地叫道。

"卡玛,你想到什么了?"

"他最后还会对霍恩做一个叫他滚蛋的手势。霍恩去华沙回到自己家里后,他会讽刺布霍尔茨的,姑妈!对吗?"

"霍恩造了这个德国人的谣,谁都不会听他的。"

"布霍尔茨的手伸得很长,他会伸到华沙去,他有监视霍恩的办法。他可以像米勒对付奥布伦布斯基那样去对付霍恩。霍恩还有时间,他应当好好冷静冷静。"

汽笛声在不远的地方又可怕地叫起来了。

"克热奇科夫斯基,你的夜莺叫了。"有人笑着说。

"但愿它喊破嗓子。"一个瘦高个子、戴着眼镜、淡黄色头发的男人低声说完后,站了起来,急忙走了出去。

"他们当真吵得这么厉害吗,卡罗尔先生?"斯泰凡尼亚太太在他的身旁坐下,问道。她今天也像星期六在戏院里一样,穿着一身浅蓝色衣服。

"比吵架还厉害,因为霍恩是准备冲布霍尔茨扑过去的。"

"是个好小伙子呀!尊敬的太太。应当抓住这个德国佬的头发，不管怎样，给他点儿颜色看。"

"谢尔平斯基先生，这不是和农民办事。"

"这有什么，尊敬的太太！大家知道，布霍尔茨把所有的人都看成狗一样，这个狗东西！"他急忙堵住了自己的嘴，"对不起，尊敬的太太，我忘了这畜生已经在叫我了。"他很快地说完，急忙吻了在场所有女人的手，因为有一个汽笛的粗里粗气的叫声透过玻璃窗，在召唤他去上工。

工厂所有的汽笛声都像大炮轰隆一样传扬在城市的上空，呼唤着人们去上工。每个人都熟悉本厂的汽笛，他们听到他们所痛恨的这种声音后，就把一切放下，迅速地跑着，只怕迟到。餐厅里的人们也为这些汽笛所惊动，他们不得不扔下还未吃完的午饭，迅速有序地离开饭桌，由于没有时间作另外的辞别，只互相点点头，就往工厂飞跑而去，他们的大衣还是在下楼梯时穿的。

只有博罗维耶茨基没注意这个。马利诺夫斯基，这个莎亚干事部的年轻技工也一直没有说话，他吃完饭后，在休息的时候，便在一本放在盘子边的笔记本上写了起来。有时他用一双碧绿的眼睛望着斯泰凡尼亚太太的脸，轻声地呼吸，有时把头发甩到一边，手里拿着一个个白面丸子不停地揉来揉去，然后长时间地看着它们。

他的脸白得像块尚未染过的印花布，他的头发和胡须也是浅灰色的，可是他的一双古怪的眼睛却经常变换自己的颜色。他很漂亮，很胆小，也很好孤独，因此经常引起大家的注意。

"姑妈，今天马利诺夫斯基说了什么没有？"卡玛问道，她每天都要带着一种特殊的亲密感去折磨他。

由于在和博罗维耶茨基谈话，瓦平斯卡没有回答。可是马利诺夫斯基把眼睛朝下望着，十分甜蜜地笑了，然后依旧在笔记本上写起来。坐在桌旁的女人慢慢地都出去了，因为她们每个人都有自己要做的事。门厅里的铃声猛然大响起来。

"这是我的马泰乌什，电报！"卡罗尔叫道，他很熟悉仆人[1]按铃的习惯。这个仆人果然马上送来了一份莫雷茨打来的电报。

"这是刚来的，我们马上就走。"仆人说道。

"希望这个仆人在门厅里经常擦擦脚，如果他的鞋上有泥巴的话。"卡玛高声命令道。

博罗维耶茨基没有注意人们对他很感兴趣的眼色，便走到窗子下读起来：

很好。克诺尔，楚克尔和伊·门德尔松——在购买。早晨我已寄出了第一批。给我运来吧！贵百分之十五。小包装。我一个星期后回来。

卡罗尔反复地读着这封电报，无法掩盖喜悦的心情。

"是好消息吗，卡罗尔先生？"斯泰凡尼亚太太用她那双浅蓝色的眼睛望着他的十分明朗的面孔，问道。

"很好！"

"女朋友来的！"卡玛叫道。

"莫雷茨从汉堡拍来的，一个漂亮的朋友。卡玛你放客气点儿，我给你们做媒。"

---

[1] 原文是拉丁文。

"犹太人，不干，不干！"她跺着脚叫道。

"那么就巴乌姆。"

卡玛已经不在房里了。于是他和剩下的人辞别。

"你就走吗？汽笛并没有叫你呀！"

"虽说如此，我今天比任何时候都忙。"

"是的，对我们来说，你从来就没有时间。已经有三个星期天晚上你没有来了。"她的话中略带责备的口吻。

"斯泰凡尼亚太太！我不认为人们已经看到了我的缺点，我并不是这么高傲的。可是我可以肯定地说，如果我放弃这些晚上，我损失的远远比没有看见太太更多，更多！"

"那谁知道。"她低声地说着，把手伸向他表示告别。他使劲地吻了她的手后，便出去了。卡玛在门厅里拦住了他。

"卡罗尔先生！我对你有一个大的请求，很大，很……"

"你说吧！我保证什么都干。孩子，你说吧！"

卡玛没有看他，因为她的卷在一个圆环中的黑色的短头发遮住了她的脑门。她没有把头发分开，却把背靠在门上，紧握着小小的拳头，似乎要长久地表现自己的全部勇气。

"希望你不要害霍恩，希望你帮助他，他是值得你这样做的。他是个好人，是个高尚的人，可是罗兹待他不好，不好。谁也不喜欢他，大家都讥笑他。我不愿这样，这使我感到痛苦。天主呀！我宁愿自己受这个苦，我不愿看到这样。"她喊着喊着，便哭出声来了。她在跑进小客厅里时，还掉了一只鞋。

"这孩子在恋爱了。"他站了一会儿，想了想。然后他拾起那只鞋，也来到了客厅里。当他打开门看时，感到十分惊异。

他看见卡玛在围着一张小桌追赶一只白毛小狗,她的脚上只穿了袜子。那只小狗嘴里却叼着一只鞋在绕着圈子跑。

卡玛笑得快要倒下来了,她定要抓住它,但机灵的小狗总是能够在最后一刻躲开她而逃走。当她放慢了脚步时,它便放下那只鞋,高兴地吠叫起来。

"皮科洛,给卡玛吧!听卡玛的话,皮科洛!"过了一会儿,她对小狗吆喝了,佯装和颜悦色地向它走来,可是小狗觉察到了这是手段,便咬着那只鞋,又逃走了。

"我使卡玛遭罪了,虽说我可以大胆地制止她这样做。"

"姑妈!"她突然感到害怕地叫了,由于不想让人看见她的脚,便在房中间蹲了下来。

卡罗尔把她的那只鞋丢在地板上,然后高兴地走了。他要去莫雷茨的办公室,想看一看仓库,这里是准备存放棉花的。路上他又碰到了科兹沃夫斯基,这个爱看歌剧的华沙人是他在默里那儿认识的。

"你好[1]!经理。"科兹沃夫斯基一面喊着,一面把手从他的漂亮的红手套里伸了出来。

"早安[2]!"

"我可以陪你走一走。"

他用拐杖的一头将大礼帽略微往脑后推了推。

"啊!好啊!我很高兴。有什么事吗?"

---

[1] 原文是法文。
[2] 原文是德文。

"那太好了，我这就说。我有一个很妙的想法。现在要搞到钱。热帕不是调皮的姑娘。"他一边吆喝，一边跟在一个女人后面把身子扭来扭去，高兴地用拐杖把他的大礼帽用力往脑门上托。

"什么，你要干的是这个行当？"

"如果靠这个，我在罗兹可能什么生意也做不成。昨天我遇到了罗兹第一个漂亮的女人。可是一打听，才知道做这笔生意要的是非本地的女人。"

"在罗兹有漂亮的女人。"

"讲句老实话，我不这么看。我天天在城里，天天在找。我知道，没有可以配得上做这笔生意的漂亮女人，我不理解生活。"

"喏，昨天那个怎么样？"卡罗尔诱惑地说，因为这个花花公子开始使他感兴趣，使他高兴了。

"啊哈！等等。我现在在皮奥特科夫斯卡大街，是从格兰德旅馆回来的。刚才我看见在我对面有一个女人，她使我倾倒了。她穿的衣服真漂亮，小脸蛋像个洋娃娃，姿态高雅，头发像油脂一样，眼睛宛如一堆玉石，臀部好似一个轮盘，她的个子也很适当，还要怎么样。这是龙，不是女人！那嘴，告诉经理，是最美丽的！"

"你还没有吃午饭吧？"卡罗尔打断了他的话。

"为什么？"他把大礼帽往脑后一推，严肃地问道。

"因为你说了一些烹饪上的比方。"

"经理是一个快乐的乘客呀！"他说着便亲热地在卡罗尔的肚子上拍了一下，"我跟着她。她走得很快，我跟着她，跟到了新市场。从那里往下走，人行道上有泥泞。我的这位漂亮的小姐腋下夹着一把小伞，两只手提着裙子继续往前走。啊！这是个很好的游戏呀,她的脚简直和仙女一样,她的鞋让人想吻一吻。我从各方面都观察了她,可她总是装着没有看见我。于是我便走到前面去了,我站在一个展览馆的门前,当她走近我时,我就看着她的眼睛。这时她十分腼腆地笑起来了,这笑声就像炉子里吐的火焰,在我的眼前燃烧着。我们继续往前走,她走在前头,我一步步地紧跟着她。她究竟是谁呢?她全不理睬我,过分地表现出示威的样子,这就令人大惑不解了。可是我有一个评价女人的办法,首先我要看看她。她的举止文雅,可是她的头发梳得不整齐,这是第一个要减分的。她戴的帽子肯定是巴黎式的,这又可以加一分。她的衣服很华丽,棉花是最优等的,而且缝得很结实,很适合现在的季节,这也可以加一分。可是我再仔细地看,她的一双红皮鞋系的苏格兰带子[1]却很一般,质地粗劣,这就把我搞糊涂了,她应当有一双丝鞋带,这儿又得减一分。"

"你在做女人的生意吗?"卡罗尔带讥讽地打断了他的话。

"不是。但我知道这些事情,我对它们进行过系统的研究。告诉你,我对穿衣的方法,对各种衣服是熟悉的:谁穿?从哪儿来的?多少?"

"那么,那个漂亮的女人是谁?"

他没有告诉卡罗尔,可是卡罗尔从他刚才的描绘中已经认出这是楚克罗娃太太。

"我不知道。我的方法第一次没有成功。她的帽子和面孔是一个社交界的女人——百万富翁才能有的。她的裙子是富人常穿的。

---

[1] 原文是法文。

用于坐马车的裙子。她的苏格兰鞋带,这又是什么呢?是一个女教员、一个公务人员、一个小商贩的妻子才会用的。她的裤子,我瞅见了,是用黄缎子缝的,但质地也很粗劣。她也可能跑掉,但这有什么,这裤子缀有羊毛花边,经理认为是棉纱花边。"他有点儿害怕地着重指出了这点。

"这是什么意思?"

"先生!这是贱卖品,一个街头巷尾的轻薄女人,最多不过是一个爱打扮的厨女,可是却把我征服了。她没有给我带来任何好处。我最后瞥了她一眼,她一定是生气了,因为她放下了裙子,让它拖在泥泞里,走到街道的另一边去了。"

"好啊,你又跟在她后面?"

"不,先生,不值得。如果说我早先对她的评价错了的话,那么她放下裙子,让它去扫烂泥这件事本身就已经够让我信服,这是罗兹的一个放荡女人。就是任何一个华沙的浣洗妇,也不会这么做,像这种女人——第一,她们的脚长得很好看,喜欢拿出来示众;第二,她们喜欢把裙子弄脏……呸!"

他表示轻蔑地歪着嘴,站着不动。

"再见。我要到这里面去。"卡罗尔把他甩开后,走进了梅耶尔商场角上的一家糖果店。他在这里马上想到了要使"侨民之家"高兴高兴。他买了一大盘糕点、一盒糖,然后又在一张名片上写上了卡玛的地址和下面的话:

孩子,你不要哭,把糖果分给皮科洛,它就不会再次偷你的鞋了。它肯定以为,这个坏蛋卡罗尔为了H,只要可能,他什么都会干的。

他叫仆人把这些东西一起送往斯帕策罗瓦街。

"但愿它们能给我的生意带来一点儿好处。"说着便来到了街上。

他对自己、对周围的世界都很满意。他向两旁许多吃完午饭急着去工厂和事务所的熟人不断地点头打招呼。当他看见科兹沃夫斯基走在街道的另一边,又跟在一些女人的后面,老是盯着她们时,只好任其自便了。

他觉得科兹沃夫斯基穿上这身像一个最普通的口袋一样的大衣很可笑。他的色彩艳丽的短裤有四分之一个肘长的地方明显地扭成了一团。他的大礼帽戴在后脑勺上。他的脸十分好动,看起来像一只哈巴狗。

在街旁的人行道上,实实在在地挤满了工人。他们在这些穿流于空气中的数不清的汽笛声的召唤下,急急忙忙地奔向工厂,其中一些人一边跑还一边啃着面包,木鞋底踩在地上的啪啪声响遍了整个街道。这声音发出后,随即和站在一些大门旁边和大街两旁的小巷子里的一群群黑压压的、贫穷潦倒、衣衫褴褛的工人一起,散到四面八方去了。

在街道的一旁,有一群穷苦人在送葬。四个穿黑衣服的少年抬着一口白棺材,跟在神父的后面。棺材上面插着一个蓝色的十字架。这个神父有点儿驼背,身披一条蓝色的披肩。他的光秃秃的头偏到一边去了。他的手里拿着一个十字架。他的一双脚像在睡梦中一样不断拍打着大块大块的烂泥。在棺材后面,有几个孩子走在人行道上,打着雨伞紧紧地跟随,他们想到街心来,可一次又一次被马车和运载货物的敞篷车从那儿赶回路边。这些车子不断地把黑色的黏糊糊的泥泞泼溅在棺材上，因此一个老女人不得不经常用围裙把它擦掉。

谁都没有时间注意送葬。偶尔只有个把工人脱下帽子对棺材致意，或者一个女工叹息一声，表示诚意地和它告别。人们被这像严寒的尖刺一样，把充满着烟雾的灰色的、沉甸甸的空气刺穿了的汽笛声所催使，继续往前跑着。而这烟雾仿佛一道道肮脏的激流，从无数的烟囱里喷发出来后，纷纷落到屋顶上。它的难闻的气味散落在许许多多街道上。

博罗维耶茨基在街上站了一会儿，想找一辆车快点儿去事务所。这时候他看见有人在一辆路过的马车上向他点头。他们是玛达·米勒和她的弟弟，她弟弟头戴一顶红色的大学生帽子，胸前围着一条表示参加了学生社团的饰带，挺直身子坐在马车上，他的膝盖上还放着一只黑色的大狮子狗。

马车在距卡罗尔十几步远的人行道上停了下来。

玛达对着博罗维耶茨基微笑。

"先生！那答应给我开的书单！你说话就是这样不算数吗？"她和他打了招呼后马上问道。

博罗维耶茨基看了看她那双金色的眼睛。

"我得坦白承认我是忘了，可是我一定改过。现在我郑重约定今天给你送来。"

"我不相信，我要可靠的保证。"她高兴得叽叽喳喳地说。

"我可以为此签名。"

"不行，签名值不了几个钱。"她对他把手放在胸脯上的幽默动作和他的约许感到有趣，便笑起来了。

"那么我可以拿出一个大公司的期票作为我的保证。"

"是利基耶尔托娃太太的公司吧!"她马上叫道,但她又立刻为她不愿说而冒冒失失说出这些话来感到不安,因此她把脸迅速藏在了她的丝面罩里。

"我多次对姐姐说过利基耶尔托娃太太很蠢,她不相信。"威廉喃喃地说。

"卡罗尔先生到哪里去?"她想消除她刚才讲得不好的话的影响,便把她那红得就像甜菜一样的脸抬起来,又开始说了。

"上工去。"虽然这个对于利基耶尔托娃的提醒狠狠地刺痛了他,但他依然若无其事地回答道。

"玛达,我们送送他,好吗?"

"好啊!我很乐意。先生你同意吗?"

"就以坐一个位子作为我的回答吧!"

"威廉,你和狮子狗坐在一起,给先生让个位子。"玛达高声叫道。

"谢谢!我愿意坐低点儿,这样便于我看路。狮子狗真漂亮呀!"

"它值三千马克。它曾在展览会上获得奖章,并被介绍给莱奥·卡普里菲[1]。"

"那么这是一条非常出名的狗!"

"一条坏狗,咬过我,把我的一条全新的裙子也咬破了。"

"你没有因为这个而惩罚它吗?"

---

[1] 莱奥·卡普里菲,德国的政治家,当时德国海军部的统帅。——原注。

"威廉替我打了它。"

"你们到哪儿去？"

"玛达在艺术沙龙中有所发现，她肯定是要去买那些没有用的小玩意儿。我是要把我的策扎尔带出来走走，因为它在家里，也像我一样，感到寂寞。"

"你什么时候去柏林？"

玛达开始高声地、天真地笑起来了。

"一个月前他就要走，每天都为此和爸爸吵闹。"

"别说了。玛达！你真蠢，既然不懂问题在哪里，你就别说嘛！"他说得很生气，连他脸上的那一块伤疤也涨红了。

他把自己高大的身躯挺得直直的，面色阴沉地坐着。

"先生！你也以为我很蠢吗？家里的人都说我蠢，他们常这么说，最后我自己也不得不信以为真了。但虽说如此，我也知道威廉在柏林欠了债，爸爸不肯替他还，因此他就得待在罗兹。"她看看弟弟，语带挖苦地说道，"哈！哈！他的把戏能瞒得过我？"

"玛达，我要下车了，我要直接去告诉父亲，你在胡说些什么。"

"你下车吧！我们和博罗维耶茨基在一起还方便些。卡罗尔先生，你还没有回答我的问题呀！"

"这种问题是得不到回答的。"

"你不肯对我说真话。"

"在这种情况下，我不知道什么才算是真话。"

"什么时候我才能得到书单？"

"今天我送来。"

"我不信，你若是没有送来就要受罚。"

"如果说要受罚，那么什么才是最好的奖赏？"

"一杯好咖啡。"她天真地说道。

威廉哈哈大笑，策扎尔也跟着吠叫起来了。

"我难道又说了什么蠢话？"她问道，同时感到不安地红了脸。

"威廉先生是在笑那只狗。你看，它多么好玩呀！"

"你是一个好人，连爸爸都这么说，我们家里除威廉外，大家都这么说。"

"玛达！"

"我和你们在一起感觉真好，遗憾的是已经到了我的工厂。谢谢！再见。"

"休息日午后我们等着你。"

"我记得，遗憾的是这个休息日不是明天，而是在星期四。"

玛达高兴地笑了，表示亲热地瞥了他一眼。卡罗尔在人行道上站了一会儿，看见她回头望了他好几次。为什么安卡不能有巨万家私呢！遗憾……他想着，往厂里跑去。他的工厂在午间休息之后，已经全部进入那寻常的、疯狂的活动中。

在工厂旁边的建筑物中，出来了一支消防队。车子、水龙带、水桶都排得很整齐，他们跑得很快，地上的泥泞在车轮和马蹄的践踏下不停地往车子的底部喷去。车上充当消防队员的工人也在迅速地穿着他们的救火衣。

"是哪里起火，雷赫泰尔先生？"卡罗尔对那消防队的领队说。他是纺纱厂的经理之一，随同他来的工厂看门人早在家里就在自己身上紧紧系上了一根带子。

"阿尔贝尔特·格罗斯曼的工厂起火！你把你身上的带子系紧

点儿。"他对这个看门人叫道,可是看门人的肚子太大,他的救火衣太瘦小,穿不下,连扣子都掉下来了。

"烧了很长时间吗?"

"近半个小时了,好像什么都烧着了,使劲点儿,施米特先生。"

"因此就这样急吗?"

"格罗斯吕克打过电话给老头子,他不管格林斯潘如何生气,曾要求他制止女婿烧自己的工厂。"

"为什么?啊哈!他们想叫他破产。"

"今天这已是烧第三次了。"

"工厂第三次起火?"

"啊!是的。"

"他们在这些损失后,会彻底破产。"

"但愿闪电把他们烧光。这些囚犯,狗娘养的,他们赚钱,可我们就不得不跳到烈火里去,像狗一样,累得要把舌头伸出来了。"

"你想干什么,他们需要堵住他们的收支逆差呀!"

"再见,哎哟!他妈的,我急得全身都要爆炸了!"卡罗尔一面喊着,一面坐上了在大门前等着他的一辆马车,这辆马车不一会儿就跟在消防车的后面飞跑起来。这些消防车由于被上面消防队员闪闪发光的钢盔所遮住,看起来就像一把把茶炊似的,在街上显得十分醒目。

"好呀!热季已经开始了。"下马车后,他喃喃地说着,便跑到电话跟前,要把莫雷茨的来电告诉马克斯·巴乌姆。他刚打完这个电话,那电话铃又在叫他了,正好他还没有离开。这是特拉文斯基在说话,他说他有很重要的事,马上就来。

"我在印染厂等你。"卡罗尔回答后,跑进厂里去了。

他来到车间里那些不停地转来转去的小车、运转的机器和一堆堆布料中间。这些布就像许多不同颜色的带子一样,通过传动带、轮子和人们,穿过这可怕的嘈杂声响和从洗濯车间升起的宛如云雾的蒸气,向大厅里的所有方向似乎没有止境地伸展开来。这里的震动、喧哗、叫喊和那像发了疯似的颤抖着的机器的爆烈声,使一切,使所有的人感到生气勃勃,它们的疯狂的强力好像要把工厂魁伟的城墙推倒。博罗维耶茨基把全副精力都投入这工厂的富于野性的生龙活虎的生活中了。

他在车间之间来回地跑着,为了察看货物、下达指令。他看完了这个大厅后,便又跑到其他的大厅,把一切和工厂无关的事全都忘了。在最近几天极度的精神疲劳之后,他在这里感到了轻松愉快,他对这周围产生的可怕的力量发生了很大的兴趣。

他的疲劳恢复了,在这工厂的地狱中,他的心情能够安宁,他的脚跟也站立得更加稳健了,因为他把在这儿所有方面的无数人和机器表现出来的能量都和自己融为一体了。他走遍了所有的大厅后,又回到了"厨房"里。

默里在一间小小办公室的一台小印染机上试制样品。这间办公室是从"厨房"分出来的,室内到处都装着玻璃。可是这个英国人的尝试却没有成功,因为他已经把颜料搞得布上到处都是,弄脏了上面的图样。他感到十分烦恼,虽然表面上在快乐地笑着,可是他的脸却气得发紫,那长长的黄牙也龇出来了,活像一只哈巴狗。这时候,他只好用身上系着的围裙擦了擦手,低声地诅咒起来。

"从中午就开始折腾了,却搞不出新的花样。"

博罗维耶茨基在紧张地工作,可是那个忙忙碌碌的特拉文斯基事先连招呼也忘了打,就中断了他的工作。他站在门槛上,请卡罗尔马上和他做一个短时间的私人谈话。

"我们去转轴仓库吧,那儿没人。"

于是他在前领着卡罗尔去了。

特拉文斯基一面走,一面觉得自己有点儿神魂颠倒。他的一双蓝眼睛在工厂周围到处张望,可是什么也看不见。他的瘦削而漂亮的脸上现出了忧郁的神色,这张脸由于他内心的痛苦,显得痴痴呆呆的,好像冻结了一样。这种痛苦在他那塌陷下去的眼中,在他那尚未被淡黄色的小胡髭遮住的嘴角上,也有所表现。他是卡罗尔的老同学和老朋友,现在他也是一个相当大的棉纺厂的老板。

"你说吧!什么事?"卡罗尔说着,把他带进了一栋又大又高的房子里。这里陈列着一排排很高的铁架子,上面因摆满了一行行印染机上的铜转轴而闪闪发亮。这些铜转轴乍看很像一大卷一大卷绘着用于印在布料上的像形文字和图案的纸张。

"我马上对你说。"特拉文斯基坐在一个箱子上说。

他脱下帽子,把头靠在墙上,静静地坐了一会儿,养精蓄锐,准备说话。

"你病了吗?你的脸色不好。"

"一个破了产的人怎么能有别的样子。"他十分痛苦地说。

"怎么啦,是谁又夺去了你的财产?"

"比这还糟,因为我已经倒下了,这一次就肯定起不来了。"

"你说什么!"他喊了起来,假装感到惊讶的样子,其实他早知道特拉文斯基已经站不住脚跟了。

"这一次危机，不仅席卷了许多强有力的公司，不仅烧了格罗斯曼的工厂，而且它也没有放过我呀！我的期票在星期六就要到期了，可是那些借债的人都破产了，我什么也拿不到。我要支款，这样的话，也支不出了。见它的鬼去吧！真倒霉，我这是第三次处在破产的边缘了，如果我这一次滑下去，就再起不来了。"

"你要支多少？"

"一万五千卢布。"

"这个微不足道的数目就叫你垮台了？"

"数目不多，可我连这个数也没有。我想借，却没有办法。罗兹现在谁都没有现金，而且目前已经形成了一种人人自危的局面。格罗斯吕克昨天拒绝给罗岑贝支付两万元，这最好不过地说明，银行就是对于最可靠的期票，也不愿意办理贴现。大家都很害怕，因为罗兹现正处在风雨飘摇之中，谁只要有点儿不小心，就会掉下深渊的！这究竟怎样完结？一个可怕的季节呀！我仓库里有现成的棉纱，值一万元，可是谁都不问。要货的人少了，生产已经缩减了一半，这样我自己就不得不干了。我必须给人们支款，我要生活，要开机器，因为机器只要一停，损失就是我的。不得了呀，这个危机一来，叫我赔光了。这是什么年代呀！我就是以我整个工厂、以这么多的机器、以我个人的人格担保，也连一万五千卢布都借不到呀！"

"你向布霍尔茨借过没有？他昨天支援了沃尔克曼。"

"他这是用来害莎亚的。我怎么也不能去求这个德国人的帮助。我讨厌他，向他求援对我来说是一种耻辱。"

"如果说他可以救你的话，这又有什么。"

"不！他知道我是怎么看他的。"

"我可以在他面前为你说话。"

"谢谢你,我不能这样做。到一个自己仇恨的人那里去求援,对他提出自己羞于表示的请求,这不仅违反我的原则,而且简直是下流,是卑躬屈膝。"

"高尚的逻辑。"卡罗尔抽着纸烟,不耐烦地说。

"我只有一个逻辑。这不是什么高尚的逻辑,而是一个正直人的普通的道德逻辑。"

"你不要忘记你是在罗兹,我看你总是忘记了这一点。你以为你是在中欧一些文明人中做生意。罗兹,这是一片森林,是丛林。如果你有一双铁腕,你就要大胆地干,要毫不留情地把自己亲近的人掐死,要不然他们就会把你掐死,喝你的血,对你吐唾沫。"

他说了很久。他同情特拉文斯基的不幸。他很了解拉文斯基,赞美他的为人;可是对他企图在罗兹做生意时采取这种波兰人的不灵活的办法,对他承认并以为在和人处理关系时所不可少的正直态度却抱有一种轻蔑和厌恶感。在这个城市里,正直是几乎没有地位的,最重要的是……就是在罗兹的范围之外,也很少有人依靠这个。在这个欺骗和盗窃成风的地方,谁如果想有一点和大家不同,就别想存在下去。即使他不知疲倦地劳动,即使他在生意中投入很大的资本,他最后也会被淘汰,因为他经不起竞争。

特拉文斯基很久没有说话。他把后脑勺靠在一个很长的转轴上,一双眼睛不停地瞅着急忙徘徊在铁架之间的一条狭窄走道上的十分生气的卡罗尔。

工厂到处都在发出低沉的轰隆声,就像永远动荡的大海一样,墙壁也在震动。那不停地穿梭于大厅天花板下的传动带在发出的尖厉的呼啸声中把动力传送到邻屋的车间里。旁边模铸车床上的铁旋轮在转动中爆发出的更为尖厉的响声,猛刺着茫然不知所措的特拉文斯基的头,使他感到一阵阵隐痛。

"你现在打算怎么办?"博罗维耶茨基打破了沉默。

"我是来向你借钱的,我知道你有钱,请你相信我,如果不到这种地步,我是不敢的。"

"我不能借,我绝对不能。钱我有,可是你也听说过,我自己要开工厂;而且这个时候,我在别处还要花很多。"

"一个月的期限,借给我。我以我的工厂,以我所有的一切作为担保,这个数目一定归还。只要在我目前最坏的情况下能够填补不足就够了。"

"我相信你,可是我不能借。你是一个永远倒霉的人,我干脆就不敢和你一起做生意。你也许能坚持下去,也许会垮台,这谁知道!我要生存,要有工厂。如果我让你多活一年,我自己就会死。"

"你至少还是个诚实的人!"他痛苦地说道。

"亲爱的,我干吗要骗你呢?我不喜欢那种毫无意义的欺骗,正像我不喜欢对于每个不幸者都抱感伤主义的同情一样,这种同情只会增加他的痛苦,帮助他痛痛快快地死去。如果能够帮助,我就帮助;如果不能,我就不会帮助。即使对一个衣不遮体的人,我也不能让自己挨冻,把我的衣服送给他。"

"你说得对。我没有更多好说的了,对不起,麻烦你了。"

"你对我感到遗憾吗?"博罗维耶茨基为他的话所刺,叫起来了。

"不!你已经把问题摆得很清楚,我理解你的拒绝,它虽然使我痛苦——这是另一回事,可是我能理解。"

他站了起来,准备出去。

"你不能改变一下自己的买卖方式?"

"不,我不愿去进行赌博,我虽然破产,但还是个正直的人。"

"也许还有另外的办法。"

"你说吧!我会高兴地接受。"

"你的财产投了保险没有?"

"投了,我在秋天就已经投了保险。在那次有人对它放火未遂之后投的。"

"遗憾的是,你的工厂那个时候没有给烧掉。这个放火的工人想要对你报复,本来可以给你立一大功的。"

"你说的是正经话?"

"完全是正经话。我现在认真地提请你注意:在此时此刻,格罗斯曼的工厂正在起火。昨天晚上,戈尔德斯坦德的工厂被烧毁了,明天费卢希·菲什宾的工厂也定会起火,然后是阿·雷赫泰尔、布·富奇和其他人的。你对此怎么看呢?"

"我不是,也不会是纵火犯和贼。"

"我并不是要你去干这个。我不过给你介绍了你的竞争者和他们之所以能在世上站稳脚跟的办法,你比不上他们。"

"啊!这么说我该死。如果我没有力量进行斗争,我就毙了我自己。"

"可是你的老婆呢?"卡罗尔马上说道,因为他看见特拉文斯基的眼里表现出了决心退缩的意思。

特拉文斯基似乎吓得浑身发抖了。

"我有一个想法。你认识老巴乌姆吗?"

"我们是邻居,很亲近。"

"你去找他,坦率地对他说——这是一个古怪的工厂主,他肯定会支援你。我可以我的脑袋担保,如果他知道你有困难,会帮助你的。"

"真的,这是一个很好的想法。就是他拒绝我,我也不会损失什么。"

"不要紧,当真值得去试一试。他在罗兹的工厂主中是独一无二的,是一个有千百万而又不对它拜倒的人,一个为了别人可以付出成千上万卢布的人。正如人们称呼他的:一个大工业的敌人、墨守成规者、假绅士、'怪人'。实际上,他不过是一个疯子、一个手工业时代留下来的遗老,而非别的。"

他们沉默地告别了。

卡罗尔在这一告别中,感到胸中一阵冰凉。在他通过窗子看着特拉文斯基时,他对特拉文斯基产生了一种奇怪的怜惜之感。

"笨蛋!贵族遗老!"为了消除在他心里此时产生并迅速增加的那种对自己的责备,他又专心致志地这样想了。

他不愿帮助特拉文斯基,也为自己做了各种辩护;虽说如此,他对自己仍然是不满意的。特拉文斯基那颗明亮的、美丽的、被印上了永远的烦恼和不安标记的头总是出现在他的眼前。他感到他应当借钱给特拉文斯基,这对他来说,并没有损失,而是立一大功,这种想法给他带来了越来越大的痛苦。"不过是魔鬼多抓走一个人罢了,这和我有什么相干。"他这样安慰自己。在想着这些的时候,他一路来到了修剪车间。这里放满了一堆堆白布,一直顶到了天花板。这些白布要在机器上的两把刀之间通过：一把刀呈螺旋状，插在一个圆柱子上，另一把刀则是笔直的、平放着的。它们以数学的精确性从两个方面把在它们之间通过的白布边上在纺织时留下的棉花纤维剪掉。

在这间冷落寂静的白房子里工作的有十几个女人。由于机器不断地修剪着布料，在它上面便扬起了充斥整个屋子但几乎是看不见的棉花絮。这些棉花絮落在人和机器身上，就像一个白色的套子，把人和机器都套住了。棉花絮落在传动带上便形成了一层密密的灰色青苔，随着传送带在机器上的转动而不停地颤抖着，最后和它一同消失在天花板下。

博罗维耶茨基在车间里环顾一阵后，来到了升降机前。因为他听到了下面传来一声短促的、十分可怕的喊叫，他要下去看看。

一个转动着的机器轮子把一个在它近旁的工人的外套拉住了，连人一起卷入了里面。这个轮子把人带进机器后，在转动中折断了他的骨头，揉碎了他的筋肉，最后把他压成一团渣滓，扔了出去。与此同时，这台机器一刻也没有停止它的运动。

鲜血像红色的溪水一样，流在机器和机器旁的一部分货物上，流在站立在它近旁的女工们身上，同时也溅到天花板上。

人们的呼叫声传开了，机器也停止了转动，可是已经迟了。血一滴滴挂在轮轴上，从机器的各个部分落到了地上，仿佛它还有一线生机，仍在吃力地跳动着。

没有拯救的办法了，因为这个工人已经被名副其实地碎尸万段。牺牲者成了一个沾满了鲜血的肉团，被放在白色的印花布上，给白布染上了许多污点。

人们就像一群被山雕吓坏了的小鸟一样散开了。

女人们在低声地哭着,几个年老的人甚至跪在尸体旁边,高声地为死者祈祷。男工们脱下了帽子,一部分人悲痛地和他告别,剩下的人全都围在死者跟前。在他们的眼里没有悲哀,只有冷漠,对一切都毫不留情地表示冷漠。

房子里静下来了,只能听到女人们的哭声和隔壁大厅里仍在不停地工作着的机器的轰隆声。当工厂值班的医生来到时,博罗维耶茨基已经出去了。车间的工头来了,看见房里没有动静,人们都挨在尸首跟前,他在门口就叫起来了。

"开机器去!"

人们就像一群被山雕吓坏了的小鸟一样散开了。不一会儿,房子里又活动起来,除了那台沾满了鲜血的犯了罪的机器外,其他的机器都开动了。而这台机器也马上有人清洗。

"该死的[1]!这么多布料都报废了。"工头看着那被血染污了的印花布诅咒着。他诬蔑是这工人不小心,还威胁说要扣全车间工人的工资,以赔偿这段布料的损失。博罗维耶茨基没有听到这个,因为升降机像闪电一样很快地就把他送到了印染车间。这一次事故后来没有给他留下任何印象,因为他对此是习以为常的。

"索哈!"他叫唤着他的情人所保护的人。这个农民今天是第一天在工厂里劳动,他在推车运布。农民放下了小车,挺直身子站在卡罗尔的面前。

"你干得怎么样?"

"就这样,老爷!"

---

[1] 原文是德文。

"好！干吧！只不过要小心机器呀！"

"啊！这些猪猡！"他开始要说，又想叫老婆把他的话说完，因为"这些猪猡"已经把他的大衣咬去了一块，可是老婆不在，博罗维耶茨基因有人告诉他布霍尔茨叫他去事务所，也已经走了。索哈只好垂头丧气地望着他那件由大衣在机器上改成的坎肩，搔着他的脑袋。他怕过往的人说他挡了路，便往手里吐了一口唾沫，把小车推往升降机那里去了。

第九章

特拉文斯基十分沮丧地走出去了。

他来找博罗维耶茨基时,满以为他的请求能够收到好的效果,因为他以为当一个人找不到出路,没有办法面对现实和事实时,是不会倒下去的。

他坐上一辆马车,叫驭者直接去皮奥特科夫斯卡大街。他什么也不想了,只感到自己已经失败,已经无力去从事活动。他内心那折磨人的痛苦耗费了他的全部精力,使他就要倒下。他望着这座细雨纷纷的肮脏的城市,这些满是行人的人行道,这些好像白杨树一样伫立在屋顶上的无数的烟囱——它们在夜里是看不见的,只有那在屋顶和千百辆像一条条大铁链一样成群结队的小车上翻滚着的一团团白烟才能表明它们的存在,这些小车将煤运往工厂,运往装卸货物的小站。他望着这些急急忙忙跑向各方的马车,这无数的事务所,这挤满货物和人的仓库,这街上人们疯狂的活动,这周围沸腾的生活。

他感到自己处在濒于绝望的境地,没有力量,是一堆垃圾,一堆被吸干了水分的枯树枝,什么都不顶用了,对这个怪物——城市来说,已经不需要了。他马上就会从这个大的旋涡中,从这台称为罗兹的机器中被甩出去。他以无可奈何的仇视的眼光看着这些工厂，它们的成千上万的窗子在黑暗中闪闪放光；看着这条大街，它就像一条被蒙上了一层大雾和被肮脏的天幕遮盖的运河一样，在喧嚣声中表现了自己的能量，它的灯光的巨流在到处泛滥，它的生命的脉搏在有力地跳动。他张望着这些工厂的狰狞的面目，那燃烧在官府庭院之上的电灯光使他感到刺眼，那来自工厂和作坊、响遍了大街小巷的低沉的、连续不断的轰隆声使他感到难受，那城市生活脉搏的有力的跳动给他带来了痛苦，那危机到来的可怕的消息使他感到惊慌。这消息告诉人们在危机中能够活下来的还有多少，这消息就像一把看不见的利剑，猛刺着他的心脏。

他无法生活在这个世界上。他适应不了这个环境。他付出了这么多的精力、这么多的智慧、这么多的劳动，耗费了这么多自己和别人的资本，他遭受了这么多年痛苦的折磨——为了什么？……为了现在又从头开始？为了再盖一栋大厦，让它到头来又倒下去？

他因为痛苦已极，已经在马车里坐不住了，便徒步走在皮奥特科夫斯卡大街上。照博罗维耶茨基的建议，他本来是要去找巴乌姆的；可是这个时候，他宁愿放弃这个行动，说实在的，他也离不开这条街。

不一会儿，他就隐没在流动于人行道上的人群之中，随着这些人群的推推搡搡而前进。他不由自主地看着一些商店的橱窗，还在一家他经常光顾的糖果店里给妻子买了糖果，和几个熟人打了招呼。然后他又看了看那许多的工厂，看了看那些明亮的窗子，里面闪现着机器和人们的形影，他的耳朵似乎也慢慢地被这里面的嘈杂声震聋了，因此他对一切也就不感兴趣了，他没有注意下个不停的蒙蒙细雨，连伞也忘了撑开。除了那些挤满了人、堆满了货物的事务所和急忙工作着的工厂外,他什么也没有看见。

"晚安,特拉文斯基先生。"

"晚安,哈尔佩恩先生!"

他握了握个子很高、衣服穿得很随便的哈尔佩恩伸出的手。

"你是到城里来散步吗?"

"是的,我想走一走。"

"罗兹的夜晚很漂亮。我每天都要从事务所出来,随便走走,观赏观赏这座城市的风光。"

"你是一个有爱好的人,哈尔佩恩先生。"

"你想说什么?一个在城市里生活了五十六年的人,一个经常能看到它的人,一个对它的一切都很熟悉的人,是可以有爱好的。"

"城里有什么新闻吗?"

"新闻?情况很坏,拒付期票成风;虽然可以用英镑买到它,也改变不了这种局面。"

"这是怎么回事?"

"加尔干们倒霉了,可罗兹还是存在。特拉文斯基先生,我在罗兹看到过更坏的时候,倒霉的时候过去了,好光景就会来的。现在也是这样,干吗要去蛮干呢?对聪明的人来说,好光景是常在的。"

"正直的人什么时候才能交上好运?"他带讥讽地问道。

"哎呀!要交什么好运呢?特拉文斯基先生,他们有自己的天地。"

"格罗斯曼的工厂好像被烧掉了。"

"这很好,这很好。二十五万元的保险金就在他的金库里了。可是戈尔德斯坦德昨晚在自己的厂里却和警察闹了点儿小纠纷。他也干得很好，谁如果不会做生意，那他最好不要干这一行。"

"还有人现在到了这个地步吗？"

"在大老板中，还有阿·雷赫泰尔和费·菲什宾。"

"博罗维耶茨基对我也这样说过。"

"博罗维耶茨基先生，哈！哈！哈！他熟悉罗兹，他知道谁需要什么。"

"可是你也很了解罗兹。"

"我？在我的脑子里全是它。五十年来，我一直看着这儿每个企业是如何开办起来的。今天我能把它们所有的情况都说出来，这些企业如何做生意，它们是否还能存在。特拉文斯基先生！你可以相信我的话，我的话不是放空炮，可以作为凭据，是信用最好的期票。"

特拉文斯基没有回答，沉默不语地从他的身旁走过。

哈尔佩恩为了遮雨，把伞撑开了，他扫视着周围那些房子和小工厂，对它们十分喜爱。他那苍白、瘦削的脸上的一双大黑眼睛像磷火一样熠熠生光，在这张脸的周围还生着一圈花白的胡髭。他的长在瘦小且挺不直的身躯上的头和脸看上去像一个家长的模样。他那又长而又很肮脏的外套披在他身上就像挂在一根棍子上似的。

"我熟悉这儿的每一栋房子，每一个公司。"他开始激动地说，"我记得罗兹，它过去只有两万人，而今天有三十万人了，它将来会拥有五十万人。我等得到，我不会马上死。我要亲眼看到，我要为它高兴。"

"如果它将来情况不好呢？"他表示厌恶地低声说道。

"哈！哈！哈！特拉文斯基先生，你不要说这些可笑东西！罗兹现在存在，将来也能存在。你还不了解它。你知道去年在这里周转了多少钞票吗？两亿三千万卢布。"他在阶梯上停了一会儿，十分激动地吆喝道，"这是很大一笔钱，你给我举出第二个这样的城市吧！"

"这也没有什么可夸的。你说得对，在欧洲确实没有第二个像罗兹这样狡猾的城市。"他挖苦地说。

"狡猾还是不狡猾，对我来说不过是一张纸。我想的是另外的事，我想人们在这里能够盖起房子，建设工厂、街道，发展交通，修筑道路。我希望我的罗兹成长起来，拥有豪华的宫殿、美丽的果园，许多人在这儿活动，大大地发展贸易，钱也大量地增加。"

"这首先是大的欺骗，大的廉价买卖。"

"这并没有错，因为这样罗兹会发展起来。"

"但愿闪电把它烧掉，晚安！达维德先生。"

"晚安，特拉文斯基先生！这不是你对罗兹最终要说的话。"

"是最后的话，完全是老实话。马车！"他叫唤道。

"笨蛋！"站在特拉文斯基后面的哈尔佩恩轻蔑地喊道。他慢慢转过身来，依旧望着那些房屋、工厂、商店、仓库和那些被这座城市的雄伟所迷住了的人。

他神魂颠倒地走着，虽然大雨冲破伞的保护，打湿了他的身子，虽然人群把他推到房屋和脚手架上，虽然在大街两侧胡同里行驶的马车把烂泥溅到他的身上，他都没有注意。

特拉文斯基回家去了。

他的家住得很远，几乎要到孔斯坦蒂诺夫斯卡街的尽头，为了抄近路，他叫驭者转弯抹角走进一条阴暗、泥泞的小街，可是那个驭者不愿意走这条路。

于是他自己徒步走了进去，沿着一条略高于街心的人行道前进。这条街的路面由于没有铺砖，便形成了一条黑色的泥河。上面映着一条条从许多低矮房屋的窗子里射出的金黄色灯光，这些房屋像绳子一样一排排延伸在街的两旁。

它们是手工纺织者住的地方。在每个窗子里，都可以看到活动着的机床和人们，整个巷子充斥着机器单调的响声。甚至在一些地方立着的矮小的歪歪斜斜的楼房和一排排阁楼里，也可以听到劳动的声音。

还有一些小巷一头和小街相接，另一头直通到附近的田地里。巷子里同样漆黑一片，到处都是泥泞。虽然纺织机也在这里嘎哒嘎哒地响着，可是许多房子都倒塌了，没有倒的房子的阁楼也是歪歪斜斜的，许多墙壁全都倒碎在地，人们看到的是贫困和一切无人照管。从郊野吹到城市里来的潮湿和刺骨的寒风也吹到了特拉文斯基的身上。

整个这一浮动于泥泞之上的地区，和罗兹的其他部分很不相同，可是那儿却屹立着米勒的一栋四层楼的厂房。这栋楼房高踞于低矮房屋和果园的汪洋大海之上，它的许许多多的窗子和电灯似乎以胜利者自居的姿态放射着万丈光芒。

工厂就像一个强力的化身，它的呼吸似乎就可以把这一排排十分简陋、歪斜的房子推倒。人们可以看到，千百台轰隆隆响着的机器的大厂房在慢慢地扼杀这一手工纺织区的青春活力，它在吃着，而且会完全吃掉这一曾经兴旺发达、现在为了自卫仍在和敌人做绝望斗争的小手工业。

特拉文斯基的工厂和米勒的工厂只隔一个狭窄的果园，相比之下，显得十分简陋。

特拉文斯基走进了大门。守门人是一个断了腿的老兵，脸上疤痕累累，就像一块旧抹布一样。他看见特拉文斯基后，行了个军礼，等着他的命令，可是特拉文斯基对这个祖先遗留下来的古董只是毫无表情地笑了一笑，便往办公室走去，这里只有几个人靠在一些书本上打瞌睡。他沿路看着那些在不停跳动着的传动带的带动下急速转动的纺纱机，看着像怪物一般的小纺车非常吃力的斜线运动。它们的表面由于蒙上棉絮而变成了白色，它们在运动中总是不停地往后退着，从里面甩出千百条像唾液一样的棉线，似乎要脱离工人对它们的驾驭。这些棉线被卷在一些纸线轴上。

特拉文斯基往后退了几步，走过一条长长的院子。这里虽然点燃了一排排黄色的汽灯，可是它们在米勒工厂里的电灯的对照下，看起来就像蜡烛似的。

他的住宅在一所花园里，也就是在厂外一个院子对面，宅旁还有一条无人通行的小巷。这是一栋平房，由于它是哥特式的建筑，看起来好像三栋房子。在几个被窗帘遮住了的窗户里，闪出了明亮的灯光。特拉文斯基走过了几间房。这里静静地摆着色调柔和、十分漂亮的家具，一篮篮盛开的风信子花散发着浓郁的香味。最后他走进了一间小小的客厅里。客厅地板上铺着密密层层的地毯。他的脚步很轻，因此坐在一盏灯旁看书的尼娜没有听见他来了。

"尼娜！就你一个人坐在这儿吗？"他坐在她的身旁问道。

"谁会和我在一起？"她忧伤地说。

"你哭了？"

"没有，没有！"她扭过头来表示不同意地说。

"你在流眼泪。"

"我一个人孤单单的很寂寞呀！"她将身子凑到了他的跟前，喃喃地说着，然后又以一个十分温柔漂亮的动作把头放在他的胸上，她的眼里重又涌出了泪水。"我在等你呀！这场雨老这么下，老这么打着玻璃窗，'噼噼啪啪'地落在屋顶上，'哗啦啦'地流在水沟里，真怪呀！我害怕，我为你担心。"

"为什么为我担心？"

"不知道为什么，可我感到很不好受。你没有什么不好吧？你很健康，心平气和，是吗？"她喃喃地说着，同时伸出两条胳膊抱住他的脖子。

她用手抚摩着他的头发，吻着他显露出一条条纵横交错的蓝色脉管的漂亮额头，用她那双金光闪闪的眼睛惴惴不安地看着他瘦小的、带有倦意的面孔。

"你为什么不高兴？"

"天气这么讨厌，人的兴趣从哪儿来？"

他挣脱了她的拥抱，开始在客厅里踱步，这时他感到胸中似有一股巨浪在翻滚。他觉得如果能把一切都告诉她，相信她对自己的处境会保守秘密，那么他就可以得到很大的安慰。可是当他看见她那斜放在灯的一边的漂亮脸蛋，看见她额头上那带栗色的美发在柔和的灯光照耀下闪着金光时，他又觉得在这个世界上，什么也不应该说。

他走得越来越慢，呼吸着房子里洁净清爽的空气，感到他能得到的安慰只不过是一种伤人的东西。他感到新奇地看着房里那些精致的木器和数不清的小巧玲珑的东西，它们都是人们多少年来不惜代价从各方面运来的、确有很大价值的艺术珍品。尼娜有自己的艺术爱好，她对一切美的东西富有一个艺术家的敏感度，她的多愁善感的心灵只有在美的环境中才会感到舒适。

特拉文斯基并不反对这个，特别是他自己也很爱好艺术，他觉得她应当生活在艺术作品的环境中。可是现在，他却面临着破产，一种可怕的痛苦在折磨他；他害怕即将来到的明天，因为明天会夺走他所有的财产，会破坏他像呼吸一样不可缺少的宁静和幸福。

"以后怎么办？"他痛苦地想着。为了回答这个问题，在他的脑子里产生了一种想法：再去找父亲帮忙。可是当他高兴地、自鸣得意地睁开了眼睛时，他觉得他的这种想法不过是由于一时冲动而产生的，过后就很快地消失了。他以充满着惶恐不安的眼光看着尼娜，感到自己前途茫茫，而她却站了起来，沿着那条房间外面的过道走了。

他不断地瞅着她那十分苗条、美丽的身材，她也转过身子给他送来了一个神秘的微笑。然后她走了过来，给他拿来一个扁长形的很重的木盒子。他接过这只木盒，把它放在桌上，大感不解地望着她。

"你猜一猜：这里面是什么？我会使你料想不到。"

"不，我不想猜。"他喃喃地说道，脸色"唰"地变白了，因为他看见这个盖有邮戳的盒子后，知道这里面又是一件珍宝。

"这是我们在弗罗伦萨的朋友班迪尼寄来的嵌花宝剑，夏天时我们见过它，你记得吗？"

"你想要这个？"他厉声问道。

"是的，我叫你料想不到，你不会生气吧？"

"不会，尼娜！不会。我衷心地感谢你，谢谢！"他吻着她的手，喃喃地说。

"把它打开吧！我们马上就可以看见。我叫他捎来了这把小的、便宜的，便宜得叫人不信。"

"他告诉你要付多少钱？"

"你看……两千两百里拉，非常便宜。"

"是的……的确……非常便宜。"他一边回答，一边战战兢兢地把盒子打开。

宝剑上的嵌花十分漂亮。

在一块画满了浅蓝色线条的正方形的黑色大理石板上，缀饰着一束束紫罗兰、浅黄色的玫瑰和百合花。在这些花上，又仿佛遍撒了金色的兰花粉。一只彩色翅膀的蝴蝶在花间飞来飞去，然后落在花的上面。还有两只高飞在空中。这一切都雕饰得十分美妙，达到了出神入化的境地，以至人们看后都会想着要把这些花拿出来，或者抓住蝴蝶的翅膀。

尼娜以前虽然看过，但她仍然惊异地叫了起来，她长时间地看着，心中十分喜悦。

"你不喜欢看吗，卡久？"

"我看见了，的确很漂亮。在这一类东西中是杰作。"他低声地回答。

"你知道，这把利剑应当用一个失去了光彩的大铜框子镶嵌起来，挂在墙上，如果放在桌子里是很可惜的。"她慢慢地说着，用她细长的手指头小心地指着上面雕刻的叶子和花朵，当她碰到上面的颜色时，就表现出由衷的高兴。

"我要走了,尼娜!"他想起了老巴乌姆,便说。

"去很长时间吗?快点儿回来,我亲爱的,我唯一的!"她请求他说,把身子也向他靠了过来,用手抓着他的胡髭,吻着他的嘴唇。

"最多一小时。我到对面去找巴乌姆。"

"我等你喝茶。"

"好。"

他吻了她后,走了,可是当他走到房门前时又停了一下,低声说:

"尼娜,吻我吧,祝愿我得到幸福吧!"

她热情地吻了他,可是她不懂他刚才说的是什么,便用一双眼睛示意,想要问他。

"等喝茶时,再对你说。"

她一直把他送到了门厅,在辞别后仍然通过玻璃门望着他,一直到他消失在夜里,消失在远方。她回到客厅后,仍然看着那些雕花。

可是门突然又被大声地敲响了。

"我忘了告诉你,我的一个大学时的老同学格罗斯曼,你去年在瑞士曾经认识的那个人,他的工厂今天起火了。"

"什么?"

"是的,他的工厂完全被烧了,一点儿也没有救下来。"

"一个可怜的人。"她表示同情地叫道。

"没有必要去怜惜他,因为这一场火正好可以使他振兴起来。"

"我不懂。"

"他的生意没有做好,正像我们这里所说的,摇摇欲坠。为了改变现状,便在工厂和仓库里放起火来。因为他的工厂和仓库在几家保险公司里保了险,他能得到的保险金值他损失的四倍,这样他就对一切损失都不在乎了。"

"他有意这样烧的?可这是犯罪呀!"她愤怒地喊着。

"法典是这么说,并且也要求进行适当的处罚;可是照习惯的说法,这就叫会做买卖。"他说得很快,没有去看她的眼睛。他的脸上显现出了不安和焦躁的神色。

"我以为他是一个非常高尚的人,他这样做使我简直不能相信。我还记得他过去的谈话是表现出高尚的伦理道德和正义感的。"

"你要的是什么?如果他眼下就要破产,那就把伦理道德摆到以后再说。没有伦理道德可以活下去,没有钱可不行。"他肯定地说。

"不是,从来不是这样,如果没有道德,还不如死去。"她激动地叫了起来,被特拉文斯基的这个犯罪的想法气得全身发抖了。"如果你不这么想,如果你任何时候也不做坏事,那该多好!你知道,我就是不爱你,我也应当对你的好心,对你的高尚品德表示敬意。"

卡齐米日没有回答,只吻了吻她的燃烧着愤怒火焰的眼睛,和那绛紫色的、长得很丰满的嘴唇。这张嘴正在诅咒和责备那些不道德和不懂得伦理的人,正在谴责生活中的仇怨和丑恶。他十分激动地吻着她,好像要通过这些吻来掩盖自己在听到她的话之后所感到的深深的愧意,来消除闪现在他脑子里使他一时很感兴趣的想法。于是他马上离开了这里,来到了巴乌姆的工厂。这家工厂就在对面,在大街另一边的一所宽阔的花园里。

在工厂事务所,他只遇到了马克斯一个人,马克斯没有穿礼服,坐在书桌旁。

"爸爸在工厂里,我可以去叫他。"

"我没有见过你们的工厂,我也去。"

"没有什么好看的,穷!"他坐下来继续工作,表示轻蔑地说道。

两旁窗上装有玻璃的走廊从事务所一直通到厂内第一个车间。

黄昏的黑暗和寂静充溢着工厂的大院。这个大院的三面设有三个两层楼的车间。在一排排窗子里,朦朦胧胧地闪现着微弱的灯火,有的车间楼上没有点灯,完全是一片漆黑,只在它的楼下、门口,才有几盏煤油灯在静静地冒着烟火,把那由于潮湿而十分光滑的红墙照得亮堂堂的。

手工车床的单调乏味的吱吱声持续不断,泛滥在昏黑的走廊里,这里堆放着许多棉花屑和破旧车床的零件,造成凄凉和令人烦闷的气氛。

阶梯和走廊现在都空寂无人。只间或可以听到木鞋踩在地上的啪嗒声,这时候在一片漆黑中偶尔闪现一个工人,也很快就悄悄地消失在走廊一头的大车间里了。只有那车床转动的枯燥无味的嘎嗒响声和人们的脚步声才不断地打破这宛如沉睡的寂静。

在车间和厂房里人也不多。这里灯火微弱,一切都像在睡梦中一样。厂房很大,都是直角形的。中间的屋顶由一排铁柱子支撑着,里面摆满了雅卡尔[1]式的手工纺织车床。它们在密布于厂房的窗子

---

[1] 约瑟·玛丽·雅卡尔(1752—1834),法国技师,曾发明生产杂色布的机器。——原注。

下面排成两行，其中一半没有开动，上面盖满了像青苔一样的棉屑。

铁柱子上面挂着几盏灯，照亮了中间的走道和正在纺线的女工。这些纺车懒洋洋地嗒嗒响着，工人们也懒洋洋地坐在它们的身旁。还有十几台车床的噼里啪啦的响声，同样显得有气无力，它们在头上点着的微弱的黄色灯光照耀下，仿佛一个个被缠上了成千上万条各种色线和无数层棉纱的大蚕茧。包在这些茧中的工人像蚕一样慢慢地蠕动，织着各种颜色的布匹。他们在织布时，身体总是自动地向前倾着，一只手紧压车床上的一排竹梳，另一只手拉住上面的一根绳子做来回的水平运动，与此同时，一双脚也在不停地蹬着踏板。梭子嗖嗖地迅速穿梭于线纱之间，就像一些黄色的、长长的甲虫，老是在一条道路上来回地翻滚。

工人们的年岁都很大，他们用一双无神的眼睛冷冰冰地看了看从他们身边走过的特拉文斯基之后，依旧没精打采地继续织着他们的布。

特拉文斯基在经过这些处于半死不活状态的手工厂房，看到这奄奄一息的手工操作时，感到很不愉快，认为这是一些疯子搞起来的，他们要和一些在震动中显示出巨大的能量、在大声呼啸中表现了不可战胜的强力的巨型怪物进行顽强的斗争。而这些怪物正好就在他们厂房的窗子外面可以看到。

特拉文斯基问工人们巴乌姆在哪里。他们摆手或者点头示意之后，不仅没有离开工作，甚至连话也不说一句。如果有谁说话，其他的人也依然和睡梦中的人、将要死去的人、对一切都表示冷淡的人、感到寂寞的人一样，无精打采地干着他们的活计。他们所感受到的这种寂寞，就是充满着无声无息、死气沉沉的工厂里的寂寞，特拉文斯基打这里经过，在黑暗中所能接触到的也只有铁柱子、没有开动的车床和人们。

特拉文斯基走过了两个车间，看到到处都是一样的空旷、寂寞，什么都是死灭的状态。由于自己的处境，他在这里感到更悲伤了。他对巴乌姆的帮助完全失去了信心。他以为现在是向将要死去的人们走去，因为这家工厂过去曾有五百个人劳动，现在只剩下一百人了。他觉得它好像已经成为一个病入膏肓、将要死去的有机体，就是厂房窗外簌簌响着的大树也在对它唱着挽歌。

他在靠近大街的第三个车间遇见了老巴乌姆。巴乌姆坐在一间小房子的写字台旁。写字台上放着一堆被剪成了一条条的布的样品。两个人默不作声地打了招呼。老人紧握了他的手后，把一张椅子移到他跟前。"好久没有见你了。"巴乌姆说。

特拉文斯基以自己有许多麻烦和工作说明了久未登门拜访的原因。他说了很久，却没有敢提出自己来访的目的，因为巴乌姆工厂的凄凉景象和巴乌姆脸上感伤的表情阻止他这样做，而且这个工厂主的一双苍白的眼睛现在又在不由自主地瞅着窗子。在窗子外面他可以清楚地看到米勒的工厂，它的所有窗户都在闪烁发亮。

巴乌姆回答得很简单，他在等着特拉文斯基说明自己来访的原因。特拉文斯基已经懂得了这一点，因为巴乌姆说话时，打断了他正在说着的一个故事。

"我到你这儿来是有所求的。"他略微松了一口气，叫道。

"尽管说吧……我听着……"

特拉文斯基急忙对他说了自己所有的情况，但在打算提出援助的要求时，又犹豫不决了，因为他看到对方紧锁着眉头，眼里现出不乐意的神色。

"我们大家坐的都是一样的车子,他们要吃掉我们。"巴乌姆指着窗外的大工厂慢慢地说,"我该怎么帮助你?"他补充说道。

"借款。"

"多少?"

"我最近需要一万卢布。"他说话的声音很小,而且含糊不清,好像他怕声音大了,就会惊走巴乌姆眼睛里所表示的好意。

"我没有现金,可我愿意为你做我能做到的一切。你照你所需要的数目给我开期票吧,我给你钱还债。"

特拉文斯基站了起来,十分激动地表示了感谢。

"没有什么,特拉文斯基先生,我这样做不是冒险,因为我了解你的为人,我了解你的生意。你有票据,马上填写吧。"

特拉文斯基感到十分惊讶,这个他几乎没有料想到的数目使他一下子无法平静。他急急忙忙填写着期票,不时抬起头来,冲巴乌姆瞥一眼。这个原先在办公室里徘徊的工厂老板,现在站在窗子边,正以呆滞而又十分严肃的眼光眺望着罗兹。

这座城市很大的一部分都呈现在他眼前:那房屋、工厂、仓库的千万只窗眼在瞅着黑夜。窗子里面,人们和机器的影子在不停地移动。雾蒙蒙的漆黑的天空中,高悬着一盏盏电灯。无数的烟囱耸立在漆黑的大地上,不断地吐出一条条好似云彩的白烟,把灯光和工厂也遮住了。

巴乌姆一面徘徊,一面朝前伸出他那干瘦的面孔,仔细眺望着这座城市。他和他的儿子一般高,只是身材瘦多了,也好活动些。他不爱多说话,对一些最重要的事往往只说几句话就算处理完了。

他十分好静,有时对老婆和孩子也表现出无能为力。可是他有他自己的观点,为了坚持这个,他是从来不妥协的。他的慷慨大方几乎没有止境,在罗兹已成佳话,而他在家里却又吝啬得出奇。

"你要什么期限?"

"随你的方便办吧!"他说着,便推开了通往隔壁一个厂房的门,在这里所有的车床都开动了。

他往里面看了一下,又把这扇门关上,然后将手插在那灰色的、缀上了长羊毛[1]的外衣里,依然望着窗外的市景。

电话铃响了,这是他的工厂里唯一的现代化装置。

"你的电话,博罗维耶茨基在叫你。"巴乌姆说。

特拉文斯基感到惊奇地听着。

"我亲爱的,我从你老婆那里打听到了你在这里。我计算了一下,可以借给你五千卢布,可是只能借两个月。你要不要?"博罗维耶茨基说。

"我很乐意接受。"他激动地叫了,"你是在哪儿打的电话?"

"在你的办公室,有你老婆监督。"他回答说。

"等一等我,我马上就来。"

"我等着你。"

"博罗维耶茨基要见我,你认识他吗?"

"只见过他。因为罗兹的这个大世界里,我没有常去,和各种各样的布霍尔茨们、门德尔松们、萨拉茨曼们、梅耶尔们以及别的蛆虫,我没有来往。这些年轻的和年老的工厂老板我都见过,可我

---

[1] 原文是德文。

是从米海尔那里才了解他们的。我和米海尔早就在一起，互相很了解，这是好的，但也已经是过去的事了。那时候在罗兹，正直还是最重要的，没有百万富翁，你们年轻人一点儿也不知道。当时我和老盖耶尔合伙开的公司是罗兹最大的公司，蒸汽、机器、电、期票、廉价买卖、破产、卑鄙的放火，这些东西甚至没有人听说过。"

"可是现在，这一切是必然到来的。"

"我知道这是必然的。旧秩序总是必然要让位于新秩序。本来嘛！干吗要说这个呢？"他摆了摆手，便看着期票。特拉文斯基在期票上签名后，心脏由于产生了对一切难以克制的怨恨而急剧地跳动着，因此相当长的时间没有说话。

"你急着有事吗？"

"的确，我只有再一次地对你的帮助表示衷心感谢了。"

"时间真可惜呀！只有一点使我感到遗憾，就是你在五十年前没有在罗兹，你应当在那时候有一家工厂。你对今天的罗兹也不适应，在这里诚实的工厂主是没有什么可干的。特拉文斯基先生。"

他急着要回家，没有回答巴乌姆的这些话。因此他们只谈了一些有关期票期限的问题，就分手了。过了不久，汽笛的尖叫声又在空气里响起来了。一天的劳动结束，工厂一个接一个停工，隐匿在黑夜中了。巴乌姆在工人们走后，回到了家里。他的住宅坐落在一间厂房前的果园里，面临大街。

他在房里换了一件轻软的上衣和一双丝织的便鞋，在自己花白但还很厚密的头发上戴了一顶绣着一串白色珠子的小帽，便来到餐厅，这里已经为他准备好了晚饭。

马克斯坐在桌旁，正在帮助趴在他脖子上的外甥女们砌积木。

小女孩不停地笑着,就像小鸟儿在高兴地鸣啭一样。

他的母亲坐在一张深陷的沙发上织袜子。她大约六十岁光景,面孔虽呈病态,但很惹人喜爱。在她长长的鼻子上,戴着一副银边眼镜。她那不很高但很突出的脑门上的花白头发梳得相当光滑,一双眼睛呈乳白色,嘴唇也很苍白。她把用来织袜子的棉线团放在蓝围裙的口袋里,说话的嗓音和笑声总是很甜。她这时不停地数着针眼,动着织针,冲着她的儿子、孙子、正在读书的女儿、记不得在她家干了多少年家务活的表妹奥古斯塔太太[1],冲着立在她身边的两个餐具柜,炉子,装满了瓷烧的小狗、小瓷像、瓷碟子的旧橱柜和奥古斯塔太太[2]的两只棕色的猫,不停地微笑。这两只猫老是跟着她,咪咪地叫着,用它们那像梳子一样的脚爪抓着她的裙子。她经常是这样地微笑,她对一切都表示微笑,好像人们已经把死人脸上微笑的表情贴在她的嘴上一样。

这个家里充满了一个市民家庭的温暖和宁静。大家生活在一起,都很适应这种方式,一切通过眼色达到和解,相互都很了解。

老巴乌姆关心的是自己的办公室,他每回到家里,脸上总带安宁和微笑的表情。他把一些事情讲给妻子听,有时要和马克斯吵几句嘴;他晚上习惯地老要讽刺一下奥古斯塔太太[3],二十年来都这样惯了。他爱和孙辈们一起玩,因为他的四个女儿都早已出嫁,他对这些孙辈总是很看重的。他常常阅读《香水报》和一种波兰报,

---

[1] 原文是德文。

[2] 原文是德文。

[3] 原文是德文。

每晚都要听一个来自各种各样的《家乡报》[1]上的感伤的爱情故事，他的妻子和女儿靠这个生活，他也以此度过夜晚。

今天他也是这样，他正坐在一张桌子旁，点头召唤着他的一个大摇大摆地骑在炉旁一匹大马上的孙儿。

"雅休！到爷爷这儿来，来吧！"

"一会儿就来。"男孩叫道。他用鞭子赶马，还用脚跟踢着马肚子，可是这马还是不着急。他便从马上跳下来，抚摸着马的头，拍着它的胸部叫道："切希卡！切希卡听雅休的话，雅休要到爷爷那儿去，爷爷给咱们糖吃。"

他甜言蜜语地许诺它后，又勇敢地跳上了马鞍，急忙催着它前进。

这样，他便满房跑了起来，最后来到了祖父的跟前。

"海尔曼！把马牵到厩里去！"老人叫道，同时把男孩从马上接下来，让他坐在自己的膝盖上。

男孩看见马被一些小女孩机灵地牵走，开始对它叫起来了。可是这些小姑娘正是为了不让哥哥打马，才把马掉了个头，让它的棕红色尾巴冲着桌子的另一方，冲着马克斯舅舅，她们觉得马在舅舅的身边会安全些。

"雅休，这是什么？"巴乌姆从兜里掏出了一个玩具喇叭，指着它的头叫道。

"小喇叭，爷爷！给我小喇叭。"他伸出了小手请求道。

"你不愿坐在爷爷身边，你不喜欢爷爷，我不给你，我给万齐亚。"

---

[1] 原文是德文。

"给雅休小喇叭,爷爷!雅休喜欢爷爷,万齐亚蠢,她不喜欢爷爷。爷爷!给雅休小喇叭!"他跪在爷爷的膝盖上,眼泪汪汪地请求着,可尽管这样,也未能要到。因此他便趴到爷爷的肩膀上,抱着他的颈子,吻着他的脸,越来越性急地要起来,他的两只燃烧着的蓝眼睛始终没有离开小喇叭。

爷爷这才给了他。

男孩没有来得及感谢,马上跳到了地上,飞跑着去要马,还把小姑娘们揍了一顿。他重新把马牵到了炉子边,用从妈妈手里拿过来的一块黄绸手绢盖在马身上,便骑着马,吹着喇叭,又尽力地在房里跑起来了。

那些女孩哭着跑到了爷爷跟前。

"万齐亚要喇叭,爷爷!"

"给亚努希!"

她们趴在爷爷的脚上,一边哭一边请求。老巴乌姆迅速甩开她们,便要逃走。

女孩们知道这是怎么回事后,死命地追赶和叫唤着爷爷。爷爷一会儿用椅子把她们挡住,一会儿躲在餐具柜的后面,不停地避开她们的手,最后在一个角落才被她们抓住了。他把她们夹在腋下,又回到了桌子旁。然后他让她们在自己身上搜查,从兜里拿出了那些给她们带来的洋娃娃。

小姑娘们于是聚集在窗下的一张小桌旁,互相递换着仔细地查看这些洋娃娃,感到无比高兴。爷爷和奶奶也玩得很愉快。只有贝尔塔始终堵住耳朵,沉醉在一本书中。马克斯则高声地吹着口哨,他不愿听这野蛮的喧闹声,而且他本来就对父亲很生气,因为他感到在和父亲谈话后,自己又不得不借钱给别人或者订婚了;这样老人也就永远可以像今天这样,给孩子或者孙女们送来玩具了。老巴乌姆对儿子一贯是回避着的,他和所有的人接触都很和蔼和热情,他在任何场合下,都愿意热情地参加人们的每一个谈话,这样他就经常可以避开儿子的质问。

他今天也是一样。吃晚饭时他不停地说话,亲自给孩子们安排座位,关心和照看着他们,同时他还老和奥古斯塔太太开玩笑,而她却永远只有一个回答:"是的,是的[1],巴乌姆!"可这时候她也微微地笑了,无意识地露出了她的长长的、长得歪歪斜斜的黄牙。

"尤泽夫先生在哪儿?你是不是把他藏起来,以后要吃掉?"

"尤泽夫先生马上就来。"当她刚把两只形影不离的猫抱在自己宽阔的胸前时,尤泽夫·亚斯库尔斯基先生走进来了。

这是一个事务所实习员一类的年轻人。他很穷,几年来都在巴乌姆的照顾之下。他今年十八岁,个子高大。他脚粗手长,头也很大,而且总是蓬头散发的。他那圆圆的脸,老是汗流满面。再者他很胆小,手脚也不灵活,活动起来经常和门相撞,所有的家具什物都要绊上。

现在他却大胆地走进来了。可是当他站立在地毯上行礼时,看见所有的眼睛都在瞅着他,他就心慌意乱了。他的脸红得像甜菜一样,臀部碰着餐具柜的一个角,一会儿他又把马克斯的椅子不停地转来转去,由于自己遭遇了不幸,他感到十分害怕。直到最后,他才坐了下来,开始吃晚饭。

---

[1] 原文是德文。

虽然他已经十八岁,并已在手工业学校毕业,可是他还像孩子一样天真。他的表现总那么卑躬、和顺和善良,好像他为自己竟敢生活在他们中间感到抱歉,有时还要用一双眼睛对所有的人表示歉意。他很怕马克斯,因为马克斯经常讽刺他;可是现在,马克斯看见他吃饭时所有的东西都从手上掉了下来,也开始笑了,并且说道:

"我非得把他从奥古斯塔太太那儿要过来,由我自己照顾。"

"算了吧,马克斯,他由我们照顾很好嘛!"

"你们会使他变成一个笨蛋。"

"可是你想把他搞成什么样?"

"人,男子汉。"

"你会把他带到下流酒店里去挥霍无度。关于你们单身汉的生活,弗雷茨很厌弃地对我说过。"

"哈!哈!哈!贝尔塔,你以为弗雷茨厌弃快乐的生活?他是一个机灵鬼,你可真好,可是你还不很了解你的丈夫。"

"马克斯,你为什么要打破她的幻想?"老巴乌姆喃喃地说。

"爸爸说得有理。可是使我生气的是,只要这个蠢货一在她面前吹牛皮,她马上就相信,甚至可以为他去死。"

"马克斯,你别忘了,你在说我的丈夫。"

"遗憾的是,由于弗雷茨是你的丈夫,属于我们的家庭,我们和爸爸才不得不经常说他,否则……"

"否则怎么样?"她叫起来,眼睛里涌出了泪水,准备为保卫丈夫而赴汤蹈火。

"否则我们就要把他赶出门去。"他气咻咻地嘟囔着,"你想要听，我这就对你说了。你爱怎么哭就怎么哭吧！不过要记住，你哭了之后常常是很难看的，眼睛会暴出来，鼻子会变红。"

贝尔塔当真号啕大哭起来，走到房间外面去了。母亲开始细声责备马克斯的粗蛮。

"妈妈你别说了，我知道我干的是什么。弗雷茨是一个畜生，他不管工厂，只知道酗酒。可他在贝尔塔面前却扮演一个可怜人的角色，好像他尽管自己倒霉，却仍在为老婆孩子忘我地劳动，好像从他们结婚的第一天起，爸爸就从来没出钱养过他们全家。"

"别说了，马克斯，干吗还要把这个说出来呢？"

"干吗！不能再这样下去了。这是卑鄙的犯罪，这是欺骗爸爸。我们大家在这儿都是为了玩得更好嘛！"

他的话中断了，因为门厅里的电铃在响。他便出去开门，不一会儿就领进了博罗维耶茨基。巴乌姆感到有点儿麻烦和不自在，可是他的老伴却十分热情地接待他，并且马上向贝尔塔做了介绍。贝尔塔是听到铃声后来的，她对这个在城里谈论得如此之多的罗兹仅有的唐璜的出现也很感兴趣。

大家都热情地请博罗维耶茨基喝茶，可是他谢绝了。

"我在特拉文斯基家里吃过晚饭了。这是路过，找马克斯有一点儿事，只需一会儿工夫，我还要走的。"他虽然解释了一通，却仍不得不在桌子边坐下，因为奥古斯塔太太[1]笑容可掬地给他递茶来了。贝尔塔连眼泪都没有擦干，也在请他喝茶，老太太这时还笑着给他送来了点心。

---

[1] 原文是德文。

他感到非常高兴，领受了这一切，因此很快就高居于所有人之上了。他和老太太谈着她的孙女。他在贝尔塔面前夸奖她给他看的孩子长得漂亮，他在看到放在桌上的那本海泽[1]最近出版的短篇小说后，足足称赞了五分钟。使奥古斯塔太太[2]感到心花怒放的是，他还逗着她宠爱的两只猫。这两只猫一面咪咪地叫着，一面爬到他的胳膊上，摸着他的脸；可是这就使他很生气了，以至他打算抓住它们的尾巴，把它们摔死在炉子上。最后他甚至连尤焦也没有忘记。不到二十分钟，他的客气、文雅和逗人喜爱，就把所有的人迷住了。就是很了解他、不太喜欢他的老巴乌姆也开始参加到谈话中来了。

奥古斯塔太太[3]由于对他特别赞赏，不仅不停地把杯杯新茶给他送来，而且越来越勤地从餐具柜里为他拿出新的点心，在她的明眸皓齿间也不时地露出一丝微笑。只有马克斯不说话，一边冷笑一边看着这个场面，最后他感到厌倦了，在发现卡罗尔也觉得这一切已经够了时，他便站了起来，领卡罗尔来到住宅更里面的一间房里。

桌子旁边于是没有人说话了。

孩子们坐在爷爷身边，在琢磨这些玩具。尤焦就像惯常那样，高声地朗读一段课文。妈妈依然织着袜子。贝尔塔听着他的朗读，不时地把目光投向马克斯和卡罗尔在的那间房里，因为它的门是开的，看得见他们。奥古斯塔太太[4]默不作声地打扫着桌子，抚摩她

---

[1] 保尔·海泽（1830—1914），德国小说家，1910年诺贝尔文学奖金获得者。
[2] 原文是德文。
[3] 原文是德文。
[4] 原文是德文。

的小猫，有时把它们抱在自己身上，可是她的两只黑色的小眼却朝上面望着。这双眼浮游在她的脸上，就像在一锅烧红的黄油上浮着两粒胡椒一样。直到最后她才歇了口气。

"爷爷，娃娃脚痛吗？"女孩们在玩着这些洋娃娃时问道。

"不痛。"他一边回答，一边摸着那些小脑袋上明亮的褶褶皱皱的头发。

"爷爷！为什么这个喇叭在那个喇叭里面？"男孩问道。他有时由于没有得到回答，就兴致勃勃地使出他最大的本领，用一根棍子往喇叭里捅。

"爷爷！娃娃头痛吗？"小女孩跺着地板问道。

"洋娃娃是死的，万达真蠢。"

孩子们静下来了，只有尤焦的声音在整个房里都能听见。但它也不时地被奥古斯塔太太[1]的叹气声和贝尔塔的赞叹声所打断，因为贝尔塔被一本小说所激动，在低声地哭着，在不停地叹息。

"你们这儿真好，气氛使人格外高兴。"卡罗尔喃喃地说道。

他把身子在沙发上舒展开，高兴地望着坐在餐室里的这一家人。

"一年一次地这么助助兴，不经常有。"

"一年有这么一天，就不错了。在这一天里，可以把全世界的生意买卖和生活中的一切麻烦都忘掉，共享天伦之乐。"

"你就要结婚了，这种乐趣你可以一直享受到对它产生腻烦。"

"告诉你，几天后我会下乡，回家去。"

"到情人那儿去吗？"

---

[1] 原文是德文。

"这都一样。因为安卡和我的父亲住在一起。"

"我想认识她。"

"找个时候我带你到那儿去,就是几小时也好。"

"为什么只能有几个小时呢?"

"因为在那儿待长了,你会感到闷得要死,你会受不了的。哎哟!那里多么寂寞,一切都是灰色的,到处都是空荡荡的,你连想也不会想到。如果不是安卡,我在我的祖先的那个屋檐下连两个小时也待不住。"

"只有父亲一人吗?"

"我的父亲,是民主时期的一具贵族木乃伊。他甚至是一个残酷无情的民主主义者,但他是一个贵族民主主义者,就像我们所有的民主主义者一样,一个有趣的典型。"他不说话了,只鄙夷地笑着,但在他的眼里却闪出了激动的泪花,因为他对他的父亲是衷心爱戴的。

"你什么时候走?"

"只等莫雷茨回来,或者等克诺尔回来也行,今天已经打电话叫他去了。布霍尔茨病得很厉害,他的心脏病又发了。他在我跟前心跳得那样可怕,几乎都救不过来了。可是这并没有妨碍他,醒过来后,他又可以把我痛骂一顿,迫使我不得不向他提出辞职。"

"你这是在心平气和地说话?"马克斯看到卡罗尔站了起来,在瞅着那些摆有烛台和灯的红黄毛线织成的灯座[1]后,他嚷起来了。

"我或早或迟非得这样做不可的,我的契约十月才到期,我要找一个最好的机会来了结它。"

---

[1] 原文是法文。

"就是说你有本事去蛮干,用发怒加辞职去答复他。"

卡罗尔开始笑了,他在房间里一边踱步,一边看着那一排排挂在墙上的水粉画像。

"生活的全部智慧,就在于适时地发怒、笑、生气和工作,甚至在于适时地结束生意买卖。这是谁的画像?"

"这是我的家庭动物园。我懂得你的话很有价值,可是我任何时候也抓不住这样的时机,任何时候对这也习惯不了,我总是失败。"

"向爱他守他诫命的人,守约施慈爱,直到千代。向恨他的人,当面报应他们,将他们灭绝。"[1]

卡罗尔高声读着一段绣在一块红绸布上的《圣经》里的话,这段话用橡木框镶嵌,挂在两扇窗子之间。

"告诉你,我很喜欢它。《圣经》上的这段话说明了每个家庭应有的风度。"

"你说得有理,特拉文斯基到我这儿来过。"

"我知道,因为我刚和他告别。你的老父支援了他。"

"这个我已经料到了,他什么都不对我说,他回避了我的视线。你知道多少吗?"

"一万。"

"见他的鬼,这就是德国的感伤主义。"他低声地咒骂说。

"这钱靠得住,会还的。"卡罗尔看着那些套上了花边罩子的天鹅家具,安慰他说。

"我知道,因为特拉文斯基这个白痴,如果要他搞欺骗,就连

---

[1] 见《旧约全书·申命记》第七章。

十个格罗什也赚不到。我想的是，老头帮助所有的人，只要是信得过的，大家当然都来挤他了。工厂奄奄一息，货物堆满所有的仓库，没有地方摆了，行情不知道怎么样，可是这个人却玩弄友爱和慈善的把戏，去救别的人。"

"是的，他救了特拉文斯基。"

"可是他会把自己搞死，把我搞死。"

"你应当高兴，你父亲是罗兹最诚实的人。"

"你不要讽刺了，我希望他变得更聪明点儿。"

"你在以韦尔特的口气说话。"

"你想得好些？"

"只是不同而已，好些——坏些，诚实——欺骗，不过是辩证关系，没有别的。"

"你以为这个神话般的特拉文斯卡怎么样？"

"简单地说，照显克维奇[1]的说法，童话里的美人。"

"你恐怕夸大了，特拉文斯基哪儿能够找到这样的人。"

"我一点儿也没有夸大。如果要我补充一句，她不仅漂亮，而且有礼貌。至于说特拉文斯基怎么能够得到这样的妻子，马克斯！你不要忘了，特拉文斯基也是一个很漂亮和受过很多教育的男人。你不要把他看成是一个什么也干不成的工厂老板，要把他看成是一个人。作为一个人来说，他是那些在家庭里受过旧的文化熏陶的人中的突出代表。他曾经告诉我，他的父亲、沃温[2]的一个非常富裕

---

[1] 亨利克·显克维奇（1846—1916），波兰十九世纪著名现实主义作家，1905年诺贝尔文学奖金获得者。

[2] 波兰地名。

的地主，曾逼迫他开办工厂。大工业使这个老人的脑子里发生了很大的变化，他以为这是国民的责任。他希望贵族在振兴工业的劳动中能和劣等民族携手合作，他甚至看到了贵族阶级在工业中的复兴。而特拉文斯基正好能够胜任这个，就如你会跳马祖卡舞一样。他听了父亲的话，于是就慢慢地把父亲的资本也放在自己的纺纱厂里，把父亲的森林和土地都纺掉了。他在这样做的时候，是觉得很好的。我们罗兹的这块'福地'对他来说，本来是一块该诅咒的土地，可尽管如此，他在和失败与不幸进行着顽强的斗争，他很顽强——他要战胜一切。"

"有时候这种人由于自己的倔强却混得不错。她知道他的情况吗？"

"恐怕不知道，因为他是属于准备牺牲自己的人，只要是坏的消息，或者外来的关心不主动来找他最珍重的人，他不会将这些告诉她。"

"这就是说，他爱这个童话般的美人。"

"那里有某种比爱情更多的东西，因为我从他们的眼色里看到了他们互相尊敬、互相爱戴。"

"她为什么从来不露面？"

"不知道。你不知道这个女人在谈话和行动中是多么富于魅力，她抬头的时候是多么轻盈窈窕。"

"你说得很激动。"

"你很机灵但也很愚蠢地在笑我。这没有什么，因为我并不爱她，甚至也不可能爱她。我只喜欢她这种类型的具有崇高精神境界的漂亮女人，可这不是我所需要的类型，虽然在她身上集中了我们罗兹所有的美。她不过是摆在绸缎旁边的一块寻常的印花布。"

"把它染上你的颜色吧!"

"不要开颜色的玩笑了。"

"你要走吗?我们一起走。"

"当然,我在城里还有事。"

"这就是说,我最好不麻烦你。"

"你说得很对,库罗夫斯基向你问好。他星期六会来,晚上要请你吃一顿便饭。他在信中还问,胖德国人,这是说你,瘦了没有;瘦犹太佬胖了没有,这是说莫雷茨。"

"他总爱开玩笑。布霍尔茨是不是拿走了他的化学制品?"

"我们用了快一个月了。"

"他的情况很好,因为我听说凯斯勒-恩德尔曼公司和他也订了合同。"

"是的。他对我说过这个。他已经走上了一条发财的捷径,他甚至已经发了财。"

"但愿如此,我们也会这样的。"

"你有信心?马克斯。"

"说信心干吗?我知道,我们会发财的,现在不是在干吗?"

"啊!是的,你说得对,我们会发财。如果你在家里遇见了霍恩,他会来找我,你告诉他,叫他一定等一等,因为最多两小时后我就会来。"

他们还讨论了莫雷茨的电报。卡罗尔和所有的人辞别后,便和尤焦一起走出来了。尤焦在房前随即和他也告了别,然后在一片漆黑的街道里消失不见了。

第十章

尤焦长期住在巴乌姆家里,他要去看望他的双亲。

亚斯库尔斯基夫妇住得很远。他们的家在老教堂那边一条没有名称的小街上。这条街背对着当地用作排水沟的一条著名的小河,小河可以把工厂里的一切废水都带走。

小街很像一个垃圾箱,里面装满了这座大城市的残渣碎屑。尤焦走得很急,这时候他走进了一栋没有抹上泥灰的房子。这栋房子从阁楼直到地下室的所有的窗子,都亮起了灯光,仿佛灯塔一样。栖息在里面的人群都在大声地喧嚷着。

在一个充满难闻的气味和满地都是泥泞的黑咕隆咚的门厅里,尤焦摸着一条脏得发黏的栏杆迅速往下来到了地下室。这里是一条没有铺上地板的长长的走廊,堆着许多垃圾和农具,地上到处都是烂泥,还有人们的喧闹声和臭气。一盏闪闪发亮的小油灯在天花板下散发着煤烟。

他通过路上横七竖八摆着的障碍物,一直走到了走廊的尽头。这时候,一股地下室的灼热空气冲他涌来了。这股空气不仅散发着臭味,还带来了在刷白了的墙上流动着的棕黄色的水的湿气。一群孩子跑过来迎接他。

"我以为你今天是不来的。"一个瘦高个子、驼背的女人喃喃地说。她的带着绿色的面孔陷了下去,眼睛又黑又大。

"我来迟了,妈妈!因为博罗维耶茨基、布霍尔茨的经理在我们那儿待过,我不敢马上走开。爸爸不在?"

"不在。"她低声回答后,便去小壁炉上煮茶。这个壁炉是用铁丝挂着一块布和房间隔离开的。

尤焦跟着她走到那块遮布的后面,放下了他随身带来的粮食。

"今天我从老头那里拿了一个星期的工钱,妈妈把它收下吧!"他掏出了四个卢布和一些戈比。一个星期他能挣五个卢布。

"你自己一点儿也不要吗?"

"妈!我什么也不需要。我感到遗憾的是,我还挣不到妈妈所需要的那么多钱。"他说得很直率,他的胆小这时全都没有了。

他将面包切成一块块后,打算回到房里去。

"尤焦!我的儿呀!我亲爱的孩子呀!"妈妈抽抽噎噎地低声叫着。她的眼泪就像豆粒似的流在她瘦小的脸上,掉在依偎在她怀里的儿子的头上。

小伙子吻了她的手后,高兴地转过身来,看了看家庭的其他成员,他们坐在一个小格子窗下的地面上,窗子外面就是人行道。这里一共四个孩子,从两岁到十岁,都在默不作声地玩着。还有一个比他们大的十三岁的少年躺在床上,他患了结核病,他的床和墙保持了一点儿距离,是怕墙上的湿气浸湿了被褥。

"安托希!"尤焦探过头来,瞅着那副苍白而略带绿色的面孔。孩子躺在一床色彩斑斓的被子里,用一双亮晶晶的、一动也不动的眼睛望着他,好像就要悲惨地、默默地死去。

病人没有回答,他只动了动嘴唇,一双灰色的但仍闪耀着光芒的眼睛依然在凝视着他。然后，他用消瘦的指头，以孩子式的温存抚摩着尤焦的脸，这时在他紫色的嘴皮上也掠过一丝苍白的微笑，就像萎谢了的花朵在笑着，使他那呆滞的目光也显得活跃了起来。

尤焦坐在他的身边，把他的枕头放好之后，便拿出了自己的小梳子，开始梳理他那乱七八糟地粘在一起、像丝一般软绵绵的光亮的头发，问道：

"安托希，你今天好些吗？"

"好些了。"他低声说道，眨巴着眼睛笑了起来。

"你不久就会好的！"

病人高兴地弹了弹手指头。尤焦自己有健壮的体魄，所以全然感觉不到弟弟的病对他的威胁。安托希的肺病自他全家两年前从乡下搬来罗兹后，由于贫困的煎熬，便日趋严重，特别是他近来又染上了严重的流行性感冒，病情就更趋恶化了。母亲每天在他身旁愁眉苦脸，弟弟妹妹越来越不说话了。只有纺织机的嘎嗒嘎嗒的响声永不停息，日日夜夜把他头上的天花板震得发抖。渗透了潮湿的墙壁，邻居的喧闹和在邻近阁楼上经常发生的吵架在无情地摧残着他，尤其是他最能意识到的全家与日俱增的贫困使他受到了最大的打击。

这个孩子很懂事，特别是他们全家遭受的不幸和他的拖延时间的病使他更加成熟了；此外他还很好静，富于幻想。

"尤焦，田里已经发绿了吗？"他低声问道。

"没有，今天才三月十五。"

"真遗憾。"他的眼里显出了忧郁的神色。

"再过一个月，田里就会全绿起来的。到那时候你病好了，我们把同学们找来,一起去玩。"

"你们自己去吧,爸爸、妈妈、卓希卡都去,阿达希[1]也去,大家都去,大家!可是我不去,不去。"他把头摇晃起来了。

"如果是大家,那你也和我们一起去。"

"不,尤焦!那时候我已经不能和你们去了。"他说得很慢,哭起来了。他的胸部由于连声的呜咽而不停地起伏着。他想保持平静,但是不能,因为他的像珍珠一样的眼泪已经大颗大颗地流出来了。他用一双泪眼瞅着那使他感到可怕的幽暗的地方,他的嘴唇也微微地努动着。凶神恶煞们所带来的恐怖好像在迫使他不得不逃跑一样。"尤焦,我不愿死呀!我不愿,尤焦!"他在嘟嘟囔囔地说着的时候,一阵可怕的痛苦好像把他的心都撕碎了。尤焦用手抚摩着他,为了不让母亲看见,他还用身子把他遮住,同时设法使他高兴。

"你不会死的,大夫昨天对妈妈说了,最迟在五月你就会痊愈。你不要哭了,妈妈会听见的。"他低声对他说。安托希得到了一点儿安慰,便马上擦干了眼泪,久久望着他近旁的一块帘子,在帘子的那边就是他的妈妈。

"如果我恢复健康,我就可以到卡焦舅舅那儿去过夏天,对吗?"

"妈妈已经给舅舅写信去了。"

"六月,正好小野鸭也长肥了。你知道吗,我昨晚做了个梦,梦见在我们的水塘里划船,你和瓦利茨基打了几只水鸭,那儿的景色真美呀!后来就剩我一个人,我清清楚楚听见了牧场上叮叮当当

---

[1] 阿达姆的爱称。

的镰刀响声，我想去看看我们的牧场。"

"你会看到的。"

"可是它已经不是我们的了。你知道我是怎么从那匹马上掉下来的吗？爸爸还打了我一顿。我当时不愿意说，说了马切克就会挨耳光子。可是马切克是有罪的，他没有把肚带扣紧，因此马鞍缠在我的身上，我就非掉下来不可了。要是骑爸爸的马我就不怕，你看，我给它戴上马络，用大绳子拉得紧紧的，这样它的头抬不起来，单用后腿也站不起来，然后再用鞭子轻轻抽它的腹部，它就会好好走的，对吗？"

"啊！可能会好好地走，可是你拉不住它，它的嘴很硬。"

"我拉得住它，尤焦！我是这样地拉住它。"他开始做手势，好像在扬起马鞭子，然后又使劲地皱着眉头，吧嗒着嘴唇，把头斜到了一边，仿佛在使身子适应马的动作。

他脸上的红伤疤也变得更红亮了。

"尤焦！我们走吧！"孩子们聚集在床边叫唤道。

"你们也要去？可是是坐车去呀！"他很认真地回答说。

"坐车，坐马车！"小女孩叽叽喳喳地叫着，把她那像麻一样光亮的小脑袋紧紧靠在尤焦的膝盖上，用她充满了高兴神情的蓝色小眼睛不断地瞅着哥哥们。

"嗨！这儿！"胖男孩吆喝起来。他正推着他跟前的椅子，将妈妈系围裙用的皮带当作马鞭，使劲地抽打着它。

"你也走吗？大家都走，伊格纳希、博莱卡和卡焦。"

"妈妈给我们穿衣，我们到教堂里去，对吗？尤焦！"

"尤焦，我知道教堂在哪里，去那栋房子有去磨房那么远，我们要走很久。那里有人演奏风琴，'嗡嗡'地响呀！人们手里都拿着棍子，每根棍子上顶着画上了各种图案的头巾。他们还'啊啊啊'地唱歌呀！"他于是唱起他听到过的宗教歌曲来，还从房里找来一把扫帚，将一块被安托希吐出的血玷污了的头巾挂在上面，在桌边一本正经地迈起步子来。

"博尔焦，你等一等，我们就把这儿当成一个教堂。"大女儿吆喝道。于是大家马上拿出了自己随身带的东西把头遮住，从抽屉里把书拿了出来。

"我是神父。"他们中最大的、九岁的伊格纳希叫道。

他把围裙系在头上，戴上了妈妈的眼镜，打开一本书，开始细声细气地唱了起来。

"永生永世[1]。"

"阿门！"孩子们也不停地以歌声回答，围绕桌子十分肃穆地走着。

走到桌子的每个角的跟前时，他们就要歇一下。这时候神父便跪下来，唱着歌表示和他们告别。然后他们继续前进，虔诚地唱着他们在儿时就学会了的歌。

亚斯库尔斯卡默不作声地看着他们。

安托希也在低声地哼唱，尤焦瞧着妈妈，她正靠在一张小桌子上，偷偷地擦着眼泪，思量着她心中的往事。

安托希的全部心思也投入了对往事的回忆中。

他不再唱了，因为他好像失去了对现实的感觉，他现在想的是

---

[1] 原文是拉丁文。

他所热爱可是已经别了的乡村,他想它都想得要死了。他感到自己就像是一棵小草,被移栽在一块贫瘠的土地上。

"孩子,喝茶吧!"过了会儿,妈妈叫道。

安托希立刻从沉思中苏醒过来。他不知道自己在什么地方;他十分惊奇地看着这间房子,看着这些湿得发绿的墙壁,上面挂的祖辈们的像片虽然镶上了红木框,没有受到破坏,但它们也和墙壁一起,渐渐地朽烂了。他感到眼前的一切都十分可怕,这时他的眼里也绽出闪闪的泪花。他虽然躺着没有说话,可是他的这双呆滞无神的眼睛却一直盯着墙上一颗颗紫红色的亮晶晶的水滴。

尤焦把桌子搬到了房中间。全家人也很快就围坐在它的旁边了。孩子们十分贪婪地吃面包,喝茶,只有尤焦没有吃。他以严肃的、慈父般的眼光看着孩子们的这些光溜溜的头和亮晶晶的眼睛,在看到一块块面包不断消失的时候,他好像感到心中不安。但他发现妈妈面色也很愁惨,就像一个殉教的圣徒一样。妈妈的身体十分虚弱,背也有点儿驼,她在房间里就像一个单瘦的影子一样在移动,不时地以她表现出一往情深的爱的眼光看着房间里所有的人。在她那十分漂亮的、显得庄严的高贵的脸上,可以看见她受过的痛苦的印记。她经常就是这样面对着她的生病的孩子。

在喝茶的时候,谁也没有说话。

楼上的织布机不停地发出嘎嗒嘎嗒的声音,车轮也在"轰隆轰隆"地响着,使整个房子都震动了起来。大街上的喧闹声、行人踩在泥泞上的咕噜声、马车行驶时的隆隆声以及马具磕碰的叮当声,不时地通过窗子传了进来,泛滥在整个房里。

灯被围上了一个绿色的罩子,微弱的光朦朦胧胧照在房间里,只看得见孩子们的脑袋。门猛然被打开了,一个年轻的姑娘跑了进来,使劲地在门槛上踢着脚上的烂泥,使房里响声一片。然后她吻了吻亚斯库尔斯卡,和叫喊着向她跑来的孩子们握手,并且把手伸给尤焦,走到了病人跟前。

"晚安!安托希,给你紫罗兰。"她高声地说着,从她高高突起的胸脯上摘下了那一小把紫罗兰,扔在他的身上。

"谢谢!你来了,真好!卓希卡,谢谢!"

他恋恋不舍地闻着这花的浓郁的芳香。

"你是直接从家里来的吗?"

"不是,我在舒尔佐娃那儿待过。费莱克在拉手风琴,我听了一会儿,又到玛尼亚那儿去了,从她那儿才顺路来到你们这里。"

"妈妈还健旺吗?"

"谢谢你,她很健康。她和我们吵了嘴,爸爸因此喝啤酒去了,我也整晚没有在家。你知道,尤焦,你的这个年轻的巴乌姆是一个非常漂亮的小伙子。"

"你认识他?"

"今天中午一个梳棉车床的女工指给我看了。"

"一个很好的人。"他看着卓希卡热情地回答道。可是卓希卡却似乎在位子上坐不住,她接过亚斯库尔斯卡的茶壶倒了一碗茶,翻了翻放在一张旧五斗柜上的一些书本,然后把灯捻亮,仔细看看覆盖在缝纫机上的台布,抚摩孩子们的头发,最后在房里就像一个陀螺一样团团地转起来了。

由于她非常漂亮的黑黝黝的小脸和十分机灵的黑眼睛表现出来的青春活力和健康,使这间本来如同坟墓一样凄凉和寂寞的房子充满了欢乐。她很活泼，行事果断，说话也是这样，在她身上有许多男人的性格特征。这是她在工厂里劳动和经常同男人们接触的结果。

"你不应当把这条头巾戴在头上，它很难看。"

"你真有意思，卓霞，还注意这个。"

"可是，啊！"她把屁股在凳子上磨得直响，同时用手捻着她的非常漂亮的鼻子，这鼻子的两个鼻孔很小，分得很整齐。过了一会儿，她又站在墙上挂着的一面小镜子前面，开始梳起她的头发来。

"我的卓霞！你越来越漂亮了。"

"是的！我们纺织厂的经理、年轻的凯斯勒昨天也这样对我说过。"

她爽朗地笑起来了。

"为此你很高兴？"

"对我来说什么都一样。所有的轻薄汉都对我这么说，我不过一笑了之。"她表示轻蔑地说道，她的嘴也气得发红了，可是从她感到满意的明朗的脸上表情来看，这种赞扬是使她高兴的。

她说了许多关于女工、工厂、工头、经理的小事，后来又帮助亚斯库尔斯卡侍候孩子脱衣睡觉。她很善于逗引孩子们，因此他们都围在她的身边，事事依赖她。"你知道吗，我把我的风帽和两件外衣卖了，星期六就会有钱。"

"天主给你付钱，卓霞！"

"什么！你可以多做几件这样的外衣，可是要漂亮一点儿，我可以向我们的人推销。"

"谁买了风帽？"

"我傍晚在办公室里给年轻的凯斯勒看了后，他把它拿回家去了,还说这是他母亲要买的。他没有把帽子拿去做生意,这是个好小伙子呀!安托希!我们去年在玛尼亚家里跳舞时见过他,你还记得他吗?"

"还记得。"他高兴地回答道。

"今年五月,工厂会组织所有的人郊游。我们到鲁达去吧,在那里,妈妈甚至可以走在前头,我要和爸爸一起去。尤焦,你们星期天玩了没有?"

"玩了,可是阿达希不在,他在家吗?"

"说他干吗!他已经一个月不在家了,他好像经常在斯帕策罗瓦街上的那些太太那里,可这都是一些轻浮的女人。"

"你不要这么说,卓霞。我很了解瓦平斯卡太太和斯泰茨卡太太,她们是正派人。她们就像我们一样,破了产,现在在艰苦地劳动。"

"我不知道。妈妈这么说过,可是妈妈有时会说谎,因而事情就搞不清了。她常爱咒骂这些太太,可能阿达姆经常在她们那里的关系。"

阿达姆就是马利诺夫斯基,这个淡黄头发绿眼睛的男人是卓希卡的胞弟。

"爸爸上晚班吗?"

"可不是!烟囱从晚十点到早六点是冒烟的。"

"妈妈知道吗?"尤焦开始说话,"今天中午我在皮奥特科夫斯卡街遇见了斯塔赫·维尔切克,他是风琴师的儿子,我在六年级读书时,给我补过课。你记得他吗?在我们这里还度过假。"

"他在罗兹干什么?"

"我不知道。他说他什么都干,现在在铁路上供职,可是他还在干一些别的事。他有马,用来把煤从车站运到工厂。他在米科瓦耶夫斯卡街上还有一仓库的木头。他好像还在华沙利用兹盖尔斯基工厂的剩余物资开了一间商店,他还要我到他的商店里去当伙计。"

"你对他是怎么说的?"

"我断然拒绝了。虽说他可以给我很多钱,可谁知道他这样能搞多久。"

"你做得很对,干吗要去依靠一个风琴师的儿子呢!他在圣诞节时给我们送来了圣饼,我还清清楚楚记得他。"

"是一个漂亮的小伙子?"卓希卡问道。

"啊!很漂亮。他穿得很体面,至少像一个工厂老板;他对妈妈行了礼,还说要来拜访我们。"

"我的尤焦啊!他还是不来的好,干吗要让他看见我们是住在什么地方和如何生活的呢?不!不!不!这种会见会使我们难堪的。但愿天主保佑他生意兴隆,可为什么要让他知道我们的情况呢?"

"可是你应当知道,有时候这种会见对我们是有用的。"

"我的卓霞,我们并不需要这些人的帮助。"她以酸溜溜的口气打断了她的话。因为要她从一个她光景好时曾经帮助过上中学读书的孩子,一个她在自己门厅里曾经接见过,并且送过各种食品的风琴师儿子那里得到什么,对她来说,是触犯了自尊的,因此她生气了。她觉得这于她的尊严来说,是最可怕的。

"爸爸和大夫一起来了。"安托希听到走廊里的声音之后,喃喃地说道。

亚斯库尔斯基果真进来了，走在他前面的是维索茨基。大家都说，这个人在罗兹求他的人最多，可是他却还要靠母亲养活，因为他看的病人都是穷人。

他对房间所有的人都表示了友好的问候，一双眼睛朝着卓希卡多瞅了一会儿，因为她跑在前面，想让他看得清楚一点儿。然后，他对病人开始进行检查。卓希卡勤快地帮他搬动安托希，还不停地在床铺周围转来转去，可是大夫却感到不耐烦了。

"我一个人在这儿就够了。"

她听后十分愤怒，走到了帘子的另一边，看见亚斯库尔斯基正坐在一堆焦油沥青上，冲着他妻子几乎要哭似的为自己进行解释。

"我是珍重自己名誉的，我没有喝醉。我遇见了斯塔夫斯基，你还记得他吗？他来罗兹了，他现在和我们一样，德国人夺去了他的财产，也成了孤单单一个人。后来我们一起去过波兰旅馆，在那里为自己的苦命而哭了，还喝了一杯酒，这就是全部事实。后来我还介绍一个犹太人买了一些马，为了庆贺买卖成交，还一起喝了几杯酒[1]，别的就没干了。我找过什瓦尔茨，他那里已经没有空额，可是在铁路仓库里好像还有空额，我明天去找经理，或许能找到他。"

"你永远是事事成功的。"她感到痛苦地低声说道，忐忑不安地望着安托希和大夫。

亚斯库尔斯基的一双红漾漾的眼睛一直在凝视着那盏灯，他没有说话，可是在他长满了密密层层、十分明亮的胡须，有点儿浮肿

---

[1] 原文是德文。

的脸庞上，却现出了他那因为绝望和无可奈何而陷于悲伤的表情。他确实是一个无能的典型。由于无能，他丧失了自己和妻子的财产；由于无能，他两年找不到工作；由于无能，他即使在朋友的帮助下找到了工作也会失去。

他的感情十分脆弱，他的意志也不坚强，就是挣一个格罗希的毅力他也没有，为了一点儿最小的事他就要哭，但他生活中总是寄希望于获得遗产和改善处境。他也寻找职业、给人相马、有时慢慢地喝酒，这都是他无能的表现。他不善于利用时机，在看着他的家属贫困而死时，他却无法制止这种情况的发生。实际上他什么也不会，对什么都无能为力。

她、亚斯库尔斯卡于是开始自己缝制外套、围裙、帽子，星期天再把这些东西拿到老城去卖。她还接洗住在她这栋房子里的工人的衣服，后来由于气力不够，便给工人们开办食堂，可是这样所得的收入也不够维持全家生活。她知道，她的丈夫是什么也不会的，因此她又开始给工厂里的许多工头和公务人员的小女孩上起课来：波兰语、法语和钢琴课。

所有这一切挣钱的办法，加上一天十八小时的紧张劳动，每月才能给她带来十个卢布。可是她却使家里所有的人都避免了饥饿和死亡的威胁。当尤焦每月可以挣得二十卢布，能够按月一个子儿不留地交给她时，他们的境遇才有所改善。

"怎么样，大夫先生？"维索茨基先生看完病后，她走到他的跟前，问道。

"没有变化。给他吃同样的药，在牛奶里可以加白兰地酒。"他从大衣兜里拿出了一个瓶子和一盒药粉。

"怎么办？"她问话的声音很轻，与其说可以听见，还不如说只能猜到。

"不知道怎么办。要把他送到乡下去，那里会暖和些。我想过夏令营，可是这对他不适合。至于两位老人，我可以设法让他们和别人一起去，在乡下待几个星期，他们会过得很好的。"

"谢谢你。"她嘟囔着。

"喂！好小子！我们夏天到草地上去玩，怎么样？"

"好！大夫先生。"

"你爱读书吗？"

"非常爱，这里所有的书，甚至旧黄历我都读过了。"

"我明天给你捎新书来，可是你读了后，要讲给我听。"

安托希使劲地握着大夫的手，高兴得说不出话来了。

"好吧！祝你健康，过几天我再来看你。"

他温存地抚摩着孩子汗涔涔、冷冰冰的额头，开始穿上大衣。

"大夫先生。"他畏畏缩缩地说道，"这紫罗兰真香，我亲爱的大夫，你把它拿走吧！你待我这样好，就像妈妈，就像尤焦一样。你把它拿走吧！它是卓希卡给我的，你把它拿走吧！"维索茨基看见他是这样细声细气，这样热情地请求，激动地笑起来了，于是将紫罗兰插在大衣的衣襟里。

当他告别的时候，亚斯库尔斯卡想在他的手里塞进一个卢布。维索茨基就像烫了手似的急忙闪开。

"太太，莫干这种蠢事了！"他生气地叫了起来。

"可是我不能让大夫花费了这么多的时间、劳动，而不……"

"其实孩子已经给我报酬了，晚安！太太。"

于是他和亚斯库尔斯基一起在走廊里消失不见了。随后亚斯库尔斯基还领他走过几个胡同，把他送上了皮奥特科夫斯卡大街。

"这个贵族又高傲又愚蠢。"维索茨基一面走，一面嘟囔着。他由于走得很快，以至本来领头的亚斯库尔斯基也赶不上他。

"大夫不能给我想点儿办法吗？"亚斯库尔斯基畏畏缩缩地问道，他终于和维索茨基肩并着肩了。

"地方有，不过在哪里也要干！"

"难道我不愿工作吗？"

"你可能是想干的，但这在罗兹还不够，在这里还需要会干。为什么你在魏斯布拉特那儿没有待下去？那儿的工作不错嘛！"

"讲句老实话，我并没有欠谁的债。大夫这么追问，我受不了。人们总是侮辱我……"

"对那些侮辱你的人，只有砸掉他们的牙齿。首先你不要造成给人开玩笑和侮辱的理由。我不能不为你感到羞耻。"

"为什么，我不是在老老实实工作吗？"

"我知道，可是我不能不为你的无能感到羞耻。"

"我是怎么会，怎么能够，就怎么工作。"他抽抽噎噎地说道。

"好，你不要哭了，见鬼，这不是要你卖[1]给我一匹瞎马，我相信舆论没有错。"

"我说的是老实话，可是你侮辱了我……"

"那么你回家去吧！皮奥特科夫斯卡大街你自己会走。"

"再见。"亚斯库尔斯基短短地说了一声，便转身回去了。

---

[1] 原文是意大利文。

维索茨基也为自己对这个笨蛋所表现的粗暴态度感到愧意。只因为他太激怒了对方，使对方实在克制不住。

"亚斯库尔斯基先生！"他对离开他的这个人叫了一声。

"什么事？"

"你要钱吗，我可以借给你几个卢布。"

"老实说，不需要，谢谢！"亚斯库尔斯基的心也软了，他忘记了刚才受的侮辱。

"你拿去吧，等你的姑妈死后，你拿到她的遗产再一起还我。"

他把三个卢布塞在他的手里后，走了。

亚斯库尔斯基泪汪汪地在路灯下看了看这些钱，叹了口气，一瘸一拐地回到了家。维索茨基走过皮奥特科夫斯卡大街后，慢慢往上走去，心里为他每天看到的贫困而感到十分痛苦。他用他的一双终日劳累和忧伤的眼睛望着这座寂寞的城市，望着广场上好似沉睡着的黑色怪物一样的工厂，望着无数个面对漆黑和潮湿的夜幕的闪闪发亮的窗子，心头产生了无法解释的恐惧、奇特的烦恼和不安。他不知道这些恐惧、烦恼和不安是怎么来的，可是它们却似乎就坐在他的心房里，对他进行种种恐吓。这时候，作为一个心慌意乱的人，在他看到房子的时候，他害怕房子会倒在他的身上，他总是等着和总以为会有某些可怕的消息来到，他想的是人们所遭遇的一切不幸。

维索茨基的思想情绪就是这样。他不愿意回家，在走过糖果店时，连到里面看看报也不想。他对一切都很冷淡，因为那惶恐不安的魔影在狠狠地咬着他的心灵。

"我这日子过得真蠢呀！"他想道，"真蠢！"

在走过戏院时，他面对面地遇上了梅拉，和她同行的还有鲁莎。

梅拉手里拿着一份节目单,还有一辆马车跟在她们后面。他随便和她们打了个招呼,打算马上就走。

"你不送我们一程?"

"我不愿妨碍你们。"

"来喝杯茶吧!贝尔纳尔德一定在家里等你。"

他只好默不作声地跟在她们后面,没有答话,他根本不想说话。

"你怎么啦,维索茨基?"

"除了烦恼和对一切都觉得没有意思之外,没有别的。"

"你遇到了什么倒霉的事?"

"没有,可是我预料会有坏消息来到,我的预料是从来没有错的。"

"我也是一样,可是我却羞于承认这一点。"梅拉喃喃地说。

"此外,我今天还在一些穷苦人家里待过。人的不幸我真看够了,连我自己也感到昏昏然了。"

他像害了神经病似的摇晃着身子。

"你患了悲天悯人的病,正像贝尔纳尔德所说的。"

"贝尔纳尔德!"他高声叫道,"他经常发酒疯[1],对所有的人吐唾沫。他像一个瞎子,对人说世界上什么也不存在,因为他自己什么也看不见。"

"你遇到的是些什么穷人?可以帮助他们吗?"梅拉问道。

他把亚斯库尔斯基一家和其他几个工人家庭的情况告诉了她们。

她表示同情地听着,并且记住了他们的地址。

---

[1] 原文是拉丁文。

"为什么有的人该这么受苦?为什么?"她嘟囔着。

"现在我问你呀!梅拉!你是不是在哭了?"

"别问,你不用知道这个。"

她低下了头。

他没有再问,于是看了看她的脸,陷入了沉思。

他看着由一排排路灯勾画出来的空寂无人的街道,和一排排像睡在自己身边的一些怪物的石头脑袋一样的房子。这些房屋的窗玻璃在街灯的照耀下,可以看见它们在不停地震动,仿佛它们正在做着一场痛苦的和惶恐不安的噩梦。

"她是怎么啦?"他想道,以激动的眼光盯着她的脸。他觉得她也很悲伤,她的悲伤更增添了他的痛苦和不安。

"你们难道非得在戏院里玩吗?"

"非得在戏院里,爱情的力量是很可怕的。"鲁莎说道,她好像要道出她进一步的想法,"这个萨福[1]受了多少苦呀!她的一切呼叫、恳求,她的所有的痛苦我都记得,我现在还能想起它们。爱情使我感到害怕,是因为我不理解它,甚至不得不对它表示怀疑。难道可以这样多愁善感,完全献身于爱情,陷入其中而不能自拔吗?"

"可以的,可以的……"梅拉睁开眼睛低声地说。

"到我这边来,维索茨基!把手伸给我。"

她握着他的单瘦的手,把它紧贴在她的额头和燃烧着的脸上。

"你不觉得我在发烧?"

"烧得很厉害,干吗要去看这些给人增添烦恼的戏呢?"

---

[1] 萨福(约公元前七到六世纪),古希腊女诗人。

"这么说，我能做些什么？"她痛苦地叫喊着，同时睁开了眼睛，"你对我的腻烦也没有提出解脱的办法。我讨厌这日常的应承[1]，我讨厌到城里去游逛，我讨厌出国去旅行，因为我过不惯旅店的生活。我去戏院的时候更少，因为我受不了那精神上的刺激，我只希望有什么能使我的内心激动。"

"梅拉怎么啦？"他没有听见她说的话。

"你马上就会知道。"

"不！不！不！"梅拉听到他们的提问和回答后，表示反对道。

他们走进了门德尔松住宅的灯光闪闪的门厅里。

"恩德尔曼先生在家吗？"鲁莎问一个仆人道，把自己的帽子和长长的围巾也交给了他。

"在猎人的房间里，他请老爷们到那里去。"

"我们到猎人的房间去吧，那里比客厅和这儿要暖和些。"她说完后，随即领他们走过了一排房间。这些房间由于没有点灯，单靠仆人拿的那支放在六臂烛台上的蜡烛的照耀，显得不很明亮。

那间猎人的房间就是斯坦尼斯瓦夫·门德尔松、莎亚的小儿子的住所。它的名称的产生是因为这间房里的地毯和门帘是用虎皮做的，家具是用牛角做的，上面还缀着长长的、浅灰色的马尾巴。在墙上一个有许多肩胛骨形的大角的鹿头的周围，还挂着许多武器。

"我等了整整一个钟头了。"贝尔纳尔德说道，他坐在鹿头下面喝茶，没有和他们打招呼。

"为什么你没有邀我们去戏院？"

---

[1] 原文是法文。

"我从来不走戏班子,这你是知道的。它对你们来说,才是有趣的。"

他表示轻蔑地撇了撇嘴。

"故作姿态!"鲁莎也轻蔑地说道。

大家都站在桌子的旁边,可是谁也不愿说话。仆人摆上了茶。深沉和令人憋闷的寂静泛滥在整个房间里,由于贝尔纳尔德时时刻刻要点他的纸烟,这里只能听到擦着火柴的嘎吱声,或者外面传来的打台球的碰撞声。

"谁在玩球?"

"斯坦尼斯瓦夫和凯斯勒。"

"你和他们见面了?"

"我在那里马上就感到厌烦,可他们却玩得更加起劲了。你们说吧!"

可是谁也没有开口。梅拉心里很不愉快,她忧郁地看着鲁莎,不时地擦着她的泪汪汪的眼睛。

"梅拉,你今天可不好看呀!哭丧的女人就像一把湿伞一样,不管是撑开还是收起,它都掉水。我看不惯女人的眼泪,因为这不是表现虚伪,就是愚蠢,只要一点儿微不足道的理由,它就可以流出来骗人。"

"得了吧!贝尔纳尔德。你今天这个比方没有什么意思!"

"让他去贫嘴吧!这是他的专长。"

"好,你,鲁莎,你今天的神色也不好。你的脸好像在穿堂里被人使劲地打过,吻过。这甜蜜的一吻来得很猛,也落到了最好的地方。"

"你今天一点儿也不高明。"

"我说的不是这个。"

"那么你为什么说这些蠢话?"

"我这么说,是因为大家都要睡觉了。你,维索茨基,看起来就像放在安息日用的桌子上的一支不断冒烟的蜡烛,把自己的忧愁滴落在美丽的苏拉米特[1]的身上。"

"我在世界上,没有像你那样,感到这么高兴。"

"你说得对,我觉得什么都很好。"他神经质地笑了,同时抽起纸烟。

"这又是故作姿态。"她吃喝道,因为她对他已经很厌烦。

"鲁莎!"他大声叫了起来,好像被鞭子打断了骨头一样,"你要么相信我说的话,要么以后就别再见我。"

"你生气了,可我并没有侮辱你呀!"

"你对我的称呼叫我生气。你称我故作姿态,可是你完全不了解我。你怎么可能知道我和我的生活,没有脱离懒汉和太太小姐的无聊生活圈子的女人怎么能了解男子汉呢!你们除了知道怎么穿衣、梳头,眼睛怎么样,爱上了谁,交谊舞跳得好不好等之外,别的什么也不知道。你看到我外面穿的衣服,就要断言我的整个为人。你叫我'故作姿态',为什么?难道说是我有时对生活、劳动和金钱的鄙俗发表了奇谈怪论吗!如果是维索茨基这么说,你会相信他,因为他什么也没有,不得不艰苦劳动;而在我对这一切表示鄙视的时候,就成为'故作姿态'了。如果说我、一个富人、凯斯勒－恩

---

[1] 《圣经》里的一个人物。

德尔曼工厂的股东是认真这么说的话，你又怎么理解呢？你对米勒也同样会这么说：'小丑！'你只看见他在你这里讲一些趣话和爱情故事，闹得天翻地覆，他很风趣。可是除了这个风趣的米勒，却还有另一个米勒，他善于思考、学习、观察、理解。当然，不管是他还是我，虽然来到了你这里，却并没有把我们的理论、我们内心的'我'带来。我们没有对你谈过我们受到的压抑、痛苦或者鼓舞，因为这个你是不要听的。你感到无聊，要玩弄我们，这样我们就成了你们的小丑。而我们也乐于在特定的时间扮演小丑，在一群感到无聊的罗兹鹅面前，采取各种方法闹得天翻地覆。你们把我们看成是柜台上的商品，只根据对自己是否称心来进行评价。其实，对女人说明智的话，就等于把水往筛子里泼。"

"可能我们都太蠢了，可是你很骄傲。"

"虽说我们没有看到你为什么要责备我们，你们把我们看成和孩子一样，这是你的过错，是你们的过错。"梅拉开始说。

"因为你们是，或者会成为孩子。"他站了起来，厉声地说。

"即使我们的行动不像个成年人，你干吗要这么强求呢！"

"如果你们生我的气，我就走，晚安！"他往门口走去。

"别走，贝尔纳尔德，请你别走！"鲁莎吆喝道，挡住了他的去路。

他虽然留了下来，但走到了另外一间房里，在钢琴旁坐下了。

鲁莎在房间里踱步，对他的话很生气。维索茨基没有说话，可是贝尔纳尔德的话仍像铃声一样，在他的耳边叮叮当当地响着，他没有打算去辨别它的是非，却看见梅拉把头靠在桌上，一双呆滞的眼睛正向远方望去。

"坐到我这儿来？"她瞅见他的表示热情的眼色后低声地说道。

"你怎么啦？"他瞅着她的面孔问道。

他低沉的话语，表现了温存和热情，使她感到格外的甜蜜、欢乐和激动，这时，她的脸似乎也火辣辣地烧起来了。可是她没有回答。她说不出话来，因为在这一刹那的欢乐和激动之后，她马上痛苦得浑身战栗了，那灰色的眼睛里不断地闪出了泪花。她用他放在桌上的手捧着她的脸，长时间想要堵住的热泪流在他的手中，好像一粒粒种子一样，掉落在地面上。

他被她的眼泪感动了，他也不由自主地摸着她的丰满的头发，细声细气地对她说一些温柔、体贴和激动人心的话，可是他的话几乎是语无伦次的。她把头靠得更近了些，每次碰到他的手，她就感到像触电似的，享受到了难以形容的甜美和欢乐。她很想把头扎在他的怀里，用手抱住他的脖子，依偎在他身边，把什么都告诉他，把她的痛苦也告诉他。

她的柔弱的心品尝到了爱情的欢乐，可是在这个时刻，她又不敢大胆表露对他的爱，因为女性的羞怯在不断阻止这种爱情的爆发。她低声地哭了，只有流出的泪，只有她那颤抖着的苍白的嘴唇才真正反映了她目前的心境。

她眼泪汪汪地看着他，这眼泪使他心软，使他激动。这是一种奇怪的激动，他担心自己由于激动会不由自主地去吻她的被热泪浸湿了的嘴唇。他并不爱她，就是在这个时刻，他也只对她的痛苦表示同情。他根本没有注意到她对他的爱，他只知道这是友谊，因为他需要友谊。

贝尔纳尔德在弹琴时，由于弹得兴致越来越高，突然把琴弦弹断了,一阵轰隆隆的响声,以及随之而来的人们对这讥讽的笑声像一团团烟雾,在地毯上不断滚过来,就像那狂热的戏闹[1]一样,把所有的空房间都震动了。

鲁莎在房间之间的走道里踱步,不时地在灯影下现出她的身子。她对什么都不关心。过了一会儿,她离开猎手的房间,到其他的房里去了;可是不久,她又折了回来,人们可以看见她的臀部在行动时显得很笨重,喜欢扭来扭去。

她佯装沉思,而实际上是不想打搅梅拉和维索茨基,好让他们多接触,能够互相了解。当她看见他们坐在那儿不仅不说话,而且一动也不动时,就很不耐烦了。她希望看到他们手挽着手,彼此轻声地诉说他们互相的爱,看到他们的亲吻。她开初把一切都想得很好,她很想遇到这样的场面,因此她在徘徊时,也不时地回过头来,想要看到他们的亲吻。

"笨蛋!"她站在门边没有灯的地方,看着他的脑袋和脸庞,由于对他很不满意,便生气地唠叨起来了,"牡蛎!"过了一会儿,她只好转过身来望着已经不再弹琴的贝尔纳尔德。

"一点了,晚安!鲁莎,我要回去了。"

"我们一起走吧!"梅拉叫唤道,"如果你愿意,我可以送你一程,我的马车就在门口等着呢!"

她转过身来看了看维索茨基,发现他好像没有睡醒,还在扣着他披的大衣的扣子。

"很好。"

---

[1] 原文是意大利文。

"梅拉,你别忘了,星期天是恩德尔曼太太的生日。"鲁莎开始告别了。

"我的弟妹今天请我告诉你们,他们盼望你们星期天都来。"

"我昨天收到了请帖,可是我究竟来不来,还不知道。"

"你们一定要来,你们会见到各种各样的人物。到时候,我们还可以一起和弟妹开开玩笑。那里为友好的客人准备了他们所料想不到的东西:音乐会,新的图画。此外那个神秘的特拉文斯卡也会来。"

"我们会来,特拉文斯卡是值得一看的。"

维索茨基领梅拉上了马车。

"你不上车?"她感到愕然地问道,因为他在向她伸手告别。

"不,请你原谅……我有点儿烦闷,要随便走一走……"他很机灵地解释道。

"这么说,晚安!"她高声说道。虽然他的拒绝对她是个刺激,但她并没有注意这个,他吻了她的手,她也没有对他说什么俏皮话,只在马车上转过身来望了他一下。

"我们去找个酒馆喝一通吧!"贝尔纳尔德说。

"不,谢谢!我今天没有这个兴趣。"

"那我们去宫殿[1]。"

"我必须马上回家,妈妈在等我。"

"我不爱听你说这些,你这段时期以来,真正有点儿古怪,看来你吞下爱情细菌了。"

---

[1] 原文是法文。

"不，说老实话，我并没有爱上谁。"

"你在恋爱了，可是你还不知道恋爱是怎么回事。"

"你比我自己知道的还多，如果你乐意的话，请你就说我爱上了谁吧！"

"梅拉。"

维索茨基干巴巴地笑了。

"你真的失策了。"

"不，我在这些事上是不会错的。"

"那么我们就看吧！可是说这些干吗？"他不高兴地说。

"因为你爱上了一个犹太女人，我为你感到遗憾。"

"为什么？"维索茨基问道。

"犹太女人太风骚，波兰女人是可以爱的，德国女人只会盖牲口圈。犹太女人做你的妻子——绝不能这样，这样还不如自杀。"

"我对你大概有所妨碍吧？可是我们之间要开诚布公啊！"

维索茨基停住了脚步，激动地叫了起来。

"没有，说老实话没有妨碍。你这是什么意思？"他干巴巴地笑着说，"我说这些是出于对你的友爱，因为你们之间在种族上有很大的区别，就是最狂热的爱情也消灭不了这种区别。你不要做有损于自己种族的事，不要和犹太女人结婚，祝你健康。"

贝尔纳尔德说完后，坐马车回家去了。维索茨基则仍然像他在两个小时前一样，在皮奥特科夫斯卡大街上溜达；只不过他这时走得更快了，他的心情也完全是另一个样了。贝尔纳尔德的话给他提出了许多供他思考的东西，他开始考虑他对梅拉所产生的感情是否正确。

第十一章

梅拉在自己的房里沉思。

她睁开两只眼睛躺在床上,细听着她的心在这宁静的夜里跳动的声音。这也是她对她的父亲表示坚决抗议的呼声,因为她父亲昨天早晨就她的婚事曾武断地给她提出了一个方案。这实际上是她父亲要和索斯诺维茨的沃尔菲斯-兰道公司做一笔买卖的方案,因为兰道有一个儿子,他也愿意让他的儿子和格林斯潘的女儿结婚。

这个方案对双方来说都是有利的。

年轻的莱奥波尔德·兰道的想法是,不管和谁结婚都可以,只要妻子的嫁妆是现金,能够达到他所要求的数目。他想有一笔钱,自己来做生意,梅拉不仅有钱,而且她的照片也曾由媒人秘密地拿来给他看过,他很喜欢她,准备和她结婚。

至于她爱不爱他,她聪明还是愚蠢,她身体健康还是有病,她是个好心肠的人还是个狠心肠的人,对他来说,正如他对他的介绍人所说,全像发膏一样[1],怎样都可以。

昨天他来到了罗兹,打算看一看自己未来的妻子。

老格林斯潘果然很喜欢他,梅拉也被他迷住了,工厂在他看来,

---

[1] 原文是德文。

当然是可以做大买卖的地方。可是这后一种想法，他没有在格林斯潘面前暴露，相反的是，表面上他对一切都漠不关心，并且十分轻视格林斯潘工厂里生产的围巾。

"这是罗兹的围巾。"他轻蔑地眨着眼睛，喃喃地说。

"你别傻了，这是一笔畅销买卖。"格林斯潘连忙告诉他。

莱奥波尔德没有为格林斯潘的过分认真而生气，他以为在买卖中是不用板起面孔的。他拍了拍格林斯潘的肩膀，最后两人的想法达到了完全一致，便一同去吃午饭。

梅拉靠在桌边感到十分难受，一听到兰道对她所说的那些索斯诺维茨式的恭维话，就觉得讨厌。过了一会儿，她终于鼓起勇气站起来，跑到鲁莎那里去了。

"这半天到底过去了，明天怎么办，以后呢？"她躺在房里一个幽暗的地方，一面想，一面瞅着窗帘。外面的月亮通过窗帘把淡绿色的光洒在房里，微微照亮了在浅色地毯上扬起的灰尘，照亮了那个黑色的陶瓷壁炉。"他们没有强迫我，没有。"她清楚地了解这一点，可是当她想到莱奥波尔德和他那张松鼠般的脸时，就感到恶心。她对他的嘶哑的说话声和他那两片向下垂着、上面沾满了唾液的黑人般的嘴巴，干脆就十分厌恶。

她闭上了眼睛，把头埋在枕头里，打算不再想他。可这时候她却不由自主地浑身颤抖起来，似乎觉得他冷冰冰的、流着汗的手还在碰她，于是她把被子揭开了一块，伸出了手，放在月光之下久久地看着，看是否他的接触在她的手上已经留下了肮脏的印迹。

她感到她现在的全部心思都集中在对维索茨基的爱上，而这个她自己受过教育的华沙世界，这个完全不同于她目前的环境的世界，也是爱他的。

她知道自己绝不会嫁给莱奥波尔德，她能够顶住父亲和家庭的压力，为此她可以做出最大的牺牲。因此，现在想的就只有维索茨基了，她由于爱他爱得过分，甚至从来没有问一问自己，他是否爱她，她已经顾不得去对他进行考察，也看不见他对她的冷淡了。

她今天没有把自己的苦衷告诉他，因为她看到他很忧愁和烦恼，自己在他面前又很胆小，就像一个孩子似的，不敢在大人面前道出自己的委屈。他不愿意和她走在一起对她本来打击很大，可她仍然很高兴地接受了他有力的拥抱，让他吻了自己的手。

她在床上一动也不动地睡了很久，回忆着他们认识以来的全部经历和今天晚上的事情。她因为心情无法平静，便使劲地把头包在枕头里。当她想到他的手在接触她、在抚摩她的头发时，她全身就不停地战栗起来，可这时候，她感到的不仅是烦恼，也是甜蜜。

当灰白色的曙光把房里逐渐照亮以后，各种家具的形象也显露出来了。梅拉想起了她所认识的一些大夫和他们的幸福生活。她想起她有两个女同学，都是嫁给大夫的，她们持家待客的本领并不下于工厂主们的妻子，这一点使她感到安慰。她脑子里存在各种想法，她想她也能操持这样一个家，在她的家里也会聚集罗兹整个知识界的人士。想到这个时，她终于进入了梦境。

她醒来时已经很晚了，还感到十分头痛。当她走进餐厅时，全家都在吃第二顿早饭了。她首先给奶奶喂了饭，然后自己才坐到桌子边来，并没有注意齐格蒙特这时正在高声地吼叫。

格林斯潘和平常一样，喜欢嘴边捧着满满的一杯茶，在房间里踱步。他身上穿着一件樱桃色的天鹅绒睡衣，这件睡衣的衣领和袖边都缝上了一条金黄色的缎带。他的头上戴着一顶天鹅绒帽子。今天他的脸色很好,喝茶时发出的声音很大。休息时,她迅速地回答了在急急忙忙吃饭马上就要去华沙的齐格蒙特的各种提问。

经常料理家务的老姑妈也在给他的儿子包装箱子。

"齐格蒙特,我给你装上干净的被子,你要干净的吗?"

"好,告诉爸爸!"齐格蒙特说,"说不用等了,叫格罗斯曼马上走,他当真病了。一切事都由爸爸和雷金娜来管。"

"阿尔贝尔特怎么啦?"梅拉问道,她在他的工厂被烧后对他就没有像过去那样好了。

"他很痛苦,由于这次大火,他忧伤成疾了。"

"这是一场很大的火,我也非常害怕。"老格林斯潘把茶杯递给了梅拉,让她给他倒茶。这时候,他才看了看她的圆圆的眼睛和灰白色的、好像肿起来了的脸。

"你今天为什么这样苍白,你病了吗?我们的大夫会到一个工人家里去,他也可以来看看你。"

"我很健康,只有点儿睡不着觉。"

"亲爱的梅拉,我知道你为什么睡不着觉。"他高兴地叫了起来,同时亲热地摸她的脸,"因为你不能不想他,我懂。"

"想谁?"她尖声地问。

"想自己的未来。他叫我向你致意,说今天下午会来。"

"我没有任何未来的人,如果有人来的话,你,齐格蒙特,可以接待他。"

"爸爸听见了没有?这个蠢东西在说什么?"他表示不满地吆喝道。

"咳！齐格蒙特，所有的姑娘在结婚前都是这么说的。"

"这位……先生叫什么？"她由于想起了一件新的事，问道。

"她不记得了！这又是什么名堂？"

"齐格蒙特，我没有对你说话，你甭冲着我来。"

"可我是对你说话，你应当听我的。"他吆喝道，迅速地扣上他的那件在生气或激动时总爱扯开的制服。

"安静……安静……孩子们！我告诉你，梅拉，他叫莱奥波尔德·兰道，是从琴希托霍瓦来的。你想要他叫什么呢？他们在索斯诺维茨开了工厂。沃尔菲斯-兰道，这是一个资本雄厚的公司，这个名字本身就有力量。"

"可这不是我需要的。"她恳切地回答道。

"齐格姆希[1]！我给你穿上夏季的制服，你要制服吗？"

"姑妈你穿上吧！"他马上叫道，自己也动手帮她穿了起来。过了一会儿，他和父亲辞别了，在走到门口时，还说了一声："梅拉，到参加你的婚礼时我才回来。"他还讥讽地笑了笑才走。

格林斯潘毫不客气地叫弗兰齐谢克帮他穿衣服。他的房间虽然布置得很漂亮，可是他却很不习惯，他宁愿住一间比较脏的房子，即使挤一点儿，也比孤单单的一个人要好。梅拉没有说话，老姑妈是一个黄皮肤的、个子瘦小的且驼了背的犹太女人，头上戴着火红色的假发，当中隔着一条小白绳子。她的脸陷下去了，上面满是尘土。在她经常合着的眼皮下面，一双化了脓的眼睛几乎要瞎了。但她总是在房间里不停地忙着，她这时迅速地把早餐用过的杯盘碗碟

---

[1] 齐格蒙特的爱称。

放在一个大铜盆里,洗完之后,又装进了餐具柜。

"把这个叫弗兰齐谢克给孩子们拿去。"她说着,便把盘子上一块块面包和啃过的骨头扫在桌布上。

"这是给狗吃的,不是给孩子吃的。"他高傲地回答道,一点儿也不感到拘谨。

"你是个蠢家伙,这些东西还可以用来做汤嘛!"

"你给厨女拿去吧!她会做的。"

"安静!别嚷了!弗兰内克,给我倒水来,我要洗脸。"

他已经穿好了衣服,开始洗脸。虽然他洗得很斯文,但仍然把水搅得哗啦哗啦地大声响了起来。

"你怎么啦,梅拉,你不喜欢莱奥波尔德·兰道吗?"

"没有什么,因为我根本不认识他,我见到他还是第一次。"

"要那么多次干吗?如果做起生意来,你们会有时间更好认识的。"

"我对爸爸再说一次,我肯定不嫁给他。"

"你干吗像苍蝇一样盯着牛奶!"他对弗兰齐谢克喝道,可是弗兰齐谢克过了一会儿也和姑妈一起走了。于是他细心地擦净了自己的衣服,梳了梳头,把他的翻领别在那相当脏的衬衣上,系上那根把衬衣完全遮住了的领带,将手表和刷梳用的刷子放进裤兜里,然后站在镜子前摸了摸他的胡须,在衬衣里放进许多长长的白绳,戴上帽子,把大衣也塞得满满的,腋下夹着一把伞,套上暖和的手套,问道:

"你为什么不愿嫁给他?"

"我不爱他,讨厌他,其次是……"

"哈！哈！我亲爱的梅拉太冷酷无情了。"

"可能，虽说如此，我也不嫁给他。"她断然说道。

"梅拉！我什么也不说了，我这个做爸爸的也很随便，我本来可以命令你，背着你把一切事决定下来；可是我不这么做，为什么？因为我爱你，梅拉！我愿意给你时间去好好想一想。你会想通的，你是一个聪明的姑娘，不会破坏爸爸这笔好生意。简单地对你说吧，梅拉！我将成为索斯诺维茨的第一号人物。"

可是梅拉不愿意听，她猛然把椅子一推，从房间里跑出去了。

"女人永远是那么骄傲的。"他低声唠叨着，但对她的拒绝和跑走也没有生气。过了一会儿，他喝完了那杯冷茶，到城里去了。

过了几天，大家都没有谈梅拉的婚事。兰道已经走了。梅拉几乎整天待在鲁莎那里，想尽量不让父亲看见。她父亲在偶尔遇到她时，也总是抚摩着她的脸庞，对她和蔼地笑着，一面问道：

"梅拉，你还不喜欢莱奥波尔德·兰道？"

她像往常一样没有回答，可是她对自己的处境感到绝望、烦恼。她不知道该怎么办，这一切将怎样了结。还有一个问题更使她感到苦恼和不安：维索茨基爱她吗？它像埋藏在她脑子里的一根针，给她带来了各种隐痛、怀疑，狠狠地刺着她。有时候，她虽然自尊心很强，但为了听到她所期待的一句话：我爱你！她可以公开地向他示爱。可是维索茨基并没有在鲁莎那里出现。只有一次她在街上遇到了他，当时他挽扶着母亲，向她打了招呼后，还好像是不得不对他母亲说明了他打招呼的这个人是谁，因为这位老妇人在以审视的眼光看着她，对此是她也感觉到了的。她准备和鲁莎一起去恩德尔曼夫妇那儿，希望在那儿遇到维索茨基。可这仅是一种希望，因为她并不知道维索茨基会不会在那里。

她和鲁莎乘着一辆马车在城里慢慢地游逛,天气很好,街上的道路也干了一些。穿上节日服装散步的工人络绎不绝,因为今天是星期六,是人们欢庆的假日。莎亚也和她们同乘一辆马车,他坐在前排,还十分关心地把一块毛毯盖在她们的脚上。

"鲁莎,我想随便走一走,你猜我要到哪儿去。如果你猜着了,我可以带上你。"

鲁莎望着高悬在城市上的蔚蓝色天空,随便说了一声:

"去意大利。"

"你猜着了,过几天我们就可以走。"

"我跟你去,但条件是,让梅拉也和我们一起去。"

"让她去吧!我们在路上会很高兴的。"

"谢谢你,鲁莎,可你知道我是不能去的,父亲不同意。"

"为什么不同意呢?如果我叫你去,格林斯潘也不同意的话,我明天就去找他。下个星期六,我们就可以闻到橘子树的花香了。"

鲁莎其实很熟悉意大利。她和弟弟、弟妹都到过那里,现在她要去,是为了向她的女友做介绍。老门德尔松也知道意大利,但他仅限于一般了解。他这个人,每当严寒侵袭着大地、大雪撒遍了整个国土的时候,他就产生了对阳光和温暖的无限的向往。由于这种习惯至今仍在,他叫仆人为他包装箱子,他要带一个儿子马上就走,毫不休息,去意大利,去尼齐,或者去西班牙。可是在那儿最多只待两个礼拜就回来,因为他终究不能离开罗兹而生活。他不能没有这每天坐在事务所里的六个小时,他不能听不到机器的轰隆声,看不见工厂疯狂的运动和紧张的生活,他不能没有这座城市;一旦失掉了它,他就想念它,要回到它的身边。这座城市对他的吸引力就像一块大磁铁吸住了铁屑一样。

"爸爸!我不用马上和你一起回来吧?"

"好!我也想在那儿多待一会儿,罗兹使我感到腻烦。"

他们来到了一栋两层楼的房前。这栋房子很像一座佛罗伦萨式的大宫殿,它耸立在一条胡同旁边的果园里。房前靠一道铁栏杆把它和胡同隔离开,铁栏杆上覆盖着常春藤,里面一层层金丝格子璀璨生光。在房前的一些石柱子上,摆着天蓝色的陶瓷花盆,花盆里盛开的杜鹃花显现出一片玫瑰色,好像都是为了恩德尔曼家今日的庆典而专门布置的。

果园是由凯斯勒和恩德尔曼股份公司的工厂的红色土墙给围起来的,墙上无数的窗子在阳光的照耀下闪闪发亮。

驭者架着马车走过栽着热带花朵和灌木丛的花坛之后,来到了一排大石柱前面。这些柱子上也缠着常青藤,它们的上面还支承着一个阳台。阳台周围围着木栏杆,木栏杆上画满了大理石花纹。

在一道长长的穿堂里,铺着红色的地毯,中间放着一个盛开着杜鹃花的花坛。从这个穿堂还有一道宽阔的阶梯通往楼上。阶梯上铺着红色地毯,两旁各种了一行杜鹃花,它们就像两道雪花,把钉上了深红色绸缎的墙壁和阶梯分隔开了。电灯光漫照在穿堂里和阶梯上,由于这儿有许多镜子的反射,显得十分明亮。几个穿黑短大衣,领子上带金花边的仆人这时走过来,替进来的人脱下了衣服。

"这里真漂亮。"梅拉和鲁莎一同走在阶梯上,喃喃地说。

"漂亮。"莎亚轻蔑地回答道。他摘下了一些鲜花,把它们扔在地毯上,然后又用他的那双锃亮的皮鞋去践踏它。

恩德尔曼一直来到了门前,对他们做了热情的接待,同时十分殷勤地把他们领到了客厅里。

"有劳厂长先生垂青,真不敢当。厂长先生有什么事吗?"他问了后,马上伸出他的耳朵,因为他的耳朵有点儿听不见。

"我是来看你的,恩德尔曼,你好吗?"

莎亚表示友好地拍了拍他的背。

"谢谢你,我很好,我的老婆也很好。"

随后他们走进了客厅,客厅里十分热闹的说话声马上停止了。十几个人站了起来,表示对这位身披黑长外衣、脚穿一双涂上了黑漆的长筒皮鞋的棉花大王的迎接。莎亚也使劲地脱下了自己的外衣。

他笑容可掬地向一些人伸出了手,拍着另一些人的背,对女人们不断地点头,同时眯着眼睛扫视客厅的四周。年轻的凯斯勒给他搬来了一张沙发椅。他十分疲劳地躺下后,马上就有一群人围到他的身旁。

"厂长先生很疲乏?拿一杯上等香槟酒来,好吗?"

"我可以喝!"他郑重地回答道,用他的花头巾擦着眼镜。

他把眼镜戴上后,便开始回答人们提出的问题。

"厂长先生贵体健旺?"

"厂长先生恢复了过去的胃口?"

"厂长先生什么时候到海边去?"

"厂长先生的脸色很好。"

"为什么会不好呢?"他笑着回答道。对于那些人像合唱一样的对他说的话,他已经感到厌烦,于是把眼睛老是盯着被几个穿浅色衣服的年轻女人围住的鲁莎。

隔壁小客厅和小吃部的喧闹声大起来了，坐在客厅中央的一群太太小姐也在大声地说话。人们说的主要是两种语言：差不多所有年轻和年老的犹太女人都说法语，还有一小部分波兰女人也说法语；而其他犹太人、波兰人以及德国人则都说德语。

用波兰话作为沟通人们思想的工具的只有一部分工程师、大夫和其他的专家技术人员，他们说话的声音很小，可是他们被恩德尔曼一家请到这里来却是很例外的。因为他们虽然在客厅里坐首席，但和百万富翁们相比，所能起的作用就不大了。

恩德尔曼很快走了过来。一个仆人手里拿着一个银盘子，盘上放着玻璃杯、银碟和一瓶冰镇的香槟酒，来到了他跟前。

恩德尔曼用铁丝挑开了一个瓶子上的锡帽，当木塞子从瓶里跳出来后，他亲自倒出那闪闪发亮的液体递送给客人。

门德尔松喝得很慢，他感到很可口。

"不错，谢谢你，恩德尔曼。"

"我想，这是十一卢布一瓶。"

莎亚坐在由十几张椅凳和小沙发围成的一个圈子的中间，就像一个国王或者大官似的。他解开大衣，让它的一半拖在地上，绸子衬衫也露了出来，里面还挂着两根白带子。他把一只脚放在另一只脚上，这只脚的鞋尖就翘得和在座的其他人的头一样高了。这些坐在他周围的人听到他的每一句话，都是点头哈腰的。在他说话时，他们很少说，只留心看着他的两道被红眼皮围在中间的粗大黑睫毛的每一次闪动，和他那双指甲已被咬破、指头像一些小树枝一样的黄瘦的手的每一个动作。而他则只管抚摩着他的花白长须和剪得很短的白发，在这些白发中，间或显露出玫瑰红的头皮。

他的脸庞呈番红花色，生得瘦小，但十分好动。他的鼻子呈弓形，由于没有门牙，显得很长，好像挂在嘴巴的上面。

他说话很慢，可是每个字都说得很重，并且一面说，一面就要皱一皱那生得十分粗糙、同时有点儿凸起和凝聚着许多褶皱的白头皮。

一些只有几万卢布或者更少的微不足道的工厂老板对他的两千万表示敬仰和羡慕。犹太人、德国人和波兰人在他周围形成了一个一切听从他的意见、对他百依百顺的小集团。他的强大不仅给所有的人造成了压力，而且使最清醒的人也为之叹服。在他面前，种族歧视和人们在竞争中的互相仇视都将不复存在，正像达维德·哈尔佩恩所说，大家在这条大鱼面前，都感到自己只不过是一条小鲉。因而他们总是担心是否马上就会被他吞食，这就是这些小工厂主和莎亚的关系。可是莎亚今天却很高兴，他并不想谈生意，而是和一些人开起玩笑来了。

"基普曼，你的肚子大了，好像在里面藏了一匹印花布。"

"我干吗要把印花布藏在肚子里呢？我有病，马上就得去卡尔斯巴德[1]疗养。"

这两个罗兹的百万富翁在继续聊天。客厅里人声鼎沸，时时刻刻都有人进来。

恩德尔曼太太以她熟练的待人接物和高尚品德为家庭争得了荣誉，她丈夫也在很努力地协助她。这里时时可以听到他对她尖声地问话：有什么事？丝缎裙子拖在地上的窸窸窣窣的声响、人们叽叽

---

[1] 捷克著名的疗养地。

大家在这条大鱼面前,都感到自己只不过是一条小鲕。

喳喳的说话声以及香料和鲜花散发出的浓郁的香气充满了这个罗兹最富丽堂皇的大客厅。

客人逐渐分成了许多小的集体。他们有的站在到处摆放着的家具之间,有的坐在隔壁几个小客室里。由于大客厅十分宏伟,对比之下,这些客人在里面就小得几乎看不见了。小客室位于大楼的犄角,它的窗下就是果园,在果园的另一边可以看见一个个像棍子般耸立着的烟囱。

窗上黄澄澄的绸帘挡住了太阳光的直射,在室内只留下一片金黄色的朦朦胧胧的光影,因此墙上镶了边的画,绣着白色、绿色树枝和形状非常好看的花朵的绸缎以及家具上的铜饰都看不清楚。天花板四周,钉着白色和绿色的壁板,在壁板上还画着许多金黄色的花朵,这些壁板就像把天花板镶起来了一样。在天花板中间,也画着许多美丽的图画,好似让·昂托内·瓦托[1]的作品:有牧场,有被破坏的树木,有小溪流,它像一条银色的带子流过盛开着鲜花的草地。草地上有许多小羊在吃草,它们白色的颈部系着一道道蓝色的带子。一群男男女女的牧童,头上戴着假发,身上穿着短大衣,在森林之神弹的福尔明[2]的伴奏下,跳起了卡德里尔舞。

在客厅的一角,立着狄安娜[3]的娇嗔动人的铜雕像。它周围摆着一簇簇白色的和绛红色的玫瑰花,一根根细嫩的幼芽爬到了铜像下的大理石底座上,给铜像也染上了一层浅绿的颜色。门德尔松和一群工厂老板所处的就是这样一个环境。

---

[1] 让·昂托内·瓦托(1684—1721),法国著名画家。
[2] 古希腊的一种乐器。
[3] 古罗马保护狩猎的女神。

在墙上一排大都非常珍贵的图画下面，还挂着几套纯路易十六式的缀上了金丝边的白外衣。这些衣服上覆盖着一层画有或者绣有各种花纹的浅绿色盖布。恩德尔曼夫妇的各种衣服可以排成一个画廊。他们收藏这些衣服与其说是因为他们在这方面很内行，还不如说是出于对它们的爱好。除了上面说到的以外，客厅里还有许多其他式样的东西，如嵌上了各种珍宝的小桌，用许多竹片做成的中国竹椅，这些竹片上还贴有金边，椅子上也钉着色彩鲜艳的绸布；金丝编成的篮子，里面装满了鲜花。在用标准的大理石砌的壁炉里，火烧得很旺，红色和黄色的火光照在几位年轻小姐的身上。鲁莎和梅拉在她们当中。

恩德尔曼太太也打扮得很漂亮，她穿一身深葡萄色的天鹅绒外衣，这件外衣是照最摩登的样式做的。在她的突起的胸部上，挂着一些珍贵的宝石。她走到了鲁莎跟前。

"如果你们不爱玩，我就把贝尔纳尔德叫来。"

"太太不能叫来一个更有趣的人吗？"

"他已经使你们腻了？"

"平常还可以，要说参加今天的盛会，我以为还是换一个人为好。"

"我把凯斯勒或者博罗维耶茨基叫来。"

"博罗维耶茨基在吗？"她感兴趣地问道，因为她在不久前看见过利基耶尔托娃。

"全罗兹都在我们这儿。"她得意地说道。那宛如一块踩得很平的脚板的咧着的嘴上，露出了微笑。她走路时正是带着这样的微笑，迈着庄严的步子。她的浅灰色的头发梳得很整齐，中间还插上了镶宝石的簪子。她的大脸上常表现出骄傲的神色，鼻子细小，但长得匀称，一双小小的黑眼睛很富特征。

她和所有的人都谈话，每个地方都去，而且过一阵就要看一看那放在窗下用帘子遮起来，边上围着一圈花的大画架，低声地回答她所听到的一切问题。

"真没想到，奇迹呀！恩德尔曼先生！"她高声地叫唤着丈夫。恩德尔曼将手挡在耳朵后面，听到了妻子的声音后，马上跑过来，完成了她要他做的事。

设在一间侧房的小吃部里，有十几个穿燕尾服的男人，他们中有博罗维耶茨基、特拉文斯基和老米勒。米勒的脸比平常显得更红，他的嗓门很大，不时地还往地板上轻蔑地啐唾沫，责骂犹太人，因为恩德尔曼家的阔气和他们的贵族老爷气派使他很恼火。博罗维耶茨基看到后捻着胡须，有点儿不自然地笑了。特拉文斯基瞧了瞧妻子，她今天是第一次在罗兹参加这样的盛会，坐在一群女人当中，由于自己的贵族化的容貌和风雅质朴的衣着，使所有在座的人都黯然失色。

她在这些叽叽喳喳的庸俗的女人中是一定会感到烦闷的，因此她对任何问话都回答得很简单，两只眼只管望着那许多分散在客厅里的图画和艺术作品。在堆成墙一样的丝绸花边和天鹅绒上，撒满了珍贵的宝石，放射出宛如道道彩虹的光芒。在它们上面，一个个女人的头就像插在上面一样。这一切在她看来，仿佛是一个非常漂亮的画框，在这个画框里，她那件挂在领子下面，用一条金色带子紧系着的裙子就显得更加漂亮了。

"这个漂亮的女人是谁？"格罗斯吕克问道。

"我的妻子,先生。"

"啊!我祝贺你,这不是女人,是天使,比天使还胜四倍。"

银行家吆喝道,他还定要特拉文斯基向他做了介绍。

"博罗维耶茨基先生,这儿有很多小姐你都不认识吧?"贝尔纳尔德问道。

"很多,你是不是给我介绍一下?"

"这是我今天的使命。"

他拉着博罗维耶茨基的胳膊,两个人一起走进了大客厅。这里正好有一个长头发的巧匠在弹着一架刚从小客室抬来的钢琴。

"要奏乐了吗?"

"你问问吧!为什么不会呢?这是不难回答的。你是第一次受到我弟妹的接待吗?"

"是的,我以前都没有准备好。"

"啊!这使我感到遗憾。"

"为什么我早先没有来?"

"是啊!你以前大概是有点儿烦恼吧!"贝尔纳尔德略带讥讽地说道。

"正好相反……"

"注意,我们开始吧!整整一百万。"他说着便向米勒的女儿介绍了博罗维耶茨基。

"啊!我们早就认识。"玛达伸出了手,高兴地叫着。

"你们说点儿有趣的东西吧!我一会儿就来。"

"我刚才已经听见了。"博罗维耶茨基站在她跟前喃喃地说。

"这是算数的。"她天真地说道。

"算数。"他记得很清楚。

"啊！你真好！"她叫唤道，用扇子遮住自己的脸，马上就离开了。

博罗维耶茨基不断地瞅着她。她发现了卡罗尔的视线后，面孔也"唰"地红了。今天她穿着一身丝织的连衣裙，胸前还佩戴着白色的铃兰花，显得很漂亮。她把她的像土豆一样的黄头发梳成了希腊式，这样她雪白的肩膀就露在外面了。这个肩膀上由于长了一些绒毛似的金黄色的雀斑，在她激动的时候，便现出血红的颜色。两弯金色的眉毛围在她那双十分细嫩的蓝眼睛周围，有的甚至把瞳孔都遮住了，好像她不敢去看他似的。

"你玩得好吗？"他严肃地问她，想使她轻松一点儿。

"不……是的……你坐到我这儿来吧。"

"你妈妈在这儿吗？"

"不在，妈妈不喜欢这样的集会。你知道，妈妈如果在，会感到拘束。这主要是妈妈不愿意和犹太人在一起。"她低声地说完后，便用驼毛扇遮住脸笑了起来。

"你喜欢吗？"

"对我来说全都一样，不过在开始时我也感到很闷。"

"现在呢？"

"现在不了。见到你后，我就爽快些了。"

"谢谢你。"

他笑了。

"是不是我说了什么不该说的话？我以后什么也不说，连口也不开了。"

"我对此表示强烈反对。"

"不，我不再说了，因为我说的，不是蠢话就是可笑的东西。"

"既不是蠢话，也不是可笑的东西。我不仅注意你说的话，而且的确听得很有兴趣。"

"让我们结束今天的这场劳役吧！"贝尔纳尔德转过身来叫道。

博罗维耶茨基对他行了个礼，然后一同在玛达的视线跟踪下走了，玛达也不敢再去请他回来。

"二十万卢布各类品种的货物或者期票，但是是不可靠的期票。"贝尔纳尔德又低声地说。他向博罗维耶茨基介绍了一个满脸雀斑、皮肤很黑、生得很丑的小姐，她的头、脸和瘦小的胸脯上都搽满了香粉，戴着各种珠宝。"她有没有牙齿，我不敢担保，可我很喜欢她的珠宝。"

"你是一个无人可比的好向导[1]。"

"这在罗兹谁都知道。我马上就可以叫你破产。五万现金[2]已经到手，爸爸也许还会再烧一次工厂，这样我的嫁妆就可以齐备了。"

在这个并不年轻的脸色苍白的小姐的眼里，可以看出有点儿贫血。她的脸和裙子都呈绿色，笑的时候常带一种痛苦的表情，并且总要露出长而稀疏的牙齿和绛紫色的牙龈。

博罗维耶茨基对她行了个礼就走了。因为她那副死气沉沉的面孔给他造成了不愉快的、干脆是很令人讨厌的印象。它就像用一块满是尘土的萨克森的破旧瓷瓦做的钟面一样，而这架钟已经停止走动了。

---

[1] 原文是意大利文。

[2] 原文是德文。

"十万个古怪的念头值二百,一个聪明的想法值三个格罗兹。"贝尔纳尔德又向博罗维耶茨基介绍了费拉、鲁莎的女友。可是鲁莎这个时候却好像全身都在活动,她的头发飘起来了,她的眼睛在到处张望,她的脚、胳膊、嘴、眉毛也都在不停地活动着。她时时刻刻都在高兴地、天真地嬉笑。她是那样乐呵呵的逗人喜爱,她的手摆放的姿势是那样的优美,她叽叽喳喳的说话声是那样的天真和甜蜜,以至博罗维耶茨基在看到后也低声地说道:

"真是一个极好的孩子。"

"是的,这个好姑娘将是未来的梅莎林娜[1]。"

博罗维耶茨基不好表示反对,因为他和贝尔纳尔德已经走到鲁莎面前了。

"鲁莎·门德尔松!这个名字自己会问:要多少钱?你看这是第二个,头发浅灰色,她是梅拉·格林斯潘,我数不出她有多少嫁妆,但可以对你说,这是罗兹最好和最聪明的小姐。"他说着便向他的女朋友们介绍了博罗维耶茨基。她们对博罗维耶茨基也很感兴趣。

"太瘦了。"鲁莎说完后还做了一个鬼脸,使梅拉忍不住笑了。

贝尔纳尔德还向十几个年老和年轻的女人介绍了博罗维耶茨基,他的介绍处处都是合时宜的。在这项工作做完后,他把卡罗尔留在客厅里,就随其所便了。

博罗维耶茨基靠壁站着,很感兴趣地瞅着聚集在这里的人。他的对面有一道大门,通向一个小客室,可是这道门被绿色和金黄色的门帘给挡住了。小客室里坐着利基耶尔托娃一个人,她也在看着

---

[1] 梅莎林娜,吉罗马皇帝朱里亚·克劳狄的妻子,以残酷和淫荡著名。

他；但他并没有注意她的视线，因为他现在正注视着一群花枝招展的女人。她们身上戴的宝石在大厅里家具、花朵和绿荫丛中放射着光芒，就像镀金匠们开的商品展览会一样。一群穿黑色燕尾服的男人在墙壁和妇女的色彩鲜艳的服装的衬托下，看起来仿佛是一些爬在织花壁毯上的丑陋的黑螃蟹。几个被身上缝的各种花边、金服饰和宝石压得直不起腰的老女人坐在他的身旁，她们的说话声很大，以致他不得不离她们稍远一点儿。

"真的，这儿很漂亮，可以绘画了。"恩德尔曼太太走过来后说道，博罗维耶茨基也马上跟着她。

"无与伦比。"

"你跟我来，有人要和你认识；只不过我要对她事先说明一点，我所要介绍的这个人很漂亮，也很危险。"

"这对我来说，就更为不妙了。"他说得很谦逊，连恩德尔曼太太听后也爽朗地笑了。于是她用手中的扇子在他身上敲了敲，甜蜜蜜地低声说道：

"你是一个危险的人。"

"对我自己来说，才最危险。"他认真回答后，跟着她走进了一间中国式布置的小客室里。她向他介绍了一个罗兹著名的美人，这个女人正随便坐在一个黄色的中国式的沙发上，手里捧着一杯茶。

"请原谅我在你面前冒昧承认我早就想和你认识。"

"是这样，可是我不敢领受你这样的尊敬。"他感到疲劳和烦闷地说道，一面察看着客室里是否有人来解他的围。

"可是我对你感到遗憾。"

"可以不这样吗？"他笑了笑问道，同时注意着她的动作。

"如果你表示适当的忏悔，我一定可以不这样。"

"可是我也当真感到遗憾，虽然我不知道这是为什么。"

"我遗憾的是，你把我的丈夫给迷住了。"

"他是不是埋怨和我们一起玩得不好？"

"正好相反，他证实了他生活中玩得这样好还是第一次。"

"这么说，你不应当表示遗憾，而应当感谢我，双重的感谢。"

"为什么是双重的？"

"一是你丈夫玩得不错，二是他在我们这里没有妨碍你去帕比亚尼策的旅行。"他着重地指出道，同时十分注意地看着她的眼睛和那由于不安而锁着的眉尖。

她干巴巴地笑着，开始整理那条围在她的大理石一样光滑、长得十分漂亮的颈子上由珍珠宝石连成的极为华美的项链。由于这个动作，她的手套也从胳膊上滑下来了，露出了一双漂亮的手。她的呼吸很急促，那几乎只遮了一半的胸脯老是起伏不停。

她确实很美，可这是一种古典式的冷冰冰的美。在她的深红色的眉毛下面，那双铁灰色的没有神采的眼睛看起来就像一块冻结了的窗玻璃，她正是用这双眼睛在久久地看着卡罗尔。最后，她低声地说了：

"为什么露茜没有来？"

在她的眼里表现出了鄙夷的神色。

"我不知道，因为我不知道你说的是谁。"他表面上仍心平气和地说。

"楚克罗娃太太。"

"我不知道楚克罗娃太太的名字是这个。"

"你早见过她吗?"

"问话要能够听得懂,我才好回答。"

"啊!你不懂我的话!"她一面说,一面不停地笑着。在她的犹如爱神一般的被切成弓形的小嘴中,露出了一排闪闪发亮的美丽的牙齿。

"你要审问我吗?"他有点儿激动地问道,因为他对她的视线和她脸上不断表现出的想要折磨他的意思感到恼怒。她皱了皱眉头,并以赫拉[1]的眼光望着他,因为她很像赫拉。

"不,先生!我只是问露茜,她是我们亲爱的朋友,我很爱她,只不过是以另一种方式。"她和颜悦色地说。

"我相信你的话很对,楚克罗娃太太是值得爱的。"

"你不用保守秘密,博罗维耶茨基先生!我们在一起就像两姊妹一样,我们之间什么也不隐瞒。"她着重指出道。

"这么说?"他问道,他的嗓音由于生气而显得低沉了,他怨恨露茜不该把他们的秘密泄露给这个漂亮的玩偶。

"你应当相信我,努力报答我对你的友好,它有时对你是会有帮助的。"

"好!我现在就开始。"

他于是在沙发上坐下,开始吻着她长得十分丰满的胳膊。由于她的连衣裙只用了几根钉上了许多宝石的带子系挂在肩上,这两条胳膊没有遮蔽,是裸露在外的。

"这不是表现姊妹间的忠诚友情的方式。"她稍微坐开了点儿,

---

[1] 希腊女神,宙斯之妻。

说着便笑了起来。

"可是友谊并不要求露出这么好看的胳膊，也不要求一个人生得这样漂亮。"

"更不应当表现这种狂暴得像要吃人一样的态度。"她说着站了起来，舒展了一下她那丰满漂亮的身子，理了理额上一束梳得很艺术化的淡黄色的头发。当她看见他也站起来后，便说道："你再待一会儿吧！我们在一起已经待了这么久，大家可以议论议论你对我的爱了。"

"你对这种爱很恼火吗？"

"卡罗尔先生！我对露茜认真地说过，你是个吃人魔王。"

"不如说是吃爱的魔王。"

"星期四我可以见你，请你早点儿来……"

"今天我们还能见面吗？"

"不，因为我马上就要出去，我会给你留下一个生病的孩子。"

"很遗憾，我虽对你表示感谢，但不能达到像我想要表示的那种程度。"他笑着说道，一双眼却一直盯着她的十分漂亮的胸脯和脖子。

她用扇子遮住了她的脸，向他点了点头，边走边笑着，以掩饰她心里的烦恼。

"博罗维耶茨基先生，特拉文斯卡太太说到了你呀！"贝尔纳尔德吆喝道，"漂亮的经理太太在哪儿？"

"她在用她的眼睛制造死亡和毁灭。"他回答道。

"一个令人厌烦的女人。"

"你每星期四都在她那儿？"

"我在那里能干什么呢?那儿只有她的崇拜者和情夫:他们来了、待着、又走了……我们在等着你呀!"

博罗维耶茨基由于感到烦恼,不打算去特拉文斯基太太那里了,他想偷偷地侧身移到大门前,然后溜出去,可是当他走到隔壁小客室的门帘前时,却迎面遇上了利基耶尔托娃,这是他早先爱过的女人。

她见到他后,便马上往回走,可是他已被她的无法抵抗的眼光所吸引,跟在她的后面了。

他俩已经一年没有说话。他们过去的分离是很突然的,当时连一句话也没有说。他们在街上,在戏院里见到时,也只是远远地打个招呼,相互之间完全和陌生人一样。但他是经常想到她的,她脸上的骄傲和忧郁的神情也常常出现在他眼前,就好像在低声地、痛苦地对他进行指责。

他好几次想找她谈话,可是总没有勇气。因为他对她说不上什么,他不爱她,他自己也感到很苦恼。而现在这没有料到的见面更使他惊慌失措,给他带来了深深的痛苦。

"好久没有见到你了。"她十分平和地说。

"艾玛!艾玛!"他不由得叫唤着,凝视着她的苍白的面孔。

"先生们!音乐会现在开始!"恩德尔曼太太对客人们吆喝道。

一会儿,一个十分清脆和响亮的女高音在钢琴的伴奏下,在客厅里唱出了一支歌。

人们的喧闹声停止了,所有的目光都凝注在女歌手的身上。

可是艾玛和他除了感到自己惴惴不安的心的跳动之外,什么也没有听见。

艾玛坐在一张放在几尊龙雕像边的低矮的沙发椅上。沙发和壁炉之间，有一面屏风把它们隔开。壁炉里金黄色的火光照在屏风上，也在她那带有百合花色调、表现出忧郁神情并由于苍老而显得很美的脸庞上映上了一层玫瑰红。

博罗维耶茨基站在旁边，半睁着眼看着她的这张虽然很美，但是已经留下岁月痕迹的脸庞。在她的陷下去了的额头上，已经撒开了皱纹的密网，这些皱纹一直伸到了她的眼睛、她的皇后式的眼睛的下面。这双眼的瞳孔被天蓝色的眼白包围着，好像孩子一样，在她的那双长长的、显得沉重的眼皮下面，放射出闪闪光亮。她的眼皮上，也现出了宛如头发般十分纤细的紫色的血脉网。

她的眼皮上还有许多青疤。这些疤痕往往能从那眼上涂着的一层漂亮的白粉中显露出来。

她的脑门很高，也生得很漂亮，完全裸露在外，这是因为她的仿佛银丝一样闪闪放光的黑头发被梳到耳朵后面去了。她的发上还挂着两颗大宝石。

她的绛红色的嘴唇向前突出，看得出它受过痛苦的煎熬。这嘴唇还有点儿下垂，垂得靠近她那清晰可见的下颌骨了。在她的整个面孔和略微有点儿前倾的头上，也可以看到她在长久痛苦的疾病之后所留下的痕迹。就是这个唯一堪称年轻的嘴，看起来也似一朵行将凋谢的石榴花。只有在她的脸上，仍表现出作为一个受过失恋创伤的女人所具有的不自然的、带忧郁的媚态。

可是她的心灵和头脑中的每一个感觉都会在她的俏丽的外表上反映出来。有时候她似乎神经质地表现得很紧张，有时她又由于某种感觉而浑身颤抖。

她穿着一身紫色的连衣裙。这条裙子在靠近她的裸露着胸脯的地方，缀上了一条深黄色的花边，花边上镶嵌着各种宝石晶玉。她的身材十分匀称、苗条，如果不是背部有点儿不灵活，肩膀有点儿下垂的话，可以把她看成是一个年轻的姑娘。

她坐在那里，轻轻地扇着扇子。尽管她的眼光扫遍了整个客厅，但她并没有留心去看博罗维耶茨基，也没有看任何人。但她感到他在凝视着她的面孔，他的目光像一团十分奇怪地燃烧着的火焰似的，也在烧着她的同样受到痛苦煎熬的寂寞的心。

他和她坐得很近。当他把身子倾斜向她时，她连他的呼吸和心跳都能听见。她看见了他的一只将身子撑在一个小箱子上的手，她本来可以抬起头来看他，用这个动作使他最爱和最耐心期待着的人饱享眼福，可是她没有这样做，依然是一动也不动地坐着。

他知道，她是属于这些女人中的一个：她们只要爱上一次，她们那富于幻想的、脆弱的心灵就会要求得到理想的生活，从而对平常的生活视而不见，听而不闻；她们就会产生狂热的爱，把自己的整个未来都献给她们所爱的人，同时她们也会为此感到自豪和神圣不可侵犯。

也正是这一点最使博罗维耶茨基气恼。他情愿和一个平凡的女人结婚，在家里除了看到她俊俏的外貌之外，可以听到一个普通女性的心的跳动，看到她对家务的操劳。这种女性不会闹出由于爱情不贞而造成的悲剧，把恋爱终了于眼泪和荒唐的行为上，终了于淫乱上，或者在此之后再回到那经过了一段时期间歇的家务劳动上。因为这一切对她来说都是毫无意义的。

"我对她可以说些什么？"他又想道。

"她唱得很好，对吗？"

她没有看他，但也不再保持沉默了。

"是的！是的！"他迅速地回答道，可是他的一双眼睛却一直在跟着那个唱完了歌后被一群男人领到小吃部去了的女歌手。

钢琴虽然静了下来，可是客厅里的喧闹声却比以前更大了。

仆人们送来了冰激凌、果子酱、糕点、糖果和香槟酒，时刻可以听到打开酒瓶木塞的喊喊喳喳声。

"你的工厂已经开工了吗？"

"还没有，要交秋时才能开工。"他对她的提问感到突然，因为他准备回答的完全是另外的问题。

他们互相看着对方的眼睛，仿佛都看见了对方的心灵深处一样。

艾玛的眼里已经闪现出了泪花，因此她首先低下了头，低声地说：

"我衷心地祝你幸福，在所有方面……恐怕你也……相信我……是出于真心的……我祝你……"

"对谁我都相信。"

"总是这样……不变……"

在她颤抖的嗓音中，流露出了内心的痛苦。

"谢谢……"

他低下了头。

"告辞了。"她站起来说。他听到她的话声后，也感到浑身战栗，一种骤然而生的惶恐不安促使他急忙地说道：

"艾玛，你别走！我不能离开你。如果你没有把我完全忘了，如果你不把我看成是一个最卑鄙的人，请准许我到你家里来，我一定要和你说话，我想告诉你……你就是回答我一个字也好！我求求你。"

"大家都看着我们呢,再见。我对你没有什么好说的,过去在我的心中已经死了,对于它,我已经记不起了。如果说有时候我还想到它的话,这使我感到耻辱。"

她以一双由于被眼泪浸湿而感到模糊的眼睛看了看他后,就走了。

她最后的几句话是不真实的,可这是她对他的全部报复。她现在虽然已经自由了,但她却懊悔了,她有一种不可克制的重又回到他身边、拜倒在他脚下、请求他原谅自己的愿望——可是她并没有回去,她自由自在地走着,对她认识的人表示微笑,和他们说几句话,但她对任何人都没有仔细观察。

她来恩德尔曼夫妇的家里是专门为了卡罗尔的。她是在经受了长年累月的痛苦,遭受了怀念和在她全身燃烧着的爱情的可怕的煎熬之后,才决定这样做的。

她曾想见到他,和他谈话,因为她的高傲的心灵虽然遭受了痛苦和失望的打击,但还燃着最后的一点儿希望,这就是他还在爱她,只不过是一些误会把他们暂时分开而已,在把这些误会解释清楚和消除之后……

而现在她却像躺在坟墓里一样,残存的躯体已经腐烂,将化成齑粉,只有长夜的死一般的寂静在笼罩着她。

博罗维耶茨基在人们中间走过后,来到了小吃部,想使自己的头脑清醒清醒。因为他听到她最后的话,就像自己冻伤了的筋肉被狼咬了似的。现在他的筋肉在慢慢恢复生机,可仍然感到很厉害的、刺人心肺的疼痛。

他一切都可以忍受:伤痛、失望和责备,可是她对他所表示的轻蔑,却是他不能而又不得不忍受的。恩德尔曼太太拉住他,要他参观一些乱七八糟地摆在几个房间里的图画和艺术作品的集子。可是过了一会儿,她也不得不让格罗斯吕克把他找去,因为这个银行家有事要找他。

演出完毕后,客人们又散开了。

莎亚在自己侍从的簇拥下,来到了小吃部。现在客厅里的主要人物是特拉文斯卡,她也被一群年轻的妇女围住了,她们之中有梅拉和鲁莎。

恩德尔曼太太总是喜欢走到每个客人跟前,十分得意地唠叨着:

"今天整个罗兹都在我们这儿,大家玩得不错,是吗?"

"玩得太好了!"被问的人也总是一边回答,一边偷偷打着瞌睡,因为实际上谁也没有玩得很好。

"恩德尔曼先生!"她叫唤正在急急忙忙迈着芭蕾舞步子向她跑来的丈夫。因为他的脚很瘦,肚子很大,他的动作给人留下的印象十分可笑。"恩德尔曼先生,你去叫人把冰激凌送到中国客室去!"

"我马上就叫人送去,好吗?"他用手遮挡在耳朵后面回答道。

"把香槟酒给先生们送去。大家都玩得不错,是吗?"她低声地问他。

"什么?玩得真好,太好了!差不多所有的香槟酒都喝完了。"

由于恩德尔曼常来察看小吃部,在那里做各种安排,人们都走开了。可是恩德尔曼却认为这是有伤他的体面,因而很不愉快。他认定,客人们只喝香槟酒,不喝其他的酒。

"这些粗野的家伙只喝香槟酒,好像这是大官儿喝的酒[1]一样,

---

[1] 原文是德文。

是不是？"他对贝尔纳尔德喃喃地说道。

"你不是还有许多存货吗？"

"我有酒，可是他们没有受过教育，就这么喝！喝！好像这酒一文不值。"

"你搞得很阔气，我要在罗兹说出去。"

"什么？你别这么傻了，贝尔纳尔德。"

可是贝尔纳尔德没有听见，他现在又坐在鲁莎跟前，开始笑着和她谈话。

"先生们！女士们孤单单地感到烦闷呀！"恩德尔曼对聚集在小吃部的年轻人叫喊着。他想叫他们别喝了，可是谁也没有听他的。

只有贝尔纳尔德一个人在和太太小姐们逗乐。他坐在特拉文斯卡的对面，在和她聊天时，总要说出一些十分有趣的奇谈怪论。鲁莎为了忍住自己的笑，不得不把头低到了膝盖上；但特拉文斯卡却笑得很随便，每当她看到他的滑稽动作，她就十分敏感地纵情大笑，一面还找着她的丈夫。她丈夫现在正站在狄安娜雕像下面，和博罗维耶茨基谈得很热烈，他们的说话声她有时也可以听见。

大厅里的其他客人都感到极为烦闷。

玛达在客厅里踱步，她虽已有几分睡意，却装着看画，慢慢地走到博罗维耶茨基这边来了。

上了年纪的太太们有的在小沙发椅上打瞌睡，有的在小客室里谈着各种新闻。年轻的小姐们在听特拉文斯卡和贝尔纳尔德的谈话，同时以十分疲劳和表示埋怨的目光看着小吃部，因为一些男人和她们的父亲喝醉了香槟酒，在那里大喊大叫。

烦闷的气氛笼罩着整个客厅。

人们相互之间都很冷淡,好像他们互相敌视,把自己感到的腻烦归罪于酒。

大家都喜欢观察各自的衣着,赞赏那些的确给太太小姐们加重了负担的宝石,谈论客厅、主人、今天的盛会和他们自己。因为现在没有别的事儿可做。

在这里聚集的人们平日里没有任何联系,他们之所以都在这里,是因为来恩德尔曼家,观赏他的画和艺术作品,这是一种罗兹的习惯,就像他们常去戏院,不时地给穷苦的人一点儿施舍,埋怨罗兹缺乏社交、出国旅行等一样。

他们不得不克服困难,去适应某些在他们的环境里已经形成的生活方式。这种生活方式对他们来说本来是局外的、格格不入的。

贝尔纳尔德谈的正是这个。

"你不喜欢罗兹吗?"特拉文斯卡为了叫他不要说得太长,打断了他的话。

"不喜欢,可是我没有它也活不了,因为我在别的地方没有感到过这样的腻烦,也没有看到过这么多可笑的东西。"

"啊!你是专门收集一些趣事的。"

"你在用你的微笑来对我的这种兴趣进行谴责。"

"不完全是这样,我很想听一听你收集趣事的目的何在。"

"我想,你如果知道我干这些事的情况,是会很高兴的。"

"你想错了,我对此并没有兴趣。"

"你对什么都没有兴趣?"他带轻蔑地问道。

"至少对自己亲近的人谈论趣事没有兴趣。"

"如果他们感到无聊,真正百无聊赖呢?"托妮感到遗憾地嘟囔着。

"你甚至对女人也不关心吗?"

"我只关心大家都关心的事。"

"如果我打算讲一点儿这个马上就要出门的经理太太斯姆林斯卡的非常有趣的事呢?"他低声地问。

"不在这里的人,我以为就像死去的人一样,我是从来不谈的。"

"你说的可能有道理,因为一批一批的人在这里不都是那么百无聊赖吗?"

"那些假装百无聊赖的人乃是最无聊的。"鲁莎讥讽地看着他,高声地叫道。

"好。我们来谈画吧!对你来说,这不是很适合的题目吗?"他十分恼怒地吃喝道。

"最好是谈谈文学。"托妮激动地说,她是一个众所周知的喜欢读爱情诗的姑娘。

"你读过布尔热[1]的《福地》吗?"这个满脸尘土,像一架停止走动的钟一样长期没有说话的女人畏畏缩缩地问道。

"我不爱读商品文学。小时候我读过《马盖隆的历史》[2]、《丹宁堡的玫瑰》[3]这类的杰作。这就够我享用一辈子了。"

"你对布尔热责备得太过分了。"梅拉回答道。

"可能过分了点儿,但却是公正的。"

---

[1] 布尔热(1852—1935),法国天主教作家。
[2] 法国中世纪骑士抒情诗。
[3] 德国天主教作家克热什托夫·施米特(1768—1854)的长篇小说。

"谢谢你的支持。"他对特拉文斯卡鞠了个躬,"我读过这个人的一本书,他好像是一个大作家,一个心理学家,一个道德家。他的书我读得很用心,因为他在我们这里声誉很大,我不得不如此。不过照我看来,他是一个贪淫好色的老头子,说话时调子很高,可说的都是一些厚颜无耻的趣话和猥亵不堪的下流故事。"

"我们现在来谈谈女人吧,对先生们来说,这个题目是否不很恰当?"特拉文斯卡讥讽地说道。

"哈!哈!如果没有更有趣的东西可谈,我们就来谈谈所谓的女性吧!"

他把手叉起来做了一个滑稽的动作,表示对尼娜有气。

"你要注意,你在对我们不礼貌了。"

"地上的天使不应当有什么见怪,我对天使知道得不多,因为这种东西在罗兹知道的人不多。我要走了,可以给你们领来一位在这一方面可说是司空见惯[1]的人。

他十分肯定地说完后,便出去了。不一会儿,他带来了凯斯勒,这个年轻瘦小的德国人一头黄发,他的蓝色的眼珠有点儿外突,颌骨也很突起,上面长满了黄胡须。

"罗伯特·凯斯勒!"他向妇女们介绍后,让凯斯勒坐在自己的位子上。然后他自己便到一群男人中去了,他们都在恩德尔曼的带领下,在第二间真正作为画廊的房间里看画。

"格罗斯吕克先生!你看看这幅圣母像,这是德莱斯登[2]的圣母像。"

---

[1] 原文是法文。
[2] 过去曾是古萨克森王国的首都,藏有许多德国古代的艺术珍品。

"真好看！"老利贝尔曼连声说道，把手插在口袋里，挺着肚子，把头低到了胸脯上，仔细地看着画框。

"这是一幅金属雕画。你看，这里凸出来的就是黄金[1]。这一幅很漂亮，值很多钱，是吗？"

"值多少钱？"格罗斯吕克低声说道，同时用他的右手指摸着他的左手。他的手上还拿着一包用闪闪发亮的金纸包起来的洋薯草。他那披在圆脸上的硬邦邦的黑头发就像放在一块肉饼上的几根骨头，他的胡子也刮得很干净。

由于他把下巴抬得过高，后背上出现了两道褶皱，把他的脖子也遮住了，使他看起来就像一头喂饱了的小猪，企图从篱笆上扯下挂在上面的被子归为己有。最后，他从衣兜里拿出了一件白背心。

"值多少钱？"他又轻声地问了一次，因为他说话从来是细声细气的。然后他严肃地竖起了眉毛，这眉毛像一个半圆一样，清晰地显露在他那突起的前额上。它的黑颜色与他的花白头发和玫瑰色的脸形成了强烈的对比。

"我记不得了，因为这是由我秘书管的。"思德尔曼毫不在意地回答道。

"你看看这幅风俗画，几乎是活灵活现，好像在动似的。"

"颜色很好看！"有人在嘟囔着。

"更值钱些，是吗？"

"是的，是的[2]。这幅画[3]的画框本身就很值钱。"肥胖的克

---

[1] 原文是法文。

[2] 原文是德文。

[3] 原文是德文。

纳贝一本正经地说道,他抖了抖他的用铜丝镶着的烟嘴,仿佛要表示他很内行。

"你甚至可以拿黄金来打比,克纳贝先生!谁如果要拿帽子来打比方,他就应当用他的头来加以比方。"格罗斯吕克笑了,他在说明自己的观点时,总是要打比方的。

"这是一个天才的说法,格罗斯吕克先生!"贝尔纳尔德忍住了笑,叫道。

"我也用帽子来打比方。"银行家表示谦虚地低声说。

"先生们,这里还有一幅圣母像,它是奇马布埃[1]的画的复制品,可是比原作还漂亮。我可以对你说,它比原作还好,因为它能值一千卢布,是吗?"他看见银行家的嘴上露出了表示怀疑的微笑后,高声地说道。

"我们往下再看吧!我很喜欢圣母的画像。我还给我的梅拉买了一幅穆里略[2]画的圣母像。自她房里有这幅画后,画给她带来了乐趣,我干吗不买呢?"

他们一连观赏了几十幅画后,停留在一幅以希腊神话为题材的巨大的写生画前。这幅画占了半个墙壁,画的是进入哈德斯[3]领土的入口。

"这是一件大型的艺术作品。"克纳贝十分惊异地嚷了起来。

当恩德尔曼开始说明画的一些内容时,格罗斯吕克十分兴奋地打断了他的话。

---

[1] 奇马布埃,即契尔尼·迪·佩波(约1240—1302),意大利画家。

[2] 巴托洛尼·埃特班·穆里略(1617—1682),西班牙画家。专画宗教画和风俗画。

[3] 希腊神话中的地狱之主。

"这是一个普通的掘墓人,这幅画画得很蠢。干吗要画这么伤心的事呢!我要是看到埋人,我的心就会痛好几天,尔后我就不得不去治病。谁如果要寻死,他切莫采取淹死的办法。"

"音乐会的第二个节目,请先生们到客厅里来!"恩德尔曼太太发出了邀请。

"我为你们有这样的画廊表示祝贺!祝贺!"银行家吃喝道。

"他们在客厅安排了什么?"

"给你一份节目单,上面印好了的。"

贝尔纳尔德给了他一条长长的用手工绣上了各种图画的粗丝带子,带子上用法文写着节目表。

大家回到了客厅。这里已经没有人说话,一对雇来的演员在表演一段法语对话。

男客们都站在小吃部的门边听着,他们的脸上现出了厌倦的神色,于是都慢慢地退到被扔下的玻璃瓶和玻璃杯那儿去了。可是女客们却贪婪地听着,两只眼睛紧紧地盯着这一对朗诵者。他们扮的是一对年轻天真的情人,可是他们却遇到了不幸,因为他们在一同走进深山时,遭到了强盗的攻击。

这些强盗把他们抓走了,分开了。

现在他们重逢了,说着自己的奇遇,他们的天真发噱的语言和美妙滑稽的动作使得太太们笑得前仰后合,不由得对他们表示热烈的喝彩。

"主啊!主啊!真好看,真好看[1]!"一个工厂老板的妻子科

---

[1] 原文是法文。

恩太太由于兴奋而大声嚷着。她全身戴满了珍珠宝石,就像开了一家首饰店一样。她那虽然不大但长得很胖的眼睛里流出了高兴的泪水。正是由于极度兴奋,她的肥胖的脸庞和像缠上了黑缎子的轮轴一般的胳膊也不停地摇晃起来。

"他用什么酬劳他们,恩德尔曼?"格罗斯吕克低声问道。

"一百卢布,还管晚饭。可是如果客眷们玩得好,这就值一千卢布了。"

"这个价钱很好。在我妻子的命名日时,我一定要请他们来。"

"你一会儿就去找他们,他们要价会低得多的。"贝尔纳尔德拉着他胳膊对他说了后,来到了梅拉跟前。梅拉离开了所有的人,孤零零一个人坐着,她认为有鲁莎坐在第一排,能够逐字逐句地听清楚演员的对话就够了。

"梅拉,你在想什么?"

"我在想你。"她低声说道,两只灰色的眼睛望着他。

"不!你想的是维索茨基。"他嘘着气说道,坐在一张小桌子旁,气呼呼地折断了一枝摆在桌上盛开着的风信子花。

她十分惊愕地看着他,两只眼好像有点儿害怕。

"你如果不相信,我当然也可以说我在想莱·兰道,在我们熟悉的名字中,你也能很快地想到他。"

"对不起,梅拉,我使你不愉快了?"

"是的,因为我从来不说我没有想的事,这你知道。"

"把手伸给我。"

她伸出了一只戴着白手套的手,这只手套还缀上了灰色的刺绣。

他解开了钮扣,使劲地吻着她的手。

"如果维索茨基可以这样,那么我也可以!"当她迅速缩回自己的手时,他对她解释说,"可正好[1]是兰道,大家在城里告诉我,说你要嫁给他,是真的吗?"

"你对那些侈谈我的婚事的人是怎么回答的?"

"这是传闻,从来没有经过证实。"

"谢谢,这当真是不确实的。告诉你,我不会嫁给他。"她由于看到了他的不信任的眼光,便高声地补充了一句。

他的瘦削的富于敏感的脸上,显现出了表示满意的神色。

"我相信你,从来没有想过你该嫁给他。这个粗野的事务员,这个没有受过教育的骗子、卑鄙的犹太人。我宁愿看到你最后嫁给维索茨基。"

她的眼里突然光芒闪烁,她的脸上也现出了一阵淡淡的红晕。可是由于遇到了他的审视的目光,她便闭上了自己的眼睛,把手镯戴好后,喃喃地说道:

"你不喜欢维索茨基吗?"

"他的为人我很赏识,因为他是一个诚实和很聪明的人,可是作为你的崇拜者,我是看不惯的。"

"你是贫嘴才这么说的。因为你知道,我的任何一个崇拜者都不在他之下。"她佯装说得很诚恳,因为她想从贝尔纳尔德那里套出他所知道的关于维索茨基的一些具体的事。

她以为,人们如果交上了朋友,互相之间就应当信任。

"我知道我要说的是什么。他已经在爱你了,虽然他对这个爱

---

[1] 原文是法文。

还不十分懂得。"

"这有什么关系?他是一个天主教徒。"她不由自主地嚷了起来,好像她已经暴露了自己的私秘。

"啊!事情原来是这样。我对你表示祝贺,表示祝贺!"他慢慢地说着,在他薄薄的嘴唇上露出了狰狞的微笑。

他懒洋洋地把他的卷在一起的黑头发扒到了一边,捻着小胡须站了起来。在他温存的、典型犹太人的脸上也现出了烦恼和气愤的神色。

他的鼻梁由于内心的激动而索索发抖,他的黑色和带橄榄色的眼睛感到不安地冲她脸上瞅个不停。

最后,他一句话也没有说就走了。

"贝尔纳尔德!"她马上叫唤他道。

"我马上就回来。"他回过头来对她说,这时候他的脸上已经恢复平静,只不过时而漾起一丝带讥讽的微笑。

梅拉没有注意他的恼怒,因为他说的话给她的心灵带来了一团奇怪的令人惬意的温暖。

她闭着眼睛坐着,当她闻到了风信子花的浓郁的芳香之后,便觉得自己享受到了最大的快乐和幸福。于是她喃喃地说道:

"那么这是真的?"

可是她的快乐的心情却被演员们表演完毕后的普遍的喝彩声所驱散了。

"真好看,我亲爱的[1]贝尔纳尔德!"科恩太太擦了擦她仍在

---

[1] 原文是法文。

抽抽噎噎的泪眼和由于脂肪过多而显得湿渍渍的面孔，对在她身边走过的贝尔纳德高声地嚷着。

"她讲法文时好像一头哞哞叫着的西班牙奶牛。"他对正在寻找丈夫的特拉文斯卡低声地说道。

她以微笑表示回答。

"先生们大概不想离开自己的座位，是吗？"恩德尔曼提高了他的嗓音。

仆人们随即把画架抬到窗子下面，放在阳光下，遵照恩德尔曼太太的指令，给它蒙上了一层帘子。

"先生们来看画吧！这是一幅新的杰作。请你们观赏观赏！恩德尔曼先生，叫人把帘子拉开。"

人们都集中在那块周围缀着月桂花的画布的对面。上面显示出的，是克赖[1]绘的一幅海景。这里是一个南方的海湾，几个山林水泽女神站在从一片蓝湛湛的、平静的水上升起的一块岩石上休憩。

一棵棵鲜花盛开的木兰树宛如一个个圆锥形的花篮，给那冰清玉洁的水面涂上了一层玫瑰的殷红。这水忽儿亲昵地皱在一起，忽儿撞击着悬岩峭壁的绿色海岸。

几只海鸥在女神的头上盘旋着。从旁边的绿茵闪亮的月桂林和扁桃树、木兰树中，露出了一些半人半马的怪物的巨大身躯，它们的头发为火红色，脸上表现出某种强烈的渴望。

在这一片景致之上，漫衍着夏日的恬静，充满了花香、海啸和碧空的光华。这光华满布于画中的一切空间里，最后就和大海连成

---

[1] 威廉·克赖（1828—1889），德国浪漫主义时期的画家。

一体了。

"为什么他们都没有穿衣服?"

"因为太热。"

"格罗斯吕克先生,你是不是想让他们洗洗澡?"

"这是神话的场面,格罗斯吕克先生!"

"这首先是一切都裸露在外的场面。"

"一幅绝妙的画,叫人倾倒!"女眷们吆喝道。

"你看,他们的衣服在哪里?为什么这里没有画衣服?这个画家并不高明。"

"要知道这里有水神,科恩先生。"

"科恩,如果说你了解水神,那就等于水神们对你的了解一样。"格罗斯吕克嚷道。

"科恩先生,如果克赖不高明,我就不会要他的画,这你是知道的。"恩德尔曼太太十分高傲和表示遗憾地说道。

"我的丈夫不懂这个,他只熟悉绒毛布。"科恩太太很热情地解释道,人们听后都"扑哧"一声笑了起来。

"这是多美呀!海像真的一样,完全和我在热那亚[1]的别墅近旁的海一样,我们去年在热那亚待过。"

"比阿里兹[2]那儿的海也很大,可是我不愿看它,因为我一看到它就感到不舒服。"

"请你们注意,这画上几乎可以听到海啸了。啊!这些花美得

---

[1] 意大利滨海城市。

[2] 法国西南部海滨沐浴胜地。

就和真的一样，真香啊！"恩德尔曼太太喃喃地说着，竭力想让聚集的人们注意看画，因为她发现他们都要走了。

"连颜色和气味也可以闻到。"克纳贝把身子靠近画，吆喝道。

"先生们，你们可以看到，这是因为我又把画重新粉饰了一番。"

"可是这样，原来的颜色就失去光泽和变暗了。只有新涂上的一层颜色才大放光彩，这样就难于看出画的原貌。"特拉文斯卡低声地对他说道，因为她很懂画。

"我爱看涂得很亮的画，不管是风景画[1]、风俗画、神话题材或历史题材的画，对我来说，都是一样。我所有的都买，因为我们可以这样做。我喜欢让我的画更有光彩，这样看起来才像个样子。"她虽然高声地一本正经地在那里解释，可是尼娜却似乎不得不把扇子遮住自己的面孔，以免笑了出来。

"贝尔纳尔德，我说得没有道理吗？"

"完全有道理，因为这样就使画有了更大的价值。谁愿意在厨房里用一个没有洗干净烧旧了的锅？"

"我亲爱的[2]，你在笑我吗？可是我承认，我喜欢让家里的一切看起来都整整齐齐，都是新的……"

"我知道，所以你才用香脂擦洗旧猎枪和中国的铜像。"

鲁莎听到这些说明后，爽朗地笑起来了，为了止住笑声，她吆喝道：

"我去把父亲叫来看画。"

---

[1] 原文是德文。
[2] 原文是德文。

不一会儿,她到小吃部去了,因为莎亚在这里和米勒坐在一起。她对父亲提出了请求。

"这种展览与我有什么关系?我和米勒先生在一起很好嘛!我知道大海,它是一个什么样的大场面呢?比我在庄园里挖的那个养鱼池稍微大点儿。基普曼,我抽个时候可以把你请到我的领地里去看看。"他对坐在小吃部的一个老朋友说。

"我的弟妹你以为怎样?"贝尔纳尔德问博罗维耶茨基道。

"不管怎么说,她是个独特的女人。买画,展览,这个展览在她看来是比那粗暴、黑暗的百万钞票要高尚些。这不是什么需要、爱好和艺术的问题,而干脆是尊严的问题。"

"原因还不是主要的,由于这个或那个原因,都可以收集到相当可观数目的确有价值的作品。"

"啊!弟妹有自己的看法。她如果喜欢一幅画,她就会老是跑来观赏,询问行家这幅画值多少钱。她把它买来后,只有当她知道如果再把它卖出去,不会损失什么时,她才会坚决地出卖。"

"你去旅馆吗?库罗夫斯基今天在。"

"去,我有两个月没有见到他了。"

"请你替我在兄弟姐妹们面前解释一下,我马上就走。"

博罗维耶茨基握了握他的手,悄悄地走了。

他来到皮奥特科夫斯卡大街时,夜色已经涌遍了城市,路灯和商店的橱窗都亮起来了。

他呼吸着新鲜空气,感到轻松愉快。

在恩德尔曼家的客厅里时,他在利基耶尔托娃走了之后,没有马上离开客厅,这是因为他怕引起人们的注意,怕由此产生新的谣言，这些谣言是很破坏艾玛的名誉的。

他当时无论对社交、对节目、对新的画都没有兴趣，因此他在这里真是烦得要死了。

和艾玛的这次奇妙的谈话，特别是她的最后的几句话还一直回响在他的耳鼓里。

他无法理解自己的处境，因为他以前并没有感到这样的烦恼，没受过这样的刺激。

"轻蔑和仇恨！"他对一切都表示轻蔑和仇视，在他想到这些时，他觉得这给他带来了越来越大的痛苦。

第十二章

在博罗维耶茨基的住宅门前的一条人行道上,有一个带着四个孩子的女人在等他。她就是那个丈夫死后曾经问他要过抚恤金的女人。

"老爷,我来求您了。"她趴在他的脚前哀求道。

"你要什么?"他严厉地问道。

"为我丈夫被机器砸死一事,老爷答应过,工厂要给我钱的。"

"你就是米哈拉科娃吗?"他看着她的红红的眼睛和瘦削、发青、受到贫困摧残的脸庞,以温和的口气问道。

"要付给你们二百卢布的。你们应该去找巴乌埃尔先生,他会给你们钱,事情由他处理。"

"我今天找过这个德国人。可是这个该死的却把我从阶梯上推下来了,他叫仆人把我赶走,还说要把我关进牢里呀!他每天要玩,我什么时候能找他?这个狗东西,他要叫我孤苦伶仃地在贫困中死去呀!"

"你星期天去布霍尔茨的事务所,那里会给你钱。你们等着吧!"

"还要等吗?老爷!夏天过去了,挖土豆的时候过去了,难受的冬天过去了,春天又来了。我还在等呀!老爷!贫穷这只凶恶的野兽在咬我和孩子呀!可是什么办法也没有呀!我已经没法再忍受下去了。如果我的老爷、我亲爱的慈父您不救我,我就没有希望了呀!"

她开始低声地哭了,绝望地看着他的眼睛。

"我已经说了,你们星期天来吧!"他喃喃地说着,走进自己的住房,叫马泰乌什给了这个女人一个卢布。

"她还在吗?我曾三次把她从门厅里赶了出去,可是这个女人像只狗一样,从门边又回来了,和几个崽子一起哇哇地号叫。我没有别的办法,只有把她痛打一顿。"

"你把钱给她,不许你的指头碰她一下,听见没有?"他走进房后,气呼呼地叫了起来。

马克斯嘴里噙着一根烟睡在长沙发上,默里穿着一身黑衣服坐在他跟前,面带激动神色,饶有兴味地看着他手里拿的那顶帽子。

今天他的腮帮比平常动得更快,是因为他在不停地嚼什么东西。他常喜欢把背耸得高高的,所以他穿的大衣几乎盖到脖子上了。

卡罗尔只对他们点了点头,便进自己的房里去了。

他整理了一下写字台上的纸和瓶里插着的花,久久地看着安卡的照片,拆开了她写来的一封信,但他没有看信,又把它放在一边,开始在房间里徘徊。随后他在每个沙发上轮流坐了坐,朝窗子外面望去。

他是一个在心灵上受到了创伤的人,对自己的困难处境毫无办法。由于心神不定,他不得不经常寻求平衡和精神上的依靠。

他不能排除那使他感到痛苦的对艾玛的话的回忆。

最后,他坐在窗下,无意识地眺望那高悬在城市上空行将熄灭的晚霞。

朦胧的黄昏充溢着整个房间,造成了人们感觉得到的烦闷的气氛。

他没有把灯点燃,而是坐在这一片漆黑的房间里,听着外面街上到处响起的喧闹声。

马克斯的嗓音很少传来,而英国人默里的低声说话却可以越来越清楚地听见,他说:

"你在想什么?狗还习惯于自己的窝呢!你知道,我在斯姆林斯基夫妇那里感到多么的温暖和宁静啊!那儿多么好、多么明亮、多么惬意啊!可是后来我就不安了,因为我想我还必须回到自己家里,回到这空荡荡的四堵墙内,回到这漆黑和阴冷的房间里。我对单身生活已经厌烦,今天我决定……"

"求爱……这是第几次了。"马克斯嘟囔着。

"是的,复活节后我就要结婚。六月度假,带妻子去英国,看我的父母。哎呀!她今天在教堂里是多么漂亮呀!"他嚷道。

"你看中的人是谁?"

"明天你会知道的。"

"德国人、犹太人,还是波兰人?"马克斯饶有兴味地进行猜测。

"波兰人。"

"她如果是天主教徒,就不会嫁给你。因为她们这些人虔信自己的宗教,就像醉鬼一样的顽固。"

"这不要紧。我可以悄悄地对你说,只要她爱我,我可以改信天主教。对我来说什么都一样,爱情就是我的宗教。"

"现在对你来说只有老婆了。"

"只有妻子才是可爱和可敬的,只有妻子才值得崇拜。"

"开始还是慢一点儿为好[1]。你还没有结婚,先谈恋爱吧!"博罗维耶茨基打断了他们的谈话。

"马克斯,你要去找库罗夫斯基吗?"

"去。你马上要走?"

"是的。再见,默里!"

"我和你一起走。"

他马上披上了外衣,辞别后,两人走了。

在皮奥特科夫斯卡大街靠近盖耶尔市场和福音街一边的人行道上,这时静寂无人,空荡荡的。

一些低矮平房上的明亮的窗子面对着大街,透过它们可以清楚地看到房里的摆设。

博罗维耶茨基没有说话,默里却喜欢时不时地走到这些窗子旁边,十分好奇地往里面看看。

"你瞧,真好看呀!"他站在一个窗子边吆喝道。窗里虽然挂上了一层薄薄的帘子,透过它依然可以看见里面是一间大房。房中间摆着一张桌子,被吊灯照得很亮,桌边围坐着一家人。

红脸的父亲身上系着一块台布,正把一个烟气升腾的瓶子里的流质倒进孩子们吃饭用的盘子,他们以贪婪的眼色打量着父亲。

母亲是个高大的德国女人,脸色明朗而带笑容,身上系着一条蓝色的围裙。她把另外一些盘子摆在一个白发苍苍的老妇人和一个同样上了岁数的男人面前。这个老人正在高声地说话,把他抽的烟

---

[1] 原文是德文。

灰往烟灰缸里抖去。

"他们一定是过得不错的。"默里看到这个普通的场面后，喃喃地说。

"是的，他们那里很暖和，他们的胃口也挺好，桌上摆的是午饭。"卡罗尔不高兴地唠叨着。他走的步子较快，英国人由于一直凝视着那些闪闪烁烁的窗子，走得很慢，落到后面去了。

他害了严重的思乡病。

博罗维耶茨基推推搡搡地和一群从旁边胡同里拥出来挤满了皮奥特科夫斯卡大街人行道上的工人混在一起了，他毫无目的地随着人群前进。

去库罗夫斯基家还太早，上酒馆又没有这种闲情逸致，他在住处感到百无聊赖才出来的，现在只好在街上闲溜达；不知道自己要干什么，几个钟头就这样度过了。

他在贝内迪克特街逛了一阵后，又来到斯帕策罗瓦街，这里比较静，也没有灯光。他在这儿同样是从街头到街尾来回地踱步。

他这是为了使自己身体疲劳，抵抗那由于良心发现而使他越来越感受到的奇怪的痛苦，同时消除他对艾玛的怀念。

他开始重新考虑他和艾玛的关系，因为这个关系被她今天对他所表示的轻蔑和仇视给粗暴地拆散了，他不能不这样做。

他不是一个没有经验和多愁善感的年轻人，他对人们的不幸并不经常关心，可在这件事情上，他总觉得他给别人造成了很大的屈辱。

当他回想到她过去吻过他、爱过他、表现过高尚的品德，而现在他们在恩德尔曼家会面，她却对他不再表现热情的时候，当他回

想到自己对她所能记得的一切的时候,他感到十分烦恼,因为在他心里产生了一种十分强烈和不可克制的热望:

他希望得到她对他的爱。

他的心里不可能平静,因为他不能设想他和她就这样诀别,就这样再也吻不到她的嘴了,就这样看不到她是怎样把她的骄傲的头放在他的怀里了。

他好几次想要到她家里去。他的心在不停地跳着,觉得自己也六神无主,他想到了他们的过去,当他来到她家时,她是如何一面呼唤一面迎接他的。

可现在他并没有去她家里,依然在街上闲逛。

他本想非得为自己辩解一番不可,但又觉得没有辩解的理由。

后来他清楚地记起了不久前对她发过誓,保证永远爱她,可是现在却未能这样,为此他很感抱愧。

他对他自己目前的无能为力也很感到羞惭。

他尽管有做买卖的聪明才智和冷静的头脑,但他却有意做过许多坏事。他现在只好和人隔绝了,他不得不以自私的诡辩作为掩护,隐瞒自己的心思。

他把生活中一切富于感情色彩、可以引起人们最平常和最自然的冲动的东西都抛弃了,把一切妨碍他的发财致富和宁静生活的东西都抛弃了。

他对什么都冷酷无情,一心只顾做投机买卖,他欺骗那些爱他的女人,因为这些女人比那些要出钱买的妓女更容易到手些。他认为结婚也是这样,一切都得先算一算能赚多少钱。他有时感到自己是一个新人,一个与众不同的人,一个被家庭、学校、社会遗弃了的人，一个没有志向、期求和信仰的人。因为在他的身上，这一切都完全丧失了。

他唯一感觉到的，是这个过去爱过他、现在却轻蔑他的女人，这个他难以对付的力的化身，就像已被深深埋葬了的花朵重又钻出了地面似的，又在他的面前出现了。

他对此感到十分恐惧，因为他发现他还没有把自己的整个灵魂献给生意买卖，献给工厂，献给个人的事业，在他的灵魂深处仍然有这个怪影，它甚至比以前更大，甚至要求自己生存的权利。

只有在罗兹的工厂生活中，才焕发出了他的第一个新的青春，这是一个充满着新的信仰和幻想的青春。因此，他认为他对一切都得重新考虑。

他感到他自己十分孤独。

他急急忙忙地来到了"侨民之家"，可是这里除了一个女仆外，没有遇见别人。

女仆人告诉他，说太太们马上就会来，因为每逢星期天，客人们一般都会在这里聚会。

"卡玛小姐在哪儿？"

"在客厅里。刚才我听到了皮科洛的吠叫声，卡玛小姐一定在那儿。"

他在客厅发现卡玛睡在一个长沙发上。皮科洛在那里低声地叫着，打搅了她，它看见卡罗尔后，便把自己毛发蓬散的白脑袋藏到她的头发里，不再做声了。

卡玛仰面睡着，把两只手放在头下。阳光从穿堂里通过开着的门射了进来，照在她孩子般的红扑扑的小脸上。这张小脸的周围还围着一圈黑发，发上插着一些白色的簪子。

卡罗尔进来时步子很轻，为的是不惊醒她。

"我没有地方可去。"他想道，因为他记起了他曾答应今天傍晚去露茜那里，可是他没有去。

现在，当他想到艾玛时，他感到苦恼、忧愁，浑身就要发抖。对露茜的失信，又使他受到良心上的责备。

可是露茜对他的粗暴和愚蠢却是很令人生气的，因此他在她身上昨天还看到的优点，现在都消失不见了。

可以肯定，他现在如果说到她，就会完全否定她，事事都为自己辩护，这样他在精神上也可以得到一点儿自我安慰。

他只好什么也不想，一个人来到旅馆里找库罗夫斯基，因为他好几个星期没有看到他了。

"库罗夫斯基先生在吗？"他登上一楼后，问一个侍者道。

"我马上去问问，是不是起床了。"

侍者过了一会儿，来请博罗维耶茨基和他同往。

"卡罗尔吗？"第二间房里一个雄健有力、十分响亮的嗓子问道。

"是的，你还在睡吗？"

"没有睡。请你到小客厅里去，两分钟以后我就来。"

博罗维耶茨基在这间摆设得很华美的、小巧玲珑的小客厅里踱步，耐心地等着。

库罗夫斯基除了在城郊自己工厂的附近有一栋住宅外，这个旅馆是他在罗兹的第二套住宅。如他本人所说，这套住宅是"用于待客的"。

他每个星期六都来这里，一般是晚上应酬一些要好的熟人，和他们一起喝酒、聊天、玩纸牌。整个星期天他都睡觉，晚上回到家里，从此便整个星期都不露面。

多少年来他的生活就是这样。

虽然他常接待和他亲近的人，互相称呼"你"，可是他却没有自己的知心朋友。

这是一个阶级叛逆者的典型，他睡在这块"福地"上，在赚钱方面适应了它的气候的变化，但脱离了他所出身的世界。

人们关于他是知道得不多的。

十年前，他在罗兹出现时，已经抛弃了一大笔财产，自己身边所剩无几。然而他的心情却是高兴的。他当时和一个很坏的骗子合伙办了一家工厂，一年之后，他一文钱也未挣到就退出来了。此后他想一个人干点儿什么，依然很不走运。后来他在布霍尔茨的工厂里找到了一个低等职务，他把他几年来在这里的艰苦生活叫作"学习干活"。

最后他才和人合股开了一个化学加工工厂，这样的工厂他在德国开设过。这一次他不仅没有破产，相反的是，由于他的股东、这个过去的产业主后来到华沙去了，想在电车上找一个职业，工厂便为他一人所有。

工厂在他的辛勤劳动、他的坚持不懈和具有深谋远虑的行政管理以及扎扎实实的内行知识的指导下，以疯狂的美国式的速度发展起来了，这只有在罗兹才可以看到。

他没有破产，没有放火烧过工厂，也没有欺骗别人，但却很快地挣得了一笔财产。因为在他下决心要挣得这笔财产后，他是以拼命的劳动和坚持不懈的精神去奋争的。

他是一个很古怪的人。

他本来是一个道地的贵族,却又仇视贵族,他本来是一个保守主义者却又狂热地信奉知识的进步;他本来是一个主张自由思想的人却又是一个绝对主义的极端的崇拜者;他本来是个虔诚的天主教徒却处心积虑地嘲弄一切宗教;他本来是个讲究奢华的游手好闲者,吃不了劳动的苦,可同时又成了一个热情的劳动者。

他讥讽所有的人和一切,但对不幸者却富有一颗同情的心,他的伟大的智慧表现在对一切都能容忍。

这是在一个表里看来一致的人的身上表现出的真正的矛盾。

"库罗夫斯基,这是一个波兰式的混杂体[1]。"十分尊重他的布霍尔茨曾经下过这样的定义。

博罗维耶茨基在小客厅里打住了脚步,因为他仿佛听见了库罗夫斯基房间里女人的说话声和她们的裙子拖在地上的窸窸窣窣声。可是过了一会儿,这声音就没有了,于是他往这间房里走去。

他感到忐忑不安,和主人打了招呼后,心烦地坐在一张桌子边。

"今天有谁会来吗?"库罗夫斯基用他的核桃一样大的眼睛看着卡罗尔,问道。

"据我所知,大家都会来。我们有整整三个星期没有见面了。"

"你们在惦记我,是吗?"他随便说道。

在他的脸上掠过一丝微笑。

"就是为了使你不至怀疑,我们也该如此。"

"我不怀疑。可是我不能不把我这国王的高贵想法先告诉你。"

---

[1] 原文是德文。

"你不希望我们惦记你吗?"

"我不会这样。我们且不谈这个。你今天的态度有点儿不明确,可是你的脸色今天却第一次像个大丈夫的样子。"

"为什么不是一个消化不良的病患者的脸色?"卡罗尔感到在库罗夫斯基的这句话中点出了他的真实情况,便嚷了起来。

"你爱怎么说就怎么说吧!他们当真来吗?"他看着钟问道。同时以鄙夷的、凶恶的眼光望着一幅遮住了卧室的门帘。在帘子的那边,又可以听到那响得十分斯文的窸窸窣窣的声音。

"马克斯、恩德尔曼和凯斯勒一定会来,因为马克斯已经睡够了,其他两个在恩德尔曼家今天的娱乐会上已经感到很烦了。"

"我也得到了邀请!好啦!那些可爱的小山羊去的多吗?"

"你说得真妙呀!贝尔纳尔德对我详细介绍了她们的嫁妆,我按序都一一看了,可是没有一点儿醒人耳目的东西,没有。"

他感到不愉快地摇了摇头,因为艾玛的面孔又出现在他的眼前,他又想起了她对他说过的话。

"特拉文斯基夫妇也要去,他昨天在我这儿说过。"

"他们去了。他在这个犹太人和德国人的汪洋大海中,感到很憋闷,而她的漂亮和十分讲究的穿着则引起了轰动。斯姆林斯卡也去了。"

"她去了吗?这是一件大事。你从哪儿去找她这种古典美呀!"

"你说得对。她的匀称的体态比她的漂亮的脸庞更令人赞赏。大家都议论着她的青年时代,说她在那个时候就很漂亮,这种看法也是从那个时候就没有间断地传下来的。"

博罗维耶茨基歪着嘴笑了笑。大家都没有说话。

"你好像在想什么？"

"为什么你有三个星期没在罗兹？"卡罗尔没有回答他的问题，却问他道。

"为什么？"他将一把刀子往上一扔，然后像杂技演员一样，灵巧地接在手中，"为什么？就是为了这个。"他转过身来把胳膊伸给他看，指着那包上了纱布的左手说。

"发生了什么事？"

"是的，被两块钢片切坏了。"

"什么时候？"他很快地问道，好像不相信似的。

"两个星期以前。"他低声回答道。他的两道紧锁着的黑眉毛就像挂在他的一双严峻的眼睛上的两张弓。

博罗维耶茨基这才看出他脸上显现出病态的苍白，他的眼睛已经塌陷下去了。

"为了女人？"这话与其说是对对方说的，还不如说是对自己。

"我不认识任何一个可以使我为她献出手指的女人。"他很快地说道，心神不定地抚摸着他的稀疏的黑头发和把他的衣领和胸脯遮住了的乌黑的胡须。

"因为这样的女人没有，完全没有！"卡罗尔开始高声地说，"女人不是一些蠢猪，就是一群多愁善感的、好哭的鹅，在她们当中找不到一个人、一个完全的人。"

他想趁机对女人进行报复，可是库罗夫斯基打断了他的话。

"你在自己情人身上要找到的不是人性，而只是爱情。如果你不停止胡诌什么女人没有人性，如果你继续把女人看成是玩具和饲料，如果你要通过自己胃口——只是胃口——的三棱镜去看女人，你对女人就没有发言权。"

"我感兴趣的是，在我们中，谁对年轻漂亮的女人能有不同的看法？"

"这我不知道，可我不像你那样看。"他很随便地回答道。

"仅仅由于这个原因，你就要剥夺我发表议论的权利吗？"他很生气地问道。

"你难道可以禁止我说出我们之间虽然是表面上的这种矛盾吗？"

他开始笑了。

"这么说我们干吗要玩弄这些空洞的言词呢？"

"我一开始就这么认为，而你在四十分钟以后才想到这一点。"

"祝你健康！"卡罗尔生气地说完后，便朝门外走去，可是库罗夫斯基急忙拦住了他。

"别古怪了，你对别人生气，却迁怒于我。留下来吧，我今天不让任何人再来了。"他把话说完了。

卡罗尔终于留下。他坐在沙发上，以迟钝的眼神看着十几支在一些大银烛台上燃起的蜡烛。因为库罗夫斯基对在房子里点煤气灯、煤油灯和电灯都很不习惯。

"你收回你今天不接待任何人的说法吧，我马上就走。"

"我当然收回。而且我还想见一见贝尔纳尔德这个罗兹的小哈姆雷特，他在模仿我说的话、我下的定义，还有我的袜子的颜色时，把它们都丑化了。我想看一看马克斯这一块肉和凯斯勒这个德意志狼，其他的就不说了。这段时期，你们都没有来我这儿呀！"

"在你病中没有人来让你高兴高兴吗？"

"的确,老实告诉你吧!你们有时是很会逗笑的。"

"你知道这一点很好,为此我要以大家的名义对你的诚实表示感谢。"

"不诚实是很难的。"他开玩笑地吆喝道。两个人互相看着对方的眼睛笑了起来,可是没有说话。

库罗夫斯基走到第二间房里,过了一会儿,又折了回来。

卡罗尔瞅着他,觉得很有必要对他说几句话,哪怕是说半句都可以。但他没有说,面对库罗夫斯基脸上冷冰冰的表情和带讥讽的神色,他觉得还是不说的好,于是他退了几步,力图控制脸上表现的不满。

"你的工厂怎么样?"过了一会儿,库罗夫斯基问道。

"就像我在最近的一封信中对你说的。莫雷茨再过一星期就来,到那时候我们就可以工作了。"

"我忘了告诉你,我在华沙遇见了安卡小姐。"

"我不知道她会在那里。"

"她有什么必要说出去呢?你希望小姐们的世界就终止于情人身上吗?"

"我以为正应当如此。"

"如果她们没有情人呢?为什么你的天地并没有终止于恋爱呢?"

"一个有趣的问题。你是布约恩斯坦恩·布约恩森[1]思想的信奉者。我怀疑的是,你的情人是否喜欢这个。"

---

[1] 布约恩斯坦恩·布约恩森(1832—1919),挪威作家。

"哎哟！"他开始打起盹儿来，"这些事对我来说毫无关系。"

"今天是这样的。"

"可能明天还是这样。"他说完后，随便按了按电铃，叫来了仆人。他叫仆人今天不准任何人来见他，并且把晚饭的菜单拿来。

卡罗尔使劲伸展了一下身子，然后把头靠在沙发背上。

"把床抬来，怎么样？"

"谢谢你，我马上就问去。我真烦透了，我对什么都讨厌，越来越感到全身没有气力。"

"叫仆人在你的脸上抽两下，你就会清醒点儿。这是一个治本的办法，因为冷淡是生活最可怕的敌人。"

"你在回信中没有告诉我，你给不给信贷？"

"我给。我问你，你为什么不对仆人说，今天你是为谈生意来的？如果这样，我就要告诉你，生意应当在事务所里谈，这里只接待朋友。"

"对不起，我是无意识问的。你不要奇怪，好像我被自己的工厂吞了一样，我是想让工厂尽快开工。"

"你这么急需要钱？"

"并不是如独立自主那样的需要。"

"只有穷人才能独立自主。就是最有钱的百万富翁也是没有独立自主的。一个享有一个卢布的人就是这个卢布的奴隶。"

"自相矛盾。"

"你多想想，就会相信的。"

"也可能。总之我宁愿像布霍尔茨那样，靠自己的百万卢布，而不愿依靠那第一个发了财的雇农。"

"这是另外的更为实际的问题,可是我们的视野应该更广阔一些,这种独立自主一般来说,完全是一种幻想。而具体的独立性、如富人的独立性则是遭受奴役。像克诺尔、布霍尔茨、莎亚、米勒和千百个这样的人,他们都是自己工厂的最可怜的奴隶,最没有独立自主的机器,别的什么也不是!你是了解工厂老板和工厂生活的,你对此像我一样熟悉。你想想,今天世界上的安排是多么奇怪,人征服了大自然的伟力,发现了各种力量,而自己却被这些力量套上了枷锁。人制造了机器,机器却把人变成了自己的奴隶。机器会没有止歇地继续发展、更加强大,因此人所遭受的奴役也会更大,更严重。你看[1],胜利的取得总比失败要付出更大的代价,你想一想吧!"

"不,我定可以得出完全不同的结论。"

"我的结论是现成的,我马上就可以对你说,我的结论是合乎逻辑的。"

"我感到奇怪的是,你自己也甘愿成为你的工厂的奴隶。"

"你怎么知道我甘愿?你怎么不考虑这里面有一种必然性、一种铁的必然性、一种很厉害的强力存在!"

他很快表示不满地说道。这种不满的产生是由于他回忆起过去一些使他感到痛苦的事。

"你并不是很彻底的。如果我像你这么想,以你的观点去看世界,我就什么也不会干,为什么要去干呢?"

"为了钱,为了我必须有的这么多钱,这是第一个原因,再是

---

[1] 原文是法文。

为了不让各种各样的德国佬对我说,'去摩洛哥'。此外,我多少要赋予这块到处都是欺骗的土地一点儿德行。"他带讥讽地把话说完了。

"德行在这里卖得起价?"

"德行有什么价值,难道说没有价值就不能好好出卖?"

"你没有把你的德行和你自己的价格提高多少。"卡罗尔说道,他想起了自己的一个虽然在公司里投了很多资却没有赚一文钱就走了的股东。

"这是无耻的诽谤。"库罗夫斯基狂怒地用椅子敲击着地板,大声吼起来。

他的眼里燃起了烈火,他的脸庞由于激动而急剧地抽搐着,可是他很快就恢复平静,又坐了下来,抽了几口烟,扔掉后伸出手来,低声地说道:

"对不起,如果我冒犯了你的话。"

"我信了谣言,因为我是以罗兹的观点来看你的。可是现在我相信你,我没有生你的气。我知道我的看法会使你感到痛苦。"

"我没有搞欺骗,因为我的情况不容许,也没有对象。"他说道,可是面对库罗夫斯基这种玩世不恭的态度,他很生气。

他叫人送来了一瓶酒,自己一杯杯地喝着。

"遗憾的是,我没有生活在一百年前。"他以不寻常的语调说道。

"为什么?"

"因为那样我在世界上能玩得更痛快。一百年前的世界还是好的。那时候还存在强毅的个性和火一般的激情。如果是罪犯,那就是像丹东[1]、罗伯斯庇尔[2]、拿破仑这样的大罪犯;如果是卖国贼,那就是出卖全体人民的卖国贼;如果是贼,那就是窃国大盗。可是今天怎么样呢?掏钱包的小偷和用小刀捅肚子的罪犯。"

"在那个时代,你没有必要开化学工厂。"

"我会有另外的工作,我可以帮助罗伯斯庇尔们砍掉吉伦特派[3]的头,然后帮助丹东和巴拉斯[4]砍掉罗伯斯庇尔的头,剩下的叫他们用棍子打死,然后扔去喂狗。"

"最后怎么样呢?"卡罗尔问道,他惴惴不安地瞅着库罗夫斯基,因为他发现他一面说一面闭上了眼睛,看来不完全清醒了。

"最后自由、平等、博爱[5]太太会冲我的眼睛里啐唾沫。因为这一切都荒谬绝伦,散发着臭气。我只有帮助伟大的[6]把坏蛋们从世界上清除掉。"

卡罗尔拿起帽子笑了。

"晚安!"

"你就走吗?你才坐了一个半小时。"

"你算得这样精确?"

"我怕时间耽误得太多。好啦!蠢话已经说够了。下个星期六

---

[1] 乔治·雅克·丹东(1759—1794),十八世纪法国资产阶级革命时期活动家。
[2] 罗伯斯庇尔(1758—1794),十八世纪法国资产阶级革命时期雅各宾派政府的首领。
[3] 十八世纪法国资产阶级革命时期代表大工商资产阶级利益的政治集团,因其首领多出身于吉伦特郡得名。
[4] 巴拉斯(1755—1829),十九世纪法国资产阶级革命时期热月党首领之一。
[5] 原文是法文。
[6] 指拿破仑。

我等着你，等着你们所有的人。"

"下星期六我打算到我的女友那儿去。"

"你派一个代表你的人去吧！你自己星期天再去。我一定等着你。"

卡罗尔来到皮奥特科夫斯卡大街，可是他比以前更心烦和百无聊赖了。

他唯一的所得，就是他那内心深处感到的不安和良心上的自责现在已经不复存在了。

刚才在库罗夫斯基家里的情景在他的心中还隐现着，他有时甚至忘了自己，在他的脑子里回响着库罗夫斯基许多自相矛盾的话，他急忙揣摩这些话。

他的心情终于安定下来。因为他急于想吃点儿东西，便走上了去"胜利"餐厅的道路。

餐厅里几乎没有人，是因为戏院刚开始演出。

堂倌们在一个面临大街的阴暗的大厅里打盹儿。布姆－布姆在两个最大的和十分明亮的厅里徘徊，"咯吱咯吱"地弹着指头，理着夹鼻眼镜，不时地还在房中间停一下，用他那双凸出的、毫无表情的眼看着电灯。

在小吃部的旁边，站着一个身材高大和壮实的男人。他的头不大，还歪到了一边，头上盖着一层蓬松的黑发。那深深扎在眼睛里的两个小小的黑瞳孔熠熠生光，把他的发红的面孔也照亮了。在脸上还画着一道宽阔的嘴，两片嘴唇卷得很高，就像贴在青色线轴上的棉絮一般。

布姆－布姆来到了小吃部前，舔着闪闪发亮的嘴唇，吹着斜到了一边的黑胡子，擦了擦桌布；然后他便和一个站在他跟前的矮个子的人低声说起话来。这个矮个子在狼吞虎咽地吃着一块夹肉面包,擦着他的由于脂肪过多而好像肿起来了的眼睛,与此同时,他的胡髭、鼻子和眉毛也随着动起来了。

"我亲爱的少爷!这酒再给我来一杯,好吗?请太太倒酒来,来一点儿青菜酱、鞑靼牛排,好吗?我们两人就可以吃得不错了。"

他们敲着地板,尽情地喝酒。

"我亲爱的少爷,再喝了这三杯,怎么样?"

卡罗尔从院子走进了房里。在堂倌把食物给他送来后,他开始翻阅最近的报纸。

布姆-布姆不一会儿也跟在他的后面,走着一条弯弯曲曲的路线,来到了他跟前,两只脚使劲地跳了几下,便像患脊髓痨病人一样,浑身直打哆嗦,他的夹鼻眼镜也不时地掉在他的胸脯上。

"晚安!经理是稀客!"他含含糊糊地嘟囔着,一双没有神色的鱼眼睛盯着博罗维耶茨基。

"我住得很远。"卡罗尔回答得很简单,用报纸遮住了自己的脸,表示叫布姆-布姆快点儿走开。"这是为什么?"布姆-布姆走到他跟前后,马上问道,同时不由自主地后退了几步。

"啊!经理的胳膊和背上有几根蓝线。"

布姆-布姆开始从卡罗尔的身上扯下这些线,可是他的动作使人看起来就好像这些线长得永远也扯不完似的。

博罗维耶茨基照了照镜子,可是却什么也没瞅见。

"今天所有的人好像都被什么缠住了一样。"布姆-布姆啜嚅着说,"你身上还有线。"

他继续从卡罗尔身上扯着这些幻想的线,把它在手里缠了缠后，便扔在地板上，然后再扯。他的一双眼睛也不自然地动了起来，可是他除了这些缠在博罗维耶茨基身上的蓝线卷之外，什么也看不见。卡罗尔心烦了，便指着布姆-布姆的头，按铃把堂倌叫了过来。

堂倌拉着布姆-布姆的胳膊，把他扶了出去。

布姆-布姆没有抵抗，跟着他踉踉跄跄地走着，只不过仍不停地做着从卡罗尔身上扯下一把把线往地上扔去的动作。

这个场面给博罗维耶茨基留下了不愉快的印象。他迅速吃完后，就出去了。在经过小吃部时，他没有再遇到布姆-布姆。只有那个高个子依然坐在桌旁，大声舔着他的舌头，嘴里嚼着一块牛肉排，在不停地唠叨。

"手，给我这只……手，亲爱的少爷小心！只要干，就会……成功。"

他旁边的一个矮个子没有回答，因为他的嘴里塞满了肉，他的脸在迅速地努动着。

博罗维耶茨基来到梅耶尔商场附近街道的一个角落里，在一盏路灯下又看见了布姆-布姆，他走得很慢，依然在缠着他想象的这些线，他对着路灯缠，对着过路行人缠，对着房子缠，对着空气也不停地缠着，还不时地在头上乱抓一顿，他以为在整个大街上都布满了线，就像蛛网一样。他要把这些线拉得紧紧的，把它们都扯断，可他有时反而感到自己像被这些线扯碎了似的。

"神经病[1]！"卡罗尔喃喃地说着，给了布姆-布姆一个耳光，便往家走去。他打算回家后马上睡觉，要利用一切时间把觉睡够。

---

[1] 原文是拉丁文。

马泰乌什在拉手风琴，因为在长长的、阴暗的穿堂里，邻家的几个仆人在兴致勃勃地跳着华尔兹舞。

卡罗尔来后，停止了他们的娱乐，把马泰乌什叫到了自己的住房里。

马克斯·巴乌姆不在，只剩下在他走后嘘嘘响着的火水壶。

他叫仆人把床抬了过来，告诉他们在穿堂里要保持安静，因为他喝完茶后马上就要睡觉。

可是他并没有睡，因为在周围安静了后，烦恼就像厉害的痉挛症一样攫住了他，他不知道自己该怎么办。

他脱下了衣服，但他没有睡，开始翻阅一些纸张，不高兴地把它们往桌子上扔去；然后再去看马克斯的房间，那里的灯已经熄了，房间里没有人。

他再去看大街时，街上很静，就像在节日活动之后已经沉睡了一样。

整个住宅都笼罩着寂静，令人感到压抑的寂静。他房间的每一个角落里，都是寂静和空荡荡的。

他不能长时间地忍受这种孤独，于是急急忙忙把衣服穿上。这时候，不管是不久前因艾玛而使他感到的痛苦，还是决定如何改变他的生活方式，他都忘了，他要到露茜那儿去。

第十三章

第二天午后，博罗维耶茨基已经清醒，在经历了昨天夜里的感情冲动之后，他现在完全平静下来了。他除了感到自己十分可笑外，没有其他感觉。他觉得他应当以清醒的头脑兴高采烈地去迎接这沉醉于阳光、温暖和已经来到的春天的欢乐中的罗兹的星期天。因此他决定去米勒家拜访。

他的准备过于琐细，使马克斯也感到不耐烦地唠叨起来。

"你是一个喜剧中的情夫！"

马克斯的情绪今天本来很不好。

他回到家里已经很晚，第二天起床也很迟，直到午后两点他才起来，起来后就在房里找鞋，他找遍了房里的每个角落，可是没有找到。然后他开始穿衣，所有的衣服又不合身，因此他气得把被褥和衣服扔得满地都是，乱踩一通，还不停地咒骂马泰乌什，责怪洗衣妇不该把他的衣领烤坏，埋怨鞋匠在修他的鞋时不该在中间留下一个尖尖的钉子。可是他把这一切对马泰乌什说了后，马泰乌什却反而骂他说得不对，皮鞋中软绵绵的，像天鹅绒一样。

"连一粒尘土、一根小刺都没有。"

"你是个猴子，明明扎了我，你却说什么也没有。"

"我把指头伸进去了，没有发现什么，后来我又伸进手去，也什么都没有。"

"你把舌头伸进去舔一舔，就会有我的脚伸进去时的感觉！"他吆喝道，把鞋脱下来交给他。

"哼！我和你不一样，在这个地方不长舌头。"这个机灵的仆人生气地说完后，"吱呀"一声打开了门，便愤愤地冲了出去。

马克斯走到窗边，借灯光的亮用火钩在鞋里乱捣。

"为此你就这样不高兴？"博罗维耶茨基把手套收起来后感到疑惑地问道。

"为什么？魔鬼把我所有的东西都抢走了。昨天库罗夫斯基浪费了我整整一个晚上。他在家，可是不接待客人，只留了一只……猴子！我回到家时很生气，幸好晚饭还吃得不错。但愿闪电把世界上所有的皮鞋都烧光，把所有的鞋匠都烧死。"

他把皮鞋在地板上敲得啪啪直响，将火钩扔到炉子下面，急忙开始脱衣服。

"你要干什么？"

"睡觉。"他不高兴地说道，"见他妈的鬼，这鞋我不穿了，太扎脚。这个畜生烧坏了我的衣领，家里成了地狱，这一切够受的了。马泰乌什！"他满腔怒火地吼着，"如果谁来找我，你就说我今天不在，听见没有。"

"知道了，如果这……这个名叫安特卡的小姐来了呢？"

"把她赶走，如果你叫醒了我，我要把你的脑袋来一个大翻个儿，把你的嘴巴撕成棉絮一样，叫你的情妇再也认不得你。你去把电话机包起来，把火水壶和所有的报纸给拿来。"

"你们这儿怎么啦？"卡罗尔问道，可是他对马克斯的这种度节日和星期天的方式一点儿也不感到奇怪，因为这里是经常如此的。

"怎么啦？从明天起，每个工作日我们就要减少百分之二十五了。季节萧条，仓库里堆得满满的，东西卖不出去。期票到了期不付钱。再者父亲不像早先那样，减少工作日的钟点，或者解雇半数的工人，他现在只知道哭了，说什么如果这样，这些穷苦人就会没有饭吃，就会找各种各样的恶棍流氓去借钱。一年后，他自己也会没有饭吃，如果他喜欢这个，就让他去寻死吧，可是我这样苦着该怎么办呀？"

"一半的工厂降低了工资，解雇了工人，压缩了生产。这个我是昨天在恩德尔曼家里听说的，他们说得很详细。"

"让魔鬼把所有的都抢走吧！这和我有什么关系。我只希望不要把我的拿走，让我可以安安稳稳地睡大觉。"

他于是蒙上了被子，气冲冲地把脸对着墙壁。

"你父亲一定很为你担心，我对他也深表遗憾。"

"你不要对我说他了。我很恼火，我可以把他白白地送给任何人。"他吆喝着，猛然从床上坐了起来，"老笨蛋，他做起事来就像一个工人，只知道卖傻劲，大夫要他，甚至命令他今年去埃姆斯[1]休养，他也没有去。好，经过这一番苦干，所有的车床才算安装起来，可昨天贝尔塔的丈夫又来了。这个可爱的弗里茨·韦尔要找他借钱，老头儿差不多把所有的钱都拿出来了，给了这个流氓，然后他对妈妈说，他现在感觉很好，不用到海滨去了。我真不知道，我们该怎么办，因为我拯救公司的信心已经没有了。四十年的劳动，

---

[1] 埃姆斯，德国著名的休养地。

他老老实实挣得了这些钱，现在他却要自寻绝路，我不得不把他的钱当作自己的钱收起来了。"

"你这话说得太早，他还可以坚持很长时间呢！"

"工厂开不到一年，就要关闭了，因为原料不足，如果工厂倒闭，老头是恢复不起来的！他只会和它一起死掉，我知道他。谁若坚持以手工业和蒸汽机竞争，就应当马上把他送到疯人院去。"

"真的，这种疯癫症怪得可笑。"

"对外国人来说，是可笑的；对我们来说，却是可悲的。特别是现在，当整个罗兹动荡不安的时候，当一些强有力的公司甚至也无法开工的时候，当破产在全罗兹散发着臭气的时候，当大家都在冒险、不知道谁可以提供贷款谁不可以的时候，更是如此。你想想看，这么多年来我们是怎样生活的？我们不是靠做被子和僧衣来维持生意，这个楚克尔已经会了，他们的货物售价还低百分之五十，我们靠的是生产红细布、红颜料，这个至今是谁也不会的。只有红布的买卖才好做，它的价格高，如果生意做得最好，把什么都可以和它一起卖掉，这样可以得百分之十的红利。一个小摊子对我来说已经不够了，如果你不想很快办工厂，我虽然什么也没有，一个人也要办，什么都不怕。我如果破产，那就破产吧！至少我有什么可以干的。"

他又躺下了，用被子包着耳朵，没有说话。

"时节不好，危机已经提上了日程。除了三家或者四家大工厂外，其他的都缩减了生产；这几家大工厂虽然可以渡过危机，但情况也不怎么妙。可是改善贸易状况的前景还是存在的，最近的官方消息说，全俄冬小麦去年秋季长势良好，冬天也很好地度过了，预计夏收会不错。如果今年春天的情况也好的话，如果有两年或者三年的丰收，粮价在这个时候不下落的话——这一点，由于在我们这里和国外没有存粮，由于印度和美国歉收，人们甚至料想不到——我们的市场每年秋季就会活跃起来。为什么罗兹的纺织业情况一定会好，还有一个原因，就是大的国营企业已经开办，它们会吃掉千百个百万富翁，使成千上万的失业者能有工作。你听见了没有，马克斯？"

"我听见了，可是我给你们说一句谚语吧：棍子虽然在做，鸟儿却仍在山林里。"

卡罗尔对此没有回答，他穿上大衣后，到米勒家去了。

他在皮奥特科夫斯基大街上看见了科兹沃夫斯基，这个人是成天在城里闲逛的。

他站着的时候，和一般人没有两样，他在迈着芭蕾舞步走着的时候，后脑勺上总要戴一顶高筒帽子，并且时时刻刻用他手杖上端的镶头将帽子往脑门儿上托。这时候，他在和戏院经理谈话。这位经理戴着一顶花白羊皮帽，长着鹰钩鼻子，胡须生得很密，而且亮闪闪的，他的容貌看起来像一个哥萨克的统领。

博罗维耶茨基对他们迅速地打了个招呼，也没有注意科兹沃夫斯基想要拦住他的马车的手势，便驱车走了。

米勒夫妇住在他的工厂大楼的后边。他们的住宅面对着另一条街，和工厂隔几个花园。

这条街上盖的房子还不很多，在他的房子后面就是田地了。但尽管如此，街上还是收拾得很整齐，铺上了砖，有人行道，由于有几个工厂主住在这里，也装上了煤气照明设备。

这是一栋矮小的平房，它的一边紧靠着一栋楼房，透过平房的窗子，可以看见里面在百花丛中时隐时现的玛达发黄的面孔。

卡罗尔在穿堂里遇见了米勒太太，她给他开了门，还要帮他脱下大衣。

可是她似乎感到害怕和为难，只是用手势表示请他进房里来。

"我的丈夫在事务所，玛达马上就来，你坐下吧！"她把沙发推到了他面前，在上面还摆着一个红色缎子枕头。

他也开始聊起话来，尽管他只谈了天气、春天，甚至是市场上涨价这些最平常的事，米勒太太一直耐心地保持着沉默。

"是的！是的！"她拉平了她身上围着的蓝裙子回答道。然后她抬起了头，用两只苍白的、原先注视着炉火的眼睛瞅着他，那双长在她满是皱纹、死气沉沉的脸上的眼睛动起来显得很吃力。

她身穿一件绒布格子外衣，头上戴着的棉纱头巾一直系到了下巴颏儿的下面。

她看起来像一个老厨女，在她身上散发出来的菜汤和油炸食品[1]香味，连房间里都可以闻到。

她在厨房里时，手里总要拿着一只长袜子才觉得舒服，现在她已经把这只袜子藏在她的裙子兜里了。

"你身体好吗？"卡罗尔没有办法，最后问道。

"好，很好！"她用半通不通的波兰话回答道，同时耐心地瞅着房门，因此她知道玛达会来。"你的妻子和孩子呢？"她沉思了很久后，问道。

---

[1] 原文是法文。

"我还是个单身汉,好心的太太。"

"是的,是的!我的威廉也是单身汉。你认识我的威廉吗?"

"如果能认识他,我很高兴。他来了没有?"

"到柏林去了。"她叹了口气回答道,本来打算慢慢地谈起来,可是玛达走进来了。

这位小姐高兴得满面绯红,老女人看见她后,紧了紧腰身,走出去了。

"你看,我是遵守诺言的。"

他把爱好文学的霍恩开的一个长长的书单交给了她。

"对你来说这很难做到吗?"她表示怀疑地说道,在说到最后几个字时,加重了语气。

"对我来说很容易,因为是你希望得到这个。"

"你没有骗我?"她天真地问道。

"没有!没有!"他笑着回答,"你以为男人们总是骗人的?"

"我不知道,只有威廉才老是骗人,我什么也不相信他。"

"可是你相信我吗?"

他开始以这个谈话作为娱乐。

"啊!如果你从来不骗人,我就相信你。"

"我是很郑重地约许你的。"

"好!你知道,那些书姑妈已经给我捎来了,我正在读。"

"你很感兴趣吗?"

"真好看,有许多激动人心的章节,我和妈妈看后一起哭了。父亲笑我们,可是我昨晚读了一整夜。"

"你从恩德尔曼夫妇家回家时已经很晚了吗?"

"已经天黑了。我看见了你是怎样离开客厅的。"

"我不得不早走,因为我对那里的一切都感到遗憾。"

"在恩德尔曼夫妇那里很好嘛!他们招待得这样客气。"

"我感到遗憾的是,当时没有能够和你多谈一会儿。"

"可是我在和特拉文斯卡太太聊天时谈到了你!"

"太太们说了我很多的坏话?"

"啊!没有!没有!只有先生们在说我们的坏话。"

"你对此信以为真?"

"经常如此,只要威廉在参加会见和晚会后一回来,就走到我跟前,把所有的女人都说一遍,加以讽刺。"

"你以为,所有的男人都这样做吗?"

"正如你所说,不是所有的男人,我相信你!"她很快地叫道,脸"刷"地红了。

"可以肯定地对你说,不是所有的人。"

她下面的谈话带有天真的叽叽喳喳的声调,可是没有什么内容,使卡罗尔感到厌烦,因此他开始观赏那些遮住了窗玻璃、经过细心培养的鲜花。

他很欣赏这些花。

"如果告诉戈特利布,他会很高兴的。"

"他是个什么人?"

"我们的园丁。施特尔希先生不喜欢花。他说如果在这些花盆里种土豆,用处就会更大,可是施特尔希先生很蠢,你说是吗?"

"只要是你说的,肯定是。"

她感到更加高兴,脸上的红晕也逐渐消失,因而使她解脱了不自然的状态而大胆起来；然而她说话的大胆却使他感到有点儿惊讶。

她缺乏社交知识，因为她的父亲是一个新晋的百万富翁。她是在厨房和工厂中，在纺织工[1]、工人和像她的家庭一样的一些暴发户家庭的环境中教育长大的；可是她的思想很活跃，在安排生活上很聪明。

社交场中的欺骗并没有使她丧失正直。她有时虽然认为正直幼稚可笑，可是她却为正直的纯洁而深受感动。

她甚至在萨克森州[2]读完了寄宿中学。她父亲米勒在几年前作为一个普通纺织家就是从那里来到了这块的确成了他的"福地"的土地上。

关于钱的价值，她还是有一定了解的。因为她在谈话中也谈到他们都熟悉的这种价值。

"你知道马尼亚·戈特弗里德和她的情人决裂了吗？"

"不知道，这使你很愤怒？"

"我只感到奇怪，因为她既不漂亮，又没有嫁妆，可是她却已经是第二次决裂了。"

"可能她要等着找一个年轻富有的工厂老板。"

"其实她的这个情人是可以挣到钱的。我的父亲在结婚时，连一个塔拉尔[3]也没有，现在不是富了吗！"

"戈特弗里德小姐大概想成为一个老处女吧？"

"谁甘愿做老处女？"她激动地叫着。

---

[1] 原文是德文。

[2] 在德国。

[3] 旧德国货币，相当于三马克。

"你肯定这么说？"

"我绝不会成为老处女。我对那些老处女总是很怜悯的，她们是那样的孤独，那样的贫穷。"

"因为你很善良。"

"可是后来人们都笑她们。如果我能做到，我就要让世界上所有的女人都有丈夫和孩子……"

她歇了一下，看看博罗维耶茨基笑了没有。他忍住了笑，瞅着她的金黄色的眉毛和绯红的脸，严肃地说：

"你能这样做是很好的。"

"你不笑我？"她表示怀疑地问。

"你的好心使我感到惊讶。"

"爸爸来了。"她稍微走开了点儿，喊道。

米勒当真从通往宫殿的门里走出来了。他的脚上穿着一双木制便鞋，踩在地上"啪哒啪哒"地响。他身上穿着一件绒面、棉里、非常肥大的外衣。

他看起来像一个酒店老板，红红的脸养得十分肥胖，脸上完全没有胡子，只有肥膘闪闪发亮。他抽烟不用瓷烟斗，嘴里叼着一根雪茄，喜欢用舌头把这根雪茄从嘴的一角推往另一角。

"玛达，为什么我不知道博罗维耶茨基先生在这里？"他打了招呼后喊道。

"妈妈不想中断爸爸的工作。"

"你看，我的事挺多。"

他把雪茄拿了下来，走到炉子下面的痰盂旁啐了一口唾沫。

"你不缩减生产？"

"我不得不少干点儿,因为这么多的成品货物,能卖出去的太少。行市不好,商人有,但他们不是冒险,就是破产。这一年,我和他们打过交道,损失了不少,怎么办?要等待时机。"

"好啊!你就是最坏的行市也不怕。"他笑着指出道。

"是的[1]!可是现在如果损失了,就是行市最好也捞不回来。布霍尔茨那里没有缩短工作日?"

"相反,在漂白车间还会加夜班。"

"他永远有福气[2],他经常病吗?"

"好像好了点儿,打算出去。"

"玛达,你为什么要把客人留在这儿呢,我们不是有接待客人的宫殿吗?"

"你愿意进去吗?"她喃喃地说。

"我们走吧,让先生看看我们的房子。"

"罗兹是把府上看为奇迹的。"

"你看,这房子花了我整整十六万卢布,一切都是新的。我没有像恩德尔曼夫妇那样,净买些古董,我喜欢新的。"

他在自己挺起的大肚子上披上了件外衣,在想到恩德尔曼家那些很珍贵的旧家具时,他的嘴表示厌恶地噘起来了。

然后他们走在一些狭窄的阶梯上,这些阶梯可以从老房子通向宫殿的二楼。整个一楼是工厂的事务所。

玛达跑在最前面,她打开了大门,门上的把手还套上了一个绒

---

[1] 原文是德文。

[2] 原文是德文。

布套子。

"你来了很好!"米勒"呼哧呼哧"地说着,不停地把雪茄往嘴里放。

"我早就想来,可总是时间不允许。"

"我知道,我知道!"他拍着他的后背吆喝道。

"我们这儿没有意思,所以你不愿来。"玛达叽叽喳喳地说着,把他们领进了宫殿。

"请坐在这个漂亮的长沙发上。"米勒请求说。

住宅呈半明半暗的状态,可是玛达把帘子拉起来后,明亮的日光顿时灌满了一排摆设得非常阔气的房间。

"你抽好烟吗?"

"我从来不拒绝。"

"你尝一尝这些吧,很有劲,七十五戈比一支。"

他从裤兜里拿出了一把沾满了油污、包塞得十分扎实的雪茄,可是这些烟已被揉得满是褶皱、歪歪扭扭的了。

"这些劲小点儿,一个卢布一支,你试试吧!"他补充说道,从另一个兜里又拿出了一支皱得更厉害的,把它丢在小桌子上,然后用两只脏手搓了搓,咬断了一头,递给了卡罗尔。

"我尝尝劲大一点儿的。"

他不太喜欢地抽着。

"好吗?"他叉开腿站在房间中间,把手插在兜里问道。

"挺好,可是你抽的这支的味道不同。"

"我的这支价值五芬尼,这种我抽得很多,我已经习惯了。"他解释说,"你想看一看住房吗?"

"我很乐意。马克斯·巴乌姆给我介绍过很多。"

"马克斯先生是你的好友。"玛达插话道。

"这是一个聪明的年轻人,可是他父亲的脑子里……你好好地看吧,什么都可以看。这不是什么廉价买卖,这一切都是在柏林订购的。"

"所有的东西都是从国外买来的吗?"

"所有的,许贝尔曼说,在罗兹什么像样的东西都得不到。"

卡罗尔没有说话。他漫不经心地环顾着那一套套家具,丝的和天鹅绒的显得沉甸甸的帘子、地毯、画和非常漂亮的画框,因为这些东西引起了他的注意。这里还有一些烛台,看来十分昂贵,但并不精美。德国马约里克瓷做的壁炉被专门安置在一位太太的房间里,可是已经破了。穿衣镜也是进口的,镜框子是用萨斯基瓷[1]做的。

玛达给他详细介绍了每件东西,她对他的到来表示十分满意,不时地睁开她亮晶晶的像瓷一样的眼睛,但马上又用金色的帽檐把它遮住,这是因为卡罗尔老是瞅着她的长了一些小雀斑的白皙的脸,这些雀斑看起来就像一层撒在桃上的绒毛一样。可是卡罗尔对她的介绍还是很关心的,他高声地叫道:"漂亮极了,美极了。"

这栋房子的摆设的确显示了一个暴发户的阔气。

里面的一切都可以用钱买到,可是这里既没有生活,也没有艺术。

工作室摆设得很整齐,但没有人工作。洗澡间四围镶嵌着白底带花纹的马约里卡瓷砖,澡盆是用大理石做的,进里面去还要走过

---

[1] 即德国瓷。

几级绛红色的阶梯，天花板上缀着具有波姆佩伊[1]风格的各种图画，但能发觉这里没有人来过。

在宫殿的屋顶上，有一座小塔高高地突起，就像一个粗棉布口袋一样。它下面的房间是以毛里塔尼亚风格建成的。窗子、墙壁、门框上五光十色，十分艳丽。壁上画的卖艺者显得十分粗野，也是模仿毛里塔尼亚风格。在长而低矮的沙发椅上，铺着绒沙发巾，同样是这种风格。这间房看起来十分滑稽可笑，墙壁和窗子的颜色太杂，显得俗气。这房子也从来没有人来过，房子周身光华灿烂，看上去好似一座古老的、画上了各种红铜色图形的，但又被烧毁了的圆塔。

"这是西班牙风格。"米勒说明道。

"毛里塔尼亚风格，爸爸错了。"玛达纠正道。

"你自己布置的吗？"

"我出的钱，许贝尔曼布置的。"

"你喜欢这间房吗？"玛达问道。

"很喜欢，它很漂亮，很新奇。"

他笑着说了一句谎话。

"它很昂贵，许贝尔曼给我算过，说它值整整两千卢布。我不喜欢干蠢事，我认为凡事要可靠。可是他对我说，每一个正经宫殿的房间都必须按中国和日本的方式摆设，只是玛达好奇，她才用了毛里塔尼亚的风格。这和我并没有什么关系，她爱怎么布置就怎么布置，反正我不住在这里。"

---

[1] 意大利地名。

"你们不住在宫殿里?"

"博罗维耶茨基先生,如果我住在宫殿里,人们就会像笑迈尔和恩德尔曼那样来耻笑我了。我住在老房子里舒舒服服的,干吗要图这个呢?"

"可是它空着很可惜。"

"就让它空着吧!大家都盖宫殿,我也盖;大家都有客厅,我也有;大家都有马车,我也有。虽然花了很多钱,就花了呗!让它们空在那里,让人们知道,米勒有宫殿,但宁愿住在旧房子里。"

他们继续往下参观。

在这栋住宅的中间,有一个狭长的、墙壁上钉着黑布的房间。它有一个窗子对着通向工厂的一条甬道。

墙边摆放着低矮的长沙发,沙发上覆盖着一层带金花的红皮。它的背有半个墙那么高,中间还隔成一个个的座位,就像一个二等车厢里的单间。

镶嵌在墙壁里的小镜子发出朦胧的微光,隐隐约约地照射在沙发和它的钉上了一圈铜边的大理石沙发座上。

像玛达所介绍的那样,这是用来抽烟的房间。可是从里面还没有弄脏的新沙发,从沙发前摆得很整齐的矮小的桌子来看,谁都没有在这里抽过烟。

然后他们又参观了大客厅,它完全是白色的,有四个闪闪发亮的窗子。在它的斯蒂乌克式雕刻的天花板上,镀着密密层层的金。客厅里摆满了家具、图画、烛台、沙发和椅子,还立着许多柱子。这些沙发和椅子都蒙着白色的椅套,放在墙边。可以看出,这儿任何人也没有来玩过,谁也没有在这些家具上坐过。

还有一些小小的办公室，它们的墙壁也镀上了金，装饰得像糖盒子的盖子一样。这里摆满了各种小巧玲珑的东西和空篮子，在十分华丽的大理石小壁炉上，安安稳稳地放着一些瓷制雕像。

还有一个饭厅，通过升降机和厨房取得联系。这间房呈正方形，是用一些漂亮的木板隔起来的。木板墙下方的铜板条很薄，就像刀片一般。在饭厅的中间，摆着一张很重的桌子和一个帝国[1]式的餐具橱。米勒把它打开后，让大家参观里面摆满的瓷器和各种餐具，这些瓷器和餐具谁都没有用过。

还有一个图书室，带路的建筑工人和裱糊工真是什么也没有忘记。这间房很小，里面摆着一些白橡木做的古德意志式书柜，透过柜门上的玻璃，可以看到在里面金光闪闪的隔板上，摆着许多世界大作家的全集，这些书谁也没有读过，这些作家的名字谁也不曾知道。

最后他们走进了卧室。在这间房的中间摆着两张很大的床，床上铺的是蓝绸子床单，上面还挂着几床蚊帐。地板上覆盖着蓝色的地毯。墙上钉的也是蓝色的壁纸。

在这间房的一个角上，立着一个两人同用的大理石澡盆。这个澡盆很大，可以供一匹马洗澡，它的下面有几根管道和工厂相通，因此可以得到工厂供给的热水。

谁也没有在这间卧室里睡过。

"在这间房里睡觉太好了！"卡罗尔喃喃地说。

"如果玛达结婚，这将是她的房间。我们到玛达住的房里去吧！"

---

[1] 原文是英文。

可是玛达反对，说里面还没有打扫干净。

"你真蠢！"米勒喃喃地说，他领卡罗尔走进了一间墙上钉了浅玫瑰色帷帐的十分明亮的房间。

"这是一个写书信的好地方。"卡罗尔看着一张小小的写字台说，在这张写字台上整整齐齐地摆着一盒纸和其他文具。

"这有什么用，我这么多次打算写信，可是没有对象。"她当真不高兴了，一边说着，一边巴巴地逗着放在窗栏杆上铜鸟笼中的两只打架的金丝雀。

"它们都听你的吗？"

"啊！听我的。威廉来后，经常吹着口哨逗它们，教它们唱歌。"

"你的房间像歌德的甘泪卿[1]的房间。"

她不知道怎么回答，但她的脸直到头发附近都红了。

卡罗尔准备下楼时，环顾了一下这些寂静的、空荡荡的、显得死气沉沉的房间。

它们是这么漂亮、干净、新鲜，给人留下的印象好像是一次布置得很阔气的建设展览，可是并不给人带来兴味。

除玛达外，谁都没有住在宫殿里。而玛达住在这儿，也是为了给客人做个样子，这样米勒就可以说，我有一个宫殿。

在楼下紧靠着厨房的一间房里，米勒太太用咖啡招待客人。这间房也是全家用作饭厅的。

卡罗尔表示他已经没有时间了。可是米勒拿了他的帽子，拦腰抱住他，让他坐在椅子上。

---

[1] 歌德所作《浮士德》中的女主人公。

玛达也一再示意请他留下，他为了不使她感到不愉快，只好留下了。但他仍然很着急，他今天还要去布霍尔茨那里。

他请求米勒在莎亚面前保护霍恩。

米勒很郑重地答应说，他明天将亲自去莎亚那里。他还保证事情会有效果的，因为他和莎亚的关系很亲密。

米勒太太默不作声地把自己做的各种糕点拿了出来，同时不断梳理着玛达拖到了额头上的一缕缕金发。可是玛达由于高兴、由于激动，却总是在笑着，对什么都不关心。

她甚至连她很喜欢卡罗尔也没有想要保密，因为她已经好几次地通过各种方式对他说了。

米勒也很高兴，他拥抱着卡罗尔，拍着他的膝盖，对他详细谈了自己工厂的情况。

卡罗尔只要可能，依然装着对米勒的话十分注意的样子，耐心地听着，回答，可是他已经感到腻烦，感到自己由于不得不听米勒所说的这些平淡无味的话而遭罪了。

这栋房子无论在布置的习惯和出发点上，都明显地具有小市民的特征，它很整齐，表现出像牛一样的纯粹德意志的勤勉精神。

这些特征在这里与众不同的是，它们还没有被百万富翁们破坏，反映出了工人的天性和愿望。

"你既然是我们的邻居，就该常来我们这里走走。"

"你住得近吗？"玛达满脸通红地嚷道。

"是的。你看见特拉文斯基工厂后面长长的一排窗子了吗？"他指着窗子说。

"这是梅斯内尔的旧工厂！"

"我买了。"

"那么你住得很近。"她高兴地嚷着，可是不一会儿，她突然又面色阴沉不说话了，只是坐在将要离开的卡罗尔跟前，请他以后再来。

他郑重地答应了她，和她握手告别时，她的脸上布满了红晕，同时站在窗子边久久地看着他的背影。

博罗维耶茨基一直往布霍尔茨的家走去，可是他走得很慢，因为米勒的热情还有玛达的更大的热情好像成了压在他身上的一个重负。

他由于越来越清楚地想到了他在米勒家看到的一张图画，于是笑了。

他以为米勒会把女儿毫不犹豫地嫁给他。

当他想起这个肥胖的红皮肤的德国人站在客厅里，穿着一身绒大衣和一条肥大的裤子，脚上踏着一双旧便鞋时，便哈哈大笑起来。

这个德国人很可笑，可是这和他有什么关系。

"玛达很富于自然的美，还有百万家私！见她的鬼去吧！"他喃喃地说道。"可是"，他进一步地思考着，同时提出了一些设想和办法，但很快又抛到一边去了，因为他想起了安卡和早晨接到的她的信，这封信他现在还没有看。

"人生到处都会遇到障碍，人总是奴隶！"他走进了布霍尔茨的事务所，低声地说。

布霍尔茨在最近的一次心痛发作好了之后，很快恢复了健康，他现在不仅可以像以前那样长时间地坐在事务所中，而且可以上工厂，拄着拐杖或者在工人们的搀扶下在厂里慢慢地走了。

尽管博罗维耶茨基曾经表示要辞去他工厂里的职务，尽管他们现在一天还要吵几次嘴，但他和博罗维耶茨基的关系还是很好的。

他在各方面都很相信卡罗尔。现在，在他的女婿克诺尔还没有回来时，他需要卡罗尔。他在自己生病期间曾经叫女婿回来，克诺尔回电说，如果老头死了，他就回来，否则他不愿意中断自己的买卖。

布霍尔茨在翻阅一本由奥古斯特给他托着的大书，可是他注意的却是这时候走进房来的卡罗尔；他向卡罗尔点了点头后，继续查阅书中有关预算的情况。

卡罗尔默不作声地将来往的信件做了分类，然后开始检查计划，计算他在印染车间设计的新装置要花多少钱。这项工作很迫切，因为即将来到的冬季的货物将在新的机器上印染。

在晚上干起来可以快点儿，通过办公室的窗子可以看见逐渐变成一片殷红的公园，光秃秃的树被风吹得不停地摇曳，发出嗖嗖的响声，一会儿靠近了窗子，在灯光照耀下索索发抖，一会儿又离去了。

可是工作进行得并不很快，因为他总会想起米勒。每当这个时候，他就把那些画满了各种图画，写满了数字、笔记的枯燥无味的卡片叠起来，然后自己便陷入了沉思。

寂静笼罩着整个办公室。只有院子里的风越来越紧了，好像要显示它的威力。它把树枝刮得往墙上乱碰，还在白铁屋顶上大声地呼啸着。

滑动在黑书柜上的电灯光也在不停地颤抖。在这些书柜里，立着一排排的大书本，在它们下面的搁板上，用白色的数字写明了它们出版的年代。

布霍尔茨不再看那些书本，而专心地听着这时从外面传来的手风琴声，这琴声是从一个远方的家庭里通过风传送来的。

他的嘴在神经质地抖动，一双比平日更红的圆圆的鹰眼在慢慢地转动，显出了忧郁的神色。他久久地听着，最后低声地说道：

"这里闷得慌，是吗？"

"像在事务所一样。"

"我很奇怪，想听音乐，只是声音要大点儿，要大吵大闹，我甚至想看到很多的人。"

"厂长先生还来得及去戏院，现在才九点。"

布霍尔茨没有回答，把头靠在沙发背上，两只眼望着前方。他的脸上渐渐现出了很不乐意和感到无聊的表情。

"今天厂长先生感觉怎么样？"过了一会儿，卡罗尔问道。

"啊！好，好！"他用压低了的嗓音回答道。他的紫色的嘴唇上现出了一丝痛苦的微笑。

不，他的感觉并不很好。他的心跳虽然平和、正常，脚也不痛了，现在可以自由地行动，可是他仍感到自己并不很好。

他觉得自己身上有一个奇怪的重负，以致不能思考，因为他时时刻刻都会想到棉纱。他对一切都表示冷淡，工作、数字、利润和损失给他带来的只有烦恼。今天，一切于他都无关紧要了。

他在这一片灰暗的、使他感到压抑和烦闷的气氛中，产生了一种愿望和要求，可是这种愿望和要求他自己也感到不很明确和难以捉摸。他的脑子里似乎是漆黑一团，他的心灵里充满了悲哀和沮丧。

"这间房里寂静得真可怕呀！"他一面轻声地说，一面环顾着窗子、书柜和办公室四周。然后他看了看背靠在门边壁龛里的奥古斯特,这个仆人骤然伸了伸懒腰,准备听候吩咐。

他用一种十分奇怪的审视的眼光看待一切,好像这一切他初次见到似的。他无力地躺倒在安乐椅上,他的头低垂在胸脯上,呼吸也很困难,因为他觉得他的心正在承受着一种非常强烈的像痉挛一样的痛苦的折磨,这种痛苦是由于他的不知为何而产生的恐惧心理造成的。他的一双眼盯着那白晃晃的书页上的黑色数字和放在一个大铜盒子上的闪闪放光的蜡烛。他觉得自己仿佛高悬在空中,下面可以听到逐渐低下去的手风琴的声音,可以听到公园里的喧嚣的声音和街上行车低沉的轰隆声,然而他的心已经离开了他,已经落入了充满着可怕的寂静和黑暗的深渊里。

十点以前,卡罗尔干完了他的事,把纸交给了布霍尔茨,就每一点都对他做了详细的说明。

"好,好!"布霍尔茨不时说道,可是他几乎什么也没有听见。

他越来越深地感到他生活在寂寞和孤独中,沮丧、无力像一个无法摆脱的圈套一样紧紧地套在他的心上,什么都与他无关。

"我管这个干吗?用多少钱,这是出纳的事。"他不高兴地说。

博罗维耶茨基准备出去。

"你要走吗?"

"我今天的工作已经完成了,晚安。"

卡罗尔握了握他的手,准备离去。布霍尔茨没有办法让他留下,这位厂老板对自己这种孩子似的软弱无力也感到羞耻。

他听到了卡罗尔远远而去逐渐消失的脚步声,想着如果博罗维耶茨基回来的话,他还有许多话要对他说。

"奥古斯特,我们上楼去。"他从座位上站起来,喃喃地说着,没等仆人来搀扶，就走了。仆人熄了灯后，关上了门。

守在穿堂里的另一个仆人拿着一支蜡烛走在他前头，于是他便一瘸一拐地走过了这栋大而寂静的住宅。

今天他感到这里特别空旷和寂静，这孤独的感觉总是不离开他。他瞧了瞧妻子，妻子把身子藏在被子里，在枕头上只露出了半边蜡黄色的面孔；他走进来的脚步声并没有把她惊醒，只有那只在灯光的刺激下醒来了的鹦鹉从笼子里跳了出来，两只小爪抓在窗帘上，十分凄凉地叫着。

"昆德尔！昆德尔！"

布霍尔茨觉得自己走错了路，便又退了回来。

"奥古斯特！"他低声叫道。

仆人站在那里等他，可是布霍尔茨没有对仆人说话。他坐在壁炉前的沙发上，用一根坚硬的棍子拨着将要熄灭的火，由于想到自己不得不一个人留下，他感到惶恐不安。

"把窗子关上。"他说完后，还亲自检查了铁制内窗是否已经关好。然后他脱衣睡下，想看书，可是他的眼皮却铅一般沉重，活动不了。

"我可以走了吗？"仆人低声地问。

"走吧！走吧！"他生气地回答道，可是当奥古斯特走到门边时，他叫了一声，"奥古斯特！"

仆人转过身来，等着他的吩咐。这时候布霍尔茨便慢慢问起他妻子和孩子的情况。他的态度十分和蔼，可是奥古斯特为了防备他的棍子，仍然和他保持了一段距离，他畏畏缩缩地回答着，对主人这种从未有过的好心感到十分不安。

布霍尔茨的目的在于让仆人在房间里尽量多待一会儿,可是不能明白地表示要他留下。

这次奇怪的谈话很快就使他筋疲力尽,最后他向仆人表示自己要睡觉了。

于是就剩下了他自己单独一人。对孤独的害怕,这古怪的看不见的惶恐不安就像又尖又细的棉纱纤维一样,刺痛了他的心灵。

他留心听着街上的各种声音,可是大街也沉睡了,那微细的响声透不过钉上了毯布窗帘的铁窗。

他用胳膊撑着身子,使劲地呼吸,双手虽然抽搐,但仍紧握着一支手枪,久久地听着。他似乎听到有人走过几间空寂无人的房间,那脚步声越来越近,越来越清楚了。

可是谁也没有来,只从隔壁的一间房里传来了挂钟敲打的凄凉响声。

他觉得那幅把房门遮住了的沉重的天鹅绒门帘奇怪地飘起来了,它的后面好像藏着一个人。

他对自己的幻想觉得可笑,于是重又把灯关上,静静地躺下。

可是他睡不着。

时间过得可怕地缓慢,对他来说好像永无终止。

他没法平静下来,所有的烦恼、恐惧都在逐渐增多,慢慢地变成了一种对死的恐惧。

他以为他马上就会死,他清清楚楚看见了死神。这种可怕的感觉使他感到震惊,使他浑身战栗。于是他从椅子上站了起来,想要逃走。他全身都由于惶恐不安而索索发抖,于是猛然摇了摇铃子,把睡在下面守夜的仆人叫了上来。

"你快去,叫大夫马上到这儿来。"他用发青的嘴喊叫着。

过了一会儿,哈默斯坦来了。他对大夫说:

"我有点儿不舒服,你给我瞧瞧,给我想想办法。"

"我什么也看不见。"这个刚刚睡醒的大夫回答道,仔细地瞅着他。

布霍尔茨对他说了自己的健康情况。

"如果厂长先生睡够了,一切都会好的。"

"你真蠢!"布霍尔茨激动地回答他后,喝了一大剂安眠药,马上就睡着了。

博罗维耶茨基由于做了许多额外的工作,感到劳累,到城里喝茶去了。

在罗什科夫斯基的茶馆里,这时候已经是空荡荡的,只在糖果部的最后一间房里,在穿衣镜的后面还坐着三个男人:维索茨基、达维德·哈尔佩恩和迈尔男爵工厂的工程师梅什科夫斯基。

他走到他们跟前,因为其中两个他都认得,通过他们的介绍,他和维索茨基也马上认识了。

达维德·哈尔佩恩靠在一张桌子边,一面用那双干瘦的手在桌上敲着,一面叫道:

"梅什科夫斯基先生,你不知道这工作在罗兹有何效益。因为你不想知道,我只要给你说一说它的成果,你马上就会信服的。"

他从一个小包里拿出了几章从《信使报》上剪下来的纸片,摆在卡罗尔面前:

"你听:'二十二日至二十八日,从罗兹运出铁制品一千七百九十一普特,棉纱一万一千六百一十四普特,棉织品二万二千八百二十五普特,毛织品一万零三百零九普特'。这是谁也没有告诉你的。我现在告诉你的是,这个星期在罗兹发生了什么。"

"你不要把你的统计数字拿出来,这叫人厌烦。小伙计,三杯咖啡!博罗维耶茨基先生愿和我们一起喝吗?"

"我再给你念几个数字,先生们,你们听吧!这和《圣经》一样重要,恐怕比它还要重要:'运来了以下各物:棉花一万一千七百一十九普特,棉纱一万二千三百三十三,铁七千三百零三,机器四千六百一十八,润滑油八千七百七十一,面粉三万六千一百一十七,粮食八千七百九十四,燕麦一万八千六百八十五,木头三万六千八百五十,生羊毛十二万零六百八十二,煤一百零三万二千三百六十普特。'这些数字是响当当的。这是一张很漂亮的纸,一张清单。罗兹必须有很好的肠胃,才能把这一切都消化掉,有活干了,可是你说,只有蠢人才干活。"

"这是用鞭子打着牲口干活。"梅什科夫斯基喝着咖啡,心平气和地说。

"哎呀!哎呀!你说什么呀!什么鞭子,鞭子在哪里?人都必须工作,你说说,一个野汉子该干活时不干,他会怎么样!他会在游手好闲中堕落下去,他会饿死。"

"算了吧!你去为罗兹的勤劳喝彩吧!你去夸耀你喜欢的这个美妙的城市吧!你去吻每一个想成为百万富翁的手吧!你可以自己一个人去说,这些百万富翁之所以有一百万,是因为他们劳动最多。"

"他们正是因为这个才有了钱,要不他们的钱从哪儿来。"他气咻咻地叫道。

"因为他们比工人蠢，所以才有钱。"

"我这就不明白了。梅什科夫斯基先生，我是很尊重你的，可是我不懂你说的是什么。我至今只知道，谁劳动，他就有钱；谁劳动，而又聪明，他就会有更多的钱；谁很聪明，又很勤劳，他就可以挣到一百万。"哈尔佩恩高声吆喝道。

"你要说明什么？"博罗维耶茨基没有听明白，便问道。

"我认为，所有的百万富翁，所有通过自己和别人付出全副精力进行劳动来为自己挣钱的人都是蠢人。达维德·哈尔佩恩的论证是相反的，他为了夸耀劳动，讲些十分荒唐的神话。他把用钱包着的牲口的腐肉放在祭坛上，叫我对此表示奇怪。"

"在你们的两种论点之间，一定存在某种真理！"至今没有说话的维索茨基插嘴道。

"让你和你的这个中间的真理见上帝去吧！这里说的不是牲口就是人。本性是改不了的，只有白痴才否认这个。"

"梅什科夫斯基先生，我会叫你相信：一个工厂主、一个想挣一百万的人，他干的活比一个工人要多一百倍，对他是应当尊敬的。"

"你别提那些为了赚钱而劳动的蠢人了！现在还不如谈谈一切只是为了填饱肚子而劳动的上帝创造物，因为它们更有智慧。"

"梅什科夫斯基先生，如果你有千百万，你不会这么说。"

"我很尊重你，可是如果你要说些连你自己都不懂的话，我当然也可以对你说些蠢话。我有很多钱，但我把它周转出去了。"他冲哈尔佩恩的眼睛吹了一口烟，"你问问库罗夫斯基先生吧！我们一起把它周转出去的。我对钱是很关心的，就像关心昨天下的雨一样。哈尔佩恩先生，你却把我看成是蠢人。不！达维德先生！我是为了挣得比我需要的更多的钱。可是，我即使可以挣得千百万，也不打算比我愿起床的时间早起五分钟，我不愿牺牲一个人应得的欢乐，我不愿为了千百万而失去沐浴于阳光之下、散步、自由地呼吸、思考比千百万更大的事业、恋爱等的权利。我不再干了，不再干了，因为我要生活，要生活，要生活！我不是一头干活的牲口，也不是机器，我是一个人。只有蠢人才要钱，只有蠢人为了挣得千百万才牺牲一切，牺牲生命、爱情、真理、哲学和一切人类的宝贝。当他得到满足的时候，他又鄙视金钱，这个时候会怎么样呢？他会被他的财产窒息至死；他虽然由于获得金钱而享受到了很大的欢乐，也和在光天化日之下死去了一样。如果你以后问他，他是怎样生活的，他就会回答：我曾经劳动过，为了什么？为了挣得几百万！又是为了什么？就是为了有这么多钱，为了使人们感到惊奇，为了有马车坐，为了让一些蠢人对他表示敬仰，为了在自己活过半生时，在劳累过度后死去。因此他死也死在这千百万金钱之中，他就是这样的愚蠢。"

"你提出了一个重要问题，就这个问题是有很多可说的。"

"你们自己去说吧！我得回家去了。博罗维耶茨基先生，我另外在适当的时候再来说服你。我要把破坏人的机体的可怕的劳动杆菌注射在你们身上。我以为，人类如果对此不能领悟，它就会比地质学家的预见更快地灭亡。"

他们在一条没有人走的人行道上往大街一头走去。

维索茨基沉默半晌之后，开始说话了，他激昂慷慨地论证了坏不在于大家工作得太多，而在于不是所有的人都在工作。

梅什科夫斯基没有回答，过了不久便和他们辞别回家去了。

博罗维耶茨基睡眼惺忪地凝视着那沉睡着的、寂静的街道。

哈尔佩恩也看了看他，开始说道：

"你对罗兹进行了观察。你认为梅什科夫斯基没有道理，因为如果大家都像梅什科夫斯基先生所想的那样，在罗兹就不会有这些房子、这些公馆、这些工厂、这些仓库，就不会有罗兹，而只会长出漂亮的森林，在这里人们可以猎取野猪。"

"这对我们来说毫无妨害，达维德先生。"

"对你来说可能是这样，对维索茨基先生来说是怎么样，我不知道。可是对我来说，罗兹是不可少的，工厂是不可少的，这个大城市、大商业是不可少的。试想我在乡下能干什么？我和农民在一起能干什么？"他吆喝道。

"你可以成为一个佃农。"博罗维耶茨基望着马车，冷冷地说道。

"在农民之间也有竞争，他们也常会饿死。"

"只有那些不善于欺骗农民和地主的人才会饿死。"

"这是废话，这不过是反犹太主义的废话，你自己也不会相信。因为你很知道，大鲍鱼是吃斜齿鳊的，鲈鱼是吃鲍鱼的，而狗鱼又吃鲈鱼，那么什么吃狗鱼呢？人吃狗鱼！人互相之间又吃。破产、疾病、忧愁都可以吃人，最后死神来吃掉他，这一切都是正常的。世界上的一切都很美，都在运动。"

"你这是书呆子哲学，达维德先生。"

"这是观察事物的哲学，我早就在观察世界了，维索茨基先生。经理先生！你认为梅什科夫斯基怎么样？"他拉着卡罗尔的手问道，因为他发现要和卡罗尔告别了。

"他是个很好的人,很好!"他含糊不清地说道。

"他是个天才!他的脑子里想到了千百万,他打算把他的想法说出来。你知道他在迈尔那里搞出了一项新发明吗?一个漂布的新方法。迈尔在这上面多赚了百分之五十的利润。你想他因此得到了什么?他本来是一无所有的!由于这个价值百万的发现,他可以得到每年两千卢布的养老金。他虽然有了这笔收入,但仍然上工厂,在实验室工作。我很佩服他;可是如果说不要发财致富,或者嘲笑那些挣钱的人,这我就不懂了,这似乎有点儿莫名其妙。"

他敲了敲自己的额头。

"晚安,先生们!"卡罗尔说道。

"我找你有事,几句话就可以说完。"维索茨基开始说,"我虽然不认识你,可是我得替一个人向你提出请求。"

"你是给人找工作?"

"是的,我认识一个穷苦人,他两年没有找到工作了。"

"专家?"

"过去是地主,是一个冰清玉洁的正直的人。"

"你把他说得这样好,可是他只能在两年后才有工作。"

"他很穷,家庭负担很重,他的全家干脆就要饿死了。"

"这并不特殊,在罗兹这样的人不少。"

"你就帮帮忙吧!什么工作,什么样的待遇都可以,最普通的也可以,这对你来说,是一件真正的好事呀!请你原谅,因为我是在我们几乎互不相识的情况下来请求你的。"

"问题不在这里,只是我不知道要如何回答你,待遇好点儿的职位是从来没有空的,只要有一个缺额,就会有二十个人争着要,而且大多是专家。"

"我说的是最普通的工作，如果你能帮忙的话……"

博罗维耶茨基把自己的名片递给了他。

"你叫你保护的人明天午后带着这张名片来厂里找我。职务我不会给他安排，我会为他的生活想想办法，可是我不能保证定有什么结果。"

两个人分手后往不同的方向走了。

第十四章

达维德·哈尔佩恩沿着皮奥特科夫斯卡大街慢慢地徘徊，仔细地观察着他所衷心热爱的这座城市，想着梅什科夫斯基。

他不愿回忆过去。就是这座城市夺去了他在父亲死后所继承的一切。他在这里度过的日日夜夜，常常必须改变自己赚钱的办法，永远走在为了挣得一笔财产的路上；而当他挣得了一笔财产之后，却又总会失去，他认为这只能解释为自己不走运。可是他仍然坚持不懈地开事务所、商店，自己也成了经理人，虽说他最后破了产，但他也没有失望。他依然生活着，对罗兹，对它的力量做了考察，他为它的强大而感到吃惊，他看到在他周围堆积如山的千百万的金币，几乎头晕目眩。

他没有孩子，只有妻子。他为她而工作，为了使她每年都可以去弗兰岑斯巴杜[1]疗养。但他自己却多年没有离开罗兹，他不关心在这里吃的是什么，住的是什么，出门有没有马车。他自己一无所有，可是他感到很幸福，因为他看到城市在扩大，看到了这里疯狂的急急忙忙的活动，看到了堆积如山的货物、装得满满的仓库、新的街道、百万富翁、工厂，听到了机器的轰隆声响，大街上的喧闹。

---

[1] 捷克的一个疗养地，用的是德文名字。

凡是组成这个沉睡在寂静和黑暗的苍穹之下的庞然大物的一切,他都看到了。而在这个夜空里,却只有一弯冷月在游荡。

他爱罗兹,就像爱工厂主、爱工人一样,就像爱那些在每个春天都要啼饥号寒的普通的农民一样,因为他们中的多数过去在街上出现过,现在又会来到这座充满了工厂、房屋和活动频繁的城市。

他爱罗兹。

这个罗兹污垢满目,城市的照明设备不好,街道路面的铺设和道旁房屋的建筑都很差,每天都有一些房子倒塌下来,压在居住者的头上。在一些小街小巷里,人们在光天化日之下,就用匕首自相残杀。可是这一切,与他似乎没有什么相干!

对这些蠢事,他是不想的,正如他从来不想这里成千上万的人如何死于饥饿,遭受贫困的折磨,如何为了生存而竭尽全力地进行斗争一样。他们这种无声无息、十分可怕的不停息的斗争,这种没有胜利希望的斗争每年都要使许多人死去,它比流行病有更大的威胁。

"因为这个,一切就运动起来了。"他很高兴地解释道,因为他想起了城市在飞速发展,那"输出"和"输入"的数字可以大得惊人,货币的流通总量可以逐年增长几千万。

他的犹太人的心想的是这些数字,感兴趣的是如何扩大这些数字。

当他看到新的百万富翁出现,他感到钦慕不已,他打心底里对他们表示尊敬,他在人行道旁看到他们华贵的马车和住宅后,无法掩饰对它们的惊讶和赞叹。他自己也很想像许多棉花大王夸耀自己的宫殿如何值钱一样,在罗兹城里吹一吹自己是多么富裕。

这就是达维德·哈尔佩恩,他现在要从中街回家,他还在想着梅什科夫斯基。

梅什科夫斯基在他这个拜金主义者看来,是不可理解的。

他不理解为什么当千百万钞票钻进自己的衣兜里时,却可以不要它。

他一面这样想,一面悄悄地打开了三楼上的自己住宅的门。他进门后听见了从黑乎乎的走廊的远处传来了低低的钢琴声,于是走进了房里。

他的妻子已经睡了,可是他还想吃点儿东西,在柜子里只找到了一块糖,别的什么也没有。于是他轻声来到厨房里,打算沏点儿茶喝。

茶炊已经凉了,但他还是从里面倒出了一杯茶。他咬碎了那块糖,和着茶一起吞了后,为了不把妻子惊醒,便在小穿堂里徘徊,听着从门那边传来的音乐声。

这徘徊很快使他感到烦闷,因此,他捧着一杯茶穿过走廊,来到那间里面有人弹琴的房前,轻轻地敲着它的门。

"请进[1]!"房里一个人叫道。

哈尔佩恩大胆地走了进去,表示客气地点了点他那总爱摇晃着的头,坐在壁炉旁,用小勺舀着茶喝,用心地听着。

他看见霍恩在吹长笛,马利诺夫斯基在拉大提琴,舒尔茨在吹单簧管,布卢门费尔德在拉小提琴,并指挥着整个乐队。斯塔赫·维

---

[1] 原文是德文。

尔切克拉第二小提琴。

尤焦·亚斯库尔斯基坐在第二间房里的一张小桌旁,抄写着一封信。

除霍恩外,他们都是一个学校的同学。他们每个星期都要聚会两次,一同演奏,企图用音乐来解除由于每天的繁重劳动所造成的精神疲劳:因为他们不是技工,就是工头,不是厂里的见习员,就是事务所的职员。

霍恩最为富有,他是来罗兹参加实习的。他有一个有钱的父亲。也是他把他们请到自己的家里,为他们买了乐器。可是他们的演奏核心却是布卢门费尔德,这是一个有癖好和受过良好教育的音乐家,曾于高等音乐学校毕业,只因在罗兹靠演奏不能维持生活,才在格罗斯吕克的事务所里当了个会计师。

尤焦·亚斯库尔斯基是他们中最年轻的。他不会乐器,可他和他们相处得很亲密,经常来他们这里,很喜欢听他们讲各种爱情冒险故事,同时以一个受到严格教育的十八岁青年的全部热情对于爱情做过许多幻想。

在他们演奏的时候,他把马利诺夫斯基由于自己生得漂亮而收到的许多爱情信中让他看的一封给自己抄了一份。

这些信写得有点儿文理不通,但很热情。因而尤焦一双迷迷糊糊的眼睛看到这一排排歪歪斜斜的字后,脸都发红了。

他为信中所爆发的近乎狂野的感情而激动,同时在他自己身上,也产生了一种强烈的欲望:他希望有一个人爱他,希望自己也收到和马利诺夫斯基同样的信。

音乐演奏完毕,女仆人把茶炊提了进来,霍恩在桌上铺好桌布后，摆上了一些玻璃酒杯。

"维尔切克,你拉错三次了呀！你把 C 调当成了 D 调,后来又跑到低八度上去了。"布卢门费尔德说。

"这没有关系,我很快就会赶上你们了。"维尔切克在房间里徘徊,搓着手笑了起来。他用一块撒上了香料的毛巾擦了擦他的肥胖的圆脸,这张脸上稀稀疏疏地长着一些颜色不很分明的胡髭。

"你身上的香气有一仓库的香料那么多！"霍恩喃喃地说。

"在我的委托商店里有香料。"他解释道。

"为什么您不做这笔生意呢？"舒尔兹笑道。他的身子虽然很胖,但仍很灵活地转来转去,给所有的人倒茶。

"就是拿您的肉去做生意也可以嘛！舒尔兹。"

"这并不幽默。"布卢门费尔德坐在桌旁喃喃地说。他用干瘦的不停颤抖着的手梳着金色的头发。这头发就像一道光圈一样围在他非常漂亮的高脑门和常常露出一丝苦笑的长长的脸上。

"哈尔佩恩先生,你愿意和我们坐在一起吗？"霍恩请求道。

"好啊！我要喝一杯热茶。你们演奏得越来越好啦,这一段好像表现有人在号啕大哭一样,给我的印象是强烈的,使我坐不住了。真好的音乐会呀！"

"尤泽夫先生,茶来了！"霍恩叫唤道。

尤焦的脸更红了,他终于走过来,力图掩饰他在看到信后心中产生的愤怒和迷茫的情绪。

他迅速喝茶,不停地环顾四周,默不作声地想着信中一些严厉的词句,不时地瞅着马利诺夫斯基。他看到马利诺夫斯基坐得那么安稳,那么悠闲自在地喝茶,感到十分惊异。

"您喝酒吗？您没有看钟？您是不是忙着要到哪儿去，维尔切克？"

"您要去值班？"

因为维尔切克在铁路仓库里工作。

"不，我从今以后和铁路局永远告别了。"

"怎么啦？您抽彩赢了？"

"您是不是要和门德尔松的女儿结婚？"

"您是不是要带着铁路上赚的钱去美国？"

大家齐声叫起来了。

"在铁路上我没有赚什么钱，我还有笔好点儿的、很好的生意。它会使我振兴，你们看吧！我马上会站立起来的。"

"你总是站得很稳的。"马利诺夫斯基说完后，用一双表现出轻蔑和不乐意的神情的绿眼睛看着他。

"可是我不是疯子，我从来不干那种别出心裁的、干不成的事。"

"你除了在买和卖上搞欺骗之外，还知道或者还能知道什么呢！你是一个单纯又很粗暴的生意人。可是你应当知道，一些聪明人的狂热行动却比像你这样只会廉价买进、高价卖出的实际的但很愚蠢的做法给社会带来了更多的好处。听见没有，维尔切克？"

"听到了。当你需要新的贷款时，我会记住你的话的。"

"正好[1]，你把最近到的铜丝分给我二十磅吧！"马利诺夫斯基平心静气地说道。

---

[1] 原文是法文。

维尔切克虽然生气，但仍把这个定货记在笔记本上。

"你们别再吵嘴和谈生意了。"

"吵嘴并不妨碍做生意。"维尔切克喃喃地说。他一面在房里踱步，战战兢兢地搓着手，舔着他向外突出的大嘴唇，一面不断地理着他披满了整个脑袋的头发。这头发在那长满了皱纹的矮小丑陋的脑门上形成了一团卷发。

马利诺夫斯基两只眼不断地瞅着他，低声说：

"你看起来像个老侍女。"

"这对你们有何妨碍？"

"我看到这些家具就讨厌，因为它们挡住了我的视线。"

"那您就看看那个茶炊或者自己的鼻子吧！要不然看什么呢！"

"那个木桶正好把茶炊挡住了，我看不见。"

"马利诺夫斯基！"维尔切克噗哧一声笑了。他的一双藏得好好的小蓝眼睛里，闪出了一道愤怒的凶光。随后他开始使劲地扭着钟上金色的大弹簧。

"维尔切克！"他表示友善地瞅着斯塔赫，甜蜜地笑了。

"你们的嘴巴应该套卜套子，否则你们还会咬人。"

"我给您讲一桩有趣的事，只不过您不要打岔。"舒尔茨吆喝道。他又给所有的人倒起茶来。"这是今天从索斯诺维茨的迪尔曼那里来的雷茨克对我说的。"

"有趣的是，关于这个畜生还能有什么新的好说。"

"你马上就会知道。一个月前，有一个伯爵经过索斯诺维茨时，在那儿玩过一阵。迪尔曼这个过去做过猪生意的人是个老骗子，他过去在卡托维兹还做过堂倌[1]。这一回，他请伯爵来到自己家里，单请还不够，他还叫仆人在接待贵客时在家门口设立一个凯旋门，安排一顿由专车从柏林送来的最好的午餐，同时在伯爵来后，他还亲自替他脱皮鞋。他这么干，是为了通过伯爵的帮助获得一份普鲁士的票据。伯爵在他的公馆里休息了三天后，回自己的祖国[2]去了。伯爵走后几天，迪尔曼便把他工厂里木工车间的技工雷茨克叫来，叫他画一个最漂亮的木箱子的图样，要尽量画得漂亮点儿。雷茨克画了一口大棺材的图样，人们照着图样在柏林做好了一个箱子，寄给了迪尔曼。于是雷茨克这白痴当着迪尔曼全家和他工厂的经理们，把这个大箱子安放在迪尔曼的客厅里的荣誉席位上。箱子里还放进了一张床，床上铺着全套铺盖和伯爵平日常用的东西。然后他把箱子锁上，箱子上钉了一块白铁，白铁上用德文刻写了下面一段话："这个箱里有一张床，床上有铺盖，一八××年十月的一天，威廉·约翰·索默斯特——索默斯坦伯爵老爷为了表示礼貌，在床上睡过三次。"

"这是开玩笑的，不可能。"

大家都认为不可能。

"我相信雷茨克的话，他从来不撒谎。"

"可是这太愚蠢了。"

"这是这个过去的猪商对伯爵的好意，表示感恩戴德，你们还有什么好说的？"

---

[1] 原文是德文。

[2] 原文是德文。

"这也是可能的。不过这样可笑的事,在罗兹,在这些百万富翁之中,很少见到。对斯坦尼斯瓦夫·门德尔松和这个梅什科夫斯基工程师决斗的事,大家都是知道的。"

"克纳贝不是很可笑吗?那个老莱赫尔,当他坐在餐厅里时,只要有人对他高声地叫一声'堂倌',他就会本能地从椅子上站起来,因为他过去当过堂倌。可是楚克尔呢!他甚至把餐厅里的残羹剩饭带回家给我的母亲去卖钱。莱赫尔只会签名,手里拿一本书在自己办公室里接见有事要找他的人。这本书因为常常是由他的仆人打开后递给他的,有时就出现莱赫尔当着他的客人把书都拿反了的情况。"

"每个人爱怎么做都可以。我认为没有必要去嘲笑。"

"可是对于一些蠢事情,每个人都可以笑话笑话。"

"你,维尔切克,你在为自己辩护。这是因为有人笑你,笑你的长头发,笑你满身的香气,笑你戴项链和戒指,笑你爱打扮。"

"只有蠢人才对什么都大惊小怪。谁最爱笑话人,他自己才是最可笑的。"

"这就是说如果你打算挣得百万家财,你就讥笑我们大家。"

"因为你们自己就很可笑。"

哈尔佩恩握了他们的手后,出去了,他不喜欢这些年轻人对工厂老板们进行嘲笑。

"为什么?你说清楚呀!维尔切克。"

"因为你们的笑很不诚恳,你们在不怀好意地进行嘲弄。这是因为你们自己什么也没有,而他们享有百万家财。"

"这说的又是新鲜事了。我早就想到您会有新的可说。如果您要这么说下去,我看您还是不说为好。"

"你们静一静,现在有一桩重要的事。"马利诺夫斯基高声地说,"尤焦·亚斯库尔斯基明天晚上需要一百卢布,他求我们大家借给他这个数目,以后他将按每月十个卢布分期付还。这笔钱关系到他的死活,我再一次请求你们给他友好的援助。将来全数归还由我担保。"

"你愿意对你的这个发现承担责任?"

"维尔切克!"马利诺夫斯基用拳头砸着桌子,生气地叫了,"先生们,我们一起凑起这个数目吧!"然后他又以较为温和的口气补充了一句,将身边仅有的五个卢布放在桌上。舒尔茨也拿出了五个卢布,布卢门费尔德拿出了十个卢布。

"谁没有钱,我给他添上。今天我虽然没有,明天却可以借。"
霍恩说道:"好,维尔切克,请您拿出二十个卢布!"

"讲句老实话,我身边连三个卢布都没有。你们替我出五个卢布吧!"

"您想得真好。"霍恩喃喃地说。

"你们不要把他算进去。霍恩,现在已经有二十卢布,你还要拿出八十卢布来,必须在明天晚上六点以前。"

"一定可以,尤泽夫先生!到时候你来找我。"

尤焦含着激动的眼泪,对除维尔切克之外的所有的人表示了感谢。维尔切克轻蔑地笑了,在房间里急急忙忙地踱步。

他有钱,可从来没有借给过任何人。

"你为什么需要这么多的钱?"维尔切克问尤焦道。

"如果你不肯借,就不要问。"

"替我向你妈妈问好。"

尤焦没有回答,他清楚地记得这个维尔切克过去向他们借过钱,他对其今天的态度很为不满。现在,尤焦急于要把好消息带回家去,这些钱是为妈妈借的,因为她被一个面包师交给一个小店老板扣留了,要付一百卢布才能赎回。在别的方面,他住的房子不要房租,当了一些东西后也拿到了点儿钱,他全家还不至于饿死。尤焦虽然走得很快,可他走到阶梯上,又回过头来,对马利诺夫斯基低声地说:

"阿达希!把这封信借给我看几天,我不会弄坏它。"

"你可以把它据为己有,它对我来说没有用了。"

尤焦吻了吻他后,走了。

留下的人沉默了一会儿。

布卢门费尔德开始定小提琴的弦。霍恩在喝茶。舒尔兹凝视着那个在不停地微笑,同时留心地看着自己用铅笔在桌布上画的代数公式的马利诺夫斯基。维尔切克在房间里徘徊,想着他明天赖以维持他的整个局面的生意,有时他打住了脚步,以很不礼貌的眼光环顾在场的人们,在这种眼光中,包含着对他们的轻蔑和不满。有时他又坐了下来,脱下皮鞋,因为他的黑漆皮鞋虽然很漂亮,可是太瘦小了,穿在脚上使他越来越感到难受。

他的穿着就像一个打扮得过分了的事务员。

"舒尔茨,我发现了你们年轻的凯斯勒的秘密。"他重新把皮鞋穿上,在房间里继续徘徊。

"您有特殊的侦察本领。"

"因为我的视力很好。"

"视力好有时候是顶用的。"

"马利诺夫斯基!"他说着坐了下来,因为他的脚被鞋夹痛了。

"您可以再来显示一下您的敏锐和深刻的洞察力!我们会耐心听的。你的皮鞋也可能因此会松一点儿。"阿达姆讽刺道。

"我昨天早晨在东大街遇见了一个很漂亮的姑娘,这姑娘我面熟,因此我跟着她,想看清楚一点儿。后来她到了杰尔纳街,走进一栋房子后,在它的院子里突然不见了。我当时觉得有点儿不痛快,想找一个警察打听她的情况,可这时候却看见年轻的凯斯勒也走进了这栋房的大门。我对他有怀疑,因为大家知道,这个凯斯勒经常爱跟在姑娘们后面跑。于是我在房前等着,十几分钟后我终于看见他出来了,但不是一个人,而是和一个姑娘一道出来的。这个姑娘穿得很漂亮,我几乎难以认出。他们俩坐上了早就在离这里几栋房子远的地方等着他们的一辆马车,到火车站去了。这个姑娘,马利诺夫斯基,你应该认识。"

"你为什么这么说?"他表面上装得平心静气地问道。

"我上个星期天看见你和她在一起。你从凯斯勒家里出来,甚至还牵着她的手。"

"这不对,这不可能……"他狂怒地叫了起来,嘴里还念着一个名字。

"我可以肯定,这就是她,黑头发姑娘,很活泼,很漂亮。"

"算了吧!这和我有什么关系。"他毫不在意地说道,同时感到有一只手伸到了他身上,在使劲地拉他。这是卓希卡,他的妹妹。

不,他不相信这是他的妹妹。他默不作声地坐着,但很想走,想回家去,而身子却又动弹不得,甚至连眼睛也睁不开。他不敢看他周围的人，因为他怕他们发现他的私秘。

他等心绪平静之后，才慢慢地穿上衣服，没有等其他的人就出去了。

他要找住在凯斯勒家的父亲和母亲。

凯斯勒的住宅是一栋三层楼四角形的房子，很像一处可以住百名士兵的兵营。这栋房子里很阴暗，也很寂静，只有一个窗子可以进光线。它现在仿佛是沉睡着一样，在马利诺夫斯基走过的走廊里，也是黑咕隆咚、空无一人，他自己的脚步声，就把整个房子都震响了。

后来他遇见了妈妈和弟弟。他弟弟坐在厨房里，用一块头巾卷起来塞着耳朵，喃喃地背诵着明天的功课。

"父亲早就去工厂了？"马利诺夫斯基问道，可是他的一双眼却望着隔壁的一间房里，想找到卓希卡。

母亲没有回答。她正跪在一张挂在五斗柜上被紫色灯光照得十分明亮的圣母全身像前，默默地祈祷，同时把一粒粒的念珠迅速往下推去。

"卓希卡在哪里？"他不耐烦地问道。

"您生活的幸福的硕果，耶稣，阿门。你父亲早就走了，卓希卡昨天到奥莱霞姑妈那儿去了。"

她继续祈祷。

阿达姆这时不知该怎么办。他想把自己的怀疑告诉母亲。

可是他看她这样虔诚地祈祷，又不敢惊动她。

他对充满了这栋阴暗房子的寂静感到十分难受。

他坐了一会儿，看着他母亲的苍老和显得疲惫不堪的脸庞，她那在血红的灯光照耀下的花白头发，和摆在一幅挂图旁的两盆盛开着的风信子花。这花在房里散发着浓郁的芳香。

"流水，土地，桌子，水手。"他弟弟重复地念着这些单词，不停地摇晃着他的两只脚。

"卓希卡当真到姑妈那里去了？"他低声地问道。

"我已经对你说了。茶还是热的，水是约泽克刚从厂里送来的，如果你想喝，我可以给你沏来，好吗？"

他没有回答，便很快地走了出去，虽然母亲在唤他回来，但他没有理睬。他来到了凯斯勒的工厂。他父亲是这家厂里的车工，负责开发动机。

看门人没有找他的麻烦，就让他走进了一个阴暗的大院子，这院子三面围着一栋栋的高楼大厦。楼上无数的窗子灯光闪烁，一台台转动的机器不停地发出低沉的轰隆声。这里的纺纱和织布车间由于积活太多，已经整整一个月都在夜以继日地工作了。

从这个四角形院子没有被楼房包围的一边往前看去，有一个大烟囱；从烟囱再往前，耸立着一栋三层的高高的楼房。这栋房子好像一座高塔，通过它不很明亮的窗子，可以看见里面那些大轮子在发了狂似的不停地转动。

他走过一栋栋矮小的现在没有开工的厂房。这里是洗染毛线的染坊和肥皂制造车间，人们利用这些羊毛脱脂以后得到的油脂，除了可以提炼钾碱之外，还能生产肥皂。可是这些地方现在没有人干活。他老远就看见了一些锅炉，它们已被大火烧得通红。那火光像一条条血红的带子，照射在附近的煤堆上。最后他走进了一栋宛如高塔的楼房里。

几个光着膀子,全身皮肤沾满了尘土,显得很黑的人不停地把一车车的煤运过来,再由其他一些人把这些煤往炉子里送。

天色阴沉,他现在什么也瞧不见。可是那机器上的最大的轮子却像一头怪兽一样,在疯狂的转动中喷射出闪闪发亮的铁火。这铁火有的散成火星落到地上消失了,有的往上猛窜,好像要破墙而逃。可是它冲不破墙壁,只好上下来回穿梭,同时发出吱吱喳喳的响声。它的穿梭动作相当迅速,很难看清它的形状,唯一可见的就是从钢铁车床的平滑的表面上,不断升起的一团团烟火。这银白色的烟火在催着轮子转动,在这座阴暗的塔楼里散发着无数的火星。

挂在墙上的几盏煤油灯摇曳的灯光照在机器的活塞上。这活塞像一只只有木头那么粗大的钢手,也在不停地工作,发出单调刺耳的轰隆声。每个活塞的两只大手时而靠近轮子,时而离开,仿佛企图通过它疾速的动作把那转动着的轮子抓住一样。

老马利诺夫斯基手里拿着一盏橄榄油灯从机器周围的铜栏杆前走过,他每过一段时候就要检查一下机器上的压力表。

虽然看见了儿子,但他仍然围着一台机器转了一圈,把上面一些地方擦擦干净,检查了它的运转情况后,才走到儿子跟前,点上烟斗,抽着烟,表示疑惑地望着儿子。

"我是来告诉父亲,卓希卡大概是凯斯勒的情妇。"

"你真蠢!你看见了?"

年轻的马利诺夫斯基开始把他从维尔切克那里听说的话告诉父亲,可是他的声音十分低沉。因为在这个好似地狱震动的轰隆声中,就是大炮的射击也是听不见的。

老人注意地听着,他的像钢枪一样铁锈色的眼睛一上一下地跳动，熠熠生光。

"你要把所有的情况都了解清楚,所有的情况。"他说着便把那张灰色、干枯、像被石头挫伤了的脸挨到儿子跟前。

"我还要去了解。如果是这样,那他就不会再去欺骗他厂里的女工了。"他着重地指出了这一点。他的两只逗人喜爱的绿眼睛闪出了一线光芒,他把他的胭脂红的嘴张开后,露出了一对长长的,像狼牙一般尖利的门牙。

"母狗!"老人说着,便用手指将他叼在嘴里的烟夹了出来。

"父亲对这件事是怎么看的?我还没有告诉妈妈。"

"我自己去告诉她,并且马上就去处理这件事,以后你会知道的。"

他走到了机器旁,可过了一会儿又转过身来。

"你为什么整整一个星期没有来我这儿?"他轻声地问道,这声音表现了他对儿子的深情的爱。

"在机器旁干活。"

老人瞅了他一眼没有回答,他很讨厌一年前阿达姆不惜金钱和时间搞来的这台机器。

"晚了,睡觉去,阿达希。你把这事告诉了我,挺好。不过你得向我保证,你回家后什么也不说。如果你的猜测符合事实,那么这件事由我去处理。凯斯勒虽是百万富翁,我却也有办法对付他。"

他说话时心情很平静,就像他在扎巴乌卡伊森林时,手里拿着一把斧头,正准备猎取一头灰熊。

父子俩紧紧地握了手后,互相看了一眼,就告别了。

于是,老人又来到机器旁,用油在上面擦洗了一阵,看了看压

力表,不时地把背靠在震动的墙壁上,望着这轮子在急转中放出的火光、烟影,听着它们的轰隆响声,仿佛表示遗憾地嘟囔着:

"卓希卡!"

阿达姆回家后,感到轻松了点儿。

他看到霍恩已经睡了,便关上自己的房门,把那台耗费了他许多精力的机器重又拆开了。这台机器他一年前就开始装了,可他从来也没有装好过。

这本来是台电动测压机,构造很简单,就像一台廉价的发动机一样。如果不是他在装配时计算错了,如果不是常有什么在妨碍他工作,他是可以把这台机器装配好的。这样他就会使世界来一个天翻地覆的变化。

他总是觉得自己接近成功了,每天都以为明天就会搞成。可是这无数的明天汇集成长年累月了,而成功却不见来到。

他坐了很久。早晨霍恩醒来后,看见他房里有灯光,便叫道:

"阿达姆,睡觉去吧!"

"马上就睡。"他说完后,当真把灯灭了,躺倒在床上。

黎明的曙光照进了窗子,使房间里充满了一片奇特的明亮,人和家具看起来就像一具具尸体一样,而外面则到处都是空荡荡的。

阿达姆看着窗子和窗外的星星。它们显得越来越白亮,可是不一会儿,就渐次消失在泛滥于天空里的白昼之光中。他睡不着觉,好几次爬了起来,检查他的计算是否准确,或者把头伸到窗外呼吸清晨的新鲜空气。这时候他感到自己好似滑行在成千上万个黑色的屋顶上,这些屋顶由于刚刚摆脱了黑夜的束缚,也慢慢地可以看得见了。

城市沉睡在一片寂静之中,没有受到任何细微响声的干扰。

千百个烟囱汇成一片石柱林，它的周围围绕着从郊外飞来的大雾，看起来蔚为红色。这雾后来便慢慢形成了一团团白云，翱游在整个城市之上，碰撞着每一个尖利之物。

他又躺下了。可这时候他依然睡不着觉，不仅是因为他现在想起了卓希卡，还因为在这座寂静的城市中突然响起的汽笛声也对他造成了干扰。

刺耳的汽笛声是从所有的方向传来的，因为工厂的铁嗓子在东西南北各方拼命地吼叫，一会儿形成大合唱，一会儿又单个儿地响着，响声不断地穿梭在空中，似乎把大气层也撕成了碎片。

霍恩自从和布霍尔茨断绝关系后，没有工作可干，一心只等博罗维耶茨基为他在莎亚那里想办法。他今天起得很晚，当他喝完茶后，已经是吃午饭的时候了，于是他来到了"侨民之家"，打算在这里吃饭。因为所有的人都已吃过饭走了，所以他没有遇到他想找的博罗维耶茨基。

他看见卡玛在这里梳卷羽毛，还有几位太太小姐也把这间餐厅变成了工作室，在这里缝制衣服。

"你一定是有病，我看得出。"卡玛吆喝道，她看到霍恩由于没有工作，十分烦恼，他的脸色不好。

"卡玛说得对，我真的有病。"

"我知道，你昨天晚上没有到我们这儿来，喝酒去了。"

"我们在家玩了一整夜。"

"不对，你在喝酒，因为你的眼睛发青。"她用手指指着他的眼睛。

"我会死，卡玛，我一定会死。"他说着便表现出了十分悲伤的样子。

"别这么说,我不爱听。"她看见霍恩闭上眼睛,把头靠在椅子的扶手上,装成一个死人的样子,便叫了起来。

卡玛用羽毛扫着他的脸,也装成很生气的样子。她的鬈发有一半披在脑门上,遮住了眼睛。

霍恩吃完饭后,依然默不作声地坐在桌旁,没有理睬她对他的各种示意。他表面上装得对一切都漠不关心,而实际上他很烦恼。他懒洋洋地看着这一排全家人的照片,还有这些十八世纪贵族的大头像,他们都剃光了胡子,以严峻的眼光瞭望着窗子外面展现的千百个工厂的屋顶和烟囱,这些为了每日的粮食而进行沉重劳动的小女孩的脸庞。这些脸庞由于过分的劳累而显得疲惫、苍白而没有血色。

"我想请你对我们多说几句话好吗?"

"如果我不愿说呢?"

"可是你并没有生病,对吗?"她低声地问道,惴惴不安地看着他的眼睛。"你没有钱?"她又急忙补充道。

"没有钱,我是一个很穷的孤儿。"他开玩笑道。

"我可以借给你,当真可以借给你!这里,四十卢布。"

她拉着他的手,把他带到了客厅。正在这里的白色的皮科洛马上对他吠叫起来,并且跟在她的裙子后面。

"我当真可以借钱给你。"她畏畏缩缩地说道,"我的宝贝,我亲爱的!"她踮起了脚趾,抚摩着他的脸,开始叽叽喳喳地说着,"从我这儿你只管拿,这钱是我的,我本打算用来买夏季衣服的,可是你要按时还。"她表示热情地说道。

"谢谢!卡玛,非常感谢,但我不需要钱,我有钱。"

"不对！把你的钱拿出来看看。"

在他表示不同意之后，她马上从他的兜里掏出了钱包，在里面翻了起来，可她很快发现在钱包里的却是她自己的相片。

她十分满意地、久久地看着他。她的颈子、脸上也慢慢地显出了一阵阵的红晕。于是她把钱包还给了他，低声地说：

"我爱你，我爱你！可是这张相片你是从姑妈的相册上拿去的，啊哈！"

"我从照相师那里买的。"

"不对！"

"如果你不相信，我就走。"

她追到了门口，挡住了他的去路。

"你别把相片给别人看好吗？"

"谁也不给看。"

"你能永远把它放在身边？"

"永远，可是我任何时候也不看，任何时候。"

"不对！"她高声地叫了起来，"你要钱吗？"

"我只是有时候看看，如此罢了。"

他拿着她的双手，热情地吻了上去。

她把手迅速缩回去后，跑进了客厅。这时候她不仅面红耳赤，而且气喘吁吁地叫了起来：

"你的力气真大，就像一头熊，我受不了，我恨你。"

"我对你也受不了，我恨你。"他在走出去时，叫喊道。

"哎呀！"

他听到了她最后这带怀疑口气的话。她虽然恨他，但跑到客厅里，又把窗子打开，看了看他。在他走出大门，来到斯帕策罗瓦大街上后，她还用手势对他表示了亲吻，然后才和皮科洛一起，像竞赛一样地迅速跑到自己的工作台前。

由于没有帮尤焦·亚斯库尔斯基借到钱，霍恩便挨门挨户地找熟人，花了好几个小时，最后他决定到博罗维耶茨基那里去。

快到工厂时，他在"侨民之家"认识的谢尔宾斯基追上了他。

这个贵族脚蹬一双长到膝盖的高腰皮鞋，身穿一件古铜色的僧衣，上面还缀着一些十分华丽的黑色衣饰。他的花白的头上，带着一顶天蓝色的宽檐帽，看起来很新奇。这时他挂着一根拐杖大摇大摆地走进来了。

"这个时候还在街上，没有去厂里？"霍恩感到愕然地叫道。

"工厂不是兔子，它不会逃走，好心的先生。"

"你到哪儿去了？"

"你看，太阳从早上就照得这么热，像春天一样。我把衣服都脱了，在工厂里我受不了，于是把那里的人笑话了一阵。好心的先生！我要到城外去看看，那儿的冬小麦都从雪里跳出来了。你不认为太阳已经非常暖和，人们到处都可享受快乐了吗？"

"这冬小麦和你有什么关系？"

"怎么没有关系？啊！是的！是的！我现在既不播种，也不耕地，我已经是个工人，给犹太人当奴仆，可是你看，"他扫视了一下周围，悄悄地在霍恩的耳边说，"罗兹几乎要把我赶走了，这儿的一切都是猪猡、混蛋，好心的先生呀！"

他更加高声地咒骂着，把手伸给了霍恩，然后把拐杖在人行道上敲了几下，急急忙忙地走了。

第十五章

霍恩和博罗维耶茨基谈话的时间很短,因为他没有任何新的消息。他在刚要出去的时候,却遇见了亚斯库尔斯基,他是因为昨晚和维索茨基说了话,才来找博罗维耶茨基的。

今天,亚斯库尔斯基感到害怕,不知该怎么办了。

他不时舒展一下身子,摸一摸头发,咳嗽两声,可是这也未能使他鼓起勇气,他等在印染厂的会客室里时,好几次当真想要走了,但他一想到老婆和孩子,一想到他在各种事务所和工厂主家的门厅里已经那么多次白白地等过了的时候,就只好回来坐下,垂头丧气地继续等着。

"你是亚斯库尔斯基?"卡罗尔进来后问道。

"是的,我是亚斯库尔斯基,能对经理先生做自我介绍,我感到很荣幸。"

他把这句神圣的话慢慢地说了许多次。

"这里说的不是荣幸,维索茨基先生说,你要找工作。"

"是的。"他回答得很简单。他的手搓着那破烂的帽子,心里却在惶恐不安地等着对方表示没有工作的回答。

"你在哪里工作过?你会什么?"

"在自己的家乡。"

"你做过生意吗?"

"我有过地产,可都已经失去了。我现在只是为了暂时的需要,暂时的需要。"他虽然硬着头皮这么说,可他的面孔已经羞得发红了,"因为我们正在打官司,而这官司必须打赢才行。事情很简单,我的叔叔死了,他没有后代,有一笔……"

"我没有时间和你扯家谱,你过去是个地主,这就是说你什么也不会。我想帮助你,你也很幸运,几天来,在工厂的仓库里有一个空职,如果你愿意的话……"

"非常感谢,非常感谢!因为我的确有点儿困难,真不知道应当如何报答经理先生!是不是可以知道这是什么职务?"

"仓库的看门,月薪二十卢布,工作时间和工厂里的钟点一样。"

"告辞了。"亚斯库尔斯基生硬地说了后,就转身要走。

"你怎么啦?"卡罗尔感到愕然地叫道。

"我是一个贵族,先生!你的推荐是不适当的。亚斯库尔斯基宁可饿死,也不给德国人看门,我不干这个。"他高傲地说道。

"你很快就会和你的贵族头衔一起死去的。你在别的人那里找不到工作!"博罗维耶茨基一面愤怒地叫着,一面走了出去。

亚斯库尔斯基火气十足地走到街上,他不时地挺直腰杆,觉得自己很了不起,而现在正是自己的人格受到侮辱的时候,他的脸由于血涌上来而涨得通红。当风吹到他的脸上,当他再来看这些大街时,当匆匆忙忙的过往行人和无数运载货物的车子在把他推来撞去时,他只好不停地叹息,只好把两只胳膊无力地垂下。他站在人行道上,想从小衣兜里把小手绢找出来……

他靠在一排栏杆上,两只呆滞无神的眼睛凝视着这一大片房屋建筑，千百个喷发出肮脏的浓烟的烟囱和无数在急急忙忙的劳动中发出轰隆声响的工厂，凝视着周围频繁的活动和人们在这些活动中所表现的强大和富于创造性的能力，凝视着静静的蓝天上的一轮红日。

由于身心受到痛苦和悲哀的刺激，现在他连那块他要找的手绢也找不到了。

他打算在这个栏杆边蹲下来，猛地把头朝石头上碰去，就此结束生活使他遭受的可怕的折磨，就此了结自己的残生，这样他可以不再回去见那些死于饥饿的亲人，不再领受这悲哀和痛苦。

是的，他确实没有再找那块手绢，只好用一只破手套捂着脸抽抽噎噎地哭着。

博罗维耶茨基回到了在"厨房"边自己的那个实验室里。他见默里正坐在一张桌子的角上，便把亚斯库尔斯基的情况告诉了他。

"我是第一次遇见这样的人，给了他工作，他有了这个工作本来可以好赖活下去，可他却十分生气地说：'我是贵族，宁死也不给德国人做看门人！'老实说，这种贵族头衔快点儿抛掉还好些。"

"已经开始印'竹子'了。"一个工人汇报。

"我马上就来。有人觉得劳动可耻，而不觉得乞讨可耻，这我就不懂了，您怎么啦？"他看见默里并没有听他的话，只用一双苍白的、好像哭过的眼睛望着窗子，因此很快地问道。

"没有什么，和平常一样。"他不乐意地回答道。

"看脸色您很悲伤。"

"我没有特别的原因要快乐！可是，你愿意买我的家具吗？"他回避了卡罗尔的视线，很快说道。

"您出卖家具？"

"是的！是的！……我想把这些旧东西搞出去，廉价出售，您要吗？"

"这个我们以后再谈。如果您的急需竟然迫使您走上了这一步的话，我可以给您想个办法，可您应当对我态度诚恳一点儿。"

"不，我并不需要钱，只是因为家具对我来说没有用。"

卡罗尔瞅着默里，在长时间沉默之后，对他表示同情地说：

"您的婚姻问题解决得怎么样？"

"没有进展，没有一点儿进展。"他迅速来回地走着，为了掩盖他此时的愤懑情绪。

可是他的腮帮却颤抖起来了。他突然停住脚步，做了一次深呼吸，用两只呆板的眼睛盯着卡罗尔的毫无表情的面孔，然后拿起短大衣披在背上，擦了擦一双出汗的手，便围着桌子跑起来了。

卡罗尔在忙于工作，没有说话。可是当默里对他使了个表示轻蔑的眼色，往"厨房"里跑去时，他嘟囔道：

"一只多愁善感的猴子。"

"我昨天才知道，结婚，是对爱情和人格的侮辱。"默里回来后，又在房间里徘徊起来。

"这要看对谁说。"

"我昨天才看见，结婚是最不道德的事。是的，夫妻关系，这是肮脏的欺骗，是卑鄙可耻，是虚伪。您不会反对我的看法吧？"他表示痛恨地说道。

"我既不反对，也不同意，这和我没有关系。"

"可是我对您说，事情就是这样的。昨天我在一个人家里喝茶，卡琴斯基这一对理想的夫妇也在那儿。他们老是坐在一起，手拉着手，总要那么你摸着我，我蹭着你，真是一个讨厌的习惯。他们只知道两个人悄悄地说话，好像互相永远也看不够，愚蠢，不体面。整个晚上我都十分生气，我不相信他们有那么坚贞不渝，我怀疑他们在吹牛皮，而且这一点马上得到了证实。因为我喝完茶后，来到隔壁房间里，本想坐在窗下凉快凉快，卡琴斯基夫妇很快也来了，他们并没有看我，可是毫无礼貌地就吵起架来了。我不知道吵的是什么，但我看见这个最理想的、神圣的卡琴斯卡太太就像一个流氓一样给他做了个难看的动作，然后打了他一耳光。这时候，这个标准的丈夫便抓住她的一只手，在她脸上打了几下，又尽全力地把这只手朝壁炉上撞去，一直到她痛得倒在地上。她没有晕过去，可是浑身抽搐起来了。他只好跑遍全屋去呼救，并且跪在她的面前，吻着她的手，用最亲热的语调叫着她的名字，为她的受苦，他几乎忍不住哭出来了。一场令人恶心的下流的喜剧！"

"您说的是例外的情况，但不管怎样，这令人很惊讶！"

"啊！这不是例外，千百对夫妇就是这样生活的。当只有做生意才把人们连在一起时，当法律给人们钉上了无法解脱的枷锁时，当小姐们把结婚看成是买卖经营获得利润时，他们不可能别样地生活。"

"您的全部仇恨是由于您个人遭受了挫折而产生的，对不对？"

"我从来是这样看的，因为我早就看透了。"

"为什么您不结婚？"博罗维耶茨基问道。

默里不知怎么回答，他沉默了一会儿，便把他的烧得热辣辣的额头靠在桌旁一台小印刷机上的冷冰冰的白铁板上。

"我的肩膀太宽，可是我的钱又太少。如果我不是个瞎子，没有蠢得像瞎子一样，而至少和布霍尔茨一样，每一个波兰女人就会赶忙对我发誓要至死地爱我！"他表示怨恨地嘟囔着。

"啊！原来波兰女人拒绝了你的求爱？"卡罗尔讥讽地说。

"是的，波兰女人是愚蠢、虚伪、反复无常和坏天性的化身，这……"

"您的词汇很丰富嘛！"他带挖苦地打断了默里的话。

"我没有要你注意这个。"他咬着自己稀疏的牙齿，喃喃地说。

"我也没有求您表白自己。"

"厂长先生有请！"一个工人把头伸进了实验室叫道。

卡罗尔便到布霍尔茨那里去了。

默里觉得有点儿不痛快，他为自己的一时冲动而感到羞愧。尽管如此，他的痛苦和失望都激起了他对整个世界，特别是对女人的仇恨。在生产染料的车间里，干活的主要是几个女人。他听到她们高声说笑，感到十分厌烦，便赶走了他们当中的一个，这还不够，他马上把其他的也开除了。后来，他跑遍全厂，一有借口，就冲着女工们大喊大叫，把她们记在该受处罚的人的名单里，或者开除她们。

布霍尔茨坐在染坊里，他和卡罗尔打了个招呼后，说："克诺尔星期二会来，你晚上到我这儿来，我们上山去。"

"好，可是厂长先生为什么要出去，这种散步是有害的。"

"我不能坐在家里了，一切都使我感到发腻，我需要活动活动。"

"那么为什么厂长先生不坐车到外面走走？"

"今天走过了，更叫我发闷。有什么情况吗？"

"生产和往常一样。"

"这就好。为什么今天厂里这么静？"他喃喃地说道，一面注意地听着。

"也和往常一样。"卡罗尔回答后，往别的厂房去了。

布霍尔茨想仔细地听那充溢全厂的低沉、单调，可是强有力的机器的轰隆声，但由于他一下子不能集中注意力，没有听到多少。这时候，他觉得染坊里很闷、很热，便走了出来，坐在工厂门前一个养鱼池上摆着的木架子上。这个养鱼池的水就是厂房里一部分用过的蒸汽凝成水滴之后流过来的。

他把眼睛睁开，看着自己工厂那些绕在一个大院子周围的厂房，看着工人们用铜索把一些运煤和布匹的车厢从仓库不断地往院子里拉，看着许多在阳光照耀下闪闪发亮的屋顶，看着不断地喷发出由于日光照射而蔚为红色的一团团浓烟的烟囱，看着在仓库前面推着车厢来回移动的身材瘦小的工人。

他十分吃力地呼吸着在阳光照耀下充满了烟雾和煤屑的空气。

他的咳嗽因此更厉害了，但他并没有回去，他觉得现在的全身无力反而给他带来了快感。

温暖的阳光给大地送来了浓郁的春意。从水泱泱的田野地里吹来的微风把耸立在大院一边的一堵围墙附近的光秃秃的白杨树吹得索索发抖。一群群麻雀一面打架、一面兴高采烈地叽叽喳喳地叫着，好像在对春天的到来表示欢迎。一片广阔的蓝天高悬于这座充满着烟雾和工厂的轰隆声以及寂寥无人的大街小巷的城市之上，大块大块的白云就像一团团棉花一样，躺在这无际的苍穹里。突然，太阳把它的圆圆脸蛋儿从云中露了出来。

工厂在劳动中不断发出有节奏的声调。

布霍尔茨终于站了起来，往家里走去。可是他面对这些巨大的楼房，这些强有力的机器，这工厂生活的无比伟力，感到自己是多么软弱无力。他只能一瘸一拐地走着，来到公园后，由于看到了一栋栋高大的红色的楼房，它们的窗子灿然闪烁，他不由得对它们产生了欣羡之感。

虽然哈梅斯坦给他开了绝妙的药方，但他仍然没有恢复健康，他感到病情一天天恶化了。他夜里很少睡觉，有时就是坐在沙发椅上度过的。因为他不敢走到床边，常以为只要自己趟下，就一定会死。这种对于死的恐惧常给他带来极大的痛苦，甚至使他全身抽搐。他越来越害怕夜晚的到来和一个人的孤单的生活，可是他又不愿承认这一点。在他的软弱无力和要克服这种软弱无力状态的迫切的心情之间，经常发生矛盾和斗争。

他对什么都毫无感觉。

他什么也不想干，对一切都没有兴趣，感到厌烦。

在办公室里，他可以几个小时坐着不动。让博罗维耶茨基去处理所有的事务，而自己的视线都盯着窗外摇曳的树木。他甚至可以忘记这是在什么地方，他看见了什么。当他清醒过来后，他会再次一瘸一拐地走到厂里，和人们在一起，参加他们的活动，就像一个沿着滑溜陡峭的岸边竭力往上爬的溺者一样，希望健康，活命。

星期六，克诺尔说了这一天要来，可是他感觉更不好了。

虽说如此，他午后还是来到了厂里。

发烧在消耗他的体力，烦恼在折磨他。他在一个固定的地方连一分钟也待不住，于是从一个车间走到另一个车间，从一个厂房走到另一个厂房，从一层楼走上另一层楼。他要走，要向前走，要看到所有的东西，可同时又觉得要回避这一切。因为机器使他感到烦恼，这无数在转动中发出呻吟的传动带使他感到烦恼，增加了他的痛苦。

他来到了织造车间，在一台台纺织机的旁边走过，看见它们好像一群野兽，为了摆脱铁锁链的束缚，在疯狂地挣扎。

由于这些巨大的厂房里，到处都是机器的轰隆声、金属的叮当声和人们的吼叫声，他走得很快，一双发红的眼睛只顾瞅着那些弓着背、两眼盯着车床，对自己身边的一切都毫无视听的工人。

棉花的飞絮像一片灰色的茫茫大雾，笼罩着不停震动着的机器和几乎一动也不动的人们，在透过长长一排窗子射进来的阳光的照耀之下，闪闪发亮。

不，他感到这里不好。这强迫人们进行劳动的机器的十分单调和不间断的响声，这一台台仿佛遭受暴力压迫而竭尽全力进行反抗甚至把墙壁也震动了的机床，都使他产生烦恼。

当他走过那为布料进行最后加工的研光车间时，里面的苏打、热浆糊、钾酸和肥皂散发的各种蒸气和气味刺激着他的眼睛和呼吸道。一台台机器就像鳄鱼一样，长着一条条五颜六色的布尾巴，在地上不停地扫荡，也使他感到极为厌恶。

他继续往前走去，在一个走廊里看见了外面的院子，那里有一些人把装满一捆捆棉花的车厢从仓库里推了过来，另一些人则把货物往仓库里卸。通过对面厂房的窗子，可以看见里面运转着的机器，它的旁边摆着一排排空的煤车。他开始远眺那个工厂后面的树林，因此机器便从他的眼里消失了。然后他又仔细地瞧着从一个四方形的煤槽里扬起的黑色煤灰,因为工人们正忙着把车厢里的煤往这里面卸。

"这和我有什么关系?"他不高兴地想着,把身子依在栏杆上,想休息一下,因为他觉得他的身子很重,几乎动弹不得,呼吸也越来越困难了。他有时看到周围的一切好像都在摇晃,有时似乎可以听到一种奇怪的喧闹声。由此而产生的恐惧迫使他立刻站了起来,尽自己的力量迅速逃离这个地方。

直到他看见有一些人在装货,他的心绪才大为安定下来。

在一个大厂房里,有几十个女人正在工作。厂房中间有大批的布料,就像各种颜色的铁板一样,被高高地摞在一起,一直顶到天花板。

她们的说笑声十分欢快地响遍整个厂房,可是当布霍尔茨进来后,这里就马上静了下来,笑声听不见了,所有的声音都消失了,人们眼里显出了忧郁的神色,脸上表现出惶恐不安。

唯一可以听到的是那机器单调的轧轧响声,它量出了布的尺码之后,把它们转起来放在木板上;然后女工们把这些布匹放进小车,"咕噜咕噜"地运到邻近的仓库里去,用纸把它们包起来。

布霍尔茨慢慢地从一些桌子的旁边走过,注意瞧着她们由于每天沉重的劳动而显得苍白和好像患了贫血症一样的丑陋的头,可是她们谁也没有抬头看他。他能接触到的只不过是她们偶尔投向他的表示不乐意和充满了恐惧的眼光。

"她们为什么怕我?"当他走出去后,整个厂房便响起了一片喧闹声,他听到后这样想道。

他由于行动不便,走起来很慢。他决定回公馆去,这时他便通过漂白车间和成品仓库,走了一条最近的路。

仓库是一栋特别用石头和铁柱建造的平房。窗子很小，就像一些格子似的。里面虽然很大，但由于光线不足，显得很阴暗，一堆堆包装好了的货物高高地顶到了天花板。在这一堆堆货物之间，有许多弯弯曲曲、宛如深沟的甬道。

仓库里因为十分阴暗和寂静，形成了一片严肃的气氛。有时在那条主要的通道上，可以看见驶来的一辆载着新到的货物的小车，但它很快就会进入旁边的甬道而销声匿迹。有时还可以听到工厂的一声轰隆把布满了蛛网和棉屑的窗玻璃震得直响，甚至通过玻璃窗，响遍里面所有的甬道。

布霍尔茨再也走不动了，于是在窗旁一堆堆横七竖八的印花布上坐下。他想休息一会儿马上就可以走，可等他打算站起来时，他的脚却直立不起来，因此又无力地倒下了。

他这时感觉很不好。

他想高声地呼喊，叫人来帮助他，但他没有力量，喊不出声来。现在他就是要把眼皮睁开也很困难，这双充满了恐惧的发红的眼睛只好漫无目的地环顾着仓库静悄悄的四个大角落，他觉得石头砌的四个角落这时候也显得十分严肃和可怕。

他觉得有一个可怕的野蛮的恶鬼在掐着他的脖子，因此他像疯子一样跑到离他最近的一个小窗子前，抓住窗格子，想要呼救。可是他全身都战栗起来了，他只好不停地小声嗫嚅着，用一双表现出急于求救而又感到绝望的神情的眼睛盯着在院子里卸车的工人。

谁也没有来救他，工厂依然像沸腾的大海一样"轰隆隆"地响着。而他已经精疲力竭了，他的手也从他抓住的窗格子上滑下来了，他的身子倒在一堆堆布上。他仍然打算做一次最大的努力爬起来，推开这一堆堆挡住了他去路的货物,可他还是倒下了。他再也站不起来,只好在地上匍匐前进,一会儿用手去抓一把空气,一会儿用僵硬的指头去摸那仓库的角落。他觉得有一把尖刀在刺他的心房,痛得他只好用脚蹬着那铁的地板,最后他猛然从地上爬了起来,嗓子里发出了一声短促的可怕的叫喊声,便无力地倒在地上。

工人们听到了这声叫喊后,都跑过来了。他们站在他身旁,感到十分恐慌,不知怎么办才好,看到全身仍在战栗着的老板,他们甚至不敢接触。

可是躺着的布霍尔茨全身仍很紧张。两颗血红色的眼珠从眼帘里突了出来。他的面孔发紫变形。由于临终前的最后一声吼叫,他的嘴张得很大,上下颚骨也露出来了。他的形体就像这仓库里堆放着货物的四个角落一样阴森可怕。面对自己的百万家财,他无能为力,而他自己也在这百万家财的包围之中死去。只是,从他嘴里发出的这最后一声战战兢兢的叫喊响遍了仓库里所有的甬道,响遍了它的铁的天花板下的所有阴暗的地方,冲出了墙外,和城市生活的喧嚣、工厂强有力的轰隆声汇在一起了。

第十六章

两件大事震惊了罗兹,这就是布霍尔茨的死和棉花价格空前的飞涨。

布霍尔茨的死讯像闪电一样迅速传开后,给人们造成了很深的影响。

大家都不认为他会死,都摇着头对这个消息表示不相信。

"不,这不可能。"

"不对。"一些人甚至坚决否认。

布霍尔茨死了吗?

这个布霍尔茨,他从来都是在罗兹的,人们近五十年来一直在谈着他,每走一步都要想到他,他无疑是罗兹的统治者。这个布霍尔茨,他的财产使所有的人眼花缭乱。这个大力士,这个罗兹的灵魂、罗兹的骄傲。这个被咒骂可又令人惊叹的巨人——死了!

人们都感到惊讶,无法认同"布霍尔茨死了"这个简单的事实。

成千上万个关于他的一生、关于他的百万家财和他的幸福的传闻在事务所里,在机床旁、工厂里马上就传开了。愚昧的工人群众不懂得他为什么有毫不妥协的、铁的意志,有了这种意志可以战胜一切,打败所有的人。他们也不理解他的天才,只看见由于这种天才所导致的结果,这就是在他们眼前和身边出现的他的巨大的财产，而他们自己却仍像过去一样，一无所有。

人们还猜测他身上存在着某种神秘莫测的东西。

一些人认为，他的工厂是用伪币买来的，还有一些不久前刚从贫农变成的工人，他们更加愚昧，甚至信誓旦旦地说什么有鬼神助他；还有一些人对天赌咒，说什么看见过他的头上有角，他是个鬼。总之，所有的人都一致认为他死得不寻常，他不会像他们之中的人那样。

可是这个消息却是真的。

谁想探听真情，只要来到布霍尔茨的宫殿，到大门厅里看一看就会信服。这里已经变成了祭坛，四壁钉上了沾满银色泪痕的黑纱布。布霍尔茨的遗体被安放在一个矮小的灵台上，周围摆着棕榈树、纸花和大蜡烛。烛焰在一大群神父不断唱着的、凄凉的圣歌声中不停地摇晃着。

这些神父早就在等着祭奠这一天的来到，他们想看看这位神话般的布霍尔茨，这个千百万人生命的主宰、这个百万富翁究竟是个什么样子，可是他们自己今天倒成了涌到这儿来看热闹的人流的注意对象了。

人们怀着惶恐的心情，静静地肃立在这个已经死去的大力士面前，看见他安详地躺在一口银色的棺材里，他的脸庞已经僵硬发紫，两手抓着一个黑色的小十字架。

他的面孔直冲着完全打开了的门，他的一双已经陷塌下去的眼睛似乎仍在通过发红的眼皮眺望外面的公园、工厂的大围墙、不断地吐出一团团浓烟的烟囱、自己这个过去的王国、这个通过自己的意志从虚无中建立起来的世界，他似乎感到了的这个世界现在已经聚集了所有的力量，因为这里到处都可以听到机器的轰隆声，把大批大批的产品运进运出的火车的汽笛声。这些产品是人们在巨大的厂房里，通过紧张的劳动将原料加工而得来的。

两个巨大的形象面对着面了，一个是已经死去的人，一个是生气勃勃的工厂。

一个自然伟力的发现者和驾驭者成了他的奴隶，然后又从奴隶变成了一具被这一伟力吸尽最后一滴血的尸体。

布霍尔茨预料星期六会来的克诺尔来到他家后，所遇见的，却是他的尸体。

克诺尔叫他手下的一个人给布霍尔茨料理后事，他自己则依然埋头在他的生意中。

宫殿里笼罩着一片悲凉肃穆的气氛。

死者所占有的整个一层楼是空荡荡的。

布霍尔佐娃和平常一样成天地坐着，拿着一只袜子在手里织，只不过她比平常更容易织错，她的眼睛看不清楚，常常把活计拆了再从头来过。她还常常独自陷入沉思，或者看着窗子，她的一双苍白无神的眼睛里有时甚至充满了闪亮的泪水。每当这个时候，她就默不作声地站起来，走过一些空房间，来到楼下，十分害怕地看着丈夫僵死的脸。回到楼上后，她更加沉默了，由于过分孤单，也使她感到自己好像全身都麻木了。于是，她叫女仆来给她反复地朗读祈祷文，企图忘却一切烦恼，从祈祷中找到欢乐。

她长年的习惯是，每吃早饭和午饭时，总要先整理一下自己的妆容，等候丈夫一同进餐。可是这一次她知道他不会来了，因此，她只好在饭后继续祈祷和织袜子，惴惴不安地听着楼下人们唱的各

一星期后,葬礼举行了,这是一次罗兹从来没有过的盛大的葬礼。

种凄凉的哭丧调和一只飞进了她房间的鹦鹉的鸣啭。这只鹦鹉此时也好像十分烦躁，它一会儿飞到窗帘上，一会儿站立在家具上，只管大声地叫着：

"昆德尔，昆德尔！"

一星期后，葬礼举行了，这是一次罗兹从来没有过的盛大的葬礼。

所有的工厂都在这一天停工了。它们的全体职工都被指派去为布霍尔茨送葬。

在皮奥特科夫斯卡大街，有一俄里长的整个街面上挤满了人。在这一片黑色的人流之上，高高地浮起一辆用金绳子和点燃了的蜡烛包围着的大灵车，车上用棕榈叶编织的华盖下面，放着布霍尔茨的银色的灵柩，它的周围撒满了鲜花。

在人群前面走的，是一些宗教团体和其他群众社团。他们高举着旗帜，手上戴着黑纱，看起来仿佛一群各种颜色的鸟在蔚蓝的天空下展翅飞翔。

长长的一排神父、合唱队和工厂里的乐队，面对大街两旁房子上挤满了人的露台、窗子和高悬在蓝天上的太阳，唱着送葬的悲歌。这歌声的感人肺腑的凄婉旋律回荡在周围的一片人海之上。

由于过分拥挤，人们摩肩接踵地移动，可是从大街两旁的巷子里，还有人不断加入送葬的行列。

紧跟在灵柩后面的，是死者的亲属；然后是工厂的管理人员和许多地产所有者；再后面是一排排的工人，他们是按不同的工种和性别而分队的，男女各排一队，有纺织工、砑光工、洗染工、印染工和仓库保管员等，都由他们的经理、技工和工头领头。

在参加送葬的人群中，别厂来的工人有几十万，全罗兹的工厂主也几乎都参加了。

"这个葬礼仪式是永远没个完的。"莎亚·门德尔松不停地对和他一起坐在马车上参加送葬的儿子和同事喃喃地说。他紧锁着眉头，忐忑不安地瞅着飘荡在人群头上的华盖，然后他低下了头，扯了扯胡须，急急忙忙地看了看那睡着他的对手和敌人的灵柩。

虽然他曾多次表现出对布霍尔茨疯狂的仇恨，希望他早点儿死去，可是现在对他的死并不觉得高兴，因为在布霍尔茨死后，他感到只有他一个人孤单地统治着罗兹了。他对布霍尔茨死后留下的工厂无人照管也表示遗憾和同情，这种同情是和他担心罗兹的棉纺织业遭到破坏联系在一起的。

莎亚看到周围好像都是空荡荡的，他宁愿和布霍尔茨一起死去，他以为这样他过去长期在竞争中形成的嫉妒心理也可以一同死去。

他现在无须对人表示仇恨。

他甚至惊异地看了看自己的身上，他不理解自己为什么处于现在这种思想状态，他不知道究竟该怎么办。

"这是布霍尔茨！"他瞅着这副灵柩，心里很不安宁，很不愉快。

"门德尔松！你知道棉花的情况怎么样吗？"

"这和我有什么关系，基普曼，你去和斯坦尼斯瓦夫说吧！"

"还是读读官方的报纸好些。"基普曼高声说。

"我今天有点儿不舒服，心情不好，你却来找我谈棉花。"

"这有什么值得悲伤的，布霍尔茨比你大，他死了，你还可以活很久。"

"算了吧！基普曼，你在说一些叫人讨厌的事。"他不高兴地说道，两只眼睛却望着那活动在整个大街上的万头攒动的人群。

"斯坦尼斯瓦夫，你知道鲁莎在哪儿？"

"她和格林斯潘们在一起，马上就会跟在我们的车后了。"

莎亚从车窗里探出了头，看着女儿笑了笑，又急忙地缩了回去，长时间没有说话，连他的同伴也不敢去打搅他。

鲁莎和梅拉、维索茨基、老格林斯潘一同坐在一辆由两匹好马拉着的敞篷马车里。

小姐们默不作声地注视人群的活动。格林斯潘要和维索茨基谈论棉花市场的情况，可是维索茨基却只应付了几句，因为他正在注意看着梅拉，她今天打扮得很漂亮，脸上也显得很红润。

"这一次也太多了，帝国生棉的进口税太高，比经过加工的成品的税收还高。我跟你说，这好像是打在我们所有人身上的一根闷棍，半个罗兹就此完了。哎哟！在这样的时候，我也很难说什么了。"他表示痛恨地啐了口唾沫。

"棉花的价钱好像涨了？"

"这有什么！棉价的上涨可以像跑火车一样地快，也可以像升气球一样慢。这虽不妨碍它的生产，可是罗兹就要倒霉了。"

"我不知道这一切现象产生的原因是什么。"维索茨基说道，他想同时听到小姐们的谈话。

"你不懂吗？……这很简单，就像一个普通的强盗抓住了你的衣领，对你说：'给我钱。'他对我不会这样做，因为我没有钱，这是一种肮脏的投机。科恩先生，你怎么样？"他对列昂·科恩说道，把手从马车里伸给了他。

科恩握了他的手,继续和一大群年轻人走在一起。

"哈尔佩恩先生,你听我说,布霍尔茨这是第一次破产,他失败了——可是他还会有办法的。哈!哈!哈!"他逗趣地笑了。

"科恩先生,死,这不是快乐的事!"哈尔佩恩感伤地说道。他今天心情不好,虽然和大伙走在一起,可是他一直没有说话,只是不停地喘着气。一会儿,他俯下身子,拍了拍礼服上的尘土,由于烦躁,全身都感到很不舒服,特别是手里那把从不离开的伞好像总是找不见,当他找到它后,便用衣襟把它擦擦干净,然后仔细地看着这些参加葬礼的百万富翁的面孔,陷入了沉思。在队伍经过新市场,开始拐弯走上孔斯坦蒂诺夫斯卡大街后,他对走在他旁边的梅什科夫斯基说:

"布霍尔茨死了,你知道吗?……他有工厂、有百万家财,他是一个伯爵,死了!我什么也没有,期票在外面明天到期,债户都不还我钱,可我还是活着,慈悲的主呀!"

他的说话声中表现出无限的感激之情,他至今十分伤感的脸上也显露出了快乐的神色,这是他意识到自己仍然存在而表现的高兴。

"一个小丑嫌少,但一个小丑也嫌多。"梅什科夫斯基说完后,自己留在队伍的后面,他想和科兹沃夫斯基走在一起。科兹沃夫斯基也像平日一样,头上戴着一顶高筒帽子,嘴里咬着一根小棍子,下身穿的短裤衩一直到髋骨都是皱的。他跟在那走得很慢的马车后面,注视着所有的女人。

"梅什科夫斯基,你知道吗?这个红头发的门德尔松太太打扮得很摩登,她的眼里有一个精灵鬼。"

"这和我有什么关系,我们喝啤酒去,我看到这百万富翁的示威之后,嗓子已经干了。"

"我要到墓地去。你知道吗?我在一辆马车里发现了一个小美人。我看了她一次,她也在瞅着我;我再看她时,她还在瞅我。"

"好,你如果第三次看她,她还会瞅你的。"

"那当然。可是如果她再看我,她的一双眼睛就好像涂上了油膏,要把我粘住。"

"祝你健康,不会有人用鞭子把你从她那里赶走的。因为你知道,在罗兹是没有人看你的。"

他离开了霍恩,又来到他的一些认识的人中间。如果谁邀他一起去喝啤酒,他会对其表示不乐意的眼色。

"你听到过关于棉花的行情吗,科恩先生?"

"我在这上面一定要挣几个钱,霍恩先生。"

"有人说布霍尔茨为了公益事业留下了很大一笔财产,这是真的吗?"

"你在说笑话吧,布霍尔茨没有这么蠢!"

"韦尔特,你好吗?"库罗夫斯基看到莫雷茨后喊道。

"就像今天的棉花一样。"

"这就是说很好。"

"太好了。"莫雷茨·韦尔特和熟人打了招呼,着重地指出道。

"你什么时候回来的?"

"昨天晚上。"

"你看过关于改变关税的声明吗?"

"三个星期前我就看到了,三个星期前。"

"别吹牛,这个声明在两天前才公布。"

"我不管这个。"

"安静！"有人在旁边叫道，因为莫雷茨的嗓门太大。

大家沉默了一会儿。神父提高了唱歌的嗓音，好像在叫合唱队和乐队回答他的问话。而合唱队和乐队的声音由于被路旁的高墙挡住，也显得更加洪亮。

"为什么你知道这种情况，却没有利用它？"

"我没有利用？你把我看成什么人了？你问问我和博罗维耶茨基在仓库里有多少棉花，在站上有多少棉花，这几天还会有多少棉花从汉堡来，我可以给你说出的普特将是一个很大的数目。"

"你很机灵。莫雷茨，你就不用积累了。"

"我还要积累，因为我必须有一笔像办布霍尔茨葬礼这么多的钱。"

"博罗维耶茨基到哪儿去了？"

"我不知道，在我们走进市场时，他还和我们在一起。"

莫雷茨·韦尔特望了望周围，可是他哪里也没有看见博罗维耶茨基。因为博罗维耶茨基现正站在露茜马车的跟前，而露茜由于小街狭窄，人多挤不下，不得不和其他一些人依旧停留在市场上。

"卡尔，过来点儿！站近点儿！"露茜喃喃地说道。

"这样好吗？"卡罗尔把半个头伸进了马车的窗子，也问道。

"这样好吗？"她使劲地吻着他的耳朵，低声地说。

"很……"

他缩回了头，将一只胳膊靠在马车的木柱子上。

"为什么他们站着不动？"陪同露茜坐在马车里面的姑妈抱怨道。

"我要和你告别了。"

"再等一会儿吧,把手伸给我。"

博罗维耶茨基望着站在一条线上的一排马车,把手慢慢地伸给了她,同时用这个动作遮住了自己的面孔。

她马上把他的手拉了过来,放在自己的嘴边,使劲地吻着,并且还用自己的指头摸着他的胡须和脖子。

"疯子!"他说着便离开了车窗,和马车保持了在朋友交往中所许可的距离。

"我爱你,卡尔!你今天一定得来,我要告诉你一件重要的事!"她低声地说道。她的绛红色的嘴在燃烧,并且已经伸了出来,像要和人亲吻一样。她的眼里也闪出了熠熠光芒。

"女士们再见!"他高声地回答道。

"我的丈夫明天会来,你不要忘了我们,要来!"

"我来。"他喃喃地说着,严肃地行了个礼。

他找到自己的朋友们后,马上来到了莫雷茨跟前。

"我们从墓地回来后,马上就去火车站,怎么样?"

"棉花早晨已经到了。你有钱吗?"

"有,我想马上就买。"

"你什么时候脱离克诺尔?"

"我现在完全自由了,明天要去仔细地看一看我的厂房建筑。"

"好,因为我约定了一个技师明天来,这样过几天就可以盖起来。"

"马克斯在哪里?"

"她的妈妈病得很厉害,怕是我们还要送一次葬。"

"死也有好的一面。"库罗夫斯基注意到了这一点。

"这不过是无稽之谈,照这么说,就可以从地面上清除一切需要和不需要的东西了。"

"那么人们今天就白歇一天。"

"你错了。克诺尔事先说了,今天要扣工人半天的工资。他说,他们能有一天的休息,应当感谢死者。"

"这样克诺尔他们能把为布霍尔茨用去的埋葬费捞一部分回来。我死的时候,在遗嘱中也要叫我的继承人这样做。怎么样?梅什科夫斯基,您是怎么想的?"

"这很愚蠢。"

"您不用担心,有您没有您人们也都会这样去做。一个人死了,怎么办,正如《旧约·传道书》中所说:'死了的人,毫无所知,也不再得到赏赐。'[1] 死,这是消极的灵魂[2]。"

"我说的不是这个。布霍尔茨已经寿终正寝了。"他把手摸着喉咙,"我想去喝啤酒,没有人和我一道。"

"您不愿和我一起去,我马上就回家。"

"我也许还能找到一个人。"

他们各自朝不同的方向走了。这时送葬的队伍走进了一条通向墓地的狭长的巷子,巷子两旁种着许多白杨树。

小巷的路面没有铺砖,上面却有一层厚厚的黑色泥泞,千万只脚踩上去,将它溅泼在周围所有的人和所有东西上面,因此也阻住

---

[1] 见《旧约全书·传道书》第九章。

[2] 原文是法文。

了一半想从这里返回城市的人的脚步。

一排排光秃秃的白杨树被风吹得直不起腰来,它们的树皮也脱落了,同时,由于受到从工厂里通过一条深沟流过来的含有毒素的废水的侵蚀,已是半死不活的状态,好似一个个十分丑陋的残废者。它们身上所留下的枯枝受到寒风的侵袭,则仍在十分可怜地索索发抖,给送葬的人群留下了不愉快的印象。这些送葬者不时唱出的洪亮的歌声响遍了城市周围浸透了水分的黑色的辽阔大地,在它上面一群群的树木、小房屋、砖窑和一些风车之间响遍。这些风车就像一些可怕的蝴蝶,身上长满了刺,在蔚蓝的天空中,闪动着自己黑色的翅膀。

队伍缓缓离开了城市,散乱地走在泥泞的道路上,人们经过一些歪歪斜斜的简陋的房子后,低着头慢慢地走进了坟场的大门,然后在许多坟墓之间和小道上散开了。这时,在大墙外面的一些光秃秃的树木和黑色的十字架之间,开始出现五颜六色的旗帜、点燃了的蜡烛和一长队一长队的人群,他们肩上扛着布霍尔茨的银棺材,身子在不停地摇晃。

歌声消失了,说话声停止了,音乐声也静下来了,寂静笼罩着大地;只听见人们的跺脚声和树木摇曳的沙沙声。钟声低沉地响着,显得十分凄凉。

在棺材旁开始奏最后一轮哀乐。第一个演讲的人站在一个高地上,庄严地回顾了死者的品德和功绩;第二个演讲的人以十分悲痛的、哭丧的语调表示和死者告别,为人类失去了这个保护人而悲伤;第三个演讲的人以死者的家属和他的不能得到安慰的朋友的名义对死者说话;第四个演讲的人以站在死者周围的这些穷苦的人、这些由于他的死而受到生活威胁的劳动者的名义对死者说话,因为死者在世时是他们的父亲,他们的朋友,他们的慈善家。

在人群的头上响起了一片低沉的呜咽和叹息。千万只血红的眼睛闪闪发光,万头攒动的人海好像掀起了一层层的巨浪。

仪式终于结束了。灵柩所安置的坟坑做得十分讲究,它被安放在一个形状像王位一样的高地上。死者通过金格子窗,在里面似乎还可以看到被烟雾笼罩的城市,可以听到成千上万的工厂的轰隆声和人们所唱出的雄壮的生活赞歌。

一排排工人源源不断地走过这个王位,在大理石的阶梯上献上花圈,表示作为一个奴仆对主人的最后的敬意,便慢慢地散开了。最后,只剩下这个已经死去的罗兹国王仍然睡在安放于一堆堆花环上的银棺材里。

只有斯塔赫·维尔切克没有等到最后,他在听到钟声后,便喃喃地说道:

"这是一个快乐的游行。有这么多的家财,却死去了!"他表示厌恶地啐了口唾沫,便和一直保持沉默、不断喘着气的尤焦·亚斯库尔斯基走在一起了。

"你干吗要哭?"

"我觉得很难过。"尤焦喃喃地说道。他全身冻得直打哆嗦,便把一件由学生时代的军衣改成的破烂外套紧紧裹在身上。

"尤焦!辞掉巴乌姆事务所的工作吧!我要有一个信得过的人,我要你,你在我这里可以得到锻炼。"

"不行,我必须在巴乌姆那儿工作。"

"可是他天天卧病,你别傻了,我给你每月可以超过五个卢布。"

"不行,他现在情况不好,他的事务所里现在几乎只有我一个人,我不能离开他。"

"你真蠢。如果我像你这样多情的话,我就会和你一样,脚上没有鞋穿,一辈子给所有的人当奴仆。"他向尤焦投去轻蔑的一瞥,在皮奥特科夫斯卡大街上和他告别了。"穷苦的人呀!他们在工厂里只知道忍辱含垢。"他表示惋惜地想着他们。

可是他知道他自己如果处于较低的地位,是不会这样的,因为他不只是别人的奴仆,也不只是一个机器上的齿轮。

他走得很慢。由于感到自己有力量、智慧,自己高人一等,由于想到自己已经做了或者正要做某一件事,他十分高兴。

今天是他生活中最好的和有转折意义的一天,因为他做了一笔使他从此可以自立于社会的大买卖。

这就是他在格林斯潘工厂的两旁买了几莫尔格土地,他是悄悄地买来的。他相信自己占有了这块地,就可以赚大钱,因为他知道格林斯潘要扩展工厂的地盘,就必须从他那里买这块地,并且按照他要出的价格。

因此他很满意地笑了。

这笔生意确实不错。在价钱上不会有什么欺骗。

因为在维尔切克买这块地之前,它原先的所有者早就要卖它了。格林斯潘也早就要买这块土地,他每年都把几十个卢布放在卖主那里作为押金,没有立即买过来,满以为谁也不可能把它弄走的。

维尔切克知道了这个情况之后,一会儿对这个土地所有者表示友好,一会儿硬要借钱给他,要尽了各种手段,终于买下了这块土地。

今天早晨，他便成了这块土地的法定的所有者了。

他想到了格林斯潘会很生气，可是他却为此非常高兴。

他把头抬得越来越高，他自己也越来越目中无人，他总是以贪婪的眼神看着城市，看着装满了货物的仓库，看着工厂。每当他看到财富时，他那种农民的贪得无厌就表现得越来越突出。

他决定要得到它，他也确信自己能够得到它。

不管什么办法和手段，只要能够达到目的，只要搞到钱，什么都是好的。

斯塔赫·维尔切克只怕法律和警察。

对于其他，他不过轻蔑地笑一笑，表示一点儿遗憾罢了。

舆论、伦理道德、正直。谁在罗兹如果还考虑这些，那他脑子里想的，就都是些蠢事情了。

布霍尔茨很正直吗？谁问过这个！人们问的只是他留下了几百万钞票。

有几百万钞票，放在自己手里。让它把自己围住，要牢牢地抓住它。

他想着，在街上拐了几个弯，来到了车站。此时他的心里充满了想要获得金钱、获得享受和统治权的甚至使他感到痛苦的强烈要求。

他每看到肉就像一只饿狗似的。他对工厂、房屋、富人的奢侈享乐、美女和宫殿，也常投去贪羡的一瞥。

他曾向自己保证可以得到享受，在还没有得到的时候，他常常感到饿得发慌。

他确曾长年挨饿，他的祖祖辈辈都受强者的欺凌和压迫，被剥夺了生活的权利。他自己也劳累过度,因此他十分贪婪。现在该轮到他享受的时候了,他抬起了头,伸出了两只手,想要猎取一切;因为他如果猎取了东西,就可以解除他长年的饥饿。

他要抛弃过去的一切,争取新的一切。

在他回想到他的童年时代,想到他放牛、在修道院里干活、挨鞭子、全家贫困、在中学所受的侮辱、和救济他的慈善家一起遭受的侮辱以及全家遭受的侮辱时,痛恨极了。

"我要和这一切告别。"他十分坚决地说道。

因此他一旦有了办法,就要做生意,尽一切可能多赚钱。

他管理过格罗斯吕克的仓库。他亲手做过煤生意、木材生意、棉花下料生意、蛋生意,这是他家里从农村帮他弄来的。总之他什么生意都做过。

有人说他买"红色的货物",这是他从被烧毁的工厂废墟中捡来的。有人说他放高利贷,说他和格罗斯吕克合伙做黑市买卖。还有人说……

他知道人们是怎样说他的,对这一切他只不过鄙夷地一笑。

"这和我还蛮有关系呢!"他喃喃地说道,一面沉思,一面走进了旁边的一条小巷子里。巷子的两旁是篱笆,在篱笆的另一边兀立着一排排仓库,仓库里装着盖房子用的木头、水泥、铁器、石灰和煤。这条巷子的地面没有铺砖,两旁没有人行道,是一条深深的泥河。千百辆载重车子走过时,留下了一道道壕沟。

那些装煤的仓库一排排坐落在巷子的左边,靠近高高的铁路路堤。路堤上挤满了货车车厢,车厢上盖满了从卸下的煤中扬起的黑土。

维尔切克住在仓库旁的一栋简陋的篷屋中。这栋房子也是他的办公室，是用木板钉成的，在它薄薄的屋顶上，满是黑色的泥泞。

他迅速换了衣服，穿上一双高腰皮鞋，便开始工作。

可是他无法平静下来，他感到烦躁。虽然今天的买卖给地带来极大的快乐，但当他一想到葬礼，或者听到那路堤上的车厢低沉的碰撞声，就十分烦躁。于是他扔下了笔，开始在办公室里踱步，一次又一次地看着小窗子外放满了煤和小车的仓库。

煤车时刻都会来到大秤台上，使这里响起一片轰隆声，震动了整个篷屋。人们的说话声、马蹄的嘚嘚声和马的嘶鸣声、火车厢卸煤的哗啦声、机器的笛哨声汇成了一大片喧嚣，通过打开的门，灌满了这间肮脏、破烂的屋子。维尔切克正在这里散步和沉思。

"那儿有人在等用车厢！"一个工人来通知道。

在路堤上等着的是博罗维耶茨基和莫雷茨。

维尔切克急忙伸出手表示欢迎。莫雷茨握了握他的手，可是博罗维耶茨基却装着没有看见。

"我们马上要用平板车。"

"要几辆？当什么用？"他简单地问道，因为他对卡罗尔的态度感到不高兴。

"越多越好，火车给我运棉花来了。"莫雷茨回答道。

他们很快接洽完后，便分手了。

"一个贵族老爷！"维尔切克不乐意地唠叨着。因为在告别的时候，他看见博罗维耶茨基把手插在衣兜里，但却对他恭恭敬敬地行了个礼。

他忘不了这个场面，心中又记起一次他所受的侮辱，这不是他应得的侮辱,因此他感到更加痛苦。

可是他没有时间来想这些。在傍晚时候,仓库里的事儿是非常多的。蒸汽机车每时每刻都把一排排已经卸空了的车厢拖过来。它们或者凑在一起,不时地吐出一团团的浓烟,尖声地吼叫,或者干脆脱离车厢,狂叫一声,便跑到车库里去了,可是它们身上金属磕碰的叮当声和机器开动的轰隆声却仍然回响在烟雾和尘埃里。

下面,在盖满了黑色尘土的仓库的旁边,则响起了成千上万的急急忙忙的人的说话声、马鸣声、鞭子扬起的嗖哨声、车夫的吼叫声、街道上的嘈杂声和附近烟雾弥漫的城里的低沉的喧嚣声。

维尔切克急得晕头转向。他一会儿跑到办公室,一会儿去买煤,一会儿来到路堤上找运输工人,一会儿又来到车站,踩着烂泥在这些平板车中间走来走去,终于感到累得要命了,于是坐在一列空车厢外的板子上休息。

天色已是黄昏,一道道红色的晚霞布满了天空,那无数的锌板屋顶,在它的照耀下蔚为血色。屋顶上翻滚着一团团烟雾。夜色更浓了,一片令人感到烦闷的朦胧的黄昏笼罩着街道、墙壁和胡同,白昼最后的光线消失了,一切形体、颜色都看不清了。城市被穿上了一件肮脏的黑衣,在这件黑衣里,开始慢慢燃起了灯火。

夜幕降临了。一轮明月高照在城市之上。人们的喧闹和吼叫声更大了,马车的辚辚声和工厂的轰隆声也越来越响了。最后,所有的声音汇成了一个十分粗野的大合唱,这合唱主要是由机器和人组成,它不仅震动了空气,也震动了大地。

罗兹夜班忙忙碌碌的工作开始了。

"贵族的余孽!魔鬼不久就会把你们抓走的。"维尔切克喃喃地说道,他因为还没有忘记博罗维耶茨基,便表示鄙夷地啐了一口唾沫。然后他用手托着自己的下巴颏儿,抬头仰望着天空。

直到从一条空寂无人的巷子里传来一阵歌声,他才醒悟过来:

> 在加耶尔市场上,
> 她找到了一个小伙子,
> 嗒啦啦!

可是这个唱歌的人却远远地在黑夜中消失不见了。

维尔切克来到办公室,处理完剩下的事后,派出了最后一批车子。他叫人把办公室里所有的东西都锁上,吃完一个工人给他准备好的晚饭,便到城里去了。

他喜欢在城里无目的地闲逛,看一看街上的人们和工厂,找一找地方,呼吸呼吸充满煤屑和颜料气味的空气。这座城市的魁伟使他感到头晕目眩,在仓库和工厂里累积的大量财富使他心中产生了无穷的欲望和幻想。他强烈地要求得到它,享用它。面对这城市中流动着的金水和强大的生活激流,他为之赞赏、为之叹服。它们给他带来了从未有过的希望,赋予他意志和力量,去进行斗争,去夺取,去争取胜利。

他爱这块"福地",就像野兽爱那到处都可找到猎物的寂静的丛林一样。他崇拜这块"福地",因为这里满地都是黄金和血。他要得到它,他伸出了贪婪的手,喊出了胜利的吼声——饥饿的吼声。我的!我的!有时他还觉得他已经永远享有它,如果不把这个战利品身上的黄金全部夺得,他是不会放走它的。

下部

第一章

"一会儿打他的脊背,一会儿换个方向,一会儿当头一棒。嘿,再来一下子,再来这么一下子,我亲爱的好人。"

"神父出牌,跟打链枷一样。"老博罗维耶茨基低声挖苦说。

"看他这样,我想起一局牌来。那是在谢拉茨克,在米古尔斯基家……"

"不管什么链枷不链枷,"神父打断了他的话,得意洋洋地眨着眼睛,"我打的是漂亮的小王牌,我亲爱的好人。我还留着王后呢,等着消灭你的小王,查荣奇科夫斯基。"

"那就露出来嘛!神父有个坏习惯,老爱打断别人的话;别人不能开口,一开口神父就打断。是呀,我刚才说,在米古尔斯基家……"

"不管是在他家还是不在他家,我们早就听说了,我亲爱的好人,听了快一百次啦。你说是不是呀?阿达姆先生。"他问老人。

"哎,神父,你干吗老冲着我来呀!我照直对你说吧,你管得太多,太过分了。你这位神父最好多想想上帝,别管人家说什么不说什么了。"

查荣奇科夫斯基把纸牌往桌子上一扔,气得霍地站了起来。

"汤美克,混小子,备马。"他粗声粗气地冲窗口对院子里叫道。

他吹起染得挺黑的胡子,又气又急地哼哧起来。

"你们瞧他吧！真是个癫小子，我好言好语对他说话，现在他倒命我当他的长工，连声教训起来了！——雅谢克，烟锅儿又灭啦！"

"喂，好街坊，巴乌姆先生发牌啦！"

"不打了，回家去。神父这么发号施令的，我受够了。昨天，我在查瓦茨基家，还给他们讲时事政治呢，可是今天在这儿，他当众跟我作对，拿我取笑。"这位贵族牢骚没完，在房间里迈着大步来回走着。

"你这位先生，我亲爱的好人，说的实在都是些蠢话。雅谢克，你这个混小子，点火来呀，烟袋又灭了。"

"什么，我说蠢话！"查荣奇科夫斯基气急败坏地跳到神父面前。

"怎么样？是蠢话嘛！"神父一面从长烟袋里吧嗒吧嗒地抽烟，一面反击道；那烟袋是小伙子蹲在地上给他点着的。

"唉！耶稣基督在上，可怜可怜我们大伙吧。"查荣奇科夫斯基叉着双臂，威吓地嚷道。

"神父好人，抓牌呀！"马克斯·巴乌姆说着便把牌塞在他手里。

"黑桃七。"神父喊道，"查荣奇科夫斯基，你抓牌。"

"我的手气不好。"贵族嚷了一句，赶忙在小桌子边坐下，可是他还没有忘记跟神父斗气，瞥了纸牌一眼，又开口说：

"这儿的社会名流都这么无知，还能谈什么，还谈得上什么明确的政治观念。"

"梅花八，没有王。"神父叫牌。

"不要，好，神父你等着瞧吧，这牌会打成什么样。你缺了梅花牌，便要抓耳挠腮了。"

"不管挠腮不挠腮，只要巴乌姆先生赢了你的梅花，用尖子扎死你，你就等着咽气吧。嘿，我说，孩子，怎么着，别吹牛了，活不了'永生永世'[1]，就别说什么'阿门'了，我亲爱的好人，哈哈哈！"他瞅着查荣奇科夫斯基的脸，放开嗓门大笑，高兴得在长袍上直敲烟袋，还接二连三地拍坐在身边的马克斯的后背。"罗兹这座土城得胜啦，小厂主们得胜啦！嘿，还有你，我的亲爱的好人，就凭你这么管教查荣奇克，上帝也要奖给你一对双胞胎儿子。既露了底，你就歇一会儿吧，歇一会儿。雅谢克，快，混小子，拿火儿来，烟袋又灭了。"

"神父跟异教徒一样，幸灾乐祸。"

"别理他，你该歇就歇。他一年到头剥咱们的皮，现在得让他还点儿账。"

"我一个星期才赢二十个格罗希。二十个，跟你说老实话吧。"查荣奇科夫斯基隔着桌子冲马克斯说。

"'姑娘们去采蘑菇呀，采蘑菇，采蘑菇！'"老博罗维耶茨基哼起小曲儿，一只脚还在椅子横木上打着拍子。因为他半身瘫痪，老坐在这把活动椅子上。

屋里安静了片刻。

放在小桌四角的四支蜡烛把绿桌面和四位斗士的脸照得亮堂堂的。

---

[1] 原文是拉丁文。

查荣奇科夫斯基没有说话，正在生神父的气；二十年来，他每个星期至少和神父吵两次架。

他轻轻地捋着染黑的胡子，两只眼睛从又长又密的眉毛下面向马克斯投射出阴森森的目光，因为马克斯老让他"全军覆没"；有时候，他气得把光秃秃的脑袋也晃了起来，这脑袋上还有几只苍蝇在爬来爬去。

神父将他的一张瘦骨嶙峋、清心寡欲、和颜悦色的脸对着桌子，不时地"吧嗒"吞一口烟，自己也被烟团团围住了；这时，他的一双极为灵活的黑眼睛放出了锐利的目光，扫一下对手的牌——可是没有什么收获。

马克斯全神贯注，打得很认真，因为他的对手都是惠斯特牌大师。他一得空，便马上看一下月牙儿瞅着的那个窗户，望一望传来安卡和卡罗尔话声的远一点儿的房间。

阿达姆先生一直在哼着小曲儿，打着拍子，摇动着虽已见稀但仍丰厚的头发，每次开局，他都要大嚷一番：

"好牌，大好牌。你们等着吧，我饶不了你们，小贼。又是王，又是后，接着还有丑。喂，我们开始进攻了。嗨，马祖尔人呀，往下冲，又使镰刀又使钩子枪，'塔拉、塔拉、冲！'出正牌！"他果断地下着命令，满面红光，把牌"叭叭"地打在桌上，那动作真像冲锋陷阵似的。

"希望你这位先生打牌有个人样，我亲爱的好人。你就会这么哼哼唧唧的，一股子浪荡劲儿跟丘八一样。雅谢克拿火来，我的烟袋灭了。"

"你这句'出正牌'倒让我想起一件有意思的事，发生在……"

"在谢拉茨克,米古尔斯基家——我们已经听过了,听过啦,我亲爱的好人。"

查荣奇科夫斯基冲神父那满面笑容的脸恶狠狠地瞪了一眼,可是没说话,对他侧着身子,继续打牌。

马克斯再一次发牌,他叫完后便到卡罗尔那里去了。

"雅谢克,开开窗户,外面小鸟儿唱得真好听。"

小厮打开对着花园的窗户,那夜莺的歌声和窗下盛开的丁香花的浓郁芬芳立即洋溢在房间里。

马克斯来到的这间房没有点灯,可是一轮新月正好在广阔的碧天上冉冉升起,把房里照得很亮。

窗子大开,唱着歌的六月之夜的天籁流进了房里。

他们静悄悄地坐着。

"好一群长毛象。"卡罗尔对马克斯低声说,因为他听见打牌的那间房里又吵闹起来了,查荣奇科夫斯基冲窗外叫人立即给他备马,阿达姆先生也放开嗓门大声唱着:

"'虽然他又冷又饥饿,日子过得挺快活!'"

"他们经常打牌吗?"

"每星期都打,而且每星期至少吵两次架,弄得不欢而散,不过一点儿也不妨碍他们的友好关系。"

"小姐有时候得给他们劝劝架吧?"

"噢,用不着。有一次我想劝,神父竟大动肝火,冲我嚷道:'小姐,您还是去管挤奶吧!'他们缺了谁都不行,可是到了一块儿又不能不吵嘴。"

"你父亲在罗兹要是少了他们可怎么办呢?"马克斯问卡罗尔。

"我怎么知道,就是父亲干吗要去罗兹,我也一点儿不知道。"

"你不知道?……"安卡以惊奇的口气问道;要不是门铃响了,她还要问下去。

她走了出去,回来时给卡罗尔带来一封电报。

卡罗尔冷冰冰地接过来,没等看完就怒气冲冲地把它揉成一团,塞进衣兜里。

"坏消息?"安卡站在他面前,惊慌地问道。

"不是,是蠢消息。"

他因为对安卡同情的目光和好奇心感到厌烦,把手挥了一下,便走进了牌室,又看了一遍电报。

电报是露茜打来的。

"您在我们这儿挺寂寞吧?"安卡问马克斯。

"对于这种探问,我无可奉告。您知道,对于你们的生活,我感到奇怪。我从来没有设想在什么地方能有这种出奇的平静、简朴和高尚的生活。在你们这儿,我才感觉到了。我不理解波兰人,只有现在,我才了解了卡罗尔的许多特点。你们要搬到罗兹去,太可惜了。"

"为什么?"

"因为我没有机会再到这儿来了。"

"我们到了罗兹,您就不愿去看我们了?"她压低了嗓门问道,不知为什么心跳得剧烈起来,好像担心他表示不愿意似的。

"多谢您。我把您的话当成是对我的邀请,可以吗?"

"当然啰,可是您得把我介绍给您母亲。"

"您既然吩咐,当然可以。"

"对不起,我得把你撇在这儿,因为我要去准备晚饭了。"

她跑进了另外一间房里,雅古霞已经在这里上菜了。

马克斯在房里走来走去,为的是在挨近敞开的门时,可以看见安卡。

他爱欣赏她俯在桌上时那秀美匀称的身材。她的脸庞虽然长得不很端正,却富有奇特的魅力和热情,在宽阔的前额上,那梳得平整的栗色头发是从中间分开的。

一双灰中带蓝的眼睛,配着黑色的眉毛,看起来既明亮又平和,可是也显出几分严峻。

马克斯看得发呆了,他很喜欢她,所以当卡罗尔进来时,他甚至有点儿不乐意。

"明天晚上我得回罗兹。"卡罗尔干巴巴地说。

"干吗这么急呢?女工们还放三天假呢,咱们就不该过一过绿叶节[1]吗?"

"你觉得这儿好,你就留下,反正我得走。"

"那咱们一起走吧!"马克斯在窗台上坐下,咕哝着说。

他在这儿本来挺好,卡罗尔要把他带走,因此感到诧异。

他既恼怒又痛苦地瞅着卡罗尔。

"我有急事,而且乡下的生活我也腻了,太腻了。"卡罗尔一面说,一面十分烦恼地走来走去;他望了望那间牌屋,跟安卡搭了几句闲话,可是无法压住心头的焦躁不安以及百无聊赖的感觉。

现在又来了露茜这封火上加油的电报。一想到这封电报,他就

---

[1] 复活节后第四十和第四十一天,复活节为三月二十一日。

担惊受怕,因为露茜斩钉截铁地说,如果他星期二不露面,她就要不管三七二十一,到他未婚妻家里来找他。

他知道露茜的脾气,说闹就闹,所以他必须走。

这种情况使他坐卧不安,他甚至痛恨她的美貌和这爱情的羁绊,觉得自己也活腻了。

还有安卡。他觉得她对他十分冷淡,因此即便有时遇上她那明亮和表示信任的目光,他也恨她。但他还得装出情意绵绵的样子;心里虽想大骂一通,还得轻声细气地说话,像未婚夫那样显得和蔼可亲,笑容可掬,揣测对方的心理。

扮演这个角色他实在厌烦透顶,可是为了父亲,他还得把戏演下去,演下去,为了她,也为了自己,因为有一天,他总得要用安卡那一份当作陪嫁的钱。

"赶快结婚,一切就有了结。"他想,"好些人不都是没有爱情就结了婚吗?"他冷冰冰地说道;可是同时,他的高傲和自负却在责备他不该这样。

他的心情又激动了,因为他想,如果这样结婚,他就变成了一个傀儡;但要发迹的话,就得成年累月地苦干,就得去压榨机器、人和一切,为自己竭力搜刮,而且迟得刻不容缓。

老米勒已经对他很明确地说过,他愿意把玛达和工厂管理权交给他,一份百万家私,一个大企业,一个能赚更多的钱的机会。

一段时期以来,他很讨厌小家子气的企业,讨厌自己春天开始建设的那个工厂,讨厌为几分钱而节约;节约来节约去也不过几百卢布。

多年来,他像拉车的马一样干活,不断地挣扎,拼死拼活地夺取每一个卢布；多年来，他一直在压制着自己满足不了的各种爱好、欲望；多年来，他一直渴望着大大方方、不必仰人鼻息地生活。而现在，当他只要和玛达结婚，一切便唾手可得的时候，他偏偏又得娶安卡，给自己戴上节衣缩食的生活枷锁。

他要拿出全部力量来反抗这种处境。

安卡来请他吃晚饭，他没好气地瞪了她一眼，也不回答她的询问，便把父亲连同他的坐椅推到了餐厅里。

晚餐桌上很热闹，神父跟查荣奇科夫斯基在争论政治，阿达姆不断地从中调解；可是卡罗尔却毫不留情地嘲笑查荣奇科夫斯基和他的政治见解，讽刺神父的乐天派精神，还气势汹汹地教训父亲，说当今的政治问题靠武器是解决不了的，要靠理智。

"得，得，得了吧！"老头子气得叫将起来，"你不该跟我说这话，我一直在告诉你：谁的武器多，军队多，谁就有理。国家的理智——就是随时待命出击的军队，军队是国家的灵魂，掌管一切。"

"不对不对，阿达姆先生，掌管一切的是正义，正义才是国家的灵魂。"

"指导国家的是肚皮和饭菜。"卡罗尔故意嚷着，企图挑动神父的火气。神父果然抓住这句话大做文章，说一切来自神意，神的意志就是正义，一切都以它为基础。

卡罗尔不再回敬了，因为他对这种毫无益处的交锋已经厌烦。可是当神父、他父亲和查荣奇科夫斯基对他论证，一切事物的发生发展都是依据天意时，他实在按捺不住了，便怒气冲天地叫了起来：

"诸位先生用教义解释世界，这我不反对，因为这样解释容易，甚至非常幽默。"

"你胡说,我亲爱的好人,胡说,你在侮辱我们。雅谢克,混小子,烟袋灭了!"神父嚷了起来,气得嗓门都颤抖了,激动得挥舞着手里的烟袋。

他吸了好几次,都吸不出烟来,因为小厮点不着火,于是他用烟袋打小厮的后背,又开始教训起来,这会儿可真是气急败坏了。

"小姐,您要离开您为自己创造的这个库鲁夫天堂,不觉得可惜吗?"马克斯轻声地问安卡,他们俩没有参与众人的争吵。

马克斯问这话出于无心,可是安卡听后却陷入忧伤了。

卡罗尔这几天十分异常,几乎老是回避她,所以这位姑娘隐隐约约地开始感到不安,预感某种不幸临头,因而她没有直接回答马克斯的问话,只是俯在桌子上,轻声地反问道:

"您没有听说卡罗尔出了什么不好的事情吗?"

"不知道。您看出了什么问题?"

"我不过有点儿感觉……是啊,我忘了,工厂里的事,他一定遇到不少麻烦,当然啰……"她补充了一句,好像在自言自语,好像要压住心上的怀疑和不安。

她抬起头来,用一双充满亲切关怀的眼瞅着马克斯那阴沉的脸和他那投向神父的刺人的目光。

"那你们怎么处理地产呢?"

"老人想卖,可是卡罗尔先生反对。我十分感谢他,因为我在这个家里生活惯了,一想到转让给别人,心里就难受。花园里差不多每一棵树,每一道活篱笆,都是卡罗尔先生的母亲,要不就是我栽的。所以您想,跟它永远分别,心里该多难受!"

"哎,可以在别的地方再买一座漂亮点儿的庄子嘛!"

"是啊，可是可以，不过那就不是库鲁夫了。"她颇有感触地回答说，觉得他不理解她，体会不到她对这块土地的眷恋之情——她是在这儿长大的。

由于查荣奇科夫斯基和神父的争吵忽又喧腾起来，他们沉默了。神父气得用烟袋敲着地板，大声叫道：

"我亲爱的好人，我干脆告诉你，你是挂着羊皮徽章的查荣奇科夫斯基。雅谢克，点火。"

"唉，基督保佑，这神父真会胡扯呀。汤美克，癞小子，备马！"他冲厨房大声喊道——他的车夫正在那儿吃饭。随后他没有告辞，就跑到门厅里，穿好衣服，飞跑了出去；可是过一会儿，他又回来了，因为忘了戴帽子。他找遍了所有的房间，把帽子找到后，便来到餐厅，用拳头砸着桌子，怒不可遏地大声叫道：

"你快感谢上帝吧，你这身僧衣保护了你，要不然我非得叫你明白明白'挂着羊皮徽章的查荣奇科夫斯基'是什么意思，非叫你明白明白不可。"他一面叫喊，一面不断地捶着桌子。

"别把茶洒了，我亲爱的好人！"西蒙神父平心静气地说。

"请坐请坐，有什么可动火的呢？喂，坐下呀，好邻居。"阿达姆先生劝他说。

"偏不坐！这儿有人侮辱我，我再不登这个门了。"

"别把茶洒了，请吧！上帝保佑你。"神父一面轻声慢语地说，一面扶住因为桌子被拳头击中而晃个不停的茶杯。

"哼，耶稣会分子，他妈的！"查荣奇科夫斯基怒喝一声后，拍了一下桌子，便急步走了。

从院子里，然后从马路上，不断可以听到他的咒骂声和他乘坐的马车的辚辚响声。

"一根烫手的棍子,嘿!没见过因为一句话就这么大发脾气的。"

"神父,你伤了他。"

"那他干吗说蠢话。"

"各人有各人的见解。"

"条件是,必须支持我们的神父。"卡罗尔挖苦说。

"我亲爱的好人,这癞小子到底走了。雅谢克,不要脸的家伙,点火!"他气鼓鼓地喊道,然后走到了门厅里,看了看查荣奇科夫斯基的背影,"哼,你们瞧,这个亡命徒,他嚷够了,骂够了人,这畜生到底滚了。"

"还会回来的。这不是第一次了,也不会是最后一次。"安卡说。

"哼,回来!当然会回来。可是不知巴乌姆先生对我们有什么看法。"

"他认为这是因为各位先生吃得饱,睡得着,有闲工夫撩逗他,像小孩一样和他吵。"卡罗尔小声挖苦说。

神父威风凛凛地瞪了他一眼,可是马上又眉开眼笑了。他磕出了烟袋锅里的灰,装上烟叶后,便伸给雅谢克点火,并嘟囔着:

"我亲爱的好人,这么说话也治不了你的牙疼……"

他马上告辞走了。

屋里沉寂了半晌。

老阿达姆先生在沙发上打瞌睡。

安卡和女仆收拾着桌子,卡罗尔蜷缩在大椅子里抽烟,表示轻蔑地瞧着马克斯。马克斯那双闪着亮光的眼睛则随着安卡的一举一动滴溜溜地转着。

过了一会儿，他们四散安睡了。

马克斯住在靠花园的一间小房子里。

夜色十分迷人。夜莺的歌声越来越凄婉，河岸密密树丛中的山乌鸟开始鸣叫，对它们做出回答，于是响起了一片无比美妙的鸣啭啁啾，荡漾在这静静的迷人的六月之夜里。空气中充满了白天晒烫的大地吐出来的热气，繁星满天，窗下花坛中盛开的丁香花也散发着浓烈的芳香。

马克斯睡不着觉。他打开窗户，望着雾纱笼罩的夜色。他在想安卡，片刻之后，他听见了她的低沉的嗓音。于是，他从窗口探出身去，看见她坐在自己房间窗子外面的一间和正房成直角的耳房里。

"有什么不高兴的事，不能跟我说说吗？"耳房里响出了表示请求的说话声。

"没有什么不高兴的，我不过有点儿烦躁。"另一个声音回答说。

"再待几天吧，散散心。"

回答是一阵含糊不清的絮语。接着第一个声音又说了，可是低得马克斯一个字也听不清楚；他只听见了草地深处青蛙的合唱声，公路上吱扭吱扭的大车声，和鸟儿越唱越响的歌声。

月光如昼，给洒满露珠的树叶镀上了一层白银，使夜间的雾霭也变成了一条条银色的薄纱带。

"你太多愁善感。"男人带着恼怒的口气又开了口。

"就因为我爱你？就因为我把你的每件事都放在心上，比对自己的事还在意？就因为我希望你幸福？"

"不，不，不是因为这个，是因为你不怕得感冒，打开窗户跟我说话，是啊！借月亮光，一面听夜莺歌唱，一面和我说话。"

"再见。"

"小姐,再见。"

窗户砰地一声关上了,白窗帘也在灯火通明的室内拉上了。

卡罗尔没有走开,火柴吱地亮了一下,随之一线微细的青烟从房间里飘出,冉冉升到了麦草屋檐上;他在抽烟。

马克斯也在抽烟,可他是悄悄地抽着,以防人家发现他在偷听。

他很想知道安卡会不会又出来,他们还要说什么。

马克斯对卡罗尔的怨气越来越大了。

可是安卡的窗户一直关着,他看见她的身影有时出现在窗帘后面,当他靠近窗户时,甚至听得见她的脚步声了;但这声音由于被夜莺的歌声和风声干扰,只是隐约可闻。风是从远处的牧场和沼泽地刮来的,从一道墙似的黑油油的庄稼上面飘过之后,穿过树林,开始发出沙沙的响声,摇晃着丁香树,然后擦过茅草屋顶,给他脸上送来一股潮湿的、充满庄稼香味的热气。

"明天卡奇马列克要来,就是那个想买咱们东西的人。"一个嗓音又说。

马克斯屏气凝神地盯着花园,竟没有注意窗户已经打开。

"爸爸你别卖给他。"

"可是你等这笔钱用呀。"

"是啊,我需要一百万。"一个颤抖着的嗓门喃喃地说道。

"卡奇马列克当然想买,他要给他女婿置份产业。"

"拉车的马你是带到罗兹去,还是卖掉?"

"我带那些老古董有什么用。"

"可是老人用惯了。"一个女高音忧郁地说。

"习惯可以改嘛！你老是这么孩子气十足，那就把半个果园子都搬到罗兹去。你不是还想把牛啦、鸡啦、鹅啦、猪崽子啦，一大堆东西都带走吗？"

"你要是以为你这么一挖苦，我就不带我非带不可的东西的话，那就错了。"

"别忘了带走我们祖宗们的肖像，这些共和国议员躺在阁楼上也一定会想着到罗兹去的。"一个冷嘲热讽的声音又响了。

女高音没有回答。

传来了十分轻微的呜咽声，它使马克斯感到好像花园后面小溪里的潺潺流水一样。

"安卡，原谅我吧，我不是要给你添烦恼，我是心里烦躁。原谅我吧，安卡，别哭了。"

马克斯不仅看见卡罗尔跳进了果园里，还看见窗户里有人冲他伸出了两只白皙的手臂，两个人的头靠得紧紧的。

他不再偷看和偷听了。

他关上窗户，躺下睡觉，可是睡不着；因而辗转反侧，一会儿咒骂，一会儿抽烟，但他仍然睡不着觉。夜莺在丁香树上高声歌唱，使他老是觉得听见了安卡和卡罗尔的声音。

"他们有什么要这么半天说个没完的？"他越想越气，为了弄清楚他们是不是还在那儿，他又起来了。

卡罗尔站在安卡的窗下，可是他俩谈话的声音很轻，什么也听不见。

"这两个情侣真叫人睡不着觉呀！"他气怒地咕哝了一句，"砰"地一声关上了窗户。

可是他依然睡不着，活跃着强大的生命力的六月之夜使他不得入睡。

月亮高悬在窗前，照亮了屋里淡蓝色的尘土，同时把柔和的清辉洒在沉睡的小镇、空寂的小巷和广阔的田野上。田野里盖满了微波起伏的麦浪，它的上方静静地弥漫着透明的薄雾。草地和沼泽上冉冉升起灰白色的水气，像香炉里冒出的青烟，一团团飞向碧空里。在淡雾中，在洒满露珠像梦幻一样沙沙作响的庄稼中，蟋蟀越来越清晰地唧唧叫着；成千上万的鸣叫声时断时续，以颤抖的节奏一刻不停地在空中传播；应和它们的是青蛙的大合唱，它们的尖厉的鸣叫发自沼泽地上：呱，呱，呱，呱！

近处的蛙声沉寂了片刻，伏在远处的沼泽、水塘、溪流岸边和沟渠上的青蛙便接着唱了起来。水塘里密布着水草，中间的一泓清水像千百面镜子一样闪闪发亮，月光在上面游荡，活像一把黄金的刀子。溪边长满了由于挂着露珠而沉甸甸地弯下腰的鹅鹳草；一些坑坑洼洼里，也长满了黄色的驴蹄草和蓝色的勿忘我花。在它们的头上，兀立着空心的柳树，柳树上长着一个个大脑袋，那许多嫩树枝儿就像它们浓密的头发。

四面八方不断响起了欢歌，唱者已经陶醉在这个充满了无法形容的魅力、深沉的呼唤、歌声、爱情和几乎感觉不到的颤抖的春夜之中。

夜莺在一束丁香花丛中欢唱，成千种鸟雀和它们呼应，其中有兀立在庭院里的大落叶松上的鹳鸟不时发出的咯咯声，窗里乳燕甜美的喃喃声，沼泽地上田凫的咕咕声，树上互相追逐的五月金龟子的嗡嗡声，牛栏里母牛的哞哞声，远方牧场上的马嘶声，等等。

过了一会儿，整个世界沉寂了，甚至从一片叶子落到另一片叶子上的那嘀嗒的露珠，门外潺潺的小河，大地深沉的呼吸也都可以听到。

然而，在顷刻的寂静之后，千万个声音重又响了起来，汇成一个更加雄壮的大合唱。所有的树木、草丛都唱着引人入胜的爱情欢歌，好像要把枝叶、花朵、臂膀都吸引过来，互相拥抱，尽情欢乐。

整个大地都沉醉在歌声、鸣响和沙沙声中，沉醉在草木和动物的喧闹声中，沉醉在闪烁不停的光亮之中，沉醉在充满了空气的芳香之中。整个大地都被卷进一股强大的爱情的旋风里；这股风是在夏夜的激情和那永远不能满足的渴望的激发下产生的，随后它便盲目地投入了那从四面八方张开巨口的宇宙深渊之中；这是一个充满冰冷的露珠般的繁星和亿万个太阳、行星的深渊，深不可测，神秘可怕。

不行，马克斯睡不着觉。

他讨厌在窗下唱歌的那只夜莺，想把它吓跑——可是那鸟儿却不知道，依然站在摇曳的树枝上悦耳地唱着，不时地吐着声声颤抖的音响，像珍珠一样漂游在果园、鲜花之上，像喷泉一样表现出难以形容的魅力。它的雌性伴侣也在枝叶深处和它答话，可是回答声却像没有睡够似的，毫无生气。

"让你和你的叽叽喳喳见鬼去吧！"他气恼地骂了一声，把一副裹腿带冲树丛扔去。那只鸟霍地跳到了另一棵丁香树上，可是等马克斯关上窗户，上床之后，那鸟儿又回到原来的地方唱了起来。马克斯气得火烧火燎的，只好把脸转向墙壁，用被子把头一蒙，快到天亮才睡着。

这一夜，在库罗夫斯基庄园里，除了阿达姆先生，谁也没有睡好。

特别是安卡，她和卡罗尔长时间谈话之后，不仅没有放心，心里反而产生了更大的怀疑；她怀疑他有什么事瞒着她。可是，她却没有想到他在掩饰他的冷淡态度，他在使劲地表演虚情假意。

她并不怀疑他，因为她的一颗二十岁的火热的心正在全力以赴地爱他。

后来她睡不着觉，因为她浮想联翩——她在想着罗兹的生活、不远的未来，想着一个月后她必须离开长年居住的库鲁夫。

"我以后在罗兹能干什么呢？"她在脑子里反复地考虑着这个问题，但是，到了清晨，庄园的杂沓声、往牧场赶牛的呼喊声和鹅的嘎嘎叫声打断了她这迷迷糊糊的遐想。

她马上起来了

阿达姆先生乘着一辆由一个小厮推着的座椅车出来了，在院里转悠，照看牛栏，呼唤牧工，冲鸽子吹口哨；鸽子也应声成群地从笼里飞了下来，站在他的身上和胳膊上，以及座椅扶手上；还在他的头上像一大片乌云似的忽拉忽拉地拍动翅膀，咕咕叫着，啄食他每天撒给它们的豌豆。

"瓦卢希，入列！一起进攻！'一圈一圈又一圈'，特拉、拉、拉、拉。"他哼哼呀呀地唱着，正在指挥一群咕咕鸣叫的雪白的鸽子，鸽子也从各个方向团团向他飞来。"'老太婆有一头牴羊，噢，狄——比，狄——比，一头牴羊'。瓦卢希，到花园去！"他厉声下着命令，用帽子轰走了那些老跟着他，落在他椅子车上的鸽子。"走呀，混小子！"

"走。"小厮半醒半睡地回答后,把车推到了花园里,在苹果树间走着。这些树盛开着鲜花,亭亭玉立,在草地的衬托下,像一束束巨大的锥形花一样,上面包着粉红色的花粉,周围飘飞着大群大群嗡嗡叫的蜜蜂,像一个个小红球从一束花飞到另一束花上。

夜莺在樱桃树上歌唱,站在窝里的鹳鸟把头掉了过来,靠在自己的背上,十分焦躁地喳喳叫着。

"瓦卢希,今年结不结苹果?"

"是的,结。"

"快点儿推!"

"走!"

"结不结果儿呀?"

"结呀,怎么不结呢。"

"你还要乱摘,混小子,是不是?"

"我没有摘过。"小伙子听了他的警告,挺不高兴地嘟哝着说。

"去年是谁把'仙姑'苹果吃光了呀?"

"弗朗齐什库夫、米哈乌,不是我!"

"我知道,知道,你要是乱摘,瞧上帝惩罚你吧!'老太婆养了头牸羊,噢!'山乌,山乌!"他一面叫嚷,一面冲那挂在窗外笼子里的山乌打起口哨来。

山乌从翅膀底下伸出了它的脑袋,抖着翅膀,用两只耳朵交替地听着这抖翅的响声。然后它跳到上面的一根横木上,对主人高兴地鸣叫几声,便马上停止了,因为空中传来了修道院"丁零丁零"的响亮钟声。这座修道院的钟楼和窗户高踞于这个小镇的许多低矮的屋顶之上,从花园里可以望到。"瓦卢希,到修道院去!去看看利贝拉特神父,快走,嘿,混小子。"

"走,等我换一换脚。"

他们沿着一条从果园通向河岸的小路走去,穿过了草地。草地上空飘浮着残余的薄雾,好像被撕碎的丝绫条子一样。迅速飞翔的燕子在薄雪中咕咕地叫着,上下翻转不停,在空中划出一道道白线。

一只鹳鸟在草地上威风凛凛地踱步,一次又一次地把头伸进绿草,当它捉住了一只青蛙后,便向上伸伸脖子,痛痛快快地把它吞了下去。

那急速流动着的小河映出了一带蓝天,不时溅起银白色的层层细浪,冲洗着岸边长长的一行泽泻草和勿忘我花。草丛里的黄眼睛和蓝眼睛都在凝望那浅水中互相追逐的浅灰色的鲍鱼群;凝望那藏在睡莲下的小鳟鱼的狭窄的绿背和尖细的头,这睡莲的叶子就像许多绿色的手一样浮在水面;凝望那些专吃小东西的凶猛的大鱼,这些大鱼像子弹似的在鱼群中间穿梭,随时可以迅速吞下一条条小鲍鱼或者小鲤鱼。鱼群往往还没来得及散开,就已经消遁在岸边的草丛下面,消遁在金车草发红的叶簇之间,消遁在虽然鲜花盛开但被蛇麻草的长臂压住了的稠季草的荫影之下,这些蛇麻草在湍急的水面上不停地颤抖,就像散开了的绿色发辫一样。

后来,他们又来到了城郊,穿过一片又一片的菜园和果园,那里到处都是繁茂的树木,充满了洋葱的气味,田垄上放牧着长胡子的山羊,在绿色的醋栗树上、在残断的木栏上,还晾着被单。

小车穿过环绕修道院大墙的花园后,瓦卢希把它推进了修道院,来到了走廊里。

修道院里十分空荡和静谧。

风儿摇动着窗户,还有一些灌木的绿枝在向院里窥视,因为在大墙内还有一个不大的果园。

几棵果树弯腰曲背地冲着太阳,向第一层和第二层楼的窗子里探头探脑,果园内其他地方都长满了杂草,在杂草中掩着几朵显得凄凉的白色的水仙花。

"赞美基督!"阿达姆先生贴近一个窗口呼叫道。

"永世赞美!"利贝拉特回答。他穿着一身多明我教派的黑白掺杂的法衣,个子瘦小,有点儿驼背,蜷缩在墙下。

他睁着一双暗淡无光、神色迷离的眼睛看了很久,才认出了来访者是谁。

"身体怎样?昨天西蒙神父对我说,您好点儿了。"

"没有,没有……一点儿也没好。"神父抖动着没有血色的嘴,轻声地说。

在他干瘦的、就像那围墙一般的土色的脸上,闪过一丝微笑。

"神父今天到我家去吃午饭好吗?"

"不行,不行啊!我什么也吃不下去,现在活着就是等死,今天,明天我就要死了……"

"神父你说什么呀!"阿达姆先生竭力反驳说。可是利贝拉特神父笑了一下,用盛开的丁香花枝拂一下自己的脸,吸了一口香气,然后含糊不清地轻声说:

"死神已经站在我身旁了!我的心已经死了!"他使劲地重复着这句话,连阿达姆先生都稍后退了几步,瓦卢希也吓得直画十字。

"昨天夜里院长到我这儿来了。"他又低声说。

"耶稣,玛丽亚!那是幽灵,神父呀,不是别的,他不是已经死了十五年吗？"

"是来了。我看见他了！我在合唱班做完祈祷后，回自己的房间时，在走廊里亲眼看见他的。他在我面前走过后，敲了每一个房间的门，每间房里也都有一个声音答应。后来，他继续往前走，好像是呼唤着所有的人。在一个拐弯的地方，他不见了，可是等我躺下以后，我听见了他叫门的声音；等我起来开门时，他站在走廊中间，举起一只手，看着我说：'走！'我跟他走了。他带我穿过了所有的走廊，其他神父也从各自的房间里出来了，我们一起来到了修道院的饭厅里。那里已经挤满了人，还不断有人来，都是我们修道院创办以来的各位神父。有一位很老的神父正在照着一大本书宣读名字，按次序叫。大家也按次序走到他面前，这时他便撕下一张写上了名字的纸片，把它扔到空中，纸片突然着起了火，火球冲出窗口，飞到外面，于是每一个点过名的人就不见了。这时只剩下我了，他又点我的名：'利贝拉特神父。'——'走！'——院长对我轻声说。'最后一个！'点名的人叫道，同时慢慢地把写着我的名字的纸片也撕了下来，我觉得这是要夺走我的生命了。'最后一个！'院长说。他瞧了瞧修道院，瞧了瞧我，吻了我的额头，轻轻地说：'走吧！'——我就走了，啊，上帝！你在呼唤我。我这就来啦！……"神父低声地说道，同时痴痴呆呆地望着小花园上空的一片蓝天。他把双手交叉放在胸前，站着；他的面色发青，宛如一尊雕像。

虽然燕子在他头上疯狂地跳跃，麻雀在树上啁啾，但他却什么也听不见，什么也看不见，他的身心已经沉溺在祈祷和这种预感到的死亡的幻境之中了。

所有的神父都已死去，他、这不可胜数的各代神父中的最后一个，也感觉到死期迫近。

阿达姆先生催瓦卢希就走，他想快点儿回家。因为利贝拉特神父经常使他害怕，今天说的这个梦境故事更是使他心惊胆战。

他呼吸着田野的空气和花草的芳香，眺望着到处都有的绿荫和行人，想试着打个口哨，哼唱一支曲儿，可是他的声音却哽塞在嗓子里。他不时地回首返顾，好像担心死去的各代神父会跟踪而来，因此他喊道：

"瓦卢希，快点儿推，混小子！"

"在推哪！"

在走廊里，他遇到了安卡；她坐在一个低矮的小凳上，正在给围着她的一群小鸡喂食。

马克斯站在门口，欣赏着他眼前的一片田园景色。

"老人家上哪儿去了？"

"去利贝拉特神父那儿了。"

"他好点儿了吗？"

"唉，他完全鬼迷心窍了，完全。他告诉了我好些稀奇古怪的事，硬说他今天，顶多明天就会死。"

"是不是昨天到你家来过的那个神父？"马克斯问。

"不是。西蒙神父才是我们的神父。这个利贝拉特是多明我派的最后一位神父，是我们这座修道院里的。他是一个学识渊博、十分虔诚的人，可是……病了，几乎不省人事了。这几个星期，有时不睡、不吃、不见人，只是祈祷，趴在过去唱诗班祈祷的地板上，半夜就去敲那些没人住的单身房间的门，跟早已死去的人说话。而且还……"

他躬着身子,向马克斯轻声说了几句,可是安卡打断了他的话。

"嘎嘎嘎,嘎、嘎、嘎。"他呼叫着一群在小水池里拼命抖动翅膀的小鸭子,却没注意孵出这些小鸭的母鸡正在惊恐万状地"咯咯"叫着,来回奔跑。

抱蛋鸡"咯咯咯"地叫着,好像要去救护它们,可是当它扇着翅膀飞到水边之后,又吓得退回来了。

"您每天亲自喂鸡鸭吗?"

"每天。"

"这活儿可麻烦呢!"

"虽说没有什么可干的,总得干点儿吧!"他高兴地回答后,把一群群其他的家禽从院子的各个角落招呼到了台阶前,它们在这里贪婪地吃食,欢乐的叫声充满了整个院子。

安卡坐在台阶上,一次又一次地从她身旁的几个箩筐里抓出一把小米,一把大麦,或者小麦,往那些挤成一堆、互相争斗的雏鸡雏鹅身上撒去,小家伙们便高兴得摇着身子,唧唧喳喳叫起来。

雏鸡全身披着黄毛,那粉红色的小尖嘴啄起米来异常灵巧。它们还时时跑到孵化它们的母鸡身边,因为母鸡一声接一声地呼唤它们来吃它用翅膀盖住的新食。还有一些漂亮的小火鸡,十分白净,长着像青铜铸成似的绿腿,又神气,又淘气,跑起来要抬起小翅膀,叫起来像哭泣一样。那些已经长出羽毛的小鸭子,因为在水池子里泡过,全身挺脏,颜色灰不溜秋的,它们时而挤在一起昂首阔步,时而一声不响地扑向食料,狼吞虎咽,或者抬起头来抖动着巴嘴,简直像把东西往喉咙里灌一样。最后来了一大帮小鹅和一只大鹅,这些鹅笨头笨脑的。大鹅跟跟跄跄地摆动着低垂的大肚子,烦躁不安地嘎嘎叫着,首先扑到大麦上,也不管是否踩倒了自己的孩子。这一伙叫声最大,因为它们时时都要抬起嘴巴,伸出蛇一般的脖子,互相吵嚷。公鹅喜欢啄那蹦跳不灵的母鸡,追赶鸭子,咬小火鸡,然后才跑到母鹅身边,为胜利而得意扬扬地叫起来。

随后,台阶前面出现了吱吱嘎嘎一片混乱,鸡、鸭、鹅混在一起,打起架来。

老母鹅啄小火鸡,小火鸡也展开了羽毛很硬的翅膀,气势汹汹地闪动着两只眼睛,放开嗓门"咕嘟咕嘟"地吼叫。一只长着扇面尾巴、因愤怒而冠子发红的大火鸡跳了起来,要用尖利的爪子抓那些长着绿颜色孔雀脑袋的公鸭,它们只吓得急急忙忙地逃跑,半路上还啄了一口食。

喜欢胡乱起哄的鸽子看到鸣叫的鸡鸭鹅和阿达姆先生后,也在屋顶上兜起圈子来了,然后像雪球一样落在一大群家禽中间,"咕咕咕"地叫着,从它们嘴下大胆地争夺谷粒,因而遭到孵蛋鸡和嘎嘎叫的鸭子的驱赶,只好兴致索然地飞回屋顶,然后像发了狂似的乱蹦乱跳。

安卡观赏着这些家禽在自己脚下你争我夺,感到惬意,便继续将麦粒一把一把往它们头上、翅膀上撒去。

"现在您真像密茨凯维奇的佐霞[1]。"

"不一样。佐霞干活是为了玩,喂鸡是为了解闷。"

"那您是为了什么呢?"

---

[1] 波兰诗人密茨凯维奇(1798—1865)的长诗《塔杜施先生》中的女主人公。

"喂肥了拿到罗兹去卖。这话您不爱听，是吗？"

"岂止不爱听，您这么讲实际，我真没想到。"

"被迫如此呀。"

"讲实际的差不多都有实际原因。可是您善于巧妙地把实际跟别的东西联系起来，到底是什么，我说不上，因为……"

阿达姆先生开始拖着长声吹口哨了，因而打断了他的话。可是火鸡听了十分害怕，"咕噜咕噜"地叫着；鹅也大声嚷了起来；孵蛋鸡像遇见了老鹰似的，吓得"咯咯"地鸣叫，赶忙叉开双腿，伸开翅膀保护着小鸡。鸽子也立即向上飞去，晕了头似的逃回笼里，或是落在谷仓上，有几只甚至落在台阶上。整个一群家禽都吓得高吼低鸣，各自逃弃，你踩着我，我碰着你，使阿达姆先生乐得放开嗓门哈哈大笑起来。

"嘻，瞧我把它们搅成这样子！"他高声说。

"这儿成了鹅的乐园了，吵得我睡不着觉。"卡罗尔来到了台阶上说。

"到了罗兹让你睡个够。"

"到了罗兹我还有别的事要干。"他不耐烦地嘟囔着，冷冷地和安卡打了个招呼，然后用疲倦的目光眺望那在小镇上空袅袅升起的淡蓝色的烟柱。

"你们非得今天走不可？"安卡畏畏缩缩地问道。

"非走不可，最好马上走。"

"那就走吧，我准备好了。"马克斯单刀直入地说，因为卡罗尔那句"非走不可"把他惹火了。

"不行，不行。你们下午走吧，现在我不让你们走。咱们一起到教堂去祈祷，还得去看看西蒙神父。然后回来吃饭，我特意请了查荣奇科夫斯基和神父，还有卡罗尔先生，您得跟卡奇马尔克先生谈谈，三点钟开饭。等天黑时，我们送你们走。"

"好吧，好吧！"卡罗尔连着说了两声，就到餐厅去了；早餐已摆好。饭后，他抱怨天气太热，因而出门到了花园里，坐在鲜花盛开的苹果树下；这花稍一有风就纷纷落下，不一会儿，便像雪片般撒满了他的全身。

站在苹果树上的蜜蜂像在蜂窝里似的嗡嗡鸣叫。整个花园里散发着丁香花、苹果花的浓烈的香气，飘着黄鸟的歌声。

阿达姆先生睡觉去了，早饭后他总是这样，因为天一亮，他起得很早。安卡正梳妆打扮，准备到教堂去。马克斯在长满草丛的小路上漫步，可是他在哪儿都会遇见卡罗尔。有时候，他也去住宅的另一边，离河边远一点儿的地方，回来时虽从卡罗尔身旁走过，但不仅不说话，甚至回避他的目光，然后到花园里去了，因为这时他恍惚看到那里闪现着安卡的裙子。等他弄明白那不过是那些鲜花盛开的苹果树所呈现出的一片玫瑰红时，他便伫立在栅栏旁边，眺望着广阔田垄里的绿油油的庄稼，这些庄稼"沙沙"地响着，起伏不断。在蜿蜒曲折地穿过田地通向远方村庄的小路上，蠕动着一长串穿红衣的妇女和穿白色上衣的农民，他们是去教堂的。他望着，同时十分注意地听着是不是有安卡的声音。

他弄不明白自己到底是怎么了。

"没有睡醒，还是怎么啦？"他一边想，一边用手按着那感到疼痛的头，"乡下生活真见鬼。"

他骤然觉得烦躁不安，便去见卡罗尔。

"不能早一点儿走吗?"

"你也在这儿待腻了?"

"是啊,我在这儿什么都乱了套了,觉得像一只被踩烂的套鞋一样,夜里睡不着觉,现在也不知道该怎么办才好。"

"那你在草地上躺一躺,闻闻花儿的香味,听听草叶儿的沙沙声响,欣赏欣赏鸟儿的歌唱,晒晒太阳,有空多想想啤酒,要不然就想想黑脸儿的安特卡。"卡罗尔嘲弄他说。

"说句老实话,我真不知道该怎么办。这花园我就是反复看上二十遍,又能怎么样?我看见它确实挺漂亮,苹果树都开了花,到处都是青草,可是这对我来说是一钱不值的。我去过草地,那里挺美。我去过牛栏,哪儿都去过,什么都见过,可我对什么都腻了。安卡对着我赞赏森林,可我见到的是,那里的树很大,那里很潮湿,连坐的地方都没有。"

"你干吗不说呢,她会叫人给你搬一把小椅子去的。"

"我不放心我的母亲,还有⋯⋯"他没说完这句话就闭上了嘴,用脚狠劲地踢开了草坪上一个新垒的土堆。

"你放心吧,咱们马上就走,不过我还得好好结束这次痛苦的奴役。"

"奴役?"马克斯感到诧异地问道,"未婚妻和父亲,这是奴役?"

"我说的不是他们,说的只是那些东拉西扯的讨厌鬼,他们今天要来吃饭——会见。"他赶快改口,更正这句说走了嘴的话。可是马克斯却不管这个,他想使卡罗尔相信查荣奇科夫斯基是个罕见的平易近人的人,神父很有理智,等等,卡罗尔为此感到奇怪,抬起头,看了看他。

"你胡诌什么呀？昨天你还赞扬农村，今天倒好，腻味了，想回罗兹去。昨天你还说那两个人是小戏里的人物，今天又为他们辩护。"

"我就喜欢这样！"马克斯涨红了脸，嚷着向花园里走去，可是他马上又回来了，因为安卡在台阶上叫他：

"先生们，该去教堂了。"

这时，他把烦闷、厌腻、寂寞全都忘了，只是睁大眼望着安卡。安卡站在台阶上，正往手上戴着长长的小巧的白手套。

今天她穿了一件布满了精工巧制的浅粉色图案的很薄的米黄色上衣，显得很秀美。她的腰带和领口也是浅粉色的。她的宽边帽很大，很浅，上面缀饰着勿忘我花和白色的纱带。

她十分妩媚动人，一双灰色的眼睛闪烁着风华正茂、精力旺盛和雍容华贵的奇光异彩，马克斯不知道下面该说什么。

他在她身边来回走了些时候，心绪平静了些，然后便用一个工厂主的眼光打量了她的上衣一番，郑重其事地低声说：

"这真是你的'珠宝'呀，卡罗尔！配上这个颜色的衣服，十全十美。"

"鸟儿换了毛，会更神气。"安卡听到他的话后，大笑起来，接着说道。

她的笑声触动了他，因此他稍微后退了点儿，望着他们去教堂所走的这条宽阔的街道。

这小镇是个破败不堪的地方，住的大都是犹太纺织工。在每个窗口几乎都有一台纺织机。在一些肮脏黑暗和窄长的门道里，坐着许多犹太老太婆，正在用纺车纺纱，因此从每个窗口都可传出纺织机的单调的轧轧声，震动在寂静的充满着阳光的空气里。

一间简陋不堪的小店铺半掩着门，好像要阻挡满街的灰尘，怕它们飞进去。

在大街的中心，那永远干涸不了的泥泞水洼现出一片黑色，成群的鸭子在里面找食吃。

市场就是一个沙土坡子，它的周围都是用木头棍子支撑着的尖顶房屋。它的旁边，修道院对面，还有几幢刚刚被火烧毁的房子，在一片残垣断壁的瓦砾堆中，仅仅竖着几个光秃秃的大烟囱。

修道院的院墙已经倒塌，这里丛生着各种野草和成堆的野橄榄苗子，还种有枝叶纷披的高大的白桦树。通过院墙坍翻之处，可以望见教堂里墙皮脱落了的山墙和隐藏在墓园一角的漂亮的钟楼。

墙脚下，在白桦树荫里，停放着几十辆农民的大车和马车。在远一点儿的地方，市场中央，有十几个货摊子挤在一些布篷下；除此之外，别无他物，因为太阳越晒越烈了。

他们在墓园里停了下来，因为人太多，挤不进教堂。

安卡在通往圣器所的台阶上坐下，开始祈祷，马克斯和卡罗尔走到白桦树下，也在一块长了青苔的古老墓石上坐下；

这些墓石整整一排全在墙的下面。

祈祷仪式已经开始。教堂里的低沉的风琴声通过半敞开的门传出来了。时而可以听到风琴手的高声呼唤，时而响着庄严肃穆的合唱声，时而那神父微弱的话声也在万头攒动的人浪上飘过；这人浪拍击着门框，打在祭坛的栅栏上，伴随着嗡嗡的祈祷声、叹息声和咳嗽声来回地飘游着。有时候，一切甚至归于沉寂，于是尖厉刺耳的青铜钟声便隆隆响起来了，应和着它的是从众人胸中迸发出来的深长的叹息。可是,那墓园里所有的人却都跪在地上,捶打着胸膛,然后又回到白桦树下和院墙瓦砾堆中他们刚才坐过的地方。

"咱们生产的头巾!"马克斯指着几个女人轻声地说。这些女人正盘腿坐在沙堆上,数着念珠,她们在阳光下像簇簇罂粟花一样,十分耀眼。

"已经褪了色啦!"卡罗尔带着几分讽刺地说。

"褪色的是帕比亚尼策[1]的,我说的是那些带绿花纹紫红色的,什么时候也褪不了色,管你在太阳底下曝晒——就是不掉色。"

"倒也是。可这跟我有什么关系?"

"两位先生好!"旁边一个低嗓门说。

斯塔赫·维尔切克手里拿着礼帽,仪态潇洒,身上冒着香味,站在他们跟前;他像老熟人一样伸出了一只手。

"你怎么到库鲁夫来啦?"马克斯问。

"回家过节来了。我爹正'吱吱哇哇'地弹风琴呢。"他一面十分轻蔑和放肆地说,一面转着手上的好几个戒指。

"你在这儿还要久待吗?"

"今天晚上就走,因为我的犹太老板不给长假。"

"那你现在在哪儿干呢?"

"在格罗斯吕克事务所,不过是暂时的。"

"不干煤炭这一行了?"

"还干。我的办公处在米科瓦耶夫斯卡大街,因为格罗斯吕克把他的缺德买卖让给了科佩尔曼,我又不愿意跟这只癞皮狗干。你

---

[1] 波兰地名。

们的工厂弄到煤了吗?"他冲卡罗尔弯着腰,低声地说道。

"还没有。"马克斯回答说。

"你能提供什么条件?"卡罗尔冷冷地问。

斯塔赫坐在他身边的一座墓上,开始在笔记本上迅速地写算起来,最后他把一纸账目放到卡罗尔的眼皮下。

"太贵了!勃劳曼卖的每斗要便宜七个半戈比。"

"他是贼,骗子!每车厢要少给你十斗。"斯塔赫轻声叫着。

"你以为我连这个都看不出来?"

"他给的量甚至更多,因为他在发货前掺的水不是白掺的呀!"

"也许是这样吧,可是谁能担保你不这么干呢?"

"那好,我就按勃劳曼的售价向你供货,差不多一个子儿也不赚,我看重的是这笔生意成交。这话我已经跟韦尔特先生说过了,他告诉我说,得等博罗维耶茨基先生拿主意。那么,怎么样?"他十分客气地问道,没有计较卡罗尔刚才的话和他那种冷淡、傲慢的口气。

"你明天来找我们,再谈一谈。"

"你们大概要多少煤呢?"他问马克斯。

马克斯没有听清。

大家都沉默了。游行的行列随着庄严肃穆的钟声和众人的歌声,走出了教堂,像一条长着华盖黑头的长蛇。神父也在华盖下面走着。这条长蛇从大门出发,女人们红、黄、白色的衣裳混杂着农民的黑色长袍和点着的蜡烛,就像它的鳞片一样斑驳多彩,闪闪放光。这条蛇弯弯曲曲地在教堂的灰色墙壁和高墙般的白杨树之间爬过之后,便用它长长的躯体环绕着整个教堂。

宏亮的合唱声震动了暑热的空气，冲上炽白的天空，连成群的鸽子也从教堂的塔顶上，修道院的破损屋顶上惊得飞了起来，在高高的苍穹中兜着圈子。

游行队伍返回了教堂，歌声也止息了。只有桦树叶子仍在"哗啦哗啦"地响着，十分困倦地摇晃在火辣辣的热浪中。可是不一会儿，修道院里传来了鹅的嘎嘎叫声。那歌声、钟声和风琴的演奏声又响彻了教堂里面。

天气越来越热，太阳不断地把烈火烧在小镇的木板瓦屋顶上，好像要把它的全部威力施展出来。在轻微震颤着的空气里，充满了一片死寂，它笼罩着目光所及的、似乎是被热呼呼的蒸汽遮盖了的绿色的田地、纹丝不动的果园、碧绿的草地，笼罩着像黑色带子一样环绕着小镇的森林。在林间光秃秃的沙丘和山峦上，现出一片黄色。

"你听说没有，纽曼让步了？"马克斯问斯塔赫。

"听说了。"

"让到底了？"

"倒也没有，让得不多，大概百分之三十吧。你们亏了吗？"

"因为我们亏了点儿。"他不耐烦地把手挥了一下。

"也许我可以找个什么人，让他买了你们的这份权利，当然得便宜点儿，得给我提点儿成。"

"嘿，你可真是鬼迷了心窍——什么都想捞一把吗？"

"在什么情况下都不能少捞。"维尔切克大声喊道，笑了起来。

"库鲁夫你很熟悉吧？"马克斯改了话题，因为卡罗尔斜着眼睛瞅了维尔切克一下，可是一声不吭。

"我是在这儿生的,在这儿给神父放过鹅和牲口,用后背拉过大绳,这些事西蒙神父能说得更详细。我放过牲口,你或许不信?"他瞅着马克斯为难的神色,带讥讽地问道。

"看你现在这个神气,难以相信。"

"哈哈哈!你是恭维我。放过牲口的,放过!肩膀拉过大绳子,给神父修过风琴,在修道院给神父擦过皮鞋,还不光打扫教堂,什么都干过。我一点儿也不以为耻,干活糊口嘛,事实永远是事实,而且,也是一番经验,经验就是取利的资本。"

马克斯一句话也没有回答。卡罗尔则鄙夷地从各个方面打量他,讥讽地笑着,因为他打扮得太过分,甚至可笑。

那色彩鲜艳的方格子呢料、漆皮鞋、白绸衫、钉上了一颗大宝石的领带、十分讲究的外套、闪闪发亮的大礼帽、长长的金表链、从未用过的夹鼻眼镜和老在指头上玩弄着的几个贵重戒指,既同他的长满脓疮耷拉着的大脸蛋、两只闪亮的刁钻小眼、布满皱纹的低低的前额很不相衬,也同他那扁平脑袋上的、颜色莫名奇妙的、散乱着的头发,又长又尖的鼻子和向外翻着的肥厚嘴唇很不协调。这是一张哈巴狗似的脸,一副尖得像鹳鸟一样的嘴。

人家不理睬他,他也不在乎。他时时笑着,带着一种自以为是、悲天悯人的微笑瞧着他们的脑袋。等到祈祷完毕,人群开始拥出教堂,从他们身边走过时,他挺直了门板一样的身躯,凑近卡罗尔,十分傲慢和冷冰冰地望着库鲁夫的一群群男女乡亲,望着一起放过牲口的伙伴和朋友——他们看到后诧异地瞥了他一眼,可是不敢走过来跟他打招呼。

安卡也走过来了,他跟安卡低眉顺眼地请了安,安卡请他共进午餐，他顿时高兴得涨红了脸，声音很大很大，表示感谢，故意让从旁过的人听见：

"我得回家去，因为几个姐妹都来了。现在不得不放过这个宝贵的机会，真是遗憾万分，只好等以后了。"

"我们现在去看西蒙神父。"安卡低声回答说。

"我陪你们去，我也要看看他。"

他们慢慢走过挤满人群的墓园。

一群一群穿着棉布工作服、戴着帽檐很亮的帽子的农民和披着五颜六色头巾、身穿毛线衫的农村妇女都对卡罗尔毕恭毕敬地行礼。可是人群的大部分是回家探亲过节的工厂工人，他们一动不动地站着，以挑战的眼光望着他们的这位"厂老板"。

卡罗尔虽然认识过去布霍尔茨工厂的许多工人，这时候却没有一个工人对他行礼。

只是一些女人老是走到安卡面前，亲吻她的双手，或者冲她伸出一只手，寒暄几句。

卡罗尔于是跟在她的身后，转着两只眼，张望那大群大群的人。马克斯也兴致勃勃地东张西望，维尔切克则压在后面，十分客气地对一些人大声打着招呼：

"你们好！你们好！"

他握着每一只伸向他的手，询问对方的工作、对方的孩子、对方的健康。

几乎人人都向他鞠躬致敬，善意地望着他。他们感到自豪，因为从他过去在这个地方打架、放牲口的时候起，他们就认识这位大人物，这是他们的人。

"敢情他们都认识你呀。"当他们走进神父的花园时,马克斯惊叹地说。

"认识,整个镇子都爱维尔切克先生,为他感到自豪。"安卡兴奋地说。

"他们这种爱戴给我的好处,不过是把我这双干净手套捏得又脏又臭罢了。"

说着他摘下手套,故意惹人注意地往树丛里一扔。

"等回家时他会捡起来的。"卡罗尔低声议论说。

维尔切克听见了这句话,气得直咬嘴唇。

西蒙神父住在修道院一层几间由单间改成的耳房里,它们的窗户面对着一个照料得很好的大果园。

大木栏杆是不久前安装的,木头还是黄色,通往房间。

葡萄架遮掩了整整一堵围墙,绿色的藤叶悬挂在窗口之上,丁香树的繁茂枝条紧挨着窗口,大簇大簇的鲜花就快伸到屋里了。

西蒙神父刚刚穿过修道院回来,就十分热情地在小厅里接待他们。这儿的墙壁才刷上石灰,透过它还隐约露出覆满拱顶的旧壁画的模糊不清的颜色和残缺的轮廓。

小厅里充满了盛开的丁香和从浓绿果园反映出来的绿中带紫的色调。

他们一进屋时,一股潮湿的凉气就迎面扑了过来。

"你好吗,斯塔赫?癫小子,你昨天怎么没上这儿来,嗯?"

"来不了啊,我的姊妹都来了,我连一步也离不开家。"维尔切克一面亲吻神父的手,一面解释说。

"你爸爸跟我说过。你就不能换换他,来参加唱诗班,嗯?老头儿连步都迈不开了。雅谢克，雅谢克！混小子，把我的烟袋拿来，给客人抽支烟。"

"弹琴我都忘光了，神父，你要是允许，我就好好学一段弥撒曲再来弹。"

"好啊，好！……安卡，安纽霞！快过来，孩子，帮我招待招待客人。你瞧她，还以为我会让她闲着呢！"神父笑了，忙着把桌子搬到房中间。

"你早就认识神父吗？"马克斯问维尔切克。

"小时候就认识。头几个字母和头几烟袋的打就是同时在神父那里领受的，不用我多说，真够呛。"斯塔赫笑着说。

"你说过头了，我亲爱的好人，过头了，没怎么用烟袋打过你呀！"

"我公开承认，比我该挨的打要少。"

"哎，这就对啰！你说话公道，日后一定能成人，嗬嗬，不错的人嘛！雅谢克！雅谢克！这混小子，藏到哪儿去了？"

等不到雅谢克来，神父亲自从隔壁房间里取来了各种精美的食品，摆在桌子上。

"我的孩子们，亲爱的好人们，卡罗尔先生、巴乌姆先生、斯塔赫，请喝杯樱桃酒。藏了六年啦，甜得跟蜜一样。瞧这酒的颜色，请瞧瞧吧——真正的红玉。"

他把酒杯举到阳光下，杯中的樱桃酒果然变成了红玉和紫罗兰的颜色。

"请，请尝尝奶油点心，我告诉诸位吧，一入嘴就化。喂，请尝尝吧，不然安卡要生气了，这是她亲手做好了送来的。"

"西蒙神父，一会儿咱们去吃午饭。"

"你别说了，姑娘，没你的事。嘿，你瞧她，倒喧宾夺主起来了。先生们，喝啊。"

"我们等一等慈善的神父。"

"我不喝酒，我亲爱的好人们，我不喝。安纽霞，喂，你替我喝了吧，姑娘。"

他跑了出去，过了一会儿回来时，腋下夹着一个大瓶子，同时扣着外套，因为他的外套老爱松开。

"现在我们再喝点儿甜酒，喝了完事。你瞧，姑娘，这是草莓酒，就是三年前你和我一块儿酿的。你们瞧这颜色，落日的颜色，纯粹的阳光。嘿，这味儿多纯正，喂，你们闻闻嘛！"

于是他把瓶口塞在他们鼻子下面，那瓶口便发出浓烈的草莓味。

"哎呀，神父！神父把客人们都灌饱了，还怎么吃午饭啊。"

"别做声，安卡，有上帝帮助，你的午饭我们会吃的，吃得下去！孩子们，听我说……咱们尝尝腊肠吧！怎么样？还配上五月的蘑菇，嗯？我亲爱的好人，我的孩子们，请赏光吧。我不能拿菠萝招待你们，因为我没有，我是基督的可怜的仆人；我有什么，你们就吃什么吧！安卡，替我请请他们。斯塔赫，你要是还这么不吭气，就留神我的烟袋，动手吃呀，小伙子。"

"神父，你这一桌子好菜连最精明强干的家庭主妇也会感到骄傲的。"

"这都是安卡办的。嘿，姑娘，你别害臊。我本来什么也没有，我亲爱的好人，没有，让斯塔赫说吧，净瞎凑合着吃饭。可是后来这位姑娘开始劝我了：'神父你栽果树吧，养蜜蜂吧，整理整理果园子吧,干这吧,干那吧。'就这么唠唠叨叨没完,人家姑娘的话,谁能不听啊!嘀,嘀,安卡——真是金不换啊!等我以后给你们看看圣器所吧,瞧瞧那儿多干净整齐,那些披肩,那些袈裟,就连给大教堂用也别说不配,那呀,都是她亲手做的,她真是我心疼的孩子!"

他激动起来,搂住了她的头,亲了亲她涨红了的脑门。

"我就是没办法给神父买一件新衣服。"

"我要那个干什么?姑娘,你别说了!雅谢克,拿火来呀,烟锅又灭了啦!"他叫了一声,脸红得像大姑娘一样,还把烟袋使劲地敲着地板。

"诸位先生暂时坐一坐,我回家去准备午饭。神父请莫久留他们了,快点儿送他们来。"

说完她走了。

维尔切克也告辞急忙回家,因为他弟弟来叫他了。

"这小伙子有股野劲儿。"他走后神父说。

"罗兹名不虚传的流氓。"

"你太刻薄了,卡罗尔先生。我教育出来的人,我得保护。从他小的时候,我就了解他。是个好小伙子,从来不上当,我亲爱的好人。意志像钢铁,机灵,心眼活,守规矩,可顾家哩!"

"可他还是照样拿一家人开心。"

"就这么个犟脾气嘛。小时候还嘲弄过一个又穷又病的女人呢。我用烟袋打他,想让他给那女人去道歉;哪儿办得到啊!挨打他不怕,道歉就是不去。后来我才知道,这小子拿了他妈妈的一件上衣和一条裙子送给了那女人。他要是愿意干,什么都行;要强迫他，就什么也不行。他拿自己人取笑，当然不好，可是他见人就帮，怎么还能骂他呢！他供他弟弟上中学，干活贴补家里，全家都因为他而高兴啊！"

"该送监狱。"卡罗尔嘟囔着说，因为神父这一席赞扬的话激怒了他。

"好啦，吃饭去吧，不然安卡小姐会等得不耐烦了。"

"走吧，你们先去，先生们，我马上就来，我得去看看利贝拉特神父。"

"你们这位西蒙神父真是无价之宝，这样的人我还从来没见过，的确是真诚、善良、节制的化身啊。"

"因为在库鲁夫凭真诚就能赚大钱，特别是如果这种真诚披上了袈裟的话。你在这儿凭投机取巧试试看！"

"你说话跟莫雷茨一样。"马克斯不怀好意地说。

"小伙子们，我亲爱的好人，喂，等一等啊！你干吗跟鹿一样跑呀，瞧我追你们追得，得撩起衣裳了。"神父一面追，一面喊着，因为长袍碍事，得用一只手攥着。

他们一起走着，可是不再说话。

神父脸色阴郁，有时候叹叹气，悲哀地呆望着空中。利贝拉特神父的面容给他心上蒙上了一层愁云。

在库鲁夫这家公馆的台阶上，他们遇见了查荣奇科夫斯基，他正急急忙忙冲阿达姆先生说着什么。

"噢，原来是这个不敬神的罪人。"神父轻声说，"你好啊，我亲爱的好人！喂，你连教堂也不去，已经忘了自己的神父还是怎么的？嗯！"

"神父你最好别来找碴儿,我正火着呢。"这位贵族很不痛快地咕哝道。

"那你也别乱咬人嘛。你瞧他,又像猫一样冲我张牙舞爪了。"

"哎呀,耶稣基督啊,要是我找碴儿,你就打我好了!"查荣奇科夫斯基摊开双手叫了一声。

"好啦,别吵,别吵。快亲热一下子吧,我亲爱的好人。"

"先生们,请,请,菜已经上好啦!"安卡请大家入席。

"你不能开口就说别人找碴儿,这是神父生来的倔脾气。"

他俩互相亲吻,极为友爱地并排坐下进餐。这顿午饭是在沉默中吃完的,因为安卡脸色忧郁,一双眼睛尽打量着卡罗尔,可是他却顽固地一语不发。马克斯只瞥了他俩一眼,阿达姆先生的话也不多,神父和查荣奇科夫斯基只顾大吃大喝。

"在库鲁夫,这是好朋友们最后一次共进午餐了。"阿达姆先生十分忧郁地说。

"在罗兹,咱们大家还会共同欢宴的。我想,神父也好,查荣奇科夫斯基先生也好,都不会忘记我们。"卡罗尔说。

"嘿,哪儿能忘呀,哪儿能忘呀,我们俩一块去。我亲爱的好人,我要为你的工厂祝福,谁与上帝同在,上帝与谁同在。以后我再给你们举行婚礼,再以后没有我,还会有谁给你们的小孩洗礼啊。哟,安卡跑啦,害臊啦,其实心里可高兴啦!正求之不得呢。安卡,安纽霞——"他兴致地勃勃呼叫道。

"神父你别让这姑娘害羞啦。"

"我亲爱的好人,这样的事儿,小姐们虽害羞,倒像喝了蜜糖水似的。雅谢克,给我装烟。"

"卡罗尔先生，请您到外面台阶上去，索哈在那儿等着，非要见您不行。"

"索哈？就是夫人保护的那个人，我安置在布霍尔茨那儿的那个？"

"是的，跟他女人一块儿来了。"

"安卡，你干吗脸这么通红通红的呀？"他往门口台阶上走时，问道。

"你这坏东西。"她轻声说着把头扭了过去，可是卡罗尔用胳膊把她搂住，又轻轻地问道：

"坏得厉害吗？喂，安卡，你说呀，坏得厉害吗？"

"坏得厉害，讨厌得厉害，还有……"

"还有什么厉害？"说着，他把她的头抱了过来，亲吻她闭住的眼睛。

"可爱得厉害。"她轻声说着，挣脱了他的拥抱，跑到门口台阶上。索哈夫妇站在台阶前面，可是他变得卡罗尔乍一看都认不出来了。

索哈没有穿白工作服，穿的是一件黑外套，前襟上滴满了蜡油；他的黑色裤子太短，卷在靴筒上；他戴的是宽边帽，那衬衣上的橡胶领子已经滑到后面去了，因此露出了又黑又脏的脖子。

他留了胡子，像硬刺钢毛刷子一样盖满了两边的腮帮，在耳边又和剪得很短的涂了头油的头发连成一片。

在又黄又皱又憔悴的脸上，还是过去那一双诚实的蓝眼睛。

他仍旧像以往那样给卡罗尔鞠了九十度的大躬。

"我差点儿没认出你们来，你像个工厂老板一样。"

"是啊……混在老爷们中间,就学了点儿老爷的样儿,没别的。"

"你还在布霍尔茨那儿干活吗?"

"他还能在哪儿干,厂长大人……"

"住嘴,婆娘,我自己说。"他郑重其事地打断妻子的话,"镇上的伙计们说,老爷要在罗兹开大工厂,我跟老婆合计了合计……"

"请老爷,请我们亲爱的东家把我们也带去,因为……"

"住嘴,婆娘,因为跟着自己人心上自在。我会干活儿,什么喷雾、染色、梳毛都会;可是,您要是养牲口,那就求您原谅,我一闻牲口味儿就恶心。"

"他懂得牲口,小姐就能做证,几年……"

"住口。"他吼了一声,因为几年来,他本来习惯牲口了,现在见了牲口也没有什么了。

"要是工厂里有活儿,就可好,因为那股臭味……"

"因为那股臭味,我一闻胸口就憋得疼,肚里就翻腾,两眼就发黑,好像当头挨了链枷打一样。亲爱的好东家!"他说着便激动起来,双手搂住了他的腿。

"俺们都是没饭吃的穷人!小姐您给说句好话。"那女人眼泪汪汪,轻声地说,吻着他们的手,抱住他的腿。

"那好吧,圣约翰节那天你们来吧,再谈谈,就安排你们在马房里干活。"

他们又一次地感激涕零。

"他们变多了!"安卡一面打量索哈的妻子,一面轻声地说;那女人早已不穿棉毛土布,换掉了全部村姑的装束。

她穿一身天蓝色的棉布外套,红色的紧身衣,那不匀称的身躯好像要撑破它似的，脖子上挂着一条黄铜项链，头上戴的黄头巾扎在下巴颏儿下面，手里拿着一把褐色的太阳伞。

"过三四个月，罗兹就会把他们改造成另外一种人。"

"不对，卡罗尔先生，罗兹只能把他们变成另外一种衣裳架子。要是今天给他们十莫尔格土地，顶多一个星期，罗兹生活的痕迹在他们身上就丝毫也留不下了。"

他们回到餐厅时，正碰上西蒙神父和阿达姆先生争吵，阿达姆先生用脚踢着椅子横木，嚷道：

"戈尔戈依[1]是叛徒！从脚心到脑瓜顶都是叛徒！混账王八蛋，狗崽子，狗兄弟。"

"我告诉你吧，我亲爱的好人，他不是叛徒，他是一个不凭武力、有卓识远见的人。是他拯救了匈牙利。"

"又像犹大一样把它出卖了。"阿达姆先生反驳道。

"算了算了算了！依你看，凡是头脑清醒的人都是叛徒和犹大。他要是不保住剩下的将士，该怎么办？"

"打到最后一口气，最后一个战士。"

"像你们这样的人，早就逃命了！雅谢克，拿火来，烟袋锅又灭了。"

"什么什么什么？我们逃命了？凭着基督的伤口发誓，神父，你胡诌什么！我们逃命了？哪天逃命了？我们？"阿达姆先生咆哮了，在座椅上扭动着身子，脸上暴起了青筋，怒火万丈，眼睛直打

---

[1] 戈尔戈依·亚瑟(1818—1916)，1848年革命时期匈牙利军队统帅，反对社会革命，和追求同维也纳妥协的反动集团有联系。因此他的策略特点就是动摇不定，反对军队政治化和组织人民游击队。1849年8月11日，戈尔戈依变成了独裁者，两天以后投降奥地利人。——原注。

闪，嗓子都哑了，同时咬牙切齿的。等他稍微平息下来之后，全身仍然颤抖不停，连咖啡也不能喝，因为手哆嗦得厉害，咖啡都溅在了外套和胸口上。

卡罗尔和马克斯出去收拾行装准备出发，剩下的人继续吵着，全都暴跳如雷了。

查荣奇科夫斯基给阿达姆先生助威，时时用拳头砸桌子，从椅子上跳起来，找帽子，满屋子转，然后又坐下；神父并不认输，他冲雅谢克要火的话声越来越低，越来越频繁，也越来越频繁地用烟袋敲地板，那是他怒火重来的信号。

卡奇马列克终止了他们的争辩。他用双脚"咯噔咯噔"地踏着台阶，大声地擦着鼻子，进门之后，把文明棍放在角落里，派头十足地跟大家打招呼。

"你来晚了，就跟我们喝点儿咖啡吧。"

"谢谢东家。午饭已经吃过了，咖啡嘛，多喝点儿不要紧。"

他坐在阿达姆先生旁边，用外套大襟擦了汗脸，接着又用棉丝手绢扇着取凉。

"天真热啊，准是要下雨了，牧场上的牲口直啃草。谢谢小姐，热吧？"

"噢，太热了，跟开锅的水一样。"安卡说着，把咖啡和糖钵送到他面前。

"凉咖啡一钱不值，一钱不值。"

"我看，您对咖啡挺在行。"

"这……我是常常喝这个玩意儿的呀！谈买卖，聊天，非得黑咖啡不可，要是再加上一小杯白兰地，那就乐上加乐了。"

安卡送上了白兰地。

卡奇马列克倒了半杯咖啡，里面又掺上半杯白兰地。他咬了一点儿糖，慢慢地呷着，同时环顾着在场的人。

"您好，真没想到在我们这儿能见到您。"卡罗尔进屋时大声打着招呼。

"你认识卡奇马列克先生？"阿达姆先生问。

"卡奇马尔斯基[1]先生供给我们建厂用砖。父亲跟我谈过你对我们库鲁夫的设想，可是说错了名字，没想到就是您。"

"这是因为，在罗兹我用一个名字，在乡下用另外一个。"他狡黠地微笑着，解释说，"一般人都挺蠢，总是凭衣冠、凭外表看人。还说什么既然叫这个名字，那就叫下去吧，因为方便。这都是瞎说。在罗兹我要是还用原来的名字，那么随便哪个无赖或者德国人，或者什么破落贵族就会说：'卡奇马列克，种地的，过来。'我要是用贵族的姓呢，他们就会对我说：'卡奇马尔斯基先生，请您光临！'我是大户人家出身，祖宗三辈地主的后代，那些德国佃户凭什么小看我？其实，我的祖宗开始经营土地的时候，这些杂牌德国人还在树林子里手脚并用满地乱爬，像猪一样拱着吃土豆呢。"

"对极啦，卡奇马列克先生。"卡罗尔笑着叫道。

"说实在的，罗兹的那些米勒、舒尔茨，都是这种乡下贵族，等以后要是有了机会，我卡奇马列克就能当他们的国王，对他们也是一种光荣。"

他给自己添了咖啡，添了白兰地酒，想继续说下去，可是阿达

---

[1] 即卡奇马列克。

姆先生察觉到了马克斯脸上的不满表情,便转了话题,问道:

"今年的砖不错吧?"

"不怎么样。可是依我看,过不了多久罗兹就要大兴土木啦,空前的。"

"为什么呢?现在哪儿都是死气沉沉的,到处都是空前的破产,好些工厂闲着,其他的也只有一半人上班。要是再折腾,半个罗兹都要塌了。"

"可是那些从德国来的犹太人,他们就不需要做生意吗?我已经看出来,他们都在城里乱转,找地皮,找砖厂呢。您瞧吧,要大干了。十年以前也是这样。罗兹萧条一冬天算得了什么,就是公牛一不干活也要躺下歇一阵的,可是嘴一嚼,又会干起来。有人也许说,哼,要死了,咳,让它歇歇劲嘛,等以后拉起犁来,那劲头儿才大呢。"

"你开砖厂的日子不短了吧?"卡罗尔猜测说。

"差不多六年。"

"以前呢?"安卡笑着问道。卡奇马列克掏出了雪茄,正在招待大家。

"抽吧,先生们,这烟不错呀!我认识一个癞货,犹太人,是他给我送来的,走私货。"

他用细小的牙叼住雪茄一头,小心地点着火,这才回答说:

"以前嘛,小姐,我是个种沙地的糊涂农汉。地里一半是沙子,一半是干净土。遇上天旱,砂子满天飞,土结成了硬板;遇上多雨,土就变成烂泥,沙子上连棵草也不长。我种的就是这样的地,牲口啃牲口棚上的麦秸,人饿得要死。当时我傻头傻脑的,这个账我认——怎么能够聪明呢?有人教我吗?有人给出主意?我那个东家倒是满肚子的主意,可就是德国人把他吃了,他也不给农民拿个主意。没法子,我就像爹、像爷那辈子人一样受穷,上帝就让庄稼汉子受这份罪嘛。罗兹盖了工厂,有些个佃户和小农户便去做工,赶车。可是我没动窝。罗兹离乡下还很远呢。

"忽然有一天,我在门口瞧见一个烟筒,那一年里竟出了五个;罗兹扩张到了乡下。我记得原来罗兹离我那儿有四俄里,后来变成了三俄里,现在连一俄里也不到了。罗兹扩展到了乡下。灾难一来,谁能抵挡?因为威胁到我,我心里就琢磨开了:干脆卖地,远走高飞;可是还不放心,于是又等了等。有一次我碰见了霍伊诺维的教父,他拉着一车沙子。

"'您这是往哪儿拉呀?'

"'城里。'

"'干什么去?'

"'卖。'

"'也值个钱?'

"'一个卢布,碰上财主,价钱还高呢;碰上犹太人,就少点儿。'

"我跟他去了。他卖了一个半卢布。我一瞧这情况,心里就亮了起来,就好像有人把一本书的道理塞进我的脑袋瓜里了。

"我房后头有个土坡子,就那么一小块,有四莫尔格,是块肥地,几辈子的时间,百灵鸟都在那儿拉屎积肥,一到春天,狗也凑在那儿相亲。我飞快地跑回家去,把木板车修好,就上土坡子找沙子去了。那沙子,说起来也怪,跟金子一样,就一层层地在地上露着,用不着刨庄稼根子寻找。

"我拉了一车上市；犹太人在老城打我，还有卖沙子的同行，街上还有民警，不过我还是卖了。后来我就啃起这个土坡子来，使劲地往罗兹运，天天运，干了两年。到第三年，我的小子也拉开了，佃户也拉开了——是我雇的。我们拉走沙子，也往回拉点儿东西。起初，我老婆还骂我糟蹋好地，弄得到处是尘土——那还用说，反正不是香料嘛。因为罗兹不断向我们乡下扩充，就有鬼头鬼脑的家伙来了，瞧瞧我这块地，说：'卖了吧。'犹太人也来了，说：'卖了吧，卡奇马列克！'我没有卖，他们到最后出到了五百卢布一莫尔格。我心里开始盘算了：他们愿意出大价儿，这里面一定有文章。我就去请教律师，说了说事情的前前后后。那是个公正诚恳的人，他照直告诉我说：

"'卡奇马列克，傻瓜，你连这也不知道，他们想买你的土。你开个砖厂吧，你要是没钱，就跟我合股。'

"我自己下定决心，雇了一个烧砖把式[1]，亲自干了起来，老婆、孩子打下手，一家子像牛一样地干，赚了一点儿。有一回律师来了，看了看情况，说：

"'卡奇马列克，傻瓜，你跟孩子这么累死累活的，一年顶多挣一千卢布。想个办法嘛！开一间蒸汽砖厂。'我琢磨了一冬天，后来跟他合伙了，干得一直挺不错。"

"那，那个土坡儿呢？"安卡觉得有意思，问道。

"秃得连根草也没有啦，全让人家扛到世界各地去了。"

"您还住在乡下吗？"

---

[1] 原文是德文。

"在砖厂待一阵子,在城里待一阵子;我在那儿置了几间房,老婆孩子住在那儿,孩子得上学。"

"几间房子!正房是三层楼,还有四处耳房。"卡罗尔提醒说。

"我……还要另置一所房子,我有地皮,女婿也得有房子住嘛。"

"您来库鲁夫办什么事呢?"

"要给大儿子娶媳妇,这孩子没上过学,不会做买卖,也当不了厂长,所以我想给他买块地,离我不远,让他待在我身边。"

"我得马上走了,您跟爸爸详细谈谈吧,说好了价钱,您一到罗兹,就签订合同。喂,马克斯,该走啦。"

"我们送你们一段吧,过了那块地,就上公路。"

他们匆匆告辞。除了卡奇马列克以外,大家都穿过了果园,顺着地里的小道走去,那小道上的草丛下面有的地方,还可以看到轧出的车轮印。

安卡、卡罗尔和马克斯在前面走,其次是查荣奇科夫斯基和神父,末尾是阿达姆先生。他压在队尾,因为他的小车在坑坑洼洼的地上颠簸得厉害,瓦卢希气得口里只管咒骂。

"就欠把你砸个稀巴烂,叫你像猪似的乱滚了。"

黄昏已经降临大地,清凉的露珠洒满了庄稼和草丛,田野上一片深沉的寂静。只是簇簇黑麦的沙沙声响在远近飘浮,蟋蟀在演奏,在行人头上成团飞舞的蚊子发出甜美的、尖细的嗡嗡声。偶尔还有一些鹌鹑在碧绿的黑麦叶下呼叫着:"叽喳,收庄稼,叽喳,收庄稼!"燕子照"之"字形喃喃叫着掠过田野;百灵鸟也从被野萝卜黄花压住的深绿色的燕麦底下窜了出来,拍打着翅膀,发出响亮的歌声,直向天空冲去,蜜蜂则"嗡嗡嗡"地来回采蜜。

"我亲爱的好人,你瞧,这位卡奇马列克,真是个怪人哪。"

"这种人,在罗兹更多。神父你知道,他前两三年才学会认字写字。"

"乡下佬一发迹,脑袋瓜子就昏了,还以为别人都跟他一样呢。"

"有什么不一样呢?我的查荣奇科夫斯基,我亲爱的好人,你我比他好在什么地方呢?"

"神父,以后你别让乡下佬亲我们的手了。"

"如果他们配,我就让他们亲,我亲爱的好人。雅谢克,点火儿。"

可是雅谢克不在场,马克斯给他点了烟,跟在他们后面,心不在焉地听他们唠叨,因为他正盯着在前面走的安卡和卡罗尔,贪婪地捕捉着他们轻声的谈话。

"你还没有忘记维索茨卡?"她低声问道。

"明天我去见她。她真的是咱们的表姐吗?"

"是我的堂姐,不过我想,过些日子也是你的堂姐了。"

他俩沉默了片刻。

神父一直在跟查荣奇科夫斯基抬杠。阿达姆先生引吭高歌,他的歌声传遍了田野。

> 嗨,马祖尔人下山,下山啰,
>
> 轻轻敲呀敲窗户,
>
> 开门,开门,我的小姐,
>
> 快把马儿饮个够。

"你很快就来吗?"

"还不知道。工厂的事太多,还不知道先该办什么。"

"现在你没有时间陪我,没有……"她更加轻声地、感伤地补充说,用手抚摩着刚刚结出来的燕麦麦穗;这麦穗便摇摆着向她深深地鞠躬,同时把露珠也抖下了。

"你可以问问马克斯,我每天是不是有一个钟头的空闲,从早晨五点钟一直干到半夜。你真是个孩子,安卡,喂,你瞧瞧我呀。"

她看了他一下,可是眼睛里露出了悲伤的神色,嘴角也痉挛地抖动起来。

"两个星期后来,好吗?"他赶紧说了这么一句安慰她的话。

"好,谢谢,不过,厂里要是不方便,那就请不必来了,这寂寞我忍受得了,又不是第一次。"

"可是是最后一次,安卡。一个月一晃就过去,然后……"

"然后?"

"然后咱俩就在一起了,你还担心这个,我的小心肝儿,是怎么的?"他情意绵绵地低声说道。

"不,不!跟你——跟你在一起就不。"她羞红了脸,赶快改口,微笑得那么甜蜜,以致他忍不住真想吻她了。

她不说话了,一双充满幻想的专注的眼睛眺望着广阔的绿油油的麦田。那麦子像万顷碧波一样随风摆动,皱成一圈圈浅灰色的波环和黑亮的折纹,倒伏在大地上,继而挺起腰身,飞向它后面的休耕地,然后又返回来,"沙沙"响着顶撞着田间的小径,好像要冲破这道堤坝,飘过长长的田垄似的;那田垄上是低矮的小麦,正在抖动着它们银光闪闪的羽毛般的小叶;整块麦地像一大片湖水一样,上面跳着成千上万的点点金光。

"瓦卢希,快点儿,你这畜生!"阿达姆先生短短地叫了一声,因为快到公路边了。

"我推着哪,腿上都湿了。"

"已经到啦?"安卡望见了停在公路上的马匹,轻声说道。

"可惜呀,没走几步就到了。"马克斯说。

"真的,这儿多美啊!欣赏欣赏吧,我亲爱的好人,上帝装饰得多好看啊,啊!"神父指着迤逦连接西天的田野,说道。

橘红色的硕大的太阳沉落在森林上方珍珠色的天边,给万顷麦田布下了一层四陲天际的紫色和浅红的雾霭。

草地中间的几个水池水像磨工特佳的铜盾牌似的闪闪发亮;穿过草地蜿蜒曲折伸向东方的一线小河,在草丛中宛如一缕绛紫的缎带;这里那里都好似燃烧着泛红的黄金。

"真美啊,可惜没有时间多欣赏了。"

"是啊。上帝保佑你们!小伙子们,亲亲吧。马克斯先生,巴乌姆先生,我亲爱的好人,我们大家都像疼亲人一喜欢你啦。"

"我很高兴啊,说实在话,长这么大还没有见过比你们更加亲热的朋友,衷心感谢你们的款待,请不要忘了我,马克斯、巴乌姆!……"

"一家殷实的公司,给六个月期限的贷款。供货。"卡罗尔又说又笑,跟大家告别。

马克斯一语不发,心里十分恼火;卡罗尔亲了安卡的两只手总有十次,亲了阿达姆先生两边的脸蛋,亲了神父的手。神父也大为动情,搂住了他的脖子,亲他的脑袋,祝他一路平安。

马车"嘚嘚嘚"地跑着出发了。

安卡站在田埂上冲他频频挥动头巾。

阿达姆先生唱起了进行曲。

马克斯久久地凝望着安卡的艳丽的倩影,等那形象在远处消失后,才在车上坐下来,气鼓鼓地说:

"你就老忘不了当众取笑我。"

"让你清醒清醒。我就不喜欢别人喝起酒来没完没了,而且还是在我家里。"

两个人都不再说什么了。

第二章

"布卢门费尔德,星期天你们在马利诺夫斯基家弹琴了吗?"

"弹了,等会儿我告诉你。"他轻声说着,起身到窗口去招待客商。

斯塔赫·维尔切克懒洋洋地伸了伸腰,上街了。

皮奥特科夫斯卡大街一如既往,熙熙攘攘,巨大的平板货车车轮在马路上轰隆滚动,连办公室的玻璃隔板也被震得"吱吱"直响;那隔板上遮着黄铜网子,分为许多小窗口,客商们就挤在窗口外面。

他不假思索地望了望对面正在建造的一座楼房的巨大脚手架和人行道上摩肩接踵的密密层层的人群,就又返回到小办公桌前,同时扫了一眼挤在墙壁和玻璃隔板之间、被一道低矮的隔栅分开的十几个人的头。

"你们弹什么来着?"他又问布卢门费尔德。布卢门费尔德正在用一只瘦骨嶙峋、颤抖不停的手梳理他那浅黄色的头发,一双蓝眼睛注视着在办公室中间东张西望的一个犹太人。

"出纳处在右边!"他从窗口探出头去喊了一声。

"一段贝多芬的升 C 小调奏鸣曲。弹得空前的好。马利诺夫斯基还……"

"布卢门费尔德,是《埃希纳与贝莱茨的故事》?"办公室另一端传来了呼叫声。

"四,十七,五。快六千了。"他迅速回答说,把指数器翻转了一下。

"后来又试弹了我不久前完成的作品。"

"什么呀?波尔卡?华尔兹?"

"去你的华尔兹,波尔卡。我才不创作筒子琴和舞会用的作品[1]呢!"他有点儿恼怒了。

"到底是什么呢?歌剧吗?"斯塔赫讽刺地问。

"不是,不是。这篇作品形式上有点儿像奏鸣曲,但又不是奏鸣曲。第一乐章,是城市的印象,城市寂静下来,慢慢入睡了。你懂吗,万籁俱寂,渗透着优雅的沙沙声,由提琴演奏。在这个背景上,笛子奏出如泣如诉的曲调,好像冻僵的树木,无家可归的人,干活干得疲惫不堪的机器,明天要被屠宰的牲口的呻吟声一样。"

他开始轻轻地哼唱起来。

"布卢门费尔德,电话!"

他没有再唱,立即跑了,回来时也不能再唱了,因为得接待窗口外面等着的客商。

然后,他又在大账本里记事,但还无意识地用手指头打着乐曲的节拍。

"你写了很长时间啦?"

"快一年了。星期天你来吧,你可以听听全部三个乐章。要是

---

[1] 原文是德文。

我能够听听第一流乐队演奏自己的作品,减寿两年也行。一半生命也行。"过了一会儿,他又补充说。他倚在桌子旁边,倾听着自己内心的乐曲,以呆滞的目光扫视着映在窗口亮光之中的同事们一个个显得发黑的脑袋。

维尔切克开始写帐。办公室里一片嗡嗡的谈话声,从窗口到窗口传递着笑语,有时爆发出一阵笑声。但是每当前门一声吱扭,电话一响,或者杯子发出了叮当声,笑声就戛然而止,因为人们都到办公室角落上喝煤气炉煮的茶去了。

"安静[1],先生们,老板来了!"传来一个报警声。

所有的人立即住口,抬眼望着格罗斯吕克。他已经下了马车,站在事务所前面,正跟一个犹太人谈话。

"库格尔曼,今天请假吧,老板心情好,正笑哪!"斯塔赫冲他旁边的一个人说。

"我昨天说了,他说等结账以后。"

"施台曼先生,请您今天跟他提一提红利的事。"

"但愿他像那只黑狗一样咽了气!"有人在栅栏外面咒骂道。

这个"那只黑狗"的说法使大家笑了起来,可是笑声又立即打住了,因为格罗吕斯克已经进来。

人们从所有的小窗口里谦和地探出了头,事务所里一片寂静,只听见煤气炉上的吱吱水响。

听差接过礼帽,殷勤地为银行家脱下大衣;银行家搓了搓双手,用指头捋了捋乌黑的胡须,这才说:

---

[1] 原文是德文。

"先生们，你们知道，出了可怕的事。"

"天啊，是行长先生？"一个战战兢兢的声音问。

"什么事啊？"大家都喊了起来，装着惊慌的样子。

"什么事？大不幸的事，非常大的不幸。"他用那像哭一样的声音重复着说。

"交易所里咱们亏了？"公司主事[1]从隔板后面踱了出来，轻声问道。

"是谁没有保险，失火了吗？"

"行长家里什么人故去了？"

"有人偷了美国种骏马？"

"你别胡扯，帕尔曼先生！"他严肃地说。

"那到底是什么事呀，行长先生？我都快晕了。"施台曼恳求地说。

"哼，飞了！……"

"谁飞了？从哪儿？在哪儿？什么时候？"带慌恐的问话像连珠炮一样。

"哎，钥匙从一层飞到地上，摔掉了牙儿……哈，哈，哈！"他纵情地大笑起来。

"真有意思，真有意思！"他们嚷着，笑着，虽然三个月来，这个不高明的笑话他们已经听了十遍。

"小丑！"斯塔赫·维尔切克嘟哝了一声。

"骄横恣肆，为所欲为！"布卢门费尔德轻声地说。

---

[1] 原文是拉丁文。

格罗斯吕克进了事务所后面自己的办公室。

这间房子的陈设十分奢华。

红色的护壁加上金色的装饰，和配有青铜图案的红木家具相映成趣，十分谐和。

宽大的威尼斯式窗户上挂着厚重的帷幔，对着长长的院子，院子周围都是巨大的车间，对面是一座四层楼的厂房。

格罗斯吕克望了望从院子一头一刻不停地飞向另一头的传动带和背上背着大包大包的羊毛头巾、拥挤在另外一扇门前的男男女女。他们都是纺织工，从工厂领了纱线，在手工作坊里织造头巾。

接着，他打开了砌设在墙里的大柜，扫了一眼全部材料，拿出一卷卷文件，放在窗下的桌子上，拉上浅黄色的窗帘，坐下，按铃。

公司主事立即进门，拿着一大扎文件。

"有什么消息吗，施台曼先生？"

"没听说什么。昨天夜里阿·威柏工厂失火了。"

"知道了。还有什么？"他一面问，一面按次序细心地看文件。

"请行长原谅，其他的我不知道了。"他和顺地解释说。

"你知道的太少。"银行家推开文件，嘟嘟囔囔说，同时按了两下电钮。

第二个职员，收账的来了。

"有什么消息，舒尔茨先生？"

"在巴乌特轧死了两个工人，有一个肚子全破开了。"

"跟我没关系，这种货什么时候都不缺。还有什么？"

"早晨听说，平库斯·梅耶尔松的地位也不稳当了。"

"他想要提高到百分之二十五嘛！把他的账目拿来。"

舒尔茨立即拿了过来。

银行家细心地瞧了瞧，低声笑着说：

"让他垮到底吧，对咱们没害处。这半年我就觉得，他是在挣扎呢，可还想稳定下来。"

"是的，我也听见行长您跟施台曼先生说过这件事。"

"我心里有数，我常说，理一次好发，比抓二十次头皮强。哈，哈，哈！"他高兴地笑着，很欣赏自己这个信条，"还有什么？"

"没有了。不过我觉得，行长先生今天脸色不太好。"

"你真蠢，先生，我非给你减薪不可！"他气恼地嚷了起来。舒尔茨走后，他便立即十分仔细地照了照镜子，轻轻地搓了搓松弛的面颊，看了半天舌头。

"颜色不好，得找大夫去。"想到这儿，他按了三下铃。

可是布卢门费尔德拿着一大捆文件和账目进来了。

"维克多·雨果[1]昨天去世了。"音乐家畏缩地说，开始高声读着账单。

"他留下了多少钱？"

"六百万法郎。"

"好大一笔呀！在哪里？"

"在法国和瑞士银行，年利百分之三。"

"好账。他怎么挣得的？"

"靠文学，因为……"

"什么？靠文学？……"他大惑不解地问道，同时抬起了眼睛，

---

[1] 即法国大作家雨果，逝世于 1885 年 5 月 22 日。

直捋着鬓角。

"是的,因为他是伟大的诗人,伟大的作家。"

"德国人吗?"

"法国人。"

"是的,我忘了,《火与剑》[1]就是他的小说。梅丽还给我念过几段漂亮的呢。"

布卢门费尔德不再反驳他了,他看完了信件,抄写了复信,理了理文件,准备要走,可是银行家点头示意他留下。

"你大概会弹钢琴吧,布卢门费尔德先生?"

"我在莱比锡音乐学院毕业,还在维也纳莱谢蒂茨基[2]的钢琴班毕了业。"

"这太好了。我挺喜欢音乐,特别喜欢帕蒂[3]在巴黎唱的那些悦耳的小曲儿。我记得,噢噢……"于是他断断续续地哼起了一只街头巷尾流行的歌剧小调,"我的听力不错,你说是吧?"

"真令人钦佩呀。"布卢门费尔德一面回答,一面盯着银行家两只发青的大耳朵。

"我想请你教教我的梅丽。她的琴弹得不错,不是要你给她上课,只请您坐在她旁边,看看她别弹错就行了。一小时要多少钱?"

"现在我在米勒家教琴,他给三个卢布。"

---

[1] 《火与剑》本是波兰名作家亨利克·显克维奇(1846—1916)的作品。作者在这里讽刺格罗斯吕克无知。

[2] 泰奥多尔·莱谢蒂茨基(1830—1905),卓越的波兰钢琴教育家,1862—1878年曾在彼得堡音乐学院任教授,后迁居维也纳,培育过许多著名的钢琴家。——原注。

[3] 帕蒂·阿黛丽娜(1843—1919),意大利著名花腔女高音歌唱家。——原注。

"三个卢布！可是你得跑到城边儿去，坐在破房子里，唉，还得跟米勒谈话，他是个土包子；跟这种人打交道有什么意思。你在我这儿，就是进了豪华的宫殿。"

"那儿也是宫殿。"布卢门费尔德低声说了一句，表示不同意他的话。

"不说那个了，咱们一言为定。人敬我我恒敬之嘛！"他把话说完了。

"我什么时候来？"

"请今天下午来吧。"

"好的，行长先生。"

"叫施台曼到我这儿来。"

"好的，行长先生。"

施台曼立即进来了，局促不安地等着吩咐。

格罗斯吕克把双手插在衣兜里，在房间里踱来踱去，捋了很久胡须，最后才郑重地说：

"我想告诉你，事务所的杯子的叮当声和煤气的吱吱声，我听着心烦。"

"行长先生，我们上班来得挺早，大伙都在事务所吃早饭。"

"用煤气炉子煮茶。煤气钱谁付？我付。我付钱是为了让你们成天摆谱喝茶的吗？真是岂有此理！从今天起，煤气钱由你们付。"

"行长先生也喝……"

"我当然喝，还要喝个够呢。安东尼，端茶来。"他冲通往大门的前厅命令道，"我是讲道理的。你们喝茶，既然喝了，就得交煤气费，每人摊一点儿也不贵。你们按成儿供给我茶好了，因为煤气灶是我的，在我的事务所，而且你们是在工作时间喝。"

"好吧，我转告诸位同事。"

"我这是为了大伙好，是啊，现在他们喝茶老是不好意思，用我的煤气良心上过不去。要是每个人都出钱，那喝起来也痛快，见我也用不着躲躲闪闪的了。这不是挺合乎情理的吗，施台曼先生，合理得很哪。"

"行长先生，我还有一个请求，是代表大家的。"

"你说吧，不过快点儿，我没功夫。"

"行长先生答应过半年结账时发奖金。"

"出纳账目怎么样？"

"他们下班后加班编写，一定可以准时送来。"

"施台曼先生，"银行家站了起来，亲热地说，"请你稍坐一坐，你很累了。"

"多谢行长先生，我得马上走了，还有好些工作哩。"

"工作不是鹅，自己跑不了。——请坐，请坐，我有话说。他们都在等着奖金吗？"

"他们干得不错，是应该得到的。"

"这我知道，你不必说了。"

"请行长原谅，一定原谅。"他喃喃地说道，服服帖帖地像个哑巴一样。

"咱们当好朋友似的谈谈吧。我该给他们多少？"

"那就由行长先生自己决定吧。"

"比方说吧，我也许能拿出一千卢布，多的拿不出来，今年年终亏损得厉害——我现在就预料到了。"

"现在的流动资金比去年多一倍呢。"

"你小声点儿,我说有亏损,肯定是这样。就先拿一千卢布这个整数来说吧,事务所有多少人?"

"一共十五个。"

"科里有多少人?"

"五个。"

"一些是二十个。每个人从这笔钱里能分多少?大概是三十到五十卢布,因为还有罚款得扣。那么现在我问你,这么一点儿钱对每个人顶什么用?能有多大帮助?"

"在咱们这个小地方,几十个卢布可管用哪!"

"你糊涂,算糊涂账!"格罗斯吕克大发雷霆了,开始在屋里快步走来走去,"拿钱乱送礼,施台曼先生,就等于把钱扔在臭水坑里。我告诉你,这钱会怎么花掉。你会去赌场,搞赌博,我知道。佩尔曼要买新衣裳,好讨小娘们的喜欢,布卢门费尔德要买什么乱七八糟的乐器。库格尔曼要给他老婆买春天戴的大沿帽子。舒尔茨要去找卖唱儿的。维尔切克,倒是一个子儿也不瞎花,可是他要把钱借出去放息。好了!你们都要把钱花掉,一个子儿也不留。我凭什么要拿出钱来让你们糟蹋,我是个模范公民,这种事我不能干!"他捶胸顿足地嚷了起来。

施台曼鄙夷地冷笑了一下。

银行家觉察到了,坐在办公桌旁边,嚷道:

"哎,说到底,还废什么话,我不想给就不给,用这笔钱我要给餐厅买一套漂亮的家具。那你们就会高高兴兴地在城里说:'我们的上司,格罗斯吕克先生,餐厅家具值一千卢布哪。'那该多好!"

他嘻嘻嘻地奸笑着,叫道。

施台曼的眼睛好像染上了墨水一样暗淡无光,它的四周却有一些红色的圈圈。他凝视了银行家半晌,使银行家也感到不安地站了起来,在书房里来回走了两次,说:

"嘿,奖金嘛,我给,让他们知道,谁干活好,我看得出来。"

他开始在钱柜里翻着一堆堆的文件,最后揪出一卷发黄的期票,细心地审阅了一番。

"这是一千五百卢布的期票。"

"瓦塞曼股分公司,真是一大笔款子呀!"施台曼反复看着期票说。

"任何情况都不得而知。你知道,我们的公司正在破产,而他们是还能爬起来的,一百块就得付一百块。"

"一百块付五块也好,可是他们不会付。"

"你拿着这卷期票,我希望你能从一百中挤出一百五十来,这点儿权力我让给你了。"

"多谢行长,"他沉着脸小声地说,退到了门口。

"拿着期票!"

"事务所里不缺纸。"

他还是拿了期票,走了。

银行家便开始工作,首先在钱柜里保存的小账本上勾掉了"奖金"一项,下面记上:"一千五百卢布,已付。"

这个手续完毕之后,他笑了起来,然后又久久地、十分得意地摸着自己的胡子。

片刻之后,有一个温文尔雅的犹太人走进了办公室,他又高又瘦,塌鼻子上架着金边眼镜,火红的胡子剪成楔子的形状,整个脑袋上全是成圈成卷的羊毛似的头发,还分成了条条缝道;一双橄榄色的惶恐不安的眼睛一刻不停地滴溜滴溜地瞅着办公室里一件件摆设;舌头三番五次地舔着向外卷得厉害的嘴唇;这嘴唇又干又发青,还好像瞧不起人似的直撇着。

这是克莱因,银行家的近房表弟,和他有莫逆之交。

他进来时因为脚步很轻,银行家竟没有听见。他环顾房间四周,把手套扔在沙发上,帽子放在椅子上,自己便随随便便地在长沙发上坐下。

"你好啊,老伙计?"他点起香烟,这才细声问道。

"我倒不错;可是你,布罗内克,吓了我一跳,谁进来这么连点儿声音也没有!"

"吓不坏你!"

"听说什么了?"

"听说的多着呢,可多呢。菲什宾今天完了。"

"完了倒干脆!菲什宾是干什么的?吹鼓手,要十种乐器:脑袋,胳膊肘儿,膝盖,双手和双脚并用!那算什么行当?有人赏给他十个格罗希,还有人把他推到门外去!"

"有人说,这个星期戈德贝格家非起火不可。"他小声地说。

"这种小灾小难对最阔的人算不了什么。"

"莫特尔有什么消息?"

"你别提他,他是一个流氓,一个贼,恶棍,他竟愿意付百分之三十!"

"他也得活下去嘛!"

"你真傻,布罗内克,等我亏了三千卢布的时候,你可别笑。"

"他结婚,正好需要这么一笔钱,哈,哈,哈!"

他开始笑了,在书房里踱来踱去,饶有兴致地瞧着打开的钱柜。

格罗斯吕克注意到了他的目光,于是把钱柜关上,挖苦他说:

"布罗内克,你怎么老盯着钱柜子,莫非它是你的未婚妻?照直跟你说吧,你娶不了它,连亲个嘴儿也不行,哈,哈,哈!"

他看见克莱因脸上的表情,嘻嘻地笑了起来;克莱因却在他身旁坐下,开始悄悄地谈论着一件什么事儿。

格罗斯吕克听了好久,最后才说:

"我听说了,我得跟韦尔特谈谈,布卢门费尔德先生!给莫雷茨·韦尔特打个电话,说我请他来,有要紧的事!"他冲着事务所的门喊道:

"布罗内克,得保守秘密!不等博罗维耶茨基准备好,我们就吃掉他。"

"我告诉你,你们吃不了他,他背后有⋯⋯"

这句话他没说完,因为一个公务员进事务所来了。

这个公务员惊恐万状,面如土色,银行家一见立即跳了起来。

"行长先生,行长先生,这个流氓,干的好事,杜申斯基这坏包儿,这家伙!"

"怎么回事?你小声说,这儿又不是教堂。"

"昨天他拿了四百卢布现金,跑了。我去过他的住处,什么都没有,他收拾了东西,连夜跑了,到美国去了。"

"逮捕他,给他戴上手铐,圈起来,发配到西伯利亚去!"

银行家挥舞着拳头,吆喝道。

"我也想这么办,想发电报,报告警察局,可是这得花钱,得您批准。"

"花就花吧,把我的家当赔进去也不在乎,非抓住这个贼不行,偷了我四百卢布,让他在监狱里烂死。"

"请您马上查账!"

"得花多少钱?"他平静点儿后,问道。

"不知道,总得花几十个卢布才行。"

"什么,什么?我还得给这个贼贴上几十?让他快咽气吧。是谁派他去收款的?"过了一会儿,他问道。

"是我,可是,这是行长先生您吩咐我的。"他战战兢兢地辩解说。

"你派的他,那你得负责,别的话我不想听了。我这四百卢布不能白扔,你得负责。"

"行长先生,我是个穷人,我没有过错,我在您这儿勤勤恳恳地干了二十年,我有八个孩子!是您吩咐我派这无赖去收账的。"他呻吟着,用乞求的目光盯着银行家的两条腿。

"收账由你负责,你应当看准人,我再说一遍:钱得找回来。你可以走了!"他威风凛凛地喝了一声,转过身去,背冲着这个公务员,喝了半杯茶。

公务员伫立了片刻,发直的眼睛呆望着银行家宽阔的后背和从放在办公桌一角的雪茄上冒出的一缕青烟,深深地叹了口气,走了。

"他还把我当成傻瓜呢——他跟杜申斯基分了赃,一对老混蛋!"

"韦尔特先生到!"听差通报说。

"请，请！布罗内克，去追上那个笨蛋，告诉他，钱要是不马上找回来，我就把他送进监狱。韦尔特先生，请进来！"

他看见了莫雷茨在事务所跟维尔切克谈话，便招呼他说。

莫雷茨跟维尔切克寒暄一阵后，瞅了一下银行家的脸，干脆说：

"行长打电话叫我，我也正准备到这儿来。"

"公务吗，还是什么？公务马上就可以办妥，我想跟你谈一桩极妙的事儿。"

"是这样：阿德勒公司需要大批羊毛，他们来找过我，羊毛我有，但是我要现钱。"

"钱我可以给你，咱们携手合作吧，好吗？"

"那好，像通常一样，咱们能赚百分之十五。"

"你要多少？"

"三万马克，在莱比锡要用。"

"好，我电汇给你。你什么时候走？"

"今天晚上，一个星期后回来。"

"一言为定！"银行家高兴地叫了一声，从办公桌稍微离开点儿，点着了雪茄，打量了韦尔特半响。韦尔特啃了啃手杖上的圆球，正了正眼镜，一双眼凝视着某个地方。

"棉花出手怎么样？"格罗斯吕克开始问道。

"我们卖了一半。"

"这我知道，知道，你们大概赚了七成五，剩下的呢？"

"准备自己加工。"

"工厂正在扩建？"

"一个月后完工，三个月后安装好机器，十月份投产。"

"我就喜欢这样痛快,这是罗兹作风,好极了!"他更为小声地补充说,轻和地微笑着,"博罗维耶茨基是个聪明人,可是……"

他欲言又止,鄙夷地笑了一下,吐了口烟,盖住了脸。

"可是怎样?"莫雷茨感兴趣地接了过来。

"可是他太喜欢跟有夫之妇纠缠,当厂主的不能这样。"

"这对他没什么不好,而且不久他就要结婚了,已经有了未婚妻。"

"未婚妻又不是期票,只不过是一纸普普通通的收据而已,到期不用付钱,也不会造成破产。我很喜欢博罗维耶茨基,太喜欢他了,他要是咱们的人,我就把我的梅丽给他,可是……"

"可是……"莫雷茨接过了他的话,因为银行家又不说了。

"可是我得找他的麻烦,这么干我并不愉快,很不愉快呀,所以我要请你替我向他解释解释。"

"这是怎么回事?"韦尔特不安地问道。

"我得收回贷款。"银行家愁眉苦脸地轻声说,还装出十分诚恳和无可奈何的样子,啧啧地咂着嘴,叼着雪茄,叹着气,同时对韦尔特察颜观色。莫雷茨正在往上托眼镜,忍着自己的不安,可是他忍不住。

这条新闻对他来说是迅雷不及掩耳的,但他马上镇静下来,捋了捋胡须,干巴巴地说:

"我们可以到别处借贷。"

"我知道你们可以,正因为以后不能跟你们共事,我才感到很不愉快。"

"为什么?"莫雷茨单刀直入地问道,因为银行家脸上的表情和他意在言外的话使他感到疑虑。

"我不能,因为资本都占用了,所以不能,而且,我得顾全大局……我不能干受损失……我不痛快……"他含含糊糊地说着,时续时断,拐弯抹角,目的是让莫雷茨先生坦率地问他。

可是莫雷茨沉默不语,预感到格罗斯吕克要收回贷款,肯定是有人从侧面给这个银行家施加了压力。他不想问,为的是不在他面前表露自己对他的怀疑,因为此事对他来说,事关重大。

格罗斯吕克在办公室里迈着步子,稍稍压低了嗓门,友好地说:

"咱们说句心里话,朋友的话,莫雷茨先生,你干吗要跟博罗维耶茨基合伙呢?你自己不能单开个工厂吗?"

"我没钱!"他简单地回了一句,接着便注意听取回答。

"这不是原因,钱嘛,许多人都有,而且你人缘好,有本事。我干吗要跟你打交道呢?为什么你说句话我马上就拿出三万马克呢?因为我了解你,我知道凭你的人缘,我就能赚百分之十。"

"百分之七点五!"莫雷茨急忙更正说。

"我不过是随便举个例子。谁都想跟你打交道,过不了多久,你就会发迹的,可你干吗还要跟博罗维耶茨基冒险呢?他精明,是出色的印染家,但是他不是实干家。他净在罗兹东拉西扯,说什么必须把罗兹的生产高尚化啦,加以提高啦!这都是一派胡说八道。什么叫'生产高尚化'?什么叫'该结束罗兹的粗制滥造'?这是他的原话,是蠢到了家的话!"他恶狠狠地嚷得声音很大,"他要是动动心思,去降低成本,开辟新市场,提高利率,那也算他聪明;可是他想改造罗兹的工业。工业不仅改造不了,倒用不着费劲就会折断脖子的。他要是不损害别人,人家谁也不会说半句闲话。你要是想冒险，你就冒去！爬得高，摔得厉害。他为什么要开工厂，克诺尔愿意借给他两万卢布，好大的一笔钱，我可赚不了这么多。可是他不要，他要开工厂，他要'使生产高尚化'，他要损害莎亚、楚克尔、克诺尔——整个罗兹棉纺业的利益。你知道这是为什么？他想让波兰人说：你们出粗制滥造的货，你们骗钱，你们剥削工人；而博罗维耶茨基呢，我们呢，我们经营企业是正正当当、老老实实、脚踏实地的。"

"行长先生真有远见呀！"莫雷茨讥讽地说。

"你别笑，我看得远。想当初库罗夫斯基建厂，我就知道结果如何，于是我对格兰茨曼说：你也建吧，马上开工，要不他要吃掉你的，可是格兰茨曼不听，现在怎么样了呢？他赔光了，进了莎亚的事务所。因为库罗夫斯基只用志同道合的人，他站住脚了，没办法跟他竞争。才过一年，他用他那颜料想赚多少就能赚多少。问题倒不在这儿，问题是：既然一个波兰人得了手，那么不久他们就会成群结伙地干起来。你还以为，特拉文斯基不跟布拉赫曼，不跟凯斯勒竞争吗？他光拆他们的台。他自己倒不赚钱，每年还贴，可是他为害多端，因为他给货物降价，增加工头和工人的工钱！他玩弄什么慈善事业，但是让别人付出代价；昨天，凯斯勒的整个纺纱车间都停工了。为什么？就因为工头和工人都说，只要给他们的工钱跟特拉文斯基厂的工钱不一样多，他们就不干！一个工厂背着限期订货的包袱，什么条件都得答应，也真够惨的！凯斯勒今年要是亏百分之十，那就真该归功于特拉文斯基了！妈的，这已经不是犯傻了，这是一百倍的愚蠢！现在又冒出个博罗维耶茨基来，还许愿，说要'生产高尚化'，哈，哈，哈！真让人好笑。博罗维耶茨基如果得逞，过两年一个什么索斯诺夫斯基又要投资搞'高尚化'了，四年以后，他们就是八个，都'高尚化'起来，破坏价格，那么，十年之后，整个罗兹就都归他们了！"

莫雷茨笑银行家在杞人忧天。

"这不是打哈哈，我说的担心不是胡诌，我熟悉他们，我知道咱们竞争不过他们，因为他们有整个国家做靠山。所以，必须把博罗维耶茨基吃掉，必须让大伙都看清局势，手拉手，紧密地团结起来！"

"那德国人呢？"莫雷茨正了正眼镜，简单地问道。

"他们，不必算在账上，早晚魔鬼要把他们从这儿抓走的，留下来的是咱们，这是咱们的事，你明白吗？莫雷茨先生！"

"明白是明白，可是我的资本在博罗维耶茨基那儿要是利润高，那我就跟他走。"他一面轻声地说，一面啃着手杖。

"这纯粹是商人的话，可我事先就可以担保，你这个投资将一无所获，也许你要赔得一干二净。"

"走着瞧吧！"

"我祝你成功。我说的，就是我想的，也是咱们整个罗兹想的。你自己说说看，他们要工厂干什么？他们可以待在乡下，养赛马、出国、打猎、跟别人的老婆调情、搞政治、梳妆打扮嘛！可他们异想天开，要工厂，尤其要什么'生产高尚化'；他们认为，'高尚化'这匹英国公马一娶傻头傻脑的本地母马，这母马就能生个上院的议员哩！"他既表示遗憾，又带威胁的口吻说。

"他们要是都待在乡下游手好闲，那罗兹就连一个波兰人都没有了。"

"让他们来嘛！干活的地方多着哪……看门、听差、赶车，这些事他们熟悉，他们是这些杂活的行家，可是，他们凭什么不去干本行，为什么偏要损害咱们的利益呢？"

"再见，谢谢行长这一番指教。"

"我认为，莫雷茨先生，罗兹的一切都是咱们的。这些畜生、癞皮狗只知道今天欠钱，星期六吃顿齐全的晚饭，钻鸭绒被子睡大觉！你说怎么办？"

"走着瞧。这么说，博罗维耶茨基跟你一分钱的款也没贷吗？"

"我不能为了他，害了咱们所有的厂主。"

"这是串通！"莫雷茨不假思索地说了一句。

"什么串通？你说什么呀，这不过是自卫！换个别的什么人，不是博罗维耶茨基，我们早不当回事地把他踩在脚下了，他也早就咽气了。可是你知道，他是怎么挤垮布霍尔茨的，你知道，他是个印染行家，嘿，你知道，有人竟相信他认识大人物，他在市场上出名。"

"这都是真的，可是我得走了。"莫雷茨说着走了。

到了事务所后，他来到隔板另一边，凑到了斯塔赫身旁。

"维尔切克先生，格林斯潘老头子想跟你谈一谈，最好请你马上去。"

"我可以告诉你，他想跟我谈什么。你也可以转告他，说我不着急卖地皮，我还要经营呢！"

"随你的便吧！"莫雷茨回了他一句，就走了。

"都是阴谋诡计！"他来到了皮奥特科夫斯卡大街后，想道。

他只顾想着，却没瞧见在马车上向他点头的齐格蒙特·格林斯潘。格林斯潘于是把他招呼到自己身边。

"莫雷茨，怎么连老朋友也不认识了！"齐格蒙特走近他说。

"你好！再见，我没时间。"

"我想告诉你，梅拉会回来，你星期天来吧！"

"她还在佛罗伦萨玩吗？"

"和鲁莎一起，这两个疯丫头。鲁莎不愿给莎亚发信，整整一封信都是电报发的，整整一封，大概有二百行！"

"她们在那儿玩得挺好吧？"

"鲁莎觉得没意思，有个意大利侯爵爱上梅拉了，还要到罗兹来看她。"

"为什么？"

"想娶她，鲁莎信上说的。"

"愚蠢。"

"是真正的侯爵呢！"齐格蒙特解着制服扣子，大声说道。

"这种头衔在意大利的每一家旅馆里都能买到。"

他们告辞后，莫雷茨急忙走了。

他要到工厂去，因为他每天都是这样，他喜欢观赏那一堵堵墙在他的注视下越砌越高。可是他今天却走得很慢，格罗斯吕克的一席话使他感到不安。虽然银行家的预言在他看来过于夸张，几乎是不可能成为事实的，但他仍然反复地想着他的那些话。

他眺望着这座城市，望着条条长蛇阵般的房屋和几百个烟囱。那烟囱像松树墩子一样，在阳光照射下的火热的空气中泛出红色，宛如巨大的烟柱伸向天空。他倾听着城市的喧嚣声，倾听着虽然低沉却永不停息的工厂干活的轰隆声，倾听着装满货物奔向四方的平板车的辚辚声。

他以审视的目光投向不计其数的商店的招牌，投向房屋的木牌，写在阳台、墙壁和窗户上的成千上万的姓名。

莫特尔·利帕，哈斯基尔·卓科尔韦克，伊塔·阿伦逊，约泽夫·兰贝格，等等，等等，都是犹太人姓名，间或也掺杂着几个德国姓名。

"都是我们的人！"他喃喃地说着，好像松了一口气似的。当他偶尔在一个裁缝或者铁匠铺的小招牌上瞥见一个波兰人姓名时，他的嘴角上、眼睛里便不由得露出一丝鄙夷的微笑。

"格罗斯吕克真的发疯了！"他远远地望着那一片汪洋的犹太人的房屋、商店和工厂，下了个结论。"银行家反正有点儿精神病。"他饶有兴味地想着，不再多地考虑格罗斯吕克对罗兹波兰化的担扰了，因为此时此刻，目睹这座城市中犹太人的强大威力，他觉得谁也无法摧毁这股力量。更不用说波兰老粗了！——在他想着这些时，他又冲路遇的科兹沃夫斯基行了个礼。——这位纨袴子弟穿一身鲜艳的缎子服装，蹬一双黄色的漆皮鞋，抡着文明棍，戴着向后脑勺溜去的光闪闪的礼帽，正在街道对面溜达，打量着过往的女人。

他已经不再考虑银行家的那些担心了，可是在对博罗维耶茨基如何使阴谋上，他依然感到顾虑重重。

这和他的利益有关；只有从这方面看，他和博罗维耶茨基的工厂才涉及他，至于卡罗尔损失与否，则与他无关。可是他自己却不喜欢冒险，他现在觉得，如果他和所有的犹太人合伙，跟卡罗尔作对，那他们也会把他吃掉。

"这不是经营买卖！"他现在才看清楚他和卡罗尔遇到的各种

各样的阻碍的原因。

他明白了答应经营土建项目的承包商为什么退缩——是犹太人从中作梗。

他们的计划总要受到审查,迟迟得不到批准——也是这些人的阴谋。

建筑工程处时时中断他们工程的进行,强令把墙砌得过厚——是这些人在告密。

德国上莱因公司拒绝贷款给他们买机器——也是这些人捣的鬼!

罗兹街头巷尾关于博罗维耶茨基的那些荒谬、恶毒和愚蠢的传闻,肯定会损害他们今后的声誉。是谁散布的?是格罗斯吕克、莎亚和楚克尔的爪牙。

"这已经不是经营买卖了!他们正在吃他!"他越想越感到憋闷。在走上他和博罗维耶茨基工厂所在的那条大街后,他已开始想着如何拒绝格罗斯吕克对他的要求了。

他要找个借口,因为他并不愿意脱离博罗维耶茨基。

第三章

　　博罗维耶茨基购买并改建成为工厂的房子，原来是梅斯纳的，在孔斯坦蒂诺夫斯卡大街旁边的一条小胡同里。这个地方原是小工厂和手工作坊区，因为受到大工厂的排挤，现在已经衰落了。

　　这儿的小胡同都是弯弯曲曲的，两边是门面很大的平房，胡同里的路面没有铺砖，到处都是一副穷相，肮脏不堪。

　　房子由于年久失修，东倒西歪的，慢慢陷入烂泥里了，就好像受到了米勒工厂高大的厂房和其他工厂巨大烟囱的挤压一样；那些大烟囱宛如密集的大石林，耸立在四面八方。

　　残存的人行道沿着破破烂烂的平房向前延伸，同时瞅着这些窗子以下都陷入了泥泞的房子，在它的面上有许多堆满了垃圾的坑穴。

　　小街中心的一些地方，有许多永远也干涸不了的长长的臭水洼子，成群的孩子在旁边玩耍。这些孩子因为很穷，浑身脏臭，像是在这些烂房子里孵出来的大海蛆虫一样。没有臭水洼的地方都盖上了一层很厚的煤粉，车轮子一轧，就飞起一团团乌黑的尘雾，飘游在街上，沾满了房屋，吞没了毫无生气、弯腰驼背的树木的一点儿绿色。这些树木歪歪扭扭，上面长的一簇簇短枝子从篱笆里探出头来，伸到了房前，像一排砍掉了胳膊的骨头架子。

　　纺织作坊的单调枯燥的嘎哒嘎哒声，震动着那污浊的窗玻璃和外面灰蒙蒙的干树干，响遍了空中，和米勒工厂震耳的轰隆轰隆声合在一起了。

莫雷茨·韦尔特急忙走过了这个半死不活的地区，因为那些将要倒塌的房屋的一副穷酸相，两边作坊的枯燥无味的嘎哒声和这里快要死灭的生命使他感到十分厌恶。

他爱听威力强大的机器的轰鸣；工厂那妖魔般的咆哮给他带来了一种力量和健康的美感，那高大的厂房的形象能够使他感到心情舒畅。

他不由自主地对米勒的轰隆隆地工作着的车间笑了一下，好心地瞥了一眼旁边特拉文斯基的纱厂，然后长时间打量着对面巴乌姆工厂寂然无声的红天窗；这天窗上布满灰尘和蜘蛛网，像死人的眼睛一样痴呆无神。

在特拉文斯基工厂后面，隔着几块空地，是博罗维耶茨基建厂的地方，他实际上是在改建梅斯纳的老厂，这老厂是没花多少钱就买了过来的，因为它已经荒废十来年了。

为了给它加盖一层，在它的正面全搭上了脚手架，这些脚手架把一大片四方形的场地都围起来了，后面是幢幢升起的红色的厂房，不时地闪过工人的身影。

"你好，达维德先生！"莫雷茨瞅见了哈尔佩恩。他腋下夹着雨伞，昂首站在院子中间，正在审视建筑工程。

"你好！这又是一座上等的工厂！盖得这么快，看起来多痛快啊！我现在有病，大夫说：'哈尔佩恩先生，治病吧，什么也别干。'我就治病，什么也不干，天天光在罗兹闲逛，欣赏这座城市的蒸蒸日上，这就是治病的灵丹妙药。"

"博罗维耶茨基在这儿吗？"

"刚才我见他在纺纱车间里。"

莫雷茨走进了一座盖有长长的三棱形玻璃屋顶的纺纱车间。

非常明亮的大车间里，名副其实地摆满了机器零件，铺地用的砖，一卷卷盖顶的铅铁皮，到处都是人声和安装机器的叮当声。那些机器像洪水前期的恐龙骨架一样，在大车间里横七竖八地伸展，上面盖满了灰尘。空气里充满了石灰浆味和从一间屋里发出的烧制沥青的强烈刺鼻味。

"莫雷茨，把亚斯库尔斯基给我叫来！"马克斯·巴乌姆喊道。

他穿一身蓝工作服，嘴里叼着烟斗，浑身油腻，站在安装机器的工人中间，跟他们一起干活。

亚斯库尔斯基是工程开始时博罗维耶茨基雇来办杂事的，这时赶忙跑上前来。

"喂，大贵族，派四个有劲的人到滑车这儿来，快点儿！"巴乌姆喊了一声，接着便和安装工人一起装配那台将用滑车吊起来放在底座上的机器。当莫雷茨在车间中间又在嚷着什么时，巴乌姆由于过不去，便简短地吆喝道：

"你别打搅我啦，有话星期天再说，卡罗尔在外面呢！"

卡罗尔正站在外面几个大坑的旁边。工人们把运来的石灰倒进这个坑里后，便立即搅拌；一团团粉雾也立即把这些工人、大车和其他人的形体全都遮住了。

博罗维耶茨基满身白粉，过了一会儿后，他走了过来，和莫雷茨寒暄了几句，便凑近他耳朵说：

"你知道吧，他们不送颜料来了，借口是没有现金。"

"他们不愿意贷款,咱们现在怎么办?"

"我给英国去信了,得迟一点儿,贵一点儿,可是有货!狗娘养的,这些德国人!"他咬牙切齿地骂了一声。

莫雷茨·韦尔特没有开口。他仔细打量着卡罗尔,也仔细地望了望整个工厂、工人和一部分放在院子里草棚下的机器。然后他在各个角落转了一圈,又看了一次马克斯和亚库尔斯基住的水泥仓库。可是当他加倍细心地看着这一切时,他越来越感到不高兴了。

"这是疙瘩,不是石灰!"他在视察抹灰的工序时说。

"用砂子砌墙就随他们的便吧!我不愿把什么事都堆在自己头上。"博罗维耶茨基回答说。

"昨天我算了一下,这些莫尼哀式的屋顶[1]比一般的屋顶多花了咱们两千卢布。"

"可是,因为结实,多花四千也值得。要是出了事,火烧不怕。"

"你干吗光买这种货?"莫雷茨戴上眼镜,轻声问道。

"因为如果失了火,只烧一层,烧不了其他的。"

"咳……不见得出那种……可怕的事。"

卡罗尔没有理睬他,便急忙走了。莫雷茨继续在工厂里到处走着,十分气恼地看着工程进展虽然不错,就是太贵了。

他在办公室里浏览了一下工人的薪水表,认为工人的薪金太高,于是提请卡罗尔注意,同时还挑出了许多事儿的毛病,总之他认为一切都搞得太好和太贵了。

"我办的事我明白。"卡罗尔回复他的意见说。

---

[1] 约泽夫·莫尼哀(1823—1906),法国园艺家,钢筋混凝土的发明者。

"这是宫殿,不是工厂,咱们可享受不起这样的富丽堂皇!"

"这不是富丽堂皇,这是为了结实,比粗制滥造的合算。你瞧瞧布洛曼他们吧,建厂省了钱,可是每年得修理,房子都快塌了。我就看不惯犹太人的那种小气样儿,这你明白。"

"走着瞧吧,瞧这'波兰式经营法'[1]结果会怎么样。"莫雷茨气呼呼地嘟囔着。

"你会想明白的,请你保重吧,莫雷茨,你没睡醒,正头晕呢。"

"得买保险!"韦尔特走出工厂时想道。

卡罗尔为了视察工程,爬上了脚手架。然后他又跑到旁边的场地里,在泥土堆、石灰坑、砖堆、建筑材料和进进出出的几十辆大车之间来回地奔走。他不断给亚斯库尔斯基下着命令,这位勤杂工也累得气喘吁吁的,带着一副永远担惊受怕的面相,东跑西颠地完成他的吩咐。卡罗尔还看了几次马克斯,同时在工厂各处不停地奔跑。在他的永不枯竭的干劲的感召之下,和他寸步不离的关照之下,工厂建设得格外迅速。

什么灰尘,什么越晒越热不可当的太阳光,什么劳累,他都置之不顾;他只是天一亮就起来跟工人上工,到天黑才下工。

马克斯更是鼓舞了他,因为马克斯一直在极为高兴地跟工人一起安装机器,晚上一起回到工棚,喝一点儿啤酒,睡上两三个钟头觉,早把他那懒懒散散的生活习惯抛到九霄云外去了。

他俩从乡下回来后,关系冷淡了点儿,一是因为工厂消耗了他们的全部精力,二是由于他们离开库鲁夫时博罗维耶茨基说过的那些话。

---

[1] 原文是德文。

马克斯不能忘记这些话，特别是他越来越多地想到了安卡，对于博罗维耶茨基三天两头去米勒家拜访，就越来越恼火了。

他看出了这是玩双重把戏，因为他性子直，更是感到义愤填膺。

他俩越来越疏远了，原因出自他们表露得越来越明显的内心矛盾、种族区别和教育水平的不同。卡罗尔有时不免想到这个问题，可又对此听之任之地微微一笑；而马克斯则感受颇深，他怪罪于卡罗尔，常常当真地十分生气。

快到十二点时，博罗维耶茨基离开了工厂，穿过工厂后面的大花园后，来到了另一条街上。那儿有一座很大的平房住宅，是匆匆盖起来的，因为过几个星期，安卡和阿达姆先生就要搬来。

他暂时住在前宅的一间房里，离工厂近一点儿；他刚刚换好衣服，工厂下中午班的汽笛声就响了。

他又看了一遍露茜的信，信中约他到海伦娜公园的山洞旁会面，下午四点。

"真是烦死人！"想到这儿，他把信撕得粉碎。

的确，对这种事已经烦了。这种一天一换地方的偷偷摸摸的约会，争风吃醋的激烈言辞，着实叫他烦腻，甚至他那信誓旦旦的爱情表白也使他感到厌倦，因为她对他来说不仅已经无关紧要，还白白地占去了他许多时间，妨碍他在工厂的工作。

有时候，在她如痴如狂的拥抱之中，在连连接吻和热情激荡的偎依之中——在这种时刻，他看到，露茜不仅崇拜他，爱他，而且简直是沉湎于爱情之中不可自拔。于是他想寻求解脱的办法；可是这时她又不给他提供借口，因而使他更加恼怒。

他常在巴乌姆家吃饭，因为这儿离工厂近。可是这次他没有去花园和自己的场地,却上了米勒宅邸所在的大街。在经过米勒一家住的房间时,他放慢了脚步,朝窗子里望了一下。

他的估计果然不错,因为他看见了玛达一张明亮的脸在一个窗口闪了一下后,接着又在另一个窗门探出来了,然后她本人便出现在住宅里面一扇方门之下的台阶上。

"您来吃午饭吗?"她高兴地招呼他,抬起一双瓷珠般的蓝眼睛望着他。

"是啊,您还没吃吧?"

他向玛达伸出了一只手。

"没呢。您瞧我这手,我得擦擦,我正在自己做饭呢。"她一面高兴地说,一面在蓝色的长裙上擦着双手。

"厨房搬到小客厅里去了?"他狡黠地问道。

"因为,因为……我正收拾哪!"她轻声地回答,脸上也泛起一阵红晕,因为怕他发现她正在窗口等他。

"您这儿怎么变黑了?"她高声地叫着,想以此保持镇静。

"我变黑了?哪儿呀?"

"眼皮底下,噢,这儿!我给您擦擦,行吗?"她忸怩地问道。

"请吧。"

她拿着小手绢的一个角,十分细心地擦去了他脸上的黑点。

"这儿一定还有!"她这么一擦,使他感到高兴了,便又指着太阳穴大声地说。

"没有,我敢说没有!"

她又仔仔细细地把他的脸看了一遍。

他吻了她的一只手,还想吻另一只;可是她猛然缩了回去,用金色的睫毛遮住由于激动而变得阴沉的眼睛，然后站了一会儿，不知所措地用手指头搓着围裙。

卡罗尔见她这样羞怯，笑了一下。

"您在笑我呢！"她生气了。

"那好吧，我走了。"

"晚上请您跟马克斯先生一块儿来吧，我给你们做苹果饼。"

"马克斯不能一个人来吗？"他意在言外地问道。

"不不不，我愿意您一个人来。"她马上嚷道，觉得脸又红了起来，便立即转身走进了屋里。

卡罗尔笑着望了望她的背影，才去吃午饭。

自打冬天以来，巴乌姆家里发生了许多变化。

这里现在比那时候更加寂寞和凄凉了。

一间间高大的厂房在奇特的死寂中伫立，因为这里只有不满四分之一的工人干活。

在长满杂草的空荡的厂区里，游晃着母鸡和在白天也没人拴起来的病老的狗。几个车间的单调细微的嘎吱声从布满蜘蛛网和灰尘的窗口里传了出来，像梦幻中的窸窣之声一样。在这些车间的后面，没有轰隆鸣响的大车间，没有时时显现的工人的身影，没有频繁的活动。到处都是一片坟墓般的凄凉和寂静。

就是那环绕住宅的果园里，也是一派空荡的景象：许多干枯的树木向天空伸出光秃秃的枝丫，剩下的也无人照管，簇拥着它们的荒草密密层层地盖满了没有耕种过的田垅。

住宅本身同样给人留下不愉快的印象：一边墙上的灰泥已经脱落，通往游廊的阶梯已经歪斜，钻进了地里；爬上游廊的葡萄藤才长出嫩绿的叶子，不知为什么就已枯萎，像一块块肮脏的黄布一样耷拉着。

窗前的花坛里长满了茂密的野草和蒿子，其中有些地方还露出水仙花的白眼睛和几朵大戟的黄花。

弯弯曲曲的小路上，长满了乱草，遍布着田鼠的窝和被风吹来的成堆成堆的垃圾。

屋里的气氛也令人不快，各间房里都很寂静，充满了潮湿腐烂的气味。

办公室几乎空徒四壁，因为巴乌姆把公务员们打发走了，只留下了尤焦·亚斯库尔斯基和几个看守近旁仓库的女人。

工厂处处显出破产的样子。巴乌姆太太已经患病数月。整个屋子里充满了药味。

贝尔塔带着几个孩子找她丈夫去了。只剩下奥古斯塔夫人[1]和尾随着她的几只猫，她由于患齿龈炎[2]，老是包着脸庞。老巴乌姆一天到晚在工厂一楼的小办公室里呆坐，尤焦也比以前更加沉默寡言了。

博罗维耶茨基照直走进了巴乌姆太太的房间，想跟她说几句话。

她坐在床上，身边围着几个枕头，一双痴呆呆的往外突出的眼睛望着窗外摇晃着的树木。

她手里拿着袜子，可是没有织，不时现出一丝苦笑，看了叫人难过。

---

[1] 原文是德文。

[2] 原文是拉丁文。

"你好!"她轻声地回答了他的问候。"马克斯来了吗?"她又问道。

"还没有,一会儿就来。"

他开始询问她的健康情况,夜里睡得怎么样,感觉如何,等等,因为她的健康状况使他感到不安和难过。

"好,好!"她用德语回答道。可这时她好像大梦方醒似的,眼睛慢慢环视着整个房间,久久地凝视着挂在墙上的儿孙们的照片,又望了望钟摆。接着她想要织袜子,可这袜子却从她那骨瘦如柴、不听使唤的两只手中滑落下来了。

"好,好!"她不假思索地重复说道,一面望着窗外那摇曳着的金合欢的长长的树叶。

奥古斯塔太太[1]几次走到房间的另一边,总是挪了挪枕头后,便又离开,连她丈夫也没有理睬。她丈夫站在床边,却用一双血红的眼睛久久地注视着她那枯干的、灰中带黄的脸。

"马克斯!"她低声呼唤着,听见儿子走近的脚步声后,她那死尸般的脸上活跃了片刻。

马克斯进来后,吻了她的手。

她也搂住了儿子的头,抚摩了一会儿,等他吃饭去后,又痴呆呆地望着窗外。

午饭吃得总是很简单,大家都不说话,因为屋里凄凉的气氛使大家心情都很沉重。

老巴乌姆已经变得判若两人了,他更瘦了,背更驼了,脸色也

---

[1] 原文是德文。

变黑了,他的鼻子和嘴的周围刻上了长长的皱纹,好像树皮一样。

他力图打起精神说话,询问他们工厂生产的情况,可是他话不成句,说到半截就中断了。在他陷入沉思后,他也不再吃东西了,只是通过窗口凝望着米勒的厂墙,或者远眺特拉文斯基纺纱厂在阳光中闪闪发亮的玻璃屋顶。

午饭后,他随即去了工厂,走遍了空无一人的厂房,察看了早已停工的车间。然后他把自己关闭在办公室里,一面瞭望城市成千上万的楼房、工厂和烟囱,一面倾听窗外沸腾生活的喧嚣,这时感到一种无名的痛苦。

现在他哪儿也不去了,要把自己禁闭在工厂这个小圈子里,要和工厂一起死去。

用马克斯的话来说,工厂已经行将就木了。

人们虽然做出了最大的努力,但是无法救它。

这家工厂同蒸汽巨人的搏斗中将要倒闭是无疑的,可是巴乌姆还没有看到这一点,也不想看到,他仍在继续斗争,而且决心斗争到底。

马克斯的规劝、女婿们的规劝以及其他老朋友的规劝都没有用;他们建议他把手工工厂改成蒸汽机工厂,有些人甚至表示愿意用贷款或者现金资助他。

这样的话他也听不进去。

他几乎什么也卖不出去,因为春季对整个罗兹都是灾难性的;他解雇了工人,压缩了生产,限制了工厂的需要,依然在不屈不挠地坚持斗争。

他的周围成了一片真空。可是罗兹城里都传说老巴乌姆疯了,拿他取笑，后来人们也渐渐把他忘了。

博罗维耶茨基吃过午饭后马上就走了，这个坟墓般的住宅中的令人憋闷的气氛他已尝够，直等上了皮奥特科夫斯卡大街，他才松了口气。

离露茜的约会还有一段时间，所以他要顺便去看望维索茨基。

维索茨基的候诊室里坐着好几个病人，他正忙着，只随随便便对卡罗尔打了个招呼。

"请原谅，等一等，待我给这个病人看完了病，我们就一块儿去我母亲那儿。"

博罗维耶茨基在窗下坐下后，开始环顾这间摆满了医疗器具、弥漫着石炭酸和碘仿气味的诊所。

"走吧！"维索茨基总算看完了这个犹太人的病，还对他吩咐了半天注意事项，然后他说。

"大夫，大夫！"犹太人走到门口后，又折了回来，乞求道。

"什么事，你还需要什么？"

"大夫，我还不放心哪！"他以微细颤抖着的嗓音说道，由于心绪激动，头也晃了起来。

"我已经告诉您了，没什么大病，只要照我说的办就行。"

"谢谢，我都照办。我开着买卖，有老婆，有孩子，有孙子，盼着身强力壮呀！可是我不放心，所以问大夫您哪！"

"我已经跟您说了。"

"我记着哪，刚才我又想起点儿事。我有一个女儿。她也有病，我不知道她是什么病，连罗兹的大夫们也看不出。她挺瘦弱，苍白，跟墙的颜色一样，什么墙啊，简直跟白灰一样。她的骨头疼，皮肤疼，两只手也疼。我带她去过华沙。大夫说：'痨病！'好啦，这个痨病得花多少钱呢？'二百卢布！'我哪儿拿得出那么多钱呀！我又找了个大夫。他说我这姑娘得按压，于是把我从房里撵了出去。我到外面后，再听里面时，我那罗依采在叫唤。唉，我这当爹的可害怕了，就冲门很客气地对里面说：'大夫先生，这可不行啊！'他回答我说我是蠢货。嘿，可是她又放开嗓子叫起来了，这我就有点儿动火了，便使劲嚷道：'大夫，这么干可不行，我得叫警察去，我们姑娘是正经姑娘！'他于是又客客气气地请我出去，说我妨碍他按压治病。我就在楼梯上等了一会儿，等罗依采一出来，嘿，她的脸红得像红布一样，还说她全身骨头节儿都舒服得很哪。过了一个月，她健壮得像一只鹅，这个按压治病法真顶用哪。——但我不太清楚那是什么法子。"

"按摩。你快点儿说吧，我没时间。"

"大夫，说不定我的病也得按压治治呢！我付钱，您只要开口，我就给大夫您一块钱。再见，请原谅，我告辞了，我就走。"他喊着便三步并做两步地出去了，因为维索茨基已经带威吓地逼近了他，好像要把他推出门外似的。

可是马上又进来了一个肥胖的犹太女人，她刚一进门，就长声地哼了起来：

"大夫哟，我堵得慌，胸口堵得慌呀！"

"马上就来！你先去我妈那儿吧，在小客厅里，等我给病人看完了病就来。"

"这些病人真有趣儿。"

"有趣得很哪。刚出去的那个，纠缠了我一个钟头，最后趁你进门就没付治疗费。"

"是啊,这当然讨厌,可是像这样忘性大的情况,我想不常见吧!"

"犹太人老是忘记给别人钱,老得提醒他们,多讨厌。"维索茨基陪他去见母亲时,有点儿不高兴地说。

博罗维耶茨基从乡下回来之后,就认识了维索茨卡,因为他给她捎来过安卡的信,为了未婚妻的事,还见过她几次面。

卡罗尔见到她时,她正坐在一扇窗下的安乐椅里。其他的窗户都已经拉上窗帘和帷幔,只有一道射进这间幽暗室内的明亮的阳光照在她的身上。

"我正等您哪。"她说着便向他伸出了一只纤纤的手,这手上的指头也很细小,呈圆锥形。

"我来晚了,请夫人原谅,因为昨天实在来不了。机器运来了,整个下午我都得看着拆包。"

"是啊,没有办法,请原谅我请您来,占了您的时间。"

"我听从您的吩咐。"

他坐在她旁边的一张小凳上。因为一道阳光把他坐的这个地方晒得很热,他又随即躲进了阴影里。这道阳光还照在维索茨卡的匀称的身躯上,给她的黑头发增添了火红的色调,在她风韵犹存的脸上涂上了一层橄榄色,使她那双榛子色的大眼睛闪出金色的光彩。

"夫人不怕太阳光吗?"他不由得说道。

"我喜欢太阳,爱晒太阳。——米耶乔那里病人多吗?"

"我看见他的前屋里有几个人在等。"

"犹太人和工人吗?"

"好像是。"

"可惜没有其他病人,更糟的是,他还不收治疗费。"

"看样子,他是以数量胜质量,工作多了,可是收入不变。"

"我不是这个意思。米耶乔收入多少,跟我完全没关系。收入多也好,少也好,反正我们是靠自己剩下来的一点儿产业过日子。我想的只是,他大可不必去过多地关心大群大群的犹太人和各种穷人,他们也许不幸,可他们实在太脏了,还老往他那儿挤。当然啰,为了减轻这些不幸的人的痛苦和灾难,应该做点儿事情,可为什么专门机构的大夫们不做呢?这些穷人本来就不那么讲究,从小就习惯了跟那些破衣烂衫和臭泥巴打交道。"

她的身子神经质地哆嗦了一下,那漂亮的脸上现出厌恶和烦躁的表情;于是赶忙拿着洒了香水的手帕捂上鼻子,好像防备自己想起来的什么臭气似的。

"没有办法,米耶奇斯瓦夫先生爱他的病人嘛,这是他的空想。"他略带讽刺地回答说。

"空想,当然是的。我甚至认为,每种高尚的思想都包含某种空想,某种优美的幻想;因为有这种幻想,今天这样丑恶的生活才较堪忍受。——我甚至懂得,为了这样的幻想可以献出生命,可是我不明白,怎么可以热爱那些幻想中的穿得破破烂烂、满身烂泥的怪物。"

她沉默了片刻,拉上了那画着金色小鸟和树丛的嫩绿色的丝窗纱,因为从外面锌板上反射过来的阳光把屋里照得太亮、太耀眼了。

她沉默地坐了片刻,把头侧向他。这时透过窗帘射进来的碧绿和金黄的奇颜异彩的阳光便倾泻在她身上,她轻声地问道:

"您认识梅拉尼亚·格林斯潘吗?"

她说出这个名字时,流露出了些微的厌恶感。

"认识,但只是从相貌上,在各种聚会中见过,不太了解她。"

"可惜!"她喃喃地说着,站了起来。

她十分严肃地在房间内来回走了几次。

她在儿子书房门旁听了听,那儿传出了含糊不清的说话声。

她望望街道,街上烈日炎炎,车水马龙,十分热闹。

卡罗尔好奇地注视着她的王后般的步态,因为室内幽暗,看不出她脸上的表情,只觉得她很激动。

"您知道这位梅拉小姐爱上了米耶乔吗?"她开门见山地问道。

"在城里听到过这种闲话,但是我没怎么注意。"

"已经满城风雨了!这可是损人名誉的呀!"她着重地补充了一句。

"请原谅。我要说明一下:城里有人说,他们俩爱上了,都快结婚了。"

"办不到!我告诉您吧,只要我活一天,就办不到!"她虽压低了嗓音,但很使劲地嚷着,"我的儿子竟会跟格林斯潘的女儿结婚?哼!"

她的榛子色的眼睛放出了铜色的光辉,她的高傲而美丽的脸庞上,显出了怒容。

"梅拉小姐在罗兹名声很好,她很高贵,聪明,而且十分富有,逗人喜欢,所以……"

"所以一无是处,她是犹太女人!"她低声说,表现出了强烈的、近乎痛恨的轻蔑。

"的确,她是个犹太姑娘。既然这个犹太姑娘爱您的儿子,您的儿子也爱她,那么事情就明白了,就不存在什么矛盾了。"

他很果断地说,因为她的硬话激怒了他,显得可笑。

"我的儿子可能连犹太女人也爱,可是不能想象我们的种族竟可以和异族血统,跟可恶的、敌人的种族结合。"

"请原谅我冒昧地说,您话中偏见太大。"

"那您为什么还要和安卡结婚?您为什么不在罗兹的犹太女人或者德国女人中间挑一个,为什么不呢?"

"因为犹太姑娘和德国姑娘里还没有一个我喜欢到可以和她结婚的地步,要是有的话,我是一刻也不会犹豫的。我没有一点儿种族的偏见,我认为那都是旧思想残余。"他一本正经地说。

"您多傻啊,您光会用理智的眼光看问题,您不关心未来,不关心自己的孩子,不关心子孙后代。"她搓着两只手大声地、带着愤怒、威胁而又表示惋惜的语调说道。

"为什么?"他简短地问道,看了看表。

"因为您可能选择犹太女人当您孩子的母亲,因为您对犹太女人没有反感。您看不出那种女人跟咱们完全格格不入;她们不信宗教,不讲伦理道德,没有贵族生活习惯,没有一般女人的特性;她们思想空虚、生活奢华;她们没有良心,出卖自己的姿色;她们都是一些受最原始的欲求支配的动物,是忘记了过去,没有理想的女人。"

博罗维耶茨基起身准备出去,因为这样的谈话不仅使他觉得可笑,也使他感到气愤。

"卡罗尔先生,我希望能再见到您,请您帮帮忙,向米耶乔说明这种婚姻的害处。我知道他佩服您,而且您是他表哥,他更听您的话。请您理解我的意思,我一想到这件事就头疼,怎么能想象,一个女地主、穷酸不堪的放印子钱的人的女儿在我们这儿充少奶奶。我们的家族已有四百年的历史,遗物、家风很多,怎么容得她。别人又该怎么说三道四呢?"她痛苦地叫了起来,同时伸出整条胳膊指着那一排在幽暗中像黄斑点一样影影绰绰的骑士和议员的头像。

博罗维耶茨基狡黠地笑了,然后用一个指头在两个窗口之间摆着的长满绿锈的甲胄上划了一下,便迅速地有板有眼地说道:

"僵尸,考古学只适用于博物馆,在今天的生活中没有闲工夫去管那些鬼怪。"

"您还笑哪!你们大家都嘲笑过去,都把灵魂出卖给了金牛犊。你们把传统叫作僵尸,把贵族习惯称为偏见,把德行说成是可笑和可怜的迷信。"

"不是这样。只是这些东西在今天都是多余的。过去的荣誉能给我销售印花布帮什么忙!我的那些当城堡首领的祖宗为我现在建厂、寻求借贷能帮什么忙!给我贷款的是犹太人,而不是过去那些总督。整个这一大堆陈谷子烂芝麻——这个传统,就跟脚上扎进去的刺一样,妨碍我大踏步前进。今天,一个人如果不打算给别人当长工,就得摆脱过去的枷锁,抛开贵族的派头和偏见;因为在和没有顾忌、没有过去的牵挂的对手的斗争中,这些东西麻痹意志,懈怠人心。对手之所以可怕,是因为他本身就集中了过去、现在和未来,他有自己的手段和目的。"

"不见得,不见得!我们不必谈这个了。您也许有道理,但我永远也不会让步。我可以给您看看格林斯潘小姐给米耶乔的一封信,是从意大利寄来的。这不算不道德,因为里面有几行字是写给我的。"

信很长,是以正正当当的商业信札的派头写的,通篇都是对意大利的有点儿过分的赞赏。

可是在谈到自己、家庭以及以后要和维索茨基会见时,又充分表现出了伤感、抑郁和怀念。

"信写得挺好。"

"夸张、陈词滥调,很可笑。那些赞美的话都是从贝德克尔[1]书里抄来的,装腔作势,糊弄人。"

维索茨基进来了,他很疲倦,面色苍白,领带锁得很紧,头发却乱蓬蓬的。

他为刚才没有能来这儿做了解释,但过了一会儿,他又走了,因为来了电话,叫他回厂去看一个工人;那个工人的一只手被机器轧伤了。

博罗维耶茨基也想借机一并告辞。

"我拜托的事,请您务必帮忙。"她使劲地握着他的手。

"得先看看情况,也许不存在您预料的那种危险。"

"上帝保佑,但愿那不过是预料而已。您哪天来?"

"安卡过两个星期来,到时候我一定陪她来见您。"

"可是星期天您到特拉文斯卡家去吗?那天是她的命名日。"

"一定去。"

---

[1] 贝德克尔·卡尔(1801—1859),法国书商,著名旅游指南出版家。——原注。

她于是在他的前面为他引路，但她在推开儿子会客室的门之后，却又急忙退了回来，使劲地按铃，叫唤女仆。"马丽霞，打开窗户，换换空气。我送您从另一个门出去。"

她领着他穿过了几间房。这些房间因为拉上了窗帘，显得很暗，房里摆满了老式家具，挂满了肖像和反映历史内容的画，墙上挂着已经褪色和破损的壁毯，充满一片阴郁的、几乎是修道院的气氛。

"疯女人！"上了皮奥特科夫斯卡大街后，他心里想道。他虽是这么想，但又很同情她，而且觉得她的许多看法是有道理的。

酷热变本加厉了，罗兹城上空弥漫着一层有如灰色华盖般的烟雾。透过这层烟雾，太阳散发着热气，给全城泻下不堪忍受的热浪。

人行道上的行人无精打采地磨蹭着，马低头伫立，马车行走得更慢了，商店里的顾客也渐渐稀少了。只有工厂在轰隆轰隆地响着，依然不断地施展它的威力。由于千百个烟囱都在吐气，厂房上空便散开了一条条各色各样的烟雾，好像干活过度的机体上流出来的汗水一样。

博罗维耶茨基热得不亦乐乎，为了解暑，他去喝了一杯掺着白兰地酒的冰镇甜黑咖啡。

冷食店里凉爽空荡，在帆布棚子前面坐着梅什科夫斯基，他冲博罗维耶茨基十分吃力地抬起了一双惺忪的睡眼。

"真热啊，是吗？"他伸出淌着汗水的手问道。

"咳！这么热，早就料到了。"

"你能不能陪我到城外去喝点儿啤酒。我一个人不想去，两个人做伴还能有点儿精神。"

"我没空，星期天吧。"

"真是扫兴。我在这儿傻坐了六个钟头,没说动一个人。莫雷茨来过,买卖事搞得他团团转;还有科兹沃夫斯基那个怪人、流氓,他也不愿意。这么热的天,我可真是一筹莫展了!"他由于哼得挺滑稽,使博罗维耶茨基笑了起来。

"你还笑哪,我要热得化成水了,无聊得快死了。"

"你干吗不去睡睡觉?"

"咳!我都睡了三十个钟头了,早睡腻了。连个吵架的人都没有!你走啦?给我叫个人来,今儿就是列昂·科恩也行,越是混小子越好,可以快点儿逗逗我的火气。"

"你不去厂里?"

"去干什么?我不需要钱,贷款也没用光,我还可以等嘛。堂倌,拿冰来!"他吆喝道。在卡罗尔走后,他便靠在椅子上,慵倦的目光透过阳台上的长春藤花墙,望着那为了驱赶苍蝇而使劲抖动着的拉车的马。

博罗维耶茨基急忙赶到海伦娜公园。

公园十分宁静和凉爽。

株株小树的树叶吸吮着阳光,它们的影子遮住了饭店橱窗旁边白色的桌子。

草坪嫩绿如茵,闪烁着点点光斑,像地毯似的,上面点缀着火红和正黄的郁金香花朵,周围是黄色的弯弯曲曲的小路,小路上有燕子在往返低飞。

动物园的笼子里,备受炎热折磨的野兽都在打盹。一大群孩子正沿着一个个笼子跑着跳着,高兴地大声叫着;他们撩逗着一个角落上的笼子里的猴子,那些猴子也哇哇直叫,疯了似的在笼里乱窜。

在一些狭窄的林荫小径旁,蔓立着野葡萄藤,显现出一片明亮的嫩绿色,它们的倒影映在一个长长的水池当中。鱼儿的脊背时时把平静的缎子般的水面破成一条条深色的带子,燕子尖细的翅膀也时时从水上掠过。

在水深处,在珍珠般的水面下,大群大群的鲤鱼像金带一样穿梭翱游。

卡罗尔来到一条林荫小路上,为的是绕过水池,乘阴凉去上面的公园。他在这儿看见了霍恩和卡玛,两人正坐在岸边的藤蔓下。

他们正在喂鲤鱼。

卡玛没戴帽子,头发散落脸上,面色通红,高兴得像只金翅雀一样。她正把一块块面包往下扔去,一面发出天真、欢喜的笑声,一面冲那些十分贪婪地把圆圆的嘴伸出水面的鱼儿喊着。然后她又用一根柳树枝吓跑了那些鱼,不时地还把喜气洋洋的小脸转向霍恩。霍恩坐在靠后的地方,倚着藤蔓的支架,也正十分高兴地、全神贯注地逗着鱼玩。

"嘿,淘气儿,嘿!"卡罗尔站在他们身后吆喝道。

"哟!"她不由得叫了一声,用两只手捂住了通红的脸。

"怎么,鲤鱼吃吗?"

"可爱吃呢!都吃了十个戈比的面包了!"她高兴地大声叫道,接着便兴致勃勃地说起他们玩的事儿来。

她说得十分杂乱无章,因为她掩饰不住也控制不了她的激动心情。

"回头你当着姑妈的面说给我听好吗?你们玩吧,我得走了。"他故意说道,发觉他一提到姑妈,卡玛的脸就"刷"地白了,还突然把头一扭,连头发也散落在脸上。

"是啊,您以为我不说吗,我马上就把什么都告诉姑妈……"

"霍恩先生,请您明天去见见莎亚,他来了,你在他那儿可以找到工作。米勒已经对我说过这件事了。"

"衷心感谢您,非常高兴……"

可是霍恩心里并不高兴,因为博罗维耶茨基正巧遇见他要孩子把戏——在喂鱼,他感到尴尬。

"你们悠闲吧,我不打搅了。"

卡罗尔走了。可是卡玛又追上了他,挡住了他的去路,上气不接下气、话音里透着焦急地请求他,一面拉拉弄皱了的裙子。

"卡罗尔先生……好心的卡罗尔先生……请您别告诉姑妈……"

"我有什么可说的呢,是你姑妈让你出来散步的嘛。"

"是啊,是啊,您已经看见了,霍恩先生这么可怜,这么穷……他跟他爸爸吵了架,又没钱……所以我想让他散散心……让我出来的倒是姑妈,可是……可是……"

"真不明白,你要说的到底是什么?"他故意装着不懂。

"我,我不想以后叫人家笑话我,您要是说了,他们就都得看着我了,那我就太……极……可怜了,跟霍恩一样……他没有工作,没有钱,还跟他爸爸怄气。"

她说得很快,很乱,泪水涌上了眼眶,小嘴痛苦地扭着,哆嗦着。

卡罗尔觉得卡玛马上就要失声痛哭了。

"我要是说了呢?"他拿话逗她,把她的头发撩到耳朵后面去了。

"那我也说，说您到海伦娜公园来玩了，对吧！"她又高兴地吆喝道，眼泪马上干了，头发也飘到了脑门上。

她像要扬蹄子的小马一样，粉色的鼻翼开始扇动，眼睛也发亮了，整个脸上显出了又滑稽又执拗的表情。

"我跟谁到这儿散步呀？"他微笑着问道。

"我不知道。可是您在这个时候到海伦娜公园来，那肯定不是为了呼吸新鲜空气。"

她高兴地笑了起来。

"你既然像孩子一样高兴，那我就什么都不跟你姑妈说了，不告诉她说你到公园来是为陪可怜又可怜的霍恩散心。"

"谢谢您。我就喜欢您，可喜欢您哪！"她欢喜得尖声叫了起来。

"超过霍恩吗，啊？"

她一个字也没回答，又喂鱼去了。

从水池对岸，从小山这边，他还能望见他们的头俯在水面上。有时候，他们响亮的笑声透过藤蔓的绿墙，也在清澈闪光的水上飘荡。

露茜还没有来。

他开始在树丛和乱草拦挡着的狭窄小路上散步，这里荆棘丛生，空荡无人。

鸟儿在草木深处昏然啁啾，树叶发出昏然的沙沙声响，从城里也传来昏然的杂沓声。

他不时地看看高悬在头上的明净如洗的天空，不时地望望树木之间金光闪闪的池水，或者闪现在树丛中的姑娘的红裙，或者草叶上合上了翅膀的五月金龟子。

他在通往池塘的林荫大路上坐下后，看见了一群孩子；他们在窗下玩耍，安静得出奇；他们的保姆正坐在凳子上打瞌睡。

他头上的树木在昏昏沉沉地摇摆，洒下斑斑闪烁的光点，给草地染上了一层变化多端的图案。

城里含混不清的音响时时传来，打破公园的寂静，不时地又寂灭了；动物园野兽的吼叫声，也间或一霎时地打破空中的宁静；有时候，某些声音又零零星星地出现在酷热烤着的林荫路上。

然而，一切很快又都归于静谧。

只有安然无事的燕子在公园上空翱翔，它们拐弯抹角地飞着，横穿过林荫道，又在孩子们周围盘旋，掠过了游人和树木，不断地绕着圈子。

卡罗尔突然从昏沉的遐想中苏醒，因为一阵裙子的干燥尖细的窸窣声引起了他的注意，他抬起眼睛，不由自主地向前迈了几步。

迎面走来的是利基耶尔托娃。

她头上的浅紫色的伞在轻轻地摇动，给她的忧郁的脸和睁得大大的眼睛涂上了一层暖色的光彩。

他俩几乎同时看清了对方，都不由自主地伸出了双手。

他的白皙的脸立即显得喜气洋洋，双眼放射出幸福的光芒，两片嘴唇也变红了。她快步向前走着，似乎要投入他的怀抱。可是突然之间，一块乌云遮住了太阳，它的阴影顿时给整个公园抹上一层灰暗，像一块肮脏的破布一样把他们的心灵也蒙住了。她神经质地颤抖了一下，那只伸出去要和对方握住的手无精打采地垂了下来，脸上的光辉也消失了，嘴唇变得煞白，痛苦地紧闭着，双眼朝下放出了沮丧的目光。她冷冷地瞥了他一眼，急忙从他身旁过去，慢慢地走下台阶，走向湖岸。

他身不由己地跟了她几步，觉得某种感情使他产生了奇特的激动。

她回首了片刻，向他投去虽然依旧严厉却充满了悲哀的一瞥，便又走了。

他坐下来，呆呆地望着刚才她的目光注视的地方，用手指轻轻揉了一下他那突然变得沉重而干燥的眼皮，全身哆嗦了一下，因为她那双眼睛里放出的一股可怕的凉气已经钻进他的心里。他自己也不知为什么，又站在台阶旁，久久地凝望着她那在微风中挺立的匀称的身躯；它的长长的阴影在明镜般的湖水上闪动。

他坐了下来，一动不动地坐着，无所用心地坐着，观察自己的内心深处。从他微闭着的眼皮下面，不断地闪现着反映他越来越感到痛苦的光芒。

阴云像穿不住的斗篷一样离开了太阳，公园重又沐浴在一片强光之中。鸟儿在草木深处喧腾鸣啭；孩子们一边呼叫，一边在林荫道上你追我赶；树木昏沉地沙沙作响，好似嬉戏般地落下几片树叶；那树叶以波浪形的线路轻轻地飘飞在草地上，不声不响地扑落在毛绒绒的细草上。城市强劲的回声也像远方的轰隆炮响一般，偶有所闻。

卡罗尔望着在黄色小卵石上不断颤抖、跳动着的点点阳光。

"这就是蔑视！"想到这儿，他仿佛又看见了艾玛的眼睛，想起了她的手慢慢地垂下和她蓦地清醒过来的动作。

他不由得想大声地笑，但是他还没有笑出来，心中就感到痛苦，感到某种突如其来的、使他难受的疲惫。

他站了起来，迈着沉重的步子走到了岩洞旁。

露茜正在那儿等他,见他走到近旁后,便不顾一切地扑到他的脖子上。

"小心点儿!到处都是人!让人家看见!"他气咻咻地嘟囔着,一面四处张望着。

"原谅我!多多原谅。你等了半天吧?"她非常和顺地问道。

"等了一个钟头,我都要走了,我没时间。"

"到花房去吧,苹果树下,那儿一个人也没有!"她请求道,声音很低。

他只好去。

他俩勾肩搭背,紧贴在一起,大腿都互相蹭着了。

露茜时时仰望着他的眼睛,和他靠得更紧,甜蜜蜜地微笑着,呼吸着午后炽热的空气。她的嘴渴望接吻,心里充满了享乐的欲望。

今天她美得十分迷人。一件绛红色缎子连衣裙很薄,上面的褶纹软得动人心弦,窸窣作响,将她的腰身包得很紧,因而那优美的双臂,隆起的乳房和无与伦比的大腿显露得十分清楚。

衣裙的美第奇式的大领子镶着花边,她的脸呈火热的橄榄色,显现出美丽、健康和青春的光辉;在黑色的长睫毛下,一双紫罗兰色的秀眼和两道弯眉也显出了光彩和力量。卡罗尔感到她那火热的目光在他脸上依然留下了余辉,这一切使他心中产生激情,动摇了他与她决裂的决心。他觉得如果失去她那渴望接吻的艳丽的嘴唇,是很可惜的;他以为感觉不到她那烧着他的脸的目光、她的火一般急促的呼吸,失去她那充满激情的窃窃私语和拥抱,那还没有享受够的欢乐,是很可惜的。

他正是在自己满怀激情的当儿,在与利基耶尔托娃的邂逅相逢给他心中留下的苦楚犹存的情况下，开始甜蜜地吻她。

作为报答，她也长时间地、使劲地、激动地吻着他；由于这个，她变得死人一般苍白，变得昏昏沉沉，最后投入了他的怀抱。

"卡尔，我要死了，我要死了！"她的发青的嘴嗫嚅道，但这嘴上表现出了由于享受到巨大爱情的欢乐。

她缠在他的身上，歇息了很长时间，然后才睁开眼睛，贪婪地吸着空气，轻声说：

"我爱你！你别亲我，那样我难受，难受！"她有点儿抱怨了。

他们到了花房外面，那低垂的树枝挡住了好事之徒的耳目。她坐在停放在墙下的手推车上，把头依偎在他的肩上——

他和她并排坐下。她沉默了许久。

他搂着她的腰，抚摩着她苍白的脸，轻轻地吻着她沉重的半合的眼皮。她的眼里开始掉下泪水。

"怎么回事？干吗哭呢？"

"不知道，不知道。"她回答道，泪水越来越多地淌在脸上，这越来越厉害的抽泣震动了她的心胸。

他替她擦眼泪，吻她，抚慰她，可是无一奏效。她像受委屈的孩子一样哭个没完，无法停住。

她偶尔微笑一下，可是一道道新的泪水又遮住了她那紫罗兰色的眼睛的光芒，冲掉了她的笑容。

卡罗尔开始感到不安，后来又烦躁起来。

因为她在流泪，他那激昂的情绪也不复存在；他冷冷地坐着，对她这种歇斯底里或者普通神经质的发作感到厌恶极了。

他白白地盘问了她半天。

她一声不吭,只是把脸贴在他的胸上,双手抱着他,抽抽噎噎地哭泣。

轻风吹过苹果树丛时,抖落了残存的凋谢得变红了的花瓣;那浅红的小花片随风飞落在他们的头上和草地上。这风还摇曳着他们头上的树枝,在树丛中发出神秘的低语,然后轻轻地逝去,只留下极度的寂静和空荡;那树梢在阳光中也随风摇晃了几下,尔后静止了。

麻雀在花房顶上叽叽喳喳地叫着,城里传来尖厉刺耳的报告晚餐的汽笛声,使公园里响起了一片巨大的轰鸣。

露茜停止了哭泣。她擦干脸上的泪水,照了照袖珍小镜,正了正宽边帽,于是镇静下来,瞅着他阴沉的面孔。

"生我的气吗,卡尔?"

"没有,哪能呢!你一哭,我就没主意了。"

"原谅我吧,你瞧,我忍不住,忍不住……我等你多少天了,这次见面想了多少天了,心里一直挺高兴……可是我也很难受,卡尔,我在家里难受得厉害呢……把我从这里带走吧,你要愿意,打死我也行,可别让我回到他们那里去。"她使劲地叫着,表示绝望地抓住他的双手,盯着他的眼睛,乞求他的怜恤和拯救。

"镇静一点儿,露茜,你心里太乱,太着急,你甚至不知道你到底需要什么。"

"我知道,卡尔,知道,我需要你。我跟他们在一起过不下去,受不了!"她激动地叫着。

"这我有什么办法?"他很不耐烦地说,两只灰色的眼里放出了气恼的凶光。

一听这话，她跳了起来，好像面临深渊似的，一双眼睛直勾勾地瞅了他半天，目光显得呆滞，表现出了惶恐不安。

"卡尔，你根本就不爱我！你从来不爱我！"她的嘴唇在颤抖，十分吃力地说出这句话后，等着他的回答，心都凉了。

他对她的可怕的回答虽然已经到了嘴边，却又生了恻隐之心，把话咽了下去，微笑着拦腰搂住了她，开始吻着她那双惊恐万状、闪着泪水的眼睛。她的眼珠在眼皮里像即将死去的蛾子的翅膀那样蠕动，一张嘴被吓得直打哆嗦。

"你今天心情不太好，太激动了，得冷静冷静，露茜！别提这些事了，别想了，好吗？我听了也挺难受，露茜！"他尽可能和颜悦色地低声说道。

"好，卡尔，好！原谅我吧！我太爱你了，所以老是担心，老忍不住，老想弄个踏实。"

"现在你相信我了吧，放心了吧，真的吗？"

"相信你，卡尔；不相信你，相信谁？"她的话出自内心。

"家里出了什么不痛快的事？"

"岂止一件啊！每天都有千儿八百件。今天，姑妈从琴希托霍瓦来了，一来就没完没了地咒骂，说我没孩子！你听见没有，卡尔？一家人都板着脸，一再责备我，没完没了的……我丈夫说，他要跟我离婚，因为见了亲友他就觉得丢人。今天他们想出了主意，让姑妈把我带到布罗迪去，说那儿有个会念咒的，有办法……"

"你同意了？"

"他们强迫我……我哪里拗得过他们，谁也不把我放在心上……我非得……"她喃喃地说道，因为深感势孤力单而十分惶恐，用一双求情的眼睛凝望着他,好像期待着他的解救。

可是卡罗尔却不耐烦地走开了点儿,看了看表。

"你知道,他们吓唬我说,我要是不同意,他们就强迫我离婚,把我送到小镇上去!听见了吗,送到离你远远的地方,我就再也……再也看不见你了……"

她好像感受到了一种突如其来的可以把人吓呆的恐慌,因为怕失掉他,一下子扑到了他的怀里,缠住了他,使劲地拥抱他,又是担心又是疼爱地抓住他的两只手,大吻特吻起来。

"咱们得走了,公园里音乐会开始了,一会儿人更多,会瞧见咱们的。"

"让他们瞧吧,我爱你,卡尔,我可以对着整个世界大喊:我爱你。你在我身边,其他人还算得了什么。"

"可是咱们得保住面子呀!"

"要是有那么一天我到了你家,留下就不走了,你怎么办?"她爽快地问道,恋恋不舍地偎依在他的身上,脸上显出强烈的幸福的光辉,"那咱们俩就永远在一起了,永远……永远……"她又温情脉脉地唠叨起来,不断热情地吻着他。

"你是个孩子,自己说的话自己也不明白……这些全是发了狂的胡思乱想……"

"爱情也是发疯吗,卡尔?"

"是啊是啊,可是得走了!"他听着回荡在林木和暮色中的来自远方的音乐声,急忙说道。

"那你还是不爱我,卡尔?"她逗趣地问道,却又努着嘴唇,连连吻他,似乎想要收回这句话。

可是他以冷冽而锐利的目光扫了她一下，厉声做了回答，她听后立即颤抖起来，放开了他的胳膊，和他并肩走着，感到心绪不宁，困惑难当。她用忧伤的目光扫视着绿色的树林和草丛。那里已经昏暗，夕阳铜色的余晖在上面不过偶尔留下一道微光。

虽然他尽可能地用最温柔的语调向她表白了爱情，虽然分手时还十分真挚地吻了她，她离开时仍然感到心里不安，从远处向伫立在树下的他投来了忧郁的目光。

乐队奏起一首忧伤的华尔兹舞曲，乐声荡漾在广阔的公园里，像优美的沙沙声响一样，在夕阳沉落的片刻中，轻微地震动着树叶和正在合拢的花朵。

条条林荫道上都有三五成群的人在漫步，到处都是话声、笑声，鹅卵石被脚踩着的咯吱声，到处都有女人色彩鲜艳的服装。那寂静无声挺立着的成行的树木被酷热和幽暗包围了，它们的枝叶和照在它们身上的残阳血红的余晖在有节奏地跳动。太阳在森林后面开始西沉，它的黄铜色的光芒泻落在充满了烟雾和到处都是工厂黑影的罗兹，泻落在公园外广袤的原野上。那原野上孤零零地立着一棵棵大树、砖厂、低矮的平房、沙土小路和浓绿的庄稼。起伏的麦浪虽然软弱无力，依然不断冲撞着这座城市。

卡罗尔选了动物园外土山上的一条林荫道走，以免遇到熟人。可是他的步子很慢，因为他看见了霍恩和卡玛就在前面。他们手拉着手，一面低声哼着一个什么曲调，一面点头打着拍子。卡玛手里拿着一顶宽边帽，头上密发蓬乱，在金针般的落日余晖的照耀下闪闪发亮。因为他们是朝西走去，便在土丘上停了步，俯瞰着罗兹城。

卡罗尔绕小路避开了他们，匆匆忙忙赶回城里去了。

第四章

"你一定来喝杯茶,我把你放走了,姑妈要生气的。"霍恩将卡玛送到斯帕策罗瓦大街后,她说。

"我没时间,得马上去找马利诺夫斯基,他已经三天没回家了,我挺不放心。"

"那好吧,找到了他,你们俩一起来。"

"好吧!"

他俩像朋友似的握手告了别。

"霍恩先生!"卡玛从大门对着他的后背叫道。

他回过头来等她说话。

"现在你的情况好点儿了吗,啊?已经不可怜了吧,啊?"

"好啦,好多啦,衷心感谢你陪我散心。"

"要长得结实点儿,要避开不幸,明天应当去见莎亚,对吗?"她低声地说,像母亲一样抚摩着他的面孔。

他吻了吻卡玛的指尖,便往家走。虽然马利诺夫斯基长时间不在使他非常焦急,但他依然慢慢地走着。他跟马利诺夫斯基住在一起,等工作等了几个月,已经很熟了。

马利诺夫斯基不在家,房里空荡荡的,处处可以看到这儿出了麻烦的事,而且麻烦不小,因为霍恩跟他父亲吵了架,他父亲收回了年金，想以此强迫犟脾气的儿子回头。

可是他父亲没有办到，霍恩要犟到底，决心自食其力；他眼下就靠借债、贷款和变卖家具、用具打发日子了，还靠他对卡玛的爱情的支持。这爱情在他身上密密布下了一层甜蜜的雾，就像降临城上的这个六月的黄昏一样，充满了深沉的寂静，充满了在那可怕的苍穹中闪闪发亮的繁星；有如幻境中的火光在水浪上跳动，那水浪的波动永不停息，像她一样，永远不可捉摸，也像她一样。

他不再想自己的事了，决心到城里去找朋友。

马利诺夫斯基不止一次这么神不知鬼不觉地下落不明，回来之后总是面色苍白、烦闷，焦躁，也不说到哪儿去了，可是从来没有像今天这样玩这么久。

霍恩跑遍了所有熟人的家里，希望打听到一点儿情况，可是几天以来，谁也没有见到马利诺夫斯基。霍恩没有到他父母那儿去打听，因为不想惊动他们，何况那是最后一招。

他忽然想起去询问亚斯库尔斯基家里的人，因为马利诺夫斯基经常到那里去。亚斯库尔斯基一家现在住在新修起的一条在铁路、森林和谢勃莱尔的工厂之间通过的小街上。

这条小街一半通过田野和垃圾场，一半在城区，因为它时断时续地在绿色的庄稼地、散乱堆着城里运来的瓦砾和挖走了沙子留下的大坑中通过。

许多四层楼房都是用砖砌的，没有墙皮，普普通通，凑凑合合的，墙上泛着一片红色。旁边是低矮的小木房和简陋的棚子，用木板搭的，当堆房用。

一条小巷在土坡上延伸，坡下面是一条肮脏的臭水沟；几家工厂的废水从中流过，冒出一阵阵刺鼻的臭气。这条水沟构成了城市和田地之间的界限，弯弯曲曲，洗刷着城市垃圾堆成的长长的土堆和沟沿。

亚斯库尔斯基一家人住在林边一幢木板房里，正面有十几个窗户，里面有几间耳房，歪斜的屋顶上有几个阁楼。现在他们情况稍好了些，因为亚斯库尔斯基在博罗维耶茨基的工地上干活，每星期挣五个卢布；他妻子用面包师的钱开了一个小食品店，所以有地方住，每个月还能收入八十卢布。

安托希正包着被子坐在店铺门前，一双忧郁的眼睛凝望着那弯新月。月牙儿渐渐从云后浮现出来，给露珠沾湿的铁皮屋顶和烟囱涂上了一层银色。

"尤焦在家吗？"霍恩握着伸向他的一只又干又瘦的手，问道。

"在……在……"病人吃力地说道，没有放开他的手。

"你比冬天好点儿了吗？"

"谁也去不了那里？"病人用睁大了的眼睛望着月亮，问道。

"也许死后可以去……"霍恩随便回答后，快步走进了小店。

"我觉得……那里安静极了……"病人浑身颤抖，轻声地说；一种无法克制的痛苦的向往却使他产生了一丝微笑，给他的消瘦的脸带来了生气。

他不说话了，无意识地垂下了像两块破布一样的双手，把头倚在门上，在门里坐下，全部心思都在想着那令人恐惧的无际的苍穹；一弯银色的月亮正在它的深处游荡。

尤焦坐在商店后面一间又小又窄的房子里；房里摆满了床铺和破旧什物，令人感到憋闷，门和窗虽然开着，但仍散不掉里面的热气。

"前些日子你见过马利诺夫斯基吗?"

"他有两个星期没到这儿来了,从星期天起就一直没见着他。"

"卓希卡来过吗?"

"卓希卡不来了。我妈生过她的气……玛蕾希卡,别打坏了玻璃!"他冲着窗口对小花园里叫道,因为有个女人的影子在那里闪动。

"她在那儿干什么?"霍恩望着离住宅几十步远之外像一堵黑墙一样的森林问道。从窗口射出来的灯光好似一条长长的金带子,落在一些松树桩子上。

"正在挖土呢,是玛蕾希卡,纺织女工,我们这儿的。我妈把小花园租给了她,她下了班就到这儿来干活。傻头傻脑的,也许是因为在乡下待过。"

霍恩没有听他的话,一心想着哪里才能找到阿达姆。他的眼睛无意识地张望了一下这间房和食品店,店里摆满了用铁皮桶装着的牛奶;然后他吸了几口夹杂着尘埃、烟雾和面包气味的令人发闷的空气,便要告辞,还逗趣地问道:

"怎么样,再没收到什么情书?"

"收到了……是呀……"

他的脸刷地红了。

"再见吧……"

"我也出去。"

"散步去是怎么的?"他开玩笑似的问道。

"是啊,是啊……可是请你别这么大声说,我妈听见了不好。"

他赶忙穿好衣服,和霍恩一起走进了一条黑乎乎的巷子里。

六月夜晚的闷热把人们从住宅、房间里全赶出来了。他们都坐在黑咕隆咚的门厅里、门槛上、门前、路上的砂土堆上,或者打开的窗子上。通过窗口可以看见里面低矮、窄小的房间,房里都摆满了沙发床和木板床,人声嘈杂,像蜜蜂窝一样。

小巷子里没路灯,靠月光和从窗子大开的酒馆和小铺店里射出的光把它照亮。

道路中间,一大群小孩在吱吱哇哇地叫喊和笑闹,在远处的一家酒馆里,还传来了醉酒的歌声,另外从一个阁楼上发出的演奏克拉科维亚克舞曲的音乐声和在不远的地方呼啸而过的火车声也和这汇合在一起了。

"在哪儿约会呀?"霍恩问道。他们已经出了小巷,正在一条斜穿马铃薯地通往城市的小路上走着。

"不远,在教堂那儿。"

"祝你成功!"

霍恩来到阿达姆的父母家里,要打听他的下落,却正好碰上这里在大吵大闹。

阿达姆的母亲站在房中间,正放开嗓门大声咒骂,卓希卡站在炉子旁边抽抽噎噎地哭着,阿达姆则用手捂着脸,坐在桌子旁边。衣柜上摆着的灯把这个场面照得一清二楚。

霍恩进屋后,感到很不自在,便又立即退了出来。

"亲爱的,门口等我几分钟,你一定要同意!"阿达姆急急忙忙说完后,才回到房里。

他母亲这时厉声地叫道:

"我在问你,这三天你跑哪儿去了?"

"我已经告诉你了，妈，到皮奥特科沃乡下熟人家去了。"

"卓希卡，别说瞎话！"阿达姆气咻咻地叫了一声，他的一双甜蜜蜜的绿眼睛也冒出了怒火。"我知道你上哪儿去了！"

他压低了嗓门补充说。

"你说，是哪儿？"姑娘由于慌了神，便嚷了起来，同时抬起一双泪眼瞅着他。

"凯斯勒家！"他轻声地说道，感到十分痛苦；这时母亲伸出了两只手，卓希卡从椅子上跳起来后，在房中间站了一会儿，以强硬的表示反抗的目光望了望四周。

"你说得不错，我是上凯斯勒家去了！我是他的情人，就是这样！"她的话是如此地直言不讳、斩钉截铁，把母亲都惊得退到了窗下，阿达姆也从座位上跳起来了。她默不作声地站了一会儿，用严峻的目光盯着他们，可是过一会儿，那激动的浪涛又涌上来了，因此她的两条腿支持不住了，便倒在地上，同时发出一阵撼人心肺的痛哭。

母亲清醒过来后，一步跳到了女儿跟前，抓住她的手，把她拉到灯前，急忙问道：

"你是凯斯勒的情人？你，我女儿？"

然后她抱着自己的头，在屋里乱跑，十分痛苦地叫了起来。

"耶稣！玛丽亚！"她搓着两只手，呼天抢地地嚷着。

她又跑到了女儿跟前，尽力摇晃着她，对她说话，因为激动，她的嗓门也哽咽了：

"所以你想到姑妈家去，老去散步，跟女朋友上剧院，还搞几身衣裳——要什么有什么。哼，我现在才明白，才明白！这些丑事，我怎么容许了，怨我瞎了眼！耶稣，玛丽亚！别罚我啊！全知全能的上帝，别罚我瞎了眼啊！慈悲的天主，我的孩子造孽，我可没罪啊！"她以含混不清的嗓音祈求着，跪在那幅橄榄油灯照着的圣母像前表示忏悔。

屋里静了片刻。

阿达姆不高兴地瞧着油灯；卓希卡站在墙下，弓着身子，看起来十分可怜。泪水像大颗大颗的珍珠一样夺眶而出，流得满脸都是。她不断地打着哆嗦，呜咽着，头发也披到肩膀和脑门上了，于是摇了摇头，甩开了散发，可眼前什么也看不见了。

母亲站了起来，她那苍白、发肿的脸上现出了威风凛凛、寸步不让的神色。

"脱下天鹅绒衣服！"她大声叫道。

卓希卡没听明白；可是在她不知所措的时候，她母亲已经扯下了她的外衣，把它撕烂了。

"不要脸的家伙，你这个婊子！"母亲大声叫着，暴跳如雷地似乎要摧毁一切；接着她把女儿身上的衣服都扯了下来，撕得粉碎，又在盛怒中把它踩在脚下；然后她又跑到衣柜前，把女儿的东西都掀了出来，也扯得粉碎。卓希卡已经目瞪口呆了，眼看着自己的东西被糟蹋，嘴里却只能不成句地低声哼着：

"他爱我……他答应和我结婚……我在工厂里忍受不了了……我不愿死在纺纱厂里……我不想当一辈子纺纱工……亲爱的妈妈，我的好妈妈，原谅我，可怜我吧！"她使劲地叫着，扑倒在母亲脚下，完全失去了镇静，再也控制不住自己了。

"现在找你的凯斯勒去吧，我不要你这个女儿！"母亲板着脸说道，挣脱了女儿的搂抱，把门打开。

卓希卡听到母亲的话，看着眼前昏黑的门道，顿时感到十分恐慌，连连后退，同时发出了一声非人的号叫，趴在母亲脚下，拉着她的手和衣服，抱住她的膝盖，以嘶哑了的嗓门，哭着乞求母亲的怜悯和原谅。

"你打死我吧，用不着赶我走！你们大伙儿打死我吧，我忍不住了！阿达姆，我的哥哥呀！我的爸爸呀！你们可怜可怜我吧！"

"滚出去！别再登我的门！你是条野狗，非赶你走不行，送警察局！"母亲恶狠狠地叫着，气得发呆了；她这时由于感到痛苦万分，当真不知道什么叫感情，就是怜悯心也没有了。

阿达姆一动不动地听着，看着，他的绿眼睛里充满了泪水，放出了愤怒的火光。

"给我滚！"母亲又尖声地叫了。

卓希卡在房中间站了一会儿，然后含混不清地叫着，往走廊里跑去了。邻居们闻声打开了门，也探出头来看她。她跑过走廊，来到楼下，钻进了鲜花盛开的金合欢树下的一个黑暗的角落里，被这野性的恐怖吓得晕了过去。

阿达姆随后跑出门外去追她。他明白是怎么回事后，便和蔼可亲地、像一个哥哥那样轻声地说：

"卓希卡，跟我来！我不让你走。"

她什么也不说，只想着如何挣脱他的手逃走。

他费了很大的力气，才劝住了她，用一条他从屋里拿出来的披肩包着她，因为这姑娘的衣服上上下下都撕坏了。然后他紧紧地拉着她的手，把她带到一条小路上。

在大门口等他的霍恩走到了他们面前。

"是这么回事,卓希卡得到我那儿住一下,你能不能暂时找个别的地方先住几天?"

"好吧。我到维尔切克那儿去,他的房子宽敞。"

他们于是默不作声地乘车走了,在路过凯斯勒住宅时,卓希卡更紧地贴在哥哥身边,低声地哭着。

"你别哭啦,一切都会好的!别哭了,妈会原谅的,爸爸那儿我亲自说去!"他安慰着妹妹,亲了亲她的一双泪眼,捋了捋她的散乱的头发。

哥哥的几句安慰话和体贴使她大受感动,她用臂膀搂住了他,把脸藏在他的怀里,像孩子一样低声地、断断续续地哭诉着自己的不幸遭遇,毫不顾忌霍恩在场。

他们两人于是把她安置在阿达姆的房里。阿达姆则暂住在霍恩的住房里。可是她却躲在房间里面,不愿出来喝霍恩给她预备的茶。

阿达姆便亲自把茶给她端了进来。

她喝了点儿后,倒在床上,立即就睡着了。

阿达姆每过一会儿都要来照料她一番,只要有什么,就拿去给她盖上,还用手帕给她擦脸,因为她虽然已经睡着,泪水却依然从紧闭的眼中不断地流出来。阿达姆回到霍恩的房里后,低声问霍恩道:

"你一定猜到是什么事了吧?"

"没有,没有,我求你别提这事,我知道一提你心里就不高兴。我马上就走。"

"请你再待一会儿。你听到过,一定听到过有人在说卓希卡的闲话。"

"流言蜚语我从不留意，从来不听。"霍恩自我夸耀地说。

"这不是流言蜚语，是事实！"阿达姆站了起来，直截了当地说。

"那你说怎么办呢？"他表示同情地问道。

"马上到凯斯勒家去！"他斩钉截铁地说道，绿眼睛里放出了青光，就像他衣袋里藏着的一把手枪枪筒淬火时放出的那种青光一样。

"无济于事，跟畜生解决不了人的问题。"

"我去试试，要是不行，我就……"

"就怎么样？"霍恩马上接过来说，因为阿达姆话里那种恫吓的语调使他吓了一跳。

"就换个办法……再看结果……"

霍恩想给他解释，可是阿达姆不愿意听他的规劝，只在大门口和他告辞时，用力握了一下他的手，就到凯斯勒的公馆去了。

他没有找到凯斯勒，谁也说不清此时此刻凯斯勒少爷会在什么地方。

他极为痛恨地望了望这栋公馆的高墙、它那在月光下闪闪发亮的塔楼、金色的阳台和挂着白窗纱的窗户，就到工厂找父亲去了。

马利诺夫斯基老汉仍和往常一样，像一根不知疲倦的杠杆，在围着那个巨大的牵动轮子打转。这轮子也像一只怪鸟，在这间阴冷的、不停震动着的主机房里飞翔，突然钻入地下，然后又从阴影中冲了出来，闪耀着寒雾般的青光，一上一下，速度极快，它的轮廓一点儿也辨不出来。

由于主机房里的轰隆声响震耳欲聋，使老汉问儿子的话声也显得很小：

"找着卓希卡啦?"

"今天晚上我把她带回来了。"

老汉久久打量了他一番,然后仍去照看机器:给一些机件加上润滑油,瞧瞧油压表,擦擦活塞;那活塞一边工作,一边发出吱吱声响。他又借助管道,冲下面干活的工人喊了一声,最后才走到儿子身边,嗓门很低地说了一声:

"好个凯斯勒!"

接着他把牙齿龇了出来,好像要咬东西似的。

"是啊,瞧我收拾他吧!爸你放心好了。"阿达姆急忙说道。

"傻瓜!我要和他办一件要紧的事,不许你碰他,听见没有?"

"听见了,可是我饶不了他。"

"别胡闹!"老汉叫了一声,一面抬起油黑的大手,像要打人似的,"卓希卡呢?"

"妈把她撵走了。"

老汉咬着牙叹了口气,一双褐色的眼睛在毛蓬蓬的浓眉之下深深陷下去了;在他的灰色干瘦的脸上,出现了一道吓人的阴影。

他弯着腰,慢慢走到大齿轮旁。那巨轮如痴如狂地大声吼着,把围墙都震动了。

从布满尘埃的小窗子上,泻下了一片银色的月光,在月光的照耀下,好像有一只青色的妖魔在号叫,在跳舞,看去像一头巨兽。

阿达姆不愿再等他父亲的吩咐,便起身向门口走去。

老汉也跟着他,跨过了门槛,轻声说:

"你照料她一下……她是咱家的亲骨肉……"

"我已经把她安置在我那儿了。"

老汉拉着儿子的手,用一双钢铁般的强劲有力的胳膊把他紧紧地抱在怀里。

儿子用他那双充满骨肉之情的、和蔼可亲的眼睛凝望着父亲热泪盈眶的褐色的眼睛。他们互相凝望着,看到了彼此的心,然后便默默无言地分手了。

老汉赶紧去照料机器,用沾满油污的手指拭了拭眼睛。

第五章

"一笔简单的买卖,千载难逢,我告诉你吧。我买了块地皮,现在格林斯潘又想——请你注意——又非让我卖给他不行,我要多少钱,他都给。"翌日清晨,斯塔赫·维尔切克告诉在他家过夜的霍恩说。

"他干吗非买不可呢?"霍恩睡意十足地问道。

"因为我那块地皮从两个方向包围着他的工厂:侧面和后面。他工厂的另一边是莎亚·门德尔松的地,前面是大街。格林斯潘要扩充工厂,他没有地。他说好今天到这儿来,你见识见识他那副嘴脸吧。这块地皮,他跟原来的主人讨价还价了三年,每年想让人家少要一百卢布:他要买个便宜,于是拖了下来,没有赶急。我也巧妙地打听到了这个情况,给这个农民让了个大价,不声不响就买下来了。现在我也要等待时机,不赶急了……哈哈哈!"他得意扬扬地大笑,一边握手,一边舔着往外翻着的嘴唇,眨着眼睛。

"你的地皮有多大?"

"整整四莫尔格哪!五万卢布不是到手了吗?"

"财迷心窍,你太狠了!"这个数字把霍恩逗得笑了起来。

"买卖的事我从来没有错。格林斯潘要建两个大车间,大概要多招两千工人。他不会不想,要是把这些车间盖在别的地方,就算是只离几十步吧,那建筑、管理和行政费用就得增加两倍。你喝茶吗?"

"好吧,最好是热的。哟,未来的百万富翁怎么用磕了边的茶杯呀?"他一面用小勺在破了边的茶杯里搅拌,一面挖苦说。

"傻话,等以后再用塞福尔[1]细瓷碗喝茶吧。"他不以为然地说,"我得离开你几分钟。"说着他望了望窗外,走进了门厅,因为有几个穷酸相的老太婆,手里挎着篮子,已经出现在房前几棵半枯萎的樱桃树中间。

霍恩环顾了一下未来百万富翁的这间房子。

这是一间普普通通农民的平房,墙上尽是小坑儿,刷了白灰,泥地代替地板,上面铺着一块块画着鲜艳的红花图案的地毯。一个歪歪斜斜的小窗子上,挂着肮脏的窗帘,进不了许多光线,所以整间房子,好像是从垃圾堆上捡来的,成堆的破旧什物都隐藏在昏暗之中,只有那把通常用在农民火炉上烧水的大茶炊放着明亮的光辉。

桌子上有十几本书,还有乱七八糟的废铁块、皮带和几个缠着各色毛线的线轴。

霍恩动手翻着书页,可是透过玻璃,忽然传来一个女人带着哭腔的声音,他于是放下书本听着:"请您借给我十个卢布吧!您还不知道,我,卢赫拉·瓦塞曼诺娃老实巴交的,是个穷女人。今儿个我要是没有这笔钱,就开不了张,整整一个星期就没法过了。"

"没有抵押我不给钱。"

"维尔切克先生!借您的钱我一定还,当着您,我对天发誓,

---

[1] 在巴黎附近的塞福尔有一家有名的瓷器厂,建于18世纪。——原注。

我们一定还……我没饭吃：我的孩子，我丈夫、我母亲……他们都等着我给他们带回去一块面包哪！您要是不借，可让我上哪儿去借啊……"

"饿死就饿死，跟我有什么相干！"

"您不该这么说，不吉利啊！"这犹太女人呻吟道。

维尔切克坐在窗下的长凳上，开始数他身边别的女人还给他的钱。

她们一卢布一卢布地还着，每次只把两个，顶多五个铜板放在他面前，或者从小包或者暗兜里一个个掏出十格罗希的硬币。

他仔细地数着，每过一会儿就扔出一个铜币。

"吉特拉，这个十格罗希的不行，换一个！"

"凭天理良心，这是好钱。是一个女主顾给我的，她老上我那儿买橘子。看嚜，怎么不好呢！还发亮呢！"她一面嚷，一面在铜币上吐了点儿唾沫，用衣襟擦着它。

"快换一个，我没工夫等！"

"维尔切克先生，您是有求必应的，您借给我……"瓦塞曼诺娃又请求说。

"施泰因太太，还差十五个戈比呢！"他冲一个矮小的犹太老太婆叫道。这个老太婆戴着一顶油污斑斑的软帽，脑袋在不停地摇晃。

"差十五个！没有的事！总共五个卢布，我早数好了。"

"快补上就完事了！施泰因太太，你老说没有的事，可是你没有一回不差，我们是老相识啰！"

施泰因太太要争着说不差，气得维尔切克把钱一抓，扔在她脚下的沙土地上。

那女人唉声叹气地把钱从地上一个个地捡了起来，放在长凳上。

瓦塞曼诺娃于是又凑到维尔切克身旁，用指尖碰了碰他的胳膊肘，像哭似的又低声请求道：

"我等着哪！……我知道您心善……"

"没抵押，一个卢布也不借。"他说，"你去向你女婿借吧……"

"您还提那个无赖哪！您知道，我把女儿许配了他，请他吃饭，给了他整整四十卢布，谁知不到半年，这个混账就全花了！您听见了吧，全花了！这么一大笔钱，都干什么啦！"

维尔切克不听她的诉苦，忙着收上星期的本利，又放了下星期的债，把名字和钱数十分准确地记在账本上。

他虽然听见了诉苦的话，却无动于衷，而且对这一群穷得叮当响的女人毫不隐晦地表示轻蔑。

她们那因风吹日晒发红的眼睛，她们的满身褴褛，干涩头发和在脏头巾中显出的充满了无尽忧愁和饥饿的面孔都激不起他的怜悯。在一些枯萎、衰朽、间或有一点儿绿意的树木中间，在草坪上，长满了蒿草，它们中有几茎亭亭玉立的毛蕊花和大牛蒡还长出了浅绿色的小叶。这儿发出的贫困合唱声也打动不了他。

马路对面泛着一片红房、烟囱和屋顶的汪洋大海，阳光把它们照得闪闪烁烁；轰隆声，嘎哒嘎哒声，连连呼哨声使小花园里充满了一片没有休止的嗡嗡声响，震动着维尔切克房子的歪歪斜斜的大板墙。

霍恩又惊奇又同情地凝望着站在门前的这一群穷苦女人，他越听这嗡嗡声响，越是想着维尔切克买卖的秘密，就越感到气恼。

他实在看不下去了，所以等维尔切克做完最后一笔交易，回到屋里后，便一声不吭地拿起帽子，打算要走。

"你先别走嘛！"

"我得去找莎亚。说实话吧，刚才我的耳闻目睹，使我打心眼里讨厌你，维尔切克先生……希望你尊重我，我背后还有一大伙人，虽都互不相识……"他气冲冲地说道，斜着眼瞪了他一下，打算要走。

"我不放你走，你得把我的话听完！"维尔切克大声说着，赶紧挡住了屋门，他气得满脸通红，可是话说得还是和和气气的。

霍恩盯着他的眼睛，没有脱下帽子，坐下后，冷冷地说：

"请说吧！"

"我想跟你解释解释。我不是放印子钱的，你一定把我看成这号人了。我说我不是，因为我在格罗斯吕克手下干活，是为他谋利卖力气的，得对他负责。我把这话第一个告诉你，因为我从来没有必要为我的行为辩护，做解释。"

"那你现在为什么还要干这个？没人强迫你嘛！——我不是个瞎了眼的检察官啰！"

"我干，因为我不想让人家错怪我。你把我当成你的熟人也好，不当也好，这是次要问题，可是我不想人家说我是放印子钱的。"

"请你放心，咱们对这种人都不用管。"

"我现在对你的责备也不感兴趣，我听出你的意思来了。"

"那你为啥还要留我？"

"我是留了！"他强调说，"可是我已经说，我不过是格罗斯吕克手下的一个人，他的钱由我经手，是为他赚钱！当然，我也不是白干。"

"薪水再大,也不应去干扒穷人皮这样的事。"

"沙龙客厅和贵族小姐才这么说;这样的空话虽然好听,但不负什么责任。"

"这是普通做人的道理,不是空话,维尔切克先生。"

"这样说也可以,我不想多争。你把我看成恶棍,因为我帮格罗斯吕克扒了穷人的皮,是吗?现在我可以让你相信,我这个恶棍为穷人做的事比你们所有的文人学士和贵族遗老遗少们做的还多。请你看看这本账吧,它是去年一年借出去的款项总数和利息总数,是我的前任写的;而这本是我的账,今年记的。请你比较一下这两个本上的贷款和收入数目吧。"

霍恩无意识地瞥了他一眼,看到第二个账本上收入的数目比第一本少一半。

"这是什么意思,为什么?"

"这就是说,我比我的前任少拿百分之一百五十。这就是说,正如这些账上所表明的,我从自己腰包里每月给穷人掏出一百到二百卢布,这百分之一百五十是我的附加奖金,我放弃了,并没有借此图名。"

"你把他们自己的钱当礼送给他们,真是大发慈悲,名副其实啰!"

"你说这话,是因为你不懂生意。"

"不是,我说这话,是因为我认为不拿百分之三百而拿百分之一百五十不是什么英雄行为。"

"好啦,咱们不谈这个!"维尔切克叫了一声,冷冷地把账本甩在墙角里的保险柜中,一只手嗒嗒嗒地敲着桌子,呆望着窗外摇摇晃晃的樱桃树。

他很扫兴,担心他放高利贷的事因为霍恩会传遍罗兹,使他进不了"侨民之家"和其他几个熟人家的大门。

霍恩仔细地看着,连走也忘了;他从义愤变成了好奇,他一直在好奇地听着维尔切克的解释。现在,在他看来,维尔切克已经完全不同了,身上表现出了一股强大的力量,是他至今没有注意到的。的确,他从来没有细心地观察过维尔切克。

"嘿,你这么看我,好像是初次见面似的。"

"说实话,我这么仔细看你,还是第一次。"

"我是个吓人一跳的怪物,是吗?一个刁钻古怪的乡巴佬,一个普通的长工,干什么都跟犹太人一样;又丑、又惹人讨厌,一无是处。先生,有什么办法呢,我没有生在高门大户,我生的地方是不起眼的草房;我不漂亮,不讨人喜欢,不是你们的人,所以我就是有点儿长处,也是罪过。可是,正因为这样,你们才跟我借钱。"他笑着补充说,两只小豆眼闪出了讥讽的眼光。

"先生,瞧瓦塞曼诺娃又来啦!"一个小孩冲着门叫道。

"沃依泰克,让他们到铁路上去吧,把运费交给安泰克,过半小时我去车站。让瓦塞曼诺娃进来。"

瓦塞曼诺娃拿来了几个祭坛上的烛台和一身琥珀色的衣服作为抵押,要借十个卢布,维尔切克立即给了她现款,但先扣除了一个星期的一卢布利息。

"你说,这是印子钱吗?这笔钱我如果不给她,她就得饿死。靠借我们的钱过活的女人,罗兹有好几十呢,她们人人都要孩子,要爹妈，要汉子，而她们的这些汉子却只会天天祷告，要不然就是傻子。"

"对你这轻而易举的慈善活动，社会可真当感激涕零了。"

"给社会造福，大公无私，社会就会让我们得到安宁。"

他得意地哈哈笑了，表现出玩世不恭的样子。

"先生，犹太人格林斯潘来啦！"那个男孩又冲门口叫了一声。

"你再待一会儿吧，有乐子瞧呢。"

霍恩还没来得及开口，格林斯潘已经进来了。

"你好，维尔切克先生，你有客人，我打搅了！"进了门他就大声说话，嘴里叼着雪茄，伸出手来致意。

"请吧！这是我的朋友，霍恩先生。"维尔切克介绍说。

格林斯潘马上从嘴里取出雪茄，以锐利的目光扫了霍恩一眼。

"你在布霍尔茨那儿工作？"他傲慢地问道，"你是华沙霍恩-威伯公司的？"没有听到回答，他又问了一次。

"是的。"

"很高兴。我们在跟令尊做买卖呢。"

他伸出了一只手，用指尖轻轻在霍恩手上触了一下。

"维尔切克先生，我来找你，想找你一块儿去散散步。"

"今天天气挺好，请坐请坐！"维尔切克殷勤地让了座，掩饰不住格林斯潘来访使他感到的高兴。

格林斯潘斯斯文文地撩起了犹太长外套的大襟坐下，把穿着长到膝盖的大靴子的两条腿一伸，就占了半间房，同时昂起了一张肥肥胖胖、表情狡诈的油脸。

他的两只又小又黑的眼睛不停地察看着这间房子，张望着窗外的小花园，盯着隔壁工厂的红墙，打量着屋里这两张脸，他在瞧霍恩的脸时很随便，在打量维尔切克的脸时却感到心情不安。

他不断地吐着浓烟，发出哼哼的叫声，在座椅上扭动着身子，不知道说什么才好。

维尔切克也没有说话，在房里走来走去，他微笑着，津津有味地舔着向外翻着的嘴唇，心照不宣地望着霍恩。霍恩坐在那儿皱起了眉头，正在考虑维尔切克所说的话和他的行动。

"你这屋里真凉爽呀！"这位厂主一面用花格子手帕擦着冒汗的脸，一面说道。

"窗子被花园遮住了，太阳晒不进来。你没参观过我的花园吧，格林斯潘先生？"

"我一直没有时间，哪有机会欣赏呢？一个人拴在买卖事上，就跟马套在车上一样。"

"你们二位要是愿意，咱们是不是去外面走走。我可以让二位看看我的地，我的花园，怎么样？"

"好啊，非常好！"格林斯潘高兴地叫了一声，打头出了房门。

他们在狭小的院子里走了一圈。这里到处都是坑坑洼洼，坑里积着黄水、粪堆、朽木和板子，还有成堆成堆的废铁、铁皮和破罐子。有两个人正把这些东西往大车上装呢。

小院的一侧有些破破烂烂的棚子，盖着麦草，是用朽木板钉成的，里面放着水泥桶；另一侧是简陋的牲口棚，靠着格林斯潘的厂墙。

"那不是赛马！"维尔切克笑哈哈地大声说，因为他发现霍恩正在皱着眉头，瞧着牲口棚里那些站在食槽旁边耷拉着脑袋的又脏又病的瘦马。

"这儿的气味不太好。"厂主用漂亮的鼻子吸着空气说。

接着他们又察看了一块空地,这里都是纯粹的沙土,一阵阵风把上面的腐植土都吹掉了,只露着黄黄的一片,像撒上了干黄土一样。

城里拉来的大堆大堆的垃圾上,一些瘦狗在乱刨乱挖;垃圾贴着厂墙堆放,一直伸展到了田地长度的一半。

"说什么土地不是金子!葱头在这儿长得跟猫脑袋一样大!"维尔切克看到后,笑着挖苦道。

"从这里看,远方的景色很不错嘛!"霍恩一面说,一面指着城里一排沐浴在蓝色日光中的树木和那起伏不停的麦浪,在麦浪上,伸出了不少工厂烟囱的红脖子。

"你说什么,什么风景呀!这是要出卖的地皮!"格林斯潘气势汹汹地吆喝道,因为维尔切克的讽刺话使他十分恼火。

"你说得有理,因为我这块地挨着你的工厂,所以显得清静,可以扩成一个漂亮的公园……"

"扩就扩吧,我的工人以后过节好有个地方散步……"

他们回到了房前,在长凳上坐下。

霍恩告辞走了。剩下他们两个人,默不作声地坐了一会儿,好像要享用新鲜空气,其实这空气充满了浓烈的烟味和从流着工厂废水的深沟里发出的刺鼻的怪味。

马路上连续不断地走过拉砖的大车,扬起呛鼻的浅红色尘土,飘落在樱桃树叶和草地上。格林斯潘工厂永无止息地冒出的大团大团的黑烟在小花园的树林中游荡,在花园上方渐渐铺展开了一个深灰色的华盖，连阳光透过它也很困难。

"我早就有件事要找你。"还是格林斯潘先开口了。

"我知道这件事，莫雷茨·韦尔特，我的朋友对我说过。"

"你既然知道，那咱们就快点儿和简单点儿说吧！"厂主满不在乎地叫道。

"那好。这块地皮你急需，出多少？"

"我并不急需！我想买，是因为我得把这间破房子拆掉，把这些死树砍倒，它们对我有妨碍，使我不能从家里欣赏树林。我特别喜爱树林子。"

"哈哈，哈哈！"

"你的笑声听起来真悦耳，笑一笑十年少嘛！"格林斯潘忍着烦躁，议论道，"可是我没有时间，维尔切克先生！"说着他站了起来。

"我也没时间，得到铁路上去。"

"那么我们的买卖事呢？"

"是呀——你出多少？"

"我就喜欢办事干脆，这个垃圾场，我出你给那个农民的双份儿。"他赶忙说，伸出了手，表示要成交。

"我没时间，格林斯潘先生，你这是拿我开心。"

"我出五千卢布，怎么样，现金？"

"你来看望我，我很感谢，可是我实在太忙，我的车早已到了站，正等着我呢。"

"跟你说实话吧，一万卢布，马上付款，怎么样，拍板了。"

他拉着维尔切克的一只手，拍了一下手心，想要成交。

"拍不了板,我没工夫跟你玩。"

"维尔切克先生,你这是坑人!"他气恼地叫了起来,往后跳了几步。

"格林斯潘先生,你今天不大舒服吧!"

"那就祝你健康吧!再见。"

"再见!"维尔切克不客气地回复了厂主,得意地笑着看了看他。格林斯潘感到怒不可遏,把雪茄扔在地上,在他急忙跑出花园时,他的犹太外套的大襟也飘了起来,像两只翅膀一样,不断挂着小路旁边的醋栗荆棘。

"你还得回来!"维尔切克带讥讽地喃喃说着,乐得直搓双手。

他喝了杯茶,把一大堆小钱塞进保险柜里,换了一件体面的衣服,洒了一身香水,照着镜子擦掉了脸上的几处煤灰点子,风度潇洒,春风满面地往铁路上走去。

第六章

以石墩子为地基的长长的铁栅栏，像长着茎叶和金色花瓣的错综交叉的藤蔓一样，把莎亚·门德尔松的工厂和街道隔离开了。在这姿态优雅的藤蔓后面，是深绿色的草地，上面摆着几个花坛，花坛里种着粉红色的牡丹，开得十分茂盛。

草地中央的主楼是一座巨大的四层砖楼，没有墙皮，四角有许多雉堞，像中世纪的城堡似的。

宽大的正门几乎是一件铁花门杰作，设在主楼一侧的铁栏杆中间。这扇门通向由几个四层楼的车间隔成的像一个个巨大四方形框子的厂院，在厂院中间，耸立着像挺拔的白杨树样的红烟囱；灰烟不断从中冒出来，飘散在这座坚固的堡垒般的工厂之上。

正门旁边是工厂事务所，面对着大街。

霍恩有点儿胆怯，进了传达室后，在听差递给他的会客单上写了姓名和要找莎亚洽谈的事务，便坐下来等候接见，因为这儿挤满了实业家。

虽然外面风和日丽，室内却是一片昏暗，因为只有一扇窗子对着公园，还被合欢树的枝叶挡着；风一吹，那粉红色的眼睛般的花朵便透过窗玻璃往里窥探。

通往事务所的门敞着，在昏黄混浊的汽灯光下，可以看见有几十个人在埋头工作。他们背后是一排狭小的窗子,对着工厂阴森森的红墙。

以缀饰着木板的深色墙壁为背景,立着几排柜子,像棺材架一样。

在令人窒息的热烘烘的空气里,满是棉纱和氯气的刺鼻的味儿。

到处一片寂静。

所有的人都在自动地移动,低声地说话;向四方传扬的工厂干活的强劲轰响震动了厂墙,摇曳着煤气灯。

几个公民站在传达室里,嘀嘀咕咕小声说话,没有理睬那些坐在椅子上、隐匿在柜子的阴影之中、藏在窗旁壁龛里的黑乎乎的人群和那一大堆各种各样找工作的人。每当通往莎亚办公室的门一打开,这些人就不由自主地站起来,把燃烧着期待之光的眼睛瞅着百万资本当家做主的办公室里。

门很快又不声不响地关上了,于是他们重又坐在原来的地方,呆望着窗外粉红色的金合欢花。透过这一簇簇的鲜花,可以看见门德尔松宫殿的轮廓,在六月骄阳的照耀下,它的栏杆、阳台和威尼斯式的窗户放出道道金光。

听差每隔一会儿就推开一次办公室的门,呼唤一个人的姓名,这时,在座的人中就会有人马上站起来,满怀希望地应声跑去,或者在站着的人中,就会有人离开他们一伙,不慌不忙地走了过去。

过一会儿,从办公室里也会出来一位显要的实业家,一位大商人,仆役总是要把他们送到门口,对他们的万贯资财理所当然地表示恭敬。每隔片刻,也有穷人从办公室里走出来的,他们总是心无旁骛,脸色苍白,跟跟跄跄地急忙离开这里。

每隔一会儿,还有厂里的各种公务员、办事员穿过传达室,往事务所去。

通过办公室的门,可以听见里面含混不清的谈话声,有时可以听到电话声,有时从门里还传出莎亚本人沙哑的嗓音——往往在这个时候,事务所和传达室便鸦雀无声了,只听得见里面气灯的吱吱声,和外面驶进工厂的货车的辚辚声。

办公室的门突然打开,斯坦尼斯瓦夫·门德尔松从里面跑出来了。他的个子很高,肚子很大,脑袋很小,细罗圈腿,他是莎亚的长子、工厂的经理,在往事务所跑去的时候,和一个办事员撞了个满怀。

"我问你,这是什么意思?"他大声嚷道,把一个护照本塞在一个公务员惊得像张鞣鹿皮一样的脸前。

"这护照是局里发给您的,我原样拿来的。"

"你真没头脑,真不细心!你是有意要拿我开心?拿这种不三不四的东西来,是怎么搞的!你连看也没有看吗?"

"看过。可是他们已经写了:施姆尔·莎耶维奇·门德尔松,夫人鲁赫拉,就是雷吉娜,我没法制止他们……"

"你是天字第一号的蠢驴,我告诉你!马上到皮奥特科夫那里去,给我拿个写得像样的护照来。花多少钱我不管。我告诉你,明天中午你非把护照拿来不行,明天我要坐邮车走了。马上去!喂,诸位先生,你们评评理看,这件事多气人,多可笑,真是岂有此理;我,一个哲学和化学博士,我,斯坦尼斯瓦夫·门德尔松,叫成了施姆尔,我太太雷吉娜叫成了鲁赫拉!"他冲公务员们大发雷霆地嚷着,"施姆尔·莎耶维奇·门德尔松,夫人鲁赫拉,就是雷吉娜!"

他无意识地又重复了一遍,然后像细腿大象一样,摇摇晃晃迈着大步,走过了事务所,冲着每一个人大发牢骚。

岁数大的公务员们低声附和着他,年轻点儿的则以迟钝和感到茫然的目光死死地盯着他。

他还想继续抱怨他受的委屈,可是电铃尖声地响起来了,办公室里也随即传出了莎亚的声音,这声音却被另一个人的喊叫声盖住,听不十分明白。

"听差!"

"他们要是动我一个指头,我就砸烂他们的狗头,就像对你一样,你这个老贼!你们不把钱付够,我就不走!"一个矮胖个子的男人,挥舞着从办公桌上抄来的铁尺,放开嗓门叫道。

他还以身子挡着门,既不让它关上,也不让听差的出来,这些听差的只好远远地站着,不知该怎么办。

"叫警察来!"莎亚一面后退,一面冷冷地下着命令,因为通过敞开的房门,有十几双眼睛都在看热闹。

"皮奥特罗夫斯基先生,"斯坦尼斯瓦夫来到办公室,急忙说道,"你用不着嚷了,我们不怕这一套。该给你的都给你了,你那些破烂货,多一个子儿也不能给;你要是再嚷,有办法叫你服。"

"把我那十五个卢布还我。"

"你嫌不够,就收回你的烂漏斗,趁着没有把你砸烂,快滚!"

"你怎么跟我撒起野来,混小子,我又没有偷别人东西,我是个正派手艺人。你们本来答应给四十个卢布,可才给了二十五个;不给钱不说,还叫我把货拿走。他妈的!贼,酒鬼!"

"把他轰出去,送警察局!"斯坦尼斯瓦夫吆喝道。

听差的蜂拥而上,马上抓住了他。

他像被捕的野兽一样乱蹦乱跳,由于寡不敌众,只好服服帖帖走过了传达室,嘴里仍在不停地咒骂。

办公室里是一片寂静。

莎亚通过窗子张望着洒满了阳光的公园和盛开着像千叶蓍一样的郁金香的朵朵黄花的草地。

斯坦尼斯瓦夫把手插在衣兜里,吹着口哨,在房里踱步。

"这不都是为了你吗?斯坦尼斯瓦夫。"他父亲坐在房中间的办公桌旁说道。

"也许是吧。少给他十五个卢布,还该让他坐两个月牢呢。"

听差通报了霍恩的姓名,到底轮到他了,他冷笑着,戴上了眼镜。

霍恩鞠了一躬,默不作声地忍受着莎亚咄咄逼人的目光。

"从今天起,你在我们这儿工作。米勒交给了我很好的推荐书,我们给你工作,你会英文吗?"

"在布霍尔茨公司,我用英文写信。"

"在我们这儿,你也先干这个,以后再派别的工作。先试一个月……怎么样?"

"那,好吧,我同意。"他回答得虽然很快,但要他先白白地干一个月,却很刺痛了他。

"你留一下,我们来谈谈,我熟悉你父亲的工厂。"

可是维索茨基打断了他们的谈话,他已经在莎亚的工厂里当了几个月的医生,一进来就像往常一样,马上谈起买卖事来。

"大夫请坐,请,请!"老头子说。

但他儿子斯坦尼斯瓦夫抢先坐下了，办公室里没有多余的椅子。

"我请大夫来，是有件小事，可是非常重要。"斯坦尼斯瓦夫说着把手深深插进裤兜，掏出一大把揉皱了的处方纸和账单，"今天给我送来了第四季度的账单和处方。我什么都喜欢看看，所以看了账单后，就得出一个结论，要请大夫你来谈谈。"

"很有意思。"

"这笔账太吓人了，一个季度花了整整一千卢布！这我实在负担不起。"

"这话是什么意思？"维索茨基用手指头倒卷着胡须，激动地嚷着。

"你别激动，你明白我这话的意思，就是说，数目太大，开销太多……"

"这我有什么办法！工人生病，事故又多，当然得给他们医治。"

"这我同意。问题是该怎么治？"

"怎么治，这是我的事。"

"毫无疑问是你的事，正因为这样，我们才请你来。我关心的是你治病的方法。"斯坦尼斯瓦夫把嗓门稍微提高了点儿，他没有看维索茨基，只是用手指玩着他的眼镜绳，"一句话，你究竟用什么办法给他们治病。"

"用医学提供的办法。"维索茨基厉声回答说。

"随便拿张处方举例说吧。瞧，这得花一个卢布二十戈比，太贵了，肯定太贵了。一个工人一星期才挣五个卢布，给他这么多钱，我们开销不起。"

"如果有既见效又便宜的办法，我早就用了。"

"既然太贵,就不该用。"

"那最好是根本不治。"

"冷静点儿,维索茨基先生,你坐下吧。咱们都受过教育,有话慢慢说嘛。瞧,你在这儿又开了真正的埃姆斯水。一个工人喝十瓶,就得花十卢布,你认为这种水能治病吗?"他略带讥讽地问道,一面在屋里踱步,玩着他的那副眼镜。

"这个工人的病治好了,已经上班一个月了。"

"值得庆幸,太值得了。可是你没想过他的病是不是不喝埃姆斯水也能治好呢,嗯?"

"也许能治好,可是得多花一倍时间,还得下乡疗养。"

"那让他马上下乡嘛。那十个卢布也用不着花,病照样可以治好。"

"你还有什么要说的?"维索茨基马上问道,一面弹着翻衣领,捻着胡子。

"首先,我自己就不相信那些乱七八糟的治疗办法,我不相信打针吃药,不相信给人的有机体能掺上异物,太费钱了,这很要紧。尤其要说的是,那些东西根本没用!让病人到大自然中去嘛,大自然就是灵丹妙药。我建议你以后给工人治病时,根据这个原则。我关心的是他们的福利,不是我们。"

"这些话你可以直说,何必转弯抹角呢?"医生气咻咻地说。

"那我就对你再说一遍,慈善事业这个戏,我们玩不起。"

"我也得对你说个明白,我不能把病人都推给救苦救难的大自然,我认为协助大自然是绝对必要的,就是花钱也应在所不惜。良心不允许我把病没有治愈的工人赶去上班。你可以另请高明。"

"哎呀，大夫！你这个人怎么不开通呢！开诚布公，以朋友相待，什么都可以说嘛！你有你的见解，我有我的看法。请坐，请坐，再抽支烟！"斯坦尼斯瓦夫说着便拿走了他的帽子，几乎把他按在椅子上，把一支烟塞在他手里，递来了火柴。

"维索茨基先生，我女儿和格林斯潘小姐今天会一起回来。我刚接到从亚历山德罗沃发来的电报，希望你去车站接她们。"莎亚念着电报，高兴地插嘴说。

"小姐们提前了，我听说她们原打算星期天回来的。"

"没想到吧！因为梅拉想参加特拉文斯卡夫人的命名典礼。"

"两个疯丫头。"斯坦尼斯瓦夫嘟囔道。

"好，你去车站吗？"

"好啊。"

"那你五点和我一起到车站去。"

"好。现在我得去诊疗所一趟，马上就来。"

斯坦尼斯瓦夫陪他到了门口，和他紧紧握手告了别。

"斯坦尼斯瓦夫，你别麻烦他，他是鲁莎的保护人，鲁莎倾心于他。

"随她倾心去吧！随她跟他去吧！随她和他一起散心去吧！只要她高兴，可是咱们干吗为此贴钱呢！"

"唉，算啦！算啦！给家里打个电话，叫他们把孩子们送来，我带孩子上车站去，让他们兜兜风，玩一玩。"

听差郑重地报告了一位斯塔查·斯塔热夫斯基先生来访。客人轻步走进来后，把帽子按在胸前，十分潇洒地鞠了一躬。

他的一张又长又瘦的没有胡须的脸上，现出了逗人喜欢的笑容，这张脸上缀饰着一些浅黄色的鬓毛，和尤泽夫神父一样。他抬起了一双浅黄色的、像煮熟了似的眼睛，显得十分傲慢；那浅黄色的稀得没有几根的头发紧紧贴在他干瘦的尖脑袋上，像一层隐约可见的青苔一样；他的话音也很低沉和含混不清，听起来很费劲。

"我是斯塔查·斯塔热夫斯基！亨利克公爵给厂长先生信中谈过。"

"请坐。噢，对不起！没地方坐，那咱们就站着谈吧。我的邻居亨利克公爵来过信，也当面谈过你……你有何见教？"

"厂长先生知道，亨利克是我的表弟，我母亲的内侄……"他把话说到半截儿停了，不由自主地用双手把帽子紧贴在胸上，一双浅黄色的眼睛看着莎亚。

"我很高兴……"

"我的斯塔茹夫庄园在表弟的庄园旁边；那是个金苹果，可是……它在农业经营上经受了好多年的艰难困苦……你知道，美国和我们进行着什么样的竞争吗？……我要插一句，我们家享有斯塔茹夫已经四百年了。"

"抵押得很久啰！"莎亚咬着指甲嘟囔道，因为客人那吞吞吐吐、慢慢腾腾的话使他很不耐烦。

斯塔查接着又谈到天灾人祸，谈到他迫不得已在南方住过几年，在这中间还无意插进了有关家庭生活和自己健康状况的细节；他轻轻地踏着两只脚，用手紧按着帽子，不停地眨着他那两张没有睫毛的眼皮，频频地点着头。

"那……你有什么专长，想找什么工作？"斯坦尼斯瓦夫打断了他的话。

"别插嘴！——他是我儿子。"莎亚对斯塔查做了介绍。斯塔查听了这句批评的话，便以诧异的目光望了望站在窗下的斯坦尼斯瓦夫和霍恩的脸；可是在莎亚的介绍之后，他微微地笑了，表示尊敬地鞠了一躬。

"就是在加里西亚受的教育，在黑罗沃……"

"在耶稣会！"斯坦尼斯瓦夫趁着俯身办公桌上取烟的机会，悄悄告诉父亲说。

"那些学校的课程很多，但都是普通课程……后来我又上了几个系，可是到底我也没有选上一个感兴趣的专业，所以到后来我……"他和和气气地解释了一番，接着便谈他的经济情况，谈他变卖庄园是出于迫不得已，谈他如何找工作，饲养家兔，等等。

"很抱歉，我不能为我亲爱的邻居亨利克公爵效劳，因为我们公司没有适合你的能力、资历情况的工作。会计的职位倒是空着，也要技术员，可是你都不行，因为薪水不多，还要懂得专业知识。要不然你过年再来吧，我们春天要扩建工厂，也许有合适的工作……"

"那好吧，真可惜……我……我……或者会计的工作……厂长先生知道，我要求……熟悉一下会计工作。"

他顿时满脸通红，把话又咽下去了。

"一年六百卢布，每天工作十二小时。不行啊，我不能把这样的苦差事让亲爱的邻居亨利克公爵的表哥去干。"莎亚说得很快；可是这个贵族哆哆嗦嗦地把帽子按在胸前，语无伦次地唠叨个没完，一双无神的眼睛表现出惶恐不安，一直在打量着在场的人。莎亚为了尽快打发走他，便站了起来，彬彬有礼地把他送到门口，"你可以到博罗维耶茨基那儿找找机会，他正在建厂，肯定要人……"告别时，莎亚又很客气地提出了这个建议，还冲着他的背影鞠了一躬，以示轻蔑。回到原座位上时，他带讥讽地哈哈大笑了一阵。

"他干吗不去找他的老师？……他们说不定会在外交部给他找个职位。"斯坦尼斯瓦夫挖苦道。

"你明白，霍恩先生，我们为什么不雇用像斯塔查·斯塔热夫斯基这样的老爷，而用你，因为我们是民主派。这种公爵的表哥，这种讲派头的破落贵族，如果叫他坐上马车到处巡回展出，倒是合适的人选。可是，进工厂就得干活，这就不一样了。这样的老爷要是在咱们厂里干活，出点儿什么事，手脚不灵碰了指甲，那欧洲所有的宫庭都要为他大喊大叫了。这种外交上的麻烦事，咱们干吗自找呢？我们喜欢普普通通的工人，不要那些公爵的表哥……"

又进来了几位阔太太，斯坦尼斯瓦夫见后，迎上了几步，莎亚也站起来了。

她们是恩德尔曼诺娃和特拉文斯卡，为工人子女办夏令营的事募捐来的。

恩德尔曼诺娃在描述成千上万名孩子在没有阳光、缺乏新鲜空气的地窖里熬煎受苦方面，具有卓越的才能。

她使劲地摇晃着搽粉过多的脸庞，正了正手镯，整了整精心梳理的头发；她的两片嘴唇的颜色青得就像走路过多的脚掌一样，嘴里一刻不停地说个没完。

特拉文斯卡今天特别漂亮、苗条、光艳夺目；她一声不响地注视着莎亚壁虎似的眼睛，和他那在办公桌上不耐烦地划来划去、似小木棍一般的手指，然后又看了看霍恩。

"罗伊查，你的贝列克给穷人捐得多吗？"莎亚没有等她说完，就打断了她的话。

他提这两个名字时，表示了憎恶。

"捐得多，捐得勤，可是人家就是不爱吹嘛！"莎亚的粗暴无礼使她十分生气，于是她嚷了起来。

"我就是爱让大家知道我捐什么。好吧，我捐给夏令营一百卢布。一百卢布足够给那些孩子买吸不完的新鲜空气了！霍恩先生，从出纳处拿款来，记上账。"

"您要是能捐点儿用不着的棉花布头给孩子们做衬衣，我们就感谢不尽了。"特拉文斯卡韵味十足地轻声说。

"他们在乡下用得着什么衬衣呀？在我那庄子上我就见过庄稼人的小孩，差不多不穿衣，也挺健壮的。"

"克诺尔先生捐了五匹各种颜色的布料。"

"克诺尔捐五十匹也好，随他的尊便！我捐的不能超过……六匹……噢，不，不能超过五匹白布！斯坦尼斯瓦夫，给仓库主任写个条子，叫他拿四匹来……"他忙叫了一声，感到烦躁了。

"我们代表穷苦的儿童向您表示衷心的感谢。"

"用不着谢！我捐一百卢布和四匹白布，可是请你们二位夫人在报上登得醒目点儿；莎亚门·德尔松给夏令营捐一百卢布和四匹布。我虽不要炫耀自己，可是也得让社会知道，我有一颗善良的心……"

恩德尔曼诺娃重又说着动听的感谢话。尼娜见霍恩拿钱来了，也转过身来表示欢迎。

"我今天派人来请过您，现在再一次邀请您明天下午到我们那儿去。您不会忘记吧?"

"忘不了呀,我一定来,我很乐意。"

夫人们走后,过了片刻,斯坦尼斯瓦夫对霍恩说:

"你的熟人多漂亮呀!这位特拉文斯卡夫人嘴甜得像蜜糖一样。"

"那个罗伊查呢,像头搽了粉的母牛。你的聪明要是赶上她说话的本事,那你的财产就会增加两倍。"莎亚一面肯定地说,一面接待一个胖子商人。这商人穿一件腰身打褶的外套,长着一双鞑靼人的刁钻小眼。

莎亚对他客气得有点儿出格,把自己的椅子都让给他了,斯坦尼斯瓦夫还给他送来了雪茄,亲自给他点火。

商人走后,又来了各种各样的贵客。

霍恩好不容易才熬到头,等最后一个实业家走后,他才得到莎亚的许可,到厂里去。他要赶快去见马利诺夫斯基,了解卓希卡的情况。

霍恩在一个巨大的纺纱车间里的一架草草修好的机器旁找到了他,整个这座大厅现在由于工作,都在震动。

纤细的灰尘把机器遮住了,到处弥漫着浅灰色的雾,人和物件在其中只隐约可见,就像魔鬼似的。

阳光通过玻璃天窗洒下来,晒得工人们挥汗如雨,空气里充满了又热又呛人的融化了的沥青气味和机油味。

"从今天起,我就在你们的厂里工作了。"霍恩说。

"是吗,那好!"阿达姆一面轻声地回答,一面俯身察看一台钳工已经扭上了螺丝钉的机器。他不再说话了,因为工人们正在对这台机器迅速进行装配,上机油,试车,一会儿,又给它套上主传动带，和其他机器一起开动。

马利诺夫斯基审视了一番机器的运转后，又站了一会儿，看了看机器里抽出的纱线，待检查完毕，才拉着霍恩，通过机器之间的甬道走了。

"你妹妹呢？今天中午你们见到她了吗？"过了一会儿，霍恩对着马利诺夫斯基的耳朵问道，因为纺纱机的吱吱声、传动带的嘶嘶声、大小轮子转动的低沉的轰隆声，使大厅里嗡嗡一片，十分可怕，说话的声音怎么也听不清楚。

"没有，没有……没有……"阿达姆感到痛苦地轻声说。

他们走进一间玻璃小房，从中可以统览整个大厅；它的上面是穿插交错的传动带，下面是笼罩在棉花飞絮之中不停运转着的机器。

"你怎么啦？"霍恩见阿达姆紧闭着嘴，闷闷不乐地望着车间，便问道。

"没什么……我会怎么样？"

他低下头，把脸贴在玻璃上，无意识地望着一个飞速转动着的轮子。这轮子在阳光照耀下闪闪发亮，像一个一尘不染的银盾牌一样。

"再见。你从工厂直接回家吗？"

"你知道，她不见了！"阿达姆把脸转向他，轻声说。

霍恩依然心平气和，但是他因为要忍住哽咽，他的嘴唇颤抖起来了，一双绿色的逗人喜爱的眼睛也感到发黑。

"她不见了？"他不由得反问了一句。

"是啊。我吃过午饭来到这儿时，看门人给了我钥匙，还说到我这儿来过的那位小姐请他转告我，让我不用找她了；因为是找不到她的。你听见了吗?她到凯斯勒那儿去了,找她情夫去了。让她去吧,爱干什么就干什么吧,跟我毫无关系,我只是觉得有点儿难受……有点儿难受……"他突然中断了话,走了出去,因为有一台机器又停下来了。

他急忙跑到那台机器前,想掩盖他那不是"一点儿难受",而是咬着他的心,或者像利刃一般挖着他的这颗心的无法忍受的痛苦。

霍恩也跟着去了,可是到了墙脚下,却又不得不停住脚步,因为甬道上有一排手推车,满载着用铁箍箍着的棉花包;还有一些棉花像肮脏的雪块一样堆积在梳花机前。

马利诺夫斯基没来这里,但那可怕的热气和传动带令人烦躁的嘶嘶声却从四面八方涌进了霍恩的耳朵,所以他没有再待,便出去了。

可是阿达姆在门口赶上了他,眼泪汪汪细声细气地请求他说:

"请你别告诉别人。"

他用一双热乎乎的手握了一下霍恩的手,又回到了机器、传动带和皮带的密林中,想把他的耻辱、痛苦也在这里隐藏起来。

霍恩想对马利诺夫斯基说句安慰话,可是他却想不出说什么好。他觉得,医治这样的伤痛,时间和沉默是最好的药;这种伤痛只有通过忍耐和流泪才能得到减轻,也只有忍耐和流泪才能把它消灭。

霍恩在厂院里遇到了维索茨基,他是从工厂医疗所来的。

"大夫星期天去特拉文斯基家吗?"

"我有责任去。那是罗兹绝无仅有的一个不搞阴谋的地方。"

"对,这是唯一一个除了工厂老板外人们都去的沙龙。"

他们匆匆忙忙地分了手,因为莎亚的车已经停在街上事务所的门前。

莎亚依然在事务所里,和孙女儿们——斯坦尼斯瓦夫的女儿们——一起玩。斯坦尼斯瓦夫则在抓紧写着什么,不时地抬起头来,冲小姑娘们笑笑;她们的红头发小脑袋和粉红的小脸偎依在祖父宽阔的胸脯上。

莎亚挺会玩。他把孩子举到头上,吻着他们,不时高兴地笑着,壁虎似的红眼睛充满了对孩子的爱抚和欢快。

"你瞧,大夫,当爷爷有多累呀!"他高兴地冲维索茨基大声说道。

"孩子真漂亮!"

"真的吗?我也常这么说嘛!"

"有点儿像鲁莎小姐呢!"

"就是头发像,其实我这些孙女好看多了。"

"马上走吧,火车八分钟后就到。"

在窗下彬彬有礼站着的保姆领走小姑娘,他们立即出发了。

到得还算及时,因为莎亚的美国赛马跑得像风一样快,但挤满了人的火车也同时进站了。

由于莎亚来到,所有的人立即让开了路,他们脱下头上的礼帽和宽边帽,不说话了,所有的视线都好奇地打量着他穿着灰色长外套的高雅的躯体。他捋着胡须,对熟人点头致意,在自然形成的人的夹道中间缓步走过。他的仪表俨然像一个国王,以爱抚的眼光望着面前急忙闪开的穷人。

小姑娘们走在他前面,穿得花枝招展,像彩蝶一样。

维索茨基老远就望见了从头等车厢窗户里伸出头的鲁莎和梅拉,便立即往车厢的小门跑去。

头一个下车的是鲁莎,用一条小链子牵着一只灰毛小猴。那猴子在月台上弓身曲背地跳着,然后又坐了下来。

"你好吗,鲁莎!你好吗!"莎亚大声叫道。当鲁莎亲吻他时,他用两个手指把她拥在自己胡子下面,另一只手则抚摸着她的脸,十分激动地说:

"你的脸色挺好!……你已经回来了,好啊!"

"科科,回来,科科!"鲁莎喊着那只猴子,可是它被人群和喧闹声吓坏了,在乱蹦乱跳,鲁莎只好两手把它抱住。"你等我们哪?……"在他们慢慢通过拥挤的出口时,梅拉轻声问道。

"我在等小姐……"维索茨基没敢称呼她的名字,"我等你等了两个月之久了……"他轻声说道,为她回来感到极为高兴。

"我也等了两个月,太久了……太久了……"

他俩并肩走着,因为挤在人群里,两人的手很容易碰在一起,可是他们没有再说话,得上马车了。

维索茨基想和他们辞别走掉,因为他一见梅拉,就不由自主地感到一种令人晕眩、非常奇特的内心激动。

他觉得自己十分幸福。因为高兴,他在看着她时,也感到眼前一片模糊。他的心激动得怦怦直跳,因为怕让别人看出来,他想溜走,可是两位小姐不放他走。

他只好坐在马家的前排座位上,正对着梅拉,凝视着她那从浅色大宽边帽下露出的一缕缕浅灰色的头发和晒成黄金色的脸庞。他充满着火一般的热情,目不转睛地凝视着她,致使她惶惑不安了,因此她便扭过头去，正了正帽子，可正是这种惶惑不安，给她带来了愉快和更大的幸福。当她见到那猴子缠住鲁莎的肩膀，不让人抱走，还挤眉弄眼时，便高兴地哈哈笑了起来。有时候，她的灰色的大眼睛也瞧瞧维索茨基的脸，害怕又高兴地看别的地方。

鲁莎接连吻着小姑娘们，抚摩着猴子，说着各种旅途见闻，可是对梅拉和她满面春风的脸却无暇一顾。

"姑妈不见了！把姑妈丢了！"鲁莎停住了车喊道，到这时候她才发觉陪她们旅行的梅拉的姑妈不见了。

"得回车站，回去！"莎亚吩咐道。

"我下车，去把小姐的姑妈找来！"维索茨基机灵地接过话来，庆幸自己有机会溜走，便立即跳下了马车。

"好吧，那你一定得把姑妈送到家来。"

"星期天我一定来，小姐们要休息……怕打扰你们大伙……"他解释道，表示请求地望着梅拉。

"既然你理由充分，那好吧，星期天我们在原来的钟点，在黑书房等你，请你转告贝尔纳尔德，你们一块儿来吧。"

"贝尔纳尔德到巴黎去了。"

"那就算了，他最近变得没意思了。"

"以后什么时候，小姐也会对我做出同样结论吧？"

"你吗，那得让梅拉说……"

"这对我来说更糟糕……"

他没有听见她的回答，因为马已经开步了。可是他从梅拉的眼色里，看出了她有别的想法，因此，心里顿时感到很大的不安。

他找到了梅拉的姑妈，发现她正站在一大堆箱子和包裹中间，等候搬运工人运走这些大件的行李；于是他尽可能地帮她的忙，在把她送上马车时，还粗里粗气地吻了她的手。然后，他在站前的台阶上站了许久，梅拉的倩影，她的一双温暖的手和看穿一切的目光，使他的心情无比激动。

后来，他还没来得及把心头的任何一种感情变为明确的思想，由于受到一种不知由来的对孤独的欲求的支配，顺着一条新铺的路到了城外。路旁还有没平整好的田垄，可地里已经盖上了住宅和工厂。

"我爱她！我真爱她呀！"他想着便站住了，凝望着一排建在山坡上的风车的缓慢转动着的车翼；那车翼很像几条疲劳的臂膀，在明朗的天空中，时而飞起，时而沉重地落下。

他信步蹚在长满了燕麦的田地里，一股股黑亮黑亮的燕麦浪时起时伏，碰着一堵浅黄色的黑麦墙。这燕麦沙沙作响，弓身触到了他的脚上，撒下许多发出庄稼香味的褐色的针形花瓣。在燕麦地的后面，又是碧绿的一片，中间兀立着几间灰色的房子，它们的玻璃窗在阳光照耀下闪闪烁烁。百灵鸟也从下面飞起来，直上万里晴空。

他仰望着它们展翅高飞，直至消失在天际。他一边走，一边享受着生活、呼吸和运动中的巨大的欢乐，胸中充满了那永不消失的强大的力量，就像初生的野草所显示的生命力，就像矢车菊花那瞅着燕麦丛的湿漉漉的眼睛在燃烧，就像在麦浪的沙沙声中、在蟋蟀的吱吱叫声和风儿的轻轻吹拂中所表现的力量。

他完全沉醉在欢乐中了，一种不知由来的激情使他热泪盈眶。他扯下了两大把麦穗，要清凉一下他的发焦的嘴唇，然后仍信步向前走去，但不知往哪里走，这时忽见一间低矮半塌了的茅屋挡住了去路，在房前一株高大的白桦树下的一堆麦草上，躺着一个人。这个人的头低低地枕在一个花格子枕头上，眼睛盯着像一条条绿色的水流一样悬挂着的小树枝，用小得像蚊子嗡嗡似的嗓音唱着：

让我们开口来赞美圣母，

把她那高深难悟的光荣讲述。

维索茨基停住了脚步。

歌声传来，像溪水流过石板的汩汩声响一样，时而间断，时而高昂，接着又如喃喃细语似的低落下去，终于变成一阵深沉、沙哑的叹息声，归于寂灭。然后，那个人用手指移动着大颗的念珠，亲吻着小铁十字架，凝望着形同墙壁的大片黑麦。这黑麦的穗子也沙沙响着向他鞠躬，摇晃了一会儿，便往后退去了。接着，长在房前的高高的毛蕊花也弯下腰来，用一双黄色的眼睛眺望着那笼罩着花粉云雾的浅黄色的麦浪。

"你怎么了？"维索茨基坐在这个躺着的人身旁问道。

"没怎么，先生……没什么……我快死了，像那些野草一样。"病人对维索茨基出现在自己身边并不感到惊奇。他慢吞吞地回答，抬起一双像天空那般灰色的充满了忧伤的眼睛。

"你得了什么病？"维索茨基又问道，因为病人冷漠的回答使他感到不安。

"患了绝症，先生，您瞧吧！"他拿开身上的破布，露出两条从膝盖处截断了的腿，腿上裹着肮脏的布条子，"工厂咬断了我腿上的骨头，大夫把膝盖以下切掉了，又说怕我死，便把膝盖以上也切去了些，他们还说我死不了，先生……我快死了，我求慈悲的耶稣和圣母让我早死……"

他把念珠上的小十字架送到了嘴边。

"你还疼吗？"

"不了，先生，还有什么疼呢？腿没有了，肉没有了，手也快没了，啊！"他伸出两只皮色灰白、骨瘦如柴的胳膊，就像房前李子树上枯干弯曲的树枝似的，"我只有一口气撑着，耶稣还让我留着这口气儿，等咽了这口气儿，那就像基督徒一样，可以睡着不用醒了……"

他吃力地低声说着，说一句喘一口气；一阵像残阳余晖般的微笑，掠过他那灰得像身下土地一样的瘦脸。

"谁看护你，照料你呢？"维索茨基越来越感到惊奇，又问道。

"耶稣看护我，老婆照料……她整天不在家，上工厂，给瓦匠当小工……晚上回来，把我拉进房里，再做饭。"

"你没有孩子吗？"

"原来是有啊……"他的话声更加微弱，眼睛顿时湿润起来，"有四个……是啊，一共四个呢。安泰克被机器砸破了脑袋……玛雷娜、雅格霞，还有沃伊泰克，都得疟疾死了……"

他沉吟了半晌，用玻璃似的眼睛呆望着从四面围着茅屋摇摆不停的庄稼；他的灰色的脸虽然像大多数农民那样，表现得对什么都无动于衷，但也因那直刺心脏的钉子般的剧痛抽搐起来。

"缺德的家伙……"他低声诅咒着，对在庄稼上方耸起烟囱和大厦的城市挥动了一下拳头。

"我看看你的腿吧！"维索茨基说着便要从他的腿上掀开一块块烂布。这个农民硬是不答应，因为心里害怕；可是他说话没用，只好住口，以惊异的目光瞅着维索茨基。

坏疽已经无法控制，只是因为他的整个机体极度衰竭，才发展很慢。

维索茨基动了怜悯之心，于是从小井里打水给他洗净了伤口，在上面撒了他随身带来的石炭酸，想再替他包好，可是那布条太脏，浸透了脓血。

"你没有干净布吗？"

农民轻轻地摇摇头，激动得说不出话来。

维索茨基不假思索地脱下自己身上的衬衣，把它撕成一些布条，裹在病人的两条腿上。

农民依然沉默着，只是胸部越挺越高，剧烈的哽咽卡在嗓子里，整个躯体也不停地哆嗦起来。

维索茨基包扎完后，忙穿好衣服，翻好领子，把身上带的钱全部塞在病人手里，然后弓下腰来，轻声地对他说：

"你保重吧，我明天再来看你。"

"我亲爱的耶稣，耶稣，耶稣啊！"那农民终于吐出了肺腑之言，又从麦草上挣扎起来，凑到他跟前，抱住他的双腿，表达出了一个农民的全部感恩之情。

"啊，我好心的先生，好心肠的老爷……"他眼泪汪汪地嘟囔着，表示了他由于苦难得助的谢意。

维索茨基扶他躺下，劝他别动，擦干了他脸上的泪水，梳整好了他的沾满汗水的松乱的头发，便急忙走了，好像心里感到内疚。

农民目送着他，一直到他在麦田中消失不见；然后他环顾着四周，画着十字，感到无法理解刚才的一切。他以迷离的目光望着摇曳不定的燕麦，望着麦田上方摆动的白桦树枝丫，成群翻飞的麻雀

他看见了层层麦浪,这麦浪在他头上沙沙作响……

和田野上西沉的太阳,然后又抬起头来,如泣如诉地唱道:

让我们开口来赞美圣母……

"我以后再不叫痛了……你已经对我发了慈悲,耶稣……现在我可以死了……死……"他越来越小声地唠叨着,透过迷雾,他看见了层层麦浪,这麦浪在他头上沙沙作响;他看见了那仿佛要把他抱起来的蓝中带灰的天空,和那以最后的光辉亲吻着他的金黄色的、善良的、亲爱的太阳。

第七章

博罗维耶茨基、霍恩和马克斯·巴乌姆走进了特拉文斯基的官邸;这一家人将第一次举办隆重的命名典礼。

尼娜头一个出来迎接;她身穿一件雪白的薄绸衣;在这件绸衣的衬托下,她那半透明的优雅的面孔看起来好像是由粉红色的茶花瓣拼成的;一双布满了金点子的浅绿色的眼睛在闪闪发亮,仿佛挂在她那粉红色的小耳朵上的宝石耳环一样;浓密的栗色头发被梳成了希腊式的发髻,在美丽的头上形成一个金色的头盔;她侧面的相貌就像西西里的白色琥珀上精美的浮雕。

"我给你准备了一件你料想不到的,会使你高兴的东西。"她对卡罗尔说。

"你说'使我高兴',那一定挺有意思了。"他讥讽地说,想努力避开她的肩膀,观看那幅把客厅隔开了的帷幔。

"你猜猜,先别看。"

她挡住了屋门。

正好在这个时候,从她肩膀上方这幅樱桃色帷幔的后面,露出了安卡笑容可掬的脸,随即也露出了她的全身。

"瞧,我还没安排好哪,你们俩在这儿待一会儿。我先把先生们安顿好。"她转过身来,面向着霍恩和马克斯,然后带他们走了。

"你什么时候来的？"

"今天早晨，跟维索茨卡夫人一块儿到尼娜这儿来的。"

"家里怎么样，父亲呢？"他毫不在意地问。

"父亲身体不怎么好，脾气坏了。告诉你，利贝拉特神父死了。"

"他早该见上帝了。老疯子！"他厌烦地说。

"你说什么，怎么能这样说呢！"她激动地叫了起来。

为了缓和刚才的出言不逊，他便挽着她的手，把她拉到了窗前。

"你瞧瞧那边的墙，那是我的……是我们的工厂！"他一边说，一边指着特拉文斯基纺纱厂的玻璃屋顶，那后面耸立着被高高的脚手架围起来的厂墙。

"我已经见过；我刚一来，尼娜就带我到了厂院的尽头，指着栅栏后面的你的工厂叫我看了，还说你整天整天拼命地工作……不要劳累过度……不要……"

"没办法，非这样不行，就说今天吧，三个人一清早就忙着给工人发薪水。"

"父亲给你捎来了两千卢布，我马上给你。"

她略微转过身来，从钱包里掏出一卷钞票，交给了卡罗尔。

"父亲从哪儿搞的钱？"他问了一声，把钱揣起来了。

"他有钱，就是什么也不说，可是你写信谈到你的困难，说你得借债，他就把这笔钱交给我，叫我给你捎来了。跟你说老实话吧，我是为送钱才来的。"她低声说着，已经感到十分羞怯，满脸通红了，因为她是当了自己的全部首饰，变卖了各种东西，才弄到这笔钱的。这事卡罗尔的父亲全知道，安卡确信他父亲是不会说出来的。

"安卡，我真不知道怎么谢你才好，钱来得不能更及时了。"

"唉，这就好了，这就好了……"她高兴地喃喃说道。

"你的心多好啊，还亲自送来。"

"邮寄要慢多了……"她坦率地说，"我一想到你在这儿发愁，着急，就受不了，送来倒也不麻烦。"

"不麻烦！也许你这么想，换个别人，就做不到。"

"因为谁也不能像父亲……和我这么……爱你……"她鼓足勇气说完了这句话，用两道黑色的眉毛下的那双明亮、质朴、充满着爱的眼睛凝视着他。他立即抓住了她的两只手，非常热情，诚恳地吻着，把她紧紧搂在怀里。

"卡罗尔……别这样……有人来了……"她想要推却，因此闪开了绯红的脸，闭上了因激动而颤抖的嘴唇。

在他俩进入人声喧闹的大厅时，尼娜对他们表示了真挚的微笑，看见安卡蓝中带灰的眼睛闪出了幸福的光芒，脸上喜气洋洋的。

安卡今天的确妩媚动人，她能够为情人助一臂之力，她的"心爱的小伙子"今天对她是这样的好，这样的真诚，仅此就足以使她感到幸福和高兴，使她显得格外美丽，以至引起了众人的注意。

她在一个地方待不住了，不由得想到花园或田野里去，放开嗓子唱一曲幸福之歌。在这个愿望和多年习惯的驱使下，她走出了房门，看了看那被红色楼房包围着的地面上铺了砖的厂院和各处矗立的房屋，然后，又回到了客厅，找到了尼娜，便和她肩并肩地在客厅里漫步。

"你真是个孩子，安卡，是个大孩子！……"

"因为今天我幸福……我爱……"她激动地回答道，一双眼却在找着卡罗尔。卡罗尔正在同玛达·米勒和梅拉·格林斯潘谈话，维索茨基也在他们身旁。

"小点儿声,你这孩子……别人会听见的……谁表白爱情这么大喊大叫……"

"我不喜欢,也不善于保密,爱情,有什么要害羞的呢。"

"害羞倒也不必,可是应当把爱情藏在心里,别让人家发现。"

"那为什么?"

"因为不能让别人的冷淡、险恶或者忌妒的眼光去碰它。我连自己最好的青铜雕像和画都不给人看,因为我担心他们的眼睛感受不到这些作品的全部的美,担心他们玷污甚至盗窃它们的美,当然就更不允许他们看到我的内心了。"

"为什么呢?"安卡真不理解这种名副其实的含羞草般的敏感。

"因为他们不是一般的人,至少我今天的客人中大部分都不是。他们都是工厂老板、资本家、工厂各部门的专家,都是赢利、赚钱的行家——就知道利润……就知道赚钱。对他们来说,爱情、心灵……美……善……诸如此类的概念,都不是'票据',而是火星居民发放的没有转让签字的支票——就像库罗夫斯基先生今天说的。"

"那卡罗尔呢?"

"他嘛,就不用我说什么了,你最了解他。哟,价廉物美艺术的保护人来啦,还有跟班的,我得瞧瞧去……"

尼娜于是去迎接恩德尔曼诺娃,这位夫人神气十足地跨进大厅,分外撩人耳目。

在她身后不远的地方,跟着两个年轻苗条的姑娘,穿戴一样,算是她的侍从。

一个姑娘拿着手帕,另一个捧着一把扇子,向众宾客呆板而机械地鞠了躬,同时密切注视着夫人的一举一动。夫人甚至不屑于把她们介绍给女主人,就一屁股坐在小凳上,戴上长玳瑁柄夹鼻眼镜[1],大声嚷起来了。她赞扬着尼娜的美貌、满堂贵客和客厅本身,还以女皇的派头,三番五次地转身向坐在后面的侍从要手帕、要扇子。

"她的派头真像一位女王,像真正的玛丽亚……玛丽亚·马格达莲娜。"

"玛丽亚·苔蕾莎,先生!"库罗夫斯基悄悄对格罗斯吕克说。

"反正都一样。你好啊!恩德尔曼,这么兴师动众,破费不少吧?"银行家问恩德尔曼道。恩德尔曼不声不响地跟在妻子后面,步入客厅后,同样不声不响、十分谦逊地同熟人打了招呼。

"我挺好,谢谢你,格罗斯吕克,什么?"他把手卷成一个圆筒,对着银行家的耳朵说。

"博罗维耶茨基先生,你不知道莫雷茨·韦尔特什么时候来吗?"

"他没有说,也没来信。"

"我有点儿不放心,他可别出了什么事。"

"死不了……"卡罗尔满不在乎地回答。

"谁知道,可是我寄给了他三万马克的支票,都过一个星期了,还不见他。你哪知道,现在世界上骗子多着呢……"

"你这是指什么呀?"卡罗尔听他的语调,暗暗吃了一惊,便问道。

---

[1] 原文是法文。

"指什么？说不定在什么地方有人偷了他，把他杀了。现在都是要钱不要命啊！"他颇有感慨，深深地叹了口气。那三万马克使他坐卧不安，而且他太了解莫雷茨了，他放不下心来并非没有道理。

"梅丽，别让特拉文斯卡夫人请了，你弹得不错嘛，那就好好弹个曲子！"银行家吩咐女儿道，因为尼娜正在请她演奏一曲。

梅丽是个干瘦的姑娘，两条腿跟木头棍子一样，鼻子塌陷，嘴瘪得几乎看不见。她坐在钢琴前，毫不在意地弹了几下琴键，这种姿态再加上她的长着一堆青春疙瘩的发青的面孔，发红的鼻子，两只又瘦又长的胳膊，就跟一只拔了毛冷冻着的，可又穿上了艳丽的绸服的鹅一样。

"那些有名的罗兹金毛小母牛都哪儿去了？"霍恩低声问卡罗尔道。

"亏你还问。玛达·米勒、梅拉·格林斯潘和梅丽·格罗斯吕克不都坐在这儿吗！"

"波兰女人一个也没有？"霍恩的话声更低了，以免妨碍梅丽乱七八糟的叮咚声。

"遗憾得很，霍恩先生，虽然我们已经开始生产呢绒和印花布，可是要等波兰百万富翁的女儿露面，还得二十年吧。这段时间，你就先欣赏普通波兰女人的姿色吧！"卡罗尔带挖苦地回答后，便走开了，因为坐在维索茨卡旁边的安卡在叫唤他。

梅丽正在奏着一首奏鸣曲，因为冗长枯燥已极，令人厌烦；所以她稍一停，客厅里立即话声鼎沸，嚷得最凶的正是格罗斯吕克本人。他由于听老恩德尔曼说，贝尔纳尔德皈依了新教，起了无明怒火。

"我说过,他没好下场。他冒充哲学家和世纪末风度,终了不过是个没什么了不起的混混儿。他信新教干什么?我原以为他有点儿心眼呢。他改变信仰我倒不在乎,因为不管他信天主教也好,新教也好,伊斯兰教也好,到底也还是个犹太人,还跟咱们站在一起。"

"你不喜欢新教吗?"库罗夫斯基问道,一双榛子色的眼睛却跟踪着和尼娜一块儿穿过客厅的安卡。

"不喜欢,一辈子也不信它。我是一个喜爱并且需要美好事物的人。我拼死拼活干上一星期活儿,在星期六、星期天就要休息一下,要到一间大厅里看看,当然得有好看的画,好看的雕刻,好看的建筑,优雅的典礼。我很喜欢你们的这些典礼,有漂亮的颜色,扑鼻的芳香,有音韵,有光彩,有曲调。而且,要是让我听布道,就希望那布道别枯燥无味,我想听的是谈天说地的优雅的谈话,那是很'高尚的'[1],给人提神鼓劲。可是进'教堂'能怎么样?四堵墙,空空荡荡,好像全部家当都毁了似的,更不用说还加上个神父乱吹一番了。你想知道他尽吹什么吧?⋯⋯大谈特谈地狱啦,还有别的,一听就头疼,你保重吧。难道我去教堂就是为了找不痛快吗?我有自己的想法,我不是乡巴佬,我不愿叫那无聊的废话把自己憋死。不过呢,我倒想知道,我是跟谁打交道,新教算是什么公司?罗马教皇——才是一家大公司呢!"

库罗夫斯基什么也没说,他走了,坐在一群小姐近旁,用奇特的目光瞅着尼娜和安卡。她俩手挽着手,在漫步穿过几间客厅时,在窗前摆着的每簇铃兰花和紫罗兰前,都要停留一下,俯下身子闻

---

[1] 原文是德文。

闻花香，然后再向前走——她们自己也和春天明媚的鲜花一样。

尼娜有时还用冰冷的双唇触触铃兰花的清凉的叶子，以闭着的眼皮擦擦雪白的风铃草，或者用手指抚摩那正在探望着一个双耳瓶瓶口的铜雕山林女神的屈臂；这个瓶里插着鲜花。然后，她俩开始亲热地窃窃私语，便走开了，却没有注意恩德尔曼诺娃在侍从簇拥下，正在她们后面跟着。这位夫人带有几分妒意地张望着那一间间简朴而优雅的客室，当她看到了墙上尼娜冬天拿来的那件配上了大框的镶嵌艺术品之后，便兴致勃勃地停住了脚步。

"这多漂亮！颜色多好！多么光彩！"她眨着眼睛，又惊又喜地大声喊道，因为阳光射在这件镶嵌艺术品上，发出了耀眼的反光。

等她说够了这些陈词滥调，便又在侍从的保护下，迈着外省阔太太的步伐，继续朝前走去。

"可笑，太可笑啦，不过骨子里倒是个善心的女人。是几个慈善机关的主席，给穷人做了不少好事。"

"喜欢让人夸她嘛！"马克斯·巴乌姆听见了他的后半句话，朝库罗夫斯基走了过来。

"你们觉得很无聊吗？"尼娜问。

"不呀，我们有看的。"库罗夫斯基打量着他俩，说道。

"意思说有的人觉得无聊，因为他们没有什么可看……"

"是有这种人！您看眼前吧：米勒小姐和格林斯潘小姐不是呆坐在那儿吗——哼，罗兹的两条金色小母牛。玛达·米勒穿的绸子衣裳太瘦，因此透不过气来，她还担心厨娘把果子饼烤糊了，所以急得老是出汗，没过五分钟，我数着哪，她就喝了四杯柠檬汁！梅拉·格林斯潘小姐看样子倒是挺热情。我故意三次向她打听了那不勒斯的情况，——三次她都一样哼哼呀呀的，翻着白眼，用最漂亮的字眼儿赞不绝口……就跟留声机一样，放上一张新华尔兹舞曲的片子，一按就唱出同一个曲调。"

"可是今天她看来有点儿没精打采，走，瞧瞧他们去。"尼娜说。

"因为维索茨卡夫人今天讨厌犹太女人，一抓住哪个年轻人，就教他防备犹太女人，而且大声嚷着，结果梅拉小姐只好坐在那儿听着……"马克斯解释道，一面走到安卡跟前，很不放心地朝前望去，想找到卡罗尔。

"好些人都出去了！"尼娜吆喝了一声，其实她并没有注意到主客室里还有格罗吕斯克父女和其他几家犹太人。

"男人们都腻了，女人们却想借聚会之机闲扯几句。"

"哼，他们真的腻了才好呢！"尼娜不高兴地说。

"得弄明白这儿究竟有什么给他们玩的！大衣不能脱，不给香槟酒喝，你还请来了一大帮干活的波兰老粗：工程师呀，大夫呀，律师呀，以及诸如此类的专家，又想让百万富翁老爷们在这儿舒服。有了这帮人，就等于降了他们的格，所以他们都要出去嘛！我敢担保，他们再也不会登你的门儿了。"

"谁还有心再请他们，今天我才看到，连在这样的聚会上，也找不到共同点，至少在罗兹是这样。"

"全世界都这样，全世界。安卡小姐！罗伯特·凯斯勒先生他一个钟头前就想让人介绍跟你认识……"库罗夫斯基带轻蔑地给她介绍了一个粗短的人：这个人的脑袋缩在肩膀中间，长着两只大扇风耳朵，头顶尖尖的，上面生着一束束黄头发，真像一个大蝙蝠的脑袋。他的脸像是用鞣制拙劣、绷得不紧的马皮做的，嘴像一条长长的裂缝,两个肥大的腮帮子上长满了剪得很短的红毛。

他寒暄起来大大咧咧的,等大家都在客厅里落座,他又凑到安卡身边,把两只骨关节突出、长满了红毛的手搁在膝盖上,用两只滴溜转的黄眼睛死盯着安卡。安卡无法忍受了,因为他的目光使她直打寒噤,感到一种奇特的恐怖。她一句话也没有和他说,就急忙走了。

"她挺美,美得出众!"他沉默半晌之后,对坐在他身旁的霍恩低声说。

"在审美上,你挺内行嘛!罗兹城人人都知道你有眼力!"霍恩强调说,他因为这时想起卓希卡·马利诺夫斯卡和许许多多当了牺牲品的女工,她们在凯斯勒的暴力和开除的威胁下,不得不委身于他。

凯斯勒没有理睬,冷冷瞥了他一眼,不以为然地离开他,便去找马克斯·巴乌姆。巴乌姆也感到十分烦躁,一小时前就想从这间大厅溜掉,可他又走不脱,因为安卡在场,缠住了他。

这时候客厅里乱起来了。一伙伙客人走来走去,互相行礼问候,观赏各间客室,然后就都到门外去了。只剩下十几个人,他们都是波兰人,地方知识界的要人,在百万富翁们离开后,便随即来到客厅中间,占据了空座位。

不是波兰人的只有米勒一家,因为他们跟特拉文斯基一家相处很好;还有梅拉·格林斯潘和她的姑妈,这位姑妈好几次嚷道:

"梅拉,你不想到外面看看去?"

梅拉像马克斯一样,听到维索茨卡不留情面的冷嘲热讽,感到不痛快,早想走了;可是她出不去,一直坐在一个地方,十分烦躁地和玛达拉话，偶尔也笑一笑，说说自己旅行的故事，却全不知道自己该怎么办。

她感到一种强烈的、十分奇特的痛苦，觉得她迄今的一切理想和希望都破灭了。

维索茨基跟她谈了几次话。她老是看着他的充满了抚爱的眼睛，听着他低声地对她说着一些事情：这些事昨天曾给她带来幸福，今天就给她造成了更深的悲哀和痛楚。因为正是在今天，在这间明亮的大厅里，她凭她对爱情的本能的敏感，预感到自己永远也不会嫁给维索茨基，也不应嫁给……

每当她沉思默想时，当她痛苦地可是清楚地看到把他们分隔开的鸿沟时，她便从害怕变得沮丧了。她以呆滞的眼光恍恍惚惚环顾着人们一张张的面孔，寻觅维索茨基那明亮的含笑的目光，似乎要在他的目光中，看出对自己种种想法的否定，因为她的这些想法，就如同成把成捆炽热的铁丝一样，正在刺着她的心灵。可是维索茨基太爱她了，心情太好了，又和至交好友在一起，他今天体会不到她的心理状态。

他正在跟特拉文斯基、库罗夫斯基以及几个年轻人高谈阔论，对他们激昂地表示他对社会和社会需要的广泛的利他主义观点，说着说着他就拉开了领子，捻了捻胡须，同时反复拉着袖口，对能遇见知识界的人听他谈话感到高兴；他也可以借此机会暂时摆脱工厂每天的事务，高兴地提出假设，做出结论。

"到底为什么呢？"梅拉冥思苦想时，却不很知道这些可怕的思想为什么竟缠住了她，使她心里充满了无法解释的痛苦。只有一点她知道得很清楚：她心上的人的这个世界，所有这些库罗夫斯基们、特拉文斯基们、博罗维耶茨基们，他们所谈论的所有问题，引起他们注意的一切思想——他们如此热爱的整个波兰世界——完全是异样的,和她的世界完全不同。之所以不同,是因为他们的思想感情并不局限在利己主义范围之内,也不局限在赚钱、发财和声色犬马的生活圈子之内。

"我们犹太人跟他们太不一样了!"她望着特拉文斯基清秀的、显得很精神的面孔,心里想到。可是特拉文斯基由于对维索茨基的结论在慷慨激昂地提出抗议,他的脸变白了,太阳穴上也露出了微细的青筋。接着她看看维索茨卡、尼娜和安卡,她们坐在一圈十分高贵的、充分表现着优雅风度、轻声慢语着的妇女中间;与此同时,她又想了想自己家里的人:父亲、姊妹、内弟;只是在这个时刻,在她不由自主的比较之下,她才痛感自己生活圈子里的全部鄙陋和庸俗。

也在这个时候,她才知道,自己如果置身于这些波兰人中,会感到永远陌生,她是从另一个世界来的,人家就算容纳,她在这里也只可能作为女人给丈夫递送嫁妆。

"这样不行,任何时候都不能这样!"她高傲地、反复地说着,就想起身出去,因为姑妈来到了她的身边,在拉着又长又沙哑的嗓门问她:

"梅拉,你要不要回家去呀?"

她从椅子上站了起来,下决心要走,要离开这里,再不回来,永远不回来。

她深深感到,这次离别无异于与几年来萦回脑际的理想诀别,无异于同青春、爱情诀别;然而她决心离别。

她全心全意地爱着维索茨基,但是她已经预感到,她必须拒绝他,永远不再见他。

"永远不见,永不!"她咬紧牙关,反复地说。她清楚地记得她认识的一些女人的遭遇:她们嫁给波兰人后,甚至受到亲生孩子的欺辱,孩子责怪当母亲的出身;她们常要听到那些表面上十分文雅,可是却带轻蔑或歧视的话,因为她们正是生活在这个环境中,这就是她们在自己家中,在自己的亲属面前所感到的陌生。

"你要走,干吗这么急呀?"维索茨基一面给她让路,一面问道。

"我不舒服,一路还有点儿累。"她虽然做了解释,但没有看他。这时她要竭力压住那心头发出的哽咽,打消他的话使她产生继续留下的愿望。

"我本来以为你要待到晚上,然后咱们一块儿去鲁莎那儿;你说咱们今天整个晚上都在一块儿的。我有整整两个月没见你了。"他轻声地说着,由于情绪激动,他的嗓音好像被压住了。

"我记得……记得……两个月……"她回答道,心里也骤然感到热乎乎的。这是爱情的温暖,在痛苦中感到的温暖,因此泪水在她的眼中开始闪现,心也跳得很猛,很猛的了……

"现在方便点儿了,没走的都是自己人……"

"那我更得走了,以免众目睽睽嘛!"她十分痛苦地说道。

"梅拉!"他用带责备的口气叫了一声,由于语调十分温和,十分诚恳,以致她听后也软了下来,刚才的决定不复存在,心里感到了很大的幸福,感到安宁。

"你不走啦,是吗?"他热烈地央求道。她没有回答,由于看到了维索茨卡咄咄逼人的目光,更不知所措地看着她。最后,维索茨基请求尼娜:

"请你说服梅拉尼亚小姐留下吧。"

尼娜原来听老太婆说过他们的事,因而对梅拉没什么好感。可是现在,她看了看她那张愁云密布的脸,觉得她很痛苦,因此动了同情心,便热情地劝她留下。

梅拉执拗了一阵,经过一番思想斗争,终于留下了。

"最后一次吧!"她虽然暗暗提醒自己,可是现在爱情又支配了她,维索茨基的言谈话语又使她飘飘然了。维索茨基故意当着母亲的面与她分秒不离。安卡和尼娜把她拉到了她们中间,真心诚意地劝慰;她受到这番盛意的感化,早已忘记这是最后一次,反而想着:这是第一次,以后永远这样……

永远……

为了这些高贵客人举办的这次盛会延续了很长时间,直到黄昏,在大餐厅里才摆上晚餐。餐厅四壁镶有浅色的橡木,壁上唯一的装饰是一条钉在上面的宽带子,它在那墙壁半截高的地方绕了一周;此外,壁上还挂着葡萄藤,藤上长着一串串的紫葡萄;这些葡萄都挂在用金黄色杨木雕成的滑稽面具的耳朵上。

大餐桌上的水晶杯盘、银器、鲜花,晶光闪闪。这些花由于排成了长队,形成一个大花坛,五彩缤纷,芳香袭人。形同多瓣仙人掌的烛台上的蜡烛朝在座的人的脸上散发着柔和的亮光。

气氛十分亲热,大家频频举杯祝酒,鼓掌欢呼,说笑不停,非常高兴。就连米勒也为特拉文斯基一家人祝酒,还想美言几句,可是他已经有了五分醉意,坐在马克斯·巴乌姆身旁的玛达因为没法去提示他,他只好语无伦次地胡诌了几句,然后坐下,用袖子擦了擦发红的大胖脸。

"这老兄真逗人,我要把他带回去关到我那动物园里。"凯斯勒歪着身子,冲坐在身旁的梅拉轻声地说。

可是梅拉没有听见他的话,因为她跟维索茨基聊得正起劲,更何况她对他那个蝙蝠脑瓜儿和他那双黄眼睛本来就有着一种不可克服的厌恶感。这两只眼睛老是盯着坐在他和博罗维耶茨基之间的安卡。

在场的全体宾主中间,也许只有玛达·米勒今天没心思娱乐。

马克斯虽然力图和她说笑,她却不予理睬,只是注视着卡罗尔和安卡,瞧着他俩亲密无间,才悄悄地问马克斯:

"博罗维耶茨基身旁的那位小姐是他妹妹吗?长得挺像的。"

"是远房表妹,也是未婚妻。"马克斯强调说。

"未婚妻!没听说过卡罗尔先生有未婚妻……没听说过……"

"两个人已经相爱一年啦!"马克斯有意说道,因为玛达说话考虑不周,在望着和谈到卡罗尔时,也不掩盖羡慕之意,这使他反感。

姑娘金色的睫毛突然像翅膀一样扇了几下,然后沉重地盖在蓝眼睛上,她的通红的脸顿时变得苍白,失去了血色的嘴唇奇怪地哆嗦起来。

马克斯瞧着这突如其来的变化,感到惊异,但是他已经没有时间再观察了,因为一个仆人在对着他的耳朵说,有人要见他。

"你母亲去世了!"尤焦·亚斯库尔斯基站在前厅,直截了当地对他说。

"什么?什么?什么?"马克斯连声问,他以为听错了。他神魂颠倒地转了几圈,毫无目的地到处乱摸乱掏了一阵,然后瞥了尤焦一眼;尤焦这时也泪流满面,因害怕而浑身发抖,他把这噩耗对马克斯又说了一遍,便急忙回去了。

第八章

餐厅里除了尼娜,谁也没有发觉马克斯已经出去了。

"巴乌姆先生出了什么事?"玛达·米勒问。

"人家跟我合作,又不是现金保管员,难道我还得监视着吗?"博罗维耶茨基开玩笑地回答说。他感到高兴,因为这位合作者的眼睛已经不会再盯着安卡,不再监视他和玛达的谈话了。玛达听说他在恋爱,很不高兴,催着她父亲要走。可是米勒今天心情很好,这时拦腰搂住博罗维耶茨基,按在女儿身旁,粗声粗气地嚷道:

"傻丫头,给你找了个丈夫,就别急着回家了。"

米勒把他们拉在一起后,他俩坐在那儿很不自在。

玛达低下了头,全神贯注地戴着手套,听着他低声说话;这话声过去曾使她欢喜得浑身发抖,今天却在她心里引起了凄凉和忧郁的共鸣,以致她担心自己忍受不住,非哭出来不可。

米勒坐在尼娜身边,不时高兴地拍着她的后背;他只管高声说话,对周围一张张笑脸和特拉文斯基的窘相却视而不见。

"在你们这儿我真痛快!我家的宫殿虽也漂亮,可是我在那儿感到不舒服。我想有个像你这样的女儿。"

"你这不是委屈了玛达小姐吗?今天她很漂亮。"

"是的[1]，玛达是漂亮，可她是个傻瓜。我想把她许配给波兰人，让他们享有像你这样的沙龙，宾客满堂，这样我就会常去瞧他们。我喜欢这样。"

"这在罗兹很难做到，因为这里没有阔人，你不会同意把女儿许配给他们的。"坐在尼娜身边的库罗夫斯基轻声说。

"啊哈！库罗夫斯基先生！我说不定还可以把玛达嫁给您，或者嫁给博罗维耶茨基呢，你们俩都是正派的厂家嘛！"

"多谢，多谢！"库罗夫斯基握着他的手，讥讽地说，"不过有比我们更合适的人，我听说凯斯勒正在打主意。"

"凯斯勒？哼！让他娶他动物园里的母猴去吧，我女儿他甭想沾边！你不知道他是个乡下佬、臭流氓？"他骂完后，便痛痛快快地大笑起来，还要亲吻尼娜的脖子……他已经喝得酩酊大醉了。

"你今天为何心情这样不好？"卡罗尔轻声问道。

玛达没有吱声，只是用手帕掩着她那因为忍住了哭泣而抖动的嘴唇和发烫的脸。她抬起眼睛，久久地看着他，因此使他感到烦了，便挪了挪身子，又问了一次。

"噢，你的未婚妻来找你哪！"她指着正在客厅里到处张望的安卡，低声说。

他于是不乐意地向安卡走来。

"卡罗尔先生，维索茨卡太太要走，你送送我们吧。"

安卡十分客气地和玛达辞别后，玛达目送他们走过几间客室。

"梅拉小姐，咱们也走吧！"维索茨基说完，便去找正在客厅

---

[1] 原文是法文。

僻静之处打盹的梅拉的姑妈；他回来时，遇见了母亲。

"我们要走，你跟我们一起走吗？"

"不行，我得送送格林斯潘小姐。"

"别人不能送她？"

"不行，别人不能送她。"他强调说。

母子互相不高兴地瞧了一下。

母亲瞪起了眼睛，可大夫的目光却显得镇静、决断。

"一会儿就回来吗？安卡到咱家去，还有博罗维耶茨基，也等你回来喝茶？"

"我来不及，因为我还要到门德尔松家去。"

"随你的便……随你的便……"母亲几乎控制不住自己了，连手也没有伸给他吻，就走了。

可是，维索茨基却没有管这个，只顾帮梅拉穿衣。

梅拉的马车已经等在门口，因此他俩马上走了。

"到鲁莎家去好吗？"

"去鲁莎家，好好，你要是愿意，到天涯海角我们也去。"他热情地表白道。

"语言是超过愿望的，语言也是超过可能的。"她低声说道，那星期天傍晚的宁静攫住了她；他也回到了现实，想起了才下的决心。

"噢，那不对，我说话是算数的，只要你带我走，到哪儿都可以。"

他战战兢兢地抓住了她的一只手。

"现在我带你到鲁莎家去。"她一面回答，一面握着他的手，不愿放下。

"以后呢？"他低声问道，盯着她的眼睛。

"明天给你回答。"她一边说，一边望着那迅疾跑着的马。

姑妈在前排座位上不停地打着瞌睡。

他俩在沉默中坐着，感到惬意地把发热的脸迎着阵阵强风，因为马车跑得很快，像皮球一样的车轮在坑坑洼洼的马路上乱蹦乱跳。

他俩都觉得一个决定性的、转折的时刻就要来到；过一刹那，他们的心就会说话，其实这话早就存在于他们的心中，但它被压抑了很久，终究要说出来的。

他们以明亮的眼光互相望着，彼此洞察对方感情的秘密；每看一阵之后，两人就更加接近、更为知心了。

梅拉没有忘记自己的决心，她感到这是必然的，感到痛苦和悲哀在折磨她；但她同时也十分惬意地沐浴在一股神奇的激流之中，这激流流过了他们的心房，洋溢在他们的脑海和那充满了使人感到舒适的温暖的血液里。

她感到幸福，因此浑身发抖，等着他的表白；她深知自己也会对他倾诉一切，向他表露自己全部的爱。

她觉得自己存在一种无法抑制的欲望，要痛饮这杯幸福之酒，要一举干杯。

她想就此纵情地享乐一番，不管明天将会怎样，也许正是因为她知道明天将会怎样，她才有此想法。

虽然这个魔怪老是在缠着她，朦胧地浮现在她的记忆里，并且用明天可怖的图景给此刻的幸福投上阴影，可是她逃避了它，她要忘掉它，哪怕一晚也好，一刹那也好。

她握着他的手,把这只手时时按在自己剧烈跳动的心上,不时地用它抚摩自己热乎乎的面孔,她的肩膀紧紧靠着他,一双燃烧着的眼睛凝望着远方。

他弓下身子喃喃细语,由于挨她很近,使她感觉到他的嘴已经触到她的脸上。

"梅拉……"

这微小的沁人肺腑的喊声就像一把烧红的刀,在她耳边一飞而过。

她闭上了眼睛,心像突然扑飞的小鸟一样,猛烈地跳了起来,一股巨大的幸福之浪把她的心淹没了,使她连一句话也说不出来,只是嘴上仍在微笑。

"梅拉!……梅拉!……"他不停地轻声叫着,但这声音全都变了。他还把一只手塞在她的披肩里,搂住了她的腰身,使劲儿地把她搂在自己身上。

她也任他搂抱,把自己的胸口贴着他的胸口;可是过了一会儿,她把身子缩了回去,倚在马车靠垫上,以颓然无力、几乎听不见的嗓音喃喃地说:

"别叫了……别叫了……"

她的脸如死一般的苍白,她的呼吸也感到困难了。

"梅拉,你要直接回家吗?"姑妈突然惊醒了,便问道。因为梅拉没有听懂,她又重复说了几遍。

"不回,您回去吧。我到鲁莎家去。"

"瓦连蒂来接你吗?"

"我要是不在鲁莎家过夜,就让他派马车来接我。"

他们在门德尔松住宅前下了车。

鲁莎到前厅来迎接他们,很高兴地瞅着他们,接受了女友给她的连连亲吻。

"就你一个人在家?"维索茨基问道,想用一双直打哆嗦的手扣外套扣子,把帽子挂在平滑的墙上,可是这一切都没有办到。

"不是一个人,有可可,有茶,还有寂寞做伴。"她一边寒暄,一边把他们带进一间黑咕隆咚的书房里,由于身子绊了一下,那宽阔的胸脯也晃动了起来。

"哟,这是哪儿来的歌声呀?"维索茨基问道,因为从楼上莎亚的住房里,传出了一丝丝单调微细的声音,在下面扩散开了。

"我父亲那儿来的,现在是每天如此。我挺担心,因为布霍尔茨死后这两个月来,爸爸常常祈祷,犹太教堂常派唱诗班的来唱圣歌,这不是有点儿怪吗?有一天,他还对斯坦尼斯瓦夫说,他在死之前要给残废老人和我们厂的工人修个大休养所。这是不好的预兆,所以斯坦尼斯瓦夫给维也纳打了电话,要请专科大夫。"

"是啊,真有意思。"他含含混混地轻声说道,并没有听清鲁莎的话。可是他激动得直打战,一双眼睛盯着正往隔壁一间客室走去的梅拉。

"你们俩怎么都羞羞答答的?你们订了海誓山盟吧?"

"差不多是吧,差不多。你肯定能帮忙,没问题吧?"维索茨基吻了她的手。

"我不会帮忙。"

"可是鲁莎,我们亲爱的、善良的、好心的鲁莎肯定会帮忙,还用说吗?"

"你很爱她吗？你说！"她问着，用手帕给他擦了擦脸上的汗水。

他开始对鲁莎慷慨激昂地表白起来，情意绵绵地描述了他对梅拉的爱，令她感到惊异不已。鲁莎毫不怀疑他的炽烈的感情，她很有兴味地听着，对他深表同情，到后来，在她心中竟然产生了一种无法形容的怜悯之感。所以当梅拉回来在他身边坐下后，她便立即起身，抱着小猴子走了。

"我听见了你跟鲁莎说的话。"梅拉含情脉脉地望着他，低声说道，没让他回答，就和他拥抱起来，把一双热乎乎的、渴望满足的嘴唇贴在他的嘴上，长时间地、激动地使劲吻着。

"我爱你！"梅拉把吻间断了一会儿，喃喃地说。

"我爱你！爱！"维索茨基低声回答。他俩中断了话，互相把臂膀交叉在一起，激情满怀地拥抱着，各用自己的嘴唇咬着对方的嘴唇；他们的心已经停止了跳动，眼睛什么都看不见了。

接着，他一边吻着她的眼睛、头发、脖子、嘴，一边以低沉的、断断续续的、充满激情的嗓音对她表述自己的爱。

她倚着小沙发的靠背，两只脚放在方凳上，半躺半坐地听他说话，在他的连连亲吻下，高兴得眯住了眼睛，努着不知满足的嘴唇。在他用嘴唇暖着她的脖子时，她感到有点儿紧张，只好听任他的话语、爱情表白和他的温存所带来的幸福之波把自己浮载。

当他说他明天就去对她父亲申明，他要向她求婚时，当他最后精疲力竭坐在她脚边的椅垫上，把头枕在她的膝盖上，凝望着她的迷迷糊糊的眼睛，开始讲述那美好的、长久的未来时，她没有打断他的话，她的心完全陶醉了；她用充满幸福泪水的眼睛凝望着他；

强烈的感情冲动使她的胸膛起伏不止,她嘴上也露出了某种奇特和感伤的微笑。但她没有把他推开,只是时时用双手抱住他的头,吻着他的眼睛,低声地说:

"我爱你!你说话呀,最亲爱的,今天就让我醉一醉吧,让我疯一疯吧!"

于是,他又开口说话了;他唱出了全部爱情的交响曲,却没有注意到鲁莎。鲁莎这时静悄悄地坐在沙发上,用一只胳膊搂着梅拉,把自己长着红发的头依偎在她的胸上,用闪烁着绿色光芒的眼睛注视着他,听着他的倾诉。

而他俩则依然在纺着幸福和爱情之纱。

对他们来说,世界、人、现实都已不复存在,一切都沉入了忘却的深渊,都被那笼罩着他们的迷雾所遮盖。

言谈、目光、思想在他俩之间像闪电一样川流不息,同时由于感情的冲动而变得更加活跃,使他们的心灵尝到了无法形容的甜蜜。

他们的话越来越少,话声越来越轻,好像担心声音稍大就会惊走此时此刻这良辰美景。

万籁俱寂,连街卜最细小的声响也听不到。只有一丝微弱的电灯光照着的房间淹没在这四堵黑墙的昏暗之中。室内渐渐涌现一片甜蜜的梦景,在一面墙下摆着的青铜花瓶中的一大把大红的玫瑰花发出了刺鼻的香气,弥漫在这间房里。

他们不再说话了。只有一直在一动不动地坐着的鲁莎开始十分激动地颤抖起来,她虽然想忍住悲哀和哭泣,可是却忍不住,便扑倒在地毯上,"哇"的一声大哭起来。

"为什么就没有人爱我啊?为什么谁也不爱我啊?幸福也有我

的份儿啊，我也会恋爱，我也需要爱情啊！"她大声喊着；这喊声十分悲切，一阵阵强烈的痛苦咬着她的心。梅拉不知道该怎么安慰她，也不会安慰她，这尖厉、刺耳的哭声在她的心中引起了共鸣，使她想到了现实是多么残酷。

维索茨基已经站了起来，想要出去，并且又一次地提到明天要去见她的父亲。

"有一点我必须提醒你：我是犹太人！"她轻声说道。

"这个我记得，可是，你既然爱我，愿意接受基督教，那你是犹太人也没什么妨碍。"

"为了你，我准备受苦。"她肯定地说，"好了，不谈这个了。明天早晨我就告诉我父亲，然后马上给你写信。等收到我的信，你再来！"

她轻声而急忙地说着，总算想出了写信这个办法，因为她现在没有力量也没有勇气告诉他，她不可能成为他的妻子。

不能告诉他，无论如何现在不能告诉他……

明天……再说明天的吧，现在还是亲吻、温存……还是山盟海誓……还是这个如此强烈、如此甜蜜、如此令人陶醉的爱情，还是……还是……

"再待一会儿，我最心爱的，再待一会儿吧！"她在和他一起穿过几间冷飕飕的房间、向门口走去时，请求着说，"你不知道我离开你多难受吗？"

她突然担心，十分担心他这一走，她就可能再也见不到他，因而不知如何是好，只有依偎在他身旁，投入他的怀抱，于是两人紧紧地拥抱着，嘴挨着嘴，伫立了许久，难舍难分。

他们虽是这样拖延时间，可依然渐渐地走近了门口。梅拉由于烦恼而浑身打抖，越发紧紧地靠在他的胳膊上，痛苦地低声地说道：

"再待一会儿，再待一会儿。"

"明天咱们还见面，梅拉，以后每天见面。"

"是啊……每天……每天……"她不断地重复着，像响起了回声一样。她把嘴唇咬出了血，为的是不让自己叫出声来，不让自己发出绝望的喊叫，不让自己趴在他的脚下去求他别走，求他留下，或者立即把她带走，带到海角天涯。

"我爱你！"他向她告别，要吻她的手和嘴。

可是她没有让他吻，她一动不动地靠着墙，用呆滞的目光看着他如何穿衣，开门，在窗玻璃后消失不见。她的精力已经耗尽，但她那郁积在喉咙里的呜咽却快要把喉咙涨破，她的心房几乎要爆炸了。

"米乔！"她对着他的背影轻声叫道。

她慢慢穿过了空荡荡、冷飕飕的几间房。这些房间都像宽大和富丽堂皇的陵墓一样，十分寂寞、豪华和空虚。她的脚步越来越重，同时还在刚才接受他的热吻的地方处处停留。她昏昏沉沉地左顾右盼，从她那发青的嘴里不时发出某种声音。她越走越慢，最后走到因为无人怜爱正在痛哭流涕的鲁莎的身旁。

"一切都已经结束了。"她想道。泪水终于冲破了自我克制的堤坝，像激流一样夺眶而出。

第九章

维索茨基展着幸福的翅膀飞到了家里。

他遇到所有的人都在喝茶。特拉文斯卡也在,她不过是来小坐罢了,因为丈夫跟库罗夫斯基外出,她一个人在家闷得慌。

他们围坐在一张被吊灯照得亮堂堂的大圆桌旁,正在品头论足地议论尼娜今天的宾客。

维索茨基正赶上安卡面对他母亲恶毒攻击梅拉而为之热烈辩护之际。那位母亲一见儿子,火气更旺了,便提高嗓门大肆发泄她对犹太人的种族仇恨。

维索茨基默不作声地听着,喝茶,想着梅拉。他还能感觉到她的那些亲吻,感觉到它在脸上留下的余热,他的嘴唇也感到热呼呼的。当他回味着她的拥抱时,他就浑身战栗。他觉得她依然在他身边,他还可以闻到她在自己的衣上、手掌上、头发上留下的浓郁的香气。

他太幸福了,所以对母亲不公正的、狂热的攻击也报以宽容的微笑,同时十分和善地瞥了博罗维耶茨基一眼。博罗维耶茨基用双肘撑在桌上,望着坐在他身边,头靠着头的尼娜和安卡,自己也被他的纸烟散发的烟雾团团围住了。

尼娜的头发在灯光照射下,闪烁着金光,她的清晰明亮的脸好像淡粉色的瓷釉。她用一双带有褐色斑点的发青的眼睛望着维索茨卡。安卡一头蓬蓬松松的黑发梳成了高高的发髻,由于按捺不住急躁的心情,所以表情一时一变。她连续打断了维索茨卡慷慨激昂的说话,有时还突然向前伸出头来,紧锁着浓黑的眉毛,那眉毛便成了两道弯弓。她的好动的脸庞就像一面镜子,可以反映出在她心里留下的一切印象,但她为犹太人辩护却是出于真心实意,并以此来反驳维索茨卡的逻辑推理。维索茨卡躺在圆桌对面的一张大沙发上,说起话来有板有眼,在说得激动时,就靠在桌旁,现出她那在灯光照耀下依然显得很美的脸。

"米耶奇斯瓦夫先生,请你帮我为犹太人,特别是梅拉·格林斯潘小姐说几句公道话吧,因为卡罗尔先生不愿说,他说过,梅拉不要辩护。"

所有的人马上开始更加热烈地各抒己见,可是尤焦·亚斯库尔斯基打断了他们的话。

这小伙子虽然还在哭,但还是哼哼呀呀地说,巴乌姆夫人病得厉害,马克斯派他来请维索茨基,还说他找医生找遍了全城。

"我马上去!诸位,再见。"

"我也该走了。"尼娜说。

"外面天气挺好,我送小姐吧。卡罗尔先生跟我们一块儿走吗?"

卡罗尔有心表示同意,却又不满意安卡的安排,因为他想睡了。

"至于[1]格林斯潘小姐,"医生穿好大衣,从自己书房出来后,

---

[1] 原文是法文。

大声说道,"那就请诸位对她客气一点儿,因为她是我的未婚妻。"

母亲霍地站了起来,可是医生没有等她,急忙出门到巴乌姆家去了。

马克斯应尤焦的呼唤,从特拉文斯基家出来后,急忙回到自己家时,他母亲已经不省人事了。

晚霞的余晖映照着整个宽大的房间,使一切都笼罩在一片绯红色的幽暗中;奄奄一息的病人正在凝望着遥远的荒漠似的天空,她的脸僵硬了,浮现出一片死灰色。

只有一根不断摇晃着的蜡烛在散发带黄色的混浊不清的光,哆哆嗦嗦地照在她那渗出汗珠的平静的脸上。

奥古斯塔夫人[1]跪在枕边,一面流泪,一面轻声地祈祷。

老巴乌姆坐在床脚边,脸部表情像石雕似的冷漠。他望着妻子,眼里由于涌出了泪水而闪闪发亮。他全身没有一根筋肉在抖动,他的眼泪也没有一滴流出他那发红的眼帘。他坐的时候,表面上镇静自若,靠在椅子的扶手上,死死地抓住它,甚至在这块硬木上留下了深深的指甲印。看到马克斯进来后,他抬起眼睛,瞅着他疾步走到母亲身边,跪在床前。

"妈!妈!"马克斯抚摩着母亲伸向蜡烛、紧握着的手,惊慌地叫道。

巴乌姆夫人缓慢地,深深地,深深地呼吸着,她那玻璃似的突起的眼睛在晚霞照耀下,呈现出各种颜色,像一潭深水一样;她的右手本能地在被子上摸着,好像要寻找滑到墙边的袜子,和那放射

---

[1] 原文是德文。

着金属光芒的毛衣针。

厨娘和女仆们都跪在房中幽暗的地方，发出一阵阵哭声。

"妈啊！"马克斯又哀声叫了一次，由于心头涌上一阵悲痛，竟号啕大哭起来。

病人似乎醒过来了，把头转了过来，以清冷的目光盯着儿子的脸，蜡烛也从她手中掉下来了。她用僵冷的手掌握住儿子的手，一丝回光返照的微笑在她发青的唇上掠过，她把嘴动了动，可是除了那呼噜呼噜的喘息之外，没有发出别的声音。

她嘴上的笑容已经凝固。她把脸转向窗口，一双渐渐死灭的眼睛凝望着苍茫的暮色，凝望着像块块黄铜一样、在灰色天空中浮游、慢慢消失着的最后几片云霞。

花园里刮起了风，把矮小的丁香树吹到了窗口旁，使一簇簇鲜花打在玻璃上，像紫色的眼睛一样探望着这个弥留之际的病人渐渐僵硬的脸；病人的下颚越来越下垂了。

马克斯虽然知道这已经是生命的终结，依然立即派人去请维索茨基，非常焦急地等着他来，每过一会儿，就不安地侧耳静听母亲是否还活着，是活着，可存在的不过是无意识的生命。有时候，从她胸中发出一片轻微的呻吟，抖动一下嘴唇，用僵硬的手指做出某种无意识的动作，然后她又一动不动地仰着面，连躺几个小时，毫无生气，一双大睁的眼睛凝望着死亡之夜，笼罩着大地的夜。

维索茨基终于来了，博罗维耶茨基也随后来到，但是他们都肯定以为，巴乌姆夫人前几分钟已经大行西归了。

马克斯把脸埋在被子里，像孩子一样地痛哭。老巴乌姆痴呆呆地站着，俯身死者之上，摸了一下死者的太阳穴和两只冰冷的手，最后一次深情地看了看她那大睁的眼睛,那双好像表示惊异地凝望着永恒世界的眼睛,接着他用他的哆哆嗦嗦的手指合上她的眼皮,便慢慢地,两步一歇、三步一回头地走出去了。

最后,他在一间空荡、昏暗的办公室里,坐在一堆头巾上,一动也不动,什么也不想地坐了很久。

夜已深沉。当他苏醒过来时,点点繁星正如闪光的露珠一样,颤抖在苍穹上,罗兹城已经在万籁俱寂中入睡,只从城外某地的一栋房子里,传来一两声小手风琴声。

他站了起来,慢慢走过沉浸在宁静和黑暗中的整座住宅。

在汽灯照明的仓库里,他看见尤焦正睡在货物堆上。他没有叫醒他,又穿过了几间空荡荡的、寂静的房间;整座住宅都笼罩在死一般的寂静中。在餐厅里,他见到马克斯睡在沙发上,因为马克斯才从特拉文斯基家回来,还穿着燕尾服,打着白领带。

走到妻子房间的门口时,他踟蹰了片刻,但还是进去了。

床榻已被抬到房中间,亡人已经盖上了床单,但仍隐隐约约地显出脸的轮廓。

桌子上点着几支蜡烛,还有几名女工在做祈祷,唱着《安魂曲》。

奥古斯塔夫人[1]哭得两只眼都肿了,她坐在沙发上,膝头上的几只猫正在打盹。

微风吹拂着打开的窗户放下的窗帘,摇曳着里面的帷幔。

巴乌姆久久地看着这个场面,似乎想要将它永远保留在记忆中,又好像是对它很难理解。他回到了自己房里,提起一盏点着的

---

[1] 原文是德文。

汽灯,像近来经常夜不成寐的时候那样,到工厂去了。

在车间里,四堵高大的石墙巍然矗立,寂然凄然,黑魆魆的。月亮已经落下,只有寥寥可数的几颗星星发出苍白的微光,被黎明前的雾霭遮住,好像由于黑夜与白昼的搏斗而失去了光彩。东方深广的天际,已经露出了白光。

厂院活像一眼黑井,响遍了一些忘记放开锁链的狗的吠叫声。

他什么也听不见,于是走进了一条黑乎乎的像地道一样的长廊里,那里散发着一阵阵腐烂东西的刺鼻的臭气;他的脚步声也在一片空寂中传开了。

他迈着机械的步子慢慢地穿过一间间大厅。

这些大厅充满了深沉的、坟墓般的寂静。过道两旁成行的车床好像一个由于失去支撑力而弯下腰的骨架子,轮子上脱落下来的皮带有如割断的棉纱和线缕一样挂着,上面布满了长发般的蛛丝;一条条印花布也松松散散地挂在这里,宛如一堆堆散乱的僵死的兽皮。

"她死了。"他一面望着那一排长长的大厅,一面在这死一般的寂静中注意地听着,喃喃自语着,"已经死了啊!"他不停地唠叨着,但是他不知道他想到的是妻子,还是工厂。他越走越慢,从一间大厅到另一间大厅,从一层楼到另一层楼,从一个车间到另一个车间。

维索茨基和博罗维耶茨基从巴乌姆家出来时,心情很沉重。

"我真为马克斯叹惜,他很爱他母亲。他母亲这一死,会弄得他长期不安的,又正赶上这个时候。安装机器少不了他呀!我就是不走运!事事如此!"卡罗尔怨天尤人道。

"安卡小姐马上就会搬来罗兹吗?"

"一个星期后。"

"结婚呢?"

"我正考虑这件事呢!我得先把这头大牲口养好,让它转起来。工厂开了工,也许十月份以前能开工,然后我才能想到结婚。"

他们沉默地继续走着,在皮奥特科夫斯卡大街竟意想不到地遇见了韦尔特。

"你什么时候回来的,莫雷茨?一起去喝杯咖啡吧?"

"我刚回来,正要回家去,可是你们要是去喝咖啡,我也去。"

"马克斯的母亲刚刚死了,我们从他家来的。"

"死啦?这种事我不想听。"

他哆嗦了一下。

"城里有什么新闻吗?"

"大概没有,有我也不知道,因为我成天待在厂里。格罗斯吕克要是见了你,一定会高兴的。今天还向我问起你呢。"

"有什么可高兴的?"莫雷茨轻声地说着,用有点儿打颤的手托了托夹鼻眼镜,马上看了一下卡罗尔的脸。

他们去喝咖啡的那家旅馆,由于时间太晚,已经空无一人,只在庭院中间的花园里还闲坐着梅什科夫斯基和默里。

他们在这两个人身旁坐了下来。

"我等一个人,等了一个钟头了。一个人独斟独饮,太无聊了。"

"你不是有这个英国人做伴吗?"

"他搞上了第四个姘头,这才舒服了点儿,可是他如果喝上第四杯酒,就会感到天昏地暗。"

"您二位在这儿待了很久了吗?"

"默里半个钟头前刚刚调情回来,我坐的时间长点儿。我本是来吃早饭的,可是在这里就挨到了吃午饭,午饭后来了几个熟人,天也不早了,不用再走了,我就等着吃晚饭。晚饭后在城里还能干什么呢?戏,我不爱看,也没有熟人,没家没业的,可不就在酒馆混吗。后来默里又说了他那几个姘头的挺有意思的故事。工厂怎么样?"

"盖着哪!"

"上帝保佑,祝你的工厂胃口好,消化好。你也瘦了。"

"唉,我一个人干十个人的活儿,还是干不过来嘛!"

"那你得保重啰!一有人来,就说昨天干了什么,今天干的什么,明天又要干什么,累坏了,等等。也真见鬼了!我这是在哪儿呀?在人群里呢,还是在机器中间?嗨,真他妈的,愚蠢,把人变成了机器!我想听听他们想的是什么,有什么心思,有什么见闻。可是他们光说:工作哪。每人一杯啤酒!"他冲堂倌叫道。

"我们俩喝咖啡。"

"喝酒吧!"

"谁有工夫想那些虚无缥缈的事,那跟谁有关系?"莫雷茨挖苦道。

"只和公牛没有关系,因为有人赶着它去干活。"

"因为有土地,梅什科夫斯基先生,其他都是次要的。"

"你别说这话,你只有你的钱包才要紧,这我不奇怪,因为你就是一个无赖,一个杂种;可是博罗维耶茨基以及大夫也说这种话,我就恼火了。"

"我对什么也不反对,对什么也不肯定,我现在是在盖工厂;

等盖好后,我才能坐下来清谈解闷。"

"我回家了,这儿太无聊。"维索茨基说完走了。

卡罗尔赶忙喝完茶,跟莫雷茨走了出去。

"你再待会儿吧!"梅什科夫斯基请求默里说,"咱们谈谈爱情问题。"

"不行,明天是星期一,我五点钟就得起来,到工厂去。"

"你是不是在博罗维耶茨基手下干?"

"活儿都包在我一个人身上,可是工钱只拿一半。"说着他走了。

剩下了梅什科夫斯基一个人,他在闷闷不乐地发呆,一想又得回家了,就打心里不好受,便对桌子摇起头来。

"先生,这儿要关门啦!"堂倌客客气气地告诉他。

他昏头昏脑地望了一下四周。到处都很空荡,阴冷,昏暗,招待员正在收拾桌子,把它们搬在一起。

梅什科夫斯基戴上帽子,付了酒钱,可他走到门口后,由于不愿回家,害怕一个人孤单,又回到了茶几旁边,嚷道:"堂倌,一瓶啤酒,两个杯子,你得陪我喝,告诉掌柜的,给我找个住的地方。这样活着,真他妈的遭罪!"

他恶狠狠地啐了口唾沫。

第十章

"咱们已经来了两天了,可我还是不相信,咱们真的搬到罗兹来了。"安卡从露台上叫道。

"可是这的的确确就是罗兹呀!"阿达姆先生回答说。他坐在露台外面花园中的一辆手推车里,用手掌挡着阳光,四下眺望着工厂的红墙和如密林般矗立的烟囱,然后,他把视线久久停留在花园尽头高高耸立的卡罗尔工厂的脚手架上,轻声地叹息着。

"是啊,这是罗兹!"安卡喃喃地说了一声,便回房里去了。她在打开的木箱、杂乱无章的家具、裹着麦草的器皿中走过时,看见到处都是乱七八糟,以马泰乌什为首的几个工人正在迅速开箱,安装布置。

安卡在帮他们安排,亲自挂上窗帘,有时还兴致勃勃地跟马泰乌什聊几句;但大部分时间她还是坐在随便一个箱了上,或者窗台上,以忧郁的眼光张望着整个住宅。

她感到悲伤;这座陌生的住宅,一系列新粉刷的房间,新铺设的、散发着油漆味的地板,都奇怪地使她感到悲伤,所以她常常跪到大露台上;露台有半个住宅长,布满了绿色的野葡萄藤;可是她仍然感到难受,因为她以前看惯了无边无际的绿色原野,地边郁郁苍苍的森林,没有遮拦的美丽广阔的天空;现在她看到的都是房屋、工厂、在太阳光下耀眼的屋顶。她看到的就是她曾向往的罗兹,像一堵环形的石墙从四面把她团团围住的罗兹。罗兹本应该实现她的全部愿望,可是现在却平白无故地给她带来了深深的悲哀和种种令人惶恐的不祥之兆。

她回到房里时,似乎为自己的软弱感到羞耻,竭力控制着那涌上了眶子的忧伤的眼泪。

"爸爸,您要什么吗?"她向窗外探着身子,不时地问卡罗尔的父亲。

"什么也不要,安卡,什么也不要;咱们不是搬到罗兹来了吗。再过一个钟头,卡罗尔就回来吃午饭了。"他大声地说,几乎嚷了起来,因为他不愿意让这姑娘看出他心里也很不是滋味,为了掩饰心头的烦闷,他哼起小调来:

一个小妇人哟,养着头羝羊,

哼夯,哼夯,哼夯,哼夯。

"推车,瓦卢希!"

可是,瓦卢希不在,他留在库鲁夫了,暂时由马泰乌什代替。

阿达姆先生叹了口气,不再言语,他望了几眼米勒几座工厂里冒出的团团污浊的黑烟。

他深深吸了一口气,猛烈地咳嗽起来,因为空气里弥漫着煮石灰和熬开的沥青气味——是用来浇糊卡罗尔的工厂车间的。

他拿手帕捂住嘴,看了看花园里通往工厂的长长的甬道;甬道两旁栽满繁茂的玫瑰花树丛,上面开满了白色的和粉色的花朵。

这个时刻很宜人,宁静,温暖,整个花园的花木都在轻轻地摇曳着,樱桃树叶上虽然因撒满了煤灰和烟垢而发黑,却依然熠熠生光。

几十棵果树高高耸立，绿中带黄的树帽馋涎欲滴地仰望着太阳，眺望着不远地方展现的洁净的田野。

　　他终于清醒过来，便朝着悬挂在露台上的山鸟打着口哨；可是鸟儿对这熟悉的口令却不予回答，趴在笼子底，无精打采地耷拉着翅膀，昏昏欲睡。过一会儿，它抬起头来，昏昏然瞥了主人一眼，便又打起盹来。

　　"还不见卡罗尔来？"安卡从屋里问。

　　"没哪，过半个钟头就打午餐点了。安卡，过来，好姑娘。"

　　她走了过去，坐在手推车扶手上，望着父亲。

　　"你这是怎么啦，安卡，啊？勇敢点儿嘛，好姑娘，不要泄气，不能灰心啊！看见了你，我就知道你是个勇敢的姑娘！……嗨！嗨！你还忘不了，这世界上有个库鲁夫哪。那算什么呀，抬起头来，前进！"他说得很快，接着便亲吻她，抚摸她的头，吹着响亮的口哨，同时用一只脚打着拍子。

　　然后，他吩咐马泰乌什把他推到了屋里。他在那儿大声喊着，一边哼着小曲，一边指挥工人唱了起来，还注意安卡是否听见了他的歌声。

　　不久，卡玛和维索茨卡来访，为了帮忙收拾住宅。阿达姆先生便跟卡玛愉快地笑闹起来，可是她净捣乱，比所有的人加起来还厉害：她用皮带把从库鲁夫带来的，整天在花园、住宅里夹着尾巴乱窜的看家老狗和打猎的老狗拴在一起，在露台上追着玩。

　　"卡玛，你怎么净瞎闹呀？瞧我非告诉你姑妈不可。对，也得让霍恩先生知道知道，你还玩小狗哪！"维索茨卡训斥着她；在听到狗叫着咬人时，她直堵耳朵。

"这有什么呀!哼,我谁也不怕。有安卡小姐保护我。"她只管跑着、跳着、笑着、嚷着,扑在安卡身上,使劲地亲她;狗又马上把她引到花园去了。

"抓住它!用爪子!抓呀!猫!……猫!……猫!……"她拼命喊着,放开了狗又去抓猫,自己也像发疯一样地追着狗,在花园里乱跑起来。

她摔倒了两次也不在乎,爬起来又叫着直追;狗的短吠声和她的喊叫声相互呼应,可是追也是白追,因为猫已经跳上了树,对她发出了示威的号叫。

卡玛也跟着那白猫爬上了树,眼看快要一把抓住那猫的脊背了,可是白猫弓了弓腰,一纵身便跳到旁边一棵树上,从那儿又蹦到栅栏上去了。它趴在那儿,两只绿眼睛放心大胆地盯着往墙上乱蹬爪子、气得龇牙咧嘴的狗,望着累得呼哧呼哧的卡玛。

"瞧这姑娘多野,卡玛真淘气啊。喂,过来,你这淘气包儿,让我亲亲。"阿达姆先生呼唤她,高兴得哈哈大笑。

"累坏我啦,白搭。哎哟,我差点儿把它抓住。这些狗真不顶用……在花园旮旯里,醋栗树下,眼看就要咬住那只猫,可是猫只掉了几根毛,就给跑了,蹿到了树上。我们就一个劲儿追,猫又从我的手下溜了,飞了;等狗再去捕它时,它冲着狗瞎叫,又'噌'地一下跳上了大樱桃树。我也爬上了树……它差不多是从我脑袋上逃走的。唉……累死我啦……"她满面通红地大声说,互相擦着两个膝盖,因为她在爬树时擦破了点儿皮,现在有点儿疼痒。

阿达姆先生吻了吻她的头,把她那散在脸上的汗涔涔的头发撩到头上。

"我想让您做我的大伯!"她搂着他的脖子叫道,"哟!卡罗尔先生跟莫雷茨来了。您知道吗,我要叫您'大伯',好吗?"

"好啊,好啊,我跟你姑妈还是远亲呢。"

"安卡小姐!卡罗尔先生跟黑脸儿莫雷茨吃午饭来啦!"她从露台上叫了一声,就去迎接那两个人,因为她很喜欢卡罗尔。几条狗也尾随着她,还照库鲁夫的老习惯,冲客人汪汪地叫着。

"别叫了,库尔塔,别叫了,你这野狗,这是你们的老爷,也不能咬那个犹太人:他不是长工!"她摸着狗的头,安抚着它,"卡罗尔先生两个星期没来看我们了,莫雷茨总有一千年了吧,我不理你们。"

"可是我从柏林给卡玛小姐带礼物来啦,不过现在没拿来,等我给你送到家去吧。"

"这样的许愿,我们在斯帕策罗瓦街就听见了,现在就连斯泰凡尼亚太太也不信卡罗尔先生的话啦:说去看她,可是两个星期都没露面。"卡玛把他们引到开午饭的露台上去时说。

莫雷茨今天脸色苍白,很奇怪地感到焦躁不安。

他努力装成爱说爱笑的样子,一直在跟卡玛开玩笑,可是却把卡玛弄急了。她脾气一犯,便把一杯水泼在莫雷茨的眼睛上,惹得维索茨卡把她大骂了一通;卡玛不得不眼泪汪汪地求他原谅。

"莫雷茨!请你别生气;你要是生气,冲姑妈告状,那我就要在家里说你不好,让姑妈,斯泰法小姐,万达,谢尔平斯基先生,让大伙儿,大伙儿都生你的气。"

"霍恩要跟你挑战,他们用新枪射击过哩!"卡罗尔学她的腔调补充说。

"射击吗？怎么？射就射嘛！您还以为霍恩不会射击吗？上星期天在射击场，他用手枪打了二十发，中了十五发。我亲眼见的。"

"卡玛你也常去射击场吗？在那里会知道很多的。"

"我没说过……我……"

她的脸"刷"地红了，便冲狗吹了一声口哨，跑到花园去了。

"这姑娘多好！这么憋在罗兹，可惜啊。"阿达姆先生低声说。

"当然，她要是跟放羊的上牧场，就更好；可是没法子呀，她妈净顾自己高兴，哪还管女儿呀。"卡罗尔讽刺道。

"这可是天下最好的孩子。"维索茨卡看着她跑到了花园里，说道。

"再聪明点儿就好了。"

"能变聪明的，还小呢。"

"小什么呀，都快十五岁了，还是一股野劲。"

午饭匆匆吃完后，他们很快地喝了咖啡，就回厂里去了，因为下午上班的汽笛声又从四面八方放开嗓门叫了起来。

他们走后，阿达姆先生吩咐把他推到花园绿荫上去午休。

维索茨卡这时候走到安卡身边，十分高兴地说：

"我得告诉你，米焦的事，现在我放心了。他离开家两天，去了趟华沙，昨天回来了。他吃饭时告诉我，让我放心，因为他不想跟那个什么……格林斯潘家的丫头结婚，她也不愿意嫁给他……你听见了吧，安卡，格林斯潘的女儿不愿意嫁给我儿子维索茨基！谁能想到，犹太人这么瞎眼！跟乡下人租地一样……哼，还不愿意嫁给我儿子！……这太好了，我高兴得直祷告，可我不能原谅她……她斗胆包天，竟拒绝我的儿子……当她是谁，哼，不就一个普通犹太女人吗！……儿子给我看了她的信。她这个臭不要脸的在信里说，她爱是爱我儿子，可就是不能嫁给他，她家里永远也不会同意她改信天主教。她跟我儿子告别时，还挺动感情的。真个的，我要是不知道那信是个什么犹太女人写的，而且我儿子是当事人，我真的要可怜她哭一场呢。你要愿意就看看这封信，可是，安卡，别告诉别人。"

安卡看了很长时间。信写了整整四页，密密麻麻的小字，字里行间充满了泪水、真情、痛苦、自我牺牲精神。安卡还没有看完，早已为她的不幸痛哭失声了。

"她会难过得要死的……米耶奇斯瓦夫先生要是爱她，就不应当顾忌太多……"

"难过，这是上帝奖给她的。放心吧，因为恋爱，她死不了，嫁给一个什么大老板后，过不了几天就会心满意足的。你不了解犹太女人。"

"谁心里难过也总是难过呀。"安卡不高兴地回答。

"说是这么说，可实际情况完全不一样。"

"不一定……不一定……"

安卡猛地站了起来，因为这时从工厂传来了一声轰响，紧接着是一阵轰隆声，几十个人的惊叫声也透过花园传来了。

片刻之后，卡玛出现在通向工厂的小道上，上气不接下气地跑来了。

"脚手架！……天啊……都砸死啦……啊，天啊……啊，天啊！……"她含混不清地嚷着，又惊又怕，浑身直打哆嗦。

安卡惊恐万状地急忙跑去了。可是在隔开花园和工厂厂院的栏栅旁边，有一个人守着，不肯放她过去。那人解释说，没出什么大事，不过是上面的脚手架塌了，压住了几个人；博罗维耶茨基先生已经到了现场，吩咐他在这儿把守，不能放人过去。

安卡回到了屋里，等维索茨卡和卡玛走后，她再也待不住了；她仿佛听见了受伤的人在呻吟……

她虽然派了马泰乌什去打听详情，但因为等不及他回来，便拐着在库鲁夫试用过多次的手提药箱又去了。

她十分诧异地看到，工厂依然照常工作。

瓦匠站在主楼旁边脚手架上打着口哨；盖屋顶的工人在屋顶上正铺设大块锌板；厂院里摆满了马车、砖瓦和石灰；在未来的纺纱车间里，工人也在平心静气地安装机器。

她在哪儿也找不到卡罗尔，可这时有人指着马克斯·巴乌姆干活的那个车间，告诉她卡罗尔出城去了。

马克斯快步走到她面前。他这时穿着一身蓝工作服，满脸油污，因为出汗，头发都沾在脸上，嘴里叼着烟袋，双手插在兜里。

"怎么回事？"她问道。

"卡罗尔没受伤，出事前几分钟跟莫雷茨走了。"他干巴巴地说。

"我知道，工人受伤了吧，我刚才听见有人在哼哼哪……"

"大概有人压在底下了，我也听见了嗷嗷的叫喊声。"

"他们在哪儿呢？"她又问道，口气有点儿硬了，因为他那冷淡的回答和脸上似乎要责备的表情使她感到烦躁。

"走廊第三车间后面，你干吗非要去看呀？"

"大夫在吗？"

"派人去找了,不在家。亚斯库尔斯基暂时看着他们呢,他会治病,从前在庄子上给牲口放过血。不行,小姐,我不能放你过去,你看了会不舒服,那不是你看的,你帮不了他们什么忙。"他坚决地说,挡住了她的去路。

她压不住心头的怒火,便傲慢地瞥了他一眼;他因此也不得不退到了一旁,把门拉开,给她指了指路。

然后他仍回头干活去了,可不时地还偷看着那躺着伤员的楼道。

楼道很宽敞,面向厂院的一堵玻璃墙照得里面很亮:这儿成了临时的安置所。

墙脚下有五个人成排地躺在新刨花和麦秸上。

亚斯库尔斯基在一个工人帮助下,正在看他们的伤势。

楼道里一片呻吟声。砸伤的人像木头一样躺着;他们身上流出的血淌满整个地板,因为从毗连的几个车间、透过面向炽热太阳的玻璃墙壁,传来一股股令人窒息的闷热,这些鲜血都凝固了。

安卡一见这血淋淋的躯体,不觉惊叫一声;她不假思索地立即开始帮亚斯库尔斯基进行包扎。

她一瞅见那被砸断的红肿的腿,浑身上下便打哆嗦。沾满泥垢和血迹的青色的脸使她触目惊心,声声呻吟使她感到难受,她的双眼泪水涟涟,有好几次感觉不适,不得不出去换换空气。但她马上又回到这里,忍住一阵阵的恶心,满怀同情、怜恤之心,尽其所能地地为他们洗伤,用棉纱止血。

她什么都干,而亚斯库尔斯基却不怎么干,只是唉声叹气。她后来又叫马泰乌什立即把找得到的好医生和副手都请来。

在厂里、工人中间,立即传开了一条消息:小姐亲自照料伤员。

过一会儿,还有一个人从窗外向里面探望,眼见为实,表示感佩后又消失不见了。

过了差不多半小时,维索茨基才来。他是工地上的主治医生,看到她火辣辣的沾满泪水的脸、她那血污的外衣和双手,和那些伸出了无力的手抓住她的衣襟亲吻着的半死的人后,感到十分惊讶。

维索茨基工作很利落,片刻之后,便断定两人是腿骨骨折,一个人臂骨和锁骨骨折,第四个头被砸破,第五个是个十岁的孩子,一直昏迷不醒,是内伤。

三个重伤的用担架抬着送进了医院,第四个人的老婆找来了,大哭大叫地把他领回家去。只剩下这个男孩,医生终于使他苏醒过来,并吩咐把他放在担架上,可是他却放声大哭起来,拉住了安卡的外衣。

"小姐,别送我上医院,别送……上帝保佑,别送啊!"他叫喊着。

安卡给他做了解释,并安慰了他,可是无济于事。

孩子吓得直打哆嗦,以迷离的眼光注视着站在担架旁边那些人的行动。

"嗯,好吧。可是你告诉我,你母亲在哪儿,让他们送你去,我会记着你的。"

"我没有母亲。"

"那你在哪儿、在谁家住呀?"

"哪儿也不在!"

"总得有个地方睡觉吧!"

"我在……卡奇马列克砖厂里睡觉,早晨跟瓦匠一起上这儿来。"

"怎么办？"

"送医院去。"医生果断地说；男孩一听害怕极了，又抓住安卡，昏了过去。

"亚斯库尔斯基先生，叫人把他抬到我那儿去，顶楼上那间空房可以住。"安卡当机立断地说，"你别怕了，到家里去养伤，我家！"男孩醒过来时，安卡对他说。

孩子没有答话。在人们把他放在担架上抬走时，他表示崇敬而又诧异地望着她。

孩子被抬上顶楼后，维索茨基查看了他，发现他断了三根肋骨。

这一天过得跟往常一样。

吃晚饭时莫雷茨也来了。安卡去探望孩子，因为他发烧，又有点儿说胡话，所以她在上面坐了很久，回来时心情很激动，倒茶时两只手直打哆嗦。她正想对卡罗尔说说那孩子的事，可是卡罗尔接过茶来就小声地但口气很硬地说了：

"你可真有闲情逸致，把病人弄到家里来了。"

"他怕医院，又没个亲人，在砖厂里睡；我该怎么办？"

"不管怎么说，也不能把这个家变成流浪汉的医院。"

"可是……可是他是在你的厂里砸伤的……所以……"

"他干活又不是白干。"卡罗尔发火了。

安卡诧异地瞥了他一眼。

"你这是认真的话？他一听说要把他送医院，就晕了过去，那我倒应当把他撇在街上，或者拽到医院去，让他吓死喽！"

"你见了一件平常的事，就爱动感情。这虽然好，可是绝对没有必要。"

"要是懂得替别人设身处地,就应当。"

"请小姐相信,我会设身处地地想;可是你不能要求我对每一个蠢货,每一条癞皮狗,每一朵枯萎的花,或者每一只踩死的蝴蝶大发慈悲。"

他的眼里露出了严厉的、不怀好意和鄙夷的神色。

"他的三根肋骨断了,头砸破了,还有肺出血,所以既不是枯萎的花,也不属于踩死的蝴蝶那一类。他痛苦……"

"那让他死了算了。"卡罗尔尖声地诅咒道,因为她说话的高傲口气刺激了他。

"你没有同情心……"她轻声责备道。

"同情心我是有的,不过我不干慈善事。你没有把他们都接到家里来,真遗憾呀!"

"没有必要。如果有必要的话,那我会毫不犹豫……"

"没有都来,可惜呀,那场面该多好呀!住宅变成医院,你变成大慈大悲的护士。"

"你一定会下令把他们都扔到街上去,那场面就更美了。"她怒气冲冲地说完后,不再开口了;可是她的鼻子在翕动,眼里放出了锐利而强烈的光芒;她咬着嘴唇,克制着由激动而产生的颤抖。

与其说她是生他的气,不如说他那料想不到的残酷使她感到痛苦。她不能相信他竟如此铁石心肠,对他人的灾难如此无动于衷。

她感到非常伤心,一方面大惑不解,另一方面又很害怕地瞧着他;但卡罗尔回避了她的视线,一味地跟莫雷茨和父亲谈话,最后还起身要走。

他吻着她的手告别时,她喃喃地说:"你在生我的气吗?"她表示抱歉地瞅着他的眼睛。

"再见。莫雷茨,走吧。马泰乌什走了吗?"

"天黑时我叫他到你的房里去了。"阿达姆先生说。安卡一气之下也出了餐厅,到露台上去了。

"家里要是有人没完没了地大发慈悲,那在罗兹干什么都马到成功啰!"上街后,卡罗尔便发起牢骚来。

莫雷茨因为情绪不佳,没有说话。

"女人的逻辑就是这样,今天可怜咽气的乌鸦,明天要是心血来潮,就会毫不含糊地把家都端出去。"过了一会儿,卡罗尔因为感到烦躁,又说道。

莫雷茨依然没有吭声。

"女人就爱为别人的幸福牺牲亲人的权利。"卡罗尔继续唠叨着。

"她们这么做也好,那么干也好,都跟我没关系,但是,她们要当情妇,就得漂亮点儿;要当老婆,就得有钱。"

"胡说。"

"你……你现在就缺钱嘛!从你的话中听得出来。"莫雷茨说。

卡罗尔苦笑了一阵,没有反驳。

屋子里已点上灯,马泰乌什正在守候,茶炊在吱吱地响着。

安卡搬来后,卡罗尔又回到了原来的住所,虽然他觉得那里远了,很不方便。

"天一黑霍恩先生就来了,在书桌上留下了一封信给经理先生。"马泰乌什报告说。

霍恩的信上说,下午格罗斯曼已经被捕,他是格林斯潘的女婿,被严重怀疑犯有纵火罪。

霍恩之所以报信,是因为他知道格罗斯曼跟莫雷茨有业务往来。

"莫雷茨,这是给你的信儿。"卡罗尔一进屋就大声说。

"没什么了不得,碰上这点儿麻烦,照样睡觉,谁告诉他的?"莫雷茨看了信后低声说。

"你怎么想呢?"

"我了解他,清白得像块刚磨光的印花布。"

"砑光。"卡罗尔更正他后,回到了自己房里。

住宅中一片寂静。

卡罗尔在房里又算又写,莫雷茨也在自己房里写着算着。马克斯呢,从母亲去世以后,他晚上很少到城里去,吃过晚饭后,从父亲那儿回到寓所,总是往床上一躺,就读起《圣经》来,不然就把在神学系听课的表弟找来,和他探讨神学,为了一个极小的问题,就可以一连争几个小时。

马泰乌什每过一段时间给各个房间送一次茶,然后回到餐厅的炉子旁,打着盹听候吩咐。

"真他妈的!"卡罗尔骂了声后,把笔一扔,便在房里徘徊着。

几天来,没完没了的金钱问题、误期送货问题搞得他坐卧不宁,工人还损坏了一部机器,造成了很大损失。

祸不单行呀!仓库地基下面流出了大量的地下水,所以必须暂时停工,今天脚手架又出了事,再加上和安卡的争吵,简直使他心灰意懒了。尤其是这次争吵后,他的心情更加沉重,觉得自己对她犯了罪,可他越想又越生她的气。

她妨碍了他。

"莫雷茨！"他冲隔壁的房间叫道，"把剩下的棉花卖了吧，我快支持不下去了；可我不想跟放债的借钱呀！"

"你有几笔大的开销吧？"

"嘿，见你的鬼，今天我不是给你看了账单吗？"

"账我是看了，可是我看你还有抵消账。"

"我快成穷光蛋了，事事不如意……是不是有人合伙跟咱们作对呀？我上哪儿贷款都遭到拒绝。连卡奇马列克也要三个月期限的期票。这里面有鬼，是谁成心捣乱呢？当然，这是竞争，我才明白……是可怕呀！投资四万卢布的现金，就是盖不成工厂！再借这么多，就不可能了呀！再说这是在罗兹。在这儿，像施默林这样的无赖，骗子手，一分钱没有，照样可以盖大厂；随便一个什么穷鬼都能靠借钱做大买卖，我呢，我只能靠私人借贷。"

"找个有现金的，要不有大笔贷款的人合伙吧，不难找。"

"谢谢你的好主意。我既然单独干，要么干到底，要么一败涂地。找有钱的人合伙，就等于听人使唤，依赖人家，自己继续吃苦受累，开一家制造三等便宜货的工厂。工厂我想要，钱也要呀，我不能制造三等便宜货。"

"你怎么不会算账呢？便宜货能赚大钱嘛！"

"你会算账，跟做小买卖一样，跟楚克尔、格林斯潘，跟所有你们那些工厂老板一样。一个卢布的本钱要一个卢布的利，而且要马上到手；顾前不顾后，买主上当只能上一次，下次就会买别人的货，那你就坐等傻瓜上当去吧。"

"傻瓜不愁没有。"

"在商业上，比你想的少得多，因为一般生活提高了，要求也会提高。乡下的庄稼汉给他的女人可以买一条楚克尔的头巾；可是这个庄稼汉一搬到城里，第二次买，就要买格林斯潘的了；他的孩子呢，虽然当工人，就要买迈尔的了。买主们都渐渐明白：东西便宜，是便宜在质量好上，不是在价钱低上。布霍尔茨、迈尔，还有凯斯勒就明白这个道理，靠有名有实的好货赚钱。"

"钱自然要赚，可是莎亚、格林斯潘和像他们这样的人再来一百个，赚大钱就要快得多，就是再来两百个，也有地方、有时间赚个够。"

"我就不信，能有足够的时间让一百个便宜货厂商赚大钱。"

"好好好，所以你要把罗兹的生产高尚化？"

"我必须考虑市场需要，未来……优质货销路肯定好，我要生产优质货。"

"你的意思我明白，可是对以后的事，我没有多大信心，我想的，就是现在做买卖，赚钱。你刚才说的满足顾客更高的需求，扩大他们需求的话，也许是千真万确的，甚至可以拿来更广泛地讨论讨论，写篇漂亮的经济学论文，可是靠这来办工厂，就不行。"

两个人沉默了许久，思索着。

"你要多少钱？"

"星期六必须有一万卢布到手。"

"嗯……你把米勒忘了！他不是主动提出要借钱给你吗……"

"我记得呢！我知道，我只要说一句话，他就会把他的钱柜给我打开……可是……这句话我说不出来……可惜我说不出来……"

"要是涉及到工厂、整个前途，我就不会考虑个没完……我会不顾一切地……说出那句话……"莫雷茨旁敲侧击地轻声说。

"不行……就是我想说……也不行。"

"你要是被迫呢?"

"现在说不上什么被迫。别谈这个了!"

卡罗尔打了个冷战。

"卡罗尔啊,你有偏见,而偏见对搞实业没有好处。许多问题你考虑都不差,可是你怕付诸实践。这会要你付出很高的代价,既然要偏见,就得出大钱……"

"你以为你称作偏见的东西,是一件可以随时替换的大衣?这东西早就在血液里了,所以跟它斗争不容易;之所以不容易,还因为我不完全相信这些偏见没有用,有时候我想……还是别谈这个了。"

"这太糟糕了。就这样的蠢话,你可以在世界上当一名最优秀的雄辩家;可是在罗兹,就是一个中等的厂主,你也难当下去。你还犹疑啦?你是不是想去找克诺尔,他一定接待你……"莫雷茨将着胡子,挖苦道。

"别瞎说了,谁还能那么幼稚。"

"不!有人就是摆脱不了幼稚。"

卡罗尔没有作声,可是更注意地盯着莫雷茨的眼睛。

"我可以帮你搞到钱。"莫雷茨说。

"你借给我?"

"不是,我要扩大我的投资,我借钱给你,本来自己无利可图,可是对你呢,却有方便可以利用。你不用为还本付息的期限担心,但我依据自己投资的数量,也要相应地管理部分企业,干吗非让你一个人劳累过度呢!"他的话说得很慢,很随便,还细心地挑弄着指甲。

"我可以给你出期限六个月的期票。"

"我借钱出去决不是为了图利,我是想把这点儿资本投入流通,因为在这段时间,它可以周转好几次,你要不要?"

"好吧,明天再细谈,再见!"

"再见!"莫雷茨虽然答了话,他的眼睛还在盯着指甲,以防表露出这笔交易给他带来的欣喜。卡罗尔一走,他立即倒锁上门,拉上窗帘,打开了砌在墙里面的小小的保险柜,取出一个塞满证书和账目的格子纸袋,和用纸包着的一大札纸币。

他把钱数了一遍,又放回原处。

"一大笔生意!要是不成功呢?"他厌烦地皱了皱眉头,瞅了房门一眼,好像听见了许多人的脚步声和刀枪叮当响似的。

他为自己预见正确高兴地笑了一下,然后便热情高涨地研究起博罗维耶茨基工厂的收支问题来。

卡罗尔的生意的全部利弊,都在他的笔记本和账本里,这是他打进建筑工地办公室的人收集来的。

而卡罗尔呢,虽然表面上同意他扩大股份,自己暗地里则郑重地下了决心,要摆脱这个局面,要千方百计把他撵走。

他了解莫雷茨的为人,不相信这个人。

莫雷茨爱财如命,可是一段时期以来,却如此令人不解地对他大公无私起来,这个情况在迫使他、命令他提高警惕。

他不担心马克斯,因为他知道这个人诚实,知道他不过是在追求做大买卖和某种表面的独立自主。

马克斯想为卡罗尔出力,可是至今却不怎么关心他。他的一万卢布的投资会使卡罗尔获得一万卢布的利润呢,还是他以后就靠他开的纱厂和布厂给他赚的钱过活?

对莫雷茨,卡罗尔却很害怕。

他的斗争原则是:谁若欺骗别人,自己先得小心。

莫雷茨说到米勒的话使他感到几分恼火。

安卡已经在罗兹落户:全城都知道他的婚事,他必须和她结婚……

他常常认真提醒自己:他建厂一半的钱是用了安卡的。

但是打心里他又不相信自己会和她结婚。因此,他没有完全和玛达断绝联系,他从不马马虎虎地对待玛达那像邻居一样的、偶然的、短暂的访问,不忘对这位姑娘说许多弦外有音的客气话。

他有意脚踏两只船,但他不能预卜结果如何,以后何去何从,因为他一心想的,就是先使工厂竣工。

他对莫雷茨表白的偏见,他与这些偏见进行的思想斗争,充其量不过都是一些陈腐观念,是早已被扔进拉圾堆的渣滓。他不过随便说说,把一些词汇的含义全面比较一下。这些偏见从来没有左右过他的意志、行为,对他的决定也从来没有影响。

妨碍他表露自己欲望、妨碍他公开完成他暗地里认为绝对必要的大事的,并不是偏见,而是他的某种羞耻感,对父亲的顾忌,还有他必须戴上那社交场上的文明礼貌的假面具;这层面具不让他明目张胆、肆无忌惮地去做坏事。

他受过良好的教育,不屑于干下流勾当;而且从性格上看,他也没有能力干莫雷茨可以面不改色、平心静气下手去干的那类勾当。

比如,他绝不会放火烧毁保险公司付出高价保险费的工厂,他不能失去信用,也不会去剥削。凡此种种,他都认为太下贱了,这些手段都会玷污他的清白，所以，作为一个有文化的人，他对这些是感到厌恶的。

要谋取利润，其他的办法多着呢……

在他看来，恶，只有在必不可少而且通过它可以得到收益的，才有价值。他热爱德行，因为德行更美，如果德行能给他带来更大的利益，他崇拜德行。

他现在反复想的，就是这些事。他狡黠地笑着，可是在想到自己时，又感到十分痛苦，十分悲伤。

"一切的归宿——都是死亡！"他说着，便开始读起一些信件来。

他只看完了露茜求他明天无论如何去见他的那封信。其余的信他因为想留下以后再看，便随即来到了马克斯的房里，在马克斯安葬母亲后，他还没跟马克斯说过话。

"你父亲怎么样？我一直没空去请安。特拉文斯基把期票都赎回来了吗？"

"赎是赎回来了，可是这也不行啰！"

"为什么？"

"老人不中用了。五百台机床只有二十台能用。过三个月，顶多半年，工厂和老人就要同归于尽了。"

"没什么新办法吗？"

"没有，一切都只不过是完蛋得更快。女婿们都在咬他，他们已经向法院提出要均分母亲的遗产。"

"合情合理的要求。"

"反正什么都一样，他放任他们为所欲为，让他们卖地皮，只要给他留下工厂就行。他整天和尤焦待在办公室里,去墓园,半夜在厂里乱走,抑郁症发了,唉,不说这些了,我只能告诉你一声:要注意莫雷茨。"

"为什么?你听说了什么?"卡罗尔马上追问道。

"还没听说什么,不过从他那副嘴脸,我看得出他正在打鬼主意。找他的滑头无赖太多了。"

第十一章

"你嘟囔什么呢?"早晨喝茶的时候,卡罗尔问道。

"重大,事关重大。"莫雷茨回答后,把视线从双手捧着的茶杯上移开了;他心事重重,没有喝茶。

"你的意思是,钱的事?"

"一大笔钱。我正准备采取两个办法,要是能够成功,我就能站住脚了。钱,你今天晚上就能拿到手;可是棉花怎么办?"

"你先别卖,我有个主意。"

"马克斯为什么像强盗一样瞥我一眼,不打招呼就走了?"

"不知道。昨天他跟我说,你的脸上添了一副凶相,你心里在打什么主意……"

"岂有此理。我的脸上能看出什么鬼主意!我的脸是一张普通的脸,正派人的脸。卡罗尔,这还是假的吗?"

说着,他细心地照了照镜子,给自己那张严肃、不动声色的脸添了一副和善的表情。

"用不着怪他,他爹的事弄得他心烦意乱了。"

"我可劝过马克斯一番:把老头儿照看起来,告诉他已经不中用了,再按自己的办法把工厂管起来。只有这么办,他们才能挽回一点儿;这个虽然得经过老头儿的女儿和女婿们同意,可是老头儿不同意。"

"马克斯说:'父亲的产业,他要是心血来潮,甚至会全部糟蹋掉的。'"

"他要是真这么想,那就是聪明过头了;这里面一定有别的问题。"

"也许没有。不管怎么说,宣布亲生父亲是个疯子,是够别扭的。"

"当然我也没有说这种下流事会叫人高兴。父亲……自然要紧;可是为了工厂、利润,也值得牺牲……要是你,你会怎么办?"

"我用不着想这些事,我父亲几乎一无所有……"

莫雷茨高兴地哈哈大笑起来,可笑声突然又止住了。他开始换衣服准备出门,但他的动作十分拖拉;他一边咒骂马泰乌什,一边试着几身衣服,还试了一大堆领带。

"你这么打扮,好像要去求婚似的……"

"说不定就去求婚……说不定……"他搭讪道,微微地笑了。

他终于穿戴完毕,和卡罗尔一起出来了,可是他由于心不在焉,又两次跑回屋去,取那忘了带的东西;在戴夹鼻眼镜时,他的两只手也哆嗦起来;那蒸腾的炎热,使得他更加烦躁不安了。

他浑身不停地抖着,连手杖也拿不住,好几次从手里滑了下来。

"看你这样子,好像担心着什么事似的。"

"又慌又乱,准是劳累过度了。"他轻声说道。

他们一起进了花店,卡罗尔买了一大把玫瑰花和石竹,让人立即给安卡送去。他想用送几束鲜花来消除自己昨天对她的粗鲁。

莫雷茨来到他在皮奥特科夫斯卡大街的事务所,可是什么也干不下去；他查看了一个棉花仓库，发了给鲁宾罗特的推荐信，一连抽了几支香烟，心里不停地想着格罗斯吕克，和自己应当去找他谈的那个买卖。

他不时身不由己地猛然哆嗦一阵，摸摸装在衣兜里的油布钱包，接着又平静下来，脸上恢复了自然的表情和勇气，感到全身精力充沛，想立即采取行动。

在这个时候，他鼓起了勇气，要去见格罗斯吕克；可是出事务所后，又犹豫起来，在皮奥特科夫斯卡大街上溜达了一会儿，反复研究此时此刻脑中涌现的各种想法。他买了一束最美最贵的花，叫人用最贵的绸子捆好，在自己的名片上写好梅拉·格林斯潘的地址，让人送去时也把名片留下。

在账本里"未及预料——私人花费"一栏里，他记了账，但勾掉了"私人花费"一语，填上"公司花费"。虽然时间还早，他却到"侨民之家"吃午饭去了。

"还得仔细考虑考虑。"他自我辩解说。

餐厅里的人已经把散乱的文件收拾起来，摆好了菜，隔壁房间里打字机"嗒嗒"地响着，还传来了说话的声音。

就餐的人陆续下楼。

头一个是马利诺夫斯基，他不声不响地坐在墙下，愁容满面，十分苦恼。斯泰凡尼亚太太坐在他的身旁。

"你怎么了？"

"病了……我病了！"

他用手指头在额上蹭了蹭，叹了口气，一双绿眼睛闷闷不乐地盯着她；她不知道该说什么，便走开了。

人都到齐，开始吃饭的时候了，他依然一语不发。等到霍恩来了，坐在他身边，他才低声对霍恩说：

"我知道她在哪儿住。"

"谁？"

"卓希卡，住在斯托基·凯斯勒府上……"

"你还想着她哪？"

"没有，没有……不过是想知道她住在哪里。"

说完他闭上了嘴。

"你们听说了吗，格林斯潘的女婿格罗斯曼被逮捕了？"霍恩问道。

"听说了，听说了。让这只鸟歇歇吧，消消火气[1]……"

"格罗斯曼，就是漂亮的梅拉小姐的姐夫？"斯泰凡尼亚太太又问道。

"是啊，前些日子他刚遭横祸，工厂给烧得一干二净；这个可怜的人，本来还想得点儿保险费散散心，可是却被抓了，进监狱了。"

"抓错了，今天就能把他放出来！"莫雷茨表示自己的看法。

"他们总是做错事，可又总是无罪的，这些犹太人还挺可怜的……"谢尔平斯基 面挖苦说，一面骂骂咧咧地对莫雷茨证明：犹太民族是世界上最卑鄙下流的。

"你怎么说都行，说点儿坏话反正心里痛快；可是你为什么不把这番话也冲你的上司巴鲁赫说一通呢，也许你认为他人格高尚？"莫雷茨毫无顾忌地说；他先因为给谢尔平斯基火上加了油，感到自

---

[1] 原文是德文。

鸣得意，后来又因为有人热烈支持谢尔平斯基，几乎要和他发生争吵。

"霍恩先生，请你坐到我们这儿来，"卡玛一面让座，一面叫唤道，"我想问问你。"等他在她身边坐下，她才把话说了出来。

"我洗耳恭听。"

"你有情妇吗？"她大声问道。

所有的人都感到惊讶，没有说话，接着在整个餐厅里，爆发出一阵响亮的哄笑声。

"你胡诌什么呀，丫头！"姑妈满脸通红，嚷了一声。

"嘿！这有什么不好嘛，在每本法国浪漫小说里，青年人都是有女朋友的。"她不以为然地辩解说。

"你是鹦鹉，鹦鹉学舌，波兰话一点儿不懂。"

"天哪！姑妈您冲我这么嚷干吗，我一点儿不懂。"

她耸了耸肩膀，向小客厅里走去；可是等霍恩跟着她出来时，她也急忙嚷了起来：

"我是鹦鹉，所以跟你说不了话。"

"你的姑妈叫你鹦鹉，不是我。我倒想打听一下，你干吗不理我呢？干吗要对我耍威风，做鬼脸？干吗？"

"卡玛没有做过鬼脸，也没有耍过威风，霍恩，请你还是找酒馆里卖唱的去吧，作乐去吧……什么我都知道，一切……"

"你到底知道什么？"他压住了心头的乐劲儿，板起脸问道。

"一切，一切，我知道你是个恶棍，又混，又狠，又赖……菲什宾先生告诉了我，你星期天为什么不到我们这儿来……你到'阿卡迪亚'去了！……喝醉了，还唱歌……还……亲吻了那些……我恨你，讨厌……"

"可是，卡玛，我更爱你了！"

他想抱她，可是她挣脱了他，溜到桌子对面去了。

"没良心的，你倒霉的时候，就老来找我们，让我们安慰你，给你头上扎绷带，为你流眼泪。"

"我到底什么时候倒过霉？"霍恩问。

"什么时候？在莎亚那儿供职以前。"

"我没有倒过霉，那时候我玩得最好，因为有时间。"

"怎么？那时候不倒霉？"她嚷着跳到了他的身旁。

"从来没有倒霉。"

"现在也不倒霉？"她问得十分急，话声中充满了呜咽、怨气和恼怒。

"我做梦也没想到过倒霉。卡玛，跟你有什么关系？"

"你没有倒过霉！……我呢，我过去为你祈祷过，为你做过弥撒，我没有买草帽，因为我不敢打扮自己；我常常哭，老想着你，觉也睡不着，心里难过极了，可是你一点儿也不难过！啊，我的上帝……我的上帝，我多么不幸啊！"她断断续续地低声说，在那激动的嗓音中，透出深沉的悲痛，泪珠像豆粒一样在脸上滚着，越滚越密了。

"我的卡玛！我的好孩子，卡玛！你的心肠真好啊！"他轻声说道，因为受到感动，连连吻着她的双手。

卡玛抽回了手，掩住了脸，呜呜咽咽地叫道：

"我已经不爱你了！你不幸的时候……我……我……我为了你不惜赴汤蹈火……死也不顾……可是……你原来这么坏……是一个

坏人。你没有什么不幸的事……你把我骗了……"

她仍然抽抽噎噎地哭着；霍恩茫然不知所措了，想跟她解释解释，可是卡玛不愿意听。他虽然受到感动，但因为她的幼稚，忍不住要笑出来，于是坐在她的身旁。她急忙躲开了他，从沙发上一把抱起小狗，用狗挡着，高声叫道：

"咬他去，皮科洛，咬！他是个坏人，骗了卡玛；我不爱他。"

他笑了一下，便转身准备出去，因为工厂下午上工的汽笛响了。

"你不跟我告辞吗？也不给我道声歉吗？"她擦着眼泪，急忙说，"好吧，从今天起，咱们谁也不认识谁了。从今天起，我如果要出去散步，就叫马利诺夫斯基，或者克热奇科夫斯基，或者布卢门费尔德，或者我见了喜欢的人。是啊，是啊！非这么不可，我听姑妈的话，你根本不用想我还会找你做伴……"

"我反正一样，在'阿卡迪亚'，比和你在一起会玩得好些，高兴些。"

"我反正一样，你去吻她们吧，喝得像布姆-布姆一样吧！"

"卡玛，那就永别了。"他很悲伤地招呼了一声，便走了。

她冷冷地望着他的背影，无动于衷地听他关上了门，可是当她听到他下楼的脚步声时，心里突然感到极为惋惜，怕他真的不再来了。

她从窗口往外望着，看见他穿过斯帕策罗瓦大街，进了小胡同后，便沉重地倒在沙发上，紧抱着狗，感叹地说：

"皮科洛，你是我独一无二的朋友，我多么倒霉啊！"

可是她哭不出来，便照了照镜子，整理整理散乱的刘海，迈着稳健的步子走到她姑妈跟前，拉着她的手，神色诡秘地把她引到小客厅里，搂住她的脖子，悲伤地说：

"完了！咱们再也见不到霍恩了，姑妈！我真倒霉呀！"

可是她发现姑妈对这件事并不太感兴趣，便退了一步，又懊丧又责怪地问道：

"姑妈您就不哭？"

"又犯什么毛病了？"

"卡玛小姐，为了今天的告别，有麦粥喝吗？"莫雷茨从前厅里推开了门，问道。

"皮科洛，亲亲先生去！"她一面说一面带着狗向他跑来，可是莫雷茨没等她过来就走了。

他仍在街上徘徊，迟迟下不了去见格罗斯吕克的决心，想着有没有更紧急的事要办；忽然他想到有一件事必须找格罗斯吕克处理，应该到他家去。

他终于下定了决心，来到银行家的事务所。

"行长在吗？"他和斯塔赫·维尔切克打着招呼，问道。

"在！这两天一直在派人请你哪！"

"你和格林斯潘的事办完了吗？"

"刚刚开始，凑齐一万五了……"

"还没完哪？"他感到诧异地问道。

"连一半也不到呢。"

"可别把账算错了，维尔切克，我祝你万事如意。"

"你不是出过主意叫我硬硬扎扎地坚持下去吗？"

"出过主意？我出过主意？也许是吧。不过一切都是有极限的。"他说着，心里却有几分不痛快；他的确给维尔切克出过主意，要他去挤格林斯潘的钱，因为他当时对梅拉还没有下定决心，可是现在维尔切克的话就真的叫他生气了。

"那么，你就到博罗维耶茨基办公室里签个供煤合同吧。"

"谢谢你……十分感谢。"维尔切克高兴地握着他的手。

"不过我有件事想和你谈谈。"

"你开门见山地说吧，我应当拿什么作交换？"

"以后再定。我还有更大的事要和你商量，过半个钟头我要出去，你陪我出去一下，我和你谈谈。"

莫雷茨慢慢地脱了大衣，搓了搓手，望了望突然变得昏暗的街道，因为已经下雨，雨点滴滴答答地打在窗玻璃上。

"该怎么样，就怎么样，都会好的！"他一面想一面走进银行家的办公室，银行家一见到他，立即站了起来。

"你好，你好，亲爱的先生！"银行家大声吆喝道，一面吻着他，"我真为你的健康担心哪！这么长时间让好朋友得不到准信儿，不是有点儿不妥当吗，我们大伙都关心你呢！就连博罗维耶茨基也三番五次问起你呢！"

莫雷茨对这种关注报以浅淡的一笑。

"羊毛怎么样？哎，我可真是想你呢。"

"谢谢，你真是个好人。"

"论起我来，谁不这么说呀！昨天我还捐给夏令营二十五卢布呢。你瞧，都登报了。"

于是他把报纸递了过来。

"咱们的羊毛怎么样？"莫雷茨很不耐烦地问道。

"你不知道，地价在猛涨，砖瓦价也直往上蹿吗？"

"知道,咱们不是也要作点儿地皮买卖吗!罗兹的行市动荡得厉害,你听到外面关于格罗斯曼的消息了吗?"他压低嗓门说。

"警察……是啊……"

莫雷茨笑了一下。

"轻点儿……轻点儿……"他轻声说道,瞧了瞧四周,瞧了瞧事务所,想知道有人偷听没有,然后对着他的耳朵说,"昨天大概把他抓起来了。"

"昨天晚上我一来就听说了,是把他抓起来了。"

"罗兹真是个是非之地,他们一下子对什么都注意了,其实管人家的闲事干吗!有人告格罗斯曼的密,可是对他也不能怎么样,因为他跟我一样清白。"

莫雷茨心怀不满地冷笑了。

"警察干涉私人的企业,这必要吗?"

"你跟这个企业关系十分密切吗?"

"整整三万的投资,他本来还能捞回一点儿!唉,没法子,要是倒霉,就工厂、人、货物都要倒霉;保险金又贵,还得交,交了也没用!人要倒霉,就是祸不单行……"

"他出不了事的,格罗斯曼是个老实人。"

"谁不这么说呀,我甚至可以为他担保。可是你有什么办法,罗兹的无赖层出不穷,他们都敢指天发誓,说见过他……我知道,他们什么坏话说不出来?咱们的羊毛怎么样了?"

"我买了,又卖了,收的是现金。"

"那好,我今天就需要大笔现金。"

"谁不等着用大笔现金!"莫雷茨感到忧郁地说。

"你能弄到手，谁比得上你精明强干。你手头有现钱吗？"

"没有。"他回答得很慢，平心静气地，虽然他的心跳得很厉害。

"你四点钟以前一定给送来，我有期票，得付款。咱们挣得多吗？"银行家一面问，一面请他抽雪茄。

"我挣得不少，可是你……"

"哎，这是合股，是我的资本……"他急忙说。

"我的资本，因为在我手里……"莫雷茨单刀直入地说，一面点着雪茄。

银行家也许是没听清楚，也许是不肯相信或不明白对方的话，他从莫雷茨手里夺过火柴，点燃了自己的雪茄，说道：

"我们说定了，本金在外，要抽一成利息。"

"我每年付你一成利息，可是不还钱。"莫雷茨平心静气地说。

"什么？你说什么？你在发高烧吧！"他叫了起来。

"实话告诉你吧，钱，我投放在我的企业里了。"

"钱是我的。"

"当然是你的。我跟你借的是长期贷款……"

银行家往后退了一步，一时十分惊愕，不相信自己的耳朵。

"莫雷茨·韦尔特先生，请你马上把我的三万马克还给我！"

"格罗斯吕克先生，钱我不还，我借了是要用的，它对我做大买卖很需要，我每年还百分之十，等我赚够了，一定都还。"莫雷茨冷冷地说，又恢复了平静。

"你疯了，你病了，又旅行又办事，把你搞累了，你先休息休息吧！安东尼！拿杯水来，安东尼！拿苏打水来！安东尼！拿瓶香槟酒来！"他急急忙忙地下着命令，一次又一次地跑到站在门口的听差面前,"天气热得人头晕脑涨,我明白,说不定哪天我会中风……亲爱的莫雷茨先生,真的,你的脸色很苍白,你肯定患心绞痛吧,请个大夫来好吗?"

莫雷茨见他大惊失色,轻蔑地笑了。

"你先得镇定镇定,我这儿有香水,马上给你头上洒一点儿。"

于是他蘸湿了手帕,要往莫雷茨的太阳穴上抹。

"不麻烦你了,我现在挺好,清醒着呢!"

"这可让我放心了。嘿!你真把我吓了一跳,弄得我怪不舒服的。可是你真滑稽呀,哈哈哈!跟我变了这么个戏法。我老老实实承认,我刚才还信以为真呢,哈哈哈,我喜欢你这样!哎,你还是把钱给我,出纳那儿等着用呢,真有意思,真有……"

"我没钱。我已经告诉你了,我借钱是为了自己。"

"岂有此理!这是强迫,是盗窃!是大白天明抢!"银行家叫着向他扑了过来。

可是莫雷茨攥紧了手里的拐杖,冷冷地瞥了他一眼。

"布卢门费尔德先生,给警察局打个电话!"银行家冲事务所嚷了一声,"敬酒不吃吃罚酒啊!你是贼,我会让你烂死在监狱里,流放到西伯利亚去,给你戴上脚镣手铐!"

"你用不着嚷,你侮辱我,我也要让你坐牢,不必用警察吓唬……哪儿有证据说你用莱比锡支票借给我的钱是你的,不是我的?"他冷冷地问道。

银行家立即清醒过来了,他一屁股坐下,瞧了莫雷茨好半天,面带不可名状的愤怒但又无可奈何的痛苦的表情,眼泪也涌上眼眶了。

"去吧,安东尼,什么也不要了。等他进了监狱就好了!"

他又补充了一句,嗓门都哑了。

"你不必白费口舌地说这么些蠢话,我不爱听。还是正正经经地谈吧。"

"我原来是多么信任你,像对亲生儿子一样,不光是儿子,是儿子加女儿。可是你对我耍无赖;上帝要惩罚你的,一个朋友,把三万马克交给你,你不能这样。"

"你别犯糊涂。我跟你借三万马克,是没定期限的,我要做一笔大买卖。义务我会承担,到时候本利还清;钱,现在已经开销出去了。"

"在柏林,我知道……在阿莫尔·萨尔……我知道……"

他感到难受地嘟囔着。

"咱们还是友好地谈一谈吧。"莫雷茨不耐烦了。

"你是贼,不是朋友,还钱!"他因为感到十分痛苦,便叫了起来,扑到了办公桌半开的抽屉里的手枪上;可是他拉了拉抽屉,又关上了;把钥匙放在兜里后,开始在屋里乱跑,一面冲莫雷茨挥舞拳头,一面大声责骂。莫雷茨只管攥着手杖坐着,鄙夷地笑着,等银行家平静点儿后,便开始对他讲起自己的计划来:

"我已经是而立之年……是动手大干的时候……我有一个绝妙的计划,可是没有钱。你看怎么办,办代理行能挣碗饭吃,可是自己不会有资本,所以一直靠借贷;一等结账,我就会拉下好几千的亏空……现在我想出了办法。既然你借了钱给我,我就要告诉你钱的用处。博罗维耶茨基已经是穷途末路,他没有现金,已经开始靠借高利贷苟延残喘了,我要借给他钱……遇到机会就和他完全合作，然后当起家来，他会变成个挂名的厂长……我的计划妙不妙？他在厂里有四万现金，一年……最多两年，只要我把钱弄到手，他就赤手空拳了。这一切我都考虑过，因为信任你，才告诉你嘛！"莫雷茨心平气和地说着，同时摆出了一系列数字，无奇不有的阴谋、无赖和诈骗手段，以充实他的结论，他要把博罗维耶茨基置于死地。

他说得滔滔不绝，一无遗漏，毫不隐讳。

银行家渐渐消气了，他用一个指头捋着络腮胡子，鼻子不断地吸着气，好像要嗅出一块可以供他大嚼一番的臭肉似的；他的眼睛闪闪发光，嘴里傻呵呵地笑着，因为这个伤天害理的计划已经勾得他心花怒放，甚至使他忘了这个公司是要用他的钱来开办的。他完全赞同这个计划，有时也插上一两句话，提个无关紧要的主意；莫雷茨便立即闪电般地抓住这些主意，补充到自己的计划中去，又继续谋划着，他的说话声越来越低，跟格罗斯吕克也越来越推心置腹了。

格罗斯吕克喝够了水后，打开了通风口，他看见工人正从仓库里把装满大包羊毛的送货车推出来，便冲他们嚷道：

"在外面等一等。"

"下雨了，羊毛要淋湿的。"

"说等就等嘛，土包子！"

他"哗"的一声关上通风口，不时地抬头看看雨云密布的天空，立即飞快地写起什么东西来。

莫雷茨沉默了一会儿，望了望一排在越下越大的雨中淋湿了的送货车，然后心平气和地说：

"羊毛不会增加多少重量，我看那包皮是新的。"

他的说话声越来越低,跟格斯吕克也越来越推心置腹了。

"你的心眼儿……真活！"银行家一面回答，一面下令用帆布把羊毛盖上。"我过去很熟悉你的父亲。"他又说道，还十分客气地递来了雪茄。

"他是个精明强干的人，就是上当破产了。"

"人要是不走运，手脚都发麻啊！"他感伤地说。

"我的计划，你是怎么看的呢？"

"令堂是我表姐，我支持你。"

"她把剩下的东西全在皮奥特科夫斯卡大街上卖了，小部分做了抵押……"

"你也像我表姐一样，她挺漂亮，大大方方，高贵着呢。我告诉你，你有头脑，我挺喜欢你……我就喜欢青年人有聪明才智，就喜欢帮助聪明人，你的忙我一定帮，你这个计划正合我的心意。"

"我早就知道你是一个通情达理的人。"

"咱们合作吧！"

"你给钱啦！"

"当然。"

"一大笔？"

"全拿出来。"

"好，为了合作的开始，咱们可以拥抱亲吻了。"

"好极啦！拥抱一百次，也比一次损失三万来得好。"

他们既广泛又逐点地讨论了以后的合作，制订了行动计划。

"这是一件事；我还有一件要办：求婚。"

"对象是谁？"

"梅拉·格林斯潘。"

"别急嘛,让他们先处理完格罗斯曼的事。"

"现在正得抓紧,也许还能帮他们一把。"

"我很喜欢你,莫雷茨,我很喜欢你;等我的梅丽长大了,就许配给你,她有十万陪嫁呢。"

"太少了。"

"也许十二万,再等一年吧!"

"等不了。一年以后要二十万,我不能干等。"

"亏不了你,星期天来吃午饭吧,还有几个华沙来的客人。完了我要和你谈谈我的一个小小的计划,说不定有一百万的进项呢。"

他们又像莫逆之交一样地亲吻着,但是亲吻并没有妨碍银行家提醒韦尔特在这三万马克的借据上签字。

"我很喜欢你,可疼你哪!"银行家满面红光地叫了起来,把借据藏在办公桌里。

莫雷茨从事务所拉着维尔切克出去了,可是在他家的大门口,却站着一个贼头贼脑的人,挡住了维尔切克的去路。

"请原谅,我明天来看你,现在我得和这位先生谈谈。"维尔切克解释说,冲莫雷茨点了点头,又对那人示了意,就穿过杰尔纳大街到车站去了。

第十二章

"真是想什么就有什么呀!"莫雷茨在街上走时,想道。

他要钱——衣兜里就有了三万马克。

他用手高兴地按着油布钱包。

他想吃掉博罗维耶茨基,对他的金钱和他的工作垂涎三尺——准能吃掉他。

他想娶梅拉——能娶到她,娶到她是确信无疑的。

此时此刻,他理解不了这些奇迹。

第一个回合的大胜利使他感到十分得意,使他狂热地相信自己的力量。

"只要有勇气去追求就行。"他一边想,一边对着太阳微微地笑了;太阳在城市上空露出了脸蛋,兴高采烈地照得刚刚淋了雨的人行道和屋顶闪闪发亮。

"所以我不能亏待自己。"他凝望着珠宝店的橱窗,喃喃自语道。

他走进一家商店。有一个镶着一块大宝石的戒指他很喜欢,可是一打听价钱,他的心就凉了,没有买就走了。

他又走进一家服饰商店,在这里买了一双手套和一条领带。

"订婚的时候,他们肯定会给我买戒指。"他一边想,一边去办第二件事，即和梅拉的事。

他从暗中为他的事在格林斯潘家周旋的媒婆那儿得知，梅拉跟维索茨基吹了，贝尔纳尔德·恩德尔曼写信去求婚，也遭到拒绝，好像这个人因此就改信了新教，准备跟一个"法国母猴儿"结婚。

他还听说，有几家大公司的少爷也打过梅拉的主意，可都是一场空。

"她有什么理由不要我呢？"

他不由自主地在一家商店橱窗大玻璃前照了照，对自己的相貌笑了一下，因为觉得自己长得挺漂亮，他摸了一下漆黑的胡子，把眼镜往上扶了扶，一边走一边思量着他的好运。

钱，他已经有了一笔，格罗斯吕克的贷款不少；一切疑虑都消除了，他看到的是自己的远大前程。

梅拉是个十分俊秀的对象，他早就对她很倾心了。他固然有波兰人那种妄自尊大的习性，喜欢附庸风雅，有求必应，高谈阔论，可是这不用花多少钱，而且适用于沙龙。他自己在里加上大学时，不是多次扯起过这样的话题吗，不是也说过多少动听的话吗，如抨击当时的制度，甚至有两学期还曾是个社会党人呢；可是这一点儿也不妨碍他现在赚大钱，牟大利。

想着想着，他笑了，因为他又回忆起了格罗斯吕克吓得面如土色的样子。

"莫雷茨，等等！"

他赶忙回头。

"我在全城到处找你呢。"凯斯勒和他握手时说道。

"生意的事吗？"

"请你今天晚上来,有几个人会会面。"

"喝杯淡酒,像去年一样,是吗?"

"不,朋友们在一起喝杯茶,聊聊天,还看看几件少见的东西……"

"本地的稀罕物?"

"进口的,也有本地的,给爱好者准备的,你来不来?"

"好吧!你请了库罗夫斯基吗?"

"工厂里波兰牲口够多的了,在家里就别要了。库罗夫斯基摆大人物架子,我一看就生气,好像他跟谁握手都是个恩赐似的,可恶的家伙[1]!"他轻轻地骂了一声,"你上哪儿去?我带你去吧,车正等着我呢。"

"去德列夫诺夫斯卡大街。"

"我刚才看见格罗斯曼了,交了保证金释放的。"

"哟,这倒是新闻,我正要去见格林斯潘。"

"我带你去,不过我得去工厂一会儿。"

"那些稀罕物……是从厂里挑的?"

"我正想在纱厂里挑几个。"

"马上就能到手?一叫就到吗?……"

"训练好了的,而且有对付的办法:如果不来,就开除。"

莫雷茨笑了笑,两人上了车,几分钟以后,车已经停在"恩德尔曼和凯斯勒工厂"的大门前。

"稍等一会儿。"

---

[1] 原文是法文。

"我同你去,也许能帮你物色物色……"

他们穿过大院,走进了低矮的厂房;房顶上挂着照明灯,各个车间都装有洗毛机、筛分机、梳毛机和毛纺机。

洗毛机向车间四周不断地喷水,它旁边干活的是清一色的男人;可是从梳毛机那儿,却传来了一阵阵女人的说话声。

当凯斯勒进来后,工人们马上缄默不语了。

女工们屏气凝神,把眼睛死盯着机器,像一排傀儡似的;她们的周围,团团围着一堆堆羊毛,这些羊毛好像在喧嚣的机器、不停转动和咆哮着的皮带和齿轮海洋中漂浮出的脏泡沫一样。

凯斯勒向前走去,脑袋缩在两个肩膀里,弯着腰,晃动着两个长满了红胡子的腮帮,慢吞吞地走着;他的脑袋尖尖的,上面也长着两只上端很尖的耳朵,正像一只伺机捕获猎物的蝙蝠。

一双刁钻小眼留心地打量着一些最年轻、最有姿色的女工;在他的审视眼光下,她们都羞红了脸,没有抬头看他。

他不时在她们身边停住脚步,问问工作情况,看看羊毛,一面用德语问莫雷茨道:

"这个怎么样?"

"给农汉的下脚货。"莫雷茨表示厌恶地回答说;可是他在走到另一个女人身边时,又说道:

"身材挺好,可惜有一脸雀斑……"

"漂亮,皮肤一定很白。米尔纳!"他喊着带路的工头。

工头来到他跟前后,他轻声地问了这个姑娘的姓名,便记在本子上。

他们继续往前走着,在车间里绕了两周,却挑不出一个合适的来，因为女工大都一副穷相，生得很丑，干活干得皮粗面老的。

"咱们到纺纱车间去吧！这儿什么也捞不着，都是些下脚货。"

在洒满羊毛雪花的白白的纺纱车间里，弥漫着透过屋顶照射下来的一派日光，虽然这里震耳欲聋，却显得异常宁静。

所有的机器都在疯狂地运转，好像形成了一个巨大的整体；可是它们屏气凝神，没有喧闹；有时候，仅仅传来驱动轮的一阵短暂、尖厉的嘎吱声，过后就沉寂了。这驱动轮虽然上了橄榄油，在千万次震动中，还是常常断裂；此时，那断裂的响声，往往就像一阵暴风雨似的，在机器上轰隆掠过。

抖动的黑皮带和传动带就像一条条大蛇，你追我赶，不断地咝咝响着，一会儿蹿上天花板，一会儿落到闪闪发亮的轮子上，然后又沿着墙壁扶摇直上，飞过天花板，返回地面，两面围住穿过车间的长长的甬道，仿佛一条条在疯狂跳动着的黑色的带子。沿着这些黑带子，隐约可见宛如史前时期的怪鱼骨架一样的纺织机的运动，它们斜着向前移动，用它们白色的牙齿咬住了羊毛线轴后，随即带着线轴后退，在自己身后抛出几百条毛线。

女工们好像一个个被钉在机器上，她们死盯着线纱，机械地挪动着它，一会儿跟着机器跑动，一会儿退了回来，闪电般地接上断了的线纱，对自己身后的一切，似乎又聋又瞎，全神贯注于这头猛兽的运转。

"那个黑脸的，扶着线轴的那个，怎么样？"凯斯勒指着一个站在车间另一头的缠纱卷线的地方，体态十分丰满的金发姑娘嘀咕着说；这个姑娘穿着一件薄裙子，还有一件长袖衬衫，扣子扣到脖子下面，她的秀丽的身材轮廓依然可以看得出来，因为天气闷热难当,所有的女工都尽可能地穿得很少。

"真漂亮,真漂亮。你还不认识她?"

"刚在这儿干一个月。豪斯纳已经开始围着她转了。你知道吗?他就是这儿的一个配料员,我干脆让他死了心。"

"那边瞧瞧去。"莫雷茨轻声说道,他的两只眼睛亮起来了。

"小心点儿,和人打招呼时别让齿轮绞住了你。"

他们留心地穿过狭窄的过道,两边的机器都是用于把毛纱卷上大纱轴再纺成双股的毛线。

喷雾器一刻不停地工作,微微颤动着的水雾像一条条彩虹似的喷出来,溅落在机器、人、一堆堆雪白的毛纱、成千上万个梭子上;梭子不停地旋转着,发出刺耳的吱吱声,在从上方射下的耀眼的日光照射下,像成千上万个在粉红色的、明亮的灵光中转动着的白色陀螺一样。

凯斯勒又记下了两个姑娘的名字;他出去时,女工们向他投来了表示痛恨的目光。

他们在主机旁边走过;这个妖怪的大驱动轮安装在一栋高房子里面,日日夜夜地轰响着。老马利诺夫斯基站在高房门口,嘴里叼着烟袋,双手插在衣兜里,见了凯斯勒没有脱帽,甚至连头也不点,他以阴郁和锐利的目光瞧着凯斯勒,像要向他挑战似的。

凯斯勒在遇到他的目光时,打了个寒噤,似乎打算后退一下,但他立即打消了这种害怕,同时故意走进了机房,察看了一下机座;上面的大活塞像两只手一样地移动着,那仿佛怪物的大轮子也在转动,在疯狂的永无休止的运动中,发出粗野的轰隆声响。

"没什么新情况?"他一面小声问着马利诺夫斯基,一面看着巨轮周围发出的光芒。

"我有件小事要和你谈谈……"老人走到他跟前,轻声地说。

"去办公室谈吧,现在我没时间。"他赶忙说了声,走了出来,因为他对马利诺夫斯基的说话和举动都很讨厌。

"这个尖嘴巴老家伙看着就不顺眼。"莫雷茨也注意到了。

"是啊……是啊……龇牙咧嘴的,非打掉他的门牙不可!"凯斯勒低声说。

在办公室,他把记下来被选中的姑娘的纸条交给一个心腹,那心腹明白下一步该怎么办。然后他立即把莫雷茨送上德列夫诺夫斯卡大街。

"六点过后,马车会在你的事务所前等候。"凯斯勒在分手时说道。随后他便驱车走了,消失在车后卷起的尘土中。

"一个粗野的流氓!"莫雷茨去见格林斯潘时心里暗暗地骂道。

第十三章

在格林斯潘那儿，莫雷茨正好碰上他们开家庭会议。

格林斯潘在屋里跑来跑去，嚷嚷着，用拳头砸桌子；雷吉娜坐在窗户下面又喊又哭；老兰道戴的宽大的丝制软帽滑到了后脑勺上，他铺开漆布，正在用粉笔写着一系列的数字；格罗斯曼看起来又苍白、又劳累，躺在沙发上，没精打采地吐烟圈，有时候轻蔑地瞧妻子几眼。

"他是贼，是罗兹最大的贼！因为他，我非得中风不可…他是要我的命哪！"老头子吼叫着。

"你是什么时候从那儿来的？"莫雷茨问格罗斯曼。

"有一个钟头了。"

"怎么样，那儿挺舒服吧？"他轻声地、带讥讽地问道。

"以后你会明白的，你想躲也躲不开；不同的只是你要坐牢是因为自己犯罪，不像我，是为了岳父大人和太太。"

"阿尔贝尔特，你别犯糊涂，别胡说八道。莫雷茨不是外人，莫雷茨知道情况；你不是说了吗，他能证明，罗兹城里对咱们的议论，都是实话。"老头子站在他旁边愤怒地叫道。

"这件事的情况我知道多少先不用说；反正我到这儿来，是把你们当成自己人，当成正派人的。"他强调说。

格林斯潘不安地瞅着他,他们两人互相盯着,看了好一会儿,彼此打量着,审视着;还是老头子首先扭过头来,又开始咒骂。

"我去找他,是把他当个正人君子,当个买卖人。我说:把地皮卖给我吧。可是这个放羊的……这个……呸!他倒走了运!我衷心祝愿他,他竟嬉皮笑脸地让我去看他的垃圾堆,说什么那是宝地、天堂,不给四万卢布不卖……他……他……那张尖嘴猴腮的脸,怎不得场热病死了呢!梅拉,来,快拿点儿药水来,我挺难受,怕越来越厉害了!"他对隔壁房间吩咐道。

"跟谁呀,什么事?"莫雷茨轻声问,弄不清楚是怎么回事。

"维尔切克,贼小子。四莫尔格地,要四万卢布。"

"值不值呢?"

"现在值五万。"

"地价长了三成。"

"是啊,还不知道得长多少钱呢。老头儿要扩建工厂,非买地不可。"

"那干吗还生气耽搁着呀?过两个月说不定得加一倍呢。"

"爹是做小买卖的,忘不了他在旧城开的那个小铺子,忘不了为一个戈比讨价还价。"格罗斯曼鄙夷地小声说。

"你好,梅拉!"莫雷茨立即起身跑到她面前。

"你好,莫雷茨。你送来了花,谢谢你。我高兴极了。"

"花店里没有更好看的了,我想送你更好看的。"

梅拉勉强笑了一下。今天她脸色苍白;微笑里露出忧郁,一双眼睛由于稍许塌陷显得更大了,旁边还有一圈青斑点,也显得忧郁。她的动作奇怪地缓慢、滞重,好像受尽了苦难折磨的人似的。她递给父亲一块蘸了药水的糖,冷眼瞥了姐姐一下,故意不理睬向他伸出手的格罗斯曼,径自回隔壁房里去了。

通过敞开的屋门,莫雷茨看见她把脸对着永远坐在窗下扶手椅上的祖母。他两眼凝望着她柔缓的动作和头上优雅的线条,心跳得更快了,某种使他感到舒畅的激动攫住了他。现在他已经听不见老头儿的抱怨和雷吉娜的诉苦;雷吉娜责备说,格罗斯曼在调查法官面前申诉得不好,他的愚蠢要把一家人全毁了。

"算啦……算啦,孩子们!以后都会好起来的……损失是损失点儿,可是整个这批买卖能赚七成五呢。等会儿我就找格罗斯吕克去,让他派他的人去跟告发的人交涉交涉,这件事咱们自己不能插手。"

"这件事他一定会管起来的,为了他的三万;他不想只拿百分之五!"

"是啊,要是干得好,他能弄到百分之十五,最多百分之二十呢!"格罗斯曼瞧着岳父厚着脸皮说。

"你这话不错,阿尔贝尔特!咱们给他百分之二十!好,这件事先到这儿吧。谈谈扩建的事吧。你,阿尔贝尔特,就别再干这当子事了。我想好了一个大计划:从维尔切克那儿先买地皮,再加上我这个工厂,合建一个格林斯潘、格罗斯曼股份公司。法律上的事,我的律师已经管起来了,土木工程师一个星期后提出细节计划。这个公司,我盼了很长时间,现在到时候了。十几个老奸巨滑的家伙开了张,咱们走在他们后面了。凭什么咱们就得把货送出去砑光?让别人赚咱们的钱!咱们也要建砑光车间。凭什么咱们就得买纱?咱们要建个纺纱车间,用百分之二十五。要盖个配套的工厂,什么砑光设备都有。还得试着跟迈尔谈谈。我在你这次倒运以前就考虑过,阿尔贝尔特,现在出了这件事,这么办对咱们也许有好处。"

他又详细地叙述了未来股份公司的计划。

雷吉娜又感动又高兴,搂住了父亲的脖子。

莫雷茨听了这个设想心里也痒痒起来,想在这个公司的两个名字之后再把自己的名字加上去。

"这话现在还不能说。等阿尔贝尔特的先办好。莫雷茨,用不着你开口,你是自己人。"

"我想,咱们还要更密切点儿。"他严肃地回答。

格林斯潘凝望了他半天,审视着他;雷吉娜也是一样;只有格罗斯曼怀疑地笑了一下。

"那敢情好了,公司要办嘛。"老头儿冷冷地说。

"我就是为这个目的来的。"

"你可以去找梅拉,跟她谈谈。"

"我要先跟你谈谈。"

"伯恩斯坦诺娃已经跟我谈过这件事了。你知道梅拉会跟你说什么吗?"

"还不知道;可是我想先听听你的话⋯⋯"

"等一等,等一等⋯⋯"

他跟雷吉娜说了再见,握了握格罗斯曼的手,把他们送到门厅,又回来了。

"兰道也许听说⋯⋯"

他坐在椅子上,跷起二郎腿,摆弄起长长的金表链来。

莫雷茨掂量着各种想法,咬着手杖顶端的小球,捋着胡子,正了正眼镜，考虑着用什么方式提出嫁妆问题，最后直言不讳地问道：

"你给梅拉什么东西？"

"你要什么？"

"明天我给你送我的公司优胜劣败的材料和今天跟格罗斯吕克订的合作条款来。我不需要欺骗你。我的公司已经盖好，现款不是从调查法官有怀疑的保险公司取来的。"他故意强调说，"你也说说你的主意……"

"你有多少？告诉个数目，明天咱们谈谈……"

"三万卢布现金！除此之外，我还借出去了比这多两倍的钱，我本小利微。我受过教育，我和罗兹的全部富户有友好关系，我办事稳妥，一次也没破过产，这很重要……"

"可是你大概还没有收益……"兰道平静地插嘴说。

"所以，加加减减，记总账的话，我至少有二十万卢布，我是个本小利微的人，我不为自己吹嘘。你准备给梅拉多少？"

"她在学费十分贵的寄宿学校里上过十年学。到过外国，有说各种语言的专门老师。她用了我不少现金呢！"

"这是她私人的不动产，我是连百分之一也不取的。"

"你连她的百分之一也不取！她受的教育呢？她在沙龙里就像女王一样！她弹钢琴弹得多好，那风度多么动人！她是个迷人的姑娘，是我最疼爱的孩子，是一块纯粹的宝石。"他激动得直吼。

"那么，你给她多少陪嫁呢？……"莫雷茨问。

"兰道公司[1]决定给五万。"他漫不经心地说。

---

[1] 原文是法文。

"太少了！梅拉小姐是块宝石，是迷人的姑娘，像天使一样聪明——就是天使；五万，太少了。"

"少？五万，这是一大笔哪。你应该替她吻我的手。她要是又丑、又瘸、又瞎，我倒该多给吗？"

"她并不十分健康，常生病；不过我不当回事。"

"你说什么，梅拉不健康？你疯了。梅拉健康得很哪，你以后瞧她多健康吧，她以后一年生一个孩子。你指给我看罗兹第二个像她一样的小姐吧！有一个意大利伯爵想跟她结婚，你知道吗？"

"没嫁给他，真可惜，要不你还得送给那位伯爵一条裤子、一双皮鞋哩。"

"你那公司呢？那算什么公司？——莫雷茨·韦尔特代理行？怎么说的？"

"你忘了我跟博罗维耶茨基的合作了。"

"你有一万股资本；嘿嘿嘿，大资本家啰！"

他笑了起来。

"今天我有二十万，过一年工厂就是我的，我向你保证……"

"那是以后的事。"格林斯潘冷冷淡淡地说；可是骨子里却很欣赏莫雷茨的看法，认为他是个合适的创办人。

"那你跟别人说去吧。今天，格罗斯吕克给了我十万，梅丽还给了一份。"

"她是这样；格罗斯吕克如果给二十万，那女婿就由他挑。"

"可是她父亲和姐夫没卷到麻烦事里去。"

"小声点儿！"老头子叫了一声，张望了一下隔壁房间。

"你要是认为当了格林斯潘和兰德贝格公司女婿是舒服事，会提高威望,那你就错了。"

"罗兹谁不知道我有多少家私。"他镇静地回答。

"哪儿知道?有谁知道?警察局吗?"他恶毒地低语。

"别提那些谣言。"老头子气恼地责备他说。

他们沉默了半晌。

老头子在房里踱着,望望窗外的花园;兰道弯腰坐在桌子旁边;莫雷茨已经有点儿焦躁,不耐烦地等着交易的结果。他心里已经同意五万,可是还想试一试,看还能挤出多少来。

"梅拉愿意嫁给你吗?"

"过一会儿就知道了,可是我想先打听一下,你给她多少。"

"我已经说了。我的话是算数的。"

"不行。为了公司,我需要得更多。才五万,我划不来。我的教育,我的关系,我的诚实,我的公司,价值高多了。你再想一想吧,格林斯潘先生。我既不是兰道,也不是菲什宾,也不是办事员。我是莫雷茨·韦尔特公司!你给亲生女儿百分之百吧。我要钱不是去吃喝嫖赌。你先给五万现金,往后为期两年再给五万,怎么样?"他口气很硬地问道。

"原则上同意,可是得扣掉婚礼、旅行和她的教育费。"

"岂有此理,格林斯潘先生,怎么能这样侮辱亲生女儿!"他惊叫起来。

"咳,这件事以后再谈;先得把阿尔贝特的事告一段落。"

"这件事,你得从中为女儿追加百分之十,因为她的名誉受到过损害。我们必须保护你的面子。你给一个准话吧?"

"不是告诉过你了吗?那就是准话。"

"空口无凭呀,得有保证。"

"要是梅拉说她嫁给你,那就一切照办。"

"那好。我马上找她去。"

"但愿她同意嫁给你,因为我喜欢你,莫雷茨。"

"格林斯潘先生,你是个老资格工厂主,我尊重你。"

"咱们和睦相处吧。"

他们握手。

莫雷茨在小间休息室里找到了她;她正靠在沙发上,手里拿着书,可是没有看,眼睛凝望着窗户。

"请原谅,我起不来,有点儿不舒服。请坐!你脸上怎么这么严肃呢?……"

"我刚跟你父亲谈了你。"

"噢!"她低声地把嗓音拖得很长地哼了一声,仔细注视着他。

"我谈了,我开始了……"

"怪不得呢!……又是送花……又是跟我父亲谈话……我明白……怎么样?"

"你父亲告诉我,说一切取决于你;只取决于你呀,梅拉!"他又轻声说一遍,那么柔和,那么诚挚,使得她又瞧了他一眼。

他开始向她表白,说明怎么老早就十分喜欢她。

她把头支在一只手上,把一副没有生气、忧郁阴沉的脸转向了他。一种奇怪、强烈的悲哀,哭诉不出的悲哀,一种失去亲人后那种牵肠挂肚、无法慰藉的悲哀紧紧地攫住了她的心。他一开口她就明白,这是来求婚的。她望着他,既不愤怒,也不气恼;她望着他,听他表白,起初还无动于衷,可是随着他说的话越来越长,越来越详细，她突然感到不安，一种恻隐之情开始占有了她的心灵。

"为什么是他来跟我谈婚姻的事呢？……为什么偏偏是他，莫雷茨，而不是那个，我爱得无以复加的那个维索茨基呢？……"

她把脸埋在枕头里，好把眼泪遮住，好看不见他说话，但是她屏气凝神地听着他罗列理由，脑子里昏昏沉沉，辨不清是谁在跟她说话！她不想知道是谁，竭力不想。眼泪涌上了心头。她以一颗充满爱情的心灵的全部力量，以想象、思念、欲望和爱情的各种力量呼唤着那个人，请求他来，解脱她的痛苦，坐在莫雷茨现在坐的那个地方，或者希望莫雷茨变成他，跟她说话……她强烈地希求这样，好些时刻她恍惚觉得真是这样了！维索茨基现在就坐在她身边，絮絮私语倾吐爱情了。

甜蜜的话声在她耳际萦绕，她颤抖了一下，已经听不见莫雷茨的声音，只听见那天晚上在鲁莎那儿已经印在脑海里，此时此刻又好像从留声机唱片上播放出来的话声，这话声阵阵飘来，充满魅力，带来了欢乐和幸福……

她听了很久，不由自主地欣赏着重复说着这些话，甚至憋不住想说：我爱你。同时，还有一股疯狂的欲望攫住了她：搂住他的脖子，吻他。她睁开了眼睛，感到惊慌，呆呆地望了很久。

是莫雷茨坐在那儿，手里拿着宽边帽子……漂亮的莫雷茨……莫雷茨！

他谈的不是爱情，不是两个人共同生活的幸福，不是渴望爱情的心灵的激动，不是爱情的激动。

莫雷茨平心静气地说他们在一起很好，他要开工厂；他谈到了资本、陪嫁，他要做的买卖；说他们以后什么也不缺，还要购置几匹马和一辆马车。

这是莫雷茨，就是莫雷茨；她勉勉强强回到了现实，半醒半昏地问道：

"你爱我吗，米……莫雷茨？"

她马上改了口，想收回这句问话，可是莫雷茨却激动地回答了：

"我不善于说这种话，梅拉！你知道，我是一个商人，我不善于把我的感情作一番漂亮的形容；可是我一见你，梅拉，就感到挺好，就什么也不想了，甚至连买卖事也忘了。还有呢，你这么漂亮，一点儿也不像我们的那些女人，所以我常常想着你。那你说，你同意嫁给我吗？"

她依然望着他，可是她又看见了另外一张脸，另一双眼睛；听到了另一个人对她倾吐衷情的火热的、激动人心的窃窃私语。她眯着眼睛，因为那个人的热吻还在烤灼着她。由于甜美的回忆，她的身子哆嗦了一下。她伸直了腰，靠在沙发后背上，因为她迷迷糊糊地感觉到，那个人正用双臂拥抱她，把她按在自己身边。

"梅拉，你愿意做我的妻子吗？"她的沉默使他感到困惑，因此他又重复了一遍这句话。

她完全清醒了，便站起来，不假思索地很快说道：

"好，我嫁给你。你跟我父亲说妥吧。好，莫雷茨，我做你的妻子……"

他想亲吻她的手，可是她轻轻地避开了。

"你先去吧，我很不舒服，去……明天来，明天下午…"

她不想多说话；而他呢，因为对这笔交易高兴万分，甚至没有注意她的奇怪举动，便跑到格林斯潘老爹那儿去，以求尽快地确定嫁妆的数目。

格林斯潘不在,被请到事务所去了。

莫雷茨又回来请梅拉把全部情况告诉她父亲。

他见她站在刚才站的那个地方,以一种茫然若失、似乎什么也看不见的眼光看着窗户,脸白得像块亚麻布,嘴唇在翕动,好像在跟自己的灵魂或者回忆中的什么人说话。

"好,莫雷茨,我告诉我父亲,我做你的妻子,好!"她单调地重复着。

当他吻她的手时,她没有把手收回来,甚至也没听见他已经出去的脚步声。她躺在沙发上,拿起书来,呆呆地躺着,凝望着窗外不停摇曳的玫瑰花,和花坛上方明光闪闪的金色玻璃球。

莫雷茨由于十分高兴,给了递给他大衣的弗朗齐谢克整整十个戈比,又乘马车到了博罗维耶茨基的工厂。

"祝贺我吧,我要跟梅拉·格林斯潘结婚了。"一进事务所,他就喊道。

"还有一笔不少的钱。"卡罗尔说,抬起头来,不再看文件。

"是一大笔钱。"莫雷茨纠正他。

"是啊,如果保险公司想要全数付款的话。"卡罗尔强调说,因为这条消息引起了他的忌恨,莫雷茨一箭双雕,又有了漂亮姑娘,又有了大笔陪嫁费;而他呢,他得没完没了地苦干……

"我把钱给你拿来了。"

"我算了算,也许用不着再拿你的钱了。我找到了一个人,他愿意让我开期限半年、利息要百分之八的期票。"他故意这样说,实际上他没有钱,不过是想惹莫雷茨不痛快而已。

"你拿着嘛！我特意为你弄到了钱，我先付了利息。"

"钱，你先保存几天吧；我要是不用，还你本利。"

"我不喜欢有这种条件的贷款。"莫雷茨不满意地说。

"这么说，梅拉小姐要你了？有点儿奇怪……"

"为什么？你有什么要责备我的？"他急忙气愤地反问道。

"看样子你像一个办事员，不过这没关系，只是……"

"你有话直说……"

"她爱的好像是维索茨基。"他说话的声音带着怒火，阴阳怪气的。

"你说这话，就好像要让人相信莎亚会破产。"

"为什么她就不能爱上他？女的漂亮，男的也才貌出众。两个人都有共同的、联系在一起的爱好，两个人都有热情，在特拉文斯基家我亲眼看见他们两个人眉来眼去的。大家都在谈论他们这件亲事呢……"他毫不留情地拉着长话，拿朋友脸上一看便知的忍耐表情开心。

"过去也许是这样，跟我没关系。"

"要是我，未婚妻的情史就有关系。反正我不会跟一个对别人念念不忘的女人结婚。"

他不怀好意地冷笑了一下，莫雷茨便霍地站了起来。

"你说这话是什么意思？"

"指的既不是你，也不是梅拉小姐，我是想起什么说什么的。你以后结婚这么阔气，我很高兴。"

他又恶毒地冷笑了一下。

莫雷茨"砰"地把门一摔，对卡罗尔怒火万丈，气得飞跑了出去。

盛怒之下,他竟冲着从地基中排水的工人们吼叫起来。

"滚开,土包子!你们磨洋工,打昨天起水一点儿都不见少。"

"这是从何说起呀?"一个工人问道,声音相当大。

"你龇牙,龇什么牙,你冲谁龇牙?混蛋,我马上开除你。"

"滚蛋,癞皮东西,趁早?瞧我砸烂你的狗脸,让你回家都找不着道走。"一个泥瓦匠把拳头伸到他鼻子下面,低声叫道。

莫雷茨急忙后退了几步,大喊大叫起来;待卡罗尔闻声跑到工人中间来时,马克斯也从纺纱车间飞跑出来了。

莫雷茨咆哮着,要立即开除那个工人,因为他侮辱了自己。

"别嚷了,莫雷茨,少管闲事。"

"怎么是闲事?我有权管,跟你一样。"他又嚷了起来。

"就算暂时有权吧,也不是骂工人的权力呀;你骂人完全不对。"

"什么'暂时'!我有一万卢布,就有权跟你一样。"

"别这么嚷,当着工人的面,你还想吹嘘你的一万卢布?"

"我说什么话,用不着你教。"

"你要是会说人话,就用不着瞎嚷嚷。"

"我愿意干什么就干什么。"

"那你爱嚷就嚷下去吧。"卡罗尔厌恶地叫了一声,就回了事务所。

莫雷茨又冲马克斯连续叫骂了一阵。他在快步走开时,还大声威胁说,这儿得实行新规定,这么下去不行,卡罗尔盖的不是工厂,是宫殿。

"格林斯潘家小姐的陪嫁到了手,说话就气粗。"卡罗尔对马克斯说;可是他后悔自己不该发脾气,因为他指望着莫雷茨的钱;

那笔钱是绝对需要的。

"有多少次了,我一发火就办蠢事。"

莫雷茨对卡罗尔含沙射影叩咕梅拉的艳史虽然感到厌恶,但他也有像卡罗尔那样的感触,甚至比卡罗尔更后悔自己不应生气;他觉得自己十分可笑。他打算去见博罗维耶茨基,可是又不敢马上去,便决定晚上再去,因为这时候已经六点多了。

凯斯勒的马正在事务所门前等候,他回了家,换了身衣服,立即吩咐马车快快穿过城市。他舒舒服服地躺在马车柔软的座位上,连着伸懒腰,对路遇的熟人漫不经心地点头致意。

第十四章

凯斯勒住在城外好几俄里远的地方,靠近大染色厂,他是厂主,又是凯斯勒和恩德尔曼公司的董事长和经理。

这是一座宫殿,更可以说是一座罗兹哥特式的小城堡,兀立在以挺拔的松林为背景的山顶上;在它前面的一片相当陡峭的山坡上,有一个郁郁葱葱的英国式大公园,迤逦铺展到了把一个木栅栏圈起来的湍急的小河旁;小河在长满柳树和榛子树的深深的山谷中流过。

公园右侧,在一些树木之后,露出了染色厂的烟囱和厂墙;左面远远地展现出散建在小河两岸坡地上、河谷谷底、果园和草木丛中的灰色草房。

"你住得像一个真正的罗兹伯爵一样。"莫雷茨在"宫殿"前面下车后寒暄道。

"我能做到哪步就做到哪步,在这个野蛮的国家里要弄得像样点儿。"凯斯勒说着,把他领进住宅里面。

"正碰上请客吧?"他问道,因为凯斯勒穿着燕尾服,打着白领带。

"哪里,我没来得及换衣裳,正忙着接待几位同行……"

"已经来人了?"

"有威廉·米勒,专程从柏林来的,背着他父亲。有奥斯卡尔·迈尔男爵；有马丁，你认识他吗？一个乐呵呵的法国佬。还有罗兹和柏林的咱们的几个朋友。当然啦，还有一部分稀罕物儿……"

"有意思。准有给贵府增光的人吧？"

"你看吧……"

宽阔的露台面对着小河，现在变成了夏日客厅；全部贵客都已入座。

颜色斑驳的草茎编成的华丽的印度席子铺在地板上，家具都是金边竹子编制的，盖着丝绸护面。

游廊的隔扇是用穿上彩珠的中国线帘做成的，珠串没有连成一片，光是上端一头接在宽阔的金色横梁上；帘子从那儿像发浪一样流泻到地板上，像彩色玻璃一样五颜六色，风一轻轻吹动，就发出窸窸窣窣的微响。

莫雷茨向大家行礼致意，默不作声地坐了下来。

"你喝什么？我们都喝香槟酒乘凉呢。"

"好的，喝香槟。"

片刻之后，仆人把酒送来了；莫雷茨后面是卓希卡·马利诺夫斯卡，她给家里增了光，亲手斟酒，坐在他身旁的一把摇椅上。

整个游廊充满了一片寂静，因为在场的人都把目光集中在她那张美丽的脸、裸露的双臂和整个发育极为匀称的苗条的身躯上。

这些贪婪的目光使她觉得困窘，可是正因为如此，反而在她的一张十分动人的脸上增加了几分妩媚，敷上了一层绯红。

"你摇摇我的椅子。"她吩咐莫雷茨。

"你以为这对我是惩罚吗？"他轻声说，又托了托眼镜，因为他挺高兴。

"对你怎么样,我没想过;我不过是想摇一摇。"她口气相当肯定地说,于是通过没有挂窗帘的一侧露台眺望公园。公园沿倾斜的坡地延续到了闪烁银光和蓝光的小河边;河的对岸是一块深绿色的草地;在更远的地方,田地又扩展到了山上,深绿、浅绿、浓绿、淡绿的庄稼把它分成一条条的。

"出去散散步好吗?我陪大家去看看公园,动物园。"凯斯勒说。

除了米勒,大家都走了。

"我不想动……路上太累了……"他解释说。

"你信我的话吧,待在这儿也白搭。"凯斯勒轻声说,还瞟了卓希卡一眼。

"怎么?我并不想……"米勒马上反问,因为他的意图被人看破,要发火了,但是他并不注意。凯斯勒一走,他就凑到了卓希卡身边。

"这个米勒还是个'青年小伙子[1]'呢。"他对莫雷茨说,这时他们斜穿过了葱绿如茵的草坪,走在众人之后。

"为什么[2]?"

"为了我的姑娘,他故意留下来,心想她会甩了我跟他去。"

"女人的趣味有时候变幻莫测。"

"可是常常喜欢钱多的。"

"不一定,不一定。"他轻声说,因为他又想起了梅拉和维索

---

[1] 原文是德文。

[2] 原文是德文。

茨基,"你在哪儿弄到了这样的姑娘?丫头不错嘛。"

"怎么?你喜欢?"

"苗条,让人觉得有点儿脾气……"

"脾气太大,可又笨得出奇;我腻了。"

他皱了皱眉,用手杖砍起灌木树梢来,过了一会儿,又更轻声地问道:

"我可以让给你,要不要?"

"建议真大方,可是我没法接受拍卖,我的钱太少……"

"你完全错了。这是个波兰女人,她就要早晨、下午和晚上都爱她,忠于她,到最后娶她。告诉你吧,这是个蠢姑娘。整天整天地对我哭个没完,咒骂不休,还要变花样跟我闹,有时我不得不用特殊方法安抚她。"

他闪动了一下眼睛,然后使劲用手杖扫了一下灌木丛。

"你如果要她,就由我来办……我必须想个法子甩开她,我还要结婚嘛。"

"在城里听说你……跟米勒家小姐?"

"现在我的心在买卖上,还没定弦呢。无论如何,要是有人能让我摆脱这个姑娘,我就要对他千恩万谢。你要不要?"

"噢,多谢你了,她爹和她哥哥,听说没受过好教育……恐怕要跟我动手……况且,我也要结婚了。"

他们赶上了众人。

凯斯勒把大家引到一个大铁笼前面,里面有一大堆猴子。他用一根长木棍,通过铁栅栏撩逗着猴子;猴子一见他就往深处蹿,那根棍子更吓得它们魂不附体;它们往笼顶上跳,攀着侧面的栏杆,愤怒而绝望地发出刺耳的尖叫，逗得凯斯勒高兴地大笑起来，于是他更加起劲地拨弄它们。

其他笼子里还有不少动物，可是几乎全部动物一见主人的面便吓得发呆，或者龇牙咧嘴。

有一对没杂毛的顿卡黑熊，戴着漂亮的黄色脖套，这时被打得暴跳如雷，咆哮着扑向铁栅拦；所有的人都给吓得急忙后退，只有凯斯勒一步不动，而且还把脸向那血盆大口凑近了点儿，用棒子敲打着熊的张大了的强有力的下巴；他见它们虽然暴怒却又无可奈何的样子，得意之极。

"它们好像是冲我甜言蜜语呢。"他微笑着说。

他继续把客人带到在圈里漫步的鹿群那儿，他和鹿相处得很友好；然后又把客人带到狗圈，狗都变野了，向观望的人凶猛地扑去；可是他和狗的关系却很好，他走到狗群中间，任凭它们舔他的手和脸。

最后请客人们观看尾巴美如彩虹的一群白孔雀。

凯斯勒发出呼唤声后，这些孔雀立即开了屏，像扇面一样，成群地在如茵绿草上奔跑，可是在离观众很远的地方站住了，开始尖厉地鸣叫起来，听着怪刺耳的。

宾主逍遥自在地回到了客厅。

暮色已经降临大地，山峦依然映着西天晚霞的金光，但是在整个峡谷中已经飘起了淡淡的雾纱，像青色的棉纱长带一样，飘浮，游动，间或被树顶和又高又尖的屋顶分割开。

从河面、树梢、草丛升起轻微而单调的沙沙声，这声音有时也被嗡嗡掠过头顶的小金虫群的鸣叫声淹没。

灌溉水渠和池塘里的青蛙"呱呱"地合唱起来。

潮湿而温暖的微风从暮色苍茫的远方吹来，送来了悠长而悲凉的钟声，好像为什么人送葬似的；那沉闷的回声在空气中颤抖、回荡，就像一块冰冷的金属板震动一样，然后便在森林的枝枝丫丫中、在宛如宫殿外面厚厚的围墙一样耸立的红色树干丛中寂然消匿。

露台上已不见卓希卡，只剩下威廉·米勒还在安乐椅上摇晃。

"怎么样，姿色不错吧，真的吗？"凯斯勒戏弄地问他。

"不错什么……平平常常。"

"你没跟她交交心？"凯斯勒问道。

"连试也没试过。"他狠狠地回答，一面捋着右边的小胡子，好来遮掩他的窘态和有点儿绯红的脸。

凯斯勒笑了一下，请他去吃晚饭，因为仆人们已经把门敞开，显出了一排陈设极为豪华的客厅。

晚餐摆在一间圆形餐厅中，这间餐厅已经变成一个亚热带的花房，里面摆了许多棕榈和鲜花，中间放着一张大圆桌，桌上堆满了白银和水晶器皿，好像是珠宝展览台似的，放在台布和餐具上的玫瑰和兰花的束束花朵宛如宝石，色彩分外艳丽。

一面窗卜坐着在工厂中被记下了名字的两名女工，另外两个没有来；她们穿得非常阔气，却很呆板，一语不发，诚惶诚恐地张望着陆续进来的男人。

在餐厅里，一些大胆的舞女无拘无束，自由自在地逛来逛去。

其中也有凯斯勒向莫雷茨提到的那些进口稀罕物，是米勒特意从柏林带来赴宴的。她们虽然有三个，可是吵吵嚷嚷赛过十个人，那粗俗不堪、叽叽喳喳的尖叫声充塞了整间大厅。

她们打扮得花哨刺眼，身上还累赘地挂着不少人造宝石，露着大半个肩膀和胸脯，满脸的胭脂粉；虽说如此，仍然是光艳照人，形体优美，线条匀称。

晚餐拖的时间很长，沉闷乏味。

人人都没有兴味，都太清醒；只有舞女们不时地说出几句不登大雅之堂的话，大呼小叫的，还不断地挑女工们的刺；女工们羞羞答答，惊慌失措，几乎给弄糊涂了，不知道该怎么吃东西，怎么周旋，眼睛往哪儿看。

她们受卓希卡的指挥；坐在卓希卡身边的莫雷茨则开始用波兰话招呼她们，给她们鼓励。

凯斯勒差不多一言不发，皱起眉头，缩着脖子，满脸不高兴地呆坐着，气呼呼地瞅着卓希卡跟莫雷茨又说又笑，他还瞅着仆人；仆人由于感觉到了他的目光的威胁，又惊又怕，便急急忙忙团团转起来。

他忌妒起来了。他想立即把她轰走，现在，看她满面春风，一张脸喜兴、漂亮得出奇，还向那个男人凑去，看见她如饥似渴地听他说话，一阵一阵羞得绯红，还感恩戴德、风骚劲儿十足地为那个男人斟酒，他真忌妒得发疯了。

他本想把她叫过来贴着自己坐下，可是又耻于当众显出醋意，于是只好闷闷不乐地坐着，为这种强烈的感受和必须克制自己而感到焦躁。

晚餐以后，众人回到客厅，客厅里的布置是东方式的：绸缎大沙发配着靠垫，摆在墙下，墙上贴了一圈绿色的丝绸料子，放出金色的光泽；铺满整个地板的地毯也是金绿色的。

仆人们在沙发前摆上了低矮的小方茶几,把大批的酒瓶放在上面,然后拉开了演奏台上的幕布。片刻之后,上来一个小提琴四重奏乐队,开始演奏。

所有的人都各寻方便,倒在沙发上,开始饮酒;马上,各种饮料和白兰地被羼在仆人们不断送来的咖啡里,咖啡过后,是大量各种各样的酒,不久,他们便喝得醉醺醺了。

音乐奏个不停,舞女们都不见了,换合适的衣服去了;这时候,客厅中央又铺上了一张漂白漆布的大地毯。

谈话热烈起来,嬉笑,俏皮话、玩笑话此起彼伏,女工们被从一个人推向另一个人,从一个人的手拉到另一个人手里,被亲吻、乱摸、拥抱、灌酒;她们早已昏昏沉沉,受了音乐的刺激,便开始发狂;那音乐把烈火和疯狂注入了人的血管。

"跳舞!"凯斯勒拦腰抱住已经酩酊大醉的卓希卡,她兴奋得每隔一会儿就在沙发上打滚、尖叫。

舞女们双手高举着小鼓上场,几乎一丝不挂,因为除了什么也掩盖不住的轻纱外,她们什么也没穿。

她们站在客厅中央,按节拍敲着小鼓,同时音乐也转入了最柔婉的曲调,几乎无法听见,而为舞蹈曲调伴奏的笛子则发出宛如鸟雀情歌般的深情声响。

舞女们开始相当自由,软弱无力地跳起摇摆舞[1];由于在舞蹈间歇时确确实实地灌进她们嗓子里的酒发生作用,由于笛声的作用,她们如痴如狂、忘乎所以地跳着这种奇特的,丑陋的东方舞蹈,舞

---

[1] 舞名原文为法文:腹部舞,肚子舞。

蹈中处处是癫痫般的抖动、抽搐、全身曲扭、求爱的姿势——是糜烂透顶的舞蹈。

笛声不知疲倦地奏出甜蜜的、激昂的曲调，越来越深地把一种不可抑制的发狂的欲望灌输到所有人的心里。

人人双眼迷离，胸膛剧烈起伏，吼声从胸中发出，双臂伸向舞女，啪啪啪的响吻声早淹没在弥漫大厅、肆无忌惮、野性大发的喧嚣声中。

狂笑、秽语、杯盏叮当声、吼叫声汇合成一股令人昏然的喧嚣，只有笛声依然在回荡；舞女们跳得更加放荡，更加妖姿百出，更加狂烈；在绿色墙壁背景上，在透明薄纱的云雾中，她们的裸露躯体的疯狂运动造成了一片酒神节狂饮乱舞的景象。

咆吼的笑声和欢畅的号叫声依然泛滥在大厅中，只有卓希卡抬起头来，一双醉眼久久地呆望着舞女们。

"下流，下流到家了！"她莫名其妙地以愤怒和威吓口气吼道，接着又猛然暴发出了醉酒后的可怕的号啕大哭，凯斯勒急忙吩咐把她扶到她的房间去了。

然而，罗兹的帝王将相们的欢宴继续进行，直到最后……

第十五章

"你再喝点儿茶好吗,尤泽夫先生?"

"谢谢你。"尤焦答道,随即站了起来,鞠躬、脸色通红地继续为阿达姆先生读报。

安卡坐在低深的沙发里摇晃着,听他朗读,可是她更加频繁地张望露台的门,倾听着是否有卡罗尔的脚步声。

"马泰乌什,别让水壶的火熄了,先生等一会儿就回来!"她对着厨房喊道,在房里走了一圈,通过所有的窗口观望外面漆黑的世界,前额贴着窗玻璃站了一会儿,又回到椅子上。

她等得越来越不耐烦了。

她在罗兹居住两个月以来,这已经不是第一次了。

对于博罗维耶茨基来说,这段时间须臾即逝;可是对于安卡和他父亲来说,真是度日如年。

他们被关闭在替代库鲁夫家园的破破烂烂的狭小花园里,痛感对于农村、对于那广阔天地的无限怀念,真得费尽力气来习惯新的生活和新的环境。

安卡形容憔悴,不仅仅因为生活寂寞,还因为接二连三不请自来的种种别扭事,隐而不露的糟心事;究其根源,就是卡罗尔。

她尽其可能地把生活安排得忙碌些,有兴味些,可是总有一种无法形容的忧愁在慢慢地咬着她。

她不知道该怎么看卡罗尔才好。

她相信,并深信不疑卡罗尔是爱她的;但自从来到罗兹以后,她有时对此怀疑起来。

她还没有什么证据,甚至为自己的满腹疑团感到羞耻,尽管如此,她的心还是在不断揣摩着这个使她烦恼的事实。

这个人对她来说曾经是理想中的人,曾受到她自己高尚灵魂的全部光辉的沐浴,她一想到他就感到骄傲、欣慰,对他一见钟情,同意他当自己的丈夫。现在,她却每天都因为困惑而感到痛苦,越来越确信,她心里称之为"可爱的小伙子"的这个人,实际上跟她所崇拜的那个人判若两人。

对于这一点,她日益确信无疑,因而越发感到痛苦。

有时候,他对她善良、疼爱、诚挚,能事先想到她的种种需要;可是也常常显得冰冷、别扭,挖苦起她的农村习惯来毫不留情。他令人痛苦地嘲笑她的一颗善良的心,讽刺她对穷人的关怀,甚至讽刺他所谓的村姑观念。在这样的时刻,他那双铁青色的眼睛就会使她感到前所未有的痛苦,那张严峻的脸上就充满了冷酷无情的神态。

她把他的行为,包括他高兴时候的行为在内,都看成是出自他在工厂建设中常常遇到的烦恼和困难。

起初她相信是这样的,耐心地忍受着他反复无常的脾气,甚至还谴责自己不善于安慰他,不会把他吸引到自己身边,让他待在自己身边,暂时忘掉那些麻烦和令人气馁的挫折。

她甚至想试着这么办,可是有一次看见他投向自己的既示谢意又很鄙夷的目光后,心里就凉了。

可是后来她毕竟没有凉下来,依然纯朴、真诚地爱他,为他牺牲一切,但她不会表现自己的爱,不善于把那些眉目传情、花言巧语、温柔妩媚、隐晦含蓄、装模作样的千丝万缕的线连在一起,而男人们喜欢的就是这种技法,而且常常视之为山高水深的爱情;其实,这不过是那些擅长高价卖身的浪荡女人献媚的手段和令人作呕的花招而已。

她的淳朴而高尚的心灵厌恶这种行径,一想到这种勾引男人、吸引男人的手段,她就深恶痛绝。

她有强烈的自尊感,她很骄傲,觉得自己是一个顶天立地的人。

"怎么还不回来?"她深感不快地想。

尤焦仍在以轻缓单调的声音念报,不时地抬起布满汗水的脸,惶恐不安地瞅安卡一眼;这时候阿达姆先生就敲着手杖,嚷道:

"念呀,念呀!我亲爱的人,这挺有意思嘛,挺有意思!这个俾斯麦,这出戏,嘿!可惜神父不在这儿,可惜呀……我说话你听见没有,安卡?"

"听见啦。"她喃喃地回答,依然仔细地听着花园里树木的沙沙声和米勒几家黑夜也照常开工的工厂的机器轰隆声。

时间过得慢得可怕。

钟打过一点又一点,打完之后,寂静显得更为深沉,只有尤焦那昏昏欲睡的念报声仍在轻轻地响着;他终于念完了报纸,准备退席了。

"那么,尤焦,你在哪儿睡觉呢?"阿达姆问。

"在巴乌姆老先生的事务所。"

"怎么样,他好点儿了吗?"

"巴乌姆先生说,他没事儿,身体很好。维索茨基先生今天去了,想给他检查检查,可是他竟发起脾气来,差点儿把他推到门外去。"

"工厂还干活吗?"

"只有十个车间开工。再见。"

他鞠了一个躬,走了。

"马克斯先生昨天说,从十月份起,他们整个工厂全关门。巴乌姆大概神经完全失常了,整宿整宿地坐在工厂里,开着机器。前天,马克斯在中心大厅找到他,他正在一个个车间里晃,到处乱骂呢。哟,卡罗尔回来啦!"她高兴地嚷着,从椅子上站了起来。

卡罗尔进来,也不说话,只点了点头,便一屁股坐在椅子上。

"从城里回来?"老人问。

"跟平时一样。"他粗声粗气地回答;一想到又得跟他们解释,就无名火起。可是当他瞧见安卡充满不安的目光后,脸色立即明朗起来,声音柔和地问:

"听见什么消息了吗?我没回来吃饭,因为到皮奥特科夫那儿去了,原谅我事先没告诉你,因为没时间,没有预料到要去。特拉文斯卡夫人到这儿来过?"

"来过,今天下午米勒太太带着玛达来过。"

"米勒夫人和玛达?"他感到奇怪,问。

"是邻居,随便来看看。两位女士都挺和气,都夸你哪!还埋怨你把她们忘了呢。"

"也是瞎说,我刚才去过她们那儿几次。"

说着他耸了耸肩膀。

安卡显示出诧异的神情，因为玛达清清楚楚地说，在春天卡罗尔几乎天天到她们那儿去喝茶。

　　"是啊，玛达小姐恐怕是一个典型的蠢鹅吧？"

　　"我觉得她挺通情达理，挺朴实，挺诚恳，甚至太诚恳了……奇怪，为什么马克斯先生一说到她就没好气。"

　　"马克斯动不动就跟别人作对。"

　　他明白马克斯为什么不喜欢她。

　　他胡乱喝着茶，克制着出言不逊的冲动，以免惹安卡生气，同时还想着这次奇怪的会见。

　　她们是干什么来的呢?

　　也许是安卡故意跟她们拉关系。

　　他盘问了这次来访的详情。安卡一五一十描述了一番，还坦率地表示出对她们的来访不解。

　　"这都是玛达瞎折腾，这放肆的丫头！"他想着，心里老大不高兴。

　　他还没有完全放弃给米勒当女婿的念头，所以愿意跟她们保持不即不离的关系，这样，在两位小姐中间，他的处境就比较好一点儿。

　　"得去回访她们。"他漫不经心地说。

　　"我不想多认识人。"

　　"是啊，尤其是太不适当的人。"

　　"哪天我跟父亲一起去一趟，这件事就算了结了。"

　　他带几分遗憾地谈论他们粗鲁的习惯、玛达和老米勒的暴发户空想，有意夸张地嘲笑他们，以便打消安卡跟他们进一步接近的愿望——如果她有这样的愿望的话。最后又谈到了自己的事务和困难。

安卡聚精会神地听他说话,同情地望着他那生了黑圈的眼睛和憔悴的脸。卡罗尔说完时,她问道:

"还得过很久才能告一段落吧?"

"过两个月,我一定要让工厂开工,就是一部分开工也好,可是还有好些工作得做,一想起来就头疼。"

"以后你应该多休息几天。"

"休息!以后的工作更多,得成年累月拼死拼活地干,得努力,寻求有利的条件,找合适的主顾、资本,得好歹站住脚,到那时候才能考虑休息。"

"这种忙忙碌碌的生活,累死人的生活,就没完,没个完吗?……"

"没完,而且还得费心;一番努力总不能白费。"

"要是在库鲁夫,也许你就用不着这么劳累了。"

"这话是认真的吗?"

"这话我也常说。"阿达姆先生放下手里的纸牌,搭讪说。

"我这么想了好长时间。"她轻声说,同时把身子挪到了他的近旁,靠在他的肩膀上,开始激动地、十分怀恋地描绘农村安宁而舒适的生活。

他幸福地微笑着……让她幻想去吧,只要幻想能使她愉快。

他握住了她的长发辫的尾巴,嗅到了她头发的奇特的芳香味道。

"那儿也许万事如意的,没有人破坏咱们安宁而持久的幸福。"安卡一往深情地沉吟着。

卡罗尔暗暗地把她的话和另外一些女人完全类似的话比较;那

些女人和她一样，一受到爱情的激励，就幻想跟他共同生活的幸福。一小时以前露茜就说过这样的话；他刚刚从她那儿回来。

他又微笑了一下，用指尖触了一下未婚妻冰冷的双手，马上断定这双手不像露茜的手那么使人着魔，甚至还难看得多。

安卡继续往下说去，十分认真地梳理着她那些幻想和憧憬编成的五彩缤纷的线束。

"我像在哪儿听过这种话，以前谁跟我说过？啊，对啦！"他一想，就想起了和利基耶尔托娃一起度过的那些漫长的夜晚，随后他又想起了其他许多女人，许多张脸、臂膀、拥抱、亲吻、爱情的海誓山盟。

今天奔波一天之后，他已经筋疲力尽，但眼前还浮现着露茜的面貌，他神经质地浑身颤抖着。由于打不起精神，他一句话也说不出来，只听见安卡的絮语，可是他又觉得这是别人在说话，觉得那些在回忆中重又复活的所有往日的情人都近在咫尺，都在倾诉衷肠，把他团团围住，抚摩着他。他几乎听到了她们的裙子窸窸窣窣的细小声响，他觉得自己看见了她们皙白的侧影，那充满着奇特魅力的笑容和话语包围了他；他正在看着她们……

他哆嗦了一下，用一只手臂搂住安卡，把亲吻露茜之后尚存余温的双唇贴在她的太阳穴上……她对他抬起了脸庞；他的突如其来的亲吻使她感到惊异。就在这时候，由于几乎下意识的想象，他第一次觉得她并不美丽；的确，她是少有的可爱、迷人、高贵、善良，可是不美……

他的冷漠的、带审视的目光奇怪地触动了她，使她的脸上现出一阵红晕；于是她从他外衣胸兜里掏出了一条丝制小手帕擦了擦脸，以求保持镇静。

"这是什么香味?"她没话找话地问道,因为他的目光使她以往的热情消失了。

"我记得是紫罗兰香。"

"紫罗兰是天芥花和玫瑰混合在一起的!"她微笑着说,无意识地翻看了一下手帕。

这是一条精致的丝手帕,四面缀着花边,中间是人名第一个字母;他是带给露茜的,却忘了塞到衣兜紧下面。

"对喽,是紫罗兰!"他叫了一声,便机灵地把手帕拿了过来,急忙收起,"马泰乌什不听吩咐,不细心,老让洗衣房把乱七八糟的小东西混在一起,老给我弄上香味。"他随便说着,可是感觉到安卡不相信他这不能自圆其说的解释。

他又坐了一会儿,甚至打算痛快诚恳地再谈一谈,可是他却不断碰上这位姑娘不予信任的眼光,只好起身走了。

安卡像往常一样送他到了露台;马泰乌什已经提灯在那儿等候。

"马泰乌什,别给先生的手绢洒那么多香水。"她低声说。

"不是我洒的,我这儿什么香水也没有。"他用困倦的声音回答。

看着卡罗尔的满脸窘态,安卡颤抖了一下。

"你明天跟我们一块儿去做礼拜吗?"

"要是能去,早晨就送信儿来。"

于是他们分手了。

安卡慢慢走回房间,吩咐把灯熄掉,关照了一下明天的事,和父亲道了再见,回到自己房间后,便停立在窗前,久久地凝望着黑乎乎像深渊一样的天空，回想着刚才的事。

"反正跟我没关系。"她自忖道。

然而，这不是实情的流露。这跟她的关系比她料想的要大，只不过她不愿意多去思考这些令人痛苦、有损尊严的见闻，这些在她眼前出现的粗野的行为。

"他要去寻欢作乐，我决不从中阻拦。"当晚不眠之夜后，翌日清晨她暗下决心；为了维护尊严，她不容许自己抱怨或者痛苦。

她把一切都藏在心里。

吃早饭时她像往常一样心平气和。女仆报告说来了一大群工人，一定要见她。

安卡出屋门到了露台上，不知道他们要干什么。

随后，她把阿达姆先生也请了出来。

露台上有几个男人和女人，穿得整整齐齐，表情非常严肃。

索哈现在已经是博罗维耶茨基的车夫，他一见安卡露面，立即走到她跟前，吻她的手，照祖传习惯，鞠了一大躬，然后后退一两步，哼了两声，用外套袖子擦了擦鼻子，瞥了一眼站在身边的老婆，便大声说：

"我们几个乡亲说好了，一块儿到这儿来给我们亲爱的东家太太道谢。这个孩子，本来要死了，在小姐这儿又活得欢了；还有这个寡妇，她男人米哈尔是房架子给砸死的，还有米哈尔留下的这几个小崽儿，要感谢小姐办的积德事。"他一口气说了出来，同时瞧了他老婆和伙伴一眼。他们都连连点头，咂嘴，好像在跟他一起说话似的。

他喘了一口气，又说了下去。

"我们都是穷人,小姐虽然跟我们一不沾亲,二不带故,可是待我们像亲娘一样亲。乡亲们说的好,小姐办了这么多积德事,要来打心眼里道谢。我们没什么东西送,就来了,没有东西……可是……礼物……傻东西,快亲亲小姐的手,搂搂小姐的腿呀!"他的话没说完就嚷起来了。

在这段劲头十足的开场白之后,他们就把安卡团团围住,吻起她的手来,胆小一点儿的就亲她的胳膊肘。

安卡顿时感到极大的欢乐和激动,激动得说不出话来,于是阿达姆先生替她说了几句话,吩咐给他们喝伏特加酒。

在致谢仪式完毕的时候,卡罗尔来了;他听明白事情的原委之后,又吩咐再一次地请他们喝酒,并以早餐招待他们,还十分热情地和工人一一握手,可是他又不断鄙夷地笑着。等客人一走,他就挖苦起来了:

"场面真感人啊。我还以为这是庆丰节呢,就缺唱民歌和麦穗花环了;好在感谢话和积德行为已经把花环编好。"

"我看,挖苦别人,倒是容易做的开心事。你拿别人开心开得太多了。"她表面上虽然平静地说,可是心里却气得直发抖。

"这不是我的功劳,是……人们常有的本能。"

"多谢你的坦率。现在我已经十分明白:我不管干什么,都可笑,小家子气,显出乡下人的俗气,又蠢又笨;干什么都只配受到挖苦,除了挖苦没别的,你挖苦起来信口开河;只能让我难受,让你开心。我说的不错吧?"她气愤地说。

"每句话都是责备,而且很厉害。"卡罗尔说。

"说对了。"

"不对,根本不是这么回事;你这样猜测我,实在受不了。"

"受不了!"她嘲讽地叫道。

"安卡小姐,安卡!你干吗生我的气?咱们干吗要拿这些鸡毛蒜皮的小事把生活弄得别别扭扭的?你难道真的认为我这直率的俏皮话是要伤害你、批评你吗?我可以对你发誓:我从来没有,从来也没有这个意思,也不可能有。"他激烈地辩解着;她的话的确触动了他,使他沮丧。

安卡不理睬他,连看也不看他一眼,就走出了房间。

卡罗尔到露台上找到了父亲,便诉起苦来。

"我不行了,土埋到胸口了,可是我把实话告诉你吧:你伤害了安卡,让她灰心了,但愿你以后别后悔。"老人悲伤地说,以十分客气的口吻责备他对未婚妻缺乏关怀,天天用没完没了的小事伤她的心,损害她对他的爱。

"安东尼娜,去问问小姐还去不去教堂,马在等着呢。"卡罗尔对女仆说。父亲的责备使他怒不可遏,于是在露台上徘徊,等着回话。

女仆马上回来了。

"小姐到特拉文斯卡夫人那儿去了,说今天不去教堂。"

博罗维耶茨基气得脸一下涨得通红,马上跑了。

"哼,自作自受……"阿达姆先生冲他背后咕哝道。

安卡满腔怒火地见尼娜去了。

尼娜一个人在家,坐在住宅角上的一间房里,对着小画架,正在用水彩临摹一束浅黄色的玫瑰花。这束花摆在她面前一块浅绿色的华美布料上。

"你来得正好,我本来还要给你写信的。"

"就你一个人?"

"卡焦到华沙去了,晚上才回来。我画画画腻了,也懒得看书,想请你一块到城外玩玩去,呼吸点儿新鲜空气。你有时间吗?"

"要多少有多少。"

"卡罗尔呢?"

"我已经是成年人,料理事情、支配时间该由我的便。"

"噢!"尼娜脱口喊道,可是没再多问,因为男仆人报告库罗夫斯基来了;他一听说特拉文斯基不在家,就要告辞。

"你别走,一块吃午饭吧,饭后咱们三个人到城外去散散步;你当我们的保护人、安慰者,好吗?"

"当保护人可以。"

"哎,我们当然少不了安慰者。"

"那好,小姐们要是有痛苦,我就安慰;可是有话在先,我可不相信眼泪;爱流就流吧,哪怕流成河呢。"

"你不相信眼泪?"

"请原谅,女人的眼泪。"

"有些女人骗了你,你现在就冲所有的女人报复。"

"是呀,受了骗,就报复!"他高兴地说。

"你想报复也报复不了,因为我们是永远不哭的女人。——对不对呀,安卡?"

"至少谁也瞧不见我们的眼泪和苦恼。"安卡小声地回答。

"我就崇敬这样的骨气;法律要是由我制定,我要叫天下女人都学学这种骨气。"

"不会有人听你的,因为天下人都爱在别人面前装得可怜、不幸,并以此为幸福,得意。"

"前后矛盾,可也是千真万确的。人,如果不是感伤动物的话,首先是抒情动物。要是出一个新的林纳[1],他就应该把人分在'动辄流泪科'中。说正经的,卡罗尔今天到这儿来吗?"

"不知道,不知道今天能不能见到博罗维耶茨基先生。"

库罗夫斯基迅速瞟了安卡一眼,可是她的脸上除了平静淡漠的表情之外,别的什么也看不出来。

午饭吃得特别愉快,因为库罗夫斯基又说又笑,安卡的眉头也略微舒展开了。到吃完饭的时候,问题来了:到哪儿去呢?

"反正不能去海伦诺沃,今天那儿人太多。"

"那就出城吧。特拉文斯基不在,真遗憾,我想请你们到我那儿去一下午。我家有个花园和水池子,可以乘乘凉。"

"离罗兹远吗?"

"走小路大概五俄里。"

"你大概也经营农业吧?"

"哈,我是个大地主,有四十莫尔格土地,可是……可是我只经营工厂,因为不懂农业,受不了那分苦。"

"卡罗尔先生春天跟我说过,说他见过你亲手播种大麦,可不是在实验室里:怎么回事?"

"怎么回事……卡罗尔开玩笑呢。我向你保证,他是开玩笑。"他赶紧答道,因为他要掩饰自己对种地的兴趣,还当着人不以为然

---

[1] 卡尔·林纳(1707—1778),瑞典生物分类学家。

地说种地是农汉趣味。

"我要让你们开开眼,看看星期天罗兹的男女老少怎么消遣。"说着请她们上车,吩咐开往米尔什森林。

城里一片死寂,商店关了门,窗户拉上了帘,酒店空荡,街上没人,一阵阵微风吹着,到处都是无情地烤晒着人的热烘烘的阳光。

人行道上的树木纹丝不动,叶子都蔫得耷拉下来,面对发白的天空洒下来的热火的威力无可奈何;天空像沉重的羊毛顶篷一样扣在城市的头上,十分严密,因此田野上的风一丝也钻不进来,不能给晒得发烫的柏油路、人行道和墙壁一丝凉意。

"你喜欢炎热。"他说,因为安卡的伞只遮住了脸,太阳还晒着她的双臂和后背。

"只喜欢阳光。"

"那些人就像在热锅上挨烤一样。"他用下巴指着路边的平房;在房前细条的阴影下,整户整户的人都只穿着衬衣衬裤乘凉。

"怪啊,我一点儿也不觉得热。"尼娜回答说。

没有人接她的话,因为库罗夫斯基正在十分细心地观察安卡。他那双榛子色的大眼睛,像老虎眼一样,正在仔细地观望安卡的脸。

安卡没有发觉,她正在揣度着卡罗尔,同时忍住了开始纠缠着她的痛苦;她感到痛苦,是因为觉得自己惹他生气的做法可能太不得体。

"在这儿下车吗?"马车在一家饭店的花园前停下来,尼娜问道。那花园里传出了嘈杂的说话声和军乐声。

"停一下就到森林去。"

他们从喧嚣的拥挤的花园中慢慢穿了过去。

几百棵叶子发黄变焦的大树小树在被踩坏的草坪、净是沙土的小路和弥漫着团团尘雾的林荫路上,洒下稀稀拉拉的阴影。尘土也在整个花园里漂浮,一会儿就落在树上,落在几百张白色桌子上,落在坐在桌子旁边大喝啤酒的人群身上。

那些浑身是土的堂倌正在源源不断地给他们送酒。

演奏台上的军乐队演奏着一首感伤的华尔兹舞曲,在设有露台的饭店大厅内,人们不顾蒸腾的炎热,正在起劲地跳舞;男舞伴不穿汗衫,有的连背心也不穿,可是鞋后跟跺地板的劲头倒挺大,还"哇哇"地呼叫着。

挤在门口和敞开的窗户前面的大群观众也热情地捧着场,通过窗口给那些跳累了的人递啤酒;许多等不及的人则在露台和草坪上跳了起来,把自己裹在团团尘土中。给他们伴奏的是射击场的枪声,滚球场上抛球时发出的沉闷的咕噜咕噜声,和整个花园里儿童吹喇叭的刺耳尖叫声。

小池塘里发霉发臭的死水上,漂浮着几只小船;船上几对多情的情人顶着阳光的烤晒在练习荡桨,还以情意绵绵的声调唱着描述森林、啤酒和爱情的德国歌曲。

"走吧,我实在待不下去。"尼娜从座位上站起来,小声说。

"你对民众娱乐和民主环境已经腻味啦?"库罗夫斯基为他们一口没喝的啤酒付钱时,讽刺地问道。

"我就讨厌尘土和这儿的丑态。到森林里去吧,也许那儿有新鲜空气。"她喃喃地说,捂着嘴,因为尘土飞得越来越多了。

可是森林里也没有新鲜空气。

"难道这就是森林?"安卡站在树下惊异地问。

"罗兹人就叫它森林。"

他们往里面走去。

森林里静悄悄的,像死了一样。几千根显得凄凉的黑树干向四面八方排列开,枯干发黄的树枝在垂死中无力地耷拉着,因为挡住了光线,到处都是阴沉沉、愁惨惨的。树木矗立着,纹丝不动,如果偶尔吹来一阵风,也只像是犯热病一样抖动几下,低沉而悲伤地沙沙响几下,过后依然是垂死、凄惨、黑乎乎的,好像是在沉思;树林同时斜着身子趋向工厂的废水沟。这条水沟像色带一样在黑树干和树荫中蜿蜒伸展,散发出呛鼻子的可怕臭味,在许多地方形成一些黏乎乎的、长满霉菌的水洼子,它的水浸入大树的强有力的机体;大树树根像巨人的手指一样钻入泥土后,从中慢慢吸吮到的却是致其死命的毒水。

就在这些正在死亡的树林中间,到处都有三五成群、谈笑风生的人。

筒琴和几百个小手风琴在森林各处吱吱喇喇响着,茶炊冒出蒸汽,儿童像彩蝶一样在凄凉的幽暗之处跑跳,不少地方有人跳舞,凑在一起的人们的谈话声和音乐声响成一片。

"玩得多不痛快。"安卡注意到了,"他们怎么玩也不像个玩的样子,为什么谁也不呼喊呼喊,不唱唱歌,不尽情消遣、休息、轻松一下呢?"

"为什么?因为他们不会,没有力气。今天休息,昨天的事还没有忘,明天的操心事又上了心头。"尼娜一边说,一边指着散坐在树下的一家一家的人;他们面无表情地呆坐着,疲惫不堪,若有所思地张望着森林各处,看到别人跳舞、欢笑时感到惊异。

"到林子外面去吧,找一小块地看看也是好的。"安卡提议说。

他们走了,可是在外面也没待多久,因为安卡找不到田地。她满目所见都是空荡荡的场地,上面兀立着一座座砖厂,和一些工厂的红色烟囱与楼房,还有几个骑自行车的人,在撒满了煤粉的道路上蹬着。

他们及时赶回到城里,安卡急忙回到了家,心想准能见到卡罗尔;可是甚至到吃饭时他也没来。

阿达姆先生睡在花园树荫下自己的一辆小车里。整座住宅笼罩着一片给人带来某种特殊的无聊之感的寂静,麻雀在空空荡荡的露台上啁啾,互相追逐,安卡进来后,它们也不怕。安卡在花园里绕了一圈,又推门看了看所有的房间,茫然不知所措。

她拿起一本书,坐在露台上,可是看不下去,她漫无目的地远望着从东方涌起的朵朵白云,听着女仆在厨房里放开嗓门唱午祷圣歌。歌声使她回忆起了乡下,心上顿时充满痛苦的乡愁,自己也不知道为什么竟潸然泪下。

她无端觉得自己孤独,被人遗弃,好像被远远隔绝在世界之外……

阿达姆先生呼唤起来,于是她走过去,把他推到露台上。

"卡罗尔不在?"

"不知道,我刚回来。"

他们沉默了许久,互相避着对方的目光,最后阿达姆先生畏缩地说:

"咱们一块儿祈祷吧?"

"好,噢,那好!"她高兴地说,马上取来了祈祷书。

"因为……你瞧……是库鲁夫提醒了咱们……"他低声说着,摘下帽子,画了十字,开始随着她默念拉丁文圣歌词。这声音充满了信心和深情。

傍晚的寂静变得愈加深沉,与苍茫暮色一起蔓延开了;暮色把它的珠网般的暗影笼罩在低矮的房屋上和果园上,只有锌板屋顶和窗玻璃依然反映出晚霞的缤纷色彩。星期天照样开工的工厂的青烟像玫瑰色的串珠一样,像一条没有尽头的螺旋链条一样,袅袅升上天空。

安卡咏诵圣歌直到黄昏,她的富于深情韵调的清脆的嗓音像水波一样从露台上传开,轻轻地触动了葡萄树叶,摇曳着爬满栅栏的菟丝子和豌豆的玲珑小花。她诵读完毕之后,便偎依在父亲身边,按照库鲁夫的古老习惯又以稍许压低了的声音唱道:

我们全部的日常琐事……

阿达姆先生用低音伴和着,厨娘也用高音随和着。

在远处,仿佛几千里以外,可以听见游者们返回时的喧闹声,马车的辚辚声,工厂的低沉轰隆声和酒店里筒琴的如泣如诉的呜呜声。

片刻之后,端来了茶。可是卡罗尔还没有来。

安卡等他等得越来越不耐烦了,因为祈祷之后,她的心情十分平静,她下决心要把自己心上的苦恼和疑虑如数说给他听。

她甚至下决心请他原谅自己今天的不辞而别,但愿快刀斩乱麻地结束这种没完没了的误解。

然而,卡罗尔就是不来。维索茨卡倒是来了,显得又神秘又严肃,说了半天儿子或一般男人们的事,没完没了地唠叨着一些气人的事,想要以此来突出她到这儿来要办的好事。

安卡越听心里越慌,终于问道:

"您干吗不直说呢,何苦吞吞吐吐地兜圈子,姑妈?"

"好吧,我也想直说,可是我笨嘴笨舌的,不会变个样子。走,到你屋里去。把门关好!"进屋后,她又吩咐。

"您说吧。"安卡坐在桌旁小椅子上,桌上点着灯,盖着金黄色的灯罩。

"这么回事,我的孩子,我是你的亲戚,特意来问你,你知道不知道罗兹城里说你和卡罗尔的什么话?"

"我连想也没想到他们议论这件事。"她抬起眼睛来小声问。

"也没猜到?"

"没有,想不出来他们能够说什么。"由于她回答得心平气和,维索茨卡也噎回去了几句话。老夫人在屋里来回走了几次,瞧瞧她,又压低声音问:

"有人说……卡罗尔想跟玛达·米勒结婚,如果……如果……"

"如果没有我碍着他的手脚。"安卡愤然接过来说。

"这么说你知道了?"

"不知道,您刚刚告诉我的。"她轻声地说了这么一句,就沉默了。

她把头向后仰去,靠在椅子高高的后背上,以滞钝的、失去光泽的眼睛望着前方。这消息并没有把她击溃,而是像一团火一样烧在她的心上;她依然心平气和地反复想着它,只是周身感到一阵痛苦的战栗,但她凭自己全部的意志力量忍受住了。

"我的安卡,你别生我的气。我告诉了你这条坏消息,其实说不定这不过是有人恶意造谣,但是我得告诉你……你跟卡罗尔明明白白地谈一谈;因为,就是最忠实的爱情,谣言也能给破坏掉……还有……你们尽快一点儿办事吧,办了事就能堵住那些不怀好意的人的嘴;办了事他们就没话可说了。别生我的气,把这话告诉你,是我的义务啊。"

"我十分感谢您,姑妈……"

她拉住她的手亲吻。

"也别灰心,算不了什么,不过是谣言。卡罗尔有许多对头;有许多女人指望过他,好些女人爱过他;她们现在报复,也没什么可奇怪的;何况,世上大部分人,从来就是不能容忍别人的幸福。再见。"

"再见。"

安卡把姑妈送到门口。

"你要是同意,我可以把这话也告诉卡罗尔。"

"不必了,谢谢您。我自己告诉他吧。噢,您先等一等,我拿件外衣,跟姑妈到特拉文斯卡那儿去一趟。"

她们沉默着出去了:虽然维索茨卡竭力找话说,但是安卡几乎听不见她的话,也不回答,她越来越聚精会神地思索这条突如其来的消息。

到特拉文斯卡家去,最近的路是穿过花园和博罗维耶茨基的工厂,可是由于星期天工厂不开门,她们只好走大街,正好路过米勒的宅邸。

米勒家的窗户都开着,里面灯火通明,因为窗帘很薄,在人行道上、街上就能把里面看得一清二楚。

安卡从旁边走过,看也不看,可是维索茨卡却抬眼望了望,站了一会儿,拉住了那姑娘的手。

米勒一家人都坐在小客厅里,团团围着卡罗尔。

玛达把身子靠近他,满脸笑容,兴高采烈,正冲他说话呢,卡罗尔聚精会神地聆听着。

安卡一见这个场面,立即转身,对维索茨卡一语未发,就径直回家去了。她没有捶胸顿足,没有号啕大哭,她只觉得受到了严重的侮辱,自己的爱情受到打击。

第二天吃过午饭后,卡罗尔开始对她解释为什么头一天晚上没回来,可是安卡冷冷地、相当傲慢地打断了他的话:

"你既然是做你最高兴的事,那就用不着费力气解释了,你在米勒家舒服,晚上当然就在那儿嘛。"

"我不明白你的话。"他被击中要害,叫了起来。

"不知道你以前是不是也净往那儿跑。"

"你为什么这么跟我说话?"

"你是不是想让我一句话也不说?"

"是你不想让我说一句。"

"是啊,是我不让你说话;我整天整天地等你说一句话,都白等了……"安卡痛苦地说,可是立即又对自己信口吐出这句话感到后悔,因为卡罗尔气呼呼地坐在那儿,一动不动。

他的眼睛,他刚才的话,都表露出一种厌倦和烦闷之感,他甚至根本不加掩饰,便站起来,拿着帽子,冷冰冰地说:

"我到库鲁夫去,你有什么事吗?"

"有几件事。"

"我可以帮助办办。"

"多谢，我自己能办。过几天我跟父亲也到那儿去。"

他鞠了一躬，走了，可是又从花园里返了回来。他强烈地感觉到需要和解，好像明白了自己对她所犯的过失似的。他见她和刚才一样。

安卡坐着，凝望着窗口，抬起头向他投去了疑问的目光。

"安卡小姐，你为什么老生我的气呢？为什么不像以前在库鲁夫时候那么坦率了呢？你怎么了？要是我惹你不高兴，要是我干了什么你讨厌的事，那我恳切地请你原谅……"

他说话声很轻，情意绵绵；说着说着激动了起来，于是又诚恳地低语下去：

"我有好些麻烦事，不顺心的事一件连着一件，也许有时候因为心烦说话伤了你；可是你应该看到，那都是无意的，别认定我是故意折磨你。安卡，我求你说几句话，原谅我吧。我对你关心不够，是不是？"

他低头瞅了一下她的眼睛；她便急忙把一双充满了泪水的眼睛闭上。他的诚恳、和蔼的谈话使她全身感到温暖，触动了她的伤痛，激发了她那长期忍受着的全部怨艾和情欲，在她眼里灌满了泪水，使她的心灵充满了那么奇特、那么深厚的惋惜之情。——但是她说不出话来，说不出来，因为她觉得，一旦开口，她就忍不住要投到他的怀抱里去，要大哭起来，所以她什么也没说，只是呆呆地坐着，和阻碍她表达此时此刻内心感触的自己的傲气进行着斗争，和想要爱他信赖他的强烈欲望进行斗争。

博罗维耶茨基由于等不到回答深感失望，走了。

安卡为失去重新获得幸福的千金一刻的时间感到痛惜，落泪。

后来的几天、几个星期相处和睦，其实不过是表面的平静。

他们同样客客气气地问好、告辞，有时候甚至推心置腹地谈话，但是已经失去了往日的真诚，往日相互的信任和往日相互的关怀。

安卡力图恢复过去她那善良、温情的未婚妻的面貌，可是她惊慌地感到，她已无法恢复原样，她身上对卡罗尔的爱情似乎正在消失。

维索茨卡的告诫经常出现在她的记忆中，而卡罗尔不同场合下说过的话又正好印证了她的告诫；直到现在，安卡才开始把他说过的话联系起来细细体味。

与此同时，其他的人也不乏片言只语地对她告诫。有时候，马克斯说起这些事无所忌讳，尤其是莫雷茨，常常津津有味地叙述关于卡罗尔、他的心思和需求的未曾公之于世的细节。

以前，她一点儿也不留意这些，而现在，她已经学会如何从这些片言只语中悟出实情；这些实情给她带来了痛苦，伤了她的自尊心，因而，她要不是看着阿达姆先生的情面，会立即离开罗兹的。

可是，有时，从她的内心，却又仍然响出她那正在泯灭的爱情的被压抑的巨大呼声，那是心灵的呼声；尽管事态如此，她的心还在恋爱着，对于命运还不甘妥协。

从表面上看，他俩之间似乎没发生什么事，然而互相却越来越疏远了。

博罗维耶茨基忙着工厂竣工的事，对未婚妻很少抽得出时间，也很少关注，只是莫名其妙地感觉到安卡越来越消沉，好像飘浮在寒冷和寂寞的云雾之中。

他决定在工厂竣工之后最后了结这件事情，与此同时，由于在家里待着烦恼，他常常到米勒家去做客，还比往常更频繁地和露茜见面。

第十六章

"博罗维耶茨基公司棉制品加工厂已于十月一日开工。博罗维耶茨基或韦尔特先生负责签署借据。"

博罗维耶茨基小声读完商业通报后,立即拿着它去找亚斯库尔斯基。

"必须把它交付给各大报刊,明天送给各个公司;莫雷茨先生提供地址。"

他来到宽大的工厂厂院里,那儿还堆放着脚手架和各种机器部件,因为工厂虽已正式竣工,但事实上只有纺纱车间开了工,其他各部分的工程都完结得匆忙草率。

由于种种原因,卡罗尔不愿意也不能坐等全面完工,所以就先让纺纱车间开工,规定今天为工厂开工日,同时开动机器。

他的心情异常急躁、不安,在纺纱车间长时间观看了马克斯进行的试车工作;马克斯累得满头大汗,嗓子叫得都沙哑了,满身污垢,疲倦不堪,在大厅里东跑西颠,亲自关闭机器、检修,然后又重新开动,以关注的目光审视着吱扭作响的梭子和纺出来当实验品用的线。

"马克斯,停工吧,大家都准备回家了。"

"西蒙神父来了?"

"跟查荣奇科夫斯基一起来的,还一直问起你呢。"

"我过一个钟头来。"

卡罗尔看到工人们在老工长亚斯库尔斯基指导下用枞树花环装饰的大门和窗户,感到高兴。

另外一批工人布置好了工厂大院的通道,摆了许多长条桌,上面铺满从还没最后完工的仓库里拿来的印花布;桌子是给工作人员和建筑工人预备的,规定要发给他们类似早饭的点心。

在家里,卡罗尔也急忙准备好接待应邀参加今天典礼的同行、朋友和熟识的厂主们。

卡罗尔在各个车间和院子里走来走去。他奇怪地觉得全身无力,似乎感到惋惜,因为工作已经告一段落。得开始新的、更加繁重的工作。他仔细看着那些围墙和机器,非常爱护,对它们十分亲切。

他为工厂献出了这么多岁月,这么多精力、心血和不眠之夜,工厂也由于他的决心、由于他贡献的力量和心血在他的眼中成长、发展起来了;他现在清清楚楚地感觉到他自身的一大部分已经砌进了这一堵堵红墙,锁在这些奇形怪状、旋转起来像怪物一样的机器里;这些机器暂时还睡在地板上,静悄悄的,一动也不动,可是却准备好了待他一声令下就立即转动;它们虽然像死了一样,却充满了内在的、蓬勃的生命力。

他没有理睬达维德·哈尔佩恩,这个人虽然病魔缠身,却不请自来了;他走得很慢,一面祝他幸福,以高兴的目光观望新工厂,观看各个车间,对一切都兴致勃勃,一面反反复复地对马克斯说:

"我真高兴,真高兴啊,巴乌姆先生,你们一盖工厂,罗兹就又兴旺起来喽。"

"你别转了向！"马克斯咕哝了一句。可是达维德·哈尔佩恩并不介意，继续观看，后来，在举行典礼时，脱帽站在一旁，钦慕地望着各位厂主和拥挤的人群，望着摇钱树般的新车间。

"你找什么？"莫雷茨跟卡罗尔到了空阔的大厅里，问道。

"没什么，我看看。"他忧郁地回答说。

"对工人的招待不能省一点儿吗？"莫雷茨问。

"要再省，就什么也别给；本来已经够寒酸的了。"

"得花四百卢布呢，账单已经交给我了。"

"就算咱们犒劳犒劳他们吧。至少今天你别反对我。你瞧，咱们长期的理想不是实现了吗。"他指了指工厂，轻声地说。

"谁知道好景长得了长不了呀。"莫雷茨回答，同时怪里怪气地微笑着。

"我向你保证，只要我在，工厂就在。"他使劲地嚷道。

"你说话像个诗人，不像个工厂主。谁能保证，过一个星期工厂不会变成一堆破砖烂瓦！有谁知道一年以后你会不会不要它了。工厂，就跟印花布一样，是畅销货，要是通过它能捞一笔，那它同样是卖得出去的。"

"你这理论我早听腻了，恐怕得翻新了。"卡罗尔说，于是他们一起回到了家。这时家里已经有十来个参加庆祝典礼的人，都坐在露台栏杆上。

过了一会儿，西蒙神父穿着法衣来了，大家便都跟随着他出发。

这是一个隆重的时刻，大群工人脱了帽子，身披盛装，挤满工厂的院子和车间。

神父从一个部门走到另一个部门，连连祈祷，给墙壁、机器和人们洒圣水。

在纺纱车间,每台机器旁边都有人站着,全部传送装置、轮子和皮带都充满了力量。典礼之后,博罗维耶茨基发出信号,所有的机器立即步调一致地开动起来,可是转了几圈就停了,因为工人们要去仓库吃早饭。

工厂开了工。

全部同僚都到厂主家进早餐去。

第一个为工厂繁荣昌盛举杯祝酒的是克诺尔,他在冗长的祝词里善意地追述了博罗维耶茨基在布霍尔茨公司里的成绩;第二个为工厂兴隆、为精明强干的股东和朋友的健康举杯的是格罗斯吕克,最后他吻了卡罗尔,更亲热地吻了莫雷茨。

查荣奇科夫斯基在举杯祝愿"和气生财"时,大家的反应却很冷淡。随后,卡奇马列克也站了起来;他从一开始就是静悄悄地坐着的,面对满座的百万富翁和这异乎寻常的宴会,他感到害怕,可是几番真挚诚恳的祝酒之后,他的勇气和场面话也涌上了心头。他斟满了一杯白兰地,和梅什科夫斯基以及一些波兰人碰杯后,便用虽然沙哑却很有劲的大嗓门说:

"我说几句!和气生财,我就不信——因为咱们大家都吃一锅饭,谁都想比别人多吃。狗跟狼只有一同啃一头小牛或者山羊的时候才讲和气。要是谁需要别人帮忙,那就得跟大家讲和气,可是我们大家不必讲什么和气,因为即使讲,我们也不会让步……耍心眼儿……打算盘……还有比方说动拳头,反正不会让步……我们有力量,又有脑筋,所以……我才说这番话。我为博罗维耶茨基先生干杯!……"

干杯之后，他想继续说下去，可是人们故意叫好起哄的声音淹没了他的声音；因为德国人和犹太人已经开始大皱眉头，于是他住了口，继续跟梅什科夫斯基一起饮酒。

过后，祝酒便没完没了了，所有的人都开口说话，顷刻之间，喧闹声四起。

只有卡罗尔沉默不语，隔一会儿就往在仓库里欢宴的工人们那儿去一趟，因为安卡在那儿主持宴会，一大群工人团团围住了她，吻着她的手，又因为那儿也在为卡罗尔的健康频频举杯，所以他必须去和他们一起干杯，以示谢意；但是他退出的时候却把安卡叫了出来。他特别高兴，心满意足，拉着她的手一边指点着工厂，一边叫道：

"这是我的工厂！有了它我就不松手。"

"我也有说不出的高兴。"安卡喃喃地说。

"可是不像我这么高兴。"他似乎在微微谴责她了。

"哪儿的话呀，你的幸福就是我的幸福。"说完她就走开了，因为尼娜·特拉文斯卡招呼她到花园的凉亭去。

"她还生我的气呢，得重新对她下下功夫。"他一面想一面来到露台上；餐厅里的桌子有好几张都搬到了这儿，因为那儿太拥挤、太憋闷。

莫雷茨兴致勃勃，忙个不停，照料着一切，不时地拉着格罗斯吕克出去说几句秘密话。

大家欢宴喜庆，只有马克斯·巴乌姆几乎根本不参与，他坐在父亲身边。他父亲虽然应邀前来赴宴，可是那张好像长满了墓地青苔的阴沉沉的干瘪的脸早把人都吓跑了；他谁也不理睬，偶尔喝一口酒,冷眼瞅瞅聚会的客人;当有人问他一句话时,他回答得也头头是道,还望望工厂新砌的红色烟囱。

在临街的一个小房间里,坐着西蒙神父、查荣奇科夫斯基、阿达姆先生,第四位是库罗夫斯基。他们正在打胜牌,像以往那样痛痛快快地争吵不休。只有库罗夫斯基老是一发完牌就偷偷溜走,到处寻找安卡,跟她说几句话,回来的时候撩逗几句已经喝醉酒的凯斯勒;可是他打牌打得很糟糕,老是把牌弄错,搅得其他三个人也打不好,因此他得听阿达姆先生的数落和查荣奇科夫斯基的吼叫。只有西蒙神父满意地笑着,拿长烟袋棍打着法衣:

"好啦,好啦,我亲爱的孩子。我亲爱的好人阁下,你招人家查荣奇克讨厌,人家可要记在心里的。哈哈哈!查荣奇克,你撇开三个人躺倒不干,那就改姓吧,姓巴兰科夫斯基吧,还姓什么查荣奇科夫斯基呢[1],哈哈哈!"

"这是我的错?"这位贵族用拳头敲着桌子嚷了一声,"大好人先生,怎样净让我跟傻瓜们打牌,哼,连牌都不会拿!——梅花七,出!"

他们争执一番之后,又安静下来打牌。只有阿达姆先生还是老习惯,因为牌好,就用脚踏着椅子横木,哼哼唧唧地唱起小曲来:

姑娘们哪,去采蘑菇,采蘑菇,采蘑菇,嗨!

西蒙神父时时伸出灭了火的长烟袋,叫道:

"雅谢克,喂,混小子,点火!"

雅谢克不在,只有马泰乌什在听候吩咐;是安卡特意安排他来

---

[1] 在波兰语里,"巴兰"意为"山羊","查荣奇"意为"兔子"。

侍候神父的。

库罗夫斯基一语不发,笑盈盈地接受了查荣奇科夫斯基的咒骂;他觉得这位贵族遗老非常有趣。

"先生们要白酒呀还是要啤酒?"安卡进来关照道。

"不要,我亲爱的孩子,什么也不要。可是你知道吗,安卡,查荣奇克刚才撇下我们仨睡觉去了。"西蒙叫了起来,还嘻嘻地笑着。

"我的上帝,神父幸灾乐祸,太不应该了;等着你的下场吧,哼,跟桑多米日那儿的基尼约尔斯基一家人一样,他们……"

"我亲爱的大好人,那儿的事跟这儿没关系,还是专心打牌吧。人家出主牌,你得出王牌;有王牌就拿出来,甭想打马虎眼。"

"我跟谁打马虎眼了?"查荣奇科夫斯基凶狠地咆哮起来。

于是他们又吵闹了起来,整个住宅和花园都回响着查荣奇科夫斯基使劲的吼叫声,使露台上的客人也都惊慌地望着博罗维耶茨基。

"维索茨基先生,请你这位大夫替我吧!"库罗夫斯基冲通过隔壁房间走来的一个人叫道,同时把牌往他手里一塞,就外出找安卡去了。安卡正在花园里和尼娜散步。他找到她们后,便一起来到一个凉亭里;亭子上爬满了叶子已经变红的葡萄藤,周围栽着成排的紫罗兰和翠菊,已经萎谢。

"天气真好。"他坐在安卡对面,说。

"好,也许因为是秋天的最后一天了。"

他们沉默了许久,呼吸着那正在凋谢的花卉和萧萧落叶散发出的说不上来的香味和令人舒畅的空气。

发白的阳光在花园里撒下了金色的尘埃。尘埃淡淡地遮掩着万物的轮廓,给萧瑟园子里的秋色投上了一层绝妙的清淡得发白的金黄色彩。

草坪上的蛛网闪闪烁烁,在温暖的微风中飘荡;长长的蛛丝像玻璃细线一样,粘结在墙下合欢花的金黄色叶子上,挂在抖瑟着几片红叶的半裸的樱桃树上或者擦破皮的树干上,长时间地摇曳;微风又把这些银丝吹起,让它们高高地飘飞,飞到了屋顶上,飞向似乎在房屋海洋上摇动的一群破旧的烟囱上。

"如果在农村,今天这样的天气要美一千倍。"安卡轻声说。

"噢,那当然。天气好是好,可是我要说句请你不必介意的话:对今天这个典礼,你并不太高兴,安卡小姐。"

"恰恰相反,很高兴;不管是谁的愿望得到实现,我都有说不出的高兴。"

"你这话说得太笼统了,这话我信;不过我看不出今天的事让你高兴。"

"你看不出来,我有什么办法呢?我心里的确是欢喜的。"

"可是从你的声音里听不出来。"

"语言怎么可能跟感情不一致呢?"

"可是现在就不一致,让人想到,你是不以为然的。"库罗夫斯基大胆地把话说透了。

"你没听清楚,得出来的结论更莫名其妙。"

"也许是吧,既然你这么看。"

"安卡没想的事,希望你别乱猜。"

"有事,我们可以不想;可是,虽然不想,事情还是在我们心里,即使是在潜意识中。我看我也是对的。"

"一点儿也不对。你说的话只适用于你自己。"尼娜叫道。

"当然,只有小姐们允许我们承认我们有理的时候,我们才有理。"

"你们总是自己认定,从来不问我们的看法如何。"

"有时候也问……"

他笑了一下。

"问,也是为了强调自己有理。"

"不是,问是为了讨人喜欢。"

"凯斯勒找咱们来了。"

"那我得走;我想一口把这个德国人吞下去。"

"可你把我们撇下,让他缠着。"安卡说。

"他漂亮得出奇,就像秋天一样漂亮,漂亮得很呢。"尼娜目送着库罗夫斯基,议论道。

"库罗夫斯基,来来来,来喝酒。"梅什科夫斯基坐在露台上的一张桌旁叫他,身边是一大堆酒瓶。

"好,为工业的发展和成功再干一杯。"库罗夫斯基举着杯子说,然后转身看了看马克斯;马克斯坐在栅栏上,和卡奇马列克聊天。

"我不为工业的成功干杯。快让工业垮台吧,让它的那些仆从们都死光。"梅什科夫斯基嚷道,他已有八、九分醉意了。

"别胡说八道,今天是真正的劳动节,劳动的日子长,有奔头。"

"住嘴,库罗夫斯基,劳动节,真正的劳动,日子长,有奔头!高谈阔论,句句犯混!快住嘴吧,库罗夫斯基,你跟臭工人混在一起,也长了满脑袋癞疮,你过日子、干活,像头牲口一样,就知道捞钱。——我为你的长寿干杯。"

"祝你健康，梅什科夫斯基，星期六来找我，好好谈谈。我得走了。"

"好吧，不过，再跟我喝一点儿。卡罗尔不想喝，马克斯不能喝，凯斯勒就会跟娘儿们嘻皮笑脸，特拉文斯基喝够了，烂贵族光知道打牌，我这可怜的孤儿没人理，我不想跟莫雷茨还有那些厂主们一起喝酒。"

库罗夫斯基便又待了一会儿，跟他一起喝酒，同时望了望凯斯勒；凯斯勒正在和小姐们散步，嘴里嘀嘀咕咕说着什么，腮帮子直动，在阳光下，更像一只铁锈色的蝙蝠了。

客人渐渐告辞，只留下至交好友和米勒；他一直把博罗维耶茨基拉在身边，和他十分亲切地谈话。默里在宴会快完时才来，坐在马克斯和一伙同行身边，以惊奇的、着了魔般的目光盯着女人们。而女人们则由于向晚天凉都从花园里回来了；她们坐在露台上，有成群的男人围着。

"你的事怎么样，要结婚了？"马克斯悄悄问他。

英国人不回答，等观赏够了女人们，才小声说：

"我想马上结婚。"

"跟谁？"

"反正是一个，既然娶两个不行。"

"你动手太晚了，因为其中一个已经成了夫人，而另一个过些日子也要当新娘。"

"老是太晚了，老是太晚了！"他痛苦地嗫嚅着，两只手哆哆嗦嗦地从驼背上往下拉外套，然后又凑到梅什科夫斯基旁边去陪他喝酒，好像绝望了似的。

老亚斯库尔斯基进来找到卡罗尔之后，冲他耳根说了有人在办公室等他，想尽快见他一面。

"是谁？你不认识吗？"

"不认识，好像是楚克尔先生……"这位贵族吞吞吐吐地说。

"楚克尔，楚克尔！"他有点儿惊慌地念叨着，心里感到十分奇怪，"我马上来，请他稍等一会儿。"

于是他跑到父亲房里，把手枪塞进了衣兜。

"楚克尔！他想见我？要干什么？也许……"

他怕多想……

他的双眼恐慌地扫了一下满座的宾客，便悄悄地溜了。

楚克尔坐在事务所的窗下，撑着手杖，盯着地板；博罗维耶茨基进来后要跟他握手，他也不把手伸出来，不吐一句寒暄话，只是一双燃烧着的眼睛死盯着卡罗尔的脸。

卡罗尔立即惶恐起来，好像掉在陷阱里一样，他那道燃烧的目光搅得人心烦意乱，浑身打战。他极欲一走了事，可是仍然克制住了自己，甚至压住了心跳。他关上了窗户，因为那些饮酒作乐的工人们的喧哗声太近。他给客人拉了一把椅子，随随便便地说：

"在我这儿……看到你非……非常高兴……不过抱歉的是我不能多陪你，你瞧，今天是工厂的开工日。"

他十分疲惫地坐下，觉得此时此刻再多一个字也说不出来了，刚才那句话是自己跑出来的。

楚克尔从兜里掏出一封揉皱了的信，扔在办公桌上。

"你看看吧。"他闷声闷气地说，依旧紧盯着他的脸。

这是一篇措辞激烈、口气放肆的起诉书，涉及博罗维耶茨基和露茜的关系。

博罗维耶茨基看了很久,他要赢得时间——因为他在看信时必须靠他的意志力,才能避免自己露出破绽,才能面对楚克尔火一般的、真的是可以看透他的五脏六腑的目光,保持自己脸上淡漠和冷静的表情。

读完信后,他把它还给了楚克尔,不知道该说什么。

又是一阵折磨人的长时间沉默。

楚克尔凝视着卡罗尔,那野兽般的、贪婪的目光里,集中了他的全部力量,他想要从卡罗尔的灰眼珠中探出秘密;卡罗尔每过一会儿就用睫毛盖住眼睛,不由自主地挪动着办公桌上的各种物件,可是他觉得,这种无法形容的痛苦、这种疑惧不消的状况如果再延续一会儿,他势必露出破绽不可。

可是,楚克尔从椅子上站了起来,轻声地问:

"这种事我该怎么看呢,博罗维耶茨基先生?"

"那是你的事。"他不很肯定地说,因为他骤然想到,露茜可能把什么都坦白了。

他的两条腿开始哆嗦起来,感到有成千上万个针尖扎在头上和两面的太阳穴上。

"这就是你给我的回答吗?"

"那你还想要我怎么样呢,让我对这种下流谣言负责吗?"

"我对这件事该怎么办,该怎么想?"

"得查明写信的人,凭诬陷罪把他圈起来,对任何人也不露一句。我可以帮你追查,因为这件案子也把我扯进去了。"

他渐渐地恢复了镇静和平衡。他已经确信露茜什么也没说,于是把头昂得更高,还大胆地、恬不知耻地望着楚克尔;楚克尔漫无目的地踱了几步后,又坐下来,把头靠在墙上,喘息了好半天,这才开口费劲地说:

"博罗维耶茨基先生,我也是一个人,我也懂得面子,我也有我的一点儿名誉。我现在到你这儿来,在光天化日之下,在全能的上帝面前恳求你,我要问一问:这封信里说的是不是实情?这上面的话是不是事实?"

"不是!"博罗维耶茨基十分强硬、肯定地回答。

"我是犹太人,朴实的犹太人,我不会对你开枪,也不要求决斗;我对你能怎么样呢?怎么样不了!我是一个普通人,我挺爱我的妻子;我干活,能干多少干多少,让她什么也不缺;我把她当成王后。你知道,我自己花钱让她受教育,她是我的命根子。可是忽然来了一封信,说她是你的情妇!我就觉得整个世界都压到我的头上来了……过两个月她就要生孩子了,你明白孩子是什么吗?我等孩子等了四年了,四年!可是突然飞来了这样的消息!我现在知道什么?这是谁的孩子?你告诉我实情,你必须告诉我实情!"他突然呼叫起来,霍地站起,像疯子一样冲博罗维耶茨基扑了过来,紧紧地攥着拳头。

"我已经告诉你了,这封信是无耻的诽谤。"卡罗尔冷静地说。

楚克尔伸出双手站了片刻,然后又沉重地坐在椅子上。

"你爱跟别人的妻子取乐,这个女人以后怎么办,你不管;你什么也不在乎,别人的耻辱,整个家庭的恶名,全不在乎,你是……上帝会严厉惩罚你的……"他很吃力地、断断续续地喃喃低语,他的声音在颤抖、变沙哑、哽咽住了,被泪水阻塞了;最后,他的泪珠开始从发红的眼睛里慢慢地流了下来，落在发青的脸上、胡须上，像一颗颗充满无法表述的痛苦的珠子一样。

他又诉说了很长时间，越来越平静，因为博罗维耶茨基的行动、他的脸、他的诚挚的目光和深厚的同情，楚克尔都看在眼里；这一切给楚克尔灌输了一种信念，即那一切都是诽谤。

博罗维耶茨基一只手支着头，听着他说话，眼睛不离开他，而同时又以几乎无法觉察的动作用铅笔在拉开了的抽屉里的一片纸上写道：

别露相，否认一切，他在我这儿，表示怀疑，烧掉此信。晚上在上次的地方。

他把信塞在一个信封里，然后走到电话机旁边，电话是通工厂的。

"马泰乌什，把酒和苏打水送到事务所来。"

"我早就叫他送酒来了，因为我看你很累，心情不好。请你相信，我很同情你。不过，既然这不是事实，你也不必再烦恼啦。"

楚克尔颤抖了一下，因为在这一瞬间，在卡罗尔的话声中和脸上，都显出了某种虚伪的东西；可是他没法多加观察，因为马泰乌什送来了酒，卡罗尔立即为他斟了一杯。

"请喝一杯吧，提提神。马泰乌什！"他通过窗户喊住他后，又追了出去；追上后便把信塞在他手里，嘱咐他立即送去，对任何人都要保密，亲自交给对方，马上回来；如果可能的话，要回话。

这一切都办得十分麻利，使楚克尔一点儿都没有起疑，他依然喝着酒，卡罗尔也在事务所里踱来踱去，开始大谈特谈他的工厂。他要把楚克尔留到马泰乌什回来。

可是，楚克尔哪儿有心听他那些话，他沉默了半晌之后，又问：

"博罗维耶茨基先生，我要向天上所有的神明为你祈祷，可这封信里写的，到底是不是实情？"

"哎呀，先生，我说过啦，不是实情；我向你保证，连一点儿实情的影子也没有。"

"你发誓吧。你要是发誓，那就不是实情。发誓是件大事，这关系到我的生活，我妻子和孩子的生活，还有你的生活。请你对着这个小圣像，圣母的小圣像发誓，我知道，这是波兰人的大神明。请你对我发誓：这不是实情！"他使劲地叫喊着，冲小圣像伸出了双手。这小圣像是安卡吩咐挂在事务所门上的。

"我向你保证。我只见过你妻子几次，甚至不知道她是不是认识我。"

"你发誓吧！"他又使劲地重复喊着，卡罗尔听着都哆嗦了起来。

楚克尔脸色发青，全身颤抖，他那沙哑、凶野的嗓门一直在重复着这一请求。

"那好吧，我当着这个小圣像对你发誓：我和你的妻子现在没有、过去也没有任何关系，这封信从头到尾都是诽谤。"

他把一只手举起来，庄严地说。

他说话时声音颤抖，显得很诚恳，因为他想，不管怎么说，还得保住露茜；楚克尔把那封信扔在地上，用脚踩了几下。

"我相信你。你救了我的命……现在我相信你，就跟相信我自己、相信露茜一样……你可以指望我，我也许还能帮你什么忙的……我永远也忘不了你的好处。"他高兴地喊着，觉得幸福无比。

马泰乌什气喘吁吁地进来了,交了回信,信中写道:
我来。爱你……爱你……

"我得走了,得快点儿到妻子那儿去,她什么也不知道,可是我给她干了一件缺德事。我现在精神挺好,很放心,很高兴,所以我得悄悄地、秘密地告诉你一个消息:请你提防莫雷茨和格罗斯吕克,他们要吃掉你。再见,亲爱的博罗维耶茨基先生。"

"谢谢你的消息,可是我不太明白。"

"我不能多说什么了。祝你平安,祝你父亲、你妻子、你的孩子们健康。"

"谢谢,谢谢。谁要是再给你写那种东西,请告诉我。你把信留下,我马上去追查。"

"我非把这些混账东西圈起来不可,让他在西伯利亚待上一百年。亲爱的博罗维耶茨基,我今生今世都是你的朋友!"

他扑到他的脖子上,热情地吻他,无比幸福地走了。

"莫雷茨和格罗斯吕克!要吃掉我!这消息非同小可!"他思考着,全神贯注地思考着,后来竟把匿名信、发誓的事忘了,竟把这场搞得他心乱如麻的和楚克尔的戏也忘了。

家里,除了四个打牌的人和特拉文斯基一家人外,都走了。天渐渐黑了下来,他上了马车,吩咐拉上车篷,便驱车前往约定的地方去等露茜。

他极为焦躁地等了一个多钟头,露茜才出现在人行道上。因为他往外探了探身,她瞧见了他,上了车就搂住他的脖子,吻个不停。

"怎么回事,卡尔?"

他原原本本说了一遍。

"我还一点儿也不知道呢。他回来时候欢天喜地的,给我买了这套青色的衣裳,我就非得穿上不可。今天我们去看戏,他一定要去。"

"你瞧,以后这一段时间咱们不能再见面了,以防别人犯疑心。"他说着,搂她搂得更紧了。

"他说,要把我送到柏林亲戚家去住很长一段时间……你知道……"

她像小孩一样依偎在他身上。

"那很好,连影儿也不见。"

"你来不来看我?卡尔,你要是不来,我就得死了,肯定得死。来不来呀?"她热切地求他。

"来,露茜。"

"你还爱我吗?"

"你觉不出来了吗?"

"你别生气,可是……现在你变了,不像是我的人了,这么……冷淡……"

"你以为这种热烈的感情会保持一辈子吗?"

"可是,我越来越爱你。"她诚恳地说。

"那好,露茜,好,可是你瞧,得考虑考虑咱们的处境,不能老是这样。"

"卡尔,卡尔!"她好像挨了刀似的躲开了他。

"轻一点儿,不然赶车的要听见了!我说的话,你也别害怕。我爱你,可是咱们见面不能这么频繁了;这意思你明白,我不能破坏你的安宁,不能逼得你丈夫报复你,咱们得理智点儿呀。"

"卡尔,我要把一切都扔下,跟你走,再也不回家了,我再也不能受这份可怕的折磨了,再也不能了,带我走吧,卡尔!"她激动地低声说,又攀在他身上,冲他脸上不住地亲吻。她太爱他了;的确,他要是同意,她会马上把什么都一脚踢开,跟他走的。

这种发自内心的、野性的爱情震撼了他,他不由得想干脆决断地告诉她:他已经腻了;可是他又心疼她,因为他明明白白地感觉到,在她身上,除了对他的爱情之外,已经一无所有;同时,他又怕她大闹,闹得他丢人败兴。

他安慰着她,可是要消除他开头那几句话对她造成的印象却很不容易。

"你哪天走?"

"后天,他送我去。你得来,卡尔,来吧……你必须来,以后……看看咱们的孩子……"她对着他的耳朵说。"卡尔,"突然她又叫唤道,"像以前那样亲亲我吧……使劲……再使点儿劲!……"

被他吻了一阵后,她就躲到马车角落里去了,开始抽抽噎噎地哭起来,还连连抱怨他不爱她。

他一边安慰她,一边许愿,可是什么都无济于事,因为她犯了歇斯底里症,所以他只好停下马车,到药房去买药。

她好不容易才平静下来。

"别生我的气,我心里难受,难受……我觉得我再也看不见你了,卡尔。"她一边呜咽,一边诉说;他还没来得及阻拦,她就从座位上溜了下来,跪在他面前,抱住他的膝盖,用发自内心的充满爱情和绝望的最极端的话语乞求他爱她,不要丢开她,不要让她忍受孤寂和痛苦。

由于离家在即,由于想到永远不得和他重逢,她觉得自己不幸已极,几乎晕了过去。

她扑到他的胸口上,抱住他,吻他,泪流满面。虽然他见她痛不欲生而受到感动,并且连连说些热情洋溢的情话,但是那恐惧、那意识到即将死去的人的恐惧,依旧十分痛苦地袭来,撕裂着她的心。

后来,她因为哭泣和悲恸而感到疲倦和心力交瘁,便把头放在他的胸口上,拉着他的双手沉默了很久,只有泪珠像断线的珠子一样顺着她的脸滚下来,呜咽声也不时把她的心胸都震动了。

他们终于分了手,他只能应诺,虽然路远,也要在她前往柏林时送她,并且每星期去一封信。

博罗维耶茨基觉得内疚,然而对于她的处境却一筹莫展。

在回家路上,他疲倦得要死,他很悲伤,心里充满了她的泪水给他带来的痛苦,她那些话的语调使他感到焦躁、悲哀。

"跟别人的婆娘勾搭,真得天打五雷轰!"他诅咒着进了家门。

第十七章

　　工厂开工了,确切地说,只有一个车间——纺纱车间开了工。马克斯全力以赴地照料纺纱车间,整天整天不出来一步。因为每逢开工,机器总是会出毛病,他也就变成车工、机械师、工人和主任了;他无处不在,几乎什么都亲自动手。准备出售的第一批纱已经打好包,通过了公司检查,这给他带来了很大的喜悦;他感到自己的努力苦干得到了充分的报偿。

　　博罗维耶茨基也是一样全力以赴,如痴如狂地从事其他车间的收尾工作,因为他想在冬天来临以前全部开工。

　　而莫雷茨,则管理工厂的全部商业事宜和一部分行政工作。

　　他也发奋努力地工作,因为他想,这是在为自己工作。他正在越来越牢固地掌握工厂的所有权,但是工厂依然需要金钱。卡罗尔没有现金,所以莫雷次便亲自奔波,一方面通过代理人,最主要是通过斯塔赫·维尔切克东扯西借弄钱做支出和付工资之用,另一方面又偷偷摸摸地假手他人买进博罗维耶茨基的股票和期票。

　　他还注意到,格罗斯吕克说博罗维耶茨基工厂开工后波兰人会抬起头来的话,实在不无先见之明。

　　在罗兹已有风闻,说波兰人正在制订几项建设工厂的计划;更糟糕的是,舆论界还为此大吹大擂,有人对用户证明犹太人的产品是便宜的劣质货，因此在某些阶层的用户中就产生了某种抵制运动。

许多跟一等富豪家族、要求颇高的富有主顾们打交道的办事员们，开始收集博罗维耶茨基厂的产品类型的情报。

可这都是毫无根据的担心。莫雷茨有一次无意识地向卡罗尔透露了，卡罗尔高兴得哈哈大笑了一阵，说：

"都是夸大，言过其实。你只要想一想，咱们厂哪能跟别人竞争？人家布霍尔茨一年生产一亿米，莎亚·门德尔松几乎也有一亿米投放市场，我这一千几百万米算得了什么？能够挡住谁赚钱？而且，更不用说我想生产的不是本国的品种而是外国品种了。如果干得好，如果有了钱，可以迅速扩建工厂，到那时候也许能跟生产廉价劣质货的厂家竞争一下子。我倒是常做这个梦，必须朝这个目标努力。"

莫雷茨一语未发，走了。

在楚克尔提出警告后，卡罗尔对他的注意严密多了，常常忧心忡忡地看到，莫雷茨抓钱抓得太厉害，在工厂投资投得太多，因而腰杆变得越来越硬，越来越多地提出自己的主张和办厂意见来和博罗维耶茨基的主张对抗。

他常常表现得不可容忍，横蛮无理，出言不逊，可是博罗维耶茨基不得不咬紧牙关、耐心听从，因为他觉得自己依赖莫雷茨，腰杆不硬。

"金钱，金钱！"在这种情况下，他心里愤愤不平，看着自己的区区小厂，再跟和它并立的米勒的庞大工厂相比，一种强烈的、令人烦恼的忌妒感立即攫住了他；他对自己也很生气。

他已经不记得，米勒的那些大房子是花了三十年盖起来的，是一座座盖起来的，里面轰轰隆隆的高大厂墙不知费了多少岁月的时间；他都忘了，他只想着开这样的大厂，一蹴而就。

同时，他算了一笔账，即使他生意兴隆，那他的纯利也还不如他在布霍尔茨那儿领取的年金多。

因此，他为自己感到羞耻。

他的理想是迅速而稳固地成长起来，有几百万资金周转，让几百架机器、几千名工人把他团团围住，工厂急速运转，几百万几百万地赢利，耳闻目睹大工业的轰鸣和威力。他在布霍尔茨那里已经习惯于此；而在这里，他自己只有一个微不足道的小厂，所有的车间不过三百人！

他不能飞黄腾达——他只能慢慢爬行！

他的渺小使他感到受屈，他的雄才大略在小生产、为几个戈比而讨价还价、令人厌烦的一分钱一分钱地节约的气氛中得不到施展。

首先让他头痛的就是他不得不去寻求比较廉价的涂料、比较廉价的颜料、比较廉价的煤炭、比较廉价的工人，还有就是不得不为了金钱而无尽无休地操劳。

"要是这样下去的话，非得制造廉价劣质品不可了。"有一次，他对莫雷茨说。

"可是收入也多了。"

对他来说，又过去了忙忙碌碌的几个星期。

工厂一直开工，然而只是生产棉纱，出售棉纱；因为去年冬天，棉纱业倒闭不少，秋天一到，需要立即上升，所以棉纱很贵，需要量很大，生产出来之后，立即就能卖掉。可是现在，其他车间也开了工，要生产，要储存。等销售旺季得等到严冬来临；与此同时，还一直需要新的、不断的投资，而贷款来源却没有扩大；恰恰相反，来源几乎完全枯竭了。

格罗斯吕克带头大搞阴谋；他们合伙干，用卡环卡住工厂的咽喉，破坏信用，拒绝贷款，散布危害诸多的谣言，说什么公司近期会破产。

正因为如此，博罗维耶茨基越来越烦恼，越来越频繁地注目于老米勒，反复揣摩，是不是可以多次请他做点儿牺牲，助以一臂之力。

可是他仍然踌躇不决，倒不一定是为了安卡，因为他心里明白，凭什么条件米勒才会出钱；他之所以踌躇不决，是因为他太骄傲，因为遇到了接二连三的阻碍，心中十分恼怒。

他在很认真地考虑自己和自己的处境的时候，也嘲笑自己愚蠢的偏见，几乎咒骂他常常称之为怜恤心的那种多愁善感；因为这种怜恤，所以他迟迟不能跟安卡一刀两断，跟玛达结婚。他听从了怜恤心的摆布。

这也许是因为他天天见安卡的面，逐渐了解了她的心境。她已经不再是原来那个欢快、直爽、信任他的姑娘，而好像变成了一个完全不同的女人，满面忧愁，不动声色，听天由命。

他心疼安卡。

可是安卡呢？

安卡与以往判若两人。她憔悴了，脸上的笑容消失殆尽，取而代之的，在他看来，是深沉的、无法医治的悲哀。

她整天整天守着阿达姆先生，阿达姆先生不知怎么在十一月初得了中风；虽然救活了，却瘫在床上，只能稍稍动动双手，含含糊糊说一两句话。

她必须照顾他，忍受他有时候孩子般的反复无常的脾气。她为他念书，编造各种有趣的故事，因为，他虽然卧病在床，却因过惯了轻松活泼的生活，所以现在感到无聊至极。

她承担了一切,并不是因为她感到有兴趣,而是出于对公公的爱戴。

可是由于他身患重病,这座房子显得更加荒凉,对于她来说,变成了一座她必须生活于其中的坟墓。

日子慢慢地挨着,单调得可怕,阿达姆先生的瘫痪没有变化,她和卡罗尔的关系也没有变化。因为父亲罹病,卡罗尔晚上常常久坐在家里,反复谈他的买卖事,常常对她说话。

这个做法安慰不了她,反而使她对一切更冷淡了。

她不愿意告诉他:他不在家时她还觉得轻松一点儿。

因为在他那张干活干得疲倦的脸上,显得心事重重,他那阴郁的目光,有时候使她头脑发涨,使她烦躁、痛苦。

她常常责备自己:卡罗尔痛苦的原因在她,都是她的过错。

然而,这种自我咎责持续未几,就变成了对自己尊严受辱的痛苦感受和对他的冷若冰霜、自私自利的心灵愈加深刻的认识。

可是这时候,她的心里重又产生了对他的怜悯。

而且,也常常有回声出现的时刻,这不是往日爱情的回声,而是对爱情的渴望,对沉醉于某种感情冲动的渴望,对把整个生命投入雄壮波浪中去的渴望,但愿这样的波浪把她卷走,但愿它能够结束她空虚、期待、漫无目的的遐想,和她的软弱无力的处境。

有一次,在她和尼娜长久的促膝谈心中,尼娜点破了她严守的这个内心秘密,惊奇地问:

"你为什么要苦恼呢?干吗不马上分手?"

"我不能。我怎么能跟父亲分开呢;而且,他要是听说我们分手,会一下子气死的。"

"你又不爱他,怎么能结婚呢?"

"别谈这个了。我不能嫁给他,嫁给他就毁了他的前途;他得娶一个阔太太,好实现他的计划,达到他要达到的目标。我不愿当他的绊脚石,所以……我不。"

"那你还是爱他喽?"

"不知道。我就知道,我有时候爱他,有时候恨他。可是我老是为他感到惋惜,惋惜极了,因为他很不幸。我预感到,他以后永远也不会幸福。"

"可是你们也不能老这么僵着呀。"

"唉,活着就是痛告,痛苦!一年以前,甚至今年春天,我还那么幸福呢。那种幸福哪儿去了,哪儿去了呢?"她痛心地埋怨着,听不进尼娜安慰的话,她凝望着窗外,凝望着白雪皑皑的世界,被工厂的烟弄得肮脏的世界。

光秃秃的树枝被风吹得摇摇曳曳,弯下了腰,发出悲哀的、凄凉的沙沙声,向窗口探着头,好像乞求拯救和怜悯似的。

"爱情究竟是什么呢?白头偕老,把两颗心永远联结在一起、融化在一起的爱情,究竟是什么呢?是梦幻,是迷雾,哪一股风都能吹散的迷雾……我到底是爱过他的!我当时觉得,我实在爱他;全心全意,把整个心灵都献给了爱情,我那种深情厚意,如今到哪儿去了?"

"就在你这一席诉苦之中。"尼娜轻轻地说。

"这种爱情又如何了呢?我看准了,他不爱我,因此我的爱情也就不复存在了。伟大爱情的存在和发展都靠背叛、流血竞争和遭受各种痛苦。不,我所理解的爱情不能是这样,我肯定不善于感受伟大的感情,真正的爱情。"她埋怨自己,只在自身上寻找恶的根源，只责备自己。

"是啊，世界上有各种各样充满痛苦的爱情；在一般的情况下，这样的爱情都会死亡。有变形虫式的爱情，它们必须依附在相爱的人身上，它们从那儿获得生命一天，才能存在一天。有的爱情，就是声音，必须呼唤，它才能存在，因为它自身是不存在的。但是你不用责备自己，因为你没有过错。"

她没有把话说完，特拉文斯基就进来了，站在那里，不想打断她们的谈话。

"今天晚上你在家吗？"

"我来告诉你，我马上得走。今天是星期六，库罗夫斯基家要开会。"

"总是听说你们开什么了不起的会。你们在那儿干什么？"

"喝点儿酒，谈谈话，什么都谈。这些晚间聚会，就是为了谈谈实际情况，没有偏见。由库罗夫斯基主持。"

"奇怪，你们愿意听别人谈论自己的话，说话是件容易事；反正谈自己的实际情况，不加偏见，是不会伤害自己的。"

"当然，互相谈实际情况，又都洗耳恭听，显得奇怪。"

"这只能证明，文明人光有工厂、利润和金钱还不够，还要隔段时间清醒清醒头脑，想点儿事情，就是幻想也行。"

"你说得对，因为就连凯斯勒也会到会的，就为了能够显露一下他那丑恶的灵魂，无缘无故把我们臭骂一顿。这是他独一无二的本事。恶习不改。"

"一个人拿自己的丑事和好事一起夸耀，是同样趣味横生的，只要别人承认就行。"

第十八章

在库罗夫斯基住的旅馆里,组成他们这个紧密小圈子的全部成员差不多都已经来了;他们坐在一张大圆桌周围,桌子上摆满了酒瓶和几个插着十几根蜡烛的银制烛台。

特拉文斯基是拉着卡罗尔一起来的,因为他半路上抓住了卡罗尔。

他们正碰上凯斯勒在发表气势汹汹的攻击人的讲话;他用沙哑的、充满憎恨的声音说:

"别说是一个,就是你们有十个工厂,也建立不了你们自己的工业。你们首先得学点儿文明,创造点儿工业文化,不然你们瞎费劲,就不能不让人笑话。我太了解你们了!你们都很有才华,因为欧洲的形形色色、名噪一时的赌棍和卖唱的有一半都是波兰人。你们既然有本事,手腕又灵,都是大名鼎鼎的老爷,那你们为什么不到摩纳哥去?为什么要错过尼斯、巴黎、意大利的赌博旺季?在那些地方你们会引起大轰动的,你们不是很喜欢别人佩服你们吗?你们不管干什么,都是为了让人佩服,在众人面前卖弄,让人用空洞的漂亮言辞赞美!你们的工作、贵族派头、艺术、文学、生活,都不过是连篇的废话,说得多少动听一点儿而已,都是给展览厅用的;要是没有展览厅,就给自己欣赏。你们在开张以前,就已经破产了。

你们都是拿一切东西调情的能手。我丝毫不抱成见，我可以说出我的观感，一系列纯粹解剖学的、基本的原则。你们是装成大人的黄口小儿。"

他打住了，喝了点儿库罗夫斯基献殷勤般地给他斟的酒。

"你说的话也有道理，也没有道理。猪要是了解鹰，姑且这么说吧，也会有同样的见识。猪要是用自己的脏臭、屎尿横流的圈，野蛮和粗暴、又蠢又残暴的力气，招人讨厌的哼哼声，光知道叭唧叭唧死吃的那点儿聪明——用这一切去比鹰的美丽、鹰对自由的渴求、飞向太阳的愿望、鹰的自豪感、对广阔天地的热爱，猪就会痛恨、蔑视鹰的。因此，你所说的话，绝不是什么综合，只不过是下等动物代表的恼羞成怒的哼哧而已。"库罗夫斯基回答，又给他添酒。

"不管是什么，对我都一样，因为我恨你们，讨厌你们。"

"把他赶出去。"梅什科夫斯基霍地站了起来，吼了一声。

"算啦算啦！他恨咱们，证明咱们有力量。"

凯斯勒已经什么也不说了，在座椅上伸伸懒腰，拿出一封又脏又皱的信来看了看，不怀好意地笑着。

"这个话题说完了，倒快。"卡罗尔提醒说。

"凯斯勒乱咬，咱们让他咬去；一咬就露出他那一嘴吃奶的牙。他那种见识，让他当大伙儿的笑柄吧！他以为他一臭骂咱们，一煽动种族蔑视和仇恨，咱们就都会绝望得趴下，要不就给吓得把什么都拱手让给智慧、勤劳、有文化而又高贵的德国人了。愚蠢！他哪里知道，一个民族要想生存、发展和取得胜利，就必须承受仇恨的鞭笞，受到想要撕碎他们的豺狼的包围，而不是被哼着太平和爱情的圣歌的天使包围。"

"毕达哥拉斯[1]说，世界是一个数；可是你呢，凯斯勒，你只是一个零，吓人的零，特殊的零。"梅什科夫斯基愤怒地嚷道。

"大家请喝酒。"莫雷茨劝酒，不动声色地一直听着。

他们一巡又一巡地喝着，抽着香烟，沉默了片刻。

特拉文斯基喜欢谈一些与话题毫不相干的散乱的想法和见解；于是他打破沉寂，开始用清晰的、像唱小曲儿一样的声音说：

"靠小心谨慎生活的人，作为一个大机器中运转良好的小齿轮的人，只能创造灰色的社会背景；对进步来说，这只是零，可是从保存'现状'[2]来说，这是个大数量；因此，在最好的情况下，这也只是文明的保存者，而不是创造者。"

"你是什么意思，你想要干什么；要个人崇拜吗？"维索茨基机敏地插进来说。

"我不过是要确认，优秀的个人能够引导世界前进，没有他们，世界恐怕只有黑夜，到处是一片混乱，人欲横流了。"

"可是这些人从何而来？从月亮上掉下来吗？还带着预备好的法律、进步、发明、创造的一览表，怎么？要不然，他们就是这一大群灰色的'保存者'、这个社会背景的产物？是这样吗？如果是这样，我的话完了。"他急不可耐地叫嚷，翘起胡子，拉开翻领，卷起袖子，准备进行更激烈的争论。

"你快说出最后的结论吧。"特拉文斯基随随便便地说。

"优秀的个人，照你所说的，引导世界，而艺术、科学、行动、

---

[1] 毕达哥拉斯（前570—前497），希腊唯心主义哲学家。
[2] 原文是拉丁文。

感情等等的天才,只不过是无意识的工具而已,他们的种族、民族或者国家把他们生出来,就是让他们成为它们的代言人。可是他们的伟大程度,是和环境的伟大程度成正比的。他们是凹透镜,在这么一块透镜里反射、聚集了自己民族的全部幻想、欲望和需要。因此,很难设想,在巴布亚人中间能够产生哥白尼,或者海纳-弗龙斯基[1]。"

"我要用同样的事实说服你,情况并非那样,天才不是自己民族的产物,而完全是别的东西。不过我首先要给你说一个关于天才的产生的古老神话故事:从前,很久很久以前,人类中间很糟糕,动物中间很糟糕,整个自然界很糟糕,山洞里很糟糕,荒地上很糟糕,水底下很糟糕,一切的一切都很糟糕。统治天地的是混沌之神和他的孩子们:忌妒、仇恨、暴力、饥饿和谋杀。当时所有的人同所有的人为敌,所以天下长时间回荡着呻吟声和痛苦声。有一天终于把在宇宙深处静养的印德拉神[2]从睡眠中惊醒了。他倾听了很久,看世界看得一清二楚,因而起了同情心,他的眼泪像滴滴雨水一样地在天空中流淌,有几滴泪珠溅落在大地上;从这些泪珠就产生了而且还在不断产生天才,他们引导着徘徊歧路的可怜的人类走向了光明,然后他们又回到印德拉神的怀抱中去。天才生于神的怜悯,他们是怜悯、光明、爱和对人类的拯救。"

"这个神话就像所有的神话一样,如果不美妙,就没有意义了。"维索茨基叫道。于是他们互相竭力说服对方,直到摆上晚饭

---

[1] 海纳-弗龙斯基·尤泽夫(1778—1853),波兰数学家和哲学家。
[2] 古代印度一位神的名字。

时也没停止；只不过现在声音低了点儿。因为库罗夫斯基十分活跃，加入了谈话，谈话也慢慢地变成一般性的闲聊了。

博罗维耶茨基无论怎么都活跃不起来，他的话很少，也不听别人的高谈阔论，但是酒喝得很多，同时不耐烦地瞥着这一伙人，因为他迫不及待地想跟库罗夫斯基单独谈谈。可是谁也没有要退席的意思，特别是现在，大家又开始喝黑咖啡了。库罗夫斯基的兴致也来了一点儿，他捋着已经发白、曲曲弯弯的胡须，眨着榛子色的眼睛；那双眼睛由于他说话越来越有劲，变得像老虎眼睛一样。在谈话中，他加进了一道一道虽然自相矛盾，却也不无道理的格言。

这里随便举几个例子：

"诚实常常乏味，那就要力戒。"

"不时干点儿缺德事，才能显得有德行。"

"谁渴望正义，只要花钱买，就能买到。"

"有神论者和无神论者区别何在？这只不过是愚蠢的两极而已。"

"恶棍有时候也要摸摸两肋，看看能不能长出天使的翅膀。"

"罗兹承认所有的告诫，除了一条：勿盗窃。"

"用真理检验文明社会代价最高，因此不必担心，真理永远不会成为现实。"

"我们听从法律并且尊重法律，因为法律靠刺刀支持。"

"我们的文明对于我们还处于野蛮状态的灵魂、对于我们还是原始的本能来说，过于伟大。我们穿上文明的外衣，有如侏儒穿上巨人的衣服。"

"我们所知的一切，可以比拟为在永恒的黑暗中闪光的火柴。"

"谁要是献身于一种思想，那大可不必以此夸耀自己，因为他贡献给这种思想的东西必定不多。"

"人无所谓好坏，只有愚蠢与聪明之分。"

凯斯勒再也不能老老实实听下去了，于是他不以为然地耸耸肩膀，嚷道：

"你们跟小孩一样，就会玩空话的气球解闷。我回家了。"

"我也是这么看。"库罗夫斯基一语双关地说。

凯斯勒留了下来。

话题转到了文学，是梅什科夫斯基谈起来的；因为博罗维耶茨基嘲笑文学迷，梅什科夫斯基便告诉他说：

"起头是歌曲，结尾还是歌曲，文学不是精梳棉纱纺织教科书。到此为止吧！"

他站了起来，神色奇异地瞧瞧在座的人，好像有点儿惋惜似的，说：

"跟我喝一杯送别酒吧，明天我到澳大利亚去。"

大家哈哈大笑，喝了一杯，可是他严肃地重复道：

"你们别笑，我说的是实话，明天晚上我就永远离开罗兹了。"

"到哪儿去？为什么？"问题接二连三地来了。

"见见世面去，到哪儿算哪儿。为什么？为了远远地离开欧洲，离开工厂文明。这个臭水坑，我已经腻了，我在这儿憋死了，沉到底了，要死了。再过两年，我非得烂死不可，可是我还想活下去，所以要走。我要重新开始生活，像人一样地活下去。"

"可是为什么呀？究竟为什么？"他们都大惑不解，为他这个异乎寻常的决定激动起来。

"究竟为什么？因为我腻了，我讨厌法律、风俗、各种关系、各种机构的无恶不作,讨厌老流氓一样的欧洲,各种虚情假意、五花八门的什么原则。这些东西控制了我,使我永远不自在——我讨厌一切,一切都太使我痛苦,我再也忍不下去了。"

"可是在别的什么地方你就能轻快点儿吗?"

"那就得再看了。诸位保重,再见!"

大家跟他话别,可是又都挽留他,因为大家都喜欢他——虽然他有点儿阴阳怪气——还是十分器重他。

库罗夫斯基什么也没说,只是用眼睛打量了他一阵,后来和他吻别时低声说:

"你做得对。我要不是公务缠身,得干到底,干到最后一口气,我就跟你去。你什么时候用钱,就来信。"

"嘿,见鬼,我会搞到大笔资本的,因为我的双手和大脑都很好。我走,不是为了去玩女人,去寻欢作乐;我走,是为了自由自在地生活。你们如果愿意,以后就偶尔想想我;请你们记住,不要为了发财不要命,别把自己变成拉车的牲口,不要变成机器,别因为工作过度把身体搞垮。"

他吻了大家,吻库罗夫斯基用的劲儿最大,为了掩饰内心的激动,他开着玩笑走了。

"哼,疯子!"凯斯勒轻蔑地哼了一声,也立即跟莫雷茨和维索茨基一起走了。

只剩下了库罗夫斯基和博罗维耶茨基。

库罗夫斯基双目迷离地望着远方什么地方,压抑不住因为伙伴上路的满怀惜别之情。

"我只占用你一小会儿的时间。"博罗维耶茨基说。

"请坐吧,到天亮还有不少时间呢。"他指着窗户,指着透过沾满水汽的窗口闪现的熹微晨光说道。

卡罗尔长时间述说着他的工厂、公司现状,摆脱过多合伙的人的重要性,又谈到了别人对他施展的阴谋诡计,最后建议库罗夫斯基入股。

库罗夫斯基沉思了半晌,又盘问了细节,这才说:

"好吧,可是有一个条件。我是有言在先,这是个重要的条件,而且……也许有点儿奇怪。"

"你说吧。"

"也许你不喜欢,可是……请你顺顺当当地接受,像买卖人这样。"

"我等着哪,说嘛!"

"别娶安卡!"

博罗维耶茨基跳了起来,脸上顿时绯红;这是一种突如其来,令人昏眩的欢乐造成的红晕。他心里痒痒得想搂住对方的脖子,可是他火速控制住了自己,迅速做出了严肃的表情,拿起了帽子。

"我不是说了吗,请你顺顺当当地接受,像买卖人那样。不过,我们谈谈心里话,用不着互相欺骗,咱俩都互相很了解。"

"好,说说心里话。"

"我悄悄地跟你合伙,你可以摆脱债务,甩开现在的股东们;可是作为报答,你得对安卡小姐说句干脆的话;你爱跟谁结婚都由你,比方说跟玛达·米勒吧。"

"你呢,跟安卡?"

"这是我的事,以后的事,只要你给她一句话。你也别再折磨她了。这种处境会要了她的命的,她自己不说罢了。"

"这句话我早就想说了,可是我考虑来考虑去,因为我担心,她那么敏感,而且,而且……"

"而且,我觉得她不爱你,所以你宽待她。"

"有点儿这样。"他说。库罗夫斯基的话最痛苦地触动了他。

"哎,你不是也不爱她吗!"

"这里,我也得说,这是我的事。我只能告诉你,只要不跟她断,我就是她的未婚夫,并且很快就娶她。真奇怪,你怎么能够提出这样的建议。"说着他竟然恼怒起来,真是出人意料。

"你的话很对,也许我的脑筋不清楚了,没说清楚。"

"再见。"

库罗夫斯基和他握了手,望着他的背影,感到惋惜。他旋即按了铃,吩咐马上备车回家。

"可怜的安卡!"他喃喃说了一声。

第十九章

"我先去厂里一会儿,再跟你们一块儿去;现在我还不怎么想回家。"凯斯勒和莫雷茨在跟维索茨基分别时,对莫雷茨说。

"到我那儿去喝杯茶,怎么样?"

"好吧。我有点儿事,又不知道是什么事!"凯斯勒神经质地颤抖了一下,轻声说。

他们沿着空荡的、好像是死灭的街道慢慢地走。白雪盖住了屋顶、街心和人行道,但只有薄薄的凝冻的一层。灰蒙蒙的雾气,渗透着阴沉而寒冷的晨光,给城市披上了一层凄凉愁闷的气氛。路灯已经熄灭,一切都变成模糊一片、混沌不清;什么地方偶尔有一线灯光闪烁一下,旋即就熄灭了。

"你非得回工厂去吗?"

"非得去,各个车间都有夜班。"凯斯勒说。

"我说句话你别介意:我要是你,我就不去查看马利诺夫斯基干活;他那张脸好像链子拴着憋得暴跳如雷的狗脸一样。"

"那个蠢货,他女儿一年差不多花我五千卢布,可是他还冲我嘀嘀咕咕的。"

"他在西伯利亚待过。"莫雷茨小声说。

"是个城府很深的人。我得去见他,因为他给我写了封信,我得亲自给他个回答。"

他恶狠狠地冷笑了一下。

"卓希卡的事吗?"

"对。"

"你至少得带把手枪吧?"

"对那条波兰狗,一只脚就够了;他要是汪汪,就把他踩扁。不瞒你说,他不会汪汪的,他只想捞女儿一笔肥肥的赔偿费。我处理这种事,不是第一次了。"他以嘲弄的口气说,可内心却感到一种奇怪的战栗;倒不是惧怕,他从来天不怕地不怕,而是因为某种不可名状的忧虑和厌倦。

他眺望着铅色的天空,眺望着像是死亡了的房屋的铅灰色围墙,倾听着笼罩这座沉睡城市的万籁俱寂中令人不安的动静。

他到了工厂的院里。工厂的全部机器都在隆隆响着,院子里泻满了电灯的道道光芒,到处都有人走动;到了这儿,他才觉得精神为之一爽。

"请你等一会儿,我说句话就出来。"

他迈步走进了几乎是漆黑一片的机房。因为那儿只有一盏小灯,照着几个大活塞和大轮子的下半部。巨大的轮子一如既往地像疯狂的大兵团一样旋转着,唱着显示力量的粗野的歌,闪烁着巨大的钢铁轮辐,令人望而生畏。

"马利诺夫斯基!"他在门口喊了一声,可是机器的钢铁轰鸣声淹没了他的呼叫。

马利诺夫斯基穿着长工作服,手里拿着机油和小刷子,正猫着腰在机器周围转,察看这个魔鬼般的怪物;他完全淹没在呼号咆哮声中，就像在汹涌的大海中心一样，他只是用眼睛打量着魔鬼的运动；这魔鬼如痴如狂地来回奔跑，发出雷霆般的轰鸣，震撼着墙壁，使机房里充满恐怖。

"马利诺夫斯基！"凯斯勒对着他的耳朵又尖叫一声。

马利诺夫斯基听见了，走近几步，放下了机油和小灯，镇静地瞧着他，在工作服上擦了擦手。

"你给我写信了？"凯斯勒威风凛凛地问道。

他点了点头。

"你要怎么样？"他粗鲁地追问，因为马利诺夫斯基那若无其事的神情使他感到憋气。

"你跟卓希卡干了什么事？"他俯身低声问他。

"哎哎，你到底要怎么样？"他又问了一句，却身不由己地退到门口去了。

马利诺夫斯基挡住了他的去路，低声地，然而十分镇静地说：

"没什么……我只不过要替她跟你算账……"

他的眼睛里冒出一种逼人的、铁青色的目光，像活塞一样的两只有力气的手攥紧拳头，表示威吓地向前伸出。

"滚开，不然我砸烂你的脑袋。"

他打了一个寒噤，看到了马利诺夫斯基眼里对他做出的死刑判决。

"你敢，你敢！……"马利诺夫斯基阴森森地嘟囔了一句。

两个人挨得近了，片刻之间互相对视，像憋着劲头儿要互相猛扑的两只老虎一样。

他们的眼睛闪出凶光，仿佛大轮子钢辐从幽暗中发出冷光那样。

那机器魔鬼，宛如被束缚在昏暗、光点、闪亮之网中的蟒蛇，狂暴地号叫着，奔驰着，似乎要从四面震得发抖的厚墙中间逃跑。

"滚开！"凯斯勒吼了一声，同时用戴了关节保护套的手冲马利诺夫斯基猛击一下，使马利诺夫斯基打了个趔趄，退到了墙脚下，但他没有倒下，却像闪电一样伸直了腰，反扑到凯斯勒身上，两只铁手扼住了他的脖子，迅猛一推把他摔在对面的墙上。

"你……这个混蛋……"他臭骂着他，把他掐得更紧了，直到凯斯勒嘴里冒出血沫子，有气无力地哼出声来：

"放开……放开……"

"我非送你回老家不可，你把我的……我的……我的……"他慢慢地叨念，却不由自主地松了松手指头。这时候凯斯勒清醒过来了，拼命地向前使一下狠劲，两个人都摔倒在地上。

马利诺夫斯基没有松手，他们互相拦腰缠在一起，像两只熊一样滚着，发出震耳的叫骂声，头撞在沥青上，碰在墙上和机器的围栏上，膝盖磨着地面，互相咬着脸和肩膀，由于剧痛和愤怒而吼叫着。

仇恨和杀死对方的欲望夺去了他们的理智，他们像一堆妖怪一样翻滚，一会儿歪斜，一会儿起来，一会儿倒下，扭动着，弹跳着，粗声粗气地咆哮着，血流满面，越打越凶，这场殊死的搏斗就在轰鸣震耳的机器旁边进行，就在那个时时刻刻都有可能用钢铁獠牙把他们咬住的大轮子底下进行。

他们扭打了片刻，马利诺夫斯基占了上风，使劲一按，把对手的肋骨折断了几根，压塌了胸腔；就在此刻，凯斯勒也用牙齿咬住了对手的脖子。

他们两个人同时站了起来，打了个圈子，发出令人毛骨悚然的号叫，跌倒在活塞轴和急速旋转的轮辐上；那大轮子立即把他们拉住，卷起，带到屋顶上，眨眼之间撕成了碎片。

虽然他们最后的号叫声还在颤抖的墙壁间回响，人却已经化为乌有，只有躯体的碎片在魔鬼般的大轮子的轨道上飞旋，被抛到墙壁上，在鲜血染红的活塞轴上前后摆动，在大轮子上飘荡；而那鲜血淋淋、硕大无朋、有如恶魔的大轮子却依然在疯狂地旋转，因为力量受到抑止而愤怒地咆哮不止。

给马利诺夫斯基送葬的只有阿达姆的几个熟人和朋友，因为那天天气很坏，不时地下一阵夹着雪花的阴雨，从低悬在大地上的铅黑色的浓重乌云中刮来一阵冰凌一样的刺骨寒风。

阿达姆陪伴着哭得脸发肿、死去活来的母亲；跟在他们后面的是亚斯库尔斯基一家人，一大群大一点儿的孩子和几家街坊。

他们排成一字行列穿过街心，跳过一些坑坑洼洼的地方，当踩在偶尔横在前面的浅水洼子里时，便把一股股泥水溅在周围。

送葬行列缓慢地走过皮奥特科夫斯卡大街，不时地受到装满货物的大车和私人马车的阻碍；黑压压的人群，满身泥水，在人行道上奔走；屋顶上滴下一串串水珠，溅在人行道上，溅在风中抖颤的雨伞上；湿漉漉的雪片给一队送葬人的肩膀和棺木盖上了越来越厚的白白的一层。

走人行道的是布卢门费尔德、舒尔茨和他们的乐队，乐队殿后的是斯塔赫·维尔切克和一个年轻人；维尔切克还在和他没完没了地谈他的买卖事。

霍恩也跟在送葬行列之后，阴沉沉的目光扫视着所有的行人。

他在寻找卓希卡,可是没找到她;谁也不知道凯斯勒死后她到哪儿去了。

到了城外之后,立即又有十几个女工加入了送葬行列,她们拖长声调唱起一支催人泪下的歌曲;光是她们自己唱,因为没有神父。他们把马利诺夫斯基当成自杀者和杀人犯去埋葬,冷冷清清;也许正因为如此,所有的人脸上才笼罩着一层深沉的痛苦和悲哀。

然而,他们离城越远,就有越多的人从各个路口、小巷中加入队伍;这些人只是干活已经累得气喘吁吁,浑身污秽,冻得发青,但他们还是排成密集的队伍团团围住了死去的同志,像一支威风凛凛的大军一样行进。

葬歌悲哀地回荡,冷风把歌声传扬,雨雪抽打着它,刺骨严寒把它冻得发僵。

在通往墓园的人行道上,光秃秃的树木在旋风推挤下呻吟着,而歌声又像充满怨言和无限悲痛的呜咽声一样四处传扬。

在盖满腐败落叶和到处都是夹着雪的水洼子的墓园里,有许多挺立的墓碑;光秃秃的树木中野风飕飕。送葬行列急促地穿过了墓园,转入"无名氏"墓区;这儿,在干枯的毛茛花和苦菜花中间,已经兀立着十几座坟墓。

棺木放入了墓穴,铲下去的冻硬的黄土落在棺木上咚咚作响,哭声和叫声像暴风雨般迸发了出来,和围在坟墓四周的工人们的响亮祈祷声此起彼伏,交织在一起。

风蓦地停息了,树木屏住气息伫立着,天空变得更加昏暗,鹅毛大雪像千千万万白色蝴蝶一样从满天愁云中飘飞而下,把所有的坟墓和人都染成白色,用同一张清冷的尸布遮盖了一切。

透过漫天大雪，从罗兹传来工厂低沉的汽笛声：晚祷时刻到了。

"卓希卡现在怎么样了？"回到城里以后，布卢门费尔德问维尔切克。

"她准得上街。一听说凯斯勒死了，她就大发脾气，骂她爸爸，说因为她爸爸这一招儿她还得再找情人。可是听说威廉·米勒早就勾搭上她了。"

"维尔切克，你干什么呢？"霍恩走上前来问道。

"买卖事。我放走了格罗斯吕克；煤炭，我搞腻了。"

"这么说你把地皮卖给格林斯潘了？"

"卖了。"他含含糊糊低声说，咬紧牙关，好像是伤口受到了触动一样。

"怎么，他骗了你？"

"骗了，骗啦。"他咬着牙痛痛快快地唠叨着，"卖了四万，赚了三万八千五，可是他骗了我！到死我也不能宽恕他！"他竖起皮领子，好掩盖住气得走了样的脸，也挡挡雪，因为雪片直打眼睛，越下越密了。

"我不明白，你既然赚了这么一大笔，还谈得上什么受骗不受骗呢？"

"是这么回事。你知道，我跟他签订合同以后，拿到了钱。这时候，这个混球、这个狗娘养的，又向我伸出一只手来，冲我表示感谢，说我心好。还说我实在精明，漫天要价才要了四万卢布！……他哈哈大笑起来，说，他原来是下决心给五万的，因为那块地皮他绝对需要！请你想一想，我竟掉在他的陷坑里，现在招人笑话！"

他闭住了嘴，向后退了半步，以便消一消快把他呛死的那股气势汹汹却又软弱无力的怒火。

现在压在他心上的不是钱的事,而是那股恶气,他受不了。他被人骗了,这么个不足挂齿的格林斯潘,竟欺骗了他;而他,维尔切克,竟被人拉入陷阱。他的自尊心受到了无法表述的痛苦的打击。

他沉着脸告别了同伴,因为他在这个时候谁也不想见。然后他坐上马车,回到了住所。他还住在原来的小房子里,因为他说定是要住到春天的。

屋里又冷又潮又空荡,好容易挨到晚上,他才缓步来到现在常去吃饭的"侨民之家",因为他需要和所谓的同业结交更密切的关系。

可是平时总是笑声不断的"侨民之家",今天所有的人都哭丧着脸。卡玛隔一会儿哭一阵,跑到小客厅里去,因为阿达姆·马利诺夫斯基的样子震动了她的内心。阿达姆把母亲送到了家,把她安顿在家里人中间,然后自己在罗兹漫无目标地转悠了几个钟头,最后才又冷又伤心地来到"侨民之家",照例来喝茶。他想,到了一群好人中间,心情可能好些。

他坐在桌子旁边,凝望着远处什么地方。他的一对绿眼睛变得阴沉起来,似乎反映出了锁在脑海中的、他最后见到父亲时的景象;这景象老是出现在他的眼前。

他什么也没有说,可是深深地体会到了许多对他深表同情的人的心意,感觉到了许多真诚的目光,周围的低声细语,在此聚会的人现在奇怪的情绪,和卡玛不断的痛哭声。他再也忍不住了,没跟别人打招呼,便三两步跑进门厅,发出一阵痉挛的哭泣。

霍恩和维尔切克也急忙跟了出去,劝慰了几句,把他送到了家;

不一会儿,所有的朋友也都来了。

大家沉默了很久,还是布卢门费尔德首先用提琴极轻地拉起肖邦的夜曲,拉了很长时间,全神贯注;阿达姆听了音乐,稍微平静了些。

后来,达维德·哈尔佩恩到了,极为亲切地安慰着他,对他十分虔诚地讲述了主持公道的善良的上帝。

大家都相当专心地听着,只有维尔切克例外。他悄悄地走了,谁也没有留意。两个星期以来,对于格林斯潘的切齿痛恨一直在啮咬他的心。

他整天整天在罗兹城里瞎逛,一心想着出什么点子来给这个工厂主设个陷阱。

他发誓要报复他,挖空心思想着办法。他甚至考虑采用人身报复方法,比如痛揍他一顿,或者把他打死。不行,那么办太蠢,他想要坑害他,让他伤财。

所以他费了几个星期时间估量、深入了解格罗斯曼工厂失火的细节,他觉得要想咬住格林斯潘的要害,这倒是一计。

他了解得已经十有八九,但是与此同时,他一时心血来潮,下决心向博罗维耶茨基透露格罗斯吕克的阴谋,和莫雷茨夺取工厂的诡计。

有一天,他精心打扮了一番,去访问阿达姆先生和安卡,心想在那儿可以遇见卡罗尔。安卡很热情地接待了他,因为她回忆起库鲁夫。她立即把他带到阿达姆先生那儿去了。

"斯塔赫!你好吗,啊?你来了,真好,好啊……"阿达姆先生嗫嚅着,向他伸出了一只手。维尔切克不由自主地像以往那样吻了一下他的手，接着便谈论起库鲁夫来，因为不久前他去过那儿。于是安卡也凑近了些，聚精会神地听着。

"嗯，你现在怎么样啊？"阿达姆先生最后问。

"挺好，不错，和以前一样。"他随便地回答，又不以为然地谈到了那四万卢布，想激起他们的羡慕之情。

"嘿，你瞧！上帝保佑啦，我的斯塔赫，当你的百万富翁吧，可是不能办缺德事。"

维尔切克得意扬扬地笑了一下，便开始从头到尾地描述他的种种计划和打算，嘴里挂着五万、十万的大笔数字，然后又东拉西扯地谈论他和各位富豪的关系，粗线条地勾勒他的前途；可是这样表演未免显得可笑，因为渲染得太过分了。

安卡鄙夷地笑了一下，可是阿达姆先生的确感到惊异了，大声说：

"嘿，这世界上的事就是怪透了呀！你还记得吧，我的斯塔赫，你放牛的年月？还有西蒙神父的大烟袋，啊？……"

"哪儿能忘呢……"他嘟囔了一句，涨红了脸，因为安卡怪模怪样地直瞅他。

这件旧事破坏了他的好情绪，于是他马上站了起来，问起卡罗尔。

"博罗维耶茨基出门了，昨天到柏林去了，过几天才能回来。"安卡一面说，一面给他倒茶。

"你告诉我，那个犹太人老太婆怎么样了，你吃到了她的肉包子吗？"阿达姆旧事重提，毫不客气地盘问。

可是维尔切克拉长了脸，只字不答，急急忙忙喝完茶，走了。

这老头子和整个世界都使他十分恼火。

"哼,小时候的事,成了他们手里的子弹!"他咕哝了一句。

阿达姆先生跟安卡絮絮叨叨地谈论着他,怎么也弄不明白,世道是怎么变化的,比如说,这么一个人,以前给他们放牲口,还挨过他的好打,今天居然有钱又有势,到家里来大摇大摆,跟他们平起平坐。

阿达姆先生是民主主义者,可是想不通这个道理,适应不了这种平等。最后他说:

"他们暴发得太厉害!要是贵族,那上帝也会喜欢的,可是依我看,像他们这样的人,只有魔鬼喜欢。你看这话对不对,安卡?……"

第二十章

博罗维耶茨基到了柏林。

他先去见露茜,因为她老给他来电报,威胁说他要是不去哪怕待几个钟头,她就要自杀。

他这次出游,甚至感到欣喜;他心想,到底可以离开工厂休息几天了;工厂全部车间都已开工。

工作和层出不穷的麻烦弄得他极为劳累,疲惫不堪。

他跟露茜每天见两次面。会见之对于他,无异于一种折磨,而且,因为露茜越变越丑,更是令人恶心;他一瞧她那变得粗壮的身材,心里就厌烦已极,亲吻起她那布满了黄麻子点儿的肿脸来,就感到快把人腻味死了。

她很快就感觉到了她给他造成的是什么印象,于是每次会面她都哭闹着激烈谴责他,到头来不欢而散。

他俩在互相往死里折磨。

她爱他还像往日那么强烈,可是她已经不是往日那个温柔的、火热的情人;原来那个充满自然丰韵、天真无邪、大胆得令人感动的露茜,那个美丽的露茜,罗兹的倾国倾城,已不复存在;她骤然变成了一个平庸的、毫无特色的、小镇子上的那种没有教养、没有文化的犹太女人,动不动就叫唤,又傲慢又愚蠢。

因为怀孕，她已面目皆非；她那个种族的各种特征，都如数显露出来了。

卡罗尔发觉了这些变化，暗暗吃惊，可是对她又感到内疚，所以便尽可能地压下心里越来越大的烦厌，对于她的反复无常和动辄哭闹只好逆来顺受。

他们每天见面，她都滔滔不绝地唠叨，说是他造成了她的不幸，三番五次津津有味地提及他和她的那块肉，那个快要呱呱落地的孩子，那是他的孩子；同时老以她天天担心死去的话来折磨他，话一说完就扑到他的怀里，享受着激动人心的幸福。

几天以后，他离开了她；虽然还没有回去，可是他已经缺乏力量和耐心了。

他还在柏林，这才真正地得到了休息，白天黑夜沉溺在空洞的、毫无意义的吃喝玩乐之中。

有一天，他在清晨方才回来，一直睡到午后很晚的时候，电报局的邮差把他从睡梦中叫醒。

他睡眼惺忪，读了一遍电文：

速归！工厂失火。莫雷茨。

他从床上跳了下来，急忙穿好衣服，拿起早已冷却的茶慢慢地喝，通过窗口望了望街道对面。过了好一会儿，他才发觉攥紧的手掌里拿着一张纸，于是把它展平，又念了一遍。

"工厂失火了！"他疯狂地、可怕地大叫了一声，跳到走廊里去，好像要去救火。到了电梯旁边，他才清醒过来，控制住了自己。

他定好了专车。心里七上八下，极度不安，在火车站旁边的一家小餐馆里等车。

他喝了什么,做了什么,说了什么,一点儿也不知道,因为他的全部心思都在那儿,在大火熊熊的工厂上。

有人通知他说车已备好,他才明白,于是上了车;别人问他话时,他也明白,可是他回答不上来,因为不知为什么他的脑子里总是一片惊叫声:工厂失火了!

仅仅由一节客车、一节联络车厢和机车组成的列车,片刻之后像着了鞭的骏马似的开动起来,凭着蒸汽的力量飞进了大雪茫茫的原野。

在火车暂停的一个车站上,他给莫雷茨打了电报,请求他电告火灾情况。

火车继续奔驰。

车站、城市、山丘、河流、森林都像在万花筒中一样闪烁跳动,像影子、像幻景一样逝去,在漫无边际的黑夜中消遁。

火车几乎在哪儿也没有停,像一匹睁着血红眼睛的野兽一样,疯狂地向前奔驰,喷出夹着金星的云雾,活塞唱出强劲的歌,在铁轨上愤怒滚动的车轮轰隆作响,冲破黑暗一直地、一直地飞奔……

博罗维耶茨基的脸挤在车厢玻璃窗上,一直站着,凝望着漆黑的夜,望着向后奔驰、颤抖不停的万物形影,望着向后急速退去的茫茫雪原。

他什么也没有看见,只是时时看看表。

在亚历山大罗沃,有一封电报等着他。

火在蔓延!

他换上等着他的特别快车,继续奔驰。

已是深夜。

他遮住灯光，躺下，可是睡不着，因为在他的脑袋里，在整个身躯上，都翻滚着令人惊恐的浓雾；尤其使人痛苦的是，他捕捉不到它们的轮廓，无法记住；浓雾在扩展，不可捉摸，可是又在不断地、使人难以忍受地抖动着，充塞了他的整个身心。

他突然跳了起来，拉开灯罩，集中全部注意力，在账目中计算自己的债权和债务。可是还没算完，他就由于认识到自己资产的状况而惊慌地退缩了。

保险公司只能够偿还债务、股东们的资本，以及安卡的钱；他自己的资本，他自己的辛劳，以及未来开工的车间，在这笔账里，他都找不到。

他不愿意想这些事，可是他越想把它忘掉，这些故意跟他作对的数字就越活灵活现地从脑海深处爬出来，在他的发愁的视网膜上闪耀不停。

"可怎么办啊？"他只是这样反复唠叨，因为他已经不能思考问题，不能形成一个完整的概念，他脑子里的一切都已塌陷，充满了极度的焦躁不安。

他凝望着车厢外的黑夜，咒骂火车走得太慢，因为他那急切的想象跑得要快一千倍，早已到了罗兹，已经看见了大火的光亮，已经看见了熊熊的火焰正在吞噬他的劳动成果，已经听见了坠落木梁的嘎嘎声和轰鸣声；他的灵魂里充满了火焰，火正在焚烧着他。

他离开座位，在车厢里踱着，时时碰在车厢壁上，觉得自己酩酊大醉；于是又长时间躺着，凝望着灯光，觉得自己和车厢已化为一体，随着车厢一起奔驰，和它一起奔腾，在自己身上感觉到了车轮在飞旋、机车在呼啸，在全速开动，享受到了在空旷的寒冷大地和深夜中忘我飞奔的巨大的、野性的畅快。

时间过得很慢，慢得出奇，慢得可怕。

他打开窗户，把头伸出去，对着深夜的刺骨冷风。

从盖满大雪的田野上飞卷而来的冷风令人窒息，打在他发烫的脸上；那漆黑一片、雪花闪耀的空间给他的心头添上了一层凄凉和悲哀。

火车轰隆轰隆地奔驰，有如闪电。沉睡的小站，埋在大雪中的小村庄，被雾压弯了枝条的林莽，像在黑暗的大海中浮游的发光小碗一样的串串护路灯，都疯狂地、急促地向后逃遁，好像惧怕魔鬼一样。

继续燃烧！

他在斯基耶尔涅维策接到的第三封电报说。

他把电报撕得粉碎，扔在地上。

他"咕嘟咕嘟"喝了一瓶子白兰地，可是镇静不下来，也没忘记自己的处境。

他又继续前进，几乎是对着机车祈祷，乞求它走得快点儿。

他觉得自己病了，心里乱糟糟的，站都站不稳了。他的心脏阵阵疼痛，浑身肌肉酸痛，每个想法都像烧红的刀刃一样戳着大脑。他不觉得疲倦，从一个窗口走到另一个窗口，在每一个座位坐下，又立即站起来，跑着去张望寒冷的冬夜、灰黑的空间；他想一眼看穿，可是办不到。

他的心怦怦地跳，他急着张望疯狂飞掠过去的车站站名，好像凭预感要把这些名称从黑暗中捕获似的。

可是，惊惶不安的痛苦依然在持续着，没有中断，它那无数纤细的小爪子在搔动全部神经，全部神经中枢，越搔越疼。

他疲惫已极，打了个瞌睡，却又突然醒来，吓得全身淌汗，更强烈地感到自己软弱无力。

他疲倦得实在支持不下去了，脑子里越来越模糊，不知道自己在什么地方，出了什么事。好像在睡梦中发觉了冬日灰白的晨曦，它在车窗前已经露出铁青色的面容，昏昏沉沉地在雪地上缓步，从田野上驱散黑暗，揭示出树林的轮廓，照亮了正在苏醒的村落，卷起从东方急促涌来的大团大团肮脏的乌云，然后又用一块巨大的灰色布块把自己裹了起来，从中抖落白雪；大雪越下越密，片片鹅毛一般，覆盖了一切。

在科卢什基，已经没有电报。

可是他已经熬过了困倦，洗了把脸，镇住了几近错乱的神经。

他的体力稍许恢复了一点儿，勉强恢复了表面的平静和逻辑思维，但是他不能，他不能克制住焦急和不安的情绪；这样的情绪随着火车接近罗兹，无限地增长起来了。

痛苦的思索越来越厉害地折磨着他。

多年的辛劳，全部的希望，全部的努力，全部的心愿，整个的前途——他看到了这一切都在团团黑烟之中化为乌有。

痛苦撕扯得他越厉害，他越觉得自己颓唐无力，就越加诅咒狠毒的、使他切齿痛恨的命运。

雪越下越大，尽管早已是春天，依然什么也看不见。

火车疯狂地飞奔，好像是从弥漫世界的条条白纱带中间钻了过去。博罗维耶茨基从车窗口探出身子，以枯干的嘴唇吸吮着刀割般的冷风,透过大雪的帷幕辨别着一家一家工厂的轮廓,心急如焚,全身颤抖,为了不因痛苦而吼叫出声,他直咬手指头。

机车似乎在分担他的痛楚,好像恶魔附体般地奔腾,跑得气喘吁吁,痉挛般地向前冲去,因为费力气而嘶叫;活塞咚咚直响,吐出大团大团的浓烟,有如盖满大雪的巨大爬虫一样,一鼓作气、不顾一切地飞奔,好像要长驱直入奔到永恒的境界中去。

第二十一章

过了中午,安卡一如既往地在这个钟点坐在阿达姆先生身旁守着。阿达姆先生今天比平时更加烦躁,更加不安。他三番五次地问起卡罗尔,一再抱怨这里使他感到憋闷,心脏痛得厉害。

这一天阴霾满天,飞过几次雪花,傍晚时候雪停了,可是风却刮得紧了起来,把雪打在窗户上,拼命摇晃着花园里的树木,又呼啸着掠过病人休养室窗户对面的露台。

暮色降临的时候风已经完全息了,外面变得寂静异常,只听得工厂的轰鸣声越来越响。

"卡罗尔什么时候来?"阿达姆又用微弱的声音问。

"不知道。"安卡在屋里踱着回答,同时眺望着窗外。

她感到莫名其妙的疲倦,又加上了某种无法表述的百无聊赖,和与笼罩着罗兹的这灰暗、肮脏的夜晚同时到来的悲哀。

几个星期她都没出屋子,一直守着阿达姆先生,焦躁地、越来越感觉痛苦地期待着某种解脱。

这时候,她在弥漫着种种药味的这间半昏暗的屋子里迈着步子,突然觉得,她是命该如此;这种期待的痛苦似乎永远没有尽头了。

她甚至对这种劫数不再反抗,对于命运的安排逆来顺受,心灰意懒,陷入了最深沉的痛苦、听天由命的痛苦之中。

阿达姆先生开始轻声地做晚祷。今天她没怎么跟他说话，因为她已经完全麻木，听而不闻，只是呆呆地凝望着窗外盖满白雪的花园和工厂的石围墙。

有一个人从工厂栅栏里跑出来，用尽全力急速奔到了露台上，在高声喊着什么。

安卡马上跑着迎了出去。

"着火啦！"索哈吼叫道。

"在哪儿？"

她赶紧关上通往前屋的门，怕父亲听见。

"工厂里。三楼烘干室着火啦！……"

她没多问，受着本能的驱使，跑到了工厂，在栅栏外面马上就望见了从三层楼窗口里喷射出来的红色火舌。

厂院里是一片无法形容的混乱，人们像精神失常了似的呼叫着，从车间里窜逃出来，窗玻璃噼里啪啦地连续碎裂，夹着火舌的黑烟舔着窗框，窜上了楼顶。

"爸爸！"她突然想起父亲，吓得惊叫一声，回到家里。

可是，现在，在露台上也能听见呼喊声，火苗已经从楼顶上冒出来，正对着她家窗户。

"那边儿怎么了，安卡？"老人惶恐不安地问。

"没什么……没什么……大概特拉文斯基那儿出了什么事。"她急忙回答。她亲自点起了灯，双手哆哆嗦嗦地拉下窗帘。

"小姐……上帝哟……不得了啦……"女仆嚷着跑了进来。

"轻点儿……"她断然喝了一声，"点上灯，这儿太黑了……"

"不得了啦！着火了……"

"知道……好了……去吧……有事我叫你……"

火灾引起的嗡嗡声和人们的呼叫杂沓声越来越大、越来越猛,已经透过门、窗开始钻进屋里来了。

"上帝啊!上帝!……"她束手无策地低声自语,不知道该怎么办才能压低这喧嚣声,别让阿达姆先生听见。

"安卡,请马克斯先生来喝茶。"

"好吧。我就给他写信。"

她跑到书桌前,推开椅子,乒乒乓乓地拉抽屉,把一个花瓶碰到地上,又把一夹子纸掉在地上,捡纸的时候带翻了几把椅子,又找墨水,咚咚咚地使劲跳来蹦去,啪啪啪地直摔门。

"你今天要干什么?"老人咕哝一声。他心神不宁地注意倾听着,虽然有点儿聋,却捕捉到了越来越往屋里灌的含糊而奇怪的呼叫声。

"我太笨手笨脚……太笨了……连卡罗尔也看出来了!……"她辩解说,无缘无故地笑了半响。

她跑进了另一个房间,好从窗口远望工厂。

一声惊叫从她的胸口里迸发出来,不知不觉,因为她瞧见了波涛般的大火,在工厂上方越烧越高、越广、越可怕。

"出了什么事?"病人问,他听见了。

"没什么……没什么……我在门上碰了一下……"她一面小声说,一面抱住头,好掩饰惊恐的神情,稍微镇静一下。

她像害了热病一样,浑身颤抖起来,五脏翻滚,站也站不住了。

传来了沙哑的号声,救火队风驰电掣地穿过街道。

"安卡,这是什么?"

"几辆马车,走得太快……"她胡乱回答。

"我听着好像是什么音乐?"

"雪橇的铃响呢!……铃响!……我给您念点儿书听听吧,好吗?"

阿达姆先生点了点头。

她压住了心头的强烈不安,以超人的毅力控制住自己,开始念起来。

她念得声音很大。

"我听见啦……听得见……"阿达姆先生不耐烦地咕哝说。

她不断地唠叨,继续念了下去。她不知道念的是什么,一个字也不懂,一个字母也看不见,烧得火辣辣的大脑不过是在编造故事。她的全部心思、全部意识都在从大火熊熊的工厂里冒出来的呼叫、爆炸声及其回声的波涛上起伏不停。

屋里虽然点着灯,火灾的血红色光亮依然映红了窗帘。

但是她继续念了下去。心脏似乎停止了跳动,无法形容的恐慌撕碎了她的脑子;因为竭力忍耐,汗珠盖满了她那好像从唬人面具中拓出的僵凝住的苍白的脸;紧锁的眉毛掩蔽着发红的眼睛;她的嗓音时时中断、变调。一种尖厉的、可怕的痛苦咬啮着她的心,揉搓着她,窒息着她,她几乎就要发疯了。

但她还保持着镇静。

呼叫喧嚣声已经十分清晰地飞到屋里,墙壁倒塌和屋顶整片坠落的沉闷轰隆声时时刻刻震撼着整座住宅。

"轻点儿吧……轻点儿吧……轻点儿吧……耶稣啊!饶了我吧!……"她祈祷着,跪在耶稣面前,竭尽全力地乞求赦免。阿达姆先生常常打断她的朗读，越听越六神无主了。

"有人嚷呢！好像是在卡罗尔的工厂里……瞧瞧去，安卡。"

她早就瞧见了。

她从隔壁房间里望见，整座工厂都着起大火，大火像狂风暴雨一样在所有的车间上面肆虐，把层层火浪抛向天空。

"没什么……没什么……爸——刮大风呢……风太大了……"她使出最大的力气叫道。

她接不上气来……绝望了……束手无策……又惊又怕……她清晰地预感到，这场火灾要断送父亲……

"怎么办？……怎么不见卡罗尔？……要是这间房子也着起火来呢？……"

这些念头像灼人的闪电一样一掠而过，无边无际的惶恐使她头脑发麻，身上的力量顿时消失殆尽。

不行了，她再也念不下去了。

她在屋里乱转，跌跌撞撞，叽里呱啦地搬动茶几准备喝茶。

"刮大风哪……爸您不记得库鲁夫那场大风吗？……那场暴风把咱家林荫道上的白杨树连根拔起、都吹断了？……上帝啊！……当时我多害怕……还有……今天……现在……我又听见了叫人胆寒的风声……嘎嘎的断裂声……树干折了，哼哼呢……风号叫得太吓人……上帝啊……上帝啊……真吓死人……"

她说不出话了，嗓音哑了。片刻之间，她呆若木鸡，耳朵里全是大火的呼呼声，惊吓得僵住了。

"那边出事了。"病人说，挣扎着要起来。

她醒过来后，告诉他根本没事，就跑进小客厅，不知哪来的一股蛮劲儿，竟把钢琴推到了敞开的门前，开始弹奏一首狂暴的、野性十足的嘉洛舞曲。

琴声充满狂热和欢乐，灌满了住宅，滚出了强劲的节奏，一阵高过一阵，叮叮咚咚连成一片，变成一阵阵狂暴的旋风，的确淹没了大火的呼啦呼啦声，恢复了阿达姆先生脸上的平静，甚至给他带来某种快慰。

安卡越弹越用劲，不一会儿，一声刺耳的嘎巴声，琴弦断了一根，可是她什么也没有听见；泪水夺眶而出，纵横满脸。她没有意识到自己在哭，她什么也不知道，什么也不理解，她如痴如狂地弹着，心里只有一个念头：要拯救父亲。

突然整座房子颤动了，画都从墙上飞下来，爆发出轰隆隆的一声，好像半个世界都坍塌了。

阿达姆先生竟然扑到窗前，一把拉下窗帘，大火的亮光像一道鲜血的激流一样冲到他的脸上，灌满整个房间。

"工厂！卡罗尔！卡罗尔！……"他啜嚅一声，随即摔倒在地上，两只手捂着喉咙，痉挛地抖动着，蹬着双腿，僵硬了的手指撕着毯子，像憋住了气似的呼哧着。

安卡向他扑去，呼唤用人，拉铃，可是没有人来。她努力唤醒他，挽救他，但一切都归于徒劳：他连一点儿气也没有了，她发疯似的跑到门外，开口呼救。

顷刻之间，许多人伴随着维索茨基来了。维索茨基之前正在忙着救助烧伤的工人。可是为时已晚：阿达姆先生已经停止呼吸，而安卡，则倒在他身边，晕过去了。

工厂在继续烧着。

大火冲阿达姆先生发出并把他震死的那声巨响，是锅炉的爆炸响声。锅炉飞上了天，同时带上去了半个车间；它像一颗燃烧着的彗星一样，画出一条大抛物线，然后掉在老巴乌姆的工厂的前列车间上，打穿了屋顶，碰裂了天花板，砸碎了第二和第三层地板，一直钻到一层大厅，哗啦啦地抛下的房子的碎块也着起火来。

燃炸之后博罗维耶茨基工厂的大火蔓延得越来越猛。

透过炸烂的墙壁，好像透过触目惊心的伤口一样，火焰和浓烟一会儿呼呼地奔流，一会儿狂野地、发了疯似的呼啸着，用它的血红色臂膀包拢了一切。

救火队虽然奋力抢救，车间还是一批又一批地烧起火来；大火像活动的魔鬼一样，在墙壁上乱爬，在屋顶上乱攀，像道道血流一样在院子上空攒动，最后汇合为一，又像卷着巨浪的狂风，泛滥在整个工厂里。

黑夜的猛烈大风更令人胆战心惊，大风助长火势，把它像蓬松的头发一样抛向四面八方。

屋顶连连坍塌，血红色的灰尘和令人目眩的火雨又向上迸发，飞上左邻右舍，飞上城市，飞入黑夜。

呛人的滚滚浓烟充满了厂院，像黑雾一般盖住了院墙。透过这片黑雾，火舌嗞嗞地叫着扭动着，一群群血红的妖怪互相追逐，伸出摇晃着的脑袋。

层层楼板塌了下来，烧焦的内部设施震耳欲聋地坠落在火海之中，墙壁断裂，顿时变成一堆瓦砾。

大火所向无敌，人已经开始退避，因为他们必须去保护隔壁特拉文斯基的工厂，扑灭巴乌姆工厂里的火。

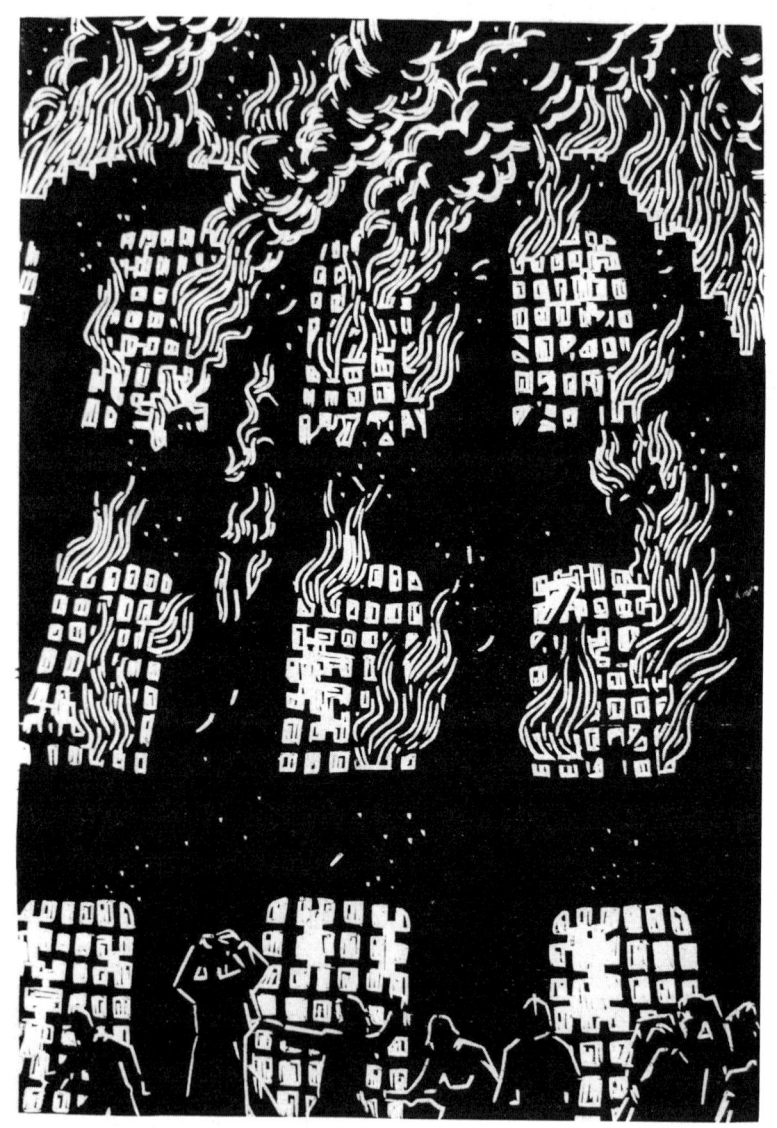

屋顶连连坍塌,血红色的灰尘和令人目眩的火雨又向上迸发……

莫雷茨声音沙哑,汗流满面,焦急万分,还在继续奔跑着、呼喊着,可是在一片乱七八糟的叫嚷声中,谁也听不见他的话。这个时候,撒满了前不久盖房子剩下的砖瓦垃圾的院子里酷热难当,火焰从四面冒出,像波涛汹涌的大海一样咆哮着,蜷缩片刻之后,重又抬起了可怕的头,摇晃着,同时兴高采烈地号叫。这个时候,被火烧着的纱团,各种烧烂了的材料又从内部飞窜出来,像凶狠的火鸟一样,呼啦呼啦地飞向空中。

大火的威力就是这样。众人已经沉默了,麻木地站着,毫无办法,呆得发傻,心头的惶恐无法言表,只好后退。从所有的人心里不时地发出惊骇的呼号声;但是这声音在喧嚣和破裂断折声中,在大车间倒塌时坠落的机器的苦难呻吟中,在墙壁坍塌的呼噜哗啦声中,在大火的野性的、疯狂的噬噬的乐调中,已经全然听不到了。

大火气势汹汹地唱出胜利凯歌,在昏黑的夜幕中吹拂着红色的大布单,在房顶上疯狂地翻滚、呼号、嘶鸣、号叫,用血红的獠牙咬着墙壁,撕碎机器,舔着钢铁,还把残渣烧毁、拉走、踩在脚下。

到了清晨,纷纷扬扬地下起雪来。大火的力气耗尽了,只剩下光秃秃的工厂石墙,没有屋顶,没有梯板,没有窗户;只剩下了赤裸裸的骨架,熏黑的、还在坍倒的墙壁,只剩下了酷似满是窟窿、不停冒烟的大箱子一样的框架,在箱子底上,烧剩下的余火还在蠕动,像水螅虫那样,用血红的舌头吸吮着工厂尸骸中残存的一点儿力量。

在灰暗、阴沉、雪越下越大的清晨,博罗维耶茨基赶到了现场。

从马车上跳下来后,他径直奔赴厂院。

他在瓦砾堆和浇了水仍然冒气的木梁中间站住了,眼睛缓慢环顾着那破损得像烧毁的破衣服样的房架,他的辛劳和理想的名副其实的葬身之地,一堆一堆焚烧后的灰烬。他长时间地、一动不动地瞅着这些地方。

他连一根神经也不曾为痛楚牵动。惊惶、恐惧和惴惴不安,在火车上曾叫他发疯,由于他亲眼目睹了现实,忧烦反而化为乌有。他越看越冷静,脸上盖上一层严峻肃穆的表情,而心里则涌现出愤怒、痛恨和反抗的情感。

莫雷茨带着一大群各种各样的人来见他,他跟他们见面很冷淡,很平静,听了他们七嘴八舌讲述火灾的始末。

他什么也没问,径直到办公室去了。办公室和几乎是空无一物的几间成品仓房倒是幸免于火葬。

这些低矮平房只是屋顶受到了一点儿损坏。

老亚斯库尔斯基被火烧伤了,正在办公室里呻吟。维索茨基在照料他。

博罗维耶茨基透过破烂的窗口又望了望还在冒烟的瓦砾堆,然后用虽然低沉,却很坚强的声音对莫雷茨说:

"有什么办法!又得从头做起啊。"

"是的,是的!你不知道我费了多大力气呢!我都病了,为自己担心……真是不幸,不幸……我进城了,唉,看守来了,来得倒好,还不如慢点儿来呢。忽然有人说,博罗维耶茨基厂里着火了……我赶了回来的时候,整个纺纱车间都是大火!当时我多心痛、多心痛啊!"

他又悲悲切切地诉苦,装出绝望和痛不欲生的样子,却又急急忙忙闪了闪眼珠子,暗地里对着卡罗尔察言观色。

博罗维耶茨基听了半天，最后，实在听腻了他的翻来覆去的车轱辘话，便轻轻俯下身子，在他耳边轻轻地说：

"别东拉西扯了，这是你干的！"

莫雷茨猛地退了一步，开始吼叫：

"你是疯子！你糊涂了，你！……"

"我说的是正经话。"

他又转向马泰乌什；马泰乌什满面泪痕，浑身泥垢，亲吻着他的双手，还含含糊糊地嘟囔了几句。

卡罗尔明白了：有人死了。

"谁死了，说清楚！"他不耐烦地嚷了一句。

"老太爷！唉，上帝，我们都跑去了，可是老太爷已经没气儿了，小姐晕在地上……"

"你听着，糊涂虫，别胡说八道，留神我把你的脑袋在门框上撞碎！"卡罗尔嚷着向他逼近一步。

"阿达姆先生是得了心脏动脉瘤死的。大概是因为猛地受了惊吓，当时我不在场……你快去瞧瞧安卡小姐吧，她晕过去了。"维索茨基告诉他。

博罗维耶茨基非常爱父亲，这条消息吓得他魂不附体。他好像不相信医生的话，跑回了家。

在门口，他遇到几个人，他们正把安卡抬到特拉文斯基家去。

"卡罗尔先生！卡罗尔先生！"姑娘喃喃低语，拉住了他的手，泪水顺着她憔悴的脸上流下来。

"安静点儿！别哭……我要把工厂再盖起来……一切都会好起来的……"

"父亲……父亲……"

她说不下去了,只是抽抽噎噎地哭泣。

"下午我去看你!"他赶忙说了一句,冲工人点了一下头,让他们把她抬走;一提起父亲,他的心就像刀割一样。

他到了父亲身旁,目不转睛地凝视着老人善良而又高雅的面孔。这张脸因为主人的死去而变得太厉害,僵了,似乎有句要说的话没吐出来,忍受了扭曲着他的面容的痛苦。博罗维耶茨基吓得浑身发抖了。

在父亲遗体旁边,他经受了平生最为痛苦的时刻。

他极为专心地静坐了几个小时,解开了生活中的全部难结,自己解剖着自己,观察着自己赤裸裸的灵魂。这样,他完全清醒了下来,可是心里却泛起一股奇特的悲哀,这悲哀是早在他心里扎下了根的。

他去睡觉,睡了很长时间。他醒来的时候,已经十分清醒了,他下定决心要和命运搏斗,要起来奋斗。可是他马上就碰到了第一个障碍。

莫雷茨一面天花乱坠地侈谈友谊,一面又宣告要收回投资和资本,还说,他已经跟保险公司谈妥。

"你的脾气,我摸透了。为了把我搞垮,你安排得多阴险。你是不是认为你能成功,而我呢,就再也爬不起来了?"

"你现在心烦。你不知道你说了些什么话,你怀疑我的那些话,太冤枉我了。我退股,因为我不能把钱放在一个受损伤的工厂里。没有我,你照样有办法。我得活下去,跟我岳父一起办厂,马上就需要现金!"

他开始口若悬河地说他的买卖;由于要做买卖,他不得不退股;他竭力为自己辩解,最后甚至搂住了博罗维耶茨基的脖子。

"卡罗尔,你别这么瞧着我,我爱你,把你当成亲兄弟。一想到你的损失,我这心里就别提多难受了;因为难受,我挺想帮你点儿忙,也多帮不了什么,是不是可以把工厂地皮和剩下的东西卖给我。你知道,我对朋友是一片真心。我可以付给你现金,可以借你钱,马上付给你。你重整旗鼓,总得有点儿本钱嘛。"

这个提议把卡罗尔气得火冒三丈,他拉开了屋门:

"等我回答你!买卖事到办公室谈……"

"什么!什么!回答我?……我这分友谊,这分真心!"莫雷茨嚷道。

"滚出去,不走我就叫人拉你出去!"博罗维耶茨基厉声喊道,按铃叫马泰乌什。

莫雷茨走后,他坐下来算账,算了很久。

算完账后,他站了起来,脸色苍白,精神恍惚,因为保险费只够偿还大笔的债务,还有一大堆小笔债务得清,这样就得把地皮也拿去还债,结果他就得倾家荡产了。

他又得去为别人效劳,又得对别人俯首帖耳,又得变成某一个大机体中的一架机器,又得埋头苦干许多年,忍受没有资金的痛苦,做白日梦般地盼望自由;又要被捆在铁链子上仰人鼻息,透过笼子格,从下面眼巴巴地瞧着人家盖工厂,做大买卖,一百万一百万地赚大钱,过一呼百应、豪华阔绰、欢畅痛快的生活!

"不行……不行……不行……"他咬牙切齿地说,又蔑视又愤恨地驱散了这些阴暗的前景。

迄今的生活他已过腻，图的是什么！再不能过那种日子了。

他开始急促想着跳出这个陷坑的办法，一秒钟也没有打算就此善罢甘休。

第二天，马克斯来了，脸色苍白，双眼已经哭肿，连站也站不稳，可是他却直截了当地宣布他也要退股，要把钱拿去投入保险。

这下子，博罗维耶茨基实在忍无可忍了。

"连你也把我一脚踢开，马克斯？"他痛苦地低声说道。眼泪，平生第一次的眼泪，涌上了他的眼眶，又在他的心里充满了极浓重的苦涩味。

但是他克制住了自己，开始向马克斯展示新的建厂宏图。他的精神渐渐振作起来，他已经克服了困难，觉得没有什么障碍了。只不过是，为了同命运进行这场你死我活的斗争，他需要的不是马克斯的资本，而是需要他本人，需要他的真挚情谊和能力。他赌咒发誓地请求他留下来。

"我办不到。你也别生我的气，别抱怨我，我实在是办不到。你瞧，我把整个心思都使在这个工厂上了；我喜爱它，就跟爱我的孩子一样，我就靠它活着。可是，一场大火，灰飞烟灭。我差不多已经没有力量、没有信心再一次干这样的工作了。请你理解我的处境，请你原谅我。保重吧，卡罗尔，我永远是你的朋友，以后什么时候你都可以指望我；可是，买卖，我还是得自己做，以后干什么，我自己也没主意呢。保重，卡罗尔。"

"再见，马克斯。"

分手时候，他们互相真诚地亲吻。

博罗维耶茨基对他毫无怨言，因为他体察到了马克斯的处境。

何况，工人们已经告诉过他，在工厂毫无抢救办法的时候，马克斯一个人关在事务所里，对着工厂的废墟像小孩一样痛哭流涕。

"我算输得精光了！好啊，好！"他好像对整个世界发出了挑战。

他吩咐料理父亲后事，自己到工厂去了，因为保险公司的工作人员已经开始在那儿工作。

可是马泰乌什马上来通报说老米勒正在等着见他。

他刚一进门，老厂主就抱住他，急不可耐地说："我到索斯诺维茨去了，他们今天才把电报给我，所以来迟了。我心里挺难过。真可惜啊，我亲眼见过你是怎么苦干过来的。可是，以后怎么办呢？"

"还不知道呢。"

"全完了？"他马上问道。

"全完了。"他说了实话。

"你说胡话呢。我帮助你，按普通办法给我分成儿就行，你要盖一个更大的工厂；我喜欢你，非常喜欢。怎么样？"

卡罗尔奇怪地坚持陈述着资本可能没有着落，又用特别灰冷的色调描述了一番自己的物质状况。可是老厂主听到他的论点后，哈哈地笑了。

"没有[1]说的！你有聪明才智，这就是最大的资本，今天你赔了，过两年就全部能赚回来。我过去是纺纱厂师傅，没什么文化，可是我现在有一个工厂，有几百万。你娶我的女儿玛达吧，要什么有什么；这话，我早就想着要跟你说了。这姑娘蛮不错呢！

---

[1]　原文是德文。

就是你不娶她,我也要把钱借给你。我儿子威尔不愿意当厂长,我得在乡下给他买个庄子,他满脑子想当老爷。我呢,我就想要一个像你这样的女婿。哎,怎么样呀?"他说话很快,用袖子擦了擦直出汗的油光光的脸,又放心不下地注视着卡罗尔,"你快说话嘛,我得走啦……"

"好吧!"卡罗尔冷淡地回答。他当初就料到了必有今天这个结局。

米勒高兴得拥抱了他一番,直拍他的后背,接着就跑回家去了。

第二十二章

火灾和阿达姆先生的葬礼已经过去几个星期了。安卡没有参加葬礼。她搬到特拉文斯基家去了,在那儿养病。

现在她觉得好多了,可是还没有上街,因为才到三月,天气很糟糕,老是下雨,外面泥泞满地,又潮又冷。

她觉得身体已经完全复原,可是精神的平衡却恢复得很慢。

那个惊心动魄的夜晚,阿达姆先生的猝然死亡,在她心里留下了深深的印记。

有时候她整日整日地呆坐着,凝望着某一个角落,迷迷糊糊地觉得从这个角落里也冲着她发出了模模糊糊的呼啸声,夹杂着血红色的光亮,人们的嘈杂呼叫,叫她不寒而栗,她常给吓得晕过去,或像发疯一样地跳起来要逃走。

所以总得有人看守着她,陪她消遣,好不至于想起过去的事。

陪她最多的是尼娜。尼娜像母亲那样无微不至地看护着她,维索茨卡每天也来,而卡玛则整晚整晚地待在她身旁。

她一天到晚在一间宽敞的侧房里坐着,这间房子现在像一间花房,里面到处是鸟儿的鸣啭歌唱,小喷泉水声潺潺,花香荡漾,十几株高大的山茶树已经开满了白花和红花。

安卡常坐在又矮又大的安乐椅里,情意绵绵地说:

"你知道，谁也没有像你们这样真心实意地待我。"

"你过去不需要嘛。我陪着你，觉得也挺有意思；你是我的模特儿，我当然应该关怀啰。"尼娜高兴地回答。

她正在给她画像，就取她半卧在铺着虎皮的椅子里的虚弱倦怠的姿势，背景是盛开的茶花。

这儿又暖和又安静，喷泉潺潺，水声催人入睡，像宝石碎屑流一样跳荡着喷起，然后落在白色大理石槽中；槽里有许多正在取暖的翠绿色小蜥蜴。

"今天卡罗尔来过吗？"尼娜又问。

"来过……"

"说啦？……"

"还没有，老是没这个勇气，不过，这几天我就把戒指退还给他，就算完了。心里沉甸甸的，沉甸甸的……"

她不说了，眼睛闪出湿润的光泽。

她们不谈这件事了。日子一天一天单调地拖着，只有一点儿变化：一天傍晚，斯塔赫·维尔切克来看望她。

她在花房里接待了他；她什么也没说，却久久地望着他。

维尔切克满面红光，浑身上下洒了香水，信心十足，说他已经跟马克斯·巴乌姆签订了合同，到春天在老巴乌姆的地皮上和马克斯一起盖一个大工厂，生产羊毛混纺头巾，准备跟格林斯潘竞争。

"马克斯先生的父亲现在怎么样了？"她问。

"难说啊，只能说他完全疯了。锅炉爆炸，又是大火，把本来就已是空空荡荡的工厂全给毁了；所以老头子把整个地皮都让给了马克斯，把仓库里剩下的全部成品也拿了出来，甚至把保存下来的车间也卖了,把什么都分给了几个孩子,只求到死别再有人毁坏工厂的石头墙:那是他的一份特殊财产。他自己就关在里头,在那儿过日子。彻底疯了。我劝马克斯好歹把他爸爸送到一家医院去;那厂房的石头墙我跟他用,还蛮合适呢。可是他不听。"

"他有他的道理。请转告马克斯到我这儿来,行吗?"

"好呀。我知道,他早就准备好了,就等您完全恢复健康呢。"

他又坐了一会儿,大肆吹嘘了一阵,走的时候安卡也没怎么理睬他,因为她讨厌他。她赶紧搓了搓手,因为跟他握了手;他那双大手掌又冷又湿。

"我觉得他像一条爬虫。"她对尼娜说。

"是爬虫和野兽的混合物。这样的人有空就钻;非死在监狱里不肯罢休。"特拉文斯基插了一句,接着就冲安卡如数说起维尔切克跟格林斯潘的买卖事,和他钻营取利的种种伎俩。

"话是这么说,您不是也要接纳他吗?"安卡气愤地说。

"他已经来看过您了。以后我也得跟他打交道,因为在这儿不能纯粹把人分成好人和强盗,谁都用得着谁嘛。"

"可我再也不想见他的面。"

"好吧,我吩咐仆人就是。不过我说句话,您可别生气:我们这些人办公事总是得看需要,而不是看喜好。"说完他阴郁地微笑一下,又瞥了尼娜一眼。尼娜已经把画架搬开,她不想听见他们这些话,因为一听见就感到说不出来的别扭。她正站在茶花下轻轻地吹开粉色的蓓蕾。

"生活真可怕!"安卡喃喃地说。

"倒也不见得。可怕的只是我们对生活的期望,可怕的是我们对美的理想,可怕的只是我们对善和正义的追求,因为这些东西永远也实现不了,永远不允许我们承认生活的现状。一切苦恼的根源就在这儿。"

"还有希望!"尼娜插了一句,把一个花瓶放在安卡旁边的茶几上。花瓶里插着一束中国玫瑰,开着繁茂的黄色花朵,发出一股清香。

"卡焦,小心,别提那些讨厌的了。"

晚上,尤焦·亚斯库尔斯基来了,最近一段时期他常常来为安卡朗读小说。安卡从他那里打听到了关于卡罗尔的各种详细情况和事务问题,因为卡罗尔虽然天天到这儿来,却从来不谈买卖的事。

"你父亲身体挺好吗?"她问。

"他在监视清扫碎砖烂瓦的人,已经一个星期了。"

"你干什么呢?"

"我也在卡罗尔先生办公室里,因为巴乌姆老先生已经毁了自己的买卖。"他回答的时候更羞涩、脸更红了。因为这可怜的人爱安卡爱得要死,整宵整宵地给她写老长老长的情书,可是实际上信并没有寄给她,自己却又极其保密地给自己写了同样热情奔放的回信。理想爱人的名字他不透露,却在马利诺夫斯基家举办音乐会的时候拿来当众朗读。

"马克斯先生让我问问,他明天来看您行不行。"

"好,明天午后我等他。"她爽快地回答道。

她迫不及待地等着他来。第二天仆人报告他来求见的时候,她的心立即高兴得怦怦地跳起来;她非常激动地向他伸出一只手。

马克斯又难为情、又怯懦地坐在她对面,轻声地、口气有点儿犹疑地问起她的健康。

"健康情况不错,我只等着天气好转,就到外面走走,或者可以说,离开罗兹。"

"离开很长时间吗?"马克斯赶紧问。

"很可能;不过我还不知道怎么办呢……"

"您在罗兹觉得不太舒服吧?……"

"是啊,很不舒服呢,爸去世了,又……"

这句话她没说完。

马克斯不敢多话。

他们不说话了,互相真诚地凝望着。

安卡冲他会心地、快慰地莞尔一笑。马克斯顿时浑身发热,隐匿很久的爱情给心里带来了欢欣和激动,就连亲吻一下她坐的椅子也是高兴的。可是他依然僵直地坐着,又说了几句平常的客气话,就起身要走。

"您要走啦?"安卡有点儿不愉快地说。

"我得走了,因为我得从这儿直接去参加莫雷茨跟梅拉·格林斯潘的婚礼。"

"梅拉小姐嫁给莫雷茨了?"

"门当户对的一对。她的嫁妆多,又挺漂亮,还有一个几次破产又几次走运的岳父。哼,莫雷茨,诡计多端,吃掉他岳父还绰绰有余呢。"

"您还会到这儿来坐吧?"安卡在请求。

"只要您答应。"

"天天来也可以,您要是有时间。"

马克斯吻了她的手，兴高采烈地走了。

后来，天黑了，直到工厂的灯火透过窗口闪烁的时候，博罗维耶茨基才来。他安安静静地坐下，因为尼娜正在隔壁房间弹钢琴，特殊甜美的声响像淙淙流水声不断传来。

他们两个人静坐了很久，在幽暗中只是有时候目光相遇，但立即又小心翼翼地错开了，直到点上灯后，他们才开始压低声音谈话，以便不致压过乐曲声。

安卡机械地扭动着手指上的订婚戒指。

两个人话都到了嘴边，可是两个人都缺乏勇气。

尼娜还在弹琴。

音乐家某种爱情的絮语，充满热情和突如其来的欢腾的节奏，从钢琴上源源流出，在他们心里唤起往昔的、已被忘却的回声。

安卡泪水满眶，一种无以言状的痛苦在揪着她的心。她笨拙地取下戒指，在沉默中递给了他。

他接了过来，也默默无言地把手上的戒指退还给她。

他们互相深沉地望了一眼。

卡罗尔忍受不了她那饱浸泪水的目光，那目光已经把他射穿，像一块燃烧的热炭一样留在他的心里。他深深地低下了头，轻轻地说道，这话声几乎无法听见：

"是我的过错，我的过错……"

"不不，是我的过错，为了爱情，我没做到原谅别人，甚至忘掉自己。"她慢慢地回答。

他困惑地站了起来，安卡的话使他痛苦不堪，他觉得自己对于这个苍白的、患病的姑娘是有过错的。

一种深沉的、令人坐卧不安的羞耻感在烧着他的心。

他忍受不了她那温存而优雅的目光。

他从远处鞠了一躬,走了。

"卡罗尔先生!"她急忙叫了一声。

他回过头来,站住了。

"请您把手伸过来,不是告别,是再见。"她急促地说,向他伸出了手。

他一把抓住她的手,深深地吻了一下。

"衷心祝您幸福,十全十美的幸福。"

"谢谢,谢谢……"他很费劲地低语,心里也想祝她幸福,但是他没有力量;他惧怕心里尚存的疯狂的欲望,怕自己扑在她的膝下去亲吻她那苍白的嘴唇,怕把她紧紧地拥抱在胸前。所以他又吻了一下她的双手,便急步退出去了。

安卡软弱无力地倒在椅子上,她心灵上的一切创伤都揭开了,那正在死亡的爱情又片刻地死灰复燃了,它攫住了她的心灵,给她眼睛里灌满了辛酸的泪水。

她哭泣了很久,很伤心,好像是在回答越来越低的、越来越忧郁伤心的乐声;那音乐一段段就像压低了的呼唤声一样,流进了寂静的房间。

第二十三章

就在这一年深秋,博罗维耶茨基和玛达·米勒的婚礼举行了。

他们从祭坛来,穿过铺上地毯、两侧摆满成行棕榈树又装上彩灯的甬道。树和灯后面是拥挤的人群。

教堂里人挤得水泄不通。

博罗维耶茨基抬着头,平平静静地走着,目光扫视着冲他微笑的熟人的脸,可是他却谁也没看见,因为那啰里啰唆、没完没了的仪式,和这次炫耀性的、暴发户式的豪华婚礼仪式已使他厌烦透顶。

在教堂门口,没有得到请柬参加婚礼的熟人中间,谁也没走上前来祝贺,谁也不敢贸然冲开团团围住他的百万富翁们,冲断那个绫罗绸缎、珠光宝气的女人圈子。她们一出教堂大门,教堂的锦衣执事就将斗篷递给了她们。

他和玛达上了马车,率先离开了教堂。

玛达欣喜、幸福得满脸泪水,她满脸绯红,羞答答地偎依在他身旁。

对此,他也不加理睬。他透过马车车窗望着麇集的人群的头,仰望着屋顶,瞭望着呼呼冒烟的烟囱,轰隆轰隆地干活的工厂,接着又想到了自己,这才恍然大悟,他是在办完婚礼之后回家的路上;他终于成了百万富翁,他已经踏进朝思暮想的幸福——财富的大门槛。

他慢慢回味着那些时隐时现的念头和场面，惊异地感觉到自己心里一点儿也不高兴，他全然平静、冷漠、无动于衷，只感到像每天一样疲惫不堪。

"卡罗尔！"玛达轻轻地呼唤，同时抬起布满红晕的脸庞和瓷釉一般的、蓝色依然浓重的眼睛。

他大惑不解地瞥了她一眼。

"我多幸福！真是幸福啊！"她喃喃低语，像儿童一样胆怯地把头靠在他的肩膀上，努着嘴，希求他的亲吻，可是马上又退回来了，因为她觉察到街上的人会看见他们。

他紧紧地捏了一下她的手，依然沉默不语。

通往米勒工厂的一整条街都挤满了工人，他们排成行列，穿上盛装，发出祝贺新郎新娘的喝彩声。在行列的尽头，工厂厂院大门之前，扎起了巨大的凯旋门；门上裹着彩带，绣着象征劳动的图案，大横幅上有小电灯泡排成的两个大字：

欢迎[1]！

进了大门之后，又有一队人，连续穿过几个院子和大花园，一直来到大厅阶下。

他们走得很慢，进了大厅时，全体客人已在恭候。

客人大部分是德国人，少数几个波兰人很不显眼。米勒出场，完全是罗兹百万富翁的派头。地毯、家具、银器、花卉、装饰极其华美艳丽，使满堂宾客惊羡不已，因为柏林装饰匠曾专程来布置这

---

[1] 原文是德文。

间大厅。

今天是米勒的盛大喜庆日。他给独生女儿成亲，又得到了女婿这样的得力助手，当然心满意足，所以他那张又圆、又红、又胖的脸上自然喜气洋洋。

他请贵宾们抽最好的雪茄，拍卡罗尔的脊背，又拦腰搂住他，轻轻地捏他的膝盖，不断地开一些有点儿粗鲁的玩笑，在餐厅里极为殷勤地给客人让菜。

一得空，他就拉住一位客人，请人家观看各间屋子。

"库罗夫斯基先生，你瞧瞧，这座宫殿是给这两个孩子的，他们就住在这儿。怎么样，漂亮吗？"

库罗夫斯基连连点头，听他尽是耗资多少多少钱的解释，迎合着微笑。然后他又溜到梅拉·格林斯潘——现在的莫雷茨·韦尔特太太身边。一群青年围住了这位太太；她俨然成了一间客厅里面的王后。

他久久地听着她浅薄无聊的谈话，她的矫揉造作的笑声，她在客厅里令人厌烦的奔走脚步声。后来他走了，心里挺纳闷，因为他以前说过，在罗兹的犹太女人中间，梅拉是首屈一指的，而现在他已看不到往日梅拉的影子了。

"莫雷茨，你是怎么跟夫人相处的？"他问莫雷茨。

"你发现她有什么变化吗？"

"简直认不出来了。"

"是我的杰作。不过，她不是一个漂亮女人吗？"莫雷茨托了托眼镜，问道。

库罗夫斯基没有回答。他注意着卡罗尔，卡罗尔不太喜欢当女婿这样的角色。他这时显得疲倦、冷漠,对妻子娘家的人和各位厂主爱理不理,似乎不屑一顾,而且一有机会就跑到马克斯·巴乌姆身旁去,甚至莫雷茨身旁去——他跟莫雷茨已经和解。反正不怎么理其他的人。

"喂,怎么样,咱们大伙儿算是把这块'福地'弄到手了吧!"库罗夫斯基问。

"这块地要是能赚几百万,那当然。你快赚到了;莫雷茨肯定能弄到手;维尔切克要是不抢,马克斯也能捞。"

"说我哪?"斯塔赫·维尔切克嚷着走了过来。他是马克斯的伙伴,已经进了公司,所以踢开了以往的全部关系户,凭着金钱和厚颜无耻钻得挺快。

"我们正在议论,你要是不抢到马克斯前面去,他就也许发迹。"库罗夫斯基开玩笑地说。

"该抢就得抢!"他低声说,像狗见了满盆狗食一样直舔嘴唇,说着就去给丑陋不堪、庸俗不堪的克纳贝小姐献殷勤去了;这位小姐可能有二十万嫁妆呢。

默里正坐在她旁边,小丑似的挤眉弄眼,念念有词地说着逗趣儿的恭维话,小姐也放开嗓门哈哈地大笑着。

大厅中间有一个盖着人造天鹅绒的木台子,台上的乐队开始演奏华尔兹舞曲。

这时候,专门请来捧场助兴的工厂职员的低矮的身影都从餐厅、从耳房、从用帷幔掩遮的壁龛中陆续钻出来,开始跳舞了。

卡罗尔独自一人穿过了灯火辉煌、豪华富丽的各间客厅。几十位客人散在宽大的住宅之中,已不见人影。从住宅的各个角落,从窗帘的花边上,从绒布装饰品上,到处都能显出极度恼人的无聊和空虚。

他恨不得马上逃走,把自己关在一间小房子里,或者像过去一样,跟马克斯、莫雷茨,跟库罗夫斯基一起找一家小酒店,喝点儿啤酒,聊聊天,忘掉一切。

这是心底的欲望,然而,此时此刻他必须应酬客人,管着岳父,让他尽可能少当众出丑;他必须没话找话说,露出笑容,冲太太小姐们说肉麻的恭维话,还得时时跟玛达说话,甚至关照仆人——因为谁也不会把仆人放在心上。

岳母藏在角落里,穿着一身华贵丝绸衣服,不敢走动,她不知该说什么客套话。这里的豪华,一大堆初次见面的客人,弄得她战战兢兢,然后她像影子一样穿过大厅,谁也不曾注意到她。

威廉光坐在餐厅里和朋友们喝酒,隔一会儿跟卡罗尔亲吻一下。一段时期以来,威廉跟卡罗尔特别热火。

玛达呢?

玛达沉溺在幸福和欢乐之中。她的眼里只有她丈夫,总是转来转去找他,一找到,就百般亲昵,弄得丈夫十分厌烦。

半夜时分,博罗维耶茨基已经觉得筋疲力尽,急忙找到了亚斯库尔斯基。亚斯库尔斯基今天打扮得整整齐齐,好像一家之长似的。

"您快去吩咐一下,开饭吧,客人都已经累了。"

"比规定的时间早,不行。"这位贵族严肃认真地回答,他已经喝得醉醺醺的,可是依然挺着胸脯,捋着小胡子,对百万富翁们不屑一顾。

"混账玩意儿!"博罗维耶茨基只好亲自布置,嘴里咕哝一句。

在宽敞华美的餐厅里,终于开饭了。

白银、水晶和鲜花满满地覆盖了桌面。

卡罗尔坐在脸红得像红牡丹一样的妻子身旁,耐心地听着人们的干杯声、祝酒词和对他说的令人腻味的俏皮话。

晚餐之后,众人精神爽朗,酒性大发,他又不得不跟那些吃菜像饿狼、喝酒像公牛、满脸流油的大胖子们握手、亲吻,等到男人们和新娘在一起拉扯的时候,三亲六眷的姨妈、舅妈等人又把他层层围住了。

这是名副其实的折磨,害得他脑袋瓜生疼,所以他抽了个空子,摆脱了这些温柔的、拥戴的魔掌,逃到花屋里去了。他在那里歇息片刻,擦了擦被女眷们的香吻弄得潮乎乎的脸庞。

然而事与愿违,他刚在绿叶丛中的一把椅子上坐下,那些红男绿女和各色厂主又蹑手蹑脚地钻到这儿来了,非常文雅地散站在花丛之下。

最后,老米勒也急急忙忙跟着跑了进来,伤感地把过度丰盛的酒宴搬到优雅的花坛上;花坛上都是发出宝石斑驳色泽的盛开的千日莲。

博罗维耶茨基于是又急忙溜到餐厅。

可是在这个现在挤满仆人的餐厅里,他又遇上了另外一出戏:马泰乌什喝得酩酊大醉,正在跟米勒太太吵闹。太太见他脸色狰狞可怕,便战战兢兢地吩咐把残羹剩菜和没喝光的酒连瓶收进食橱。

"胡说八道,亏你……是太太……就这么……几个破盘子……今儿办喜事……兄弟们心里高兴……兄弟们也办过喜事!德国鬼子的剩酒,不喝!亏你……是太太!"

他"砰"的一下子把拳头砸在桌子上,要轰她走。

"你,你……阔太太……去睡吧!……这酒,我们能对付……我要喝个够!……弟兄们也喝个够……我们的喜事……弟兄们要玩个痛快……伙计,倒酒!……听你家老爷子马泰乌什的;不听,就打掉你的门牙,就'完事大吉'[1],完蛋……甜菜肉滚他妈的……祝我家老爷健康……其他人,通通给我滚!……"

米勒太太吓得六神无主,跑去找卡罗尔。马泰乌什一屁股坐在椅子上,含糊不清地胡说,用拳头捶桌子。

"咱们办过喜事……董事长先生……我们有工厂……有老婆……有公馆……德国鬼子滚他妈……不滚,哼,就砸门牙……让你脚朝天……滚外边去……一切都'完事大吉'[2],完蛋……甜菜肉,滚他妈的!"

后来呢?

后来,许多个星期,许多个月,好几年都过去了,岁月都埋进了忘却的坟墓。岁月无声无息地消逝了,就像新的春天,新的死亡,新的生命无声无息、不请自来地到来了一样,就像那把昨天、今天和明天缠在一起的生命之网仍然在无声无息地结着一样。

在罗兹,我们熟悉的人们,在博罗维耶茨基婚礼之后的这几年,发生了很大的变化。

罗兹现在生活在狂热之中,成长的脉膊强劲跳动。城市在飞速地建设,永不疲倦的力量,力量的积累,令人惊异;这股力量像不

---

[1] 原文是德文。
[2] 原文是德文。

可阻遏的激流一样，也倾泻到了城郊的田野里。几年之前还种着庄稼、放牧牛羊的田野上，开始盖起整条整条的大街，新住宅、工厂、商号，出现了新的欺诈和剥削。

这座城市像一股席卷天空大地的旋风；人、工厂、物质和情欲、豪富和贫穷、放荡不羁和永恒的饥饿都在其中翻滚，在疯狂地急速地旋转，机器、欲望、饥饿、仇恨都在咆哮：这是一切人反对一切、反对一切人的吼叫。

一切狂暴恣肆的自然力量踏着工厂和人们的尸体向前狼奔豕突，要更快地夺取百万赢利；而那赢利的源泉，似乎正在从这块"福地"的每一寸土地上涌流出来。

库罗夫斯基扶摇直上地挣得了产业；马克斯·巴乌姆和斯塔赫·维尔切克公司已经是实力雄厚的公司，正在用它们那廉价劣质的头巾买卖更为强劲地挤垮格林斯潘·莫雷茨和格罗斯曼的公司。

莫雷茨·韦尔特已是一位厂家；他现在出入以车代步，在大街上已经不再认识那些资本低于五十万的同行了。

卡罗尔一度经营过的布霍尔茨公司，仍然是群龙之首。

莎亚·门德尔松公司未得列于其右。这家公司再度失火；火灾之后，它扩建了工厂，增加了两千名工人，但它同时变得越来越热衷于慈善事业：虽然剥削工人到了敲骨吸髓的地步，却又为工人建筑了豪华的医院和残废工人、丧失劳力工人的收养所。

格罗斯吕克继续招摇撞骗，甚至变本加厉，因为他把自己的梅丽嫁给了一个因吃喝嫖赌而羸弱不堪的伯爵公子，还得给他治病，养活他。

特拉文斯基含辛茹苦战胜了以往的失利，两年来已经初露锋芒，开了一家颇受敬重的公司。

米勒彻底搬出了罗兹，把工厂交给了博罗维耶茨基，自己和太太在儿子家养老——他在库雅维给儿子置了一个大花园。威廉一心想当贵族，准备跟一个女伯爵结婚，自称德·梅勒，到罗兹来还带着一个穿锦衣的家仆，马车上都用未婚妻和博罗维耶茨基的混合徽章。工厂他已经完全不管，光知道从那儿理所当然地分享大笔的收入。

博罗维耶茨基已经是一座大工厂的神气十足的老板。

这四年来，他大大扩充了工厂，改革了人造绒布的工艺，把产品提高到完美的地步，建筑了新车间，扩大了销售市场，而且还在不断前进。

他和玛达·米勒结婚并接管工厂之后的四年，干脆就是超人劳动的四年。

他一直是早晨六点钟起床，半夜上床，哪儿也不去，不消遣，不享受，不动用那几百万家私，没有一点儿生活乐趣。他光知道工作，任凭利润的旋风摆布。从他手里流过的这条金水河——他的工厂，就像水螅一样，用它的几千条腕足把他死死地揪住，毫不止息地吸吮着他的全部心血，夺走他的全部时间，全部精力。

他已经获得了梦寐以求的几百万，他每天抚弄这笔金钱，和金钱共同呼吸，共同生活；满目所见，都是金钱。

这种成年累月的力所不及的工作，正在耗尽他的体力。几百万金钱一点儿也没有使他欢欣——相反，他越来越觉得精疲力竭，没有热情，心境凄凉。

他心里越来越多地感到百无聊赖，感到不好受，感到十分、十分孤寂。

玛达是一位贤妻良母，照料儿子有方，侍候他无微不至——但是，除此之外，她一无所长。把他俩联结起来的，只有这个孩子和共同居住的房舍，别无其他。她像偶像一样敬重丈夫：丈夫如果不高兴，她就不敢接近他；丈夫如果心绪不好，她就不敢说话。而他呢，就听之任之，让她敬重、崇拜，有时候也奖给她一句什么动听的话或者善意的微笑；温存或者真情的流露已经越来越少。

他从来没有朋友，过去在同事中还有许多熟人和同志，而现在，随着他的势力的增长，大家都疏远了他，变成了灰色的芸芸众生，被环绕着他的不可跨越的几百万金钱的鸿沟隔绝开了；他和百万富翁们也并不交往，因为他首先缺少时间；还有就是他太看不起他们，更何况他们之间还存在着由于竞争而引起的诸多敌意。

所以他只剩下了几个最亲密的伙伴。

但是他常常回避库罗夫斯基，因为此人为安卡一事总是不谅解他，而且一有机会就十分刻薄地伤害他。

他和莫雷茨·韦尔特也不能交往，因为他打心眼儿里讨厌这个人。

他和马克斯·巴乌姆也若即若离；他们常见面，马克斯甚至还是他儿子的教父。虽说如此，他们互相也是冷淡的，只保持着过去同学的关系，而不是朋友关系……马克斯也像库罗夫斯基一样，为他和安卡的事十分惋惜，并且总是忘不了这件事。

博罗维耶茨基越发感到自己的孤寂和包围着他的可怕的空虚；这种空虚，是几百万金钱和累死人的工作所填补不了的。

最近一段时期，他越加经常感受到了心灵中的不能忍受的、说不出的饥饿。

他不明白自己到底是怎么了！

他对工厂、利润、所有的人、金钱，都感到厌烦，对一切的一切都感到厌烦。

他走进工厂的时候，心里就是这么想的。

工厂的四面石围墙震颤着，一片工作的轰隆声响。

博罗维耶茨基满脸阴云。他穿过各个车间，不跟任何人打招呼，也不说话，什么也不看，谁也不屑一顾。他像架活动机器一样走着，黯然失神的目光无精打采地扫过运转着的机器、全神贯注于工作的工人、洒进春日阳光的窗口。他乘升降机上楼到了成品干燥车间；这儿的长桌子上、地板上、手推车上放着几百万米布料。他从当中走过，不自觉地、冷淡而鄙夷地踩着过去，走到窗口站住了；从这儿可以眺望延展到森林边缘的条条地垄。他望了一下四月明丽晴和的阳光，外面到处洋溢着欢乐、温暖，长满了嫩绿的青草。他还远眺了浅蓝色天空深处的透明的朵朵白云。

可是他马上走开了，因为他感到某种如潮如流、不可名状的忧郁情绪在袭击他。

他又从一个车间走到另一个车间，从一间大厅走到另一间大厅，穿过那由轰隆声、咆哮声、吱纽声、工作、呛鼻气味和蒸腾闷热组成的地狱。可是他越走越慢，一面提醒自己：这一切，周围的一切都是他的财产，都是他梦寐以求的王国。

他蓦地回忆起往日的梦幻——那股他曾经驾驭过的强大力量。

现在他有了这一切；想起往昔，想起往日的梦幻，他不禁苦笑了一下。因为过去当他一文不名的时候，他曾经相信过，百万家私会给他带来某种不同凡响的、天上人间般的幸福。

"究竟给了我什么呢?"他现在思索着。

是啊,这个王国究竟给了他什么?

疲倦和烦闷。

精神上的空虚和忧郁,某种不可名状的、强烈的、越来越压迫着他的灵魂,使他不得安宁的忧郁。

他现在坐在染房里。啊,在那儿,在染房的窗外,田野上是一片春光,到处金光闪烁,到处飞扬着孩子们欣喜的呼叫声,鸟雀在欢乐地鸣叫,玫瑰色的团团炊烟袅袅升起;那里是那么明亮、清新、朝气蓬勃。复苏的大自然的欣喜欢愉在广阔的天地之间回荡,渗透一切,令人不由得想出去走走,想放声歌唱,想大声呼唤,在草地上跳跃,和白云一起飘舞,和风儿一起飞翔。在充满阳光的风中和树丛一起摇曳,呼吸新鲜空气,让全部力量、全部激情奔放,去生活,生活!……

"可是今后怎么办呢?"他又倾听着工厂的呼啸,忧郁地思忖起来。

他自己找不到答案。

"我想要的、我追求的东西,都有了,都到手了!"他怀着一个囚徒的无可奈何的愤恨心情想着,一面抬头仰望自己工厂的红墙;他看着这个魔鬼般的暴君正在用它的成千上万个窗子兴高采烈地向外窥探,正在如痴如狂地工作。它的五脏六腑都在震颤,它的几百台机器十分得意地奏出了低沉的凯歌。

他到了事务所;工厂已经使他感到厌腻。

在前屋里,主顾、商人、代理人、办事员、找工作的工人、成百上千件事务都在等着他处理,乱哄哄的,急不可待。然而,他却从一个侧门走了出去,慢慢悠悠地到城里去了。

他看不见任何人,因为他感到了一种可怕的、十分折磨人的烦恼和无法满足的心灵空虚。

整座城市充满了阳光和喧嚣不已的疯狂的运动。成百上千家工厂,像加固碉堡一样,正在呼啸、在工作。从一切街道、从一切房屋、从条条胡同、甚至从田野里,他都听到了劳动的深沉声响、机器的轰鸣、拼死拼活斗争的竭尽全力的喘息和胜利者得意忘形的笑闹声。

这一切都使他厌烦透顶!

在大街上,他遇见了男爵,男爵半坐半卧地乘着马车,扬扬自得,威风凛凛招摇过市,臭摆阔气,像一头养肥了的红皮肥猪一样;他对男爵轻蔑地瞪了几眼。

"哼,牲口,一座有几个头衔的公馆就是他最大的幸福了。为什么我就不能照此办理,这么摆阔气享受呢?他们倒是挺幸福的!"他想。

可惜,他做不到像百万富翁们那样地享清福。

然而,究竟什么才能使他开心呢?

女人?哼,他爱过好几个女人,自己也得到过她们的爱;可是他已经腻了!

玩乐!什么玩乐?有什么值得费一番力气去争取那玩完之后又不使人感到无聊得更加不可忍受的玩乐呢?

酒!两年以来,由于工作过度,他只吃生菜,差不多光靠喝牛奶活着。

他不喜欢豪华的生活,不愿意到处炫耀自己,觉得实在没有必要。

再赚他几百万！有什么用？赚到了手的钱还花不完呢。有什么用？

他已经成了金钱的奴隶，还嫌不够吗？为了追求利润，他已经耗费了精力、生命，还嫌不够吗？这些黄金的镣铐他越戴越沉，还嫌不够吗？

"倒是梅什科夫斯基说的话有道理！"他想起了这个人对过度的劳累和庸俗的金钱的咒骂，感慨了片刻。

他越想自己的处境，越想日后面临的那些又无聊、又痛苦的漫长、漫长的岁月，就越觉得意气消沉。

他走了很久，最后竟不知不觉地来到了海伦娜公园。

他在还很松软的林荫路上信步走着，好奇地望着小草，以及在和煦阳光照耀下微风中摆动的浅绿色纤叶。

空无一人的林荫道上一片寂静，只有乌鸦在跳跃，麻雀在啁啾。

他虽然感到慵倦，却仍在顽强地走着，几乎在不知不觉中来到了以前和露茜会面的地方。

"露茜……艾玛！……"他喃喃低语，触景生情地环顾着公园，空荡荡的空园。这时他极感悲哀地想到，他现在没有什么人可以等了，谁也不会来；他是孤孤单单的一人……

"不久以前的事，却显得这么久远！"

是啊，以前，他生活过，恋爱过，动过感情。

可是现在呢？……

现在，取代他全部青春及青春的全部活力的是他的几百万块钱和——无聊——无聊。

他咧了一下嘴，轻蔑地嘲笑自己、嘲笑自己的心境庸俗，继续往下走去。

他游完了公园后,回家时在大门旁边遇到一队小姑娘走来,在她们后面有两位小姐。于是他躲到一旁,望了她们一眼。

"安卡!"这个名字脱口而出后,他不假思索地摘下了帽子。

是的,这是安卡。

安卡立即快步向他跑来,伸出了一只手。

"很久没见您了,很久啦!"她高兴地说。

他吻了她的手,怎么看她也看不够。

是的,这是安卡,来自库鲁夫的过去的安卡,年轻,漂亮,朝气蓬勃,妩媚动人,又纯真,又华贵。

"您如果有时间,就和孩子们走一走吧。"

"这一群是什么孩子?"他轻声问。

"我保育的孩子。"

"您保育她们?"

"我应该做点儿事情,而且这件工作给我的乐趣很大,我正在想办法再开一班。"

"照看这些孩子您觉得很有乐趣?"

"甚至是很大的幸福呢,完成义务,做点儿好事,虽然范围不大,却是一种幸福。您……也很满意吗?"她悄悄地问。

她的声音颤抖了,眼睛飞快地在他那枯黄憔悴的脸上掠了一下。

"是啊……是啊……很满意……"他很快、很勉强地回答;心怦怦地跳得很猛,连气都出不来了。

他们沉默着肩并肩地走着。小姑娘在水池旁边玩耍,开始用尖细的声音唱一支儿童歌曲;那歌声像金石声,又像纤细草叶的沙沙声。

"您的气色很不好……这么……"她轻轻地说，眯了眯眼睛，为的是掩藏发自深切同情的泪水。她像妹妹那样爱护、心疼地瞅了瞅他的塌陷的眼窝、突出的颧骨、深深的皱纹和微霜的两鬓。

"您不要为我难过了……我想要的，都有了……我想要几百万——现在有了；有了几百万还不知足，这是我的罪过。是啊，我在这块'福地'上得到了一切，就是没得到幸福，这是我的罪过。这是我的罪过，我忍受着空虚的痛苦。"

他突然停止了这种从心上涌出的痛苦的倾诉，因为他发觉，她的脸上淌满了泪水，痛苦无法压制，嘴唇都抖动了起来。

一见她泪水涟涟，他就说不出话来了；极度的痛苦像尖利的牙齿一样咬啮着他的心。他握了一下她的手，便赶紧走开了，怕流露出他内心如汹涌波涛般的激动。

"出城，快！"他登上一辆马车，粗鲁地叫道。

他激动得全身发抖。他在回忆，心灵上布满了回忆的影像；在他的脑海深处，他的波涛翻滚的内心深处，都充满了对往事的回忆；这是一种犹如一幅幅美丽的、充满喜悦和欢愉的图画一样的回忆。他力图挽留住这样的回忆，想用它来填补心里所感到的空虚，把今天的事、眼下的凄凉全部忘掉；但是他挽留不住，因为在他的脑海里又迅速闪现出了另一幅图景，另一种回忆，这就是：他给安卡造成了屈辱，对她犯下了罪过。他昏昏沉沉地呆坐着，半闭着眼睛，几乎麻木不仁，但他还在压制那心中想要发出的呼叫，平息因为见到了她而引起的心脏的强烈跳动。力图克制那心中突然产生的难以驾驭的对幸福的追求。

"我这是罪有应得，活该，活该！"片刻之间，他又痛痛快快地这样想了，他了解自己的痛苦何在，认识了自己的处境和罪过。他终于克制了自己，征服了自己，可是这个胜利的取得，却是付出了不少代价的。他甚至没有回到妻子和儿子那里去，而是把自己关在书房里，打发走了等着侍候他的马泰乌什，留下自己一个人。

他仰面朝天地躺了很久，一动也不动，什么也不想，只有一团迷雾，一团模模糊糊的念头在脑海里反复出现，使他陷入几乎神智不清的状态。

"是我把生活给毁掉了。"他突然说，不由自主地从长沙发上站了起来。这个判断是突然从脑海中浮现出来的，它像倒钩一样钉住了他，又像一道光芒一样地照射着他，让他痛苦。

他环顾漆黑一团的房间，好像突然大梦方醒，看到一切都焕然一新。

"到底是为了什么呢？"他扪心自问道；接着打开了窗户，开始思索起来。

外面的喧闹声逐渐小了，城市已经寂静下来，在这甜美的四月春夜里，进入了梦乡。

那不时地被抖瑟的星光划破了的黑夜天空，就像一件大衣一样，把城市裹在里面。

从书房窗口，可以望见沉睡中的城市像一片宽阔无边的、昏黑的海洋，只是这里那里漂浮出夜班开工的、像发光岛屿一样的工厂，风时时送来它的含混不清的轰隆声响；这声响听起来好像是远处森林的呼啸一样。

"到底是为了什么？"他聚精会神，苦思冥想，像准备进行搏斗；可是他的心却已经开始做出回答，使他想起了大半辈子的生活，给他重新展现出了他已然忘却的全部生活经历。他不愿意听他心里的话，他躲避，他逃跑，可是到最后他不得不降服，不得不观看、倾听。于是他开始好奇地对自己进行观察；这种好奇虽然给他带来痛苦，虽然十分残酷，可是他看到了他自己的全部生涯，四十年的经历；这一切都像缠绕在时间的线轴上的纱线一样，又在他眼前展现出来；他可以仔仔细细地审视它；他正在审视。

城市已经熟睡，潜伏在黑暗中，像水螅那样，它的所有的腕足都接触到了地面。而远方星星点点的电灯就像一群脑袋被烧着了的大雁，用它们浅蓝色的眼睛望着黑夜，看守着这条沉睡着的水螅。

"这有什么了不起的，我原来是怎么样，现在就依然要怎么样。"他顽固地、像对谁挑战似的喃喃低语。但尽管如此，他却回避不了他那觉醒的良心对他的责备，压制不下那被他践踏过的信仰、被他出卖过的理想、被他的利己主义所轻视的生活的声音；这些声音责备他只为了自己生活，责备他为了满足自己的虚荣，为了趾高气扬，为了几百万的金钱竟去践踏一切。

"是啊，我是个利己主义者，我的所作所为，都是为了飞黄腾达……"他一字字地重复着这两句话，好像用这几句话鞭笞自己；于是，那可怕的痛苦、羞耻和人格丧尽之感就又把他的心全吞没了。

他献出了一切，可现在有什么收获？一堆毫无用处的金钱。他既失去了朋友，又失去了平静；既没有得到满足，又失去了幸福，失去了生活的乐趣……一无所有……一无所有……

"人不能够只为了自己生活，之所以不能，是因为这样做会遭受不幸的威胁。"这个真理他懂得，可是只有到了现在他才体会到，才有了深刻的理解。

"正因为如此,我失掉了自己的幸福。"他因为回忆起安卡的话,得出了这个结论。同时,他也给她写了一封长信,说他要为自己厂里工人的孩子们设立一个保育园,请她不吝指教。

他又开始了思索,然而这种思索是为了寻求摆脱今天的心境和走向明天某个目标的道路;可是他一想到明天将要来临的无聊,就又不寒而栗了。时间一小时一小时地过得很慢,城市在睡着,可是它睡得不安宁,在做噩梦,因为透过包笼城市的点缀着灯光的夜雾,不时可以听到大地轻微的抖动,可以听到一种深沉的、拖得很长的痛苦的呻吟——这是疲劳的机器、遭遇谋杀的人,或者被毁坏的树木发出的呻吟。不时还可以听到某种呼叫声从空无一人的街道远处发出,响了一阵后,又渐渐消匿了,还可听到那不知由来的战栗,包括神秘的闪光、话声、哭声、啜泣、笑声的战栗——往日生活或者未来生活的全部音响都在全城回荡,俨然是这些墙壁、包在黑暗中的树木、被虐杀的大地的梦中幻影……

间或出现深沉的、令人悚然的寂静,人们可以感觉到这个沉睡的庞然大物脉搏的跳动;这个巨人伏在大地上,睡得如此安稳,就像母亲怀中的婴儿一样。

只是在远方,在大墙之外,在田野里,在这块"福地"周围,在午夜的无法探测的深远之处,才有某种运动,才传来话语的絮聒声,轰隆声,欢笑、啜泣和咒骂的声音。

条条大路都像满涨春潮而闪闪发光的河流一样,从世界各地通向这块"福地";条条小径都蜿蜒穿过碧绿如茵的田野、鲜花盛开的果园、荡漾着小白桦树花香和春天气息的森林、荒僻的小村庄、不可通行的沼泽通向这里。在这些坦途和曲径上,大群的人在疾走,成千上万的马车在吱纽作响,千万辆货车在风驰电掣般地飞奔,发出千万声叹息。人们以灼热的目光投向黑暗,迫不及待地希望发现这块"福地"的面目。

人们排着不见头尾的队伍,从广阔的平原,从起伏的山峦,从荒僻的村庄,从各国首都和大小城镇,从茅屋下,从宫殿中,从高地,从沟渠走向这块"福地"。他们用自己的血液浇灌这块土地,对它抱以希望,对它提出需求,为它贡献出了力量、青春、健康、个人的自由以及大脑和双手、信仰和理想。

为了这块"福地",为了这个水螅,村庄荒芜了,森林被砍伐了,大地因为献出宝藏而贫瘠了,河水枯竭了,人也出生了。而它,则把一切都吞食了,用强而有力的牙齿把一切人和物、天和地都咬碎了,给屈指可数的一小撮人换来毫无裨益的百万金钱,给万千大众带来饥饿和困苦。

卡罗尔思索着,走着,同时久久地凝望着城市和夜色。在东方,已露出了鱼肚白色。朝霞在淡绿色的幽暗中伸展,燕子开始在花屋檐下鸣啭,黎明凉爽清新的微风缓缓地摇曳着树木。天越来越亮,在道道晨光的映照之下,近处屋顶上那早已失去光泽的铁板闪出了白光,老巴乌姆工厂的废墟越来越显得清晰,颓垣断壁、残门破窗、倒塌的烟囱,好像从地下钻了出来,又如残损的骷髅一般,悲哀地显出黑色的轮廓。

博罗维耶茨基心静如水,他已经找到了通向未来的道路,已经清清楚楚地看到了以后生活的目标。他已经和过去的"我"决裂,把自己整个的过去踩在脚下,现在他感觉到自己变成了一个新人,虽然悲哀,然而有力量,已准备好去做斗争。

他很苍白，仅仅经过这一夜就苍老多了，深深的皱纹刻在前额，但是脸上却落上并固着了下定决心的表情——这是痛苦的认识过程的凿刀挖出来的决心。

"我丧失了自己的幸福！……现在为人创造幸福。"他一面慢慢地说着，一面以他强烈的、大丈夫的目光，像坚不可摧的臂膀那样，拥抱着安睡中的城市，和正在从幽暗夜色中渐渐露出面孔的辽阔广大的田野。

加维尔
巴黎
1897—1898 年